오늘 밤만
재워줘

해번 장편소설

1

도서출판 청어람

오늘 밤만 재워줘 1

초판 1쇄 찍은 날 | 2022년 11월 29일
초판 1쇄 펴낸 날 | 2022년 12월 9일

지은이 | 해번
펴낸이 | 서경석

편 집 책 임 | 강다윤, 민선준

펴 낸 곳 | 도서출판 청어람
등록번호 | 제387-1999-000006호
등록일자 | 1999. 5. 31
어람번호 | 제11-0104호

주소 | 서울 구로구 디지털로 272 한신IT타워 404호 (우) 08389
전화 | 02-6956-0531 팩스 | 02-6956-0532
E-mail | roramce@naver.com

ⓒ 해번, 2022

ISBN 979-11-04-92466-8   04810
ISBN 979-11-04-92464-4   (SET)

오늘 밤만
재워줘

해번 장편소설

1

CHUNGEORAM

ROMANCE

STORY

도서출판 청어람

목 차

1. 셋 중 고백남은 누구?

머리가 지끈거렸다. 어젯밤, 아니, 오늘 새벽에 어떻게 들어왔는지 기억도 잘 나지 않았다. 뭔 놈의 술을 그렇게 먹여대는지. 이젠 회식이라면 아주 지긋지긋 했다. 겨우 눈을 뜬 규리는 더듬더듬 핸드폰을 찾았다.

아직 알람이 울리지 않은 걸 보면 조금 더 잘 수 있을지도 모른다. 딱 5분만 이라도 더 자면 좋겠는데.

"몇 시야."

핸드폰 불빛이 밝게 켜지자, 9라는 숫자가 눈에 들어왔다.

7시 9분인가?

눈을 비비고 다시 핸드폰을 보자, 절로 욕이 튀어나왔다.

"이런 니미럴!"

벌써 9시하고도 7분이나 지난 상태였다. 거기에 부재중 전화가 무려 13개. 규리는 재빨리 일어나 부재중 전화가 누구에게 온 것인지 확인했다.

"아이씨. 계 팀장, 계 팀장, 계 팀장, 계 팀장…… 그리고 이건 누구지?"

계 팀장의 전화가 6통, 그리고 모르는 사람의 전화가 또 6통, 그리고 동생 규현에게 온 한 통의 전화가 찍혀 있었다.

"전화 안 받았다고 잔소리했겠네. 이건 또 뭐야?"

침대 위에는 핫팩과 손수건이 널브러져 있었다.

"웬 핫팩이랑 손수건?"

차갑게 식어 빠진 핫팩과 꼬질꼬질한 남자 손수건을 내려다보고 있자, 갑자기 두통이 밀려왔다.

"아, 머리야."

핫팩과 손수건을 보자 뭔가 기억이 날 듯 말 듯했지만, 기억을 떠올리려고 할수록 두통이 더 심해졌다.

"아, 몰라. 일단 출근부터 하자!"

서둘러 화장실로 달려간 규리는 재빨리 세수를 시작했다. 어제는 새로 론칭한 프로그램 전체 회식이 있던 날이었다.

섭외가 확정된 3명의 출연자와 연출·작가 팀이 만나 술자리를 가졌다.

내일, 즉 오늘은 일요일이라며 마음 편하게 부어라 마셔라 하더니, 결국 그 자리를 마지막까지 지킨 사람은 단 네 명뿐이었다.

'그중 여자는 나 혼자뿐이었고!'

술 센 남자 셋을 상대로 술을 그렇게 마셔댔으니 규리의 필름이 온전하게 붙어 있을 리가 없었다.

"미쳤지, 감규리! 술 마실 때 요령 좀 부리라니까!"

아마 내 필름은 2차에서 이미 간당간당했던 것 같다. 하지만 워낙 단련된 포커페이스다 보니 사람들은 내가 취했는지도 모르고 3차까지 같이 가자고 했을 거고.

"화장도 안 지우고 자다니! 얼굴에 뾰루지 나게 생겼네."

뒤집어질 피부 걱정에, 잔소리 대왕 감규현한테는 뭐라 핑계 댈까, 계 팀장님은 왜 전화를 했을까, 모르는 번호는 누굴까…… 등을 생각하며 얼굴을 빡빡 문질렀다. 눈을 감고 열심히 손을 움직이고 있던 그때, 뇌리에서 웬 남자의 음성이 스쳐 지나갔다.

"······나랑 하자."

"응?"
규리는 세수하던 손을 멈추고, 기억 저편에서 들려오는 목소리에 집중했다.

"연애하자. 나랑."

"누구야?"
규리는 얼굴에 거품이 있는 것도 잊은 채, 두 눈을 번쩍 떠버렸다. 그제야 어젯밤 일이 살짝, 그것도 아주 살짝 떠올랐다.

"우리 사귈래?"

"엄마야!"

"난 네가 좋은데."

"왜?"
규리는 목소리의 주인공이 누구인지 떠올리기 위해 머리를 쥐어짰지만, 기억 날 듯 말 듯 하더니 결국 아무것도 기억나지 않았다. 그저 부끄러움에 어묵 꼬치만 쥐어뜯는 자신의 손가락만 기억날 뿐.
"어묵 꼬치?"
어묵을 언제 먹었지? 1차 삼겹살, 2차 치킨, 그리고 3차 때 어묵탕 집! 그럼 3차에서 고백을 받았다는 건데!

"이런 미친!"

나 감규리. 28년 인생 처음으로 남자한테 사귀자는 말을 들었다. 그렇게 역사적인 날, 고백한 사람과 인증샷은 못 찍을망정!

"……누가 고백했는지 기억이 안 나. 아아아아악!"

그러게 왜 술을 그렇게 많이 마신 거야! 내가 이놈의 술을 끊고 말지!

*

"누굴까?"

이렇게까지 기억이 없는 걸 보면 필름이 거의 끊겼을 때 고백을 받았다는 건데. 술을 아무리 마셔도 포커페이스를 유지하는 내가 너무 싫다!

버스에 올라탄 규리는 천천히 어제 일을 떠올려 보았다. 어제는 고깃집에서 1차를 끝내고, 2차로 치킨집, 그리고 3차로 어묵집에 갔다.

'2차에서 차 작가님이 빠지니까 작가들이 우르르 다 빠졌고. 나도 가려고 했는데, 오 배우님이 한잔 더 하자고 해서 어묵집으로 갔지. 그때 같이 갔던 사람이……'

규리와 조연출 박승후, 계명석 팀장님, 그리고 회식 자리를 환하게 빛내주신 톱 배우 레오가 마지막 용사들이었다. 규리와 승후는 계 팀장님 때문에 어쩔 수 없이 남아 있었고, 계 팀장님은 의외로 술이 센 레오 때문에 자리를 지켰다.

"뭐야, 그럼 그 세 명 중 한 명이 나한테 고백을 했단 말이야?"

박승후, 계명석, 오레오. 규리는 머릿속으로 세 남자의 얼굴을 떠올려 보았다. 그리고 그 옆에 서 있는 자신까지.

"에이. 말도 안 돼."

상상만 했을 뿐인데도 고개가 절로 흔들렸다. 그 세 명 중 누군가에게 고백을 받았다는 건, 꿈에서도 있을 수 없는 일이었으니까.

왜냐고? 솔직히 내가 외모 지상주의는 아니지만, 그래도 그들과 자신은 하늘과 땅 차이랄까? 극명한 예를 들자면 엘프와 오크의 만남이랄까?

'우리 아빠 말씀에 국어를 배웠으면 주제를 알고, 산수를 배웠으면 분수를 알라고 했지.'

오크 쪽에 속한다고 생각한 규리는 너무도 자연스럽게 그 세 명을 배제하고 핸드폰을 꺼냈다. 혹시나 같이 있던 그들 말고 누군가 전화로 고백했을 수도 있으니까.

"설마 개태민이 전화한 건 아니겠지? 전화만 했어봐. 확!"

예전에 잠깐 만나다가 헤어진, 남친인 듯 남친 아닌 남친 같던 개태민. 혹시나 그가 연락한 건가 싶었지만, 그에게 온 전화는 한 통도 없었다.

"뭐야. 대리운전밖에 없네."

자동차는커녕 운전면허증도 없지만, 술 마시고 선배들 대리 불러준 게 한두 번이 아닌지라 통화 목록에는 대리운전과 콜택시 번호만 가득했다. 그리고 13통의 부재중 전화. 계 팀장과 모르는 번호, 그리고 남동생 규현 외에는 아무에게도 전화가 오지 않았다.

"이상하네. 꿈꾼 건가?"

너무 취해서 꿈을 꿨나 보다. 크리스마스 때 혼자 있기 싫어서, 겨울에 추운 게 싫어서.

"하하. 내가 별 이상한 꿈을 다……."

"생각할 시간?"

"대답이 듣고 싶으면 9일 밤 9시, HBS 옥땅으로 따라와……."

9일 밤 9시 회사 옥상? 꿈이라고 치부하기엔 너무도 구체적인 날짜와 약속 장소다!

그제야 규리는 확신했다.

요즘 가장 핫한 배우, 오레오.

HBS 방송국의 소문난 개싸가지 피디, 계명석.

그리고 잘생기고 성격 좋은 조연출 박승후.

그 세 명의 남자 중 한 명에게 고백받았다는 사실을 말이다.

*

껌뻑거리는 빨간불 위에 검지를 올려 지문 인식을 마친 규리는 사무실 안으로 들어갔다.

오늘은 일요일. 게다가 어제 회식을 하는 바람에 모두 쉬기로 했지만, 막내 작가 규리는 제외였다. 곧 들어갈 촬영 소품을 챙기고, 선배들이 지시한 자료를 찾으려면 오늘 하루도 부족했다. 일요일이라 그런지 사람이 많진 않았지만, 몇몇은 책상 앞에 앉아 머리를 쥐어뜯고 있었다.

'아, 불쌍한 방송국 놈…… 아니 방송국 선배들.'

겉보기엔 번지르르 화려해 보이지만, 정작 그들의 생활은 초라하기 그지없다. 며칠 동안 씻지 못해 떡진 머리, 스치기만 해도 풍기는 쉰내. 담배 아니면 커피에 매달려야 하는 잠과의 싸움. 어떤 이는 꽁초로 담배 선인장을 키우고, 또 어떤 이는 커피 컵 홀더로 커피 나무를 키운다지.

거기에 내 뜻대로 되지 않는 망할 놈의 시청률과 바닥을 친 시청률 하나에 몇 달 공들인 프로그램이 하루아침에 사라져 버리는 놀라운 광경이 벌어지는 곳이 바로 이곳, 방송국이다. 그리고 그중, 가장 아래에서 그들을 떠받치고 있는 막내 작가가 바로 감규리고.

그녀는 뉴스에서 등장하는 계약직도 부러운 프리랜서다. 말이 좋아 프리랜서지, 시간은 전혀 프리하지 않다. 출근 시간은 정해져 있지만 퇴근 시간은 없으며, 점심시간과 주말은 반납, 야근 수당도 퇴직금도 4대 보험도 되지 않는 허울만 좋은 직업이었다. 정직원 PD들이야 프로그램이 없어져도 비빌 언덕은 있지만, 프리랜서 작가들은 프로그램 폐지와 함께 직장을 잃고 만다. 그리고 당연히 실업 급여도 받지 못하고, 손가락만 빨며 다른 직장을 알아봐야 하고. 아, 물론 실력 빵빵한 작가들은 대기업 부장님 연봉도 우습지만 말이다.

"감귤. 뭐해?"

"엄마야! 아, 박 군!"

언제 왔는지, 승후가 그녀 뒤에 서 있었다.

"안 들어가고 여기서 뭐 해?"

그는 또 다른 하층민, 방송국의 을 조연출이다.

하지만 외모와 성격만큼은 슈퍼 갑이지! 잘났어, 그것도 매우.

규리는 목을 최대한 뒤로 젖히고, 자신보다 한참 키가 큰 승후의 얼굴을 올려다봤다.

고백남 후보 1번. 이름 박승후. 나이 28세. 직업 조연출. 별명 박 군. 성격 슈퍼 베리 굿! 기럭지만 보면 을이 아니라 슈퍼 모델 출신일 것 같은 그는 방송국 내 모든 여성들의 사랑을 받는 인기남이다. 187cm의 우월한 기럭지, 잘생김을 타고난 얼굴에 양옆으로 쭉 뻗은 눈, 길고 검은 속눈썹, 거기에 똑 떨어지는 섹시한 구레나룻, 추운 겨울 절로 안기고 싶은 떡 벌어진 어깨까지. 게다가 옷은 어쩜 그렇게 잘 입는지, 작가들 사이에서 '패피 박 군'이라고 불린다.

외모만으로도 그의 다리 한쪽에 매달려 봄 직한데, 속내는 더욱 튼실하다. 털털한 성격으로 어려운 일도 척척, 무거운 소품도 거뜬하게 들어주며, 어떤 추가 촬영에도 불만 없이 출동, 시간 날 땐 까다로운 섭외 전화까지 돌려주는, 작가들의 워너비 조연출이다. 완벽한 외모와 서글서글한 성격 때문에 그런지, 선배들이 그에게 가장 많이 하는 말은 '왜 여기 처박혀 있어? 조연출 때려치우고 연예인을 하란 말이야!'였다. 냄새나는 편집실보다는 화려한 조명 아래 런웨이가 더 잘 어울릴 것 같은 그는 이 팀에서 규리와 가장 친한 친구다.

사실 규리는 스물여덟이라는 늦은 나이에 방송 판에 뛰어든, 부려먹기 불편한 '나이 많은 막내'다. 그렇다 보니 그녀의 선배들은 그녀보다 적게는 서넛, 많게는 다섯 살이나 어렸고, 그녀들은 자기보다 나이 많은 규리를 탐탁지 않게 여겼다.

적응 못하고 힘들어할 때, 많은 도움을 줬던 게 바로 박승후 이 자식이었다.

'근데 사실 그게 날 좋아해서? 보기만 해도 웃음이 절로 나오는 이놈이 남몰래 날 좋아했다고?'

규리의 얼굴에 스멀스멀 웃음이 번졌다.

"감귤. 너 표정 기분 나빠. 왜 그렇게 이상하게 웃어?"

"아니다, 이놈아."

규리는 팔꿈치로 그의 팔을 툭 치며 말했다.

"어제는 잘 들어갔어?"

'왜? 혹시 가는 길에 나쁜 놈들이라도 만났을까 봐 걱정했어?'

규리가 차마 입 밖으로 꺼낼 수 없는 말을 머릿속으로 뇌까리고 있을 때, 승후의 얼굴이 그녀 앞으로 훅 다가왔다. 그가 갑자기 다가오자, 규리는 홉 하고 숨을 멈추고 그의 눈을 똑바로 바라보았다.

깜빡이는 눈꺼풀 사이로 들어오는 그의 얼굴은 왜 이렇게 잘생긴 건지.

'얘 눈이 원래 이렇게 예뻤나? 속눈썹 진짜 길다.'

맑고 예쁜 갈색 눈동자에 빠져 허우적대고 있을 때, 승후의 낮은 음성이 들려왔다.

"이봐 감귤. 도대체 무슨 생각 하는 거야?"

"어? 어…… 아냐. 아무것도……."

네 생각. 우리 생각. 네 팔짱을 끼고 다닐 우리 미래에 대한 생각?

"너 또 이렇게 멍하니 있다가 차 작가님한테 혼난다."

승후의 커다란 손이 그녀의 머리카락을 흐트러뜨렸다. 원래도 설렜지만, 오늘은 더 설렌다.

'근데 박 군. 미안해. 나 오늘 머리 안 감았어.'

모자를 쓰고 올까 잠시 고민했는데, 안 쓰고 오길 참 잘한 것 같다. 그의 쓰담 쓰담을 받다니. 그 바람에 정신이 나갔는지, 규리의 입에서 뜬금없는 말이 튀어나왔다.

"박 군. 내가 이 말 한 적 있나?"

"무슨 말?"

"너한테 머스크 향 난다고."

그래서 너한테 여자들이 그렇게 꼬이나 봐. 나도 꼬이고.

"아직 술 안 깼냐? 왜 이상한 소리를 해?"

"그러게. 아무래도 아직 술이 덜 깬 것 같다."

평소 자주 하던 그의 쓰담쓰담에 왜 갑자기 가슴은 설레서!

아마도 어제 술김에 들었던 그 고백 때문인 것 같다. 누가 했는지도 기억나지 않는 그 고백 때문에 그녀의 마음이 떨렸는지도 모른다. 아니, 어쩜 외로운 겨울을 홀로 보내기 싫어서인지도 모른다. 사실 셋 중 누군가가 고백을 해왔다면 그건 당연히 박 군일 거라고 생각했다. 그리고 규리도 고백남이 박 군이길 바라고 말이다.

말이야 바로 해서, 대한민국 톱 배우 오레오가 그녀에게 고백한다는 건 말 자체가 되질 않는다. 그리고 계 피디? 그 인간은 말을 말자.

그래서 규리는 당연히 승후가 그녀에게 고백한 남자라고 확정지어 버렸다. 그나마 제일 현실성이 있으니 말이다.

"커피 마실래?"

"그래. 술 좀 깰 겸 커피 한잔해야겠다."

커피를 사러 나가기 위해 문 앞에 서는 순간, 문이 벌컥 열리며 계명석 팀장과 차지연 작가가 동시에 안으로 들어왔다.

"안녕하십니까? 팀장님."

"오셨습니까, 작가님?"

승후와 규리는 각자 자신의 라인에게 허리를 굽혀 인사했다.

"안녕 못해."

"따라와."

그러자 그들의 입에서 냉랭한 답변이 돌아왔다.

"촬영 장소 펑크 났어."

"예? 아니, 갑자기 왜요?"

다다음 주에 첫 촬영이 들어간다. 그런데 촬영 장소가 펑크 나다니!

"마을에서 구제역 발생했대. 지금 통제하고 난리래."

"아……."

이 팀에 들어와 처음으로 섭외 성공한 곳인데.

규리는 갑자기 허탈해졌다. 왈칵 눈물이 쏟아질 것만 같았다. 막내 작가에게 섭외란 곧 생명과 같은 것이다. 그런데 그 생명줄이 툭 끊겨 버리다니.

"뭐 해?"

잠시 멍하니 서 있자, 날카로운 차 작가의 목소리가 들려왔다.

"빨리 섭외 전화 안 돌려?"

"아! 네!"

생명줄 끊긴 것도 잠시. 규리는 또 다른 생명줄을 잡기 위해 급하게 취재 노트를 펼쳤다. 꼬깃꼬깃한 노트 안에는 수많은 지역의 섬마을 이장님 번호가 빼곡하게 적혀 있었다. 각 면사무소, 어촌 계장 등을 거치고 거쳐 하나하나 전화발품을 팔아 모은, 그녀의 보물과도 같은 귀중한 노트였다.

규리는 그동안 전화했던 곳을 쭉 훑다가 작은 감탄사를 내뱉었다.

"맞다! 작가님! 여기 기억나세요?"

규리의 재빠른 반응에 차지연 작가가 의외라는 듯 그녀를 쳐다봤다.

"전에 김 피디님이랑 박 작가님이 답사 갔던 곳인데, 파라도라고."

"아, 파라도! 왜 그 생각을 못 했지? 거기가 원래 1순위였잖아. 근데 왜 어그러졌지?"

"이장님께서 상을 당하셔서 흐지부지됐다가, 다른 곳 섭외되는 바람에 그렇게 됐습니다."

"당장 전화해 봐."

"네!"

차 작가의 명령이 떨어지자, 규리는 빠르게 노트에 적힌 번호로 전화를 걸었다.

"이장님. 안녕하세요? 저 혹시 기억하세요? 예전에 전화드렸던 방송국 작간 데. 네네. 감귤 아가씨요! 하하하. 기억하시는구나. 잘 계셨어요?"

규리는 특유의 친밀감을 드러내며 쾌활하게 통화를 이어나갔다. 얼굴도 모르는 이장님의 손녀라도 된 것처럼 말이다.

꽤 긴 통화를 끝낸 규리가 밝은 미소를 지으며 차 작가 앞으로 다가왔다.

"이장님께서 지금 친척 결혼식 때문에 서울에 와 계시는데, 얼굴 보고 이야기하자고 하시는데요?"

"그래?"

"네. 근데 1시간 반 뒤에 버스 떠난다고 빨리 오래요."

"어딘데?"

"고속버스 터미널 근처에 있는 웨딩홀이래요."

"오케이. 계 팀장님 들었지?"

차 작가가 창가 쪽에 앉아 있는 계 팀장에게 큰 소리로 외쳤다.

"차 선배. 가실 수 있어요?"

계 팀장이 자리에서 일어나 곤란한 표정을 지으며 물었다.

"아! 부장님이랑 회의 있다고 했지?"

"네. 조금 이따 올라가 봐야 해요."

"그럼 규리 데리고 갔다 올게."

"차는요? 차 안 끌고 나오셨다면서요."

"택시 타지 뭐."

택시라는 말에 계 팀장이 손목시계를 들여다봤다. 상암에서 고속버스 터미널까지. 평소라면 30분이면 갈 거리지만 오늘은 일요일. 택시 잡고 뭐 하고 하다 보면 설득할 시간이 모자랄 수도 있다.

"여기 주말에 택시 안 잡혀요. 길도 막힐 테고. 회사에 있는 놈들 중에 차

가지고 온 놈 있으면…….”

그때 저음의 음성이 계 피디의 말을 끊고 들어왔다.

“제가 같이 가겠습니다.”

승후였다. 규리 뒤에 서 있던 승후는 그녀의 어깨에 손을 얹으며 말했고, 그 모습을 본 계 팀장이 눈썹을 움찔거리며 물었다.

“차 갖고 왔어?”

“네.”

“내가 시킨 건? 다 했고?”

“다 했습니다.”

“그래. 그럼…….”

계 팀장의 허락이 떨어지자, 승후가 밝게 웃으며 규리의 어깨를 토닥거렸다. 같이 가겠다는 말 한마디에 얼마나 많은 용기를 냈는지, 규리의 어깨를 토닥이는 승후의 손에 약간 땀이 배어 있었다. 규리는 차 키를 들고 나서는 승후의 가벼운 발걸음을 보고 알 수 있었다.

‘박승후! 역시 너였구나!’

2번, 3번은 볼 것도 없이 승후가 바로 고백남이라는 것을 말이다.

*

이번에 들어갈 프로그램, 〈오늘 밤만 재워줘〉는 예능감 충만한 40대 배우 송서준과 뛰어난 연기력을 인정받은 예능 초보 오레오, 그리고 요즘 잘나가는 걸 그룹 멤버 서가을이 섬마을 호스트로 출연한다.

첫째 날 호스트 세 명이 직접 낚시하고, 농사지은 재료로 게스트를 위한 음식을 준비하면, 이튿날 게스트가 하룻밤 신세를 지는 프로그램이다. 그래서 그들이 묵을 섬은 농사와 낚시가 가능해야 하며 방송 특성상 경관이 아주 뛰어나야 했다. 파라도는 그 모든 것이 가능한 섬이었다. 그래서 섭외가 틀어졌을 때 많이 아쉬워했는데, 이렇게 다시 기회가 생기다니.

조수석에 앉은 규리는 아름다운 파라도를 상상하며, 이장님께 질문할 내용을 정리하고 있었다.

'처음 컨택했을 땐 여름이었고, 지금은 가을이니까 일단 날씨부터 체크해야겠다. 그리고 마을 분위기, 요즘 나는 채소, 잡히는 물고기, 그리고 또 뭐가 있을까…….'

그렇게 취재 내용을 정리하고 있을 때, 갑자기 승후의 얼굴이 그녀를 향해 훅 다가왔다.

흡! 규리는 저도 모르게 숨을 멈추고, 반짝반짝 빛나는 그의 얼굴을 바라보았다. 짧은 순간, 그녀의 머릿속엔 수십 가지 생각이 뒤엉켰다.

'설마 안전벨트 매주려고? 아냐. 뒤에 차 작가님도 계시는데? 그럼 왜 이렇게 가까이 얼굴을 들이대는 거지? 처음부터 이러면 오예이긴 한데, 그래도 너무 빠른 거 아닌가?'

하지만 김칫국 드링킹도 잠시.

"감귤, 잠깐."

"응?"

규리에게 다가오던 승후는 뒤돌아보고, 팔은 조수석에 걸친 뒤 후진하기 시작했다.

'아. 후진하려고 그랬던 거구나.'

질문지를 작성하던 규리는 폭풍 후진하는 승후의 얼굴을 멍하니 쳐다봤다.

'후진하는 남자의 옆모습은 왜 이리도 섹시한 걸까?'

대충 말아 올린 소매 아래로 바짝 군기가 들어간 핏줄, 꿈틀대는 목울대, 거기에 주차권을 문 입술까지! 잘생김의 결정체가 섹시하게 운전하자, 규리의 정신이 혼미해지는 것 같았다.

'박 군이 확실해. 사무실에 그냥 있어도 되는데, 날 데려다주겠다고 일부러 나선 거잖아?'

사실 이장님을 만나는 건 규리와 차 작가만으로 충분했다. 이장님께 인사드리고, 섭외 요청만 하면 되는 거니까 굳이 조연출인 승후까지 같이 갈 필요는 없었다. 그런데 기어코 반드시 가겠다며 운전을 자청한 건 모두 자신 때문이라고, 규리는 확신했다.

"감귤. 이장님은 어떠셔? 호의적이시니?"

"네. 작가님!"

딴생각하고 있던 규리가 저도 모르게 큰 소리로 대답하자, 차 작가가 옅은 미소를 지었다.

"기운이 넘치네. 프로그램 끝날 때까지 그래야 한다? 중간에 지쳐서 나가떨어지지 말고."

"예! 작가님!"

"다들 그렇지만 너희 둘이 가장 중요해. 막내 작가랑 조연출. 그러니까 둘 다 정신 바짝 차리고, 실수하지 말고, 특히 아프지 말고! 알겠어?"

"네. 작가님!"

차 작가의 말에 이번엔 승후도 같이 대답했다. 규리와 눈이 마주친 승후는 밝게 미소를 지었다.

어쩐지 오늘 섭외는 성공할 것 같은 기분이다.

＊

규리가 버스에 탄 이장님을 향해 손을 흔들자, 이장님이 창문을 열고 그녀를 향해 무언가를 내밀었다. 쪼글쪼글하게 주름진 검은 손안에는 노란 귤 2개가 들어 있었다.

"가면서 먹어."

"이장님 드세요. 버스에서 출출하실 텐데."

"아냐. 난 여기 또 있어. 내가 감귤 작가 만나서 기분이 좋아."

"제가 더 좋죠. 촬영도 쿨하게 협조해 주시고. 이장님 완전 세젤멋!"

규리가 밝게 웃으며 양손의 엄지를 척하고 들었다.

"세젤멋?"

"세상에서 제일 멋있다고요."

규리의 말에 기분이 좋았는지, 이장님이 세상 다 얻은 표정을 지으며 껄껄껄 웃었다.

"기분이다! 회사 가서 떵떵거려! 내가 파라도 섭외했다고. 알았지?"

"네!"

머리가 허옇게 센 이장님은 규리가 꼭 자기 손녀딸과 닮아서 허락한다고 몇 번이고 강조했다. 그래서인지 이장님께 마음이 더 쓰이는 규리였다.

"조심히 들어가세요. 전화드릴게요."

규리는 버스 뒤꽁무니를 향해 신나게 손을 흔들었다.

"손목 나가겠다."

"어? 왔어? 내가 찾아가면 되는데."

언제 왔는지, 승후가 그녀 뒤에서 긴 그림자를 만들어냈다.

"주차장에서 헤맬 것 같아서 왔어."

어쩜 이리도 자상할까. 이런 남자를 두고 무슨 고민을 하겠다고 답변을 미뤘는지. 멀쩡한 규리는 술 취한 어제의 자신을 타박했다.

"완전 다행이지? 섭외 안 됐으면 지금쯤 난리 났을 텐데."

"잘했어. 감귤."

"귤 먹을래? 이장님이 주셨어."

규리는 이장님이 준 귤 2개 중 하나를 내밀며 말했다.

"아니. 나 귤 안 좋아해."

"그래? 귤 맛있는데."

"너 많이 먹어."

승후는 버릇처럼 손을 뻗어 규리의 머리카락을 흐트러뜨렸다. 그 손길이 어찌나 친근하게 느껴지는지, 규리는 저도 모르게 쓰담쓰담을 받는 강아지처럼 기분 좋게 웃었다.

"차 작가님은?"

"팀장님이랑 통화. 어? 너 운동화 끈 풀렸다."

"아, 어쩐지 뭔가 불편하더라……."

승후의 말에 규리가 고개를 숙이려는 순간, 그가 먼저 그녀의 운동화에 손을 뻗었다. 민망해진 규리가 발을 뒤로 빼려고 하자, 승후가 그녀의 발을 붙잡았다.

"왜? 묶어줄게."

"어후, 야. 네가 왜 내 신발 끈을 묶어?"

"묶어주면 어때서."

"그래도. 신발 더러운데……."

"뭐 어때."

내가 뭐라고 무릎까지 꿇고 신발 끈까지 묶어주는 건지.

규리의 가슴에 살랑살랑 봄바람이 불어오는 것만 같았다. 승후 뒤로 보이는 붉은 노을이 너무나도 아름다웠지만, 지금 규리의 눈에는 자신의 신발 끈을 묶어주는 승후의 긴 손가락밖에 보이지 않았다. 자신의 신발 끈을 매느라 고개를 숙이고 있는 그의 뒷모습이 어찌나 멋있는지.

'이제 운동화 매주 빨아야겠다.'

언제 빨았는지 꼬질꼬질한 운동화를 보니 규리는 좀 부끄러워졌다. 하긴 남자가, 그것도 박승후가 자신의 운동화 끈을 매줄 거라는 건 상상조차 못 했으니.

'박승후. 자상한 건 알았지만, 이 정도였나?'

그가 고백남이라는 생각을 하고 있어서 그런지, 평소 하던 행동들이 더욱 달달하게 느껴졌다.

"다 됐다. 이대로 다녔다간 넘어졌을걸?"

'난 너 때문에 뒤로 넘어질 것 같다. 완전 심쿵이다.'

어떻게 하루 사이에 '트리플 심쿵'을 선보일 수 있는 걸까? 무방비 상태에 머리 쓰다듬기, 폭풍 후진하기에 이어 운동화 끈 묶어주기라니! 여자들이 은근 설레는 행동을 하루에 몰아서 다 하지 않았는가!

'내 심장 물어내! 강탈해 간 내 심장 돌려놓으라고!'

특히 저 자상함은 웬만한 철벽녀가 자기 손으로 철 절단기를 들게 만드는 스킬이다.

'녹네. 녹아.'

멍하니 승후의 얼굴을 올려다보고 있자, 그가 규리의 어깨를 툭 쳤다.

"가자. 작가님 나오셨다."

"응? 응!"

저만치 차 작가가 그들을 향해 걸어오는 게 보이자, 규리와 승후는 걸음을 옮겼다.

✳

평소 길게 회의하지 않는 계 팀장의 스타일에 따라 회의는 순조롭게 진행됐다.

"그래도 답사는 한 번 더 다녀와야 하지 않을까?"

"그래야죠. 전에 갔을 땐 여름이었으니까. 내일 제가 다녀올게요."

계 팀장의 말에 차 작가가 말했다.

"난 힘들 것 같고. 오은설 작가가 갈 수 있을 거야."

"그럼 오은설 작가랑 갈게요."

"규리야, 이장님께 내일 간다고 연락드려."

"네!"

"오케이. 답사는 그렇게 정리하고. 참! 계 팀장, 우리 작가들 내일 쉰다? 오늘 쉬라고 해놓고 펑크 나는 바람에 다들 쉬지도 못하고 집에서 전화통 붙들고 있었을 거야."

쉰다는 차 작가의 말에 회의록을 정리하던 규리의 눈이 커졌다.

드디어! 거의 2달 만에 휴일이라니! 눈물이 나올 것만 같았다.

규리는 다른 방송국의 다른 프로그램에서 일하다가 아는 선배의 소개로 〈오늘 밤만 재워줘〉 팀에 들어오게 됐다. 메인 작가인 차 작가와 함께 처음부터 붙어서 기획안 작업은 물론, 출연자 섭외에 장소 섭외까지 하느라 그동안 단 하루도 쉬지 못했다.

그런데 드디어 휴일을 주신다니!

'제발. 하나님, 부처님, 알라신이여! 계 팀장님의 입에서 허락이 떨어지게 해주소서!'

어느 신인지는 모르지만, 다행히 규리의 기도는 받아들여졌다.

"본격적으로 바빠지기 전에 하루 쉬죠. 연출 팀도 쉬고."

"오예!"

쉰다는 말에 규리는 저도 모르게 소리를 질러 버렸다. 그것도 사무실이 떠나갈 정도로.

"그렇게 좋니?"

"아니, 그게 아니라⋯⋯."

차 작가가 묻자, 규리는 입을 꽉 다물어 버렸다. 겨우 2달 못 쉬었을 뿐인데, 쉬는 것만 좋아하는 작가로 찍혀 버릴까 봐 덜컥 겁이 났다. 아직까지는 실력보다 인맥이 중요한 연차였으니까.

"쉬면 뭐 하게? 남자친구랑 데이트하게?"

"아뇨. 저 남자친구 없어요."

차 작가의 질문에 규리는 살짝 승후를 쳐다보며 격정적으로 손사래를 쳤다.

"그래? 난 있는 줄 알았는데. 계 팀장도 감귤 남자친구 있는 줄 알았지?"

'우리 작가님, 잘 나가시다가 뜬금없이 그걸 왜 계 팀장님한테 물으실까.'

개싸가지 계 팀장과는 조금도 섞이고 싶지 않았던 규리는 어색하게 미소를 지으며 그를 쳐다봤다. 그러자 계 팀장은 별로 관심 없다는 듯, 자료를 챙기며 대답했다.

"글쎄요."

"하긴 내 코가 석 잔데 감귤이 남친이 있든 말든. 안 그래?"

"……."

차 작가가 다시 물었지만, 계 팀장은 아무 대답도 하지 않았다.

하긴 여기 모인 네 사람은 모두 솔로였다. 올해 마흔이 된 차지연 작가도, 서른둘의 계명석 팀장도, 그리고 스물여덟 동갑내기 규리와 승후도 말이다. 일요일 오후에 솔로 4명이 모여 앉아 도란도란 회의나 하고 있다니. 이보다 더 우울한 회의가 있을까? 젠장.

"암튼 우린 내일 쉴게. 애들 꼴 좀 봐. 미용실 갈 시간이라도 주자."

차 작가의 말에 계 팀장이 규리를 쳐다봤다. 그 눈빛이 어찌나 살벌하고 무서운지. 규리는 살짝 들었던 고개를 다시 숙여 버렸다.

"막내가 쉴 시간이 어딨다고. 정신 바짝 차려!"

"네."

"예!"

잔뜩 졸아 있던 규리가 힘없는 목소리로 대답하자, 승후가 목청껏 그녀를 도왔다. 그런 승후가 어찌나 고마운지, 규리는 그를 향해 '고마워'라고 입 모양으로 말했다.

회의를 마치고 나오자, 차 작가가 규리를 불렀다.

"규리야. 전에 파라도 영상 프리뷰 했었니?"

"중간에 어그러져서 하다가 말았어요."

"그래? 그럼 프리뷰 좀 하고 가."

"네!"

규리와 차 작가의 대화를 들은 승후는 입었던 재킷을 슬그머니 벗어 의자에 걸쳤다. 아직 저녁 5시밖에 되지 않았지만, 가을을 맞이한 하늘은 벌써 어둑어둑해져 있었다.

"차 선배. 퇴근 안 해요?"

퇴근 준비를 마친 계 팀장이 차 작가에게 물었다.

"나 좀 있다가. 프리뷰 확인하고 가려고."

"그럼 저 먼저 들어가 볼게요."

"조심히 가."

계 팀장과 피디들이 우르르 밖으로 나갔다. 그중, 강 피디가 승후의 어깨를 툭 치며 물었다.

"넌 퇴근 안 하냐?"

"전 출연자 영상 자료 좀 찾아놓고 퇴근하려고요."

"그걸 여태 안 했어? 팀장님이랑 다 같이 해장술 한잔하려고 했는데. 수고해라."

"예. 들어가세요."

강 피디가 밖으로 나가자, 이미 엘리베이터에 올라탄 피디들이 그를 기다리고 있었다.

"승후는?"

"출연자 영상 자료 찾아야 한다던데요?"

"짜식. 미리미리 좀 해놓으라니까."

엘리베이터 가장 안쪽. 그들의 이야기를 듣고 있던 계 피디의 눈썹이 움찔거렸다.

*

자료를 훑어보던 차 작가는 피곤한 모양인지, 어깨를 두드리며 규리에게 물었다.

"우리 커피 마실까?"

"네. 좋아요."

"난 아메리카노. 따뜻한 걸로. 승후랑 같이 갔다 와."

"예."

규리와 승후는 1층 카페로 향했다. 엘리베이터에서 내리자마자 은은한 커피 향이 풍겼고, 통창 밖으로 울긋불긋한 나뭇잎이 가을이 왔다는 걸 말해주고 있었다.

이런 날 승후와 함께 거리를 걸으면 얼마나 좋을까. 살랑살랑 불어오는 바람과 높고 푸른 하늘 거기에 우수수 떨어지는 낙엽까지. 캬.

생각에 잠겨 걷고 있을 때, 승후가 말을 걸어왔다.

"프리뷰 많이 했어?"

"거의?"

"손 빨라졌네."

"당근이지. 근데 너 내일 뭐 할 거야?"

"글쎄?"

"두 달 만의 휴일인데, 글쎄라니!"

"넌 뭐 할 건데?"

승후의 질문에 규리는 할 말을 잃었다.

너무 오랜만에 찾아온 휴일이라서 그런가? 뭘 해야 할지 계획도 없을뿐더러, 아무 생각도 나지 않았다.

"글쎄."

그녀의 대답에 승후가 웃음을 터뜨렸다.

"하도 안 쉬니, 쉬는 날 뭘 해야 할지 모르겠다."

"그러게 말이다. 이제 만날 친구도 없어. 매일 약속 펑크 냈더니 왕따 돼버렸어."

"넌 라떼지? 바닐라 시럽 넣고?"

"응."

커피 취향까지 꿰고 있을 정도라니. 역시 고백남의 정체는 박승후가 확실했다.

'그럼 난 어떻게 해야 하지?'

저쪽에서는 고백을 했으니 그에 대한 답변을 해줘야 한다. 승후의 고백을 받아들여야 할지 아니면, 거절해야 할지. 승후는 참 멋진 남자다. 자상하고, 잘생기고, 키도 크고. 하지만 '남자'로 생각해 본 적은 없다. 멋진 건 확실한데, 그의 자상함에 심쿵하는 것도 사실인데, 규리는 자신의 마음을 정확히 알 수 없었다.

아직 시간이 좀 있으니 생각을 해봐야겠다. 돌아오는 크리스마스 때, 박 군의 팔짱을 낄지 말지를 말이다.

"아메리카노 한 잔, 라떼 한 잔, 그리고 크런치 라떼 한 잔 주세요."

"크런치 라떼? 너 아메리카노만 마시잖아."

"시즌 음료 마시면 다이어리 준다고 해서."

"다이어리?"

승후의 말에 규리는 얼마 전 자신이 했던 말을 떠올렸다.

"우와. 다이어리 예쁘다."

샘플 다이어리를 보고 예쁘다며 눈독을 들이긴 했는데, 그걸 기억하고 스티커를 모으고 있었다니.

자상해, 잘생겼어, 거기에 섬세하기까지!

규리는 스티커를 모으는 승후를 흐뭇하게 쳐다봤다.

"하나만 더 모으면 되네?"

"다음에 다이어리 받아야겠다."

승후의 스티커를 본 규리는 은근슬쩍 갖고 싶은 다이어리 색상을 흘렸다.

"핑크 예쁘네."

"그래? 그럼 핑크로 해야겠다."

이 정도의 세심함까지 갖춘 남자라면…… 마음을 받아줘도 되겠지?

*

"고생했다. 정리하고 들어가."

프리뷰 노트를 확인한 차 작가가 주섬주섬 짐을 챙기며 말했다. 이미 시간은 8시를 넘어서고 있었다.

"내일 푹 쉬고. 화요일에 보자."

"네! 조심히 들어가세요!"

규리가 벌떡 일어나 허리를 90도로 굽혀 인사하자, 차 작가가 미소를 지으며 밖으로 나갔다.

"야호! 퇴근이다. 내일은 쉬어도 된다!"

"할 일도 없다면서?"

승후가 닫히는 사무실 문을 보며 말했다.

"할 일이 없어도 집에서 할 일 없는 게 낫지, 회사에서 할 일 없는 게 낫겠니?"

"백번 옳은 말이다. 데려다줄까?"

"어?"

여태 친하게 지내긴 했어도 집까지 데려다준 적은 없었다. 그런데 왜 갑자기 데려다주려고 하는 걸까? 집에 데려다준다는 말은 '너의 집이 어딘지 알고 싶어.'라는 말과 같은 뜻일까? 아니면, '너의 안전은 이제 내가 책임질게.'라는 뜻? 그것도 아니라면, '너랑 조금 더 같이 있고 싶어?' 승후가 말한 '데려다줄까?'의 의미는 무엇일까?

"피곤하지 않아?"

"아니. 별로. 할 말도 있고."

"할…… 말?"

규리는 '무슨 할 말?'이라고 바로 물어보려다가 얼른 입을 닫았다. 지금 그 질문을 뱉어버리면, 그래서 질문에 대해 답변을 해버리면 데려다주지 않을 것 같아서 말이다.

"그래, 그럼. 데려다줘."

*

아까 이장님 미팅 갔을 때와는 또 다른 기분이었다. 그땐 차 작가도 있었고, 일하러 가는 길에 그의 차를 얻어 탄 거였는데, 지금은 단둘이다. 그것도 자신을 집에 데려다주는 길. 그래서인지 자동차 안의 공기 자체가 다른 것 같았다. 공기 색깔은 핑크핑크한 것 같고, 차 안을 맴도는 피톤치드 방향제 향은 달달하게 느껴졌다.

규리는 왠지 모를 떨림에 안전벨트를 꼭 잡고 정면을 바라보았다. 날이 쌀쌀해져서 그런지 창문 밖 연인들은 더욱 찰싹 달라붙어 걷는 것 같다.

"좋겠다. 일요일 저녁에 데이트도 하고."

"너도 하면 되잖아?"

"어?"

뭐지? 데이트하자는 건가?

규리는 더 말을 이어나가고 싶었지만, 망할 놈의 내비게이션이 그녀의 집 앞에 당도했음을 큰 소리로 외쳤다.

"여기서 살아? 혼자?"

"아니. 친구랑."

"아."

잠시 차 안에 정적이 내려앉았다. 그러자 어쩐지 규리의 마음이 다급해졌다. 확인하고 싶었다. 알고 싶었다. 정말 고백한 게 그가 맞는지, 무슨 말을 하고 싶어서 자신을 데려다준 건지. 하지만 승후는 쉽사리 입을 열지 않고, 뭔가 불안한 듯 손가락으로 핸들만 두드리고 있었다. 애가 탄 규리가 결국 입을 열었다.

"근데 박 군."

"어?"

"할 말 있다면서."

"아. 그게……."

박 군의 목울대가 아래위로 크게 울렁거렸다. 아마도 많이 긴장한 모양이었다. 규리는 보채거나 서두르지 않고, 천천히 그가 고백해 오기를 기다렸다.

"나 사실…… 좋아해."

'오예! 역시 고백남은 박 군이 확실하구나!'

승후의 고백에 규리는 하늘로 치켜올라가는 입꼬리를 겨우 진정시키며 못 들은 척 물었다.

"어? 뭐라고? 내가 잘 못 들었어."

거짓말. 똑똑히 아주 선명하게 들렸지만, 또 듣고 싶었다. 난생처음, 술에 취해 있지 않은 말짱한 정신으로 듣는 달콤한 고백을!

"어…… 그러니까."

승후가 다시 고백을 해오려는 결정적인 순간! 띠리리리리- 전화벨이 울렸다. 이런 젠장!

규리는 속으로 욕을 뇌까리며 두 손에 꼭 쥐고 있던 자신의 핸드폰을 내려다봤다. 핸드폰의 빛을 밝힌 사람은 다름 아닌 차 작가였다.

"받아야겠지?"

규리가 핸드폰 액정을 보여주며 묻자, 승후가 대답했다.

"받아야지."

이 순간만큼은 전화를 받고 싶지 않았지만, 차 작가의 전화는 어떤 상황에서도 거부할 수 없었다.

"잠깐만."

왜 하필 이럴 때! 규리는 차 작가를 원망하며, 조용히 전화를 받았다.

"여보세요. 네 작가님. 네. 바로 보내겠습니다."

규리가 전화를 끊자, 승후가 그녀의 표정을 살피며 물었다.

"왜? 무슨 일이야?"

"파라도 자료 메일로 보내달라고 하시네."

"급하시대?"

"응. 올라가 봐야 할 것 같아."

"그래. 어서 가 봐."

가라고는 했지만, 승후의 얼굴엔 아쉬움이 가득했다. 그건 규리도 마찬가지였다. 왜 하필 그 중요한 타이밍에 전화를 하셔서!

"저기 승후야. 아까 하던 말 있잖아……."

"아, 그거. 나중에. 나중에 할게."

"어. 그래."

이미 끊긴 분위기는 다시 되돌아오지 않았다.

＊

차 작가에게 메일을 보낸 규리는 주방으로 나와 냉장고에서 맥주 한 캔을 꺼냈다.

"흥. 듣고 싶었는데."

"근데 확실해?"

"뭐가?"

"박 군이 좋아한다고 한 게, 네가 확실하냐고."

규리는 마스크 팩을 정성스럽게 붙이고 있는 강희를 보며 코웃음을 쳤다.

"당연하지. 차 안에 나랑 둘밖에 없었는데. 그럼 지나가는 사람한테 그랬겠냐?"

"지나가는 개한테 그랬을 수도 있잖아. 나 좋아해…… 저 개. 내가 좋아하는 견종이야. 푸들. 이랬을 수도 있잖아?"

초·중·고등학교에 이어 대학까지 같이 나온 베프이자, 규리의 모든 것을 알고 있는 강희가 시니컬한 말투로 말했다.

"우씨!"

규리가 때리려는 자세를 취하자, 강희가 재빨리 몸을 피했다.

"내 말은 너무 성급하게 판단한 거 아니냐, 이 말이지."

"무슨 말이야?"

"그 자리에 남자 세 명이 있었다면서?"

"그치. 박 군, 계 팀장님, 레오. 이렇게 세 명."

"근데 왜 고백남을 박 군이라고 확신하는 거냐고."

"얘가 뭘 모르네."

오늘 박 군이 자신한테 한 행동을 보면 그렇게 말 못 할 거다. 규리는 낮에 있었던 박 군의 트리플 심쿵에 대해 자랑스럽게 떠들기 시작했다.

"박 군이 오늘 출근하자마자 어떻게 했냐면, 날 지그시 쳐다보더니 머리를 이렇게 쓰담 쓰담 했다니까?"

"어머! 걔 미쳤나 보다."

"그치? 좋아하지 않으면 그런 행동 못 한다니까?"

규리가 확신에 찬 목소리로 말하자, 강희가 그녀의 정수리를 내려다보며 말했다.

"너 머리 잘 안 감잖아? 걔 비위 되게 좋다."

"야!"

하지만 강희의 비꼼에 수그러들 규리가 아니었다. 아직 못 꺼낸 이야기가 차고 넘쳤으니까.

"거기에 또 섭외하러 갔을 때 어땠는지 알아?"

"내가 알 리가 없지."

"내 운동화 끈이 풀려 있는 거야."

"설마!"

"그러니까! 그 끈을 묶어주는 거 있지? 내 앞에 무릎까지 꿇으면서?"

"설마 네 흰색 나이키 운동화 말하는 건 아니지?"

규리가 격정적으로 고개를 끄덕이자, 강희가 손뼉을 치며 말했다.

"걔 비위 정말 짱이다. 어떻게 그 신발에 손을 댈 생각을 하지? 난 발도 대기 싫던데."

"야! 정강희!"

규리가 자리에서 일어나 강희의 목을 조르려고 하자, 그녀가 몸을 피하며 말했다.

"근데 걔 원래 그렇게 자상하다며? 너뿐만 아니라 모든 여자들한테."

강희 말이 틀린 건 아니었다. 박승후 자상한 거야, 방송국 여자들이 모두 다 아는 사실이니까. 함께 일하는 제작진은 물론, 청소하는 아주머니도 박 군만 지나가면 '아이고, 이 총각은 꼭 우리 사위 삼고 싶다니까.'라는 말을 할 정도였다.

"그러니까 내 말은 고백남이 박 군이라고 섣불리 결론 내리지 말라는 거야. 나머지 두 명 중 한 명일 수도 있잖아?"

그럴 수는 없다! 저기 우주 꼭대기에 앉아 있는 톱 배우 레오와 우주 꼭대기까지는 아니어도 우주 중간 정도에 가 있는 계 팀장. 그 둘 중 한 명이 자신을 좋아한다? 생각만 해도 고개가 절로 흔들렸다.

"네버! 절대! 그 둘은 아니야."

"왜 그렇게 부정적으로만 생각하는데?"

강희가 묻자, 규리는 맥주 캔을 만지작거리며 대답했다.

"사실이 그렇잖아. 계 팀장님이 아무리 개진상이다 개싸가지다 해도, 우리나라 방송계에 한 획을 그은 대박 예능을 만든 사람이잖아. 계 팀장님 데려가려고 방송국마다 눈에 쌍심지를 켜고 있는데, 그런 사람이 나 같은 막내 작가를 왜 좋아하겠어? 게다가 나한테 그딴 소리까지 했는데."

규리의 말에 강희가 고개를 끄덕였다.

"그리고 레오는 더 말이 안 돼. 너도 알다시피 레오는 대한민국 모든 여자의 사랑을 한 몸에 받는 톱 배우야. 같이 드라마 촬영하고 화보 찍는 애들이 얼마나 예쁜데, 꼬질꼬질한 내가 눈에 들어나 오겠어?"

"하긴."

규리의 냉철한 자아 성찰이 이어지고 있을 때, 어디선가 문자가 왔다.

"누구야? 이 밤에?"

"모르는 번혼데?"

문자를 확인한 규리의 눈이 점점 커졌다.

"대박!"

"왜? 누군데?"

"레오!"

"뭐? 레오? 정말 그 레오? 레오가 왜 너한테 문자를 보내! 왜?"

평소 시니컬한 강희였지만, 톱 배우 레오의 문자를 직접 보니 흥분이 되는 모양이었다.

"읽어 봐! 당장!"

강희는 레오의 문자를 영접하기 위해 붙인 지 아직 5분밖에 되지 않은 팩을 떼어냈고, 규리는 긴장해서 침을 꿀꺽 삼키며 문자를 읽어 내려갔다.

"이번 주 수요일 오후에 뭐 하세요? 나 그날 라디오 〈충전 1시의 데이트〉에 출연하는데, 꼭 들어줘요. 우리 방송도 소개할 거예요. 레오."

"어머머머머머! 웬일이니? 라디오 출연한다고 막내 작가한테 문자까지 보낸 거야?"

2~3년 무명 시절을 겪으며 충무로를 전전하던 레오는 얼마 전 영화로 빵 뜨더니, 후속 드라마까지 시청률 20%에 안착시켰다. 그리고 지금은 명실상부 대한민국을 대표하는 배우가 되었다. 하지만 그에게 치명적인 결점이 하나 있었는데.

레오는 아주 폭력적이다 못해 파괴적인 인간이었다. 때린 데 또 때리는 걸로 유명했는데, 특히 여자들의 심장을 집중 공격한다. 어찌나 세게 심장을 후려 패는지, 그가 출연한 드라마나 CF, 아니, 화보만 봐도 여자들은 바보 미소를 짓게 된다. 위험한 인간. 바보 미소 바이러스를 감염시키는 치명적인 인간! 여자들의 심장을 너덜너덜하게 만드는 파괴적인 인간!

한동안 레오의 문자를 들여다보던 규리는 심드렁한 표정을 짓더니, 핸드폰을 침대 위로 휙 던져 버렸다.

"답장 안 해?"

"전체 문자겠지."

"하긴. 너한테 개인적으로 보낸 문자는 아니겠지."

"프로그램 홍보 열심히 하고 있다, 뭐 이런 거 아니겠어?"

강희는 박 군 외에 다른 두 남자도 염두에 두라고 했지만, 현실적으로 그건 불가능했다. 너무도 넘사벽의 인물들이라서 말이다.

규리는 고백남이 박 군이라고 확신하며, 앞으로 어떻게 해야 할지에 대해 고민했다.

당장 코앞으로 다가온 9일 밤 9시에 무슨 옷을 입고, 어떤 표정으로 박 군 앞에 서 있어야 할까? 그리고 또 무슨 대답을 해야 하는 걸까? 그런 상상을 하니 갑자기 가슴이 간질간질해지는 것 같았다.

규리가 생각에 잠겨 있을 때, 강희가 그녀 앞에 맥주를 내밀었다.

"내일 일찍 출근한다고 안 마신다며?"

"나의 베프가 살면서 처음으로 고백을 받았는데, 축하는 해줘야지?"

"오냐, 땡큐다."

"마시자!"

"그래! 마시자!"

어차피 내일은 쉬는 날. 할 일도, 만날 사람도 없으니까.

"맥주 더 사 올까?"

"워워. 참아줘. 내일 우리 상무님 조찬 회의 있어."

강희는 금융권 임원 비서다. 그래서 항상 남들보다 일찍 출근하곤 했다. 내일 쉬는 규리와 달리 새벽같이 출근해야 하니 맥주 한 캔으로 술자리를 마무리하려고 했다.

"치. 알았어."

하지만 아쉬웠던 규리는 술을 찾기 위해 냉장고에 얼굴을 들이밀었다. 그리고 한참 동안 싸늘한 냉장고를 뒤지던 규리는 구석에 처박혀 있던 소주 한 병을 들고 왔다.

원래 섞어 마시는 스타일은 아니지만, 오늘은 마음 편하게 코 삐뚤어질 정도로 마셔야지!

*

"여보세요."

다음 날 아침. 아니, 꼭두새벽부터 울려대는 전화에 규리는 쩍쩍 갈라지는 목소리로 핸드폰을 집어 들었다.

[감귤. 잤니?]

차 작가다. 규리는 침대에서 벌떡 일어나, 무릎을 꿇고 앉아 전화를 받았다.

"아! 아뇨! 작가님! 안 잤습니다."

[안 자긴. 지금 새벽 다섯 신데.]

시계를 보니 시곗바늘이 막 5시를 넘어가고 있었다.

[암튼, 오늘 답사 네가 가야겠다.]

"네?"

꿈을 꾸고 있는 건가? 내가 왜 답사를?

[은설이 토사곽란 일어났대. 그 상태로 어떻게 배를 타겠어.]

저도 곧 숙취로 변기통을 부여잡을 예정이었습니다만.

[준비하고 있어. 계 팀장이 곧 전화할 거야.]

"네! 알겠습니다!"

시원하게 대답을 마친 규리는 전화를 끊고, 침대에서 일어났다. 그리고 허공에 대고 하이킥!

"우 씨! 막내가 제일 만만하냐? 이 새벽에 갑자기 부르면 가야 하는 거냐고!"

"가야지, 뭐. 먹고 살려면 어쩌겠어?"

벌써 일어나 샤워까지 마친 강희가 수건으로 머리카락을 털며 말했다.

"뭐야? 벌써 일어났어?"

"조찬 회의 있다니까. 출근하래?"

"출근이면 말도 안 해. 출장."

"어쩐 쉰다 했다. 누구랑?"

"계 팀장님."

"헐. 설마 단둘이?"

강희가 처녀 귀신 헤어스타일을 하고는 물었다.

"어. 둘이."

"혹시 1박 2일은 아니지?"

"맞아. 1박. 거기 너무 멀어서 하루에 못 다녀와."

"어머머머. 야, 잘됐다. 이참에 물어봐."

"뭘?"

"혹시 저한테 고백하셨나요?"

"야! 너 자꾸 놀릴래?"

새벽 댓바람부터 놀려대는 강희의 엉덩이를 응징하고 있을 때, 핸드폰이 울렸다.

"네! 팀장님!"

[주소.]

"네?"

[집 주소 불러.]

"아. 제가 회사로 가도 되는데…….”

[회사로 가도 될 시간이면 주소를 알려달라고 하겠어? 빨리 말해! 주소.]

다짜고짜 주소를 말하라는 바람에 규리는 저도 모르게 집 주소를 술술 불고는 전화를 끊었다.

*

"어제는 박 군이 데려다주고, 오늘은 계 팀장이 데리러 오네. 우리 감귤 완전 남자 복 터졌다?"

"빨리 출근이나 하셔!"

"설마 섬에 가니 방이 하나, 뭐 그런 건 아니겠지?"

"쌍팔년도 영화 찍냐? 빨리 가! 조찬인지 최후의 만찬인지 준비해야 된다며?"

"아직 시간 남았어. 계 피디 실물 보고 갈 거야."

이미 방송에서 수도 없이 나온 얼굴이건만, 강희는 굳이 실물 한 번 보겠다며 빌라 문 뒤에 숨었다.

"차라리 인사를 해라."

"그래도 돼? 그럼 인사하는 김에 물어봐도 돼?"

"안 돼! 그냥 거기 숨어 있어."

"나 아무 말도 안 했는데?"

"인사하는 김에 고백했냐고 물어볼 거잖아."

그 말에 강희는 음흉한 표정을 지으며 다시 빌라 안으로 들어갔다. 그리고 얼마 지나지 않아, 계 팀장의 SUV가 도착했다. 운전석 창문이 열리자, 규리가 다가가 허리 굽혀 인사했다.

"안녕하십니까, 팀장님."

"빨리 타. 늦었어."

"네!"

규리가 자연스럽게 뒷좌석 문을 열려고 하자, 계 팀장이 싸늘한 음성으로 말한다.

"내가 네 운전기사냐?"

"네?"

"누가 뒤에 타래."

"아…… 그럼 어디……."

"내 옆."

내 옆?

"앞에 타라고!"

"아, 네."

계 팀장이 소리를 지르는 바람에 규리는 정신을 바짝 차리고 조수석 문을 열었다. 승후의 차에 탈 땐 조수석에 올라타는 게 그렇게도 자연스럽더니, 계 팀장 옆에 타려니 다리가 다 후들거리는 것 같았다.

"벨트."

"아, 예!"

규리가 허겁지겁 안전벨트를 매자, 계 팀장이 차를 출발시켰다. 그리고 찾아온 침묵.

여기가 차 안인지, 면접장 안인지. 어쩜 이렇게 긴장이 될까.

불편한 공기가 가득한 차 안에서 안절부절못하고 있을 때, 핸드폰이 울렸다. 강희의 문자였다.

—야! 말이 다르잖아? 별로라며? 구리다며? 완전 멋있잖아? 키도 크고! 남 자답고!

마치 규리에게 따지기라도 하듯, 강희의 문자는 전투적이었다.

멋이야 있지. 겉으로 보기엔.

고백남 후보 2번. 이름 계명석. 나이 32살. 직업 예능 피디. 키 185cm 정도. 덥수룩한 수염이 얼굴을 뒤덮고 있으며 거의 매일 모자를 쓰고, 야상 점퍼를 입고 운동화를 신고 다님. 별명 개싸이코, 개자식, 개또라이, 개진상 등 '개'로 시작하는 모든 욕. 성격 개 더러움. 이름처럼 아주 명석한 두뇌로 고등학교와 대학교를 조기 졸업하시고, 최연소로 언론고시에 합격하시어 공중파 피디로 활동. 맡는 프로그램마다 빵빵 띄워놔 시청률 제조기라는 별명이 있다. 아, 이 별명은 그와 함께 일해보지 않은 시청자들이 만들어준 거라는 게 함정.

일 잘하는 거? 그래서 시청률 대박 나는 거? 거기까진 좋다. 하지만 함께 일하는 제작진은 죽을 맛이다. 그와 같은 프로그램에서 일하는 스태프들은 일단 세 가지를 포기해야 한다. 첫째 퇴근, 둘째 친구, 셋째 애인.

예전에 이런 일이 있었다고 한다. 일요일 오후 2시에 결혼식을 올릴 후배 피디에게 오후 1시 40분까지 일을 시켜, 신랑이 자기 결혼식에 지각할 뻔했다는 사실. 그때 신부는 울고불고 난리였다는데, 계 팀장은 태연하게 이렇게 말했다고 한다.

"다음 결혼식 땐 일찍 보내줄게."

—멋있기는 개뿔. 아주 인간이 악독하다니까? 이 인간 때문에 우리 팀이 죄다 솔로야! 퇴근을 안 시켜줘서! 그리고 아까 봤어? 내가 뒤에 타려고 하니까 뭐라고 하는 거?

—그건 네 센스가 문제지. 장거리 운전에 피곤하실 텐데, 말동무는 못 해 드릴망정 뒤에 타?

이것이 언제 봤다고 대놓고 계 팀장 편을 드네?

답 문자를 보내려는 순간, 계 팀장이 입을 열었다.

"취재한 거 말해봐."

"예? 넵! 파라도의 특산물은 마늘과 유자가 있습니다. 마늘은 여름철에 나는 거라 저희 촬영 기간에는 없을 예정이고, 유자 따는 건 촬영 가능하다고 합니다. 그리고 요즘 바다에서 잡히는 어종은……."

답사하러 가는 중에도 쉴 시간을 안 준다. 이렇게 갑자기, 그것도 두 달 만에 쉬라고 허락해 준 날!

결국, 규리는 가는 내내 취재한 내용에 대해 목 터져라 브리핑을 해야만 했다.

'고백은 개뿔. 차라리 레오가 고백했다는 게 더 현실성 있겠다. 계 팀장님은 땡! 땡!'

가는 내내 규리는 그 생각뿐이었다.

배를 타고 섬으로 가는 내내 규리는 멀미에 시달렸다. 28년을 살면서 배를 한 번도 타보지 않아서 자신이 뱃멀미를 하는 줄도 몰랐다. 땅을 밟고 서자 이젠 땅이 움직인다. 그나마 찬바람을 들이켜니 속이 좀 나아지는 것 같았다. 속을 달래고 있을 때, 계 팀장이 그녀를 재촉했다.

"서둘러. 늦었어."

그는 싸늘하게 말한 뒤, 저만치 앞서 걸었다. 규리는 성큼성큼 걸어가는 그의 뒷모습을 흘겨보며 중얼거렸다.

"저런 개싸가지. 괜찮냐는 말 한마디도 못 해?"

하긴 규리가 배에서 다 죽어가고 있을 때 잠만 자고 있었으니, 그녀가 멀미를 했는지, 용왕님을 만나 큰절을 하고 왔는지 알 턱이 있나.

강희의 말을 듣고 혹시나 하는 생각에 계 팀장과 레오도 염두에 두려고 했는데, 이제 보니 전혀 현실성이 없다. 저 까칠하고 무뚝뚝한 남자가 고백했다는 것보다 톱스타 레오 쪽이 열 배, 천 배, 아니 한 오만 배 정도는 더 현실적이다!

어제의 숙취와 오늘의 멀미로 한층 더 퀭해진 규리는 힘겹게 계 팀장 뒤를 따랐다. 멀미에서 좀 벗어나 보니 섬의 아름다움이 눈에 들어왔다. 가을 하늘은 맑고 높았고, 파란 바다는 눈부시게 빛났다. 20세대 정도만 살고 있다는 파라도는 작고 예쁜 섬이었다. 계 팀장은 섬 곳곳을 돌아다니며 예쁜 곳을 콕콕 집어 카메라에 담았다. 그가 담은 장소는 본 촬영 때, 메인 무대로 사용할 곳이다. 아주 꼼꼼하게, 발뒤꿈치가 까질 정도로 섬을 살핀 두 사람은 해 질 무렵 이장님을 찾아갔다. 전에 한 번 얼굴을 봐서 그런지, 이장님은 규리를 더욱 반갑게 맞이해 주셨다.

"섬 구경은 잘했는가?"

"예. 섬이 정말 예뻐요. 공기도 좋고요."

"그럼. 육지랑 비교도 못 하지."

촬영의 주 무대가 될 폐가는 수리할 예정이었고, 스태프들은 마을 회관에서 머물 계획이었다.

"이장님, 저희 오늘 하루 묵어야 할 것 같은데, 마을 회관에서 자면 될까요?"

규리의 질문에 이장님이 난감한 표정을 지으며 말했다.

"마을 회관 지금 공사 중인데?"

"네? 무슨 공사요?"

"보일러 공사. 촬영할 때 추울까 봐 미뤘던 공사 시작했지."

"아, 그렇구나. 그럼 저희는 오늘 어디서 자면 될까요?"

하룻밤 자고 간다고 미리 말을 해놓았던지라, 규리는 아무 의심 없이 해맑게 물었다.

"우리 집에서 자. 방이 하나 더 있으니까."

방이 하나? 규리는 잘못 들었나 싶어 다시 물었다.

"방이 하나라고요?"

"감귤 작가랑 그때 그 차지연 작가? 난 그이랑 둘이 오는 줄 알았지. 남자랑 오는 줄은 몰랐네. 허허허."

남의 속은 타들어 가는 것도 모르고, 이장님이 환하게 웃으며 말씀하셨다.

설마, 강희가 말했던 그 쌍팔년도 상황? 이런 젠장! 쌍팔년도에나 있을 법한 '섬에서 방 하나'가 현실로, 그것도 계 팀장과 함께라고 생각하니 머리가 다 아찔했다.

'설마 같이 잔다고 하겠어? 이장님이랑 잔다고 하겠지.'

규리는 그렇게 스스로를 달래며 계 팀장을 쳐다봤다.

"어쩌죠? 팀장님?"

규리가 난처한 표정으로 묻자, 계 팀장이 얼굴색 하나 바꾸지 않고 말했다.

"어쩌긴. 같이 자야지."

방 안을 들여다본 규리는 저도 모르게 경악하고 말았다. 방이 아주 손바닥만 했다. 그것만으로도 뒤로 자빠지고 남을 법한데, 손바닥만 한 방 안에 이불 두 개가 나란히 깔려 있는 게 아닌가. 그것도 핑크핑크 하트가 마구 박혀 있는 이불이 말이다!

칠십 넘은 노부부께서 저런 이불은 어디서 구하셨는지, 규리는 기함할 노릇이었다.

"정말 여기서 주무실 거예요?"

규리가 난감하게 웃으며 물었다. 그러자 계 팀장이 점퍼를 벗으며 대수롭지 않게 대답했다.

"그럼. 어디서 자라고?"

"혹시 민박집이나⋯⋯."

"그 혹시나 하는 민박집 없어서 제작진이 마을 회관에서 자기로 했던 거 아닌가?"

그랬다. 그 좁은 마을 회관에 쉰 명이 넘는 제작진이 자기로 했던 이유는 바로 파라도에 민박집이 없어서였다.

"어⋯⋯ 그럼 이장님 방! 남자는 남자끼리 여자는 여자끼리 자는 건 어떨까요?"

"50년간 각방에서 잔 적이 단 한 번도 없는, 하늘이 두 쪽 나도 각방 쓸 일 절대 없는 대단한 잉꼬부부라고 네 입으로 말한 것 같은데?"

이런 젠장! 누가 명석한 계명석 씨 아니랄까 봐 차에서 브리핑했던 내용을 통째로 기억하고 있다. 하품하면서 듣기에 대충 듣는 줄 알았더니, 아주 줄줄 외고 있다.

"무슨 걱정 하는지 아는데, 그런 일 없을 테니까 걱정 말고 자."

"네? 제가 무슨 걱정을⋯⋯."

규리가 말끝을 흐리며 아닌 척 발뺌하자, 계 팀장이 점퍼에 이어 후드티를 벗으며 대답했다.

"털끝 하나 안 건드린다고."

"옷 벗으면서 그렇게 말씀하시면……."

규리가 중얼거리는 걸 들었는지 못 들었는지, 계 팀장은 베개와 이불을 정돈하며 본격적으로 잘 준비를 시작했다.

"얼른 자. 내일 아침 일찍 움직여야 하니까."

"네."

하긴 계 팀장 성격이 아무리 개떡 같아도 같이 출장 온 여자 스태프에게 몹쓸 짓을 할 만큼 인격이 바닥은 아니다. 독하고 깐깐한 상사이긴 하지만, 지킬 건 지키는 정신 똑바로 박힌 사람이었지.

'게다가 계 팀장님은 날 여자는커녕 사람 취급도 안 하는데 뭘.'

그렇게 생각하자 어쩐지 마음이 조금은 편해졌다. 전에 규리가 했던 프로그램은 스튜디오 물이었다. 야외 촬영이 없는 토크 프로그램이어서, 지방에 내려가거나 밖에서 잔 적이 단 한 번도 없었다. 그러나 〈오늘 밤만 재워줘〉는 프로그램 특성상 외박을 해야 한다. 이제 본격적으로 촬영이 시작되면 두 달가량이 섬과 서울을 왔다 갔다 해야 하고, 팀 사람들과 같이 자는 일이 부지기수일 것이다. 물론 남녀가 따로 자긴 할 테지만, 모든 상황이 계획처럼 딱딱 굴러가진 않을 거다. 그러면 익숙해져야 한다. 그 어떠한 상황에서도 말이다.

"뭐 해? 안 자고?"

두 주먹 불끈 쥐고 익숙해지려고 노력했지만, 막상 계 팀장 옆에 누우려니 너무 어색했던 규리는 어정쩡한 자세로 서 있었다.

"아, 이제 자려고요."

"그럼 누워."

누우라는 말에 순간 규리의 얼굴이 후끈 달아올랐다.

털끝 하나 안 건드린다면서 누우라니!

"왜, 왜요? 왜 누우라는 거예요?"

그러자 계 팀장이 심드렁하게 말했다.

"넌 서서 자냐?"

"아…… 그런 건 아닌데……."

"그런 거 아니면 누워. 나 여자한테 함부로 구는 남자 아니니까 안심하고."

재차 자신을 안심시키는 계 팀장의 말에 규리는 슬며시 이불 위에 앉았다. 조용한 방 안에 계 팀장이 이불 움직이는 소리만 들려왔다. 그리고 규리의 머릿속에 계 팀장의 말이 어지럽게 맴돌았다.

"나 여자한테 함부로 구는 남자 아니니까 안심하고."

지금 분명 규리를 여자로, 계 팀장 자신을 남자로 표현했다. 물론 생물학적으로 남녀가 맞지만, 예전부터 그가 함께 일하는 여자 스태프들에게 했던 말이 있었다.

"니들이 여자냐?"

전혀 여자로 생각하지도, 느껴지지도 않는다면서 했던 말.

'설마 날 여자로……? 에이, 아니겠지?'

규리는 등을 돌리고 잠든 계 팀장의 뒷모습을 힐끔 쳐다보며 고개를 저었다.

'강희 고년이 쓸데없는 소리를 해서 이상한 생각이 드네. 만약 계 팀장님이 날 좋아했다면 뱃멀미하는 나를 가만히 뒀겠냐고.'

좋아하는 여자가 아파 죽으려고 하는데, 잠이나 자는 남자가 어디 있느냐 말이다. 최소한 멀미약이라도 귀밑에 붙여줬겠지.

'그래. 아니야. 절대 아니야. 괜히 오버하지 말자, 감규리!'

규리는 고개를 세차게 저으며 이불 속으로 들어갔다. 남자랑 단둘이, 그것도 계 팀장과 나란히 누워 있다는 생각을 하니 묘하고도 이상한 기분이 들었다.

낮은 천장의 알록달록한 벽지 모양이 규리의 머릿속을 어지럽혔고, 주기적으로 계 팀장의 숨소리가 들려왔다.

'코는 안 고네.'

새벽부터 5시간 내내 쉬지도 않고 운전하랴, 섬에 도착하자마자 여기저기 둘러보느라 피곤했을 텐데 잠버릇은 얌전한 것 같았다.

'근데 좋아하는 여자랑 한방에 자면서 저렇게 태연한 사람은 없겠지?'

아무렇지도 않게 옷을 벗고 또 아무렇지도 않게 잠드는 걸 보면, 아무래도 계 팀장은 고백남이 아닌 것 같다.

'역시 고백남은 박 군이라는 소리군.'

계 팀장과 레오는 이미 고백남 후보에서 저 멀리 멀어져 있었다.

사실 객관적으로 말하고 자시고 할 것도 없이 레오는 규리를 좋아할 수가 없다. 왜? 그와는 엊그제 회식 때 처음 본 사이였으니까. 규리야 드라마나 영화를 통해 그를 보긴 했지만, 레오는 회식 때 규리를 처음 봤다. 설사 방송국에서 오며 가며 봤다고 해도 사귀자고 할 정도로 서로를 잘 아는 사이가 아니다.

'레오, 설마 금사빠?'

규리는 0.00001나노 그램의 상황을 상상하며 헤벌쭉 웃었다. 상상은 내 마음이고, 국민 남친 레오가 고백했다는 상상을 하니 기분이 좋아졌다.

'아, 상상만으로 기분 좋게 만드는 마성의 남자.'

문풍지 사이로 바람이 새어 들어왔다. 역시 섬이라서 그런지 바람 세기가 육지와는 차원이 달랐다. 위로는 외풍 때문에 코끝이 찡하게 시렸고, 아래로는 바닥이 뜨끈뜨끈하니 껌뻑껌뻑 졸음이 밀려왔다. 어제 늦도록 술을 마시고, 새벽에 일어나 다섯 시간을 차로 달려 배를 탔다. 그리고 배에서 오는 동안 내내 뱃멀미를 했으니, 몸이 피곤할 만도 했다.

고백남이 누군지는 몰라도 일단 지금은 잠부터 자야겠다. 너무 피곤했다. 규리는 차가운 이불을 머리끝까지 끌어올렸다.

얼마쯤 잤을까? 잠결에 눈을 떠보니 계 팀장님이 자신을 쳐다보고 있었다. 재규어처럼 섹시하게 옆으로 누워, 반짝이는 눈빛을 하고, 하염없이 규리를 바라보았다. 피식. 말도 안 되는 상황에 규리는 웃음을 흘렸다. 잠결이었음에도 지금 이 상황이 꿈이라는 걸 알 수 있었다. 현실이라면 계 팀장님이 저런 눈으로 자신을 바라볼 리가 없으니까.

그는 무뚝뚝하고 퉁명스러웠던 평소와는 달리, 꿀 떨어지는 눈으로 자신을 사랑스럽게 쳐다보고 있었다. 바람이 더 거세게 불자, 계 팀장님은 자신이 덮고 있던 이불을 끌어와 규리의 몸을 덮어주었다.

따뜻했다. 잠에서 깨고 싶지 않았다. 규리는 따뜻한 이불 속을 파고들며 단잠에 완전히 취해 버렸다.

*

다음 날 아침. 이장님과 인사를 마친 계 팀장과 규리는 하루에 딱 한 번 뜨는 배에 올라탔다. 이제는 이 배와도 익숙해져야 하는데, 규리는 배가 익숙하기는커녕 멀미 때문에 꼴도 보기 싫었다.

어제 섬 답사 다닐 때 이장님 집 반대편에 조그마한 약국을 보긴 했는데 하필 문이 닫혀 있었다. 그래서 아침 일찍 일어나 약국에 다녀오려고 했지만, 늦잠을 자는 바람에 오늘도 멀미약 없이 생으로 뱃멀미를 견뎌야 했다.

'일찍 일어날걸.'

광활한 바다를 보자 늦잠 잔 것에 대한 후회가 파도처럼 밀려왔다.

'오늘은 또 멀미를 얼마나 하려나. 아침 먹은 거 다시 보는 건가. 윽. 많이 먹지 말걸.'

멀미 걱정에 화장실과 가까운 곳에 자리 잡고 앉자, 계 팀장이 옆자리에 앉으며 규리를 향해 뭔가를 휙 던졌다.

"먹어."

"이게 뭐예요?"

"보면 몰라?"

계 팀장은 퉁명스럽게 대답하고, 부가 설명은 하지 않겠다는 듯 팔짱을 끼고 눈을 감았다.

아마 본격적으로 자세 잡고 잘 모양이다. 하긴 육지에 도착하면 또 5시간 넘게 운전해야 하니까.

규리는 그가 내민 것을 내려다봤다.

"어?"

멀미약이다!

"이걸 어디서? 어디서 나셨어요?"

"어디서 나긴. 샀지."

"어디서요?"

"약을 약국에서 사지 어디서 사."

불퉁한 말투와 달리, 그는 멀미약을 보고 좋아하는 규리를 보며 아주 미세한 미소를 지었다. 알람 소리도 못 듣고 겨우 지각을 면한 규리에 비해, 계 팀장은 아주 일찍 일어났다고 했다. 그리고 새벽 댓바람부터 어딘가 다녀왔다고 부지런한 총각이라며, 이장님께서 그렇게 칭찬하셨다.

'근데 그게 설마 멀미약 사 오려고?'

어제 그는 규리가 멀미를 하는 것도 모르고 잠만 잤다. 그런데 어떻게 알고 약을 사 왔을까? 아니, 아는 건 둘째치고, 왜? 왜 피곤한 몸을 이끌고 새벽같이 약국에 다녀온 걸까?

"이거 사려고 새벽에 일어나신 거예요? 약국 다녀오려고요?"

"시끄럽고, 약이나 먹어."

계 팀장은 귀찮다는 듯 모자를 얼굴까지 푹 눌러써 버렸다. 더는 물어볼 수 없었던 규리는 입을 다물고 멀미약을 먹었다. 그녀는 물을 마시면서 계 팀장을 힐끔 쳐다봤다. 어느새 잠들었는지, 쌔근거리는 소리만 들려왔다.

'에이. 아닐 거야. 고백남이었으면 더 친절하게 말했을걸?'

멀미약 덕분인지 울렁거리던 속이 편안해졌다. 속은 편안해졌는데, 마음이 울렁거렸다. 왜 그러는지는 알 수 없었다. 단지, 가슴이 조금 두근거릴 뿐.

그리고 그 두근거림은 꽤 오래갔다.

*

계 팀장과 규리는 약 두 시간가량 배를 타고, 다섯 시간가량 차를 몰고 서울로 가고 있었다. 운전하는 계 팀장도 조수석에 앉은 규리도 피곤하긴 마찬가지였다.

이놈의 촬영은 시작하기도 전에 왔다 갔다 하느라 체력이 고갈될 것만 같다.

몸은 피곤했지만, 생각이 많은 규리는 결코 졸지 못했다. 행여나 고백남이 계 팀장일까 싶어, 그의 행동 하나하나 살펴보고 말 한마디 한마디에 귀 기울이느라 졸 새가 없었다. 그런데 아무리 유심히 살펴봐도 의심스러운 행동이나 말이 없었다. 그저 평소의 계 팀장과 같이 무뚝뚝함과 퉁명스러움 그 자체였을 뿐.

'착각이었어. 역시 계 팀장님이 고백남일 리가 없지. 암. 그렇고말고.'

계 팀장에게 흥미를 잃어갈 때쯤, 규리의 핸드폰이 울렸다. 박 군이었다.

핸드폰을 들여다보던 규리는 잠시 머뭇거렸다. 반가운 목소리로 전화를 받고 싶은데, 옆에 계 팀장이 있어 어떤 목소리로 받아야 할지 망설여졌다. 애꿎은 핸드폰만 만지작거리고 있을 때, 계 팀장이 물었다.

"전화 안 받아?"

"지금 받으려고요."

계 팀장의 재촉에 규리는 통화 버튼을 옆으로 밀었다.

"여보세요?"

[답사 갔었다면서? 왜 전화 안 했어?]

"갑자기 가게 된 거라서. 그리고 정신없이 바빴어."

규리는 최대한 계 팀장에게 들리지 않도록 고개를 옆으로 돌려서 말했다.

[어디쯤 왔어?]

"지금? 음. 한강 보이는데, 어딘지 잘 모르겠어."

규리는 레전드급 길치답게 바로 눈앞에 이정표가 있음에도, 이정표 따위 보지 못하고 어딘지 모른다고 대답했다.

[회사에 언제쯤 도착할 것 같아? 같이 저녁 먹자.]

"저녁?"

저녁이라는 말에 계 팀장이 힐끔 규리를 쳐다봤다.

"저기 팀장님⋯⋯."

"왜?"

"저희 몇 시쯤 도착할까요?"

계 팀장은 잠시 대답 없이 앞만 바라보며 운전에 집중했다. 대답도 안 해주고 말이다.

아무리 기다려도 대답이 없자, 규리가 다시 고개를 돌려 통화를 시작했다. 그러자 계 팀장이 청개구리처럼 입을 열었다.

"답사 갔다 온 거 정리하고 가."

질문할 땐 씹어대더니, 계 팀장이 일정에 없던 스케줄을 만들어냈다.

"네? 아, 네."

갑자기 생긴 일정에 실망한 규리는 축 처진 목소리로 말했다.

"박 군. 나 오늘 답사 다녀온 거 정리하고 가야 할 것 같아. 응. 언제 끝날지 모르지. 그래. 밥은 다음에 먹자. 응. 잘 들어가."

창가로 고개를 돌리고, 거기에 입까지 막아가며 조용조용 통화를 했음에도 계 팀장은 기가 막히게 알아듣고 질문을 해 왔다.

"박승후?"

"예."

"왜?"

"끝났으면 같이 저녁 먹자고 해서요."

"사무실이래?"

"네."

규리가 대답하자, 잠깐의 침묵이 흘렀다. 하지만 침묵은 길지 않았다. 계 팀장은 우측 깜빡이를 켜며 차선을 바꿨다.

"집 근처에 밥 먹을 데 있나?"

"집이요? 누구 집이요?"

"너희 집 근처에 밥 먹을 만한 데 있냐고."

"저희 집이요? 회사로 가는 거 아니었어요?"

답사 내용 정리하고 가라기에 당연히 회사로 갈 줄 알았다. 그런데 뜬금없이 집은 왜?

"피곤할 거 아냐? 근처에서 밥 먹고 빨리 정리하고 들어가."

"아니에요. 운전하느라 팀장님이 더 피곤하시죠. 회사로 가도 돼요."

"됐어. 내비나 다시 찍어. 찾아보면 전에 찍어둔 거 있을 거야."

"괜찮은데……."

"어차피 나도 가는 길이야."

"아! 그러세요? 팀장님 그럼 혹시 목동 사세요?"

동네 주민인가 싶어 반갑게 물었지만, 계 팀장은 대답 대신 핸드폰을 내밀었다.

"내비."

"아. 예. 저녁 메뉴는 어떤 거로 정할까요?"

"네 마음대로."

"흑돼지 김치찌개집 있는데, 어떠세요? 되게 맛있는데."

"좋아."

좋다는 말이 떨어지자 규리는 잽싸게 내비를 찍었다. 안 그래도 얼큰한 것 좀 먹고 땀 쭉 빼고 잠들고 싶었다. 몸도 피곤, 마음도 피곤했으니까.

*

식당에 도착한 두 사람은 밥 한 그릇을 뚝딱 비워냈다. 빨리 올라올 생각에 휴게소에서 대충 때웠더니 밥맛이 꿀맛이었다.

"답사 다녀온 건 어떻게 정리할까요?"

"정리는 무슨. 됐어."

"네? 정리하려고 여기까지 오신 거 아니에요?"

"취재한 내용에 조금만 덧붙여."

그럴 거면 그냥 회사에서 내려줘도 됐을 텐데.

"그리고 내일은 쉬어. 차 선배한테는 말해둘 테니까."

"정말요?"

"그래."

오예! 계 팀장의 말에 규리는 속으로 환호성을 질렀다.

안 그래도 피곤해 죽겠는데, 이 밤에 또 뭘 해야 하나 걱정이었다. 그런데 취재 파일에서 조금만 보충하라니.

사실 두 달 만에 잡힌 휴일도 반납하고 간 출장이었다. 거기에 오늘까지 밤샘 작업을 시키면 완전 폭발할지도 몰랐다. 그런데 예상치 못한 휴일을 주자, 규리는 갑자기 계 팀장이 멋있어 보이기까지 했다.

"가자."

"예!"

식당 밖으로 나온 규리가 계 팀장을 향해 90도로 허리 굽혀 인사했다.

"그럼 조심히 들어가세요."

"데려다줄게."

"아니에요. 집이 코앞인데요, 뭘."

걸어서 5분만 가면 되는데, 굳이 차를 탈 필요가 없었다. 하지만 계 팀장은 규리의 말을 무시하고 먼저 앞서 걸었다.

"안 데려다주셔도 되는데."

"늦었어. 여자 혼자 골목길 다니면 위험해."

"제가 여잔가요, 뭘."

규리의 말에 계 팀장이 발걸음을 멈추고 말했다.

"네가 여자지, 그럼 남자냐?"

계 팀장 뒤에 서 있는 가로등이 그의 머리 위에서 환하게 빛을 비추었다.

"에이. 예전에 팀장님이 작가 방에 들어와서 너희가 무슨 여자냐고 그러셨잖아요."

계 팀장은 규리의 말을 되받아치지 않고 걸음을 옮겼다.

"……그러셨잖아요? 너희가 무슨 여자냐고."

규리가 물었지만, 계 팀장은 묵묵히 앞서 걷기만 했다. 어찌나 빨리 걷는지, 뒤따라가는 규리의 입에서 헉헉 소리가 났다. 그러자 성큼성큼 걷던 그의 다리가 점점 속도를 늦췄다. 그제야 두 사람은 걷는 속도를 맞춰 나란히 걸을 수 있었다. 가을밤 공기는 차갑고 깨끗했다. 아직 낮엔 더웠지만 해가 떨어지면 쌀쌀했다. 코끝이 약간 시렸다. 말없이 어색하게 얼마쯤을 걷자, 곧 규리의 집 앞에 다다랐다.

"데려다주셔서 감사합니다."

규리가 잘 들어가라고 인사했지만, 계 팀장은 그녀를 빤히 쳐다볼 뿐 갈 생각을 하지 않는다.

"뭐, 시키실 일 있으세요?"

그러지 않고서야 저렇게 뜸 들일 리가 없지. 밤늦게 일 시키기 미안하니까.

"감귤."

"네. 말씀하세요."

"기다린다. 내일모레."

뜬금없이 웬 내일모레?

규리는 뇌세포를 풀가동해 내일모레가 무슨 날인지 떠올려 보았다.

'내일모레 무슨 날인가? 갑자기 웬 내일모레?'

그러나 그녀의 노력에도 불구하고, 내일모레가 무슨 날인지 도통 알 수가 없었다.

"왜요? 왜 기다리세요?"

결국 규리가 직접적으로 묻자, 계 팀장이 그녀를 지그시 바라보며 대답했다.

"너한테 들을 말이 있어서."

들을 말? 내일모레 회의 있나? 내가 뭐 발표하기로 했나? 뭐지?

"들어가라."

"아, 예. 조심히 들어가세요."

결국, 규리는 내일모레가 무슨 날인지도 알지도 못한 채, 계 팀장을 보내야만 했다.

*

집에 들어온 규리는 내일모레가 무슨 날인지 곰곰이 생각해 보았다. 회의가 잡힌 날도 아니요, 출연자 미팅이 있는 날도 아니었다.

"도대체 무슨 날이지?"

대관절 무슨 날이기에 명석은 그날을 콕 집어 들을 말이 있다고 한 걸까?

냉장고에서 물을 꺼내 마시며 명석의 말을 골똘히 생각하고 있을 때, 누군가 그녀의 어깨를 툭 쳤다.

"엄마야!"

"뭐 하냐?"

강희였다.

"놀랐잖아."

"뭔 생각을 그렇게 골똘히 해? 불러도 대답도 안 하고."

"불렀어? 못 들었어."

옷을 갈아입기 위해 규리가 방으로 들어가자, 뭐가 그렇게 궁금했는지 강희가 그 뒤를 쫄래쫄래 쫓아 들어왔다.

"출장은 어떠셨어? 쌍팔년도 영화 같은 일은 안 벌어졌고?"

티셔츠를 벗던 규리는 강희를 향해 휙 돌아보더니 가늘게 눈을 뜨며 말했다.

"귀신같은 년."

"설마, 정말?"

"네가 입방정 떨어서 그래."

"어머머머머. 그래서? 쌍팔년도 스타일로 화끈하게……."

"화끈하게는 무슨. 얌전하게 잠만 잤지."

"어머나 세상에. 규현이한테 전화해야겠다. 규현아, 니 누나가 글쎄 외간 남자랑……."

"야! 너 죽는다!"

규현에게 전화하겠다는 강희를 겨우 뜯어말린 규리는 아예 그녀의 핸드폰을 빼앗아 버렸다.

"규현이한테 입 뻥긋하기만 해!"

내일모레면 서른인 누나를 끔찍이도 아끼는 남동생은 아빠보다 엄격하고, 엄마보다 잔소리가 심했다. 그런 녀석의 귀에 이런 사실이 들어가면 2박 3일 동안 잔소리를 해댈 게 뻔했다.

"정말 별일 없었어?"

강희가 음흉한 미소를 지으며 물었다.

"별일은 무슨. 아무 일도 없었어."

"계 피다는 고백남 아니래?"

"물어보진 않았지만, 100퍼센트 아니야."

"안 물어봤는데 그걸 어떻게 알아?"

"그걸 꼭 말로 해야 아냐?"

"말을 안 했는데, 어떻게 아냐?"

강희의 질문에 규리는 확신에 찬 목소리로 말했다.

"가는 내내 내가 뱃멀미를 했어. 근데 좋아하면 괜찮냐, 등 두드려 줄까? 이런 말 하면서 걱정해야 하는 거 아냐?"

규리의 말에 강희가 고개를 끄덕였다.

"근데 쳐다도 안 보더라고. 그리고 좋아하는 여자랑 한방에서 같이 자면 가슴 떨려서 잠이 오겠어?"

"잠 안 오지."

"근데 눕자마자 세상모르고 자더라. 계 팀장님은 아니야, 백 퍼!"

규리의 말에 강희가 중얼거렸다.

"뭐야 그럼. 박 군이라는 건가?"

"내가 확실하다고 그랬잖아."

규리가 큰소리치며 말하자, 강희가 또 다른 인물을 소환했다.

"레오는? 레오는 왜 빼?"

"레오는 아니야. 완전 아니지."

그쪽은 너무 비현실적인 인물이라서 감히 언급하기도 미안했다. 아마도 규리가 이러고 있는 걸 알면 다시는 같이 회식하지 않겠다고 할지도 모른다.

"근데 계 팀장님이 이상한 소리 하시더라."

"무슨 소리?"

"내일모레를 기다리겠대. 나한테 들을 말이 있다나?"

그 말에 강희의 입이 쩍하고 벌어졌다. 티셔츠를 벗느라 그녀의 표정을 보지 못한 규리는 계속 말을 이었다.

"근데 내일모레 아무 일정이 없거든. 회의도 미팅도. 뭘 시킨 것 같긴 한데 기억이 안 나."

"헐! 대박, 대박, 대박 사건! 완전 계 피디네, 계 피디!"

강희가 브래지어만 하고 있는 규리의 등짝을 찰싹찰싹 치며 호들갑을 떨었다.

"아, 아파! 왜 이래?"

"이 눈치 없는 년아! 내일모레가 9일이잖아. 네가 옥땅으로 따라와, 했던 날!"

"뭐?"

규리가 못 믿겠다는 표정을 짓자, 강희가 달력을 가져와 그녀의 눈앞에 보여 줬다. 9일. 그날이 바로 내일모레였다.

"그럼 설마 나한테 들을 말이 있다는 게……."

"그래! 고백에 대한 대답!"

"말도 안 돼……."

"어머머머, 웬일이니? 계 피디 생각보다 엄청 멋있던데."

강희는 마치 자기 일인 것처럼 호들갑을 떨었고, 규리는 정신 나간 사람처럼 눈을 깜빡이며 강희를 쳐다보기만 했다.

"그럴 리가 없는데."

매일 꾀죄죄한 얼굴을 마주 보며 무뚝뚝하게 일 얘기만 해왔던 사이다. 자료를 찾아줘도 퉁명스럽게 트집이나 잡고, 수고했다는 말 한마디도 안 하는 인간이란 말이다. 게다가 두 달 전에는 규리에게 온갖 면박을 줘서 그녀의 자존심을 짓밟아놓지 않았던가? 그런데 그런 인간이 나를 좋아한다고? 나한테 고백을 했다고?

"에이. 아니야. 그럴 리가……."

절대 그럴 리가 없다고, 아니라고 부정하려는 찰나. 규리의 머리에 계 팀장의 또 다른 모습이 스쳐 지나갔다.

"약을 약국에서 사지 어디서 사."

새벽 일찍 일어나 섬 반대편에 있는 약국까지 가서 멀미약을 사다 준 것.

"늦었어. 여자 혼자 골목길 다니면 위험해."

5분밖에 안 걸리는 집에 데려다준 것. 그리고.

"네가 여자지, 그럼 남자냐?"

라는 말과 함께 '여자로 안 본다면서요?'라는 질문에 끝까지 대답하지 않은 것까지. 이제야 계 팀장이 왜 그런 행동과 말을 했는지 퍼즐이 맞춰졌다.

"강희야. 맞나 봐."

그리고 보니 파라도에서 새벽에 자신을 뚫어지게 보고 있던 것도 꿈이 아닌 것 같았다. 사랑스러워 죽겠다는 눈빛으로 나를 바라보고 있었는데.

"……고백남, 계 팀장님이 맞는 것 같아."

결국, 규리의 입에서 고백남이 계 팀장임을 인정하는 말이 새어 나왔다.

"그럼 박 군은? 박 군은 뭐지?"

혼란스러운 밤이었다.

*

오랜만에 느긋한 아침을 맞이했다. 남들 출근하는 시간에 일어나 샤워를 마치고, 여유롭게 음악을 튼 뒤 모닝커피도 한잔했다.

하루도 쉬지 않고 두 달을 달렸다. 규리는 어렵게 얻은 휴일을 마음껏 게으르게 보낼 작정이었다. 웬만하면 회사에서 연락도 안 왔으면 좋겠지만, 그건 뜻대로 되는 게 아니니까.

"단톡방을 확 나가 버려?"

오늘만큼은 그러고 싶었지만. 나중에 불어올 후폭풍을 견딜 자신이 없었다. 휴일에도 단톡방에서 벗어나지 못하는 불쌍한 신세. 규리는 단톡방을 나가는 것 대신, 알람을 꺼놓는 것으로 마음을 달랬다. 슬슬 배가 고팠다.

"먹을 게 없네."

냉장고에는 생수 몇 병과 맥주 몇 캔, 그리고 김치가 전부였다. 평일엔 집에서 밥을 거의 먹지 않아 냉장고 안은 텅텅 비어 있었다. 뭐 주말이라고 다를 건 없지만.

규리는 짧은 머리를 질끈 묶고, 대충 점퍼를 걸쳐 입은 뒤, 집 앞 편의점으로 향했다. 회사에서도 지겹도록 사 먹는 편의점 도시락이지만, 딱히 다른 메뉴가 떠오르지 않았다. 냉장고에 일렬로 진열된 도시락 중, 돈가스를 고른 후 줄을 섰다. 계산을 기다리는 동안 라디오에서 DJ의 멘트가 흘러나왔다.

[잠시 후, 〈충전 1시의 데이트〉에서는 요즘 핫한 배우, 레오 씨가 함께하신다고 하니 채널 고정해 주세요!]

그러고 보니 라디오에 출연한다고 했던 날이 오늘이었다.

"손수 문자까지 보냈는데, 그냥 지나칠 순 없지."

아무리 전체 문자라고 해도 레오 님께서 친히 보낸 문자였다. 살면서 그렇게 유명한 사람의 문자 받을 일이 얼마나 있을까?

"라디오까지 안 듣는 건, 레오 님에 대한 매너가 아니지."

집에 도착한 규리는 라디오 어플을 열어 채널을 맞췄다. 곧 레오가 출연할 모양인지, 실시간 검색어에 그의 이름이 오르내렸다. 전자레인지에 도시락을 돌리고, 밥이 되길 기다렸다. 잠시 후, 밥이 됐다는 소리가 울리자 규리는 4500원짜리 도시락을 들고 자신만의 '밥송'을 불렀다.

"밥밥 무슨 밥. 쟁반 같이 둥근 밥. 뭐가뭐가 맛있나, 배고플 때 먹는 게 최고!"

음정 박자를 무시한 노래를 마친 규리는 식탁에 앉아 도시락 인증샷을 찍었다. SNS를 하진 않지만, 매끼 식사를 핸드폰 카메라로 찍어두는 게 그녀만의 유일한 취미였다. 방송국에 다니지 않을 땐 그나마 도장에 나가 몸도 풀고 땀도 빼곤 했지만, 지금은 그럴 시간이 전혀 없었다. 그래서 사진 찍는 것으로 소소한 취미를 대신했다.

오후 1시가 넘어 그녀만의 소박한 아점이 시작됐다. 천천히, 최소 100번 꼭꼭 씹어 먹기. 28년간 살면서 단 한 번도 흐트러지지 않았던 규리의 식습관은 방송 생활을 하면서 우르르 무너져 버렸다. 뭐가 그렇게 바쁜지, 방송국 사람들은 음식이 나오면 후루룩 마시고 10분이면 식사 끝이다. 무슨 물을 마시는 것도 아니고. 처음엔 적응이 되지 않아 밥을 거의 먹지 못하거나 너무 빨리 먹어 위경련이 올 정도였다. 이제는 어느 정도 속도를 맞추고 있지만, 혼자 먹을 땐 최소 30분 이상 느긋한 식사를 즐겼다.

멍하니 밥을 씹고 있을 때, 문득 계 팀장의 말이 떠올랐다.

"기다린다. 내일모레."

듣기 좋은 중저음의 목소리. 그 말에 무슨 주문이라도 걸린 것처럼, 규리의 마음이 두근거렸다. 그녀 나이 스물여덟. 어렸을 때는 그 정도 나이가 되면 번듯한 직장을 가진 연애 고수일 줄 알았는데, 현실은 이제 막 막내 작가 딱지 붙인 연애 고자라니. 그래서 규리는 알지 못했다. 지금 자신의 가슴이 뛰는 이유를.

"너한테 들을 말이 있어서."

또 그에게 어떤 대답을 해야 할지를.
"하아."
한숨이 푹 새어 나왔다. 싫어서 나온 한숨은 아니었다. 뭐랄까? 설레면서도, 벅차고, 그러면서도 고민스러운. 복잡 미묘한 기분이 뒤섞인 한숨이었다. 누군가 자신을 좋아한다는 건 참 설레는 일이다. 비록 자신의 감정을 정확히 알 수는 없어도 말이다.
"근데 정말 누굴까?"
처음엔 박 군이라고 확신했지만, 어제 일로 인해 계 팀장이 유력 고백남으로

등극했다. 하지만 그간의 일을 생각하면 계 팀장은 아닌 것 같기도 하고, 역시 박 군이 확실한 것 같다가도, 그럼 계 팀장님은 왜 그런 말을 했을까 싶기도 하고. 머릿속이 엉망진창이었다.

"아, 모르겠다. 일단 밥이나 먹자."

금강산도 식후경이고, 먹고 죽은 귀신은 때깔도 좋다고 했다. 어차피 내일이면 고백남이 누군지 알게 될 테니, 괜히 혼자 고민하지 말기로 했다.

[청취자 여러분의 질문입니다. 레오 오빠, 첫사랑이 궁금해요.]

언제 시작됐는지, 라디오에서는 벌써 레오의 목소리가 새어 나오고 있었다. DJ의 질문에 레오는 잠시 '음.' 하고 뜸을 들였다. 그 목소리가 어찌나 좋은지, 음성만으로도 마음이 살살 녹아내리는 것 같았다.

고백남 후보 3번. 이름 레오. 나이 28세. 직업 배우. 별명 국민 첫사랑. 성격 착하고 바른 것으로 알려져 있음. 회식 때 잠시 본 결과 매너 좋고, 잘 웃는다. 웃음 한 방으로 여심을 살살 녹여버리는 매력을 장착하고 있음. 반듯하게 잘생긴 얼굴에 하얀 피부. 가지런한 하얀 치아를 드러내며 웃기만 해도 해피 바이러스가 뿜뿜 뿜어져 나와 여성들의 마음을 단숨에 사로잡는다. 별말을 하지 않아도, 별다른 액션을 취하지 않아도, 단지 웃기만 해도 상대방을 헤벌쭉하게 만드는 능력이 있음. 모성애를 자극하는 순둥순둥한 얼굴에 마른 몸매를 가졌지만, 186cm의 큰 키에 의외로 잔근육이 잘 잡힌 소유자다. 거기에 미친 연기력으로 영화는 물론 드라마까지 점령하고, 그의 사무실에 쌓인 대본만 수백 개가 넘는다는 소문이 돌고 있다.

사실 규리는 레오에 대해 사적으로 아는 게 없었다. 그저 방송에 나온 것과 취재한 것, 그리고 회식 때 잠깐 본 게 전부였으니까.

[제 첫사랑은 초등학교 때 짝꿍이었어요. 제가 이민 가는 바람에 연락이 끊겼는데, 한국 오면서 연락해 보려고 했지만, 잘 안 되더라고요.]

혼자 밥 먹고 있던 규리는 마치 대화 상대가 생기기라도 한 듯, 혼잣말을 시작했다.

"우와. 어떤 여잔지 부럽다, 부러워."

[그런데 얼마 전에 아주 우연히 만났어요.]

"오. 영화네, 영화. 근데 초등학생 때 얼굴이 기억나나? 나는 하나도 기억 안 나는데."

[다 기억나요. 눈동자는 갈색이고, 입술은 작고 도톰하고, 얼굴은 하얗고. 근데 그땐 저보다 키가 컸는데, 지금은 작더라고요.]

"에이, 당연하지. 레오 키가 186cm인데."

규리는 젓가락으로 돈가스를 폭 찍어 입에 넣고 오물오물 씹어 먹었다. 그녀의 도톰한 입술이 둥글게 말렸고, 갈색 눈동자는 허공을 바라봤으며, 오늘따라 하얀 피부는 투명해 보일 정도였다.

[우연히 만났다고 했는데, 어떻게 만난 건가요?]

[아…… 말씀드려도 되나.]

레오가 뜸을 들이자, 규리는 시위하는 사람처럼 주먹을 불끈 쥐고 하늘을 향해 손을 뻗었다.

"말해줘! 말해줘!"

그러자 레오가 쑥스러운 웃음을 흘리며 대답했다.

[이번에 들어가는 프로그램 스태프더라고요.]

레오의 말에 규리가 손뼉을 치며 놀랐다.

"어머! 설마 우리 프로그램?"

지금 그는 영화도, 드라마도 쉬고 있는 상태였다. 잠시 휴식기에 예능에 출연하기로 했는데, 그게 바로 〈오늘 밤만 재워줘〉였다.

[와! 이거 거의 운명이네요. 스태프면 피디, 작가, VJ, 카메라, 조명 어느 직종인가요?]

[그건 노코멘트 하겠습니다.]

"아! 얘기해 주지! 잠깐 레오랑 동창이면 나랑 갑이니까, 91년생이네?"

규리는 레오가 말해준 정보를 토대로 그의 첫사랑을 유추하기 시작했다.

"하 피디님도 나랑 갑이고, 신 선배도 갑이고. VJ 쪽은 아직 잘 모르는데. 누구지?"

[그분은 레오 씨의 첫사랑이 본인이라는 걸 알고 있나요?]

[아뇨. 말한 적 없어서 모를 거예요.]

[그렇군요. 그럼 앞으로 계속 말 안 할 생각이세요?]

[글쎄요?]

[국민 첫사랑 레오 씨의 첫사랑이라니. 저 같으면 벌써 기절했을 것 같은데, 혹시 그분은 이 방송을 듣고 계실까요?]

DJ의 질문에 이번엔 망설임 없이 대답했다.

[예. 그럴 거예요. 오늘 출연한다고 문자 보냈거든요.]

[문자를 직접?]

[네.]

[혹시 뭐 전체 문자로 제작진들한테 다 보낸 건 아닌가요?]

[아뇨.]

순간 돈가스로 향하던 규리의 손이 멈칫거렸다.

[그 친구한테만 보냈습니다.]

"뭐야, 전체 문자 아니었어?"

분명 엊그제 그에게 문자를 받았다. 라디오에 출연하니 꼭 들어달라는 내용의 문자를 말이다. 제작진 전체에게 보낸 문자인 줄 알고 답장도 하지 않고 씹어버렸는데, 그게 전체 문자가 아니었다니!

"뭐야, 그럼 내가 레오 첫사랑이라고?"

말도 안 된다. 레오 정도의 얼굴이라면 뇌리에 각인이 돼도 아주 선명하게 됐을 텐데, 전혀 기억이 나지 않는다.

"에이. 아닐 거야. 아니겠지. 설마."

[자, 그럼 마지막으로 첫사랑분께 한 말씀 해주시죠.]

얼떨떨한 기분으로 라디오에 귀를 쫑긋 세우고 있을 때, 다시금 레오의 목소리가 들려왔다.

[안녕. 나 레오야. 오랜만에 얼굴 봐서 좋았고, 옛날 생각 많이 나더라. 앞으로 잘 부탁하고, 9시에 만나.]

"뭐? 9시?"

레오의 말이 끝나기 무섭게 DJ가 물었다.

[9시에 만나자는 건 무슨 의미인가요?]

[아, 제가 물어본 게 있어서 만나기로 했거든요. 9시에 알려준다고 해서요.]

순간 규리는 들고 있던 젓가락을 바닥에 떨어뜨리고 말았다.

"말도 안 돼."

규리는 자신의 뺨을 찰싹찰싹 때렸다. 아프다. 꿈은 아니다. 그런데 뭐 이런 꿈 같은 일이 다 있지?

규리는 정신을 바짝 차리고 레오가 한 말을 토대로 다시금 그의 첫사랑에 대한 추리를 시작했다.

"나이는 스물여덟, 직업은 〈오늘 밤만 재워줘〉 스태프, 라디오에 출연한다는 문자를 받았고, 그리고……."

자리에서 일어난 규리는 거울 앞에 섰다.

"얼굴을 하얗고, 눈동자는 갈색이며, 입술은 작고 도톰……하네. 내 입술이 언제 이렇게 도톰해졌지?"

심장은 멎을 것 같고, 머리는 백지처럼 새하얘졌다.

"고백남은 박 군, 아니 계 팀장님 아닌가? 근데 갑자기 웬 레오?"

정신이 아득해졌다. 박 군이라고 확신하고 있을 때, 계 팀장이 알 수 없는 말을 한 것만으로도 복잡한데, 갑자기 레오까지 튀어나오다니. 가장 먼저 아니라고 가위표를 그었던 사람이다. 어디 언감생심 레오와 자신을 같은 선상에 둔단 말인가. 그런데 내가 첫사랑이라니! 9시에 만나자니!

"잠깐!"

그러고 보니 회식 다음 날, 모르는 번호로 부재중 전화가 찍혀 있었다. 그것도 6통이나!

규리는 급하게 핸드폰을 열어 최근 통화 목록을 훑어보았다. 계 팀장의 전화가 6통, 그리고 모르는 번호가 6통……. 그때 분명 저장되어 있지 않았던 번호가 '레오♥'로 저장되어 있었다.

"레오가 전화한 거였어!"

그러니까 자신에게 6통이나 전화한 사람은 다름 아닌 레오였다!

레오 담당 작가는 따로 있었고, 또 대부분은 매니저를 통해 연락하다 보니 규리는 연예인 개인 번호를 모를 때가 많았다. 그래서 그에게 문자를 받았을 때도 레오라고 찍힌 이름을 보고 그의 번호라는 것을 알았는데.

"아니, 잠깐. 근데 레오는 날 언제 봤다고 첫사랑이래? 난 레오랑 같은 학교 다닌 기억이 없는데?"

혼란스러웠다. 누가 진짜 고백남인지, 그녀가 추리한 게 맞기는 하는지. 아니, 애초부터 고백이라는 걸 받기는 한 건지! 모든 게 다 꿈인 것 같았다.

"아니야. 감귤. 진정해. 속단하지 말고 일단 가보자. 그래! 가서 확인하자."

내일 9시에 옥상에 올라가 보면 알 거다. 고백남이 박 군인지, 계 팀장인지, 레오인지.

그것도 아니면 자신만의 착각인지 말이다.

*

평생 오지 않을 것 같던 9월 9일의 해가 떴다! 출근할 땐 하루가 더디게 가더니만, 휴가는 왜 이렇게 휙 지나가 버리는지.

규리는 아쉬움을 뒤로하고 평소처럼 가장 먼저 출근해 선배들이 시켜놓은 일들을 해결해 나갔다. 고작 어제 하루 쉬었을 뿐인데, 단톡방은 그야말로 전쟁터였고, 톡방에서 선배들이 지시한 사항을 정리하는 것만으로도 시간이 꽤 흘렀다. 열심히 일하면서도 규리의 머릿속에는 어제의 사건이 떠나지 않았다.

하긴 아무리 강심장이라도 그런 쇼킹한 사건을 잊는 건 말도 안 되지.

모든 정황을 종합해 보면 자신은 레오의 첫사랑이 맞다. 특히 딱 한 사람에게만 보냈다는 '문자'를 보면 확실했다. 그리고 9시에 보자는 말로 인해 그가 고백남일 수도 있다는 생각까지 들었다. 애초에, 진즉에 고백남에서 제외한 대한민국 톱 배우 레오가 말이다!

"근데 아무리 생각해도 기억이 안 나는데?"

이상한 건 레오라는 동창생에 대한 기억이 전혀 없다는 거였다.

레오 얼굴이 기억 속에서 잊힐 얼굴도 아니거니와 이름도 얼마나 특이한가! 오레오! 우유에 콕 찍어 먹으면 더 맛있다는 세계적인 과자와 이름이 똑같다. 그런데 그런 이름을 어떻게 잊을 수가 있겠는가!

혹시나 가명을 사용하는지 몇 번을 확인했지만, 오레오라는 이름은 본명이었다.

"어, 너라면 가능해. 나 초등학교 4학년 때 전학 와서 졸업할 때까지 너랑 같은 반이었는데, 나 기억 못 했잖아."

강희는 확신에 찬 목소리로 말했지만, 그건 어디까지나 강희의 착각.

"어디 하잘것없는 본인과 감히 레오 님을 비교해?"

레오와 강희는 비교 불가였으니까.

"근데 정말 누굴까?"

오늘 밤 9시면 모든 것이 다 밝혀진다. 박승후, 계명석, 오레오. 이 3명 중 고백남이 누구인지, 아니면 혼자 술 처먹고 혼자 쌩쇼를 한 건지 말이다. 술에 취하는 바람에 자신에게 고백한 남자가 누군지 몰라 대답 준비도 못 하는 여자가 세상에 또 있을까.

"아, 정말 내가 싫다."

"뭐가 싫어?"

규리가 머리를 쥐어뜯고 있을 때, 박선영, 나조은, 오은설 작가가 차례로 방으로 들어왔다.

"안녕하세요, 선배님들."

"하이, 감귤."

"어제 하루 쉬었다고 피부 좋아졌네?"

선영과 조은은 규리에게 반갑게 인사를 했지만 오은설 작가는 눈도 마주치지 않고 차가운 표정으로 자리에 가서 앉았다. 은설은 올해 햇수로 3년 차가 되는, 규리의 바로 직속 선배였다. 나이는 23살로 규리보다 무려 다섯 살이나 어리지만, 그 어떤 선배보다 더 어렵고 무서운 선배였다. 평소 둘 사이가 별로 좋지는 않지만, 규리는 내심 기대했다. 엊그제 아픈 은설을 대신해 출장을 가주었으니 고맙다거나 수고했다 정도의 인사치레는 할 줄 알았는데, 입 딱 씻고 아는 척도 안 한다.

'암튼 저 싸가지.'

규리는 차가운 표정으로 노트북을 꺼내는 은설을 째려보며 입술을 삐죽거렸다.

"감귤, 혹시 너 레오한테 문자 받았어?"

선영이 묻자, 규리는 은설을 노려보며 아무 생각 없이 대답했다.

"네, 그러니까 그게 어떻게 된……."

"언니. 설마 레오 첫사랑이 감귤이라고 생각하는 거예요?"

뭐지? 자존심에 스크래치 가는 소리는?

규리가 대답하려는 순간, 조은이 나서서 말을 끊었다.

"규리는 절대 아니라니까. 그때 회식 때 왔던 예쁘장하게 생긴 VJ 걔가 맞다니까요?"

아마 선배들도 어제 레오의 방송을 듣고, 레오와 동갑인 제작진들한테 문자를 받았는지를 물어본 모양이었다.

'왜 난 아니라는 거지? 다시 한번 물어보면 어느 초등학교 나왔는지까지 말해줄 텐데.'

하지만 선배들은 규리에게 전혀 관심이 없는 듯, VJ 이야기를 이어 나갔다.

"촬영 들어가면 물어봐야겠다. 문자 받았는지."

"그러지 말고 지금 전화해 볼까?"

"그럴까요?"

선영과 조은이 제작진 연락처를 뒤지고 있을 때, 갑자기 밖에서 '꺄악' 하는 환호성이 들려왔다.

"뭐야. 오늘 음악 방송 하는 날인가?"

음악 방송 하는 날이면 방송국 곳곳에서 팬들의 비명 소리를 들을 수 있다. 오빠들의 컴백 무대가 있는 날엔 함성 소리는 더더욱 커지고, 오빠들의 막방에 는 울음바다가 되는 그녀들. 함성 톤을 보아하니, 컴백 무대 쪽에 가까웠다. 그 것도 대박 아이돌의 컴백 무대!

"아뇨. 음악 방송은 어제 했는데?"

음악 방송 하는 날도 아닌데, 함성 소리는 그치지 않고 계속 들렸다. 그리고 더 이상한 건, 그 소리가 점점 가까이 들려오는 것이었다. 마치 톱스타가 이쪽 으로 오기라도 하는 듯이. 결국 궁금함을 참지 못한 조은 작가가 문을 벌컥 열 자, 싱그러운 목소리가 흘러들어 왔다.

"안녕하세요, 작가님들."

"어머, 이게 누구야! 레오 씨!"

레오라는 이름 하나에 방 안에 있던 모든 작가들의 시선이 동시에 문으로 향했다. 정말 문 앞에는 세상 잘생긴 얼굴로 작가들을 향해 방실방실 웃고 있 는 레오가 서 있었다.

'악! 내 심장.'

규리는 해맑은 레오의 미소를 보며 심장을 부여잡았다. 단지 웃기만 했을 뿐 인데, 왜 이렇게 심장이 떨려오는지. 아마도 밖에서 들렸던 환호성은 레오의 등 장 때문인 것 같았다.

하긴 저 얼굴을 영접하고 소리를 지르지 않을 강심장을 가진 여자는 없을 테니까.

"저 들어가도 돼요?"

어떻게 눈코입이 다 들어갔는지 알 수 없을 정도로 작은 얼굴, 초롱초롱한 눈망울, 높은 콧대에 동글동글한 콧방울, 웃을 때마다 보이는 하얗고 반듯한 치아에 눈웃음까지. 흡사 강아지 한 마리가 방 안으로 들어오려고 꼬리를 흔들고 있는 것 같았다.

"네네. 그럼요. 들어오세요. 누추하지만 들어오세요, 100번 들어오세요."

조은 작가가 너스레를 떨며 레오를 방 안으로 안내했다. 그가 들어오고 문이 닫히자, 밖에서 아쉬워하는 소리가 들려왔다.

"빈손으로 오기 그래서 선물 좀 사 왔는데, 좋아하실지 모르겠어요."

레오가 특유의 느릿한 말투로 수줍게 말하자, 작가들의 눈에서 꿀이 뚝뚝 떨어졌다.

"어머, 그냥 오셔도 되는 데 이런 걸 다……."

"선영 작가님 화이트 초콜릿 좋아하신다고 하셨죠?"

"제가 이 브랜드 초콜릿 좋아하는 건 또 어떻게 아시고?"

"회식 때 말씀해 주셨잖아요."

그의 말 한마디에 작가들은 폭염의 어느 날 아스팔트 위에 올려놓은 초콜릿처럼 사르륵 녹아버렸다. 살뜰하게 제작진들을 잘 챙긴다더니, 정말 소문이 맞는 모양이었다. 회식 때 스치듯이 초콜릿에 대해 얘기했는데, 그걸 다 기억하고 취향에 맞춰 선물을 사 오다니.

"조은 작가님은 다크 초콜릿."

"어머, 저도요?"

레오가 애교 넘치는 목소리로 한 명씩 이름을 부르며 예쁘게 포장된 봉투를 내밀자, 작가들은 너 나 할 것 없이 살살 녹아버렸다. 무뚝뚝한 오은설 작가까지 말이다. 드디어 자신의 차례가 되자, 규리는 긴장해서 침을 꼴깍 삼켰다. 그냥 레오 그 자체를 영접하는 것만으로도 가슴이 뛰어 죽겠는데, 어제 라디오 사건까지 있었으니 심장이 제 기능을 못 하는 것 같았다.

'숨 쉬어! 숨!'

규리는 침을 꼴깍 삼키고, 일어나야 하나, 말아야 하나 고민하며 엉덩이를 들썩이고 있을 때.

"굿 모닝! 제가 좀 늦었죠?"

샤랄랄라한 분위기와 함께 신해연 작가가 등장했다.

"어머, 레오 씨!"

방에 들어오자마자 레오를 발견한 해연은 그에게 다가가 붙임성 있게 인사를 건넸다.

"여긴 어쩐 일이에요?"

"근처 지나가는 길에 작가님들 생각나서요."

레오가 눈웃음을 치며 말하자, 해연이 눈을 가늘게 뜨며 물었다.

"설마 어제 라디오에서 말한 첫사랑 보려고?"

해연은 평소 시원시원한 성격처럼 대놓고 모두가 궁금해하는 곳을 박박 긁었지만, 레오는 초콜릿 봉투를 내밀며 아주 자연스럽게 그녀의 질문을 피해 버렸다.

"이건 해연 작가님 거."

"어머! 이게 뭐예요?"

"벨기에 여행 간 친구가 있어서 부탁했거든요."

레오의 말에 방에 있던 작가들의 입이 떡하고 벌어졌다. 회식 때 취해서 벨기에 초콜릿 노래를 불렀던 해연 작가였다. 한국에는 왜 그런 맛을 내는 가게가 없는지 한탄하며, 초콜릿 하나 사 먹기 위해 벨기에 여행을 계획하기까지 했다. 그런데 그런 그녀를 위해 벨기에 초콜릿을 사 오다니!

초콜릿 먹고 싶다고 벨기에 여행 준비를 하는 해연 작가도 놀라웠지만, 그녀의 말을 듣고 벨기에로 여행 간 친구에게 부탁까지 한 레오가 더 대단했다.

"혹시 레오 첫사랑 신해연 아니야?"

"그러게요. 우리 거는 다 똑같은 브랜드예요."

"쟤 레오한테 문자 안 왔다는 거, 다 뻥인 것 같아."

"벌써 둘이 사귀고 있는지도 몰라요. 우리한테 초콜릿 준 건 다 페이크고."

선영과 조은이 서로 귓속말로 속삭였다. 그러고 보니 선영와 조은, 그리고 은설 작가가 받은 초콜릿은 모두 동일 브랜드에서 사 온 거였다. 화이트냐 블랙이냐, 아몬드가 박혀 있나 없냐의 차이가 있을 뿐. 하긴 규리도 처음엔 레오의 첫사랑을 신해연 작가로 꼽았었다. 예쁘지, 집안 빵빵하지, 성격 쾌활하지, 똑똑하지. 레오와 비교해도 뭐 하나 빠지지 않는 그녀였으니, 선배들도 그렇게 추측했던 모양이다. 해연은 선물을 받자마자 포장을 풀어헤치고, 초콜릿을 입안에 쏙 집어넣었다.

"으음. 이 맛이야."

어떤 맛인지는 모르겠으나 눈이 풀릴 정도로 맛있는 모양이었다.

"고마워요, 레오 씨."

해연 작가가 인사하자, 레오는 빠르게 시선을 돌렸다. 그의 눈은 마지막 하나 남은 선물 봉투에 꽂혔다. 그가 들고 온 것 중, 유독 눈에 띄게 작고 초라한 봉투였다. 그는 평소와 같은 미소를 지으며 마지막 봉투를 규리 앞에 내밀었다.

"이건 막내 작가님 거예요."

"감사합니다."

규리가 고개 숙여 인사하자, 레오는 규리를 향해 세상 예쁜 미소를 지었다. 빠져들면 절대 헤어 나올 수 없는 마성의 눈빛을 쏘아대며 말이다.

'아, 내 심장!'

눈빛 하나에 심장 통증을 느끼고 있을 때, 레오가 시선을 돌리더니 나갈 준비를 시작했다.

"저 메인 작가님이랑 감독님께 인사드리고 올게요."

"예. 다녀오세요."

레오가 나가자 작가들은 그에게 받은 초콜릿을 보며 말했다.

"난 안 먹을래. 레오가 준 걸 어떻게 먹어?"

"저도요. 전 가보로 남길 거예요."

"왜 선물 준 걸 안 먹어요. 다들 뭐 받았어요?"

해연이 벨기에 초콜릿을 입 안에 넣으며 손을 뻗자, 선영과 조은은 자신의 초콜릿을 가방 속에 쏙 집어넣어 버렸다.

"언니, 뜯어서 다 같이 먹어요."

해연이 계속 물고 늘어지자, 조은이 말을 돌리며 규리를 불렀다.

"감귤. 넌 뭐 받았어?"

"아, 그게⋯⋯."

봉투 안을 확인한 규리는 차마 내용물을 내놓지 못하고 우물쭈물했다.

"뭔데 그래?"

규리가 시원하게 대답을 못 하자 궁금했던 작가들이 우르르 몰려와 그녀의 선물 봉투를 확인했다.

"뭐야, 이게?"

"웬 오레오?"

"이거 마트에서 천 원이면 사지 않나?"

규리의 봉투 안에는 슈퍼에서 흔히 볼 수 있는 오레오 과자가 들어 있었다.

"그러게. 감귤 너, 오레오 좋아한다고 했어?"

"그게 취해서 잘 기억이 안 나요."

규리가 어색한 미소를 지으며 대답하자, 선영이 킥킥거리며 말했다.

"그래, 그게 어디니. 그것도 레오가 준 건데, 맛있게 먹어."

"네⋯⋯."

규리는 선배들의 고급스러운 초콜릿과 자신의 싸구려 초코 과자를 번갈아 보며 확신했다.

'그럼 그렇지. 첫사랑은 무슨.'

오늘따라 유난히 하늘이 높고 파랬다. 가을은 말이 살찌는 계절이라는 말은 거짓말이다. 아무리 봐도 가을은 감규리가 살찌는 계절이다.

"아니지. 난 봄, 여름, 가을, 겨울 사시사철 살찌는 체질인가?"

청명한 가을 하늘을 올려다보고 있자니 왠지 모르게 배가 고팠다. 규리는 먹어도, 먹어도 줄지 않는 자신의 식성을 원망하며 뭐 먹을 만한 게 없나 주위를 둘러보았다.

"맞다. 아까 오 배우님이 준 과자가 있었지?"

규리는 레오에게 받은 과자를 꺼내 박스를 뜯었다. 초코 쿠키를 비틀어 분리하자 새하얀 크림이 속살을 드러냈다.

"으음. 맛있겠다."

혓바닥을 살짝 내밀어 크림 먼저 맛보려는 순간, 어디선가 개 한 마리가 나타나 심술궂게 말했다.

"먹지 마!"

"뭐야? 사무실에 웬 개야? 그리고 개가 어떻게 말을 하는 거야?"

"그건 알 필요 없고. 그 과자 먹지 마."

"왜?"

규리가 묻자, 개는 앞다리로 팔짱까지 끼며 당당하게 말했다.

"내가 먹지 말라고 하면 먹지 마."

말하는 개도 신기한데, 그 개가 과자를 먹지 말라고 한다. 정말 배가 고팠지만, 말하는 개에게서 신묘한 기운이 느껴진 규리는 저도 모르게 슬그머니 과자를 내려놓았다. 그때였다.

"규리야, 먹어. 먹어도 돼."

"엄마야!"

이번엔 책상 위에 올려둔 과자가 부드럽게 말했다.

"과자가 어떻게 말을 해?"

"개도 말하는 마당에 과자라고 못 하겠니? 먹어."

과자가 아주 달콤한 목소리로 자신을 유혹하자, 규리가 개의 눈치를 살피며 물었다.

"먹어도 돼? 저 개는 먹지 말라고 하던데."

"규리야, 개 말 듣지 마. 내 말만 들어, 알았지?"

"어쭈? 이 과자 부스러기가 못 하는 말이 없어?"

그걸 또 언제 들었는지, 개가 규리와 과자의 대화에 끼어들었다.

"뭐? 과자 부스러기? 이 개가!"

"싸우자는 거야? 덤벼! 덤비라고!"

난데없이 나타난 말하는 개와, 규리가 꺼낸 과자가 서로 싸우기 시작했다.

"얘들아, 왜 싸워! 싸우지 마!"

규리가 외치자 개와 과자가 동시에 말했다.

"감귤, 넌 끼어들지 마!"

"규리야, 위험하니까 뒤로 물러서 있어."

그러더니 서로 치고받고, 지지고 볶고, 난리도 아니었다. 규리가 아무리 소리를 지르고, 뜯어말려도 둘은 멈추지 않았다.

"그마안. 그만 하라고오."

규리는 힘없이 소리를 지르며 눈을 번쩍 떴다. 잠깐 사이 잠들었던 모양이다. 그런데 분명 꿈에서 깬 것 같은데, 현실이 더 꿈처럼 느껴졌다.

"뭐야. 아직도 꿈속인가?"

그 이유는 눈앞에 레오가 자신을 사랑스러운 눈빛으로 바라보고 있기 때문이었다. 눈부신 햇살이 둘이 있는 공간을 비추었고, 레오는 미소 가득한 얼굴로 규리를 하염없이 쳐다보았다. 마치 그녀의 얼굴 하나하나를 눈에 넣어두려는 듯이. 그것도 책상에 엎드려 있는 자신의 맞은편에서, 그녀와 똑같은 자세를 취하고 말이다! 잠이 덜 깬 규리는 몽롱한 정신으로 헤헤하고 웃었다. 온 세상이 둥둥 뜨는 기분이 들었다.

"좋다. 헤헤."

"잘 잤어?"

"네. 잘 잤어요."

레오가 저렇게 해맑은 미소로, 그것도 두 눈에서 꿀이 뚝뚝 떨어지는 눈빛으로 바라보고 있는데, 안 좋아할 여자가 어디 있을까!

"근데 꿈이 뭐 이렇게 진짜 같지?"

너무 현실 같은 느낌이 들면서 뭔가 싸한 기분이 들었다.

'이거 꿈이 아닌가?'

꿈이 아님을 직감한 규리는 놀라, 몸을 일으켜 세우며 물었다.

"오 배우님이 여긴 왜…… 아니 그보다 다들 어디 간 거예요?"

아까 다 같이 점심을 먹고 들어왔는데, 왜 방 안에 레오와 단둘만 남아 있는 건지 알 수가 없었다.

"커피 한잔하고 공원 한 바퀴 돌고 온대."

"아, 그렇구나."

아마 그녀가 전화 통화하는 사이, 커피 사 마시러 간 모양이었다.

"그런데 오 배우님은 왜 같이 안 가시고요?"

"난 커피 안 마셔."

"아, 예."

"근데 무슨 꿈을 꿨기에 안 된다고 소리친 거야?"

레오는 규리에게서 시선을 고정한 채, 턱을 괴며 물었다.

"아, 그게 꿈에서 개 한 마리랑 과자가 나와서 서로 자기 말 들으라고 싸워서요."

"재밌다. 개랑 과자가 싸우다니. 누가 이겼어?"

"말리다가 깨는 바람에 누가 이겼는지는 모르겠어요."

수줍게 말하던 규리는 뭔가 이상한 기분이 들었다. 왠지 자신이 매우 아랫사람이 된 기분이랄까?

"근데 규리야 왜 나한테 높임……."

"그래, 반말! 오 배우님 왜 저한테 반말이세요?"

그랬다. 규리는 그에게 존대를, 레오는 자신에게 반말을 하고 있었다. 규리가 두 눈을 똑바로 뜨고 묻자, 레오가 하얀 치아를 드러내며 웃었다.

"우리 둘이 있을 땐 말 놓기로 했잖아."

내가? 아니 그리고 왜 굳이 둘이 있을 때만?

"그리고 친구끼리 무슨 높임말이야."

"친……구?"

우리가? 언제부터? 왜 친구가 되었지?

뜬금없이 그게 무슨 말이냐고 물어보려는 순간, 문이 열렸다.

"카메라 세팅 다 된 거야?"

"예. 연락 다 해놨습니다."

대화를 나누며 방으로 들어온 사람은 다름 아닌 계 팀장과 승후였다. 놀란 규리가 두 사람을 쳐다보았고, 레오는 여전히 턱을 괸 채 그녀를 바라보고 있었다. 그런 규리와 레오를 발견한 승후는 미간에 주름을 잡으며 두 사람을 번갈아 쳐다보았고, 계 팀장은 자다 깬 규리의 얼굴에 생긴 자국을 매서운 눈으로 지켜보았다.

네 사람의 묘한 분위기가 방 안을 가득 메웠다.

*

규리는 혼란스러웠다. 회의실에 지정석이 있는 것도 아니고 그냥 대충 앉았을 뿐인데, 그녀는 어느새 매력 터지는 훈남 삼각지대 속에 갇혀 버리고 말았다. 바로 앞에는 비주얼 갑 레오가, 오른쪽에는 매의 눈으로 자신을 뚫어지게 감시하는 계 팀장이, 왼쪽에는 매너남 승후가 앉아버린 것이었다.

'자리도 많구만 왜들 죄다 여기 앉는 거야?'

안 그래도 회의 후 옥상에 올라갈 생각에 정신없어 죽겠는데, 고백남 후보 세 명에게 둘러싸여 버리사, 규리는 완전 멘붕 상태에 빠져 버렸다. 이 상황에서도 왜 레오의 얼굴이 눈에 들어오는 건지. 불편했던 감정은 금세 사라지고, 눈 호강이 시작됐다.

'어쩜 저렇게 잘생겼을까?'

매끈한 피부에 또렷한 이목구비, 살짝 이마를 덮는 머리카락, 높은 콧대에 붉은 입술까지. 레오의 얼굴을 보고 있자니, 아까 책상에 엎드려 자신을 지그시 바라보았던 상황이 떠올라 얼굴이 붉게 달아올랐다.

'왜 날 그렇게 빤히 보고 있었던 거지? 설마 내 얼굴 보려고? 꺄!'

이런저런 생각을 하던 규리는 저도 모르게 상상의 나래를 마음껏 펼치기 시작했다.

'만에 하나 천에 하나 레오가 고백남이라면? 그래서 나랑 결혼까지 생각한다면, 그럼 어쩌지?'

＊

세기의 결혼식에 세계적인 유명 디자이너들이 웨딩드레스를 협찬해 준다고 난리가 날 거야. 그럼 나는 모든 협찬을 정중히 거절하겠지.

"성의는 감사합니다. 하지만 저희는 작은 결혼식을 올리고 싶어요. 마음만 받겠습니다."

우린 햇살 좋은 어느 날, 숲이 우거진 오두막집 앞에서 가족과 친구들만 초대하고 작은 결혼식을 올리는 거지. 난 엄마가 물려준 낡았지만 아름다운 드레스를 리폼해서 입었고, 손에는 소박한 들꽃을 들었어. 내 모습은 전체적으로 수수해 보였지만, 내가 팔짱 끼고 있는 남자는 그렇지 않았지. 오레오. 이름만 불러도 입안에 달콤함이 은은하게 퍼지는 그가 나를 빛내주고 있거든. 내가 아무리 검소하게 꾸며도 날 화려하게 만들어주는 남자. 날 빛내주는 건 그의 화려한 외모만은 아니었어. 오로지 나만 바라보는 해바라기 같은 그의 사랑이 사람들로 하여금 부러움을 자아내고 있었거든. 드디어 아름다운 음악이 흐르고, 나와 레오는 사람들 앞에 섰어. 하객들께 잘 살겠다는 인사를 올리고 뜨거운 입맞춤과 함께 우린 정식 부부가 되었어.

다음 날 아침. 아침에 일어나자마자 뜨거운 사랑을 나눈 우리 서로의 몸에 기대에 살냄새를 맡으며 TV를 보겠지. TV 속에선 레오의 팬들이 우리의 결혼을 축하해 주는 영상이 흐르고 있어.

[오빠. 제가 그딴 여자랑 결혼하라고 오빠 영화 보고 덕질한 줄 아세요? 오늘부로 탈덕할 거예요!]

그딴…… 여자?

[얼굴도 별로, 몸매도 별로, 학벌도 별로. 그나마 집안에 돈 좀 있나 했더니 중간도 못 가는 집안이더군요. 오빠, 여자 보는 눈이 왜 이렇게 낮아요?]

이거 뭐야. 팬이야, 시어머니야?

[이봐, 감귤인지 땡귤인지! 나, 당신 같은 여자랑 결혼하라고 우리 오빠 무명 때부터 키운 거 아니야! 지금이라도 헤어져!]

아니, 난 레오랑 결혼했는데 왜 이렇게 시어머니가 많아! 대한민국의 절반이 시어머니야! 안 돼, 이렇게 살 수는 없어! 레오는 안 돼애애애애!

＊

"야, 감귤!"

"예?"

레오와의 결혼을 상상했던 규리는 계 팀장의 부름에 정신이 바짝 들었다.

"뭐 하는 거야? 지금 말한 거 적었어?"

"아, 네. 적었습니다."

정신은 다른 데 팔려 있어도 다행히 두 손은 무의식적으로 키보드를 두드리고 있었다.

"정신 똑바로 차려!"

어찌나 눈치가 빠른지, 잠깐 딴생각하고 있는 걸 단박에 알아챈 계 팀장이 매서운 눈빛을 던지며 소리쳤다.

'계 팀장님은 나만 보고 있나, 딴생각하는 걸 어쩜 그렇게 잘 아는 거야?'

입술을 삐죽거리던 규리는 스스로의 생각에 깜짝 놀랐다.

'정말로 나만 보고 있나?'

말도 안 되지……라는 생각으로 고개를 살짝 옆으로 돌리자! 뚫어지게 자기를 쳐다보고 있는 계명석과 눈이 딱 마주쳐 버렸다. 규리는 재빨리 고개를 돌리고, 모니터에 코를 박아버렸다.

'미쳤나 봐! 왜 저렇게 날 쳐다보는 건데? 설마 계 팀장님이 고백남이야?'

그 생각과 함께 규리의 상상은 다시금 날개를 달았다.

*

한 달간 해외 촬영을 다녀온 그는 오랜만에 한국에 돌아와 내가 해주는 된장찌개가 먹고 싶다고 징징거렸지. 나는 그가 오길 기다리며 버섯과 두부가 듬뿍 들어간 차돌박이 된장찌개를 끓이고 있어. 이제 막 찌개의 간을 보고 있을 때, 벨 소리가 들렸어.

"나 빨리 보고 싶어서 벨 누른 거예요?"

내가 방긋 웃으며 맞이하자, 그는 피골이 상접한 얼굴로 대답했지.

"집에 하도 오랜만에 와서 비밀번호를 까먹었어."

"아…… 뭐 그럴 수도 있죠. 어서 들어와요."

"킁킁. 근데 이거 무슨 냄새야? 탄 냄새가 나는데?"

"어머! 밥을 안쳐놓고 깜빡했네."

"이놈의 여편네가 정신 똑바로 안 차려!"

순간 난 여기가 집인지 회사인지, 그의 와이프인지 부하 직원인지 헷갈리기 시작했어.

"일 좀 똑바로 해! 정신 바짝 차리고!"

"네! 알겠습니다. 팀장님."

지금처럼 팀장과 막내 작가의 관계에서 벗어나지 못하고 그에게 고개를 조아리고 있을 때, 그가 미안한 표정을 지으며 커다란 봉투를 내밀더라고.

설마 면세점에서 내 선물을? 며칠째 노래를 불렀던 명품 가방을 사 온 게 아닐까?

"뭘 이런 걸 다⋯⋯."

난 미안해하는 그를 용서하며 봉투를 받았어.

"킁킁. 근데 이게 무슨 냄새지?"

분명 된장찌개를 끓였는데, 어디서 청국장 냄새가 나더라고.

"양말이랑 속옷이야. 빨래할 데가 없어서 한 달 치를 캐리어에 넣고 다녔더니, 냄새가 좀 나네."

이 상황에서도 당당하게 말하는 그를 보자 열이 확 뻗친 나는 소파에 앉아 있는 그의 머리 위에 양말 봉투를 확 쏟아버렸어.

"냄새가 좀 나? 조옴?"

안 돼! 이런 남자랑 살 수는 없어! 회사에서도 모자라 집에서까지 부하 직원 대하듯이 명령하는 남자랑 살 수 없다고오오오오!!!!

＊

"감귤."

세차게 고개를 흔들고 있을 때, 승후가 조용히 그녀를 불렀다.

"응?"

"여기 오타 났다."

"아, 그러네."

규리는 로봇처럼 오타 난 부분을 수정하며 계속해서 회의록을 작성했다. 두 남자와의 미래가 이토록 아찔하다니. 아니, 아찔하다 못해 온몸에 소름이 쫙 끼쳤다. 레오는 좋으나 대한민국 절반 이상을 시어머니로 받들고 싶지 않았고, 파라도에서 계 팀장의 행동은 그녀를 두근거리게 만들었으나 회사에서는 아니었다. 오늘 자신에게 들을 말이 있다는 계 팀장도, 둘만의 시그널로 자신을 첫사랑이라고 전체 공개한 레오도 지금 그녀의 마음속에 들어오지 않았다.

'아니야. 절대 아닐 거야. 왜? 고백남은 바로 박 군이니까!'

그때 정수리에 따뜻한 기운이 느껴졌다. 고개를 들자, 승후가 규리를 보며 씽긋 웃고 있었다.

"응? 왜?"

"머리에 이게 붙어 있어서."

"아. 땡큐."

규리는 보푸라기를 떼준 승후를 향해 고맙다며 세상 따뜻한 미소를 지었다.

'역시 고백남은 박 군이야. 박 군일 거야.'

그렇게 생각한 규리는 미친 듯이 키보드를 두드렸다. 이 장면을 누군가 보고 있을 거라는 건 전혀 상상하지 못한 채 말이다.

*

밤 8시 50분.

"후우."

옥상으로 통하는 철문 앞에 선 규리는 깊은숨을 내쉬었다. 드디어 고백남이 누군지 알아낼 시간이 왔다. 술 마시고 '9월 9일 9시에 회사 옥상으로 따라와!'를 외쳤던 회식 날을 시작으로 며칠 동안 규리는 천국과 지옥을 오르내렸다.

승후라고 좋아했다가, 명석이라고 놀랐다가, 레오라고 기절초풍하기까지!

"이제 다시는 술 안 마셔!"

두 주먹 불끈 쥐었던 규리는 방금 한 말을 조금 정정했다.

"다시는 필름 끊길 때까지 술 안 마셔! 그래도 고되게 일하고 맥주 한 캔 마시는 걸 낙으로 삼고 사는데, 아예 끊는 건 내 삶에 대한 예의가 아니지."

규리는 미친 듯이 날뛰는 가슴을 조금 진정시킨 후, 옥상으로 이어지는 철문을 열었다. 끼이익— 철문은 소름 끼치는 소리를 내며 유난스럽게 열렸다. 옥상으로 나가자 차가운 밤공기가 코끝을 스치고 지나갔다. 회사 건물이 커서 옥상으로 연결되는 통로가 많긴 했지만, 규리가 나온 문은 〈오늘 밤만 재워줘〉 팀 사무실과 가장 가까운 곳이라서 이쪽으로 올 확률이 높았다.

"어디 있지?"

규리는 작게 중얼거리며 고백남을 찾기 위해 주위를 두리번거렸다. 정말 고백을 받긴 한 건지, 받았으면 누구일지. 가슴이 너무 두근거려서 손발이 저릿했다.

'만약 고백남이 나와 있다면, 박 군이겠지? 그렇겠지? 그럴 거야.'

아무리 계 팀장과 레오의 행동이 수상하다고 한들, 그들과 고백남을 연결 짓기에는 규리의 간 크기가 너무 작았다. 생각에 생각을 거듭해도 그 두 사람은 자신과 절대 같은 선상에 놓을 수 없었다. 계 팀장과 레오가 스펙 빵빵한 넘사벽이라는 것은 둘째치고, 그 둘과는 대화라는 것을 제대로 나눠본 적이 없었기 때문이었다.

뭘 알아야 좋아하든 말든 할 것 아닌가?

규리는 고백남은 승후일 거라고 강하게 확신하고 있었다. 그때, 저 앞 구석에 누군가가 서 있는 것이 보였다. 엄청나게 큰 키에 청바지, 그리고 검은색 항공 점퍼를 입고 있는 그!

'오늘 청바지에 항공 점퍼 입고 있던 건…… 박 군이었어!'

어디선가 '할렐루야~ 할렐루야~ 할렐루야, 할렐루야, 할렐루야!'하고 BGM이 울려 퍼지는 것 같았다. 역시 박 군이었다. 그의 넓은 어깨를 보는 순간 마음에 안정이 오면서 4일 동안 묵은 체증이 확 내려가는 것 같았다. 규리는 피식피식 새어 나오는 웃음을 겨우 참으며 그를 향해 발걸음을 내밀었다.

"바쁜데 왜?"

근데 그때, 어디선가 여자의 목소리가 들려왔다.

"드릴 게 있어서요."

그리고 이어지는 박 군의 목소리.

'뭐야? 혼자 온 게 아니야? 누구지?'

규리는 여자의 음성에 온 신경을 쏟은 채, 조심스럽게 걸음을 옮겼다. 박 군의 넓은 등짝 때문에 앞에 서 있는 여자의 얼굴이 잘 보이지 않았다. 그렇다고 너무 가까이 다가가면 자신이 먼저 발각될 것 같아서 최대한 신중하게 움직였다.

"이거요."

"이게 뭐야? 다이어리네?"

순간 규리의 발걸음이 멈췄다. 승후의 손에는 카페에서 받은 핑크색 다이어리가 들려 있었다.

'저 다이어리, 나한테 주려던 거…… 아니었어?'

매일같이 규리와 함께 카페에 가며 스티커를 모은 승후였다. 그런데 자신이 받을 거라 예상했던 핑크색 다이어리가 다른 여자의 손에 들려 있다니!

"이거 주려고 여기까지 부른 거야? 사무실에서 주지?"

다이어리를 받은 여자는 피식 웃으며 물었다.

'잠깐! 저 목소리, 어디서 많이 들었는데?'

"예쁘네. 고맙다. 잘 쓸게."

간결하고 단호한 말투, 도도하며 자신감 넘치는 저 목소리는!

'차 작가님?'

옥상에는 따로 가로등이 없었고, 바닥에 매립된 태양광 조명만 있어서 많이 어두운 편이었다. 하지만 규리는 승후 앞에 서 있는 여자의 얼굴을 꼭 보겠다는 굳은 의지로, 자세를 바꿔가며 집요하고도 고집스럽게 여자의 얼굴을 확인했다. 그리고 여자의 얼굴을 정확하게 확인한 순간, 규리의 가슴이 철렁 바닥으로 떨어져 내렸다.

'정말 차 작가님이네? 그럼 뭐야? 박 군은 내가 아니라 차 작가님을 좋아했던 거야?'

아니다. 그저 다이어리 하나 준 것뿐이다. 차 작가가 다이어리를 달라고 했을 수도 있고, 규리에게는 더 예쁜 다이어리를 주려고 할 수도 있고. 그렇게 눈앞에서 벌어지는 상황을 부정하고 있을 때, 승후의 박력 넘치는 목소리가 들려왔다.

"저, 작가님 좋아해요."

그의 목소리를 듣는 순간, 규리의 다리에 힘이 빠져 버렸다. 고백남이라고 철석같이 믿었던 박 군이, 차지연 작가를 좋아한다니! 세상이 빙글빙글 돌면서 머리가 아찔해졌다. 그 뒤로 승후와 지연의 대화 소리가 들려왔지만, 규리의 귀에는 아무것도 들리지 않았다. 그렇게 믿었던 고백남 후보 1번이 내가 아닌 다른 여자를 좋아하고 있다는 충격과 배신감 때문에 쪼그려 앉아 있는 다리에도 힘이 빠질 지경이었다.

'그럼 그날 했던 행동들은 다 뭔데?'

고백남이 박 군이라고 철석같이 믿었던 그날. 그는 쓰담 쓰담에 이어 후진하기를 선보이고, 마지막에 자신의 운동화 끈까지 매주지 않았던가? 그런 자상한 그의 행동 때문에 승후가 고백남일 거라고 굳게 믿었던 건데. 백번 양보해서 이 모든 걸 그저 매너남 승후의 평소 행동이었다고 치자. 그럼 고속버스 터미널까지 굳이 데려다준 건 어떻게 설명이…… 되는구나.

'내가 아니라, 차 작가님을 대입하면 모든 상황이 이해가 돼.'

굳이 나서지 않아도 되는 그가, 바로 퇴근해도 되는 그가, 제 시간을 쪼개 차가 막히는 길을 뚫고 고속버스 터미널까지 데려다준 건 감규리가 아니라 차지연을 위한 거였다!

'뭐야, 그럼? 프리뷰하는 거 기다려 준 것도 내가 아니라 차 작가님 때문이었어?'

그날 지연이 규리에게 프리뷰를 시켰을 때, 승후는 퇴근하려고 입었던 외투를 다시 벗었다. 표면적인 이유는 영상 자료를 찾기 위해서였고, 그 모습을 본 규리는 자기를 기다린다고 착각했던 거고, 승후는 지연을 더 보기 위해 빅픽처를 그린 거였다.

'차 작가님 얼굴 한 번 더 보려고?'

울고 싶었다. 세상 쪽팔려서 얼굴을 들 수가 없었다. 승후라고 생각했는데, 그가 고백남이라고 철석같이 믿었는데! 박 군이 좋아한 사람이 자신이 아닌 차지연 작가라니!

'아니, 잠깐. 그럼 나 데려다준 날 했던 말은 뭔데?'

분명 규리를 데려다주면서 할 말이 있다고 했다. 그리고 좋아한다고 고백까지 했다.

"너 좋아한다고 말한 게 확실해? 지나가는 개한테 그랬을 수도 있잖아."

왜 갑자기 이때, 강희의 말이 떠오르는 건지!

'뭐야. 설마, 나한테 고백한 게 아니라, 상담하려고 한 거였어?'

이런, 젠장할. 고민 상담을 고백으로 착각하다니! 망할 박승후! 왜 그렇게 잘해줘서 사람 오해하게 만들어! 쓰담쓰담에, 폭풍 후진에, 운동화 끈은 왜 묶어주냐고!

갑자기 승후가 미워졌다. 왜 마음에도 없는 여자한테 그렇게 자상하게 굴었던 것인지, 뒤통수를 확 갈기고 싶은 마음이었다. 하지만 승후를 욕할 것도 없었다. 그는 평소와 똑같이 행동한 것뿐이었고, 그에게 고백받았다고 오해한 규리가 평소와 다르게 받아들인 것이었으니까.

'하아. 그럼 그렇지. 내 주제에 고백은 무슨.'

28년 동안 남자에게 고백 비슷한 것은 단 한 번도 받아본 적이 없다. 그래서 설렜다. 술김에라도 고백을 받았다는 그 자체에 가슴 뛰었다. 비록 고백남이 누군지 기억해 내지 못했어도, 고백받았다는 그 사실만으로 규리의 가슴에 봄이 찾아왔고, 벚꽃 잎이 휘날렸다.

그런데 아니라니. 승후가 고백남이 아니었다니.

'이러니까 연애 무식자라는 말이나 듣는 거야. 혼자 북 치고 장구 치고, 아주 소설 한 편을 썼구나.'

처음부터 다 착각이었다. 술이 덜 깨서 혼자 쌩쇼를 한 거다.

'미쳤지, 감규리. 미쳤어, 감귤!'

이제 승후 얼굴은 어떻게 보나, 강희한테는 뭐라고 할까. 머릿속이 엉망진창이었다.

'아니야. 차라리 잘됐어. 곧 촬영 들어가는데 허파에 바람 잘 뺐지, 뭐. 일에나 집중하자.'

그렇게 스스로를 위로해도 뻥 뚫린 가슴 사이로 찬바람이 숭숭 들어오는 건 어쩔 수 없는 일이었다. 하지만 이 상황에서 규리가 할 수 있는 건 아무것도 없었다. 불청객은 빠르게 사라져 줘야 할 뿐. 승후와 차 작가에게 쏠린 시선을 겨우 돌린 규리는 그들을 피해 가장 멀찍이 있는 계단으로 향해 걸어갔다.

이 가을 누군가는 새로운 사랑을 꽃피우는데, 누군가의 가슴에는 이렇게 찬바람만 쌩쌩 부는구나.

'아냐. 감규리. 괜찮아. 어차피 28년 동안 남자 없이도 잘 살았잖아?'

스스로를 위로하며 상처 따위 안 받은 사람처럼 씩씩한 척 걷고 있을 때! 누군가 규리의 손을 낚아챘다. 그것도 순차적으로 한쪽 손씩, 양손을!

그리고 들려온 낮은 목소리와 부드러운 목소리는 다름 아닌 계 팀장과 레오였다.

"감귤."

"규리야."

"팀장님, 오 배우님. 두 분이 여긴 어떻게……?"

안 그래도 혼자 쌩쇼했다는 사실에 멘붕에 빠진 상태였는데, 난데없이 계 팀장과 레오가 등장하자 규리의 정신이 안드로메다로 날아가는 것 같았다. 하지만 이 남자들은 규리의 정신 따위는 신경 쓰지 않고 서로를 매섭게 노려볼 뿐이었다.

"오 배우, 내가 규리랑 지금 할 말이 있는데, 그 손 좀 놓지?"

계 팀장은 뭔가 화난 사람처럼, 규리를 붙잡고 있는 레오의 손을 뚫어지게 쳐다보며 말했다.

"저도 지금 규리랑 꼭 해야 할 말이 있어서요."

레오는 방실방실 웃으며 말했지만, 눈빛은 아주 살벌했다.

"무슨 할 말? 나중에 하지 그래?"

"급한 일이라서요."

"나보다 급할까? 난 아주 많이 급한 일인데."

"전 오늘 만나기로 이미 나흘 전에 약속했거든요."

두 남자는 전혀 양보할 기색이 없어 보였다. 아니, 오히려 규리를 잡은 손에 힘을 더 주었다.

"끝까지 양보 안 하겠다 이거지?"

"전 못 하겠는데요."

계 팀장이 묻자, 레오가 단호하게 대답했다. 두 사람은 마치 좋은 먹잇감을 사이에 둔 사자와 호랑이처럼 물러서지 않고 팽팽한 기 싸움을 해나갔다.

"아니, 두 분 왜 이렇게 싸우세요?"

"감귤, 넌 좀 가만히 있어."

"규리야, 미안. 감독님이랑 먼저 얘기 좀 할게."

규리가 말려도 두 사람의 피 튀기는 싸움은 계속 이어졌다.

"어쩔 수 없지. 그럼 오 배우 있는 데서 내 볼일을 말할 수밖에."

"그러시죠. 저도 감독님과 별개로 규리랑 대화하겠습니다."

얼마나 대단한 말을 하려고 이러는 건지. 규리는 짐승처럼 으르렁거리는 두 남자를 번갈아 쳐다봤다.

"지난 9월 5일 회식 날."

"어묵탕 집에서."

"난 감귤 너한테 좋아한다고 고백을 했고."

"넌 그 고백에 대한 대답을."

"9월 9일 밤 9시, 회사 옥상에서 말해준다고 했어. 그러니까 말해줘."

마치 짜기라도 한 듯 계 팀장과 레오가 동시에 말을 꺼냈고, 그 이야기를 듣는 순간 규리의 등골에는 한 줄기 땀이 흘러내렸다.

"말도 안 돼."

그리고 떠오르는 문제의 그날의 기억들.

"연애하자. 우리."

고백까지 담백한 계 팀장의 말에 이어.

"우리 사귈래?"

고백까지 달달한 레오의 말까지!

그날의 모든 게 하나둘 떠오르기 시작했다!

2. 고백남의 정체는?

　순간 나의 기억은 지난주 토요일 어묵탕 집으로 돌아갔다. 세 남자가 따라 준 정종 세 잔을 연거푸 마셨더니 알딸딸해졌다. 사실 말이 정종 세 잔이지, 이미 1차와 2차에서 내 주량은 가뿐히 넘은 상태였다. 사람들의 대화 소리가 잘 들리지 않았고, 드문드문 필름도 끊겼던 것 같다. 아, 물론 당시에는 인지하지 못했지만 지금 와 돌이켜 보면 그런 것 같다. 난 바람을 쐬기 위해 밖으로 나왔다. 저쪽 구석에 플라스틱 간이 의자가 쪼르륵 놓여 있었다. 난 어둠 속으로 걸어 들어가 의자 하나를 골라 앉았다.

　얼마나 지났을까. 온몸으로 새벽바람을 맞고 있을 때, 술집 문이 열리더니 계 팀장님이 밖으로 나왔다. 팀장님은 뭘 찾기라도 하는 듯 주위를 둘러봤다. 그것도 엄청 열심히.

　"누가 오기로 했나?"

　평소의 나였으면 계 팀장님을 보는 순간 그를 피해 어둠 속으로 몸을 숨겼을 테지만, 그때의 난 이미 제대로 취해 이성적인 사고를 할 수 없었다. 한마디로 술 취한 오지라퍼가 되어 있었다.

"팀장님!"

계 팀장님을 부르자, 그의 표정이 미세하게 바뀌었다. 뭐랄까. 뭔가 심하게 걱정했다가 안도한 표정이랄까? 하지만 그것도 잠시. 그는 평소처럼 냉랭한 표정을 지으며 날 꾸짖기 시작했다.

"넌 술 취한 애가 어딜 자꾸 기어나가?"

"저 안 취했는데요?"

"안 취하긴. 이거 몇 개야?"

팀장님은 검지와 중지를 펼쳐 내 눈앞에서 손가락을 흔들어댔다.

"두 개잖아요. 저 안 취했다니까요."

누가 봐도 난 멀쩡했을 거다. 사실 난 술에 취하면 이상한 버릇이 있는데, 제정신일 때보다 더 멀쩡해 보인다는 거다. 그래서 사람들은 내가 취한 걸 알아보지 못했다. 세상에서 날 가장 많이 알고 있는 엄마도, 매일같이 함께 술을 퍼마시는 강희조차도 내가 언제 취했는지 단 한 번도 맞추지 못했다.

"이 위 똑바로 걸어 봐."

계 팀장님이 바닥의 선을 가리키며 말했다.

'우쒸! 누굴 취한 사람 취급해?'

난 보란 듯이 반듯하게 선 위를 걸었다.

"보세요! 안 취했죠?"

마치 대단한 일이라도 한 듯 팀장님을 올려다보며 말하자, 그가 피식 웃으며 말했다.

"취했네."

"안 취했다니까, 자꾸 왜 그러세요?"

"너 취하면 멀쩡한 척하잖아?"

순간 온몸에 소름이 쫙 돋았다.

"그걸 어떻게 아세요?"

엄마도, 강희도, 규현이도 모르고 있는 걸 팀장님이 어떻게 아셨지?

지난 2개월 동안 팀장님과 단둘이 술 마신 적은 단 한 번도 없었다. 회식 때 테이블 끝과 끝에서 먹은 게 전부였는데, 그걸 어찌 아셨을까?

"받아."

내가 신기하게 쳐다보고 있자, 팀장님이 주머니에서 무언가를 꺼내 내게 내밀었다. 그의 커다란 손바닥 위에 놓여 있던 건 다름 아닌 핫팩이었다.

"너 지금 입술 파래."

아직 초가을이지만 쌀쌀한 날씨였다. 취한 나의 머리는 춥다고 인지하지 못했지만, 몸은 이미 추위에 반응하고 있었던 모양이다. 내가 우물쭈물하고 있자, 계 팀장님은 내 손 위에 핫팩을 건네주었다. 순간 온몸에 온기가 퍼져나갔다. 따뜻하고 포근했다. 이상한 건 따뜻함을 느낀 대상이 핫팩이 아닌, 계 팀장님이라는 거였다. 핫팩을 건네주기도 전, 계 팀장님이 내 손을 잡는 순간 온몸이 따뜻해졌으니까.

차갑도록 쌀쌀맞은 그에게 왜 그런 감정을 느꼈을까?

난 핫팩을 받아들고 어리벙벙한 표정으로 계 팀장님을 올려다봤다. 그는 내 손을 놓고 야상 점퍼에 손을 찔러 넣으며 시크하게 물었다.

"뭐 타고 가? 지하철 끊겼을 텐데."

벌써 새벽 1시가 넘었다. 당연히 집으로 가는 지하철은 끊겼고, 버스는 애초부터 집까지 가는 노선이 없었다.

"택시 타고 가겠죠, 아마?"

"택시는 무슨. 같이 가."

같이? 어딜? 아니, 왜? 우리 집에 데려다줄 리도 없고, 그렇다고 다른 데 갈 곳도 없는데. 아하!

"팀장님 다시 회사로 들어가실 거예요?"

팀장님은 따로 대답하지 않았지만, 난 이미 그의 목적지를 회사로 단정지어 버렸다. 차라리 잘됐다. 집까지 택시 타고 가느니, 팀장님 차 얻어 타고 사무실 가서 숙직실에서 자는 게 낫다. 샤워는 포기해야 하지만, 지각은 면할 수 있다.

책상 서랍에 간단한 세면도구와 모자도 구비되어 있다. 화장은…… 로션만 바르지 뭐.

쌩얼로 출근할 용기를 냈던 걸 보면, 정말 미친 듯이 취한 게 틀림없었다.

"술 그만 마셔."

따라줄 때는 언제고. 하지만 그의 차를 얻어 타고 가야 하는 관계로 순순히 대답했다.

"예, 팀장님."

"들어가."

"팀장님은 안 들어가세요?"

"담배 한 대 피우고."

"예. 먼저 들어가겠습니다."

오예! 택시비 굳었다! 술집으로 들어가며 난 그렇게 중얼거렸던 것 같다. 잠시 후 몰려올 후폭풍은 전혀 예상도 하지 못한 채.

"감귤."

"예?"

택시비 아낄 수 있다는 사실에 실실 웃고 있던 난, 팀장님을 향해 웃으며 대답했다.

"다음에 말하려고 했는데, 못 참겠다."

혹시나 내가 뭘 잘못했나 싶어 잔뜩 긴장한 상태로 그의 입술을 쳐다봤다.

"나랑 하자."

"예? 뭘요?"

잠시 다음 말을 준비하던 계 팀장님의 눈동자가 반짝거렸다.

"연애하자. 나랑."

난 그때 무슨 생각을 했을까? 아무런 기억이 나지 않는다.

"나랑 연애하자고."

그저 손에 들고 있던 애먼 핫팩만 꼭 쥐었을 뿐.

드디어 명석의 고백이 선명하게 떠올랐다. 그리고 9월 9일 밤 9시에 회사 옥상에서 고백에 대한 대답을 해주겠다던 자신의 말까지도.

'미쳤지, 미쳤어! 잠깐, 그럼 레오는? 도대체 레오는 또 뭔데?'

규리는 자신의 오른손을 붙잡고 있는 명석에게서 시선을 거두고, 자신의 왼손을 잡고 있는 레오를 올려다봤다. 빙긋, 미소를 짓는 그의 얼굴을 보자 규리의 기억은 또다시 회식 날 밤으로 돌아갔다.

가게 안으로 들어온 난 두 손으로 뺨을 톡톡 두드렸다. 갑자기 따뜻한 곳에 들어오자, 온몸에 열이 오르는 것 같았다.

"응? 이게 뭐야?"

묵직한 무게감에 손을 내려다보니, 따뜻한 핫팩 하나가 쥐어져 있었다.

"웬 핫팩? 내가 언제부터 이걸 들고 있었지?"

오늘 난 핫팩을 들고 온 기억이 전혀 없었다. 게다가 겨울도 아니고 말이다. 그런데 무슨 조화인지, 정체 모를 핫팩을 보는 순간 가슴이 미친 듯이 뛰더니 난데없이 두 뺨이 뜨겁게 달아올랐다.

"왜 이렇게 붕붕 뜨는 기분이 들지?"

이 장면은 분명히 기억한다. 한 손에 핫팩을 들고 가슴 떨려 하던 이 장면을 말이다! 왜 이렇게 가슴이 뛰나 했더니, 계 팀장님한테 고백받고 떨려 했던 거였다니!

난 그때 숨조차 쉴 수 없을 정도로 가슴이 뛰었고, 얼굴에는 불이 났나 싶을 정도로 볼이 빨개져 있었다. 설렜다. 하지만 설렘의 이유는 까맣게 잊고 있었다. 그저 추운 데 있다가 따뜻한 곳에 들어와 몸이 이상 반응을 보이나 보다, 하면서 그냥 넘겨 버렸다.

"근데 다들 어디 간 거야?"

혹시 화장실에 갔다가 자리를 못 찾는 건 아닌가 싶어 술집 안을 둘러봤다. 그때 머리부터 발끝까지 꽁꽁 싸맨 남자가 내 앞에 다가와 하얀 비닐봉지를 내밀었다.

"누구……세요?"

"막내 작가님. 저예요."

모자와 마스크를 벗자, 우윳빛깔 오레오가 영롱한 모습을 드러냈다. 세상은 참 불공평하다. 똑같이 어두운 조명 아래에 있는데, 누구 얼굴은 칙칙하고 누군 저렇게 밝은 빛을 내는 걸 보면.

"어디 다녀오셨어요?"

"요 앞에 엄청 맛있는 떡볶이집 있거든요."

그는 천진난만한 아이처럼 해맑게 웃으며 비닐봉지를 흔들었다.

"저한테 시키시지 왜 직접 가셨어요?"

새벽 1시가 넘은 시각이었지만, 밖엔 술 취한 사람들이 벅적거렸다. 유명 연예인이 취객들 사이를 돌아다니다가 괜한 시비가 붙을 수도 있다. 내가 걱정스럽게 말하자, 레오가 단호한 말투로 말했다.

"작가님. 절대 밤에 혼자 나가면 안 돼요. 아셨죠?"

"에이, 전 괜찮아요. 저보다 오 배우님이 더 위험……."

"요즘 세상이 얼마나 험한데. 약속해요. 절대 혼자 안 나간다고."

그리 대단한 일도 아닌데, 레오는 아주 진지하게 말했다. 딸바보였던 우리 아빠처럼.

"네. 그럴게요."

내 대답에 레오는 만족스럽다는 듯 웃었다. 살면서 저런 식으로 날 걱정해 준 남자는 아빠뿐이었다. 아빠가 돌아가신 이후로는 첫차 타고 집에 가도 아무도 날 걱정하지 않았는데. 어쩐지 가슴 한편에 따뜻한 기운이 맴돌았다.

"드세요."

"아, 네. 잘 먹겠습니다."

삼겹살에 치킨, 어묵까지 종류별로 먹어 배가 불렀지만 난 젓가락을 들었다. 내가 떡볶이를 좋아하기도 했지만, 레오가 친히 사 온 떡볶이를 거절할 수는 없었으니까.

"음. 역시 떡볶이는 밀떡이지!"

"여전하시네요."

레오는 커다란 입으로 입동굴을 만들며 해맑게 웃으며 말했다.

"네? 뭐가요?"

"밀떡 좋아하시는 거."

내가 밀떡 좋아하는 건 어떻게 알았지? 말한 적이 있나?

나의 떡볶이 취향은 어떻게 알았는지 물어보려는데, 레오가 눈을 동그랗게 뜨고 먼저 입을 열었다.

"어? 작가님 얼굴에 소스 묻었다."

"어디요?"

"아뇨, 거기 말고 반대편이요."

"여기요?"

내 손이 이리저리 헤매고 있을 때, 부드러운 촉감이 내 얼굴에 와 닿았다. 흠칫 놀란 내가 고개를 드니 레오가 아주 가까이 다가와 있었다.

"헙."

"잠시만요."

그는 아주 달콤한 향기가 나는 손수건으로 내 얼굴을 닦아주었다.

"제, 제가 해도 되는데……"

마음에도 없는 소리를 하면서 손을 슬쩍 올리자, 레오가 부드럽게 내 손을 잡았다.

"거의 다 됐어요."

아, 이 시간이 영원했으면……. 나 어쩌면 전생에 나라를 구했나 봐! 그렇지 않고서는 레오가 내 얼굴에 묻은 떡볶이 양념을 닦아줄 리가 없잖아?

이때 난 팀장님한테 고백받았다는 사실을 까맣게 잊고, 내 앞에 있는 레오에게 홀딱 빠져 있었다.

"이제 됐어요."

레오가 얼굴에 광채를 뿜어내며 말했다.

"아, 감사합니다."

고맙다는 인사에도 레오는 제자리로 돌아가지 않고, 여전히 얼굴을 가까이 들이대고 있었다. 두근두근 뛰던 심장이 갑자기 쿵쾅거리기 시작했다. 그리고 내 심장은 마치 오늘만 살 것처럼 미친 듯이 뛰었다. 난 눈동자를 굴려 화제를 돌렸다.

"손수건이 너무 더러워졌네요?"

내 얼굴을 닦은 손수건에는 떡볶이 양념이 잔뜩 묻어 있었다.

"죄송해서 어쩌죠?"

내가 미안한 표정을 짓자, 레오가 싱긋 웃으며 내 손 위에 손수건을 쥐여 주었다.

"미안하면 빨아주세요."

"예? 아, 예. 그래야죠. 그게 사람의 도리죠."

예상치 못한 말이라 살짝 당황했지만, 난 이내 손수건을 움켜쥐었다. 손수건에서 그의 온기가 느껴졌다. 따뜻하고 포근했다.

"근데 손수건을 갖고 다니시네요? 요즘 사람들 잘 안 갖고 다니는데."

"습관이에요. 잘 묻히고 먹어서."

"아까 보니까 깔끔하게 드시는 것 같던데?"

"저 말고요."

"그럼 누구요?"

"있어요. 떡볶이 먹을 때마다 흘리고 먹는 여자가."

아……! 좋아하는 여자가 있었어? 그 여자를 위해 손수건을 늘 갖고 다니는 거고?

자길 위해 매일 손수건을 챙겨주는 남자라. 생각만 해도 살살 녹아버릴 것만 같았다.

저 얼굴로 손수건을 내밀면…… 꺄! 그 여잔 무슨 복을 타고났기에 레오의 사랑을 차지한 걸까? 에이, 부러운 년! 에라이, 전생에 나라 오만 번 구한 년!

난 그 여자에 대해 더 캐고 싶었지만, 예의가 아닌 것 같아 입을 다물었다. 그저 레오가 좋아하는 여잔 얼마나 대단한 사람일까, 하고 상상만 해 볼 뿐.

"예전에 초등학교 앞에 떡볶이집이 있었는데, 학교 끝나면 매일 줄 서서 먹고 그랬어요."

"떡볶이 되게 좋아하시나 보다."

"아뇨. 전 떡볶이 안 좋아해요."

"매일 드셨다면서요?"

내가 묻자, 레오는 양손으로 턱 밑에 꽃받침을 만들고 날 쳐다보며 말했다.

"제 짝꿍이 좋아했거든요."

"아. 짝꿍 때문에 같이 가셨구나. 되게 친했나 봐요?"

레오는 그 특유의 해맑은 미소를 지으며 고개를 끄덕였다.

"저랑 반대네요? 제 짝꿍은 떡볶이 안 좋아했는데, 저 때문에 매일 가줬거든요. 그때가 1학년 때였나?"

하도 오래전의 일이라 짝꿍의 얼굴도 이름도 기억나지 않았지만, 수업 마치고 그 친구와 매일같이 학교 앞 분식집에 간 건 기억났다.

"아, 추억 돋네. 그 분식집 아직도 있는데. 가고 싶다."

추억에 젖은 내가 살짝 들떠서 말했다.

"그럼 언제 우리 같이 가요."

거길? 우리 둘이? 왜?

내겐 추억의 장소이지만, 레오에게는 특별한 곳이 아니었다. 게다가 우리 둘이 만나서 분식집까지 갈 만큼 친한 사이도 아니었고.

"하하. 근데 거기가 그렇게 맛집은 아닌데. 하하."

내가 은근슬쩍 거절하려고 하자, 레오가 시무룩한 표정을 지으며 말했다.

"작가님이랑 꼭 같이 가고 싶은데."

으악! 저 표정. 거절 못 해. 안 해! 레오 네가 원한다면 백 번이고, 천 번이고 가주마!

"가죠, 뭐."

"정말요?"

"네. 분식집 가는 게 무슨 대수라고."

괜히 하는 말일 거다. '언제 밥 한번 먹자.'라는 말처럼 인사치레로 하는 말. 분식집에 함께 가자는 그의 말을 흘려들으며 다시 떡볶이에 집중하고 있을 때, 쿠키처럼 달달한 레오의 음성이 내 귓가에 와 닿았다.

"막내 작가님."

"예?"

여전히 꽃받침을 하고 날 쳐다보는 레오의 얼굴은 티 없이 맑고 순수했다. 하지만 그가 불쑥 뱉은 말은 거침없었고, 꾸밈없이 솔직했다.

"우리 사귈래요?"

난 그때 무슨 생각을 했을까? 아무런 기억이 나지 않는다.

"나 작가님이 좋은데."

그저 손에 들고 있던 애먼 손수건만 꽉 쥐었을 뿐.

*

규리는 그날의 기억을 떠올렸음에도 불구하고, 지금 눈앞에서 벌어지고 있는 일이 현실처럼 느껴지지 않았다. 두 남자가 자신을 사이에 두고 싸우고 있다. 그것도 천하의 계명석과 오레오가 말이다!

"오 배우. 나 지금 심히 불편해. 그 손 좀 놨으면 좋겠는데?"

"감독님이야말로 놓으시죠? 전 규리랑 할 말이 있습니다."

TV 드라마에서나 볼 법한 장면이, 이번 생에서는 절대 볼 수 없을 거라 믿어 의심치 않았던 상황이 눈앞에서 펼쳐지고 있었다. 연애라고는 살면서 단 한 번도, 아니지. 딱 한 번 해보긴 했다. 사귄 지 한 달 만에 밀당도 못한다면서 차이긴 했지만. 암튼 연애라고는 32일도 못 해본 규리는 자신을 두고 싸우는 두 남자를 어떻게 해야 할지 감도 오지 않았다.

그때, 두 남자가 동시에 그녀를 불렀다.

"감귤!"

"규리야!"

"네? 어?"

규리는 각자 자신의 한 손씩 잡고 있는 두 남자를 번갈아 쳐다보며 대답했다.

"네가 대답해. 옥상에 온 이유가 뭐야?"

"그래. 대답해 줘. 여기 누구 만나러 온 건지."

규리는 입술을 앙다물고, 두 남자를 뿌리쳤다.

"일단 두 분 다 손 좀 놔주세요!"

그녀의 말 한마디에 서로 으르렁대던 두 남자는 순한 양으로 돌변했다. 규리는 레오와 명석을 번갈아 쳐다보며 생각을 정리했다. 같은 날, 거의 비슷한 시각에 두 남자에게 고백을 받았다. 그리고 오늘은 그 고백에 대한 대답을 해 주기로 한 날이고, 두 남자는 그걸 듣기 위해 여기 서 있는 거다. 이제 대답만 하면 된다. 대답만.

'계 팀장님의 고백에 대한 답변을…… 아니지, 레오의 고백에 대해…….'

생각을 정리하던 규리의 두뇌 회로가 갑자기 딱딱하게 굳었다. 분명 똑 부러지게 말할 타이밍인 걸 알고 있음에도 머리가 굴러가지 않았다. 고백에 대해 할 말이, 하고 싶은 말이…… 떠오르지 않았다!

'에이씨. 생각을 해봤어야지 대답을 하지.'

고백남을 승후로 확신했기에 레오와 명석에 대한 감정은 정리조차 하지 못했던 거다. 기대감 가득한 두 남자의 시선이 자신의 입술에 닿자, 규리는 조바심이 났다. 무슨 말이라도 해야 한다. 저 두 남자가 자신의 대답을 기다리고 있지 않는가! 그것도 무려 오레오와 계명석이! 규리는 자신을 바라보고 있는 두 남자를 향해 소리쳤다.

"저 그날 너무 취해서 필름이 끊겼습니다!"

순간 기대감으로 가득 차 있던 레오의 얼굴에 짙은 그림자가 드리워졌고, 명석은 두 손으로 자신의 머리카락을 흐트러뜨렸다. 그 모습을 보자, 규리는 자신이 너무 잔인하다고 느껴졌지만 다른 방도가 없었다.

"정말, 정말 죄송합니다. 입이 백 개라도 할 말이 없습니다! 진짜 정말 죄송합니다!"

그렇게 사과한 규리는 뒤도 돌아보지 않고 도망쳐 버렸다.

"에라! 모르겠다!"

"감귤!"

"규리야!"

두 남자가 자신을 부르는 소리가 들렸지만, 규리는 발을 멈출 수 없었다.

"세상에 나 같은 여자는 또 없을걸?"

세상 어디에도 없을 완벽한 남자들에게 고백을 받았는데, 도망가는 여자는 아마 규리밖에 없을 거다. 옥상을 빠져나온 규리는 곧장 강희에게 전화를 걸었다.

"정강희! 아직 자지 말고 딱 기다려. 할 말 오만 개니까!"

이 서프라이즈한 사건을 혼자만 알고 있을 순 없었다. 누군가에게 고백남에 대한 비밀을 털어놓지 않고서는 도저히 잠들 수 없는 밤이었다.

"왜 하필 둘이 동시에! 으아아아아악!"

*

규리는 마치 블랙홀 속으로 빨려 들어가듯 어두운 계단 속으로 사라졌다. 그녀가 떠난 옥상에서 레오와 명석은 허탈한 표정을 지으며 하염없이 계단을 바라보았다.

"허! 그러니까 지금, 감귤 그냥 튄 거야?"

"네. 튀었네요. 그것도 엄청 스피드하게."

말릴 새도 없이, 잡을 사이도 없이!

"당당하게 나오라고 할 때는 언제고!"

"하아. 그날부터 오늘만 손꼽아 기다렸는데."

"일부러 회의도 일찍 끝냈건만!"

"전 방송국에 볼일도 없는데 온 거예요. 규리 얼굴 보려고."

레오의 말에 명석이 그를 향해 돌아보며 물었다.

"잠깐! 그러고 보니까 오늘 별 이유도 없이 방송국에 온 게 다 감귤 만나려고 그랬던 거야?"

"그럼 뭐 제가 감독님 보고 싶어서 왔겠어요?"

"허!"

명석은 기도 안 찬다는 듯 레오를 노려봤다. 평소 사람이 좋아 제작진들을 잘 챙긴다고 소문난 레오였다. 그래서 스태프들 챙기러 왔겠거니 하고 별생각 없었다. 그런데 알고 보니 감귤을 만나러 온 거였다니! 작가들한테만 초콜릿을 준 이유가 따로 있었다니! 어쩐지 명석은 레오가 싫어졌다.

"근데 감귤은 언제 봤다고 고백이야? 혹시 너 금사빠야?"

"금사빠라뇨. 규리, 제 첫사랑이에요."

"뭐? 첫사랑?"

순간 명석의 뒷골이 띵하고 울렸다. 규리의 마음을 쉽게 얻을 수 있을 거라고 생각하진 않았다. 게다가 두어 달 전에 이미 그는 규리의 눈 밖에 나지 않았던가? 그런데 오레오라니! 하필 오레오라니! 대한민국 여자들의 국민 첫사랑이

감귤을 좋아한다니! 규리의 마음을 얻기도 전에 라이벌이 생겼다. 그것도 대한
민국 여성들의 심장을 폭행하고 다니는 여심 저격수 오레오가 말이다! 여자들
이 좋아할 법한 곱상한 얼굴에 훤칠한 키, 다부지면서도 늘씬한 몸매, 거기에
웃을 때마다 여심을 살살 녹이는 눈웃음까지! 섭외할 땐 0순위였는데, 이제 보
니 제 손으로 호랑이 새끼를 불러들였다.

"그러는 감독님은 강지혜 선배님이랑 잘 되고 계신 거 아니었어요?"

"네가 그걸 어떻게 알아?"

명석이 놀라 묻자, 레오가 얄밉다는 듯 그를 흘겨봤다.

"아, 같은 소속사지."

강지혜는 예능에는 전혀 노출이 안 됐던 톱 배우다. 명석의 끈질긴 섭외로
지난 봄, 그가 연출한 예능에 출연한 적이 있었다. 그 이후 레오의 소속사에서
는 강지혜와 명석이 연애 중이라는 소문이 비밀리에 퍼지고 있었고.

"감독님 그렇게 안 봤는데."

"그런 거 아냐."

"어떻게 마음이 두 개로 쪼개져요? 감독님 실망이에요."

"내 마음 하나거든?"

"그럼 지혜 선배는 뭐고, 규리는 뭔데요?"

레오의 질문에 명석은 입을 꾹 다물어 버렸다.

"이것 봐. 말도 못 하시면서."

순둥이 레오였지만, 규리가 걸려 있는 이상 마냥 순할 수만은 없었다. 그녀
의 마음을 얻는 것만큼이나, 어떤 이유로든 그녀가 상처받는 건 볼 수 없었으니
까. 레오의 순한 눈이 매섭게 변했다.

"전 규리 상처받는 것 못 봅니다. 규리한테 손 떼세요."

평소 볼 수 없던 단호한 어조였다. 명석은 레오에 대해 잘 안다. 남한테 싫은
소리 잘 못 하는 그의 천성을. 그만큼 감귤을 아끼는 거겠지. 하지만 규리를 아
끼는 마음은 명석도 뒤지지 않았다.

"난 감귤 상처 주는 일 따위 하지 않았고, 앞으로도 할 생각 전혀 없어."

"하지만 감독님은 이미 지혜 선배와……!"

따지려고 들었던 레오는 말을 멈추고 명석을 쳐다봤다. 강지혜가 지나가며 했던 말이 얼핏 떠올랐기 때문이었다.

"나 좋다는 놈은 내가 싫고, 내가 좋다는 놈은 나 싫대고. 왜 사랑은 마음대로 안 될까?"

그땐 그저 웃으며 지나쳤는데, 그 상대가 계명석이었다니!

"설마 지혜 선배가 감독님 짝사랑하는 거예요?"

레오가 묻자, 명석은 다시 입을 다물었다. 굳게 닫힌 명석의 입에서는 강지혜에 대한 말이 절대 새어 나오지 않을 것 같았다. 강지혜가 누군가? 다섯 살 아역으로 데뷔해 성인이 된 지금까지 톱 배우 반열에서 단 한 번도 내려오지 않은 부동의 로코 퀸이 아니던가? 매력적인 베이글녀 스타일로 뭇 남성들의 마음을 흔들었던 그녀가, 재벌 3세의 러브콜도 마다하던 그녀가, 콧대 높기로 유명하다는 그녀가…….

"계명석 감독님을 좋아하다니. 그것도 혼자."

"입 다물어. 여배우야. 괜한 스캔들 나 봤자 좋을 거 하나 없어."

명석의 말에 레오는 황급히 주위를 둘러보며 입을 다물었다. 다른 남자 같았으면 '톱 배우 강지혜가 날 좋아한다.'며 여기저기 떠들고 다녔을 게 뻔했다. 그게 아니라면 남자들끼리 술자리에서 안줏거리로 꺼내놓든가. 그런데 애써 감춘다. 여배우라는 직업상의 특성을 배려해 주면서. 명석이 능력 좋고 사람 좋다는 건 레오도 이미 알고 있는 사실이었다. 하지만 이렇게 멋있는 남자일 줄이야.

'이런 남자가 규리를 좋아하는 거야?'

자신 있었다. 미국에서 한국에 돌아올 땐 규리의 마음을 얻을 수 있을 거라는 자신감이 있었다. 그런데 라이벌이 있다니. 그 라이벌이 계명석이라니! 남자가 봐도 멋있는 이 남자가 자신의 라이벌이라니. 콧대 높은 강지혜의 마음을 얻은 남자가 규리를 좋아한다고 생각하니 갑자기 머리가 지끈거렸다.

"포기하고 싶으면 지금이라도 해."

"전 절대 포기 안 합니다."

"그건 나도 마찬가지야."

두 남자 사이에 팽팽한 긴장감이 흘렀다. 지금 당장 날카로운 발톱을 드러내고 서로를 물어뜯기라도 할 듯, 매서운 눈으로 서로를 노려보았다. 그런데 그때. 어디선가 웬 여자의 비명이 들려왔다.

"으아아아아아아아악! 말도 안 돼애애애애애애!"

낯설지 않은 목소리에 레오와 명석은 동시에 소리 나는 쪽으로 달려가 아래를 내려다봤다. 규리였다. 규리는 두 손으로 자신의 머리를 쥐어뜯으며 미친 여자처럼 횡단보도를 건너고 있었다. 사람들은 규리를 손가락질하며 슬금슬금 피했지만, 그녀를 내려다보고 있는 두 남자의 얼굴에는 미소가 걸려 있었다.

"미쳤군, 감귤. 회사 앞에서 뭐 하는 짓이야."

"귀엽다, 규리. 옛날이랑 변한 게 하나도 없네."

어느새 두 남자는 옥상 난간에 팔을 걸치고 규리를 내려다봤다. 규리를 바라보는 두 남자의 눈빛은 상암동을 밝히고 있는 그 어떤 불빛보다 더욱 밝게 반짝였다.

*

비밀번호 누르는 소리가 들리자, 식탁 앞에 앉아 있던 강희는 벌떡 일어나 현관으로 쪼르륵 달려갔다.

"뭐야, 뭐야? 어떻게 됐어? 고백남 누구야? 박 군? 계 팀장? 오레오? 응? 누구야?"

규리는 안달 난 강희의 질문에도 아무 대답도 하지 않고, 베란다로 나가 쓰레기통을 뒤졌다. 그리고 거기서 들고 나온 핫팩과 손수건을 식탁 위에 얹어 놓고, 냉장고 앞에 섰다. 강희는 오늘 제대로 이야기꽃을 피워 볼 작정인지 냉장고 안을 대량의 캔맥주로 채워 놨다.

"감규리! 나 답답해 죽겠는 꼴 볼래? 빨리 말 좀……."

"난 지금 심장 터져 죽을 것 같아. 내가 말하기 전까지, 아무것도 묻지 마!"

말이 끝남과 동시에 규리는 벌컥벌컥 맥주를 들이켰고, 강희는 입에 지퍼 채우는 시늉을 했다. 맥주 한 캔을 비운 규리는 캔을 찌그러뜨리며 거친 숨을 내쉬었다.

"하아! 하아. 하아."

"이제 물어봐도 돼?"

"아니, 아직."

얼마나 심장이 터질 것 같은지, 규리는 꽤 오랜 시간 식탁 앞에 서서 숨을 골랐다. 시간이 길어질수록 지켜보는 강희의 속은 타들어 갔다.

"야, 난 네가 자지 말라고 해서 이 시간까지 안 잤어! 빨리 말 못 해?"

참다못한 강희가 소리를 꽥 지르자, 규리가 말을 툭 뱉어냈다.

"계 팀장님."

"역시! 그럴 줄 알았어! 실물 완전 죽이던데."

"그리고!"

"그리고? 웬 그리고?"

"오레오."

규리의 입에서 또 다른 이름이 튀어나오자, 강희가 인상을 잔뜩 쓰며 고개를 갸웃거렸다.

"계 팀장님, 그리고 오레오? 그게 무슨 말인데?"

"말 그대로야."

"계 팀장님 그리고 오레오? 뭐야, 설마?"

규리가 고개를 끄덕이자, 강희는 언 상태로 냉장고에서 맥주를 꺼냈다. 그리고 아무런 말도 없이 캔을 따고 벌컥벌컥 맥주 한 캔을 비워 버렸다.

"그러니까…… *끄윽.*"

"내 얼굴에 트림을 하면…… *끄윽.*"

"계 피디랑 오레오가 너를? 아니 왜…… *끄윽.*"

"몰라. *끄윽*…… 내가 좋대, 둘 다."

"자세히 좀 말해봐. *끄윽*……."

맥주 탄산의 여파로 간간이 대화에 위기가 찾아왔지만, 규리는 오늘 있었던 일과 머릿속에서 까맣게 지워졌던 고백의 흔적들을 조심스럽게 퍼와 강희 앞에 꺼내놓았다.

"대박. 얌전한 고양이 부뚜막에 먼저 올라간다더니, 연애 무식자가 대물을 낚았네."

"놀리지 마. 안 그래도 머리 아프니까."

"야, 근데 계 피디야 그렇다 치고. 레오는 정말 뜬금없다. 잠깐."

강희가 방에 들어가 초등학교 때 앨범을 들고나왔다.

"그거 찾아봐야 소용없어. 9살 때 미국으로 이민 갔거든."

"아, 아쉽다. 근데 레오는 네가 정말 첫사랑이래?"

"그런가 봐."

"넌 기억 안 나?"

"전혀."

떡볶이를 함께 먹었던 그 짝꿍 같은데, 얼굴도 이름도 전혀 기억나지 않았다.

"어떡해? 강희야, 나 이제 어떻게 해야 돼?"

"어떡하긴 뭘 어떡해? 뭐라고 하고 왔는데?"

강희가 묻자, 규리는 대답을 얼버무렸다.

"아니, 그게, 그러니까……."

"뭐야? 너 설마 대답 안 해주고 왔어?"

규리는 마치 선생님께 혼나는 유치원생처럼 겁먹은 얼굴로 고개를 끄덕였다.

"그럼 어쩌고 온 거야?"

"그게…… 그냥 튀었어."

"뭐? 너 지금 뭐라고 했어?"

강희는 도저히 믿을 수가 없어서 되물었다.

"튀었다고! 도망쳐 나왔다고."

"미쳤나 봐! 거기서 왜 튀어? 네가 뭐 잘못했어? 너 범인이고 그 둘이 경찰이야? 거기서 튀긴 왜 튀냐고?"

"그럼 어떡해? 눈앞은 캄캄하고, 머리는 멍하고, 입은 안 떨어지는데."

"그런 훈남들을 두고 눈앞이 왜 캄캄해? 번쩍번쩍 빛이 나겠구만!"

강희는 팔짱을 끼고 규리를 한심하다는 듯 쳐다봤다.

"하여튼 이 연애 무식자야. 넌 어쩜 다른 건 다 똑 부러지면서 연애에서만 왜 그 모양이냐?"

강희의 타박에 규리의 어깨가 축 처지고 말았다. 안 그래도 스스로가 한심스러웠다. 난생처음으로 받아 본 고백을 기억 못 하는 것도 기가 찰 노릇인데, 기억을 다 떠올리고 도망이나 치다니! 이런 바보 천치가 세상에 또 있을까!

그래도 변명은 하고 싶었다.

"너라도 그랬을걸?"

"뭐?"

규리의 반격에 강희가 기가 차다는 듯 쳐다봤다.

"슈퍼스타 레오는 뜬금없이 나더러 첫사랑이라고 그러질 않나, 무서워서 매일 피해 다니는 팀장님은 나랑 연애하자고 하질 않나. 너라면 제정신일 수 있겠어? 그 상태에서 둘 중 한 명을 고를 수 있겠느냐고!"

규리가 억울하다는 듯 씩씩거리자, 강희가 그녀의 등짝에 스매싱을 날렸다.

"아야! 왜 때려!"

"이게 어디서 복에 겨워 춤추는 소리 하고 있어?"

최소 위로라도 해줄 줄 알았던 강희는 규리를 향해 잔소리만 늘어놓았다.

"남자한테 고백 한번 받아봤으면 좋겠다며? 그러면 소원이 없겠다며? 그랬어, 안 그랬어?"

"그랬⋯⋯었었었었지."

규리가 입술을 삐죽거리며 대답했다. 슬슬 찬바람이 불기 시작하면서 규리는 강희를 붙잡고 징징거렸다. 제대로 된 사랑 한번 해 보면 소원이 없겠다며, 왜 내 인생에 봄날은 오지 않는 거냐며 밤마다 징징거렸다.

"그런데 막상 남자가 고백하니까 무섭디? 겁나디? 그래서 도망쳤어?"

"뭘 또 그렇게까지 심각하게 말해?"

규리가 새초롬한 표정을 짓자, 강희는 팔짱을 끼며 어른스럽게 말했다.

"감규리. 겉으로 번지르르해 보이고, 달콤한 것만 사랑 아니야. 고백을 받았으면 받아들일 용기를 내든, 거절할 용기를 내든 해야지, 거기서 도망치면 어떡해?"

강희의 말을 듣고 보니 규리는 스스로가 정말 한심해 보였다. 입으로는 '연애하고 싶다'라는 말을 달고 살았어도, 강희처럼 저렇게 의젓한 생각은 해본 적이 없었으니까. 역시 다수의 경험이 있는 년은 뭔가 다르긴 다르다.

"근데 강희야. 넌 만약에 나라면 누구 선택할 것 같아?"

규리는 일단 연애 선수의 의견을 들어보기로 했다.

"그야 당연히 오레오?"

"왜?"

"우리처럼 평범한 사람이 그런 톱 배우랑 연애할 기회가 흔한 줄 알아?"

"그저 연예인이라서?"

규리가 약간 실망한 기색을 하며 묻자, 강희는 잔뜩 들떠서 말했다.

"아니다. 계 피디 사겨라."

"왜?"

"그때 실물 보니까 연예인 뺨치게 생겼던데? 그리고 뭐니 뭐니 해도 4대 보험 나오는 안정적인 직업 가진 남자가 최고야. 아닌가? 오레오 정도면 4대 보험이고 뭐고 다 필요 없나?"

"으이그!"

규리는 한심하다는 듯 강희를 흘기며 자리에서 일어나, 핫팩과 손수건을 집어 들었다.

"야! 어디 가? 얘기 더 해야지?"

"됐어. 나 혼자 생각하련다."

규리가 문을 쾅 닫고 방으로 들어가자, 강희가 방문을 바라보며 미소를 지었다.

"피 터지게 고민해라. 그게 바로 연애의 첫 관문이란다. 옆에서 뭐라고 충고하든 결정은 네가 하는 거니까."

*

한편 방에 들어온 규리는 차갑게 식은 핫팩과 떡볶이 양념이 묻어 꼬질꼬질한 손수건을 내려다봤다. 살면서 이런 순간이 오리라고는 상상도 하지 못했다. 두 남자가 한꺼번에 고백을 해왔다. 그것도 전혀 예상치 못한 남자 둘이.

"연애하자. 나랑."

명석을 떠올리면 그 나름대로 가슴이 뛰고.

"막내 작가님. 나랑 사귈래요?"

레오를 떠올리면 또 그 나름대로 심장이 뛴다. 남자 때문에 이렇게 가슴이 뛰어본 적은 살면서 처음이었다. 그런데 문제가 있다. 누구 때문에 가슴이 뛰는 건지 도통 모르겠다.

"하아. 정말 내가 싫다."

규리는 책상 위에 놓인 사진을 바라보며 중얼거렸다.

"아빠. 나 남자한테 고백받았다? 근데 두 명이 한꺼번에 고백했어. 나 완전 인기쟁이지? 치. 그렇게 웃지만 말고 누구 선택해야 할지 말 좀 해주시지?"

규리가 얄밉지 않게 사진을 향해 눈을 흘겼지만, 사진 속 남자는 대답 없이 밝게 웃고만 있을 뿐이었다.

*

다음 날.

새벽같이 일어난 규리는 두 남자에게 오늘 아침에 볼 수 있겠냐는 문자를 보냈다. 그러자 얼마 지나지 않아, 거의 동시에 두 남자에게 답장이 왔다.

－너, 내가 얼마나 걱정했는지 알아? 전화는 왜 안 받아? 알았으니까 이따 봐!

－연락해 줘서 고마워, 규리야. 아침 꼭 챙겨 먹고, 조심해서 나와. 이따 보자.

"문자도 어쩜 이렇게 극과 극이냐?"

문자를 확인하며 중얼거리고 있자, 노크 소리와 함께 강희가 들어왔다.

"나 출근한다."

"일찍 가네?"

"조찬 회의. 뭐야? 너 얼굴이 왜 이래?"

나가려던 강희가 규리의 얼굴을 보더니 곧장 그녀에게 달려왔다.

"왜? 얼굴에 뭐 났어?"

"다크서클이 턱 밑까지 내려왔어."

"아. 어제 한숨도 못 잤거든."

"그래서? 결정은 했고?"

규리는 가만히 고개를 끄덕였다. 밤새 고민을 거듭한 끝에 어렵게 결정을 내린 상태였다. 어제와는 확연히 다른 규리의 모습에 강희는 궁금증이 쓰나미처럼 몰려왔다.

"그래서 누구야? 네가 선택한 사람이?"

*

출근 시간 30분 전.

방송국에 도착한 규리는 사무실이 아닌 옥상으로 향했다. 그녀가 차마 오라가라 할 수 있는 사람들이 아니지만, 오늘만큼은 어쩔 수 없었다. 시간을 더 지체했다가는 누군가에게 분명 큰 상처를 주게 될 테니까.

"후우."

옥상 문 앞에 선 규리는 길게 큰 숨을 내쉬었다. 어제와는 다른 떨림이었다. 두 손에서 땀이 흐르고, 몸이 덜덜 떨려왔지만, 피할 수 없었다.

"오늘은 어제처럼 도망치지 않을 거야. 절대!"

굳게 결심한 규리는 옥상 문을 열었다. 문이 열림과 동시에 눈부신 햇살이 쏟아졌고, 빛보다 더 눈부신 두 남자가 그녀를 기다리고 있었다. 눈이 부신 건 찬란한 아침 햇살 때문인가, 아니면 저 남자들 때문인가! 그저 서 있기만 했을 뿐인데, 두 남자의 미친 외모 때문에 규리는 눈을 제대로 뜰 수 없었다.

'하늘도 무심하시지. 저 남자들 중에 어떻게 한 명만 고르냐고!'

연애 고수 정강희는 현 남친과 헤어지면 기다렸다는 듯 다음 타자가 등판해서 외로울 틈도 없던데, 이놈의 인생은 뭐 이렇게 극단적인지. 28년간 한 번도 없었던 고백남이 한꺼번에 나타날 건 또 뭐란 말인가! 하지만 속으로 한탄해 봐야 소용없다. 이제 더는 미룰 수 없는 상황까지 와버렸으니까. 필름 끊겨 고백받은 걸 기억 못 하는 것만으로도 미안해 죽을 지경인데, 어제는 고백남 둘만 덜렁 남겨두고 도망까지 쳤다. 오늘은 확실히 말해야 한다. 자신의 선택에 대해! 규리는 레오와 명석 앞으로 다가가 고개를 숙였다.

"어제는 두 분께 정말 죄송했습니다. 너무 당황해서 저도 모르게 도망쳤어요."

명석은 난간에 기대어 비스듬한 자세로 규리의 말을 들었고, 레오는 얼굴에 미소를 띠며 이해한다는 듯 고개를 끄덕였다.

"어젯밤 곰곰이 생각했어요. 그리고 마음의 결정을 내려, 두 분을 뵙자고 했습니다."

마음의 결정을 내렸다는 말에 레오와 명석의 눈빛이 날카롭게 빛났다. 명석과 레오는 규리에게서 눈을 떼지 못했고, 규리는 두 눈을 꼭 감고 있었다. 세 사람 사이에 긴장감이 맴돌았다. 규리가 결심한 듯 눈을 살며시 뜨고 명석을 바라보았다. 그러자 긴장한 얼굴로 그녀를 바라보고 있던 명석의 얼굴에 미세한 웃음이 번졌다. 살면서 단 한 번도 누구에게 져본 적이 없었다. 명석한 두뇌로 항상 1등을 도맡아 했다. 조기 졸업과 수석 합격을 세트 메뉴처럼 달고 다녔던 그다. 방송도 마찬가지였다. 예능 시청률 1위는 물론 방송 트렌드를 만들어 냈던 명석이었다. 어쩐지 오늘도 그는 지지 않을 것만 같았다. 규리의 눈빛을 보니 자신감이 생겼다. 드디어 규리의 입술이 달싹거리자, 명석의 두 손에서 땀이 솟았다.

"저어……."

규리가 입을 열자, 꿀꺽- 명석의 목울대가 크게 움직였다.

"팀장님. 죄송합니다!"

"뭐?"

잔잔한 미소가 번지던 명석의 얼굴이 심하게 구겨졌다. 그래도 혹시나 했다. 그래도 일말의 기대를 품었는데. 나를 선택해 주지 않을까 하는 행복한 상상을 했는데.

'역시 레오를 상대하기엔 무리였나?'

명석은 원망스러운 눈초리로 레오를 노려봤다. 살면서 처음 맛보는 거절이었다. 뭘 하든 누군가에게 거절이라는 걸 당해 본 적이 없었다. 그런데 왜 하필 지금일까. 살면서 처음으로 함께하고 싶은 사람이 생긴 지금.

"하아."

잇새를 비집고 깊은 한숨이 새어 나왔다. 명석이 그렇게 씁쓸해하며 아랫입술을 잘근거리고 있을 때, 레오의 얼굴에는 밝은 빛이 감돌았다. 사실 아까 규리가 명석에게 죄송하다는 말을 건넸을 때, 레오는 저도 모르게 환호성을 지를 뻔했다. 이성의 힘으로 꾹꾹 눌러 참았지만, 씰룩거리며 올라가는 입꼬리는 어떻게 할 수가 없었다. 뛸 듯 기쁜 마음을 겨우 진정시키고 있을 때, 규리가 레오를 향해 몸을 돌렸다.

옛날 그대로다. 20년 전, 밝고 씩씩했던 나의 원더 우먼 감규리의 모습 그대로. 8살 꼬마였던 규리는 어느새 훌쩍 커버려 여자가 되어 자신의 눈앞에 서 있었다. 지금까지 단 하루도 그녀를 생각하지 않은 적이 없었다. 이 순간을 얼마나 꿈꿨던가. 설렘과 흥분으로 레오의 심장이 미친 듯이 뛰기 시작했다.

"오 배우님. 아니. 레오야."

"규리야. 잠깐만."

규리가 입을 떼려는 순간 레오가 그녀의 말을 막았다. 그리고 명석을 향해 말했다.

"감독님."

승자는 여유롭고 따뜻한 목소리로 패자를 불렀다.

"왜?"

"죄송한데, 자리 좀 피해주시면 안 될까요?"

레오는 명석을 배려해 최대한 기쁨을 드러내지 않고 아주 정중하게 부탁했다. 하지만 그 말을 들은 명석의 눈은 극도로 살벌해졌다.

"뭐?"

선택 못 받은 것도 서러워 죽겠는데, 이제 그만 꺼지라는 말에 명석의 얼굴이 붉으락푸르락해졌다.

"지금부터는 규리와 저 둘만의 추억으로 간직하고 싶습니다."

명석의 입에서 끄응 하고 낮은 신음 소리가 새어 나왔다. 명석은 규리를 바라보았다. 이대로 보내고 싶지 않았다. 이대로 놓치고 싶지 않았다. 하지만 그녀의 선택이다. 규리를 아끼는 만큼 그녀의 선택도 존중해야 한다. 명석이 쓸쓸한 뒷모습을 보이며 옥상에서 내려가려는 그때.

"잠깐만요!"

규리의 목소리가 그의 발목을 붙잡았다.

"둘만의 추억이라니, 그게 무슨 소리야……요?"

규리가 반말과 존댓말을 섞으며 어색하게 묻자, 명석이 발걸음을 멈추고 그들을 향해 몸을 돌렸다.

"우리의 시작을 둘만 간직하고 싶어."

꿀 떨어지는 레오의 달달한 말에 규리는 잠시 정줄을 놓을 뻔했지만, 재빨리 정신을 차리고 말했다.

"우리의 시작이라니 무슨 소리야……요?"

"감독님께 죄송하다며? 그럼 나 선택한 거 아니야?"

그제야 규리는 레오가 오해했음을 깨닫고 미안한 표정을 지었다.

"오 배우님. 미안……요."

"어?"

순간 레오의 얼굴에 어둠이 가라앉았고, 어둠으로 가득했던 명석의 얼굴에 살짝 구름이 걷혔다. 규리는 그런 두 남자를 향해 고개를 숙이며 말을 이었다.

"두 분께 정말 죄송합니다."

"규리야. 너 설마 우리 둘 다 거절하는 거야?"

레오가 묻자, 규리가 씁쓸한 표정을 지었다.

"두 분 모두 제게는 과분한 분들이세요. 절 왜 좋아하는지 모르겠지만, 좋아해 주셔서 감사하고 정말 잠시나마 행복했습니다."

명석이 물었다.

"나나 레오가 싫다는 건가?"

"아니요. 그럴 리가요. 단지 두 분의 고백이 너무 갑작스럽고, 또 제게는 넘사벽이라서 두 분을 감히 남자로 생각해 본 적이 없습니다."

이번엔 레오가 물었다.

"우리가 남자로서 매력이 없다는 뜻이야?"

"아니! 그건 절대 아니야……요!"

규리는 격하게 손사래를 치며 대답했다.

"사실 배우로서 오레오나, 피디로서 계명석에 대해서는 잘 알고 있지만, 남자로서 두 분에 대해서는 아는 바가 없어요. 그저 먼발치에서만 봤던 사람들이 나한테 왜 이럴까, 그런 생각만 들고. 암튼 전 두 분의 고백을 거절합니다. 죄송하고 또 감사합니다."

규리는 어색한 미소를 지은 뒤, 계단을 향해 돌아섰다. 아쉬움이 없다면 그건 거짓말일 거다. 둘 다 너무 멋있는 남자들이었으니까. 어젯밤. 정말 피 터지게 고민하고, 머리 부서질 정도로 생각했다. 하지만 도통 결론을 내릴 수 없었다. 계명석과 오레오. 두 남자에게 고백은 받았지만, 두 남자에 대해 아는 게 하나도 없기 때문이었다. 그렇다고 '내가 그쪽들에 대해 알아볼 테니, 그때까지 기다리세요!' 하며 희망 고문을 할 수도 없었다. 정말이지 요 며칠 잠시나마 행복했다. 두 남자 덕에 설렜다. 고백받았다는 사실 하나만으로 온 세상이 핑크빛이었고, 눈만 뜨면 사방에서 벚꽃이 휘날렸다. 물론 갑자기 내린 소나기에 금세 벚꽃이 지긴 했어도, 나름 꽃놀이를 즐겼다. 그것만으로 만족해야 했다. 그래야만 했다. 규리는 애써 씁쓸한 마음을 털어내며 계단을 향해 발걸음을 옮겼다.

그때였다.

"규리야. 다시 생각해 보면 안 될까?"

레오가 그녀의 발목을 잡았다.

"네 말대로 너 우리에 대해 잘 모르잖아. 이제부터 알아봐, 지금부터 남자로 봐!"

레오는 자신을 20년 전부터 알았다고는 하나, 규리의 기억 속에는 없는 존재였다. 그리고 명석은 매일 피해 다니기 바빴으니, 이 두 사람에 대해 '남자'로서 아는 바는 거의 없었다. 애절한 그의 표정을 보니 규리의 마음이 다 아려왔다.

"하지만 그거 희망 고문이에요. 나중에 한 사람을 택하면 나머지 한 명은? 난 못 해. 안 해."

확고한 규리의 말에 레오가 아랫입술을 질끈 깨물었다. 규리의 얼굴에서 그녀의 고민이 선명하게 보여 마음이 아팠다. 그녀를 더 힘들게 해야 하나, 고민하고 있을 때.

"다시 생각해!"

이번엔 명석이 나섰다.

"희망 고문도 좋고, 날 선택하지 않아도 좋아. 하지만 두 사람이 동시에 고백했다는 이유로 생각조차 안 해보고 그냥 포기하는 건 말도 안 돼."

"제 나름의 최선의 결정이었어요."

"그거 최선 아니야. 다시 생각해!"

명석의 단호한 말투에 규리는 조금씩 말려드는 것 같았다.

"그, 그걸 왜 팀장님께서 결정하세요?"

"네 결정 받아들일 수 없으니까."

"아니, 그러니까 그걸 왜 팀장님께서……."

'결정하시냐고요! 고백받은 사람은 난데!'라고 외치려는 찰나, 명석이 규리의 말을 툭 끊어 버리고 레오에게 말을 걸었다.

"레오, 넌 어떻게 생각해?"

"예?"

레오가 잠시 머뭇거리자, 명석은 커다란 손으로 규리의 시선을 가리고 손짓 발짓 다 해가며 자기 말에 동의하라는 무언의 사인을 보냈다. 그러자 그의 속내를 알아차린 레오가 큰 소리로 외쳤다.

"나도 감독님과 같은 생각이야!"

"레오야!"

"규리야. 우린 그날부터 며칠째 속앓이하면서 네 대답만 기다렸어."

그 부분에 대해서는 정말 입이 백 개라도 할 말이 없었다. 이 남자들은 속앓이를 하고 있을 때, 자신은 고백남이 누군지도 모르고 있었으니까.

"너 너무 섣불러. 우리에 대해 더 알아본 뒤 결정해!"

명석은 명령했고.

"너만 괜찮다면 그렇게 해줬으면 좋겠는데. 응? 규리야."

레오는 애처롭게 부탁했다.

남자 둘이 내게 간절하게 매달리며 부탁한다. 제발 한 번 더 생각해 달라고! 자신들에 대해 알아봐 달라고! 아아, 다시 머리가 아파왔다.

"못 해요."

"안 돼. 예외는 없어. 둘 중에 한 명 골라."

"규리야. 다시 생각해 보자. 응?"

겉으로 봐서는 매달리는 건지 협박하는 건지 전혀 분간할 수 없었지만, 규리의 정신을 혼미하게 만든 것만은 성공한 두 남자였다.

'안 돼. 이대로 있다간 말려들 것 같아. 정신 차려!'

"잠깐만요!"

규리가 큰 소리로 외치자, 그녀에게 매달리던 두 남자는 어린이집 어린이들처럼 착하게 입을 다물었다.

"다시 말하지만, 전 두 분께 희망 고문 못 합니다! 고민해 보라느니, 고르라느니 그런 말씀 하지 마세요!"

확실히 자신의 의견을 말한 규리는 빠르게 옥상을 빠져나와 버렸다. 어제에 이어 오늘까지 옥상에 단둘이 남게 된 명석과 레오는 멍하니 서로를 쳐다봤다.

"이게 뭐 하는 짓이냐. 여자 한 명 사이에 두고."

"오늘은 진짜 기대하고 나왔는데."

"날 상대로 자신 있었다는 거야?"

명석이 같잖다는 표정으로 묻자, 레오는 힘없이 긴 한숨을 내쉬었다.

"그게 중요한 게 아니잖아요."

"그럼 뭐가 중요한데?"

"우리 둘 다 까였다는 사실이요."

"아."

그제야 정신을 차린 명석은 기운 없이 벤치에 앉았다. 방송국 옥상. 뭐 하나

빠질 것 없는 두 남자는 한 여자에게 고백하고 동시에 차였다. 오늘따라 하늘은 높고, 망할 놈의 태양은 쨍쨍했다.

"하아."

"젠장."

어쩐지 오늘은 일이 하나도 잡히지 않을 것만 같았다.

*

"뭐야? 자기들이 고백했으면서 뭐 저렇게 당당해? 누가 보면 내가 고백하고, 내가 매달리는 줄 알 거 아냐? 그리고 그 둘은 언제 그렇게 친해진 건데?"

어제까지만 해도 서로 잡아먹을 듯 노려보고 있던 두 남자였다. 그런데 '다시 생각해!'라는 말 한마디에 둘은 둘도 없는 사이가 된 듯 굴었다.

"둘이 입이라도 맞춘 거야, 뭐야?"

조금만 정신줄 놓고 있었다면 분위기에 휩쓸려서 알겠다고 대답할 뻔했다.

"감규리! 정신 차려! 둘 다 위험한 남자야! 휘둘리면 안 돼!"

"누가 위험한데?"

"엄마야!"

깜짝 놀라 뒤를 돌아보니 승후가 서 있었다. 하루 사이에 그에게 무슨 일이 있었는지, 얼굴이 반쪽이 되어 있었다.

"박 군. 너 얼굴이……?"

그때, 어젯밤 옥상에서 있었던 일이 떠올랐다. 고백남일 줄 알았던 승후는 다른 여자에게 고백을 했다. HBS 방송국의 훈남 박승후가 좋아하는 여자는 다름 아닌 차지연 작가. 그리고 그녀는 승후보다 무려 12살이나 많은 띠동갑이다.

'얼굴을 보니…… 차였구나.'

어쩐지 승후가 안돼 보였다. 얼마나 좋아했으면 그 많은 나이 차이까지 극복하고 고백을 했을까? 어제는 승후가 고백남이 아니라는 사실에 멘붕이 와서 잠시 잠깐 그를 원망하기도 했다. 고백남도 아닌 주제에 왜 잘해 줘서 사람 오해하게 하는가 싶어서 말이다. 하지만 하루 사이에 얼굴 살이 쪽 빠진 그를 보자, 원망하는 마음은 눈 녹듯 사라지고 안쓰러운 마음이 들었다.

"규리야. 이따 끝나고 우리 맥주나 한잔할까?"

안 그래도 그날 승후의 고민 상담을 못 해준 게 마음에 걸렸던 규리였다.

"그래. 나도 오늘 아침부터 술이 땡기네. 근데 오늘 일찍 끝날까?"

"난 촬영 준비 다 끝냈어."

"그래. 내일모레부터 촬영 들어가면 얘기도 제대로 못 할 텐데, 술이나 먹자."

"이따 같이 퇴근하자."

승후는 다정하게 규리의 어깨에 팔을 두르고 사무실 안으로 들어갔다. 그 모습을 누군가 뚫어지게 쳐다보고 있다는 것도 모르고 말이다.

"막내 감독님이 계속 눈에 거슬리는 건 저뿐만인가요?"

"난 감귤 옆에 서보지도 못했어. 내가 옆에 가기만 하면 슬금슬금 피하기 바빠서."

규리의 어깨에 두른 승후의 손을 보는 두 남자의 눈동자에 파르르 불꽃이 피어올랐다.

"감독님. 가만히 보고만 계실 건가요?"

"지금도 만석이야. 어디 박승후까지 끼려고 해?"

"저도 더 이상의 라이벌은 사절입니다."

옥상에 이어 다시 의견 일치를 본 두 남자는 당당하게 사무실로 향했다. 규리는 이제 막 작가 방으로 들어갔고, 승후는 소품 창고로 향하고 있었다. 명석과 레오는 거침없이 창고를 향해 걸었다. 두 남자의 긴 다리가 성큼성큼 움직일 때마다 사무실에 앉아 있는 여자들의 입에서 탄성 소리가 났지만, 신경 쓸 겨를 따위 없었다. 어떻게 해서든 오늘 밤 규리가 박승후 놈과 단둘이 맥주 마시는 걸 막아야만 했으니까!

"박승후!"

"예. 팀장님!"

창고로 들어간 명석은 기선 제압을 위해 큰 소리로 승후의 이름을 외쳤다.

"소품 준비는?"

"다 끝났습니다."

"확실해?"

명석이 눈을 가늘게 뜨고 물었다.

"다시 한 번 확인하겠습니다."

"외부 VJ는 연락했고?"

"예. VJ, 조명, 오디오 팀까지 모두 확인했습니다."

흐음. 이 꼼꼼한 자식.

명석이 잠시 움찔댈대자, 이번엔 레오가 나섰다.

"막내 감독님. 나중에 자료 화면으로 쓴다던 제 데뷔 때 화면 있잖아요."

"예. 어제 보여드린 거요?"

"근데 생각해 보니까 그때가 데뷔가 아니었더라고요."

"네? 그럼……?"

그 자료 찾는 데에 하루 온종일 걸렸던 승후다. 그런데 이제 와서 아니라니!

"생각해 보니까 드라마 〈이 죽일 놈의 새끼들〉에 잠깐 출연했는데."

"몇 회에 출연하셨는지 기억나세요?"

몇 회인지만 알면 금방 찾을 수 있을 거다. 하지만 몇 회, 몇 분 몇 초에 나왔는지까지 알고 있는 레오는 순순히 알려줄 생각 따위 없다.

"그게 기억이 잘……."

"아…… 팀장님 어떡할까요?"

"뭘 어떡해? 찾아야지."

"촬영 끝나고 찾아도 될까요?"

승후가 명석에게 묻자, 명석의 얼굴에 사악한 미소가 걸렸다.

"오늘 안으로 찾아!"

"아, 네."

"빨리! 빨리 움직여!"

명석의 명령에 승후는 잽싸게 창고 밖으로 나갔다. 드라마 〈이 죽일 놈의 새끼들〉는 HBS 방송국 창사 특집 드라마로 무려 50부작이다. 몇 회에 나왔는지도 모르는 레오를 찾는 건, 모래사장에서 바늘 찾기일 거다.

"적어도 오늘 규리는 못 만나겠네요."

"레오. 아주 적절한 타이밍이었어."

레오와 명석은 누가 먼저랄 것도 없이 서로를 향해 손을 치켜들었다. 그리고 하이파이브!

"일단 감귤의 마음부터 돌려놓자고!"

"그때까진 휴전입니다."

바야흐로 평화의 시대. 하나의 목적을 이루기 위해, 어제의 적은 오늘의 동지가 되었다.

*

"어쩔 수 없지. 근데 50부작을 언제 다 봐?"

"잘 찾아봐야지. 회의 시작하나 보다. 어서 들어가."

〈오늘 밤만 재워줘〉 제작진들이 회의실로 들어가는 모습을 보자 승후가 규리의 등을 살짝 밀며 말했다.

"넌? 회의도 못 들어가?"

"오늘 안으로 찾으라고 하시네. 팀장님께서."

"아……."

종로에서 뺨 맞고 한강 가서 눈 흘긴다고, 규리는 혹시나 계 팀장님이 자신한테 화난 걸 애먼 승후한테 풀고 있나 하는 생각이 들었다.

'설마 아니겠지?'

규리는 창가에 있는 명석의 자리를 힐끔 쳐다봤다. 뭘 하고 있는 건지, 명석과 레오는 둘이 딱 달라붙어서 엄청 진지하게 대화를 나누고 있었다.

"누가 보면 둘이 되게 친한 줄 알겠네."

"누구?"

승후가 주변을 둘러보며 묻자, 규리가 얼버무렸다.

"아냐. 그냥 혼잣말한 거야. 박 군, 나 문 좀."

승후는 양손에 노트북을 들고 있는 규리를 대신해 회의실 문을 열어주었다.

"고마워. 이따 봐."

"맥주는 못 마셔도 커피나 한잔하자."

"응. 수고!"

승후가 회의실 문을 닫고 뒤로 돌아서자, 검은 그림자 둘이 자신을 노려보고 있는 게 보였다.

"팀장님? 오 배우님?"

"박승후, 이러고 있을 시간이 없을 것 같은데?"

"지금 막 자료실로 가려고 했습니다."

못마땅한 표정을 지은 명석이 그를 다그쳤고.

"막내 감독님. 파이팅!"

레오는 해맑은 미소를 지으며 파이팅을 외치더니, 언제 그랬냐는 듯 싸늘한 표정으로 바뀌어 버렸다. 두 남자에게서 알 수 없는 살기를 느낀 승후는 영문을 모른 채, 고개를 꾸벅 숙인 후 자료실로 향했다.

"마음에 안 들어."

"볼 때마다 규리한테 꼬리 치고 있어요."

"감귤, 저런 스타일을 좋아하나?"

"혹시 막내 감독님 때문에 저희를 찬 게 아닐까요?"

승후의 뒷모습을 지켜보던 두 남자의 입에서 끄응, 하는 신음이 튀어나왔다.

"일단 회의 들어가지. 오 배우."

"회의 끝나고 규리랑 둘이 커피 못 마시게 할 방법에 대해 얘기 좀 해야겠어요."

명석과 레오는 서로를 쳐다보며 고개를 끄덕이고는 회의실로 들어갔다.

3. 그 남자의 매력 발산

내일모레부터 본격적인 촬영이 시작된다. 오늘은 촬영 전 마지막 회의다. 회의를 주도한 명석은 그 어느 때보다 꼼꼼하게 각 담당자들에게 질문을 던졌다.

"서준 선배랑 서가을한테 연락 다 돌렸고?"

"예. 오늘 매니저들이랑 통화했습니다."

"자연스러운 콘셉트니까 따로 코디 데리고 오지 말라고 전해. 특히 서가을."

"예. 알겠습니다."

명석의 말에 서가을 담당하고 있는 은설이 대답했다.

"레오 너도 코디 데리고 오지 말고. 어차피 잘 데도 없어."

"전 혼자 가려고요. 매니저 형도 항구까지만 데려다주기로 했어요."

"오케이. 그럼 다 확인했고, 마지막으로 이장님은?"

명석은 규리를 향해 평소처럼 무뚝뚝한 말투로 물었다. 회의록을 정리하고 있던 규리가 고개를 들자 명석과 눈이 마주쳤다. 명석은 여느 때와 마찬가지로 사무적인 표정으로 자신을 쳐다보고 있었지만, 규리는 어쩐지 그의 눈을 똑바로 볼 수가 없었다.

"내일 선발대 먼저 출발한다고 연락 드렸습니다."

얼른 말하고 노트북을 향해 고개를 숙이려고 하자, 명석이 다시 질문을 던졌다.

"마을 회관 공사는?"

"무사히 잘 끝났다고 하셨습니다."

다시 고개를 숙이려고 했지만, 명석의 질문은 끝나지 않았다.

"유자 수확은?"

"이번 촬영 땐 힘들고, 다음 촬영 때 가능하다고 하십니다."

"낚시할 배는?"

"이장님 배를 빌려주시기로 하셨습니다."

"상품권만 준비하면 되나?"

"상품권은 필요 없다시고, 마을 어르신들께서 방송국 시계를 갖고 싶어 하신다고 합니다."

"이장님 부부는 여전히 사이좋으시고?"

"예. 여전하십니다."

"그 하트 이불은 아직도 가지고 계신대?"

"예?"

거침없이 쏟아지는 질문에도 막힘없이 대답하던 규리의 말문이 '하트 이불'이라는 말에 턱하고 막히고 말았다. 핑크색 하트 이불은 답사 때 명석과 덮었던 이불이었다. 규리의 의도와는 상관없이 그녀의 기억은 명석과 한방에서 잤던 섬마을 이장님의 좁은 사랑방으로 돌아갔다. 코끝 시리게 불었던 섬마을의 거센 바닷바람과 스르륵 눈이 감기도록 따뜻했던 온돌방. 그리고 모로 누워 자고 있는 자신을 바라보던 명석의 눈빛이 떠올랐다. 그날의 묘한 분위기가 떠오르자, 규리는 저도 모르게 얼굴이 빨갛게 달아올랐다.

'뭐야. 그 얘길 왜 꺼내는 거야? 고백 거절했다고 복수하는 건가?'

규리가 안절부절못하고 있을 때, 명석이 대수롭지 않게 말했다.

"그 이불 좀 빌려달라고 말씀드려. 서준 선배가 덮고 자면 재미있을 것 같더라."

"아, 예."

예능 피디는 예능 피디구나. 혼자 착각한 규리는 어쩐지 민망해져 쉽사리 고개를 들 수 없었다. 얼굴에 미열이 남아 있는지 후끈거리는 것만 같았다. 줄곧 규리만 지켜보고 있던 레오는 둘 사이에 뭔가 있었다는 걸 직감적으로 느낄 수 있었다.

"자, 그럼 내일 출발할 선발 팀 정리하고 회의 끝내죠? 연출 팀에서는 누가 갈 거야?"

지연이 묻자 명석이 규리에게 눈을 떼지 않고 대답했다.

"김 피디가……."

"작가 중에서는 규리 보내려고 하는데."

지연의 입에서 규리의 이름이 튀어나오자, 명석은 급히 입을 다물었다. 그리고 순간적으로 레오를 쳐다봤다. 어제의 적이 오늘의 동지가 된 지 고작 한 시간. 박승후 퇴치를 위해 똘똘 뭉쳤던 결사대에 금 가는 소리가 들려왔다. 명석은 잠시 평화로웠던 시간을 버리고 다시금 전쟁 준비에 나섰다.

"아무래도 규리가 이장님과 잘 알고 있으니까 먼저 가서 어레인지 하고 있으면 좋을 것 같은데. 계 팀장님 생각은 어때?"

"좋죠. 이미 답사도 다녀와서 섬에 대해서도 잘 아니까요."

"연출 팀에서는 누구 보낼 거야?"

명석은 설마 하는 눈빛으로 자신을 쳐다보고 있는 레오를 향해 사악한 미소를 지어 보이며 말했다.

"제가 가죠."

"……!"

"계 팀장이? 그럼 첫날 배 촬영은 누가 맡고?"

"김 피디가 맡으면 되죠. 섬에 들어오는 것만 촬영하면 되는데요, 뭘."

"하긴 첫 촬영이라 카메라 세팅도 해야 하겠구나? 근데 혼자 가도 되겠어?

승후라도 데리고 가."

"그러죠, 뭐."

대답은 그렇게 했지만 명석은 승후를 데리고 갈 생각 따위 없었다. 이게 어떤 기회인데!

답사에 이어 선발대까지 차출된 규리는 난감해했고, 레오는 말없이 명석을 노려봤으며, 레오와 승후까지 물리치고 규리를 차지할 기회를 잡은 명석은 홀로 신났다. 회의가 끝나고 레오는 명석을 따로 불러내 따졌다.

"감독님. 이건 페어플레이 정신에 어긋나는 것 아닌가요?"

"우리가 축구하나? 농구해? 페어플레이는 무슨. 사랑에 페어플레이가 어딨어?"

"고작 한 시간 전에 휴전하기로 한 거 기억 안 나세요?"

반칙해 놓고 당당하게 말하는 명석을 보자, 레오의 속이 부글부글 끓어올랐다.

"이건 일이야, 일. 나 연애하러 가는 거 아니라고."

"사심 1퍼센트도 없다고 장담하세요?"

"아니, 장담 못 해."

"감독님!"

일하러 간다면서 온 마음에 사심이 가득하다. 그렇게 믿었던 사람이 한순간에 돌아서는 걸 본 레오는 가만히 있을 수 없었다.

"그럼 저도 갈게요."

단호하게 나갈 수밖에.

"뭐?"

"저도 같이 가겠다고요. 내일."

"안 돼! 호스트들이 같이 섬에 도착하는 거 촬영해야 해!"

"그럼 감독님도 저랑 내일모레 같이 가세요."

레오는 확고했고, 명석은 난감했다. 규리와 단둘만 있을 수 있는 기회다. 쉽게 찾아오는 기회가 아니란 말이다. 명석은 이 기회를 꼭 잡고 싶었다. 어쩌면 규리의 마음을 돌려놓을 마지막 기회가 될 수도 있을 테니까. 하지만 저놈의 방해꾼이 만만치가 않다. 저놈과 같이 가게 되면 별 소득 없이 돌아올 게 뻔한데, 어떡해야 하나. 그렇게 명석이 고민하고 있을 때, 레오의 핸드폰이 울렸다.

"여보세요. 예, 실장님. 네? 내일요? 아니, 왜 갑자기. 아…… 알겠습니다."

귀를 쫑긋하고 통화 내용을 듣고 있던 명석은 관심 없는 척 물었다.

"무슨 일이야?"

"내일 인터뷰가 잡혀 있다고 그러네요."

"아이쿠, 저런."

애써 안타까운 척을 하긴 했지만, 웃음이 나오는 건 막을 수가 없었다.

"인터뷰 중요하지. 연예계 생활하려면 기자들하고 관계가 좋아야 한다고. 갑자기 인터뷰 펑크 내고 그러면 떴다니 인성 변했네, 뭐 이런 소리 듣기 십상이지."

"그 정도는 저도 알아요."

인터뷰를 취소할 수는 없다. 하지만 이대로 물러설 수도 없었다. 내일 함께 가지도, 그렇다고 규리와 명석을 떼어 놓지도 못한 레오는 다른 방법을 강구했다.

"감독님."

"왜?"

"저 감독님 믿습니다."

무심하게 레오를 쳐다본 명석은 그의 표정에 움찔하고 말았다. 세상에 이렇게 맑고 깨끗한 눈동자가 있을까? 새끼 고양이들이 꼬물거리는 움짤 속에서 저런 눈동자를 봤던 것 같기도 한데. 지금 레오는 핫핑크 발바닥을 꼬물거리며 심장 폭행해 대는 새끼 고양이랑 꼭 닮아 있었다.

"페어플레이는 그렇다 쳐도, 더티 플레이는 안 하실 거죠?"

말간 눈으로 자신을 쳐다보는 레오를 보자, 명석은 여자들이 왜 저놈만 보면 설레는지 알 것만 같았다.

으윽. 도저히 똑바로 쳐다볼 수가 없어!

"그러실 거죠?"

반짝거리는 눈빛, 거기에 상대방을 무한 신뢰한다는 레오 특유의 말투까지 더해지니 명석은 저도 모르게 고개를 끄덕일 수밖에 없었다.

"그, 그래."

"전 감독님만 믿어요."

"알겠으니까 그런 눈으로 쳐다보지 마!"

천진난만한 레오의 눈빛이 부담스러운 명석은 후다닥 밖으로 나가 버렸다. 순한 눈매로 싱긋 웃던 레오는 명석이 밖으로 나가자, 눈에 불꽃이 화르르 피어올랐다.

*

3박 4일 출장 가방치고는 아주 단출했다. 간단한 세면도구와 갈아입을 옷 같은 짐보다 자료 조사하면서 뽑아 놓은 프린트 무게가 더 나갈 정도였다.

"내 캐리어 끌고 가라니까."

강희는 산만 한 규리의 백팩을 보며 말했다.

"어차피 짐도 많이 없는데 뭘."

"다음에 미니 캐리어 하나 사든지 해야겠다. 하아아암."

평소 이 시간보다 더 일찍 일어나도 쌩쌩하게 출근하던 강희가 하품을 다 하다니.

"졸려?"

"요즘 계속 이유도 없이 피곤해서 죽겠다."

"너네 회사 너 너무 부려 먹는 거 아니냐?"

"이 언니가 워낙 뛰어난 인재잖니."

"으이그."

얄밉지 않게 강희를 흘겨본 규리는 가방을 메고 잔소리를 시전했다.

"나 없다고 남자들이랑 술 먹고 늦게 들어오면 혼난다?"

"너나 남자 조심해. 너 노리고 있는 남자가 둘이나 있는데!"

"다 끝난 일 갖고 놀리지 마라!"

규리가 강희의 목에 헤드록을 걸려고 할 때, 테이블 위에 놓인 핸드폰이 울렸다.

"이 새벽에 누구야? 뭐야, 감규현?"

"걔가 왜 이 시간에 문자를 보냈지?"

규리는 혹시 자신의 핸드폰인가 싶어 손을 뻗었지만, 강희가 잽싸게 폰을 낚아챘다.

"뭐냐? 그 자식은 친누나한테 연락 한 번을 안 하면서, 이 시간에 왜 너한테 문자를 보내?"

"너 바쁘다고 전화도 안 받는다며? 그래서 나한테 하더라!"

"아하. 하긴 얼마 전에도 규현이 문자 읽씹했지."

"으이그. 하나밖에 없는 동생한테 연락 좀 하고 살아라."

"오냐. 나 간다."

"응. 조심히 다녀와. 택시 타면 번호 문자로 보내고."

버스와 지하철이 다니지 않는 시각이라 규리는 회사까지 택시를 타기로 한 상태였다. 강희와 인사를 끝내고 계단을 걸어 내려오자, 컴컴했던 빌라의 센서등불이 하나둘씩 켜지기 시작했다. 1층까지 내려온 규리가 택시를 타기 위해 큰길로 나가려는데, 웬 자동차 경적 소리가 들렸다.

"팀장님?"

차는 다름 아닌 명석의 SUV였다.

"회사에서 모이기로 했는데, 여긴 왜……?"

명석과 규리, 그리고 승후가 회사에서 모여 함께 항구까지 가기로 한 터였다. 그런데 왜 갑자기 집으로 왔지?

"시간 없으니까 빨리 타."

"예? 예예."

명석이 별다른 설명 없이 규리를 재촉하자, 규리는 자연스럽게 뒷문을 열었다.

"너! 또?"

"뒤에 타려는 거 아니에요. 가방 놓으려고요."

규리가 다급하게 변명을 하고 조수석에 앉자, 명석이 희미한 미소를 지었다.

"벨트."

"예!"

핸들을 잡은 명석의 손이 들썩들썩했지만, 규리는 조금도 헤매지 않고 안전벨트도 잘 맨다. 드라마 보면 안전벨트가 걸려 잘 못 매기도 하던데. 이놈의 차가 너무 신형인 것 같다. 다음엔 중고차를 사야겠어.

"박 군은요?"

차에 올라타자마자 한다는 소리가 박승후 질문이라니! 명석은 저도 모르게 표정이 굳어졌다.

"팀장님께서 직접 오실 필요까지는 없는데. 승후 보내시지 그러셨어요?"

내 차는 안 되고, 박승후 그 자식 차는 되는 이유가 뭔데?

"승후 오늘 안 와."

"예? 왜요?"

"어제 밤새서 내일 오라고 했어."

"아……."

"그리고 박승후 집이 성북구라며? 근데 여기까지 어떻게 와."

하긴. 거기서 여기 오는 것도 일이겠구나.

"근데 팀장님은 댁이 어디세요? 이 근처 사세요?"

답사 때도 그렇고 오늘도 그렇고. 첫차도 다니지 않는 시간에 여기까지 오는 걸 보니 집이 가까운 모양이었다.

"……."

"예? 집이 어디세요?"

규리가 다시 묻자, 그제야 입을 열었다.

"왜? 집 알려주면 놀러오게?"

"예에?"

"오지도 않을 거면서 묻긴 왜 물어."

놀란 규리는 입술을 꾹 다물었다. 이제 다시는 집이 어디냐고 묻지 않을 것처럼.

"졸리면 자."

"어떻게 그래요. 팀장님 운전하시는데. 감히."

다시 한번 권할 줄 알았지만, 명석은 아무 말 없이 버튼 하나를 누르고는 운전에만 집중했다. 규리는 눈만 또르륵 굴려 운전하는 명석을 슬그머니 보았다.

'옆선이 막. 와, 장난 아니다.'

까맣고 긴 속눈썹, 오뚝한 콧날, 잘 깎은 듯 매끄러운 턱선에 남성미를 뽐내는 수염까지. 평소에는 지저분하다고 생각했던 수염이 고백을 받은 뒤부터 왜 저렇게 멋있어 보이는지. 거기에 핸들에 얹은 손등 위로 솟아오른 핏줄을 보자, 온몸이 녹아내리는 것만 같았다.

'거절하겠다는 말을 무르고 싶다, 정말.'

미치도록 멋있는 그를 힐끔거리며 보고 있을 때, 그와 눈이 딱 마주쳐 버렸다. 화들짝 놀란 규리는 저도 모르게 털썩, 잠든 사람처럼 의자에 몸을 기대어 버렸다. 명석은 그런 규리를 보며 미소를 지었고, 자지 않겠다고 호언장담했던 규리는 팀장님께서 운전하시는데 잠들어 버린 눈치 없는 막내 작가가 되어 버렸다.

'자면 안 되는데…… 왜 이렇게 엉덩이가 따뜻한 거야…….'

*

"감귤. 감귤?"

"음? 어, 팀장님. 여기 어디예요?"

"30분 뒤에 배 올 거야. 화장실 다녀와."

운전석에서 내린 명석은 많이 피곤했던 모양인지 스트레칭을 했다.

"미쳤나 봐! 여태 잔 거야? 감규리! 나가 죽어라!"

자신의 머리를 몇 대 쥐어박은 규리는 민망한 얼굴로 명석에게 다가갔다.

"팀장님, 죄송해요. 제가 깜빡 잠이 들어서. 자동차 엉따가 틀어져 있었나 봐요. 너무 따뜻해서 저도 모르게……."

이게 다 엉따 때문이라며 이런 변명 저런 변명을 늘어놓고 있자, 명석이 대수롭지 않아 하며 미소를 지었다.

'뭐야, 설마? 그러고 보니 아까 자라면서 무슨 버튼을 눌렀는데.'

새벽 일찍 일어난 자신을 위해 명석이 일부러 시트 열선을 튼 모양이었다. 그런 명석의 마음을 눈치채자, 어쩐지 기분이 설레었다.

'챙김받는 거…… 기분이 되게 묘한 거구나.'

다른 사람을 챙겨는 줘봤어도 챙김받아 본 적은 거의 없었다. 특히 남자는 더더욱. 그런데 막상 챙김을 받아보니 심장이 간질간질하고 둥둥 뜨는 기분이 들었다.

"이거 먹어."

명석이 물과 함께 약을 하나 내밀었다.

"이게 뭐예요?"

"멀미약."

"아, 저도 갖고 왔어요."

규리는 어제 약국에서 산 멀미약을 꺼냈다. 약을 준비해 온 명석의 손이 민망해질 것도 생각 못 한 채 말이다. 약을 먹은 규리가 뒷자리에서 가방을 꺼내기 위해 몸을 돌리자, 명석이 그녀를 불렀다.

"감귤."

"예?"

규리가 그를 향해 고개를 돌리자, 명석이 그녀에게 훅 가까이 다가왔다.

"왜…… 왜……요?"

너무 가까이 다가온 나머지 말조차 버벅거리고 있을 때, 그녀의 목덜미에 무언가 닿는 게 느껴졌다.

"왜…… 그러세요?"

그렇게 말하며 한 발자국 뒤로 물러서려고 하자, 명석의 커다란 손이 규리의 손목을 붙잡았다.

"움직이지 마."

"네?"

둘 사이의 거리는 고작 10cm. 숨 막힐 정도로 가까이 다가온 명석은 규리의 머리카락을 귀 뒤로 넘겨 주었다.

"가만히 있어."

서로의 숨결이 닿을 정도로 가까이 다가온 명석의 손길이 규리의 귀밑에서 느껴졌다! 처음으로 닿은 그의 손길에 온몸에 전기가 오른 듯 짜릿했고, 솜털이 쭈뼛 설 정도로 정신이 몽롱해졌다. 이것만으로도 정신을 못 차리겠는데, 곧이어 명석의 낮은 음성이 그녀의 귓가를 간질였다.

"너 멀미 심하더라. 먹는 약만으로는 못 버텨."

명석의 행동에 순간 규리의 심장이 쿵- 하고 떨어지는 것만 같았다.

"주무시는 것 같더니, 언제 다 보셨어요?"

"……."

그는 그때 분명 모자를 턱 끝까지 눌러쓰고 자고 있었다. 그런데 잠깐씩 울렁거린 건 어떻게 안 걸까?

"다 됐다."

명석이 살짝 뒤로 물러서자, 그제야 규리는 참았던 숨을 후- 하고 조용히 내쉬었다. 승후의 심쿵 3종 세트보다 더 떨리는 것만 같았다.

'내가 왜 이러지?'

옥상에서 분명 두 남자 모두에게 포기 선언을 했던 그녀였다. 그런데 왜 이렇게 가슴이 미친 듯이 두근거리는 건지 모를 일이었다.

'이러면 안 되는데…… 이러면 정말 안 되는데…….'

머리로는 안 된다, 안 된다 하면서 왜 코로는 그의 체향을 느끼고 있는 건지! 평소 자주 담배를 피우던 명석이었다. 그래서 그의 곁에 가면 담배 냄새가 날 것 같았는데, 의외로 좋은 향기가 나고 있었다. 향수도 섬유유연제도 아닌, 그의 몸에서 나는 체취 같았다. 그러고 보니 서울에서 여기까지 오는 내내 담배를 한 번도 안 피운 것 같고. 규리는 명석의 얼굴을 올려다봤다. 명석의 뒤로 해가 떠 있어서 그런지, 그의 얼굴 뒤로 후광이 비치고 있는 것 같았다.

'멋……있다.'

아무리 얼굴을 수염과 모자로 가려도 잘생김을 가릴 수는 없는 모양이다. 게다가 왜 오늘따라 더욱, 유독, 한층 더 잘생겨 보이는 건지.

'으…….'

규리는 너무 눈이 부셔 한쪽 손을 올렸다. 그러자 그녀의 손에 딸려 오는 묵직한 남자의 손.

"어?"

"아!"

민망해진 명석과 규리는 누가 먼저랄 것도 없이, 후다닥 손을 놓고 빼며 서로 반대 방향으로 고개를 돌려 먼 산을 바라보았다. 눈부신 그의 얼굴에, 어울리지 않게 좋은 체취에, 그리고 미친 듯이 나대는 자신의 심장 때문에 여태 손을 잡고 있는 줄 몰랐다.

"흐흠. 짐 내리자."

"네. 근데 팀장님."

"어. 왜?"

규리가 명석을 부르자, 그는 마치 기다렸다는 듯 빠르게 뒤돌아보았다. 그녀가 부르면 언제든 뛰어갈 준비라도 한 사람처럼.

"그거 저 주시면 안 돼요?"

규리가 가리키고 있는 건 다름 아닌 귀밑에 붙이는 멀미약이었다.

"올 때 또 필요할 것 같아서요."

명석은 자신의 손에 들려 있던 멀미약을 내려다보더니 단답형으로 대답했다.

"안 돼."

"예? 왜요? 팀장님은 멀미 안 하시잖아요."

"그래도 안 돼."

짧고 단호한 말투에 규리는 더 조를 수 없었다.

"치. 나눠주면 어디가 덧나시나. 쓰지도 않으면서 왜 안 주신대?"

규리가 작게 중얼거리는 사이 명석은 앞서 걸으며 중얼거렸다.

"갈 때도 내가 붙여줄 거니까."

"예? 뭐라고 하셨어요?"

"못 들었으면 말어."

무뚝뚝하게 말한 명석은 저 멀리서 다가오는 승합차를 향해 걸어갔다. 뒤따라오는 규리를 힐끔 보고 미소를 지으면서 말이다.

"먼 길 오시느라 고생하셨습니다."

명석은 승합차 문을 열어 주며 카메라 감독들에게 인사를 전했다.

"뭘 고생이야. 우리는 회사 차 타고 편하게 왔지만, 계 피디는 직접 운전해서 왔잖아."

"서울에서 여기까지 몇 시간 걸린 거야? 5시간은 걸렸지?"

"배 타고 들어가서 하루 종일 카메라 세팅해야 하는데, 운전까지 한 거야?"

"촬영 들어가기도 전에 피곤하겠네. 근데 뭘 빠뜨렸다는 거야?"

규리는 카메라 감독들이 하는 말에 귀를 기울였다. 빠뜨린 게 있으면 내일 출발하는 후발대에게 갖고 오라고 하면 될 일이었다. 그런데 왜 이 먼 길을 운전까지 한 걸까?

"뭐 얼마나 중요한 거기에 그 새벽에 전화해서 먼저 가라고 난리를 쳤던 거야?"

카메라 감독들이 명석을 추궁하자, 그가 갑자기 규리의 눈치를 살폈다.

"별거 아니에요."

"별거 아니긴! 촬영 전에 절대 운전 안 하는 양반이 5시간이나 운전한 거 보면, 엄청 대단한 거구먼!"

얼마나 대단한 걸 두고 왔나 싶어, 규리는 고개를 돌려 명석을 쳐다봤다.

"어? 근데 막내 작가는 어떻게 온 거야?"

"그러게. 우린 회사로 올 줄 알고 한참 기다렸는데."

"안 오기에 내일 오나 했지. 계 팀장이랑 같이 온 거야?"

감독들이 규리를 쳐다보며 묻자, 명석이 허둥거리며 카메라 감독들의 등을 떠밀었다. 끝내 '중요한 것'의 정체에 대해 말하지 않은 채.

"에이. 별것도 아닌 것에 신경 끄시고 어서들 들어갑시다. 배 출발한대."

배 안으로 들어가는 명석의 얼굴이 어쩐지 붉게 물든 것 같았다.

*

명석이 붙여준 멀미약 덕분인가? 배 타고 내리기까지, 울렁거림은커녕 카메라 감독님들이 주신 김밥을 넙죽넙죽 받아먹었음에도 불구하고 아주 말짱했다.

"역시 약빨이 최고구나."

멀미 기운 하나 없이 무사히 섬까지 도착하자 규리는 어쩐지 기분이 좋아졌다. 게다가 서울에서 지긋지긋하게 봐왔던 미세먼지 하나 없는, 청명한 가을 하늘을 보자 기분이 날아갈 것만 같았다.

"얼마 만에 보는 파란 하늘이냐?"

푸르른 경치를 보고 맑은 공기를 들이켠 규리는 배가 정박하자, 자신의 커다란 가방을 향해 손을 뻗었다.

"이제 신나게 일해볼까? 웃쌰! 어어어?"

무거운 줄은 알았지만, 뒤로 넘어갈 정도로 무겁지는 않았다. 뭐가 걸렸나 싶어 뒤를 돌아보자 명석이 그녀의 가방을 잡고 있는 게 보였다.

"팀장님?"

"놔."

"저 들 수 있어요. 주세요."

"됐어. 이거나 들어."

명석은 규리에게 작은 가방 하나를 맡기고 앞서 걷기 시작했다. 그는 커다란 규리의 가방에, 양쪽 어깨에는 묵직한 카메라 가방을 하나씩 들고, 자신의 캐리어까지 끌고 가고 있었다. 그에 비하면 자신의 손에는 꼴랑 가방 하나만 들려 있는 게 아닌가. 팀장한테 개인 짐이나 들게 만드는 후배가 되기 싫었던 규리는 허겁지겁 뛰어가 명석 앞에 섰다.

"팀장님, 저 들 수 있어요. 주세요."

"됐어. 내가 들어."

"진짜 들 수 있다니까요."

규리가 고집스럽게 손을 내밀자, 명석이 커다란 손으로 그녀의 두 손을 포박해 버렸다. 놀란 규리가 눈을 동그랗게 뜨고 그를 올려다보았다.

"가방 하나 드는데 몸이 휘청거려."

그거 혹시 제 얘긴가요?

"자기 덩치에 두 배나 큰 가방을 메고 있다고."

강희가 매일 어깨 깡패라고 놀려서 일부러 큰 가방 산 건데.

"너 같으면 그냥 보고만 있겠냐?"

"……."

"좋아하는 여잔데?"

"커업!"

규리는 저도 모르게 튀어나오는 감탄사에 두 손으로 입을 가려 버렸다. 이 남자 오늘 작정했다. 날 유혹하려고 완전히 마음먹은 게 틀림없다.

"잘 따라오기나 해. 또 어디서 길 잃고 헤매지 말고."

길치인 건 또 어떻게 아셨지?

명석은 그렇게 규리의 속을 후벼 파놓고, 성큼성큼 앞서 걷기 시작했다. 평소와 다른 모습이다. 무뚝뚝한 건 여전했지만, 거침없어졌다고나 할까? 마치 날 잡고 규리의 마음을 흔들어 보기로 결심이라도 한 것처럼 말하고 행동했다. 오늘이 마지막 기회라도 되는 것처럼.

"잠깐. 그럼 오늘 선발 팀으로 온 것도 나 때문인 거야?"

어제 회의 때도 뭔가 이상했다.

"연출 팀에서는 누가 갈 거야?"

"김 피디가……."

"작가 중에서는 규리 보내려는데."

"제가 가죠."

규리를 보낸다는 지연의 말에 가장 먼저 언급한 김 피디는 쏙 들어가 버렸다.

"그럼 팀장님이 일부러 따라온 거야? 그러고 보니 집 앞까지 온 것도 그래."

회사 차로 항구까지 이동하기로 했다. 괜히 운전에 진 빼느라 일에 집중하지 못할까 봐 촬영이 있을 땐 으레 그렇게 하곤 했다. 그런데 느닷없이 자신의 집 앞까지 찾아왔다.

"회사에서 만나기로 해놓고 왜 집까지 왔을까?"

그때 불현듯 카메라 감독들의 말이 떠올랐다.

"얼마나 중요한 걸 빠뜨렸기에 촬영 전에 절대 운전 안 하는 양반이 5시간이나 운전하고 온 거야?"

회사 차 타고 가는 게 훨씬 편한데, '중요한 것 빼놓고 왔다'는 핑계로 장장 5시간이나 차를 몰고 왔다.

"설마 그 중요하다는 게…… 나야?"

순간 얼굴이 확 달아올랐다. 그의 행동을 하나씩 되짚어 보니 가슴이 두근거려 제대로 숨을 쉴 수가 없었다. 거의 3달 동안 무서워 피해 다니기만 했던 사람이다. 그 사건 이후로 눈도 마주치지 않았다. 그런데 요즘 왜 저렇게 멋있어 보이는 건지. 모두 포기하겠다는 말을 취소하고, 그냥 그에게 항복하고 싶어졌다.

*

"큐 시트 다 챙겼니?"

리얼 예능이라 정해진 대본은 없었지만, 대략적으로 해야 할 일들을 러프하게 정리해 둔 큐 시트는 있었다.

"네. 언니. 그리고 게임 이 정도 준비했는데, 괜찮겠죠?"

해연이 A4용지 더미를 들고 와 물었다. 지연은 날카로운 눈빛으로 해연이 들고 온 종이를 훑어 내려갔다. 사실 거기까지 가서 게임을 하게 될지는 모르는 일이었다. 하지만 혹시 모를 일에 대비해 지연은 꼼꼼하게 준비했다.

"여기에 몇 가지 더 추가하자. 네 글자 게임 이런 거 있잖아."

"예. 좀 더 찾아볼게요."

해연이 자리로 돌아가자 지연은 책상 앞에 앉아 노트북 전원 버튼을 눌렀다. 노트북이 부팅되는 동안 지연은 자연스럽게 책상 위로 시선을 돌렸다. 책상 위에는 핑크색 다이어리가 놓여 있었다.

"작가님, 좋아해요."

카페에서 받았다는 저 다이어리가 뭐라고, 지연의 마음을 어지럽혔다.

"어디서 새파랗게 어린 게."

"예?"

작가 중 가장 어린 은설이 놀라 지연을 쳐다보자, 손을 저으며 말했다.

"아니야. 나 신경 쓰지 말고 하던 일 해."

그날 이후, 지연의 머리는 혼란스러웠다. 무려 12살이다. 위로 12살도 기가 막히지만, 아래로 12살도 만만치 않게 어이없었다. 나이 마흔에 스물여덟 살, 그것도 새카맣게 어린 조연출 후배랑 연애를? 생각만 해도 머리가 지끈거렸다. 주변 동료들은 뭐라고 할 것이며, 집안에서는 또 뭐라고 할 건가? 여자 나이 마흔에 열두 살이나 어린 후배 꼬셨다며 입방아에 오르내릴 게 분명하며, 그 좋은 자리 마다하고 데리고 온 남자가 고작 조연출이냐고 비아냥거릴 게 뻔했다.

'나이 들어 주책이라는 소리나 안 들으면 다행이지.'

지연은 엊그제 승후에게 고백을 받았지만, 자신의 마음을 돌아볼 겨를이 없었다. 자신보다 자신을 둘러싼 사람들의 시선을 돌아보기 더 바빴기에.

'신경 쓰지 말자. 차지연!'

이런저런 생각 때문에 두통이 몰려오자, 지연은 신경질적으로 다이어리를 서랍 속에 던져 버렸다.

*

마을 회관 공사가 다 끝난 관계로 오늘은 이장님 댁이 아닌 회관에 바로 짐을 풀 수 있었다. 1층에는 작은 주방과 거실, 그리고 방이 하나 있었고, 2층에는 방이 3개 있었다. 2층으로 올라온 규리는 여자 스태프들이 쓸 만한 적당한 크기의 방을 골라, 구석 자리에 짐을 풀었다. 사실 짐이라고 할 것도 별거 없었지만, 괜히 애먼 가방을 붙잡고 뭉그적거렸다. 지금 곧바로 나가면 명석과 마주칠 게 뻔했으니까. 가능하다면 최대한 그를 피할 작정이었다. 그나마 레오가 있을 땐 덜한 것 같더니, 레오조차 없으니까 사람을 본격적으로 흔들어 댄다. 작정이라도 한 듯 매력 발산해 대는 팀장님 앞에서 반항 한 번 못 해보고 그대로 빨려 들어가 버릴 것만 같았다. 이럴 땐 어떻게 하면 좋을지, 누군가 정답을 알려주면 좋으련만.

대한민국에는 없는 학원 없이 별별 학원이 다 있으면서 왜 사랑을 가르쳐 주는 학원은 없는 걸까? 유치원 때부터 학원에만 의지해서 뭔가를 배워 왔는데! 하물며 대학교 졸업하고도 학원을 다녔는데! 인생에서 제일 중요한 사랑에 대해 알려 주는 학원은 왜 없느냔 말이다!

"이씨! 이러니까 강희가 나더러 연애 고자라고 하지."

강희 같은 연애 고수에게는 그런 학원 따위 필요 없겠지만, 규리에겐 절실했다. 그것도 아주 많이!

학생 땐 순진하게도 대학교 가면 애인 생긴다는 엄마의 말에 속아 공부만 했다. 대학생 땐 취업 준비하느라 바빴고, 아버지 돌아가신 뒤에는 집안 생계 책임지느라 연애에 신경 쓸 겨를이 없었다. 그렇게 나이만 먹었다. 스물여덟 가을에 나 좋다고 저렇게 매력을 뿜어 대는 남자 앞에서 어떻게 반응해야 할지 몰라 방 안에 갇혀 있는 신세다. 정말 강희 말대로 다른 일에서는 똑 부러지면서, 왜 연애에 있어서는 이렇게 바보 같은지 규리 본인도 알 수가 없었다. 연애의 '연' 자, 사귀자의 '사' 자만 들었을 뿐인데 빵빵했던 심장이 바람 빠진 풍선처럼 쪼그라든다.

"멍청하다, 정말. 내가 싫다, 정말!"

머리를 헝클어뜨리며 자책하고 있을 때, 전화벨 소리가 울렸다. 강희였다.

"호랑이도 제 말 하면 온다더니. 여보세요?"

[섬에 도착했어?]

"응. 조금 전에 짐 풀고……."

[너 어떻게 된 거야?]

갑자기 무슨 소린지?

"뭐가 어떻게 돼?"

[너, 내가 아까 다 봤어. 새벽에 계 피디 차에 올라타는 거! 이 요망한 계집! 사실을 말해!]

요 기집애, 또 창밖으로 날 스토킹했네. 강희의 취미다. 심심하면 규리 스토킹하는 거.

"별거 아냐. 그냥 가는 길에……."

[그냥 가는 길 좋아하네. 계 피디 집이 어딘데 그냥 가는 길이냐?]

"네가 팀장님 집을 어떻게 알아?"

[이 언니가 널 위해서 계 피디와 레오에 대해 조사를 좀 했잖냐.]

아니, 아무리 조사를 했다고 해도 어떻게 같이 일하는 사람보다 더 많이 알 수 있는 거지? 규리는 강희의 놀라운 정보력과 집요함에 박수를 보냈다.

"그게 조사를 한다고 알 수 있는 정보야?"

[응. 불과 세 달 전에 했던 프로그램에서 집이 분당이라고 말하던데?]

"뭐? 분당?"

[그사이 이사만 안 갔으면 분당에서 살고 있겠지. 안 그래?]

"분당이라니…… 분당……이라니?"

답사 갔다 돌아오는 길에 명석은 분명 이렇게 말했다.

"어차피 나도 가는 길이야."

분당 사는 사람이 어떻게 목동이 가는 길인가? 끝에서 끝이구만. 그래서 오늘 아침에 집이 어디냐는 질문에 그렇게 대답한 건가?

"집 알려주면 놀러오게?"

내가 다시 질문하지 못하게?

[분당에서 목동까지 한 시간이야. 출퇴근 시간에는? 상상도 하기 싫다.]

"피곤하게 날 데리러 오고, 데려다주는 이유가 뭐야?"

[으이그. 이 바보야. 왜긴 왜겠냐? 다 네 얼굴 보려고 그러는 거지.]

퍼즐이 하나둘씩 맞춰질수록 머리가 점점 더 멍해졌다.

"고작 내 얼굴 한 번 보겠다고 네다섯 시간이나 운전했다고? 겨우?"

[넌 오늘부로 연애 무식자 원 톱 확정이다.]

"무슨 소리야?"

[스치듯 잠깐이라도 보려고 몇 시간씩 달려오는 게 사랑이야. 이 멍충아!]

전화를 끊은 규리는 방 안에 한참 동안 오도카니 앉아 있었다. 강희가 멍충이라고 부른 뒤로 10분 정도 더 통화를 한 것 같은데, 대화 내용은 기억나지 않았다. 왼쪽 가슴이 쉴 새 없이 두근거렸다. 오직 단어 하나 때문에.

"그게 사랑…… 이라고?"

"감귤!"

멍하니 앉아 있던 규리는 자신을 부르는 명석의 목소리에 용수철이 튀어 오르듯 자리에서 일어섰다.

"예. 팀장님."

"정리 끝났으면 슬슬 이동하자."

"예. 지금 나갈게요."

규리는 뜨겁게 달아오른 양 볼에 손을 갖다 댔다. 벽에 걸린 작은 거울을 들여다보니, 얼굴이 빨갛게 상기되어 있었다.

"릴렉스. 심장아, 나대지 마. 저 사람은 팀장이고, 넌 막내 작가야!"

얼빠진 규리는 선생과 학생도 아니고, 연애해도 무방한 팀장과 막내 작가를 언급하며 콩닥거리는 마음을 진정시켰다.

"아무렇지 않은 척! 평소처럼! 할 수 있다, 감규리!"

스스로에게 세뇌를 시킨 규리는 고개를 들고, 당당하게 문을 열어젖혔다.

"가시죠, 팀장님!"

그렇게 아무렇지도 않은 척 거침없이 앞서 나가려는데, 명석이 그녀의 팔을 붙잡았다.

'아씨. 왜? 왜 또 잡는 거야? 이렇게 잡으면 내 심장이 너덜너덜해진다고요!'

그의 손길 하나에 심장이 내려앉는 것 같았지만, 규리는 최대한 초연한 척 그를 향해 돌아보았다.

"왜 그러시죠, 팀장님?"

명석은 미간에 주름이 가득한 얼굴로 규리의 다리를 쳐다보고 있었다.

"너 다리가……."

"다리는 왜 그렇게 보세요? 기분 나쁘게!"

"설마 그 꼴로 나갈 건 아니지?"

"그 꼴이라뇨?"

이젠 다리 지적까지 하는 거야 뭐! 기분 상할 대로 상한 규리가 한마디 쏘아붙이려는 순간, 명석이 그녀를 방 안으로 떠밀었다.

"왜 이러세요?"

영문도 모른 채 방 안에 갇힌 규리가 문을 열려고 할 때, 밖에서 명석의 목소리가 들려왔다.

"옷. 갈아입고 나와."

"왜 남의 옷을 갈아입으라 마라세요? 제 옷이…… 엄마야!"

규리의 비명 소리에 밖에 있던 명석은 피식 웃음을 터뜨리고 말았다.

"이게 뭐야! 이 꼴이 뭐냐고!"

아까는 손바닥만 한 거울로 얼굴만 들여다봐서 미처 확인하지 못했는데, 이제 보니 내복 차림이었다! 옷 갈아입는다고 바지를 벗었다가 입지 않았던 모양이다. 그나마 티셔츠가 길어서 망정이지, 안 그랬으면 회사도 못 나갈 정도로 초민망한 상황이 벌어졌을지도 모른다.

"감규리 정말 미쳤지, 미쳤어!"

규리는 자신의 머리를 쥐어뜯고는 얼른 바지를 입었다. 안 그래도 명석의 얼굴 보는 게 민망해 죽겠는데, 왜 이런 상황까지 벌어진 건지. 민망함이 두 배, 아니 열 배가 된 것 같았다. 9월밖에 안 됐음에도 추위를 타는 제 몸뚱이가 미워 죽을 지경이었다. 규리는 얼른 옷을 갈아입고 밖으로 나갔다.

"……팀장님, 가시죠."

거침없던 감규리는 어디 가고, 빨간 내복 하나로 쭈그리 감귤이 되어 버렸다. 마을 회관을 빠져나온 두 사람은 구불구불 나 있는 길을 걷기 시작했다. 다행히 명석은 빨간 내복에 대해 언급하지 않았다. 안심이 된 규리는 주변 풍경을 감상하기 시작했다.

가을 하늘은 높고 파랬고, 햇볕은 따뜻했으며, 알록달록 피어 있는 코스모스는 그들이 가는 길에 쪼로록 마중 나와 신나게 손을 흔들고 있었다. 날씨 좋은 날에는 왜 이렇게 기분까지 좋은지, 규리는 방금 전 사건은 까맣게 잊고 아름다운 풍경에 넋을 놓고 팔랑팔랑 걸었다. 그렇게 날씨에 취해, 분위기에 취해 걸어가고 있을 때, '풉!' 하고 웃는 소리가 들려왔다.

"팀장님?"

"풉. 푸하하하하."

'에이씨. 웃음 참고 있었던 거야?'

어쩐지 아무 말도 안 하더니 웃음 참느라 그랬나 보다.

"웃지 마세요!"

"아니, 하하. 요즘도 빨간 내복 입는 사람도 있나? 하하."

빨간 내복이 뭐 어때서!

"빨간 내복 입는 사람도 있거든요! 저 대학 입학했을 때 아빠가 사주신 거라고요!"

아빠라는 단어에 갑자기 분위기가 싸해졌다. 미친 듯이 웃던 명석은 웃음을 멈추고 머쓱한 표정을 지으며 어쩔 줄 몰라 했다.

"아…… 아버님 안목이 뛰어나시네. 색감이 아주 좋으셔."

아빠라는 단어만 댔을 뿐인데, 명석은 군기 바짝 들어간 이병처럼 굴었다. 그 모습이 어찌나 웃긴지, 이번엔 규리의 웃음이 터져 버렸다.

"풉! 하하하. 장난이에요, 팀장님."

규리의 웃음소리가 멀리서 들려오는 파도 소리와 기분 좋게 뒤엉켰다.

"이제 네가 나한테 장난도 치냐?"

정색하는 명석을 보자, 순간 규리는 웃음을 멈춰 버렸다. 장난치고 지낼 사이가 아니다. 명석이 자길 좋아한다고 해도 상사와 부하 직원이라는 사실에는 변함이 없다. 그것도 무서운 상사. 그런데 정신줄 놓고 웃고 말다니. 규리는 두 손을 모으고 고개를 숙였다.

"저도 모르게 그만. 죄송합니다."

"좋은 증상이야."

"예?"

"감귤이 나한테 장난을 다 치다니."

바람이 불었다. 항상 명석의 눈가를 가리고 있던 머리카락이 바람결에 휘날렸다. 그가 미소를 지었다. 눈가에 예쁜 주름이 잡혔다. 규리는 처음 보는 주름이었다.

날카롭기만 하던 그의 얼굴에도 저런 미소가 있구나……. 이제 보니 참 선한 눈매를 가졌다. 그동안 왜 몰랐을까? 바람결에 코스모스가 수줍은 듯 미소를 지었다. 마치 규리처럼.

*

귀신이 나올 것 같던 폐가는 아주 예쁜 집으로 탈바꿈돼 있었다. 썩은 기둥을 새로 세웠고, 반쯤 무너져 있던 지붕을 수리해 서까래가 드러나도록 해서 고즈넉한 한옥 분위기를 만들어 냈다. 크지 않은 한옥으로 방은 2개였고, 앉아서 쉬거나 부엌일을 할 수 있는 주방과 툇마루가 있었다. 규리는 방 안을 돌아다니며 집 안 정리를, 명석은 카메라 고정할 위치를 잡기 시작했다.

"감규울."

"예. 팀장님."

"잠깐 이리 와봐."

걸레질하고 있던 규리는 명석이 있는 방으로 달려갔다. 천장에 카메라를 고정하던 명석은 방의 한쪽을 가리키며 말했다.

"거기 잠깐 서봐."

"여기요?"

"응."

규리는 민망한 듯 카메라 앞에 서서 눈동자를 좌우로 굴렸다. 그런 규리를 두고 이리저리 카메라 각도를 잡던 명석의 얼굴에 희미한 미소가 번지기 시작했다.

화면으로 봐도…… 예쁘다. 감귤.

"움직여 봐. 옆으로."

"이렇게요?"

규리가 오른쪽으로 살짝 움직이자, 그녀를 따라 카메라가 자동으로 움직였다.

"오케이. 말해 봐."

명석이 이어폰을 끼며 말하자, 규리가 어색하게 웃었다.

"무슨 말을…… 할까요?"

카메라 앞에 선 것도 민망한데, 말까지 시키니 도통 무슨 말을 해야 할지 몰랐다.

"이따 저녁에 뭐 먹을까? 짜장면, 짬뽕."

민망해하는 규리를 위해 명석이 한마디 던지자, 규리가 '음.' 하고 생각에 잠겼다. 그리고 몇 초 뒤에.

"짜장면!"

"닭발, 족발."

"음…… 닭발?"

"간장게장, 양념게장."

"아! 둘 다 맛있는데. 음. 간장게장!"

"치맥, 소삼."

"그건 좀 반칙 아니에요? 그중에서 어떻게 골라요?"

"골라."

"으으으음. 치맥!!!"

어렵게 치맥을 외친 규리는 다음 메뉴를 기다렸다. 하지만 명석은 아무 말 없이 규리만 쳐다봤다.

"오디오 확인 다 하신 거예요?"

메뉴 고르는 재미에 푹 빠져 있던 규리가 묻자, 카메라 화면을 보고 있던 명석이 천천히 고개를 들어 규리를 바라보았다.

"저녁 메뉴도 그렇게 고민하는데. 나도 좀 고민해 주면 안 될까?"

낮은 명석의 목소리가 빈집 구석구석과 부딪혀 규리의 귀에 와 꽂혔다. 그가 매달린다. 다시 생각해 달라고, 고민해 달라고. HBS 방송국 부장님한테도, 국장님한테도, 하물며 사장님한테도 뻣뻣하게 구는 그가…… 매달린다. 나한테. 카메라 화면 속의 난 어떤 표정을 짓고 있을까. 또 도망칠 준비를 하고 있을까? 아니면 당당하게 말할 준비를 하고 있을까? 규리는 아랫입술을 질끈 깨물고 명석을 똑바로 쳐다봤다. 그리고 또박또박, 천천히 물었다.

"팀장님은…… 왜 제가 좋으세요?"

도망치고 피하기 바빴던 규리가 묻는다. 왜 자길 좋아하는지, 자신의 마음에 대해 묻는다. 드디어 내 마음을 말할 기회가 왔다. 명석은 천천히 입을 열었다.

"두 달 전이었던가, 석 달 전이었던가. 내가 너한테 화냈던 그날."

두 사람은 규리가 명석을 피하기 시작했던 날이자, 명석이 규리를 마음에 품게 되었던 그날로 돌아갔다.

*

〈오늘 밤만 재워줘〉라는 프로그램 제목이 정해지기도 전의 일이었다.

팀원들도 아직 섭외하지 않은 맨땅의 상태에서, 규리는 지연이 원하는 자료를 조사하고, 섭외하는 일을 하고 있었다. 특히 촬영할 만한 장소 물색이 주된 그녀의 일이었다. 삼면이 바다인 대한민국에는 섬도 참 많았다. 사무실에 앉아 인터넷만으로 입맛에 딱 맞는 촬영 장소를 찾는 건 쉽지 않았다.

"아, 뭔놈의 섬이 이렇게 많냐?"

규리 홀로 작가 방에 앉아 자료를 찾고 있을 때, 명석이 불쑥 들어왔다.

"섬 리스트."

규리 앞에 앉은 그는 다리를 꼬고 앉아 거만하게 손을 내밀었다. 규리는 뽑아 놓은 자료를 그에게 내밀었다. 이곳으로 출근하기 시작한 지 일주일 정도 된 날이었다. 아직 다른 작가들은 없었고, 메인 작가인 지연은 꼭 필요한 회의 때만 들르곤 했다. 아침 인사를 나눌 사람도, 퇴근하라고 말하는 사람도 없었다. 혼자 일하고, 혼자 밥 먹고, 혼자 커피를 마시던 때였다. 그나마 의지할 사람이라고는 명석뿐이었다. 유일하게 매일 출근하는 같은 팀이었으니까. 거기에 TV에서 종종 얼굴을 봤던 터라 어쩐지 친근감이 들었다. 물론 이 사건이 있기 전까지 말이다. 아무 말 없이 자료를 훑어보던 명석이 종이 뭉치를 규리에게 툭 던지며 말했다.

"이거 오늘 내로 전화 다 돌려."

"이걸 다요?"

너무 많아 저도 모르게 '네.'라는 대답이 아닌 다른 말이 튀어나와 버렸다. 규리의 말에 명석의 눈이 무섭게 번쩍였다. 그의 눈빛을 본 규리가 냉큼 자세를 낮췄지만, 때는 이미 늦은 상태였다.

"아니, 안 하겠다는 게 아니라……."

"전화 싹 다 돌려. 이따 퇴근하기 전에 확인할 거니까."

명석은 싸늘하게 말한 뒤, 작가 방을 나가 버렸다. 규리는 너무도 자연스럽게 시계부터 확인했다. 지금 시각 오전 10시 25분. 연락처도 없는 상황인데, 퇴근 전까지 100여 개가 넘는 섬에 연락을 돌리는 건 불가능하다. 발등에 불이 떨어졌다.

"전화번호 먼저 따야겠다."

그날은 점심도 거르고, 입에서 단내가 날 정도로 전화를 돌렸다. 어촌 계장님을 거쳐 이장님께 전화를 걸기를 수십 차례.

"이장님! 목소리가 잘 안 들려요! 예? 배 타고 계신다고요? 다음 주에 전화하라고요?"

"안녕하세요, HBS 방송국인데요. 아니요, 보이스 피싱이 아니고요. 여보세요! 여보세요!"

"예? 만나서 얘기하자고요? 만나기 전에 이것저것 좀 여쭤보고 싶어서요. 이장님? 이장니임!"

어느덧 해는 졌고, 시계는 이미 밤 10시를 넘어서고 있었다. 점점 불안해졌다. 규리는 다리를 덜덜 떨며, 손톱을 물어뜯었다. 섭외된 곳도, 취재된 곳도 없어 불안했지만, 퇴근 시간에 확인한다던 계 팀장이 여태 오지 않았다는 사실이 더 무서웠다.

"뭐야, 10시가 넘도록 왜 안 와? 내 퇴근 시간은 도대체 몇 시라는 거야?"

꼬르륵. 배에서 천둥 치는 소리가 들려왔다. 생각해 보니 오늘 한 끼도 못 먹었다.

"젠장. 먹고 살려고 하는 짓인데, 뭐라도 먹자."

편의점에 가서 빵이라도 좀 사오려고 문고리를 잡으려는 순간, 문이 벌컥 열리더니 계 팀장이 들어와 부딪힐 뻔했다.

"어디 가?"

"아닙니다. 물 좀 마시려고."

"앉아."

두 손에서 땀이 솟았다. 어찌나 긴장했는지 손발이 차갑게 식어 버렸다.

"결과."

"저 그러니까. 이 섬에 이장님께서는 배를 타고 계셔서 취재가 불가능했고요, 여기는 직접 내려와서 대화를 하자고 하셨고, 또 여기는……."

"내가 취재하라고 그랬지, 언제 변명 늘어놓으라고 했나?"

"변명이 아니라 결과를 말씀드리는……."

쾅! 명석이 책상을 내리쳤다.

"출근하고 일주일 동안 뭐 한 거야!"

명석의 목소리가 작가 방에 쩌렁쩌렁하게 울렸다.

"노트북 앞에 앉아 있는 게 일하는 거야? 그동안 회사에서 밥만 축낸 거냐고!"

왈칵 눈물이 쏟아질 것만 같아, 아랫입술을 꽉 깨물었다. 울지 않을 거다. 절대로 안 울 거다. 속으로 그 말만 계속 되뇌었다.

"방송 작가 아무나 하는 줄 알아? 며칠씩 밤새워 가며 악착같이 매달려도 될까 말까 하는 일이 방송 일이야! 얼마나 해이했으면 일주일 동안 섬 하나 섭외를 못 해!"

손톱이 손바닥을 파고 들어갈 정도로 주먹을 꽉 쥐었다. 아팠다. 하지만 더 세게 주먹을 쥐었다. 그렇지 않으면 눈물을 흘릴 것 같아서.

"이딴 식으로 일할 거면 때려쳐!"

명석은 그 말을 마지막으로 밖으로 나가 버렸다. 홀로 남은 규리는 책상 위 어딘가에 두었던 휴지를 뽑았다. 입에 비릿한 피 맛이 맴돌았다.

*

"뭐야? 또 누구 잡은 거야? 이번엔 누구?"

이제 막 사무실로 들어온 지연은 작가 방을 힐끔 쳐다보고 명석을 나무랐다.

"규리? 쟤 일 잘해. 얼마나 열심히 하는데."

"열심히 하는 애가 여태 촬영 장소 취재 하나 못 하고 있어요?"

"내가 다른 일 시켰어. 오늘까지 리스트만 뽑아놓으라고 했다고."

"하나를 시키면 열을 하는 사람도 있어요."

지연은 그렇게 말하는 명석이 얄미운 듯 흘겨보았다.

"본인이 그랬다고 다들 그렇게 할 거라고 생각하지 마시죠, 전국 수석 계명석 팀장님."

"선배. 그런 말 아닌 거 아시면서."

명석이 왜 저렇게 행동하는지는 지연도 잘 알고 있었다. 방송국은 보통 깡다구로 버틸 수 있는 곳이 아니다. 섭외가 잘되나 싶다가도 촬영 전날에 어그러지기도 하고, 하던 일이 갑자기 공중분해돼 하루아침에 백수가 되기도 한다. 독하게 마음먹지 않고 설렁설렁 했다가는 버티지 못하는 곳이 방송국이다. 그래서 명석은 새로 들어오는 막내들을 엄하고 독하게 대했다. 이보다 더 심한 욕을 듣고 살아야 하는 게 방송판이라고 알려주기 위해서 말이다.

"다음부터는 그러지 마. 내 후배야. 쟤 피디 라인 아니고, 작가 라인이라고. 내 라인."

지연의 말에 명석이 머쓱한 듯 머리를 긁적였다.

"요즘 막내 작가 구하는 거 하늘의 별 따기다? 오랜만에 일 잘하는 애 구했는데. 쟤 나가면 나 계 팀장님한테 섭외 전화 돌리라고 할지도 몰라. 알았지?"

"농담도 무섭게 하시네요, 선배."

"농담 아냐. 나 간다."

"왜 오신 거예요?"

"자료 두고 간 게 있어서. 내일 봐."

"들어가세요."

또각또각. 지연의 하이힐 소리가 조용한 사무실 안을 가득 메웠다. 명석은 작가 방을 힐끔 쳐다봤다. 고요하다. 아무 일도 없었다는 듯.

"담배나 한 대 펴야겠다."

＊

수많은 야근인들이 켜놓은 형광등들이 검은 밤을 밝게 밝히고 있었다.

"후우."

머릿속의 근심을 다 뱉어내기라도 하듯, 명석은 하얀 연기를 뿜어 냈다. 잘 자라라고 아주 독한 약을 뿌리긴 했지만, 마음이 편하지 않은 건 명석도 마찬가지였다. 자신도 불편해하면서 악역을 자처한 건 그만한 이유가 있다. 처음부터 독하게 마음먹거나, 애초에 싹을 자르거나. 그 둘 중에 하나 하지 않으면 나중에 프로그램에 지대한 영향을 미치게 된다. 촬영 중간에 그만두는 건 부지기수였고, 촬영 원본을 들고 튀는 놈도 있었으며, 학생 때 버릇 못 버리고 엄마가 전화해 우리 애 거기 못 보내겠다고 으름장 놓은 일도 태반이었다. 오늘따라 담배 맛이 쓰다. 반도 태우지 않은 담배를 끄고 옥상을 내려가려는데, 어디선가 울음소리가 들려왔다.

"흐으으윽. 끅"

규리였다. 그녀는 옥상 벤치에 앉아 처량하게 울고 있었다.

"쯧쯧. 세상 슬픔 혼자 다 안은 줄 아는군."

내일이면 지연에게 쪼르르 다가가 '저 더는 못 하겠어요.' 하며 오늘의 일을 일러바치겠지.

"넌 아웃이다."

약해 빠진 막내 작가는 필요 없다. 질질 짜는 막내 작가는 용서 못 하고. 고개를 절레절레 흔들며 내려가려는 순간, 톡- 하고 청량감 넘치는 소리가 들려왔다. 뭔가 이상함을 느낀 명석이 몸을 돌려 규리를 쳐다봤다.

"뭐야, 저거? 설마 맥주?"

언제 나가서 맥주를 사왔는지, 질질 짜던 규리는 맥주를 벌컥벌컥 들이켜고 있었다. 울면서 짐 싸고 집에 가는 애는 봤어도, 회사 옥상에서 맥주 마시는 막내는 처음인지라 명석의 발걸음이 차마 떨어지지 않았다. 어리둥절한 얼굴로 멍하니 규리를 쳐다보고 있는데.

"야! 계명석 이 개자식아!"

개…… 개자식?

"그래! 네가 시청률 1위 피디라 이거지? 그렇게 잘났다 그거지? 오냐! 딱 10

년 아니, 5년만 기다려라! 내가 너보다 더 잘나가는 작가 돼서 '아이고, 작가님. 저랑 같이 작업 한번 해주시겠습니까?'라는 소리 꼭 듣고 말 테니까!"

어쭈. 쟤 봐라?

"계명석, 개싸가지, 개싸이코, 개또라이, 개진상아! 너 두고 보자, 내일까지 내가 무슨 수를 써서라도 섬 하나 섭외해 놓을 테니까!"

소리를 꽥꽥 지른 규리는 빈 캔을 우지끈 밟아 버렸다. 명석은 그날 규리가 500ml 맥주 두 캔을 싹 비울 때까지 옥상에 머무르며 그녀를 바라봤다. 그리고 다음 날 저녁. 규리는 극적으로 섬마을 섭외에 성공했다.

*

"그 이후로 너만 보이더라. 내 눈이 너만 찾고, 내 귀가 네 목소리만 듣더라."

이 남자, 진심이다. 진심이 느껴진다.

"그렇게 보다 보니 예쁘더라, 네가. 귀엽더라. 사랑스럽더라. 그리고 계속 보고 싶더라. 네가."

규리는 점점 그의 검은 눈동자 속으로 빠져드는 걸 느꼈다. 규리는 그때, 그가 죽도록 미웠다. 개싸이코에 개진상이라고 소리소리를 질렀는데, 그때부터 자신을 좋아했다니. 게다가 그땐 그를 안 지 일주일 정도밖에 안 됐을 때였다. 사랑에 빠지는 시간이 그렇게 짧을 수도 있는 건가? 그렇게 짧은 시간 만에 누군가를 좋아할 수도 있는 걸까? 사랑에 빠지는 데에는 시간이 얼마나 필요한 걸까? 한 달? 두 달? 아니면 일 년? 상대방에게 호감을 느끼려면 적어도 반년은 지켜봐야 하는 거 아닌가? 그런데 그땐 명석이 규리를 안 지 고작 일주일밖에 되지 않았고, 지금은 서로를 안 지 기껏 해봐야 3달 정도 됐다. 그런데 이짧은 시간 사이에 누군가를 이토록 원할 수 있는 건가? 사랑에 시간 따위는 정말 필요하지 않은 건가? 연애 고자 규리는 혼란스러웠다.

"너한테 당장 뭘 바라는 건 아니야."

명석은 담담한 목소리로 말했다.

예전부터 느꼈던 거지만, 그의 목소리는 참 좋았다. 마음을 편하게 만드는 힘이 있다고나 할까? 그 사건 이후로 명석이 미웠지만, 그의 목소리만큼은 미워할 수 없을 정도였으니까.

"조금만 더 고민해 줘. 이대로 거절하지 말고."

그는 사람 홀리는 재주가 있다. 매번 시청자들을 홀려 채널을 고정시키는 것처럼. 그리고 그가 마지막으로 던진 말은 정말 생각지도 못한 의외의 말이었다.

"나도, 레오도."

4. 그 남자의 반격

작은 섬, 파라도로 향하는 작은 배는 오랜만에 사람들로 북적였다. 〈오늘 밤만 재워줘〉 제작진 수십 명과 세 명의 출연자로, 2박 3일간 파라도는 더 시끌벅적해질 예정이었다. 배 안 구석에 홀로 앉은 레오는 창밖을 내다보았다. 섬 하나 보이지 않는 망망대해가 마치 자신의 처지와 비슷해 보였다. 세상을 다 가진 것처럼 풍요롭지만, 정말 원하는 건 갖지 못한 자신과.

8년 전 한국으로 돌아온 레오는 규리의 행방부터 찾았다. 기억을 더듬어 함께 다녔던 학교와 규리가 살던 집을 찾아갔지만, 어디서도 그녀를 만날 수 없었다. 규리는 그 흔하디흔한 SNS에도 흔적 하나 남기지 않았다. 몇 달째 아무런 소득이 없자, 그는 계획한 대로 움직였다. 미국 국적을 포기했다. 군대를 갔다. 휴가를 나올 때마다 연기 영상을 찍었고, 여러 기획사에 보냈다. 전역했을 때, 그가 영상을 보낸 모든 기획사에서 합격 통보를 받았다.

레오는 수많은 기획사 중 가장 크고 튼실한 소속사와 계약했다. 그가 규리를 찾지 못한다면, 규리가 자신을 찾을 수 있도록 하는 것. 그의 플랜 B였다. 유명해져야 했다. 얼굴을 알려야만 했다. 그래야만 규리를 찾을 수 있을 테니까. 처음 소속사와 계약했을 때, 딱 두 가지를 약속받았다. 그중 하나가 다른 건 몰라도 예능 출연은 안 하겠다는 것.

말주변이 없었다. 연기할 때를 제외하고 사람들의 주목을 받으면 어쩔 줄 몰라 했다. 얼굴부터 귀까지 온통 빨개지는 바람에 난처했던 게 한두 번이 아니었다. 그래서 예능 출연은 절대 하지 않겠다고 했다. 다행히 소속사는 그의 의견을 존중해 주었다. 그런데 지금 예능 프로그램 촬영을 위해 이 바다 위에 떠 있다. 회사에서 부탁한 것도, 누군가 등을 떠민 것도 아니었다. 오직 레오 그가 원해서였다. 인생 첫 예능이다. 어쩌면 그의 인생에 다시는 없을 예능이기도 하고.

"레오 오빠!"

예쁜 목소리가 레오를 불렀다. 함께 출연하는 서가을이었다. 하얀 피부에 또렷한 이목구비를 가진 가을은 요즘 제일 잘나가는 걸 그룹 헤라의 멤버다. 아이돌답게 상큼발랄한 매력과 애교 넘치는 성격을 가진 친구였다.

"어머! 자꾸 오빠래. 선배님이라고 불러야 하는데. 죄송해요, 선배님."

"괜찮아, 가을아. 편하게 불러."

순둥이 레오가 웃으며 말하자, 가을이 은근슬쩍 레오 옆자리에 앉았다.

"그럼 저 계속 오빠라고 불러도 돼요?"

"응."

"히. 좋아라."

사교성이 참 좋다. 낯가림도 없고.

가을은 수많은 걸 그룹 중에서도 섭외 1순위인 예능돌이었다. 예능 초보 레오에게는 참 다행인 일이었다. 자신이 재미없어도 누군가 받쳐줄 거라 생각하니 마음이 든든했다.

"앞으로 두 달 동안 잘 부탁해, 가을아."

연예계 데뷔는 레오가 먼저였지만 예능은 처음인지라, 가을에게 잘 이끌어 달라고 부탁했다.

"두 달이 아니라 20년 부탁하셔도 되는데."

붙임성 있는 가을이 애교스럽게 말하자, 레오가 살짝 미소를 지었다. 대부분의 여자들은 모두 가을이처럼 자신을 대했다. 뭘 하지 않아도 먼저 다가왔고, 친절했으며, 자신과 친해지길 원했다. 어떤 여자의 수줍은 고백을 받은 적도 있었다. 자신의 감정에 솔직한 여자는 더 노골적이고 과감하게 자신을 유혹하기도 했다. 그녀들은 그에게 열광했고, 사랑한다는 말을 서슴지 않았으며, 그의 사랑을 갈구했다. 레오는 그 어떤 액션도 취하지 않았는데도 말이다.

그래서 그런 줄로만 알았다. 순둥이 모태 솔로 레오는 자신은 가만히 있어도 여자들이 먼저 다가오는 줄로만 알고 살았다. 그런데 규리는 달랐다. 먼저 다가오기는커녕 다가가니 피하고 도망치기 바쁘다. 어렵다, 감규리.

"오빠. 우리 멤버 중에 체리라고 아세요?"

"알지. 요즘 드라마에 나오잖아?"

"네. 걔가 오빠 만나면 꼭 물어봐 달라고 한 게 있거든요."

"뭔데?"

가을은 슬쩍 주변을 둘러보고 아무도 없음을 확인했다.

"오빠 혹시 여자친구 있어요?"

창가에 앉은 레오의 얼굴에 햇빛이 반사되면서 원래 하얗던 얼굴이 눈부실 정도로 밝게 빛났다. 가을은 반짝반짝 빛나는 레오의 얼굴을 사심 가득한 눈으로 바라보았다. 그의 빨간 입술에서 어떤 대답이 새어 나올지 침까지 꼴깍 삼키며 말이다.

"아니. 없는데."

느릿느릿 레오의 대답이 떨어지자, 가을은 세상 다 얻은 사람처럼 밝은 미소를 지었다.

"아, 없으시구나."

체리가 궁금해한다는 질문에 왜 가을이 안도를 하는 건지는 알 수 없었지만, 그녀는 레오의 답변이 흡족한 모양이었다. 대한민국 남자라면 걸 그룹 헤라를 모르는 사람이 없었고, 그중에서도 헤라의 비주얼 담당인 서가을에게 껌뻑 넘어오지 않을 남자 또한 없었다. 그리고 그런 사실을 가장 잘 알고 있는 사람은 서가을 본인이었다.

"근데 의외네요. 오빠같이 멋진 남자한테 왜 여자친구가 없지?"

"여자친구는 없는데, 좋아하는 여자는 있어."

순간 해맑은 레오의 웃음을 본 가을의 얼굴이 사정없이 구겨져 버렸다. 표정 관리가 잘 되지 않았다. 여자친구가 없다고 말한 건, 자신의 의도를 알아차리고 한 말이 아니었나? 근데 좋아하는 여자가 있다니?

"좋아하는 여자요? 하하. 누군지 되게 궁금하다."

가을은 슬쩍 레오를 떠봤지만, 그는 굳게 입을 다물어 버렸다. 가을은 재빨리 머리를 굴려 레오가 관심 가질 만한 여자들을 떠올려 보았다.

얼마 전에 영화 같이 찍었던 서현? 아니면 아웃도어 화보 같이 찍은 해림? 걔도 아니라면 드라마 끝나고 스캔들 터졌던 지현? 아무리 머리를 굴려도 딱히 떠오르는 사람은 없었다. 세 사람 모두 남자친구가 있다는 소문도 얼핏 들었던 것도 같고.

'누구지? 레오 정도 되는 배우가 보통 여자를 좋아할 리는 없고. 혹시 재벌 쪽인가?'

열심히 머리를 굴리다 보니, 불현듯 며칠 전 레오가 라디오에서 했던 말이 떠올랐다.

'에이 설마.'

고작 초등학생 때 좋아했던 여자를 여태 좋아할 리 없다고, 가을은 확신했다. 가을이 해 왔던 사랑의 유통기한은 그렇게 길지 않았으니까.

"혹시 전에 라디오에서 말한 그 첫사랑 말씀하시는 건 아니죠?"

설마 하는 마음에 묻자, 레오는 머뭇거리지 않고 대답했다.

"응. 맞아."

속이 훤히 들여다보일 정도로 티끌 하나 없는 레오의 대답에 가을은 맥이 턱 하고 풀려 버렸다. 여덟 살 때 좋아했다는 그 여자를 아직도 좋아하고 있다니. 벌써 20년이란 세월이 지났다. 10년이면 강산도 변한다던데, 이 남자 마음은 강산이 두 번이나 변하고도 남았을 세월 동안 그 여자를 품고 있었다는 건가? 요즘도 이런 순정남이 있었나? 같잖은 호기심에 그냥 한번 들이대 본 거였는데, 단호한 레오의 말에 가을의 가슴이 설렜다.

가을은 창밖을 내다보고 있는 레오의 얼굴을 다시 한번 꼼꼼하게 살펴보았다. 순수한 마음처럼 티 하나 없는 맑은 피부에, 예쁘지만 고집스러운 입, 보석같이 빛나지만 확고함이 담겨 있는 눈동자까지.

'이제 보니 이 오빠 외모만 명품이 아니라, 속도 명품이네?'

실망한 기색이 역력했던 가을의 얼굴에 미소가 번졌다.

"오빠 이제 큰일 났다."

"응? 뭐가?"

"저 명품 엄청 좋아하거든요."

쇼윈도에 진열된 명품은 매력이 없다. 명품은 몸에 걸쳐야 제맛이지.

"그게 무슨 말이야?"

"아니에요. 혹시 촬영하다가 모르는 거 있으면 저한테 물어보세요. 저 예능돌이잖아요."

가을이 눈웃음을 치며 말하고 있을 때, 뒤에서 누군가가 불쑥 얼굴을 내밀었다.

"야, 서가을. 넌 나한테는 아무 말도 안 하더니, 오레오한테는 아주 친절하다?"

송서준. 그는 잘나가는 40대 배우로 작품 활동을 하지 않을 때면 간간이 명석의 프로그램에 출연하고 있었다. 자신에게는 고개만 까딱거린 게 고작이었는데, 요 앙큼한 것이 레오 옆에 앉아 친한 척을 하고 있다니. 자신을 마뜩지 않게 생각하고 있는 걸 눈치챘는지, 가을은 서준을 향해 활짝 웃으며 말했다.

"에이, 다 우리 팀을 위해서 그런 거죠. 선배님은 이미 예능의 신이시잖아요. 신!"

손가락 하트까지 만들며 서준에게 내밀자, 그는 못 이기는 척 웃으며 의자에 몸을 기댔다.

"차별 없는 프로그램을 만듭시다!"

"당연하죠! 선배니임!"

애교가 철철 넘치는 말투에 결국 서준의 눈가에 보기 좋게 주름이 잡혔다. 멀리서 그 장면을 보고 있던 선영 작가는 쯧쯧 혀를 찼다.

"저거 저거, 촬영기도 전에 레오한테 집적거리는 거 봐."

"서가을, 재 같이 출연하는 남자한테 껄떡대기로 유명하잖아요."

옆에 있던 조은 작가가 목소리를 낮추며 말했다.

"서가을 별명이 뭔지 알아요?"

"뭔데?"

"백 프로."

"무슨 뜻이야?"

"찍으면 100프로 다 넘어온다고."

"허! 하긴, 저 얼굴에 저 교태까지. 안 넘어가는 남자가 있겠냐."

선영과 조은은 레오에게 애교를 부리는 가을을 보며 깊은 한숨을 내쉬었다. 수많은 연예인을 봐왔지만, 가을은 정말 예뻤다. 게다가 어쩜 저렇게 생긋생긋 잘 웃는지, 같은 여자가 보고 있어도 입이 벌어질 정도다.

"저러다가 레오까지 넘어가는 거 아냐?"

선영이 묻자, 조은은 생각만 해도 끔찍하다는 표정을 지었다.

"안 돼! 나의 레오!"

"그래. 그건 절대 안 되지. 은설아, 너 가을이 담당이지?"

"네. 언니."

"네가 가을이 방어 좀 해라. 레오한테 딴짓 못 하게."

"그래. 가을이 작업 못 걸게 옆에 딱 달라붙어 있어라."

난처한 선배들의 부탁에 은설이 아무 대답도 못 하고 있자, 옆에 있던 해연이 나섰다.

"뭘 그런 걸 시켜요? 보기만 좋구만."

"넌 저게 보기 좋냐? 우리의 레오가 저 여우한테 넘어가는 게?"

"선남선녀가 만났으면 눈도 맞고, 사랑도 하고, 연애도 할 수 있는 거 아닌가?"

선영과 조은은 당찬 해연 앞에 별말 없이 입술만 삐죽였다.

"근데 신해연. 레오 첫사랑, 정말 너 아니야?"

"아니래도요. 그리고 전 레오한테 아무 감정 없어요."

"그래?"

해연의 말에 선영과 조은의 눈이 반짝였다.

"전 다른 남자한테 관심 있거든요."

빙긋 웃는 해연의 얼굴에는 알 수 없는 자신감이 가득 차 있었다.

*

명석의 얼굴이 보였다. 반갑지 않은 배신자의 얼굴이 보이자, 탐스러운 레오의 입술이 삐죽거렸다. 믿지만 믿지 않는다. 요즘 명석을 생각하는 그의 마음이 그렇다. 연출자로서의 명석은 믿지만, 남자로서의 그는 믿지 않는다. 믿지만 믿지 않는 이 아이러니한 마음을 갖고 촬영을 잘해 나갈 수 있을지, 레오는 벌써부터 머리가 아파왔다. 그때 저 멀리 배를 향해 뛰어오는 규리가 보였다.

"규리다."

배신자 라이벌과 함께 섬에 보낸 것이 마음에 쓰여 이틀 동안 밤잠 설쳤던 그였지만, 규리를 보는 순간 아무 일도 없었다는 듯 모든 게 스르륵 녹아 버렸다.

배에서 내리면 당장 규리한테 뛰어가야지. 이틀 동안 잘 지냈는지, 배신자 라이벌이 집적대진 않았는지, 잠자리가 낯설어 잠을 설치진 않았는지, 오늘 아침은 뭘 먹었는지, 컨디션은 어떤지, 그리고 내 고백 다시 생각해 줄 순 없는지. 물어볼 게 산더미다.

"오빠. 뭘 그렇게 보세요?"

넋 놓고 규리를 바라보고 있던 레오가 뒤를 돌아보았다. 가을이었다.

"누가 보면 좋아하는 여자라도 있는 줄 알겠어요. 뭘 보는 거예요?"

가을은 까치발을 들고 레오가 보던 곳을 쳐다봤다. 저 멀리 선착장에 명석과 카메라를 든 제작진이 보였다.

"에이, 뭐야. 스태프들 보고 있었던 거예요? 예능 촬영이 그렇게 떨려요?"

가을이 묻자, 레오가 저 멀리 있는 규리를 바라보며 대답했다.

"응. 떨리네."

이틀이나 못 봤거든.

"저만 믿으세요! 완전 예능 초보시라니까."

"응. 완전 초보야."

사랑 초보지. 모태 솔로거든.

"제가 잘 이끌어 드릴게요. 우리 잘해봐요."

"그래. 나 정말 잘해볼 거야."

꼭 규리의 마음을 얻어낼 거거든.

정말 굳게 결심한 듯, 레오의 눈빛이 평소와 달리 아주 매섭게 빛났다. 곧 배가 선착장에 정박했다. 그와 동시에 레오는 규리에게 뛰어갈 생각으로 가슴이 두근거렸다. 배가 완전히 멈추자, 스태프들이 들고 있던 카메라에 빨간 불이 들어왔다. 카메라에 빨간 불이 들어왔다는 건, 촬영이 시작됐다는 뜻이다. '레디 액션'에 익숙한 레오는 크게 당황했다.

이렇게 바로 촬영이 시작될 줄 몰랐다. 서로 인사라도 나눌 수 있는 줄 알았다. 간단한 안부라도 물을 수 있을 줄 알았다. 그런데 이렇게 바로 시작이라니. 이러면 곤란하다. 빨간 불이 들어온 이후, 카메라는 72시간 내내 돌아갈 거다. 그 말은 즉, 2박 3일 동안 규리와 개인적인 대화는 단 한마디도 나눌 수 없다는 뜻이다.

"하아."

레오의 입에서 깊은 한숨이 터져 나왔다. 좋아하는 여자를 바로 지척에 두고도 아는 척도 할 수 없다니. 하지만 참아야 한다. 혹시나 규리가 괜한 입방아에 오르지 않게. 다른 스태프들과 똑같이 대하는 것. 그게 레오가 규리를 위해 할 수 있는 최선의 일이었다. 지금 그가 해야 하는 일은 수많은 눈 속에서 규리를 그냥 지나쳐 걷는 것이다. 자신을 향해 반갑게 미소 짓는 규리의 얼굴이 슬로우 화면처럼 지나갔다. 규리가 레오를 향해 손을 들었다. 파블로프의 개처럼 자연스럽게 레오의 손도 올라간다. 그러다 흠칫. 레오는 재빨리 손을 내렸다.

아무도 보지 않았어야 하는데. 카메라에 찍히지 말아야 할 텐데. 그런 걱정 때문에 저도 모르게 표정이 싸늘하게 식었다. 자신의 얼굴을 본 규리의 얼굴이 딱딱하게 굳어졌다. 레오는 아무렇지 않은 척, 규리의 곁을 스쳐 지나쳤다. 냉랭하리만큼 차가운 그의 모습에 규리는 민망해진 손을 어색하게 거뒀다.

'못 봤나?'

아니다. 아주 잠깐이었지만 분명 눈이 마주쳤다. 그런데 왜?

'아…… 그것 때문에 그렇구나.'

내가 고백을 거절해서. 그래서 일부러 더 냉정하게 구는 거구나. 거절당한 사람의 마음은 헤아리지도 않고 내가 너무 이기적으로 굴었구나. 레오의 반응은 당연한 건데. 근데 왜 서운한 기분이 들지?

규리는 멀어져 가는 레오의 모습을 보며, 그를 보자마자 반사적으로 올라간 자신의 나쁜 손을 나무랐다. 레오의 마음은 1도 모른 채 말이다.

*

지미집이 돌아가고 헬리캠이 하늘로 치솟았다. 카메라 세팅이 끝나자 드디어 〈오늘 밤만 재워줘〉의 본격적인 촬영이 시작됐다. 모자를 깊게 눌러쓴 명석은 출연자는 물론 카메라, 오디오, 조명할 것 없이 모든 스태프들을 리드해 나갔다. 대충 걷어붙인 소매 밑으로 드러난 팔뚝은 뭐가 그렇게 화가 났는지 핏줄이 불끈 솟아올라 있었고, 검게 그을린 피부에는 섹시함이 머물고 있었다. 그는 마치 오케스트라 지휘자처럼 촬영장의 모든 것을 이끌어 나갔고, 스태프들은 그의 지휘에 맞춰 각자 맡은 일을 해나갔다.

처음 얼마간 우물쭈물하던 레오도 어느새 분위기 파악을 끝내고, 예능 패턴에 적응해 나가기 시작했다. 레오의 존재 자체만으로 촬영장에 생기가 돌았고, 부드러운 그의 성격 덕에 예민했던 첫 촬영 분위기가 유해졌다. 여러 차례 예능 촬영을 해왔던 서준은 제작진이 굳이 말해주지 않아도 뭘 해야 할지 빠삭하게 알고 있었다.

"오늘 뭐, 낚시해?"

"오늘 하시죠. 날씨도 좋은데."

"누가 갈지는 우리가 정하고?"

"세 분이서 각자 할 일 정하세요. 저희는 따로 터치 안 할 테니까."

"그 말이 더 무섭네."

이미 여러 번의 촬영으로 친분을 쌓아왔기에 서준과 명석의 대화는 물 흐르듯 자연스러웠다.

"서가을. 너 요리 좀 해?"

"아뇨, 선배님. 저 라면도 잘 못 끓여요."

"레오는?"

"잘은 못하지만 웬만한 건 할 줄 알아요."

레오의 말이 끝나기 무섭게 여자 스태프들의 입에서 '오~~' 하고 방청객 리액션이 떨어졌다. 그녀들의 반응에 서준이 냉담하게 굴었다.

"얘들은 레오가 무슨 말만 하면 '오~'래? 그래서 네 이름이 오레오냐?"

"우~~ 아재 개그."

"사람 차별하냐?"

말 한마디 할 때마다 서준과 레오를 대하는 스태프들의 반응이 달랐지만, 이는 시청자들에게 재미로 다가올 거라는 걸 누구보다 서준이 더 잘 알고 있다. 그렇기에 기분 나쁘게 받아들이지도 않았고.

"그럼 내가 가을이랑 낚시 갈 테니까, 네가 저녁 준비할래?"

"아뇨, 아뇨! 가을이랑은 제가 가겠습니다!"

레오의 말에 제작진들의 표정이 급속 냉각되어 버렸고, 선영과 조은 작가는 설마 벌써 서가을한테 넘어갔나 하는 눈빛으로 서로를 쳐다봤다.

"가을이한테 흑심 품었냐?"

"아, 그게 아니라 제가 낚시 간다는 말이었어요."

서준의 질문에 대답하긴 했는데, 의심스러운 눈초리는 여전했다. 레오는 보는 순간 마음이 사르륵 녹아 버리는 마법 같은 미소를 지으며 애교스럽게 말했다.

"선배님 새벽부터 이동하시느라 힘드셨을 텐데, 제가 다녀올게요."

"됐어. 내가 갈게."

한 번 거절은 예의.

"제가 다녀와서 저녁도 준비할게요."

"악플 달리는 소리 들린다."

두 번째는 거절은 인사치레.

"그럴 리가요. 좀 쉬고 계세요."

"그럴까? 네가 정 그렇게 원한다면."

심드렁한 말투이긴 했어도 서준의 얼굴에 웃음꽃이 피었다. 물론 레오에게 모든 일을 다 시킬 생각은 전혀 없었지만, 살갑게 구는 후배 녀석이 싫지만은 않았다. 게다가 저 녀석은 남녀 차별 없이 상냥하다. 어떤 놈들은 여자한테만 친절한데. 마음에 드는 녀석이다.

"가을아, 넌 안 피곤하니?"

남과 여를 가리지 않고 모든 사람에게 친절한 레오는 가을을 살뜰히 챙기며 물었다. 아마도 사심은 없었겠지만, 저 미소 하나로 여러 여자 가슴에 불을 질렀을 거다. 게다가 방금 전 가을과 낚시를 가겠다고 적극적으로 나선 레오였다. 그러니 가을의 가슴에 불붙는 건 안 봐도 비디오였다.

"전혀요. 그리고 저 낚시 완전 좋아해요."

"그래? 다행이다. 어떤 생선 좋아해?"

낚싯대를 챙기면서 무심코 던지는 질문이 어쩜 저렇게 다정다감할 수 있는 건지. 그의 성격을 모르는 여자라면 자기한테 관심 있는 줄로 오해할 만한 말투였다. 물론 가을은 그의 성격을 알고 있어도 오해하고 싶었지만.

"저는 광어요. 잡아주시게요?"

광어라는 말에 규리의 입에서 피식하고 웃음이 새어 나왔다.

서울에서 차 타고 다섯 시간, 배 타고 두 시간을 들어와 도착한 파라도에서 고작 광어? 감성돔 존심 상해 흥칫뿡거리는 소리가 여기까지 들렸다. 그간의 자료 조사에 따르면 파라도에서는 여러 종류의 생선이 잡히는데, 그중 감성돔 맛이 아주 기가 막힌다고 했다. 그런데 아무 횟집에서나 맛볼 수 있는 흔하디흔한 광어 따위를 입에 올리다니! 서가을이 얼굴만 예뻤지, 회 먹을 줄은 모르는군. 물속이 훤히 보이는 파라도 앞바다에서 잡히는 감성돔은 어떤 맛일까? 비싸서 먹어보지도 못한 자연산 감성돔을 다른 사람도 아닌 레오가 잡아주면? 꺄! 고추냉이 없어도 맛있겠다!

규리가 파라도 감성돔 맛을 상상하고 있을 때, 지연이 그녀의 팔을 툭 쳤다.

"뭐 해, 대답 안 하고?"

"예?"

고개를 들어 보니 출연자들은 물론 모든 스태프들의 시선이 규리를 향해 있었다.

"빨리 말해."

무슨 상황인지 전혀 몰라 눈동자만 굴리고 있을 때, 지연이 다시 추궁했다.

"얼른!"

사람들의 시선에 지연의 다그침이 더해지자, 규리는 저도 모르게 아무 말이나 뱉어 버렸다.

"저, 저는 광어보다 감성돔이 더 좋습니다!"

규리의 말에 일순간 촬영장이 조용해졌다. 그리고 그때.

"풉. 크흐흐."

저기 어디선가 누군가의 웃음소리가 들렸다. 그 웃음을 시작으로 여기저기 웃음이 번져 나가더니 촬영장이 온통 웃음바다가 되어 버렸다. 영문을 알 수 없는 규리가 안절부절못하고 있을 때, 서준이 웃으며 말했다.

"우리 팀 막내 작가 입이 아주 고급지네?"

"아, 그게……."

"계 감독님아, 회식할 때 감성돔도 좀 사주고 그래. 이런 식으로 시위하잖아."

"계 감독이라고 부르지 말라니까."

서준과 명석의 대화에 웃음은 더 커졌고, 규리의 어깨는 점점 더 작아졌다.

"작가님 죄송해요. 제가 잘 못 들어서…… 뭐 물어보신 거예요?"

얼굴이 벌겋게 달아오른 규리가 묻자, 지연이 웃음을 겨우 참으며 대답했다.

"여기서 잡히는 생선이 뭐냐고."

뭐가 잡히냐고 물었는데, 감성돔이 좋다고 대답하다니. 이런 바보!

규리는 자신의 머리를 콩 쥐어박으며 민망한 듯 주위를 둘러봤다. 작가들과 피디들은 물론 카메라 감독님들과 평소에 잘 웃지 않는 서준, 거기에 무뚝뚝한 명석까지 함박웃음을 짓고 있었다. 단 한 명. 레오만 빼고. 민망해하며 주변을 살피던 규리의 시선이 레오에게 꽂혔다. 다른 사람들은 배꼽까지 붙잡고 웃어대는데, 그의 표정은 냉랭하기 그지없었다. 신경 쓰였다. 평소 방실방실 제일 잘 웃는 레오였다.

그런데 왜 저렇게 표정이 굳어 있을까. 아까 선착장에서 봤을 때에도 눈 한 번 마주치지 않았다. 자신의 인사를 보고도 그냥 지나쳤고 말이다. 아직도 진행 중인가 보다. ……정 떼는 거. 아무리 그래도 저렇게 정색할 필요는 없지 않나? 그래도 같이 일하는 사람끼리. 섭섭했다. 저렇게까지 매정하게 굴어야 하나 싶었다.

규리는 몰랐다. 고백을 거절하는 것도 힘들지만, 그 후도 만만치 않게 힘들다는 것을.

'이래서 사내 연애를 안 하려고 하는 거구나.'

얘기로만 들었던 그 상황에 살짝 발만 담갔을 뿐인데 왜 이렇게 격하게 이해가 가는 건지.

"후우."

가슴 깊은 곳에서 답답함이 밀려왔다. 정 떼는 거라면, 빨리 끝났으면 좋겠다. 레오는 무표정한 얼굴보다 웃는 게 더 보기 좋으니까.

＊

배를 타기 위해 이동하는 내내 가을은 레오 곁에 딱 달라붙어 이런저런 이야기를 나눴다. 요즘 근황은 어떤지, 예능 첫 출연인데 떨리지는 않는지, 어떤 음식을 좋아하는지까지는 프로그램상 필요한 질문이라지만.

"바지 사이즈는 왜 묻는데? 지가 바지 사이즈를 알면 뭐 어쩌려고?"

"옷 선물이라도 하려는 모양이죠."

"그치? 그럴 것 같지? 내 그럴 줄 알았어."

조은 작가는 입 꽉 다물고 있는 은설보다 규리가 더 말이 잘 통하는지 그녀에게 시시콜콜한 이야기를 꺼내 놓기 시작했다.

"감귤 너는 아느냐?"

"뭘요?"

"서가을이 찍었다 하면 모든 남자들이 바로 넘어가는 사실을."

"남자들 예쁜 여자 좋아하잖아요."

규리가 심드렁하게 대답하자, 조은 작가는 뭐 대단한 비밀이라도 말하려는 듯 그녀의 귓가에 속삭였다.

"서가을이 레오 찍었다?"

벌어진 규리의 입에서 낮은 탄성이 흘러나왔다.

아, 그래서 그랬구나. ……그래서 아까 날 모른 척했어.

"아까 배에서 분위기 장난 아니더라고. 둘이 꽁냥꽁냥."

서가을이랑 잘돼 가는 중이라서……. 그래서 선착장에서 눈도 안 마주치고, 인사도 안 하고, 사람들 다 웃는데 웃지도 않고. 정 떼려고 일부러 냉정하게 굴었던 게 아니라 감규리라는 존재 자체가 아예 안중에도 없었던 거였어. 하긴, 사람이 맞나 싶을 정도로 예쁜 애가 호감을 보이면 없던 사랑도 생기겠지. 그리고 솔직히 서가을이 예쁘기만 한가? 성격 좋지, 낯도 안 가리지, 싹싹하지, 거기에 아까 보니까 길에 떨어진 휴지까지 줍더라. 그러니 천하의 오레오도 마음이 갈 수밖에.

"잘 어울리네. 꼴 보기 싫게."

조은 작가의 말에 규리는 레오와 가을을 쳐다봤다. 그저 바다를 배경으로 걷기만 했을 뿐인데, 두 사람은 한 편의 화보를 만들어 내고 있었다. 완벽한 서가을 옆에 신이 몰빵한 남자 오레오가 서 있으니 보기 좋으면서도 규리는 스스로가 초라해지는 것만 같았다.

레오는 왜 자신을 좋아했을까? 주변에 저렇게 예쁘고 매력적인 여자들이 수두룩했을 텐데 말이다.

'그래. 나보다는 저쪽이 훨씬 더 보기 좋네.'

잘된 거다. 어차피 받을 수 없는 마음, 시간 끌면서 괜히 상처받느니, 빨리 짝 찾아가는 게 낫지.

'그리고 난 오레오 감당 못 했을 거야.'

오레오라는 사람이 어떤 남자인지는 몰랐지만, 그의 화려한 배경 때문에 규리는 그렇게 단정지어 버렸다. 자신에게 오레오는 가당찮은 인물이라고.

그런데 왜 이렇게 가슴이 답답하지?

가슴 한편에 묵직한 돌을 얹어놓은 것처럼 숨이 턱 막히는 기분이 들었다.

그래. 솔직히 까놓고 말해서 레오 고백 거절한 건 나다! 그것도 아주 대차게! 그런 주제에 레오 옆에 다른 여자가 있다고 이런 마음이 드는 건 이기적이라는 것도 안다. 질투는 아니다. 그렇다고 샘나는 것도 아니다. 그저 그냥 조금,

아주 조금 서운하달까? 첫사랑이라고 하지 않았나? 초등학생 때부터 좋아했다고도 했다. 라디오에 출연해 전국적으로 자신의 존재에 대해 밝히기에 마음이 꽤 깊은 건 줄 알았다. 그런데 어쩜 저렇게 손바닥 뒤집듯 마음이 바뀔 수 있는 거지?

며칠 사이에 좋아했던 마음 다 털어내고 다른 여자와 알콩거릴 거라고는 생각도 못 했다. 원래 사람 마음 접는 게 이렇게 쉬운 건가? 종이비행기 접듯 반듯하게 뚝딱 접어서 바로 날려 버릴 수 있는 거냔 말이다. 좋아하는 데에도 시간이 걸리는 것처럼, 정리하는 데에도 시간이 걸리는 건 줄 알았다. 복잡했다. 명석은 너무 빨리 사랑에 빠진 것 같고, 레오는 너무 빨리 마음을 접는 것 같아서 말이다. 누가 좀 사랑의 처음과 끝을 알려줬으면 좋겠다. 이런 이상한 감정이 들지 않게…….

어차피 거절한 마음, 이제 와 되새김질해 봤자 소용없었다.

'옥상에서 고백을 거절한 순간, 꽃놀이는 끝난 거야. 그때 다 끝났어.'

가을을 보며 해맑게 웃는 레오의 얼굴은 그 어느 때보다 밝아 보였다.

*

선착장에 도착하긴 했는데 문제가 있었다. 배가 생각보다 작았던 것이다. 명석과 지연 등 메인 촬영을 하는 스태프가 빠진 상태였는데도 타야 할 사람이 스무 명이 넘었다. 하지만 배에 탈 수 있는 인원은 고작 예닐곱 명밖에 되지 않았다.

"피디 작가만 타고, 나머지는 외경 촬영하자."

창우 피디가 배에 탈 사람들만 추려 냈다. 규리는 은설과 함께 가을을 담당하고 있었기에 배에 타야 했다. 햇살은 좋았지만 바람이 조금 불었다. 낮은 파도 때문에 배가 조금 출렁거렸으나 못 탈 만큼은 아니었다. 땅과 배 사이가 많이 벌어진 건 아니었지만, 잦은 파도 때문에 배가 움직여서 자칫하면 발이 빠질 수도 있었다. 배에 먼저 올라탄 레오는 친절하게도 가을을 향해 손을 내밀었다. 레오의 손을 본 가을은 만족스러운 미소를 지었다. 그리고 아주 당연하다는 듯, 자연스럽게 그의 손을 맞잡았다.

"고마워요, 오빠."

가을은 레오의 손을 잡고 무사히 배에 올라탔다.

"음. 바다 향기 좋다. 그죠, 오빠?"

배에 올라탄 가을은 레오를 향해 말했지만 레오는 답이 없었다.

"오빠, 바다 향기 좋······."

대답 없는 레오를 향해 고개를 돌리자, 그는 가을뿐 아니라 모든 스태프들의 손을 잡아 주고 있는 게 아닌가! 이를 본 가을의 표정이 사정없이 구겨져 버렸다.

"조심하세요, 작가님."

"음. 오 배우님 역시 매너 짱."

조은 작가도.

"감사합니다, 오 배우님."

은설 작가도 레오의 손을 잡자마자 얼굴이 환하게 폈다. 자기 손만 잡아 주는 줄 알고 잔뜩 기대에 부풀었던 가을의 표정이 썩어가는 줄도 모르고, 레오는 규리에게 손을 내밀었다. 하얗고 길쭉한 손이었다. 손톱 정리도 깔끔했다. 레오다운 손이다. 정갈하고, 매너 좋은. 하지만 규리는 차마 그의 손을 잡을 수 없었다. 만약 그의 손을 잡으면 그녀를 괴롭히던 못난 감정이 다시 스멀스멀 피어오를 것만 같아서.

"아, 전 혼자 탈 수 있어요."

그의 손을 거절하고 배에 올라타려고 할 때, 잔잔하던 배가 심하게 흔들렸다.

"엄마야!"

그 바람에 규리는 레오의 품에 안기고 말았다.

"괜찮아요?"

거의 그의 품에 안기다시피 되어 버린 규리는 민망한 표정으로 말했다.

"죄송해요. 갑자기 파도가 치는 바람에……."

사과와 함께 몸을 빼려는데, 레오가 아주 작은 소리로 중얼거렸다.

"파도 나이스."

"예에?"

규리는 뭔가 잘못 들은 사람처럼 눈을 동그랗게 뜨고 레오를 쳐다봤다. 하지만 레오는 무표정한 얼굴로 규리를 내려다보고 있을 뿐 아무 말도 하지 않았다.

잘못 들었나? 분명 '파도 나이스'라고 말한 것 같은데.

근데 그러기에는 레오의 표정이 너무 태연했다. 마치 아무 일도 없었다는 듯.

*

갑자기 승부욕이 붙은 가을의 제안으로 낚시는 각자 찢어져 갯바위에서 하기로 했다. 규리는 가을과 같은 곳에 있었고, 레오는 그와 멀지 않은 갯바위에 자리를 잡았다. 낚시를 시작한 지 벌써 두 시간 가까이 되어갔지만, 생선은커녕 입질 한 번 오지 않았다. 생선이 잡힐 기미가 보이지 않아 지루해졌을 때쯤, 옆 갯바위에서 규리를 부르는 소리가 들려왔다. 조은 작가였다.

"규리야, 배 타고 이리 좀 와봐!"

그녀를 부르는 다급한 목소리에 규리는 이장님과 함께 배를 몰고 옆 갯바위로 건너갔다.

"왜 그러세요?"

"카메라 배터리가 나갔어."

"예? 그럼 제가 후딱 다녀올까요?"

규리가 놀란 얼굴로 창우 피디와 조은 작가를 번갈아 쳐다보며 물었다.

"너 배터리 어디 있는지 못 찾아."

"그럼 피디님이 직접 가실 거예요?"

"어. 그래야 할 것 같아."

"타세요. 어서."

규리가 뒤로 물러서며 말하자, 이번엔 조은 작가가 배에 올라타며 말했다.

"너, 내려."

"예?"

배터리 하나 가지러 가는데 뭐 이렇게 줄줄이 따라가?

"나 화장실 가고 싶어 죽을 것 같아."

죽을상을 한 조은 작가가 다리를 배배 꼬며 규리에게 속삭였다. 식은땀까지 흘리는 걸 보면 아주 급박한 상황이라는 걸 알 수 있었다. 하지만 내리기 싫었다. 전 피디와 조은 작가가 떠나 버리면 레오와 단둘만 남게 되는 거다! 고백을 거절한 뒤, 그와 제대로 된 대화를 나눈 적이 없었다. 아니, 대화는커녕 오랜만에 본 그는 오늘 하루 종일 자신과 인사도 안 했고, 눈조차 마주치지 않았다.

그런데 그렇게 불편한 상태에서 단둘이, 그것도 한 시간 넘도록 같이 있으라고? 싫다. 못 한다. 가능하다면 조은 작가 대신 볼일이라도 봐주고 싶은 심정이었다. 하지만 규리는 방송국의 최하층민 막내 작가였고, 선배의 명령을 거부할 만큼 간이 크지도 않았다.

"빨리!"

"예에."

규리는 어쩔 수 없이 배에서 내렸다.

"우리 빨리 다녀올 테니까, 그때까지 얘기나 하고 있어."

"레오 씨, 미안. 빨리 올게."

"아니에요. 천천히 오셔도 돼요."

레오는 자신을 버리고 가는 제작진이 뭐가 그렇게 좋은지, 환한 미소를 지으며 손까지 흔들었다. 그들이 멀어지자 어색함이 몰려왔다. 지척에 가을과 은설이 있긴 했지만, 그래도 배를 타야 갈 수 있는 곳. 그리고 그곳으로 갈 수 있는 하나뿐인 배는 화장실 급한 조은 작가를 태우고 섬으로 향하고 있었다. 규리는 어쩔 수 없이 레오에게 다가가 어색하게 말을 걸었다.

"흐음. 저기 오 배우님 죄송합니다. 저희 실수로 촬영이 딜레이돼서……."

미안하기도 했지만, 또 한편으로는 쪽팔리기까지 했다. 장비 하나 제대로 못 챙기고, 화장실 급하다는 이유로 출연자를 기다리게 하다니. 한성격하는 연예 인들은 지금 이게 뭐 하는 짓이냐고 고래고래 소리부터 쳤겠지만, 순둥이 레오 는 그저 낚싯대를 정리하고 있을 뿐이었다.

"선배님들 오시면 바로 촬영 들어갈 거예요. 그때까지 조금만 기다려 주세요."

규리가 기어들어 가는 목소리로 말했지만, 레오는 아무런 대답도 하지 않았다.

아…… 이젠 뭘 어째야 할까.

사과도 했고, 양해도 구했고, 차후 일정에 대해서도 말했는데, 레오가 묵묵 부답이다. 사람이 말을 하면 듣고 대답을 해야지 씹긴 왜 씹냐? 그렇게 속으로 구시렁거리고 있을 때, 레오의 목소리가 규리의 귀를 강타했다.

"배터리 나이스."

"나이스…… 예에?"

규리가 레오를 올려다보자, 무표정했던 그가 그 어느 때보다 해맑은 미소를 장착하고 있는 게 아닌가? 놀란 규리는 너무도 예쁜 그의 미소에 넋이 빠져 버 렸다.

*

잠깐이라도 규리와 단둘이 있을 방법이 없을까?

파라도에 도착한 레오는 빠르게 상황 파악부터 나섰다. 그를 지켜보는 눈은 수십 개, 거기에 카메라에 마이크까지. 즉 수많은 사람들이 그의 말과 행동을 지켜보는 것은 물론 낱낱이 찍히고 있다는 뜻이었다. 조심해야 한다. 최대한 사 람들에게 들키지 않도록 조심히 규리에게 접근해야 한다.

"작가들은 각자 출연자들 맡고, 규리는 은설이 서포트해."

지연의 입에서 규리의 이름이 나오자 레오의 귀가 쫑긋해졌다.

은설이라면…… 아, 가을이 담당하는 그 작가님이다. 그렇다면 규리는 촬영 내내 가을을 따라다닌다는 뜻인데. 레오는 촬영 동안 누구와 함께 다닐지 자신만의 계획을 세웠다. 그렇게만 하면 대화는 깊이 못 나눠도 하루 종일 얼굴을 볼 수 있을 테니까.

"그럼 내가 가을이랑 낚시 갈 테니까, 네가 저녁 준비할래?"

"아뇨, 아뇨! 가을이랑은 제가 가겠습니다!"

레오의 말에 분위기가 싸해졌다. 오해할 만한 말이었다. 하지만 낚시를 포기할 순 없었다. 규리의 얼굴을 조금이라도 더 볼 수 있는 방법은 그것뿐이었으니까.

"선배님 배 타고 오느라 힘드셨을 텐데, 제가 다녀올게요."

"됐어. 내가 갈게."

상황이 잘 풀리지 않자, 레오는 초강수를 날렸다!

"제가 다녀와서 저녁도 준비할게요. 설거지도!"

저녁에 설거지까지 준비한다는 말에 서준의 보조개가 움찔거렸고, 대신 낚시 가라는 말에 레오의 입꼬리가 춤을 추었다. 일단 규리와 함께 낚시를 가게 되긴 했는데, 방해꾼들은 여전히 많았다. 잘 지냈냐는 안부 인사 한번 나누는 게 뭐가 이렇게 어려운지. 007 작전을 방불케 한다. 근데 규리는 어떤 생선을 좋아할까? 이왕이면 규리가 좋아하는 걸로 잡고 싶은데.

혹시 힌트라도 얻을 수 있을까 싶어 가을에게 슬쩍 질문을 던졌다.

"어떤 생선 좋아해?"

"저는 광어요. 오빠가 잡아주시게요?"

미안해, 가을아. 너 말고 규리. 넌 다음 기회에…… 아니, 다음 생에 기회 생기면 잡아 줄게. 규리가 생선을 좋아해서 네 거 잡을 시간은 없을 것 같아. 미안.

레오는 힐끔 규리의 표정을 살폈다. 광어를 좋아하는지 아닌지 파악하기 위함이었지만, 표정만 가지고 가려내려니 쉽지 않았다.

그럼 에둘러서 물어볼까?

레오는 규리 바로 옆에 앉아 있는 지연을 향해 물었다. 최대한 규리에게 시선을 주지 않은 채.

"여기 어떤 생선이 많이 잡히나요?"

규리라면 그녀가 좋아하는 걸 가장 먼저 말할 거다. 규리는 먹는 것에 있어서는 단순했으니까. 어떤 생선 이름이 먼저 나올까. 힐끔거리며 그녀의 입을 보고 있을 때, 규리가 큰 소리로 외쳤다.

"저는 광어보다 감성돔을 더 좋아합니다!"

"풉. 하하하."

순간 웃음이 터지고 말았다.

아아. 사랑스럽다. 깜찍하고 앙증맞기까지. 인간이 돼서 어쩜 저렇게 귀여울 수가 있지? 혹시 규리의 속에 감규리라는 탈을 쓴 아기 고양이가 들어 있는 게 아닐까? 이러니 내가 반해, 안 반해? 굴줍하고 싶다. 주머니에 넣어 다니고 싶어!

그렇게 흐뭇하게 규리를 바라보고 있을 때, 명석의 얼굴이 눈에 들어왔다. 그는 꿀이 뚝뚝 떨어지는 눈으로 규리를 보고 있었다. 기분이 썩 좋지 않았다. 규리의 모습을 저런 표정으로 보고 있는 사람이 나 말고 또 있다는 사실이. 가장 먼저 웃음을 터뜨렸던 레오는 명석을 보자마자 얼굴에 머금었던 웃음을 싹 지워 버렸다. 규리가 그의 표정을 보고 오해하는 줄도 모르고 말이다.

낚시하러 가는 내내 레오는 가을에게 붙잡혀 있었다. 거기까진 괜찮았다. 그런데 뒤따라오는 조은 작가의 입에서 기함할 이야기가 들려왔다.

"아까 배에서 분위기 장난 아니더라고. 둘이 꽁냥꽁냥."

설마 가을이랑, 내가? 우리가 무슨 꽁냥꽁냥을 했다고! 꽁냥꽁냥하고 싶은 사람은 따로 있는데, 이게 무슨!

억울했다. 규리가 저 말을 듣고 날 뭐라고 생각할까? 아무것도 모르면서 저런 소문을 내고 다니는 조은 작가가 미웠다. 레오는 살면서 처음으로 나쁜 마음을 품었다.

'조은 작가님, 미워요! 장 트러블이나 생겼으면 좋겠어요!'

그의 바람이 정말 이뤄질 줄은 꿈에도 모른 채.

*

"배터리 나이스!"

여태까지 똥 씹은 표정 하고 있더니 왜 또 이래?

규리는 배에 올라탈 때부터 왔다 갔다 하는 레오가 혼란스러웠다. 손이 민망하도록 인사도 거부, 무안할 정도로 눈인사도 사절이던 애가 이제는 아주 잡아먹을 듯 눈빛이 이글이글이다. 다중인격자도 아니고 왜 이러는 건지, 궁금해진 규리가 어렵사리 입을 열었다.

"저기, 오 배우님. 왜 아까부터 나이스라고 하시는지……."

규리는 레오의 마음이 상하지 않도록 최대한 공손한 말투로 물었다. 그러자 들려오는 맑고 영롱한 목소리.

"너랑 나만 남았잖아. 단둘이."

순간 띵- 하고 머리가 울렸다. 인사도 안 하고, 싸늘한 표정만 짓고 있기에 이제 앞으로 말도 못 붙일 거라고 생각했다. 같이 일하는 사람으로 취급도 안 할 거고, 동창이든 말든 친구로도 안 볼 거라고 예상했다. 그만큼 레오의 표정은 차갑고 싸늘했으니까.

그런데 단둘이 남았다고 저런 표정을 지을 수 있단 말인가? 세상 다 얻은 것처럼 좋아하는 저런 표정을?

"나한테 정 떼려고 그런 거 아니었어요?"

"내가 왜 너한테 정을 떼?"

정 뗀다는 말에 레오의 눈가가 금세 촉촉해졌다. 윽. 저런 표정은 위험하다. 규리는 심장을 부여잡고 다시 물었다.

"그럼 왜 오늘 하루 종일 인사도 안 하고, 아는 척도 안 한 거예요?"

"저거."

레오가 손가락으로 무언가를 가리켰다. 그건 전 피디가 설치해 놓고 간 액션 캠이었다.

"카메라? 그럼 카메라 때문에 나한테 아는 척 안 한 거였어요?"

규리의 말에 레오가 고개를 끄덕였다. 하지만 규리는 선뜻 이해가 가지 않았다. 아무리 보는 사람이 많다고 해도 인사 정도는 할 수 있지 않은가? 서로 아예 모르는 사이도 아니고 같은 프로그램 작가와 출연자인데.

"카메라 있어도 인사 정도는 할 수 있지 않나요?"

도저히 이해할 수 없던 규리가 물었다.

"그냥 인사만은 못 하겠더라고."

응? 이건 또 무슨 말?

"만약 네 앞에 치킨 한 마리와 맥주가 있다고 생각해 봐. 거기서 닭가슴살 딱 한 조각만 먹고 그만 먹을 수 있겠어? 맥주도 안 마시고?"

"미쳤어? 그걸 어떻게 참아!"

레오의 말에 너무 격하게 몰입한 나머지, 저도 모르게 반말이 튀어나와 버렸다.

"나도 그래. 너한테 그냥 인사만은 못 하겠더라고."

그의 부드러운 음성이 파도 소리와 어우러져 규리의 귓가를 파고들었다.

"반가운 거 표현하고 싶어서."

화면 속에서 퇴폐미를 뿜어 대던 이 남자가 왜.

"좋은 거 티 내고 싶어서."

내 앞에서는 귀여운 강아지가 됐을까?

"그냥 '안녕'만 하고, 지나치질 못하겠더라고. 너를 참을 수가 없어서."

꼬리를 흔든다. 천하의 오레오가, 갓레오라고 불리는 그가 내게 꼬리를 흔들어. 일하러 나간 주인을 목 빠지게 기다렸다가, 퇴근 시간 되니까 문 앞에서 꼬리 흔들고 있는 대형견처럼. 오로지 나만 바라보고, 오직 나만 원하는 것처럼 느껴졌다.

피지컬은 상남자인데, 눈매며 입꼬리는 왜 이렇게 귀여운 건지! 이건 반칙이다! 여자의 마음을 사로잡는 매력을 모두 다 갖고 있다니!

사람들은 모를 거다. 하얀 피부에 빨간 입술, 거기에 뱀파이어를 닮은 농염한 눈빛을 내뿜는 이 남자가 겨우 감규리라는 평범한 여자의 마음을 얻고자 이렇게 애교를 부리고 있다는 걸.

하아. 이 남자를 어쩌면 좋지?

섹시와 귀여움 사이에 규리의 심장이 쿵쾅거리고 있을 때, 저만치 떨어져 있던 레오가 그녀 앞으로 성큼 다가왔다.

"왜…… 왜?"

"규리야, 잠깐만."

"어?

그는 입고 있던 점퍼를 벗어 규리의 어깨에 걸쳐 주었다. 그의 옷을 덮자, 따뜻한 온기가 그녀의 몸 구석구석으로 전해졌다. 내 몸이 이렇게 작았나, 싶을 정도로 큰 점퍼였다. 레오는 보는 것보다 키가 더 크고, 어깨가 더 넓은 모양이었다. 포근하고 아늑했다. 마치 그의 품에 안긴 것처럼. 진짜 안긴 것도 아닌데, 왜 이렇게 얼굴이 뜨거워지는 건지. 규리는 레오가 덮어준 옷을 벗으며 말했다.

"나 괜찮아……."

하지만 레오는 옷을 단단히 여며 주며 걱정스러운 눈으로 규리를 쳐다봤다.

"너 지금도 추위 많이 타는구나?"

나 추위 많이 타는 건 어떻게 알았지? 내가 지금 몸을 떨고 있나? 아니면 ……설마?

"초등학생 때 일을 아직도 기억하는 거야……요?"

존댓말과 반말 사이.

사실 규리에게 레오는 그런 존재였다. 초등학교 동창이라고는 하나, 너무 높은 곳에 있는 사람이라 감히 올려다볼 수 없는 어려운 존재. 그런데 그런 그가 나도 기억하지 못하는 나의 과거를 기억하고 있다니.

"난 너에 대한 건 다 기억해."

바다 저 끝에서 바람이 불어왔다. 마치 바람이 모든 추억을 끄집어내기라도 하듯, 레오의 눈이 촉촉하게 젖어 있었다.

"9월 중순만 돼도 내복을 껴입을 정도로 추위 많이 타잖아, 너."

그걸 어떻게 다…….

"그러면서도 눈은 또 엄청 좋아해서, 손이 새빨개질 정도로 눈을 굴리고 굴려서 네 키만 한 눈사람도 만들고 눈싸움도 했잖아, 우리."

바닷바람이 레오의 몸을 스쳐 지나갔다. 이마를 덮고 있던 그의 머리카락이 바람에 날렸다. 저 얼굴…… 언젠가 본 기억이 있다. 송아지처럼 예쁜 두 눈망울에 그렁그렁 눈물이 차올랐던 때가, 기억난다.

"넌…… 내가 왜 좋아?"

"이제야 말 놓네."

처음으로 자신에게 말을 놓는 규리를 보며 레오는 활짝 미소를 지었다. 최근에 만나 했던 말들은 일방적인 감정의 토로에 불과했다. 이제야 자신의 말을 들을 준비가 된 규리에게, 레오는 천천히 자신의 이야기를 시작했다.

"우리 1학년 때 같은 반이었던 건 기억해?"

두 사람은 8년 인생 처음으로 '학교'라는 곳에 갔던 날로 돌아갔다.

＊

초등학교 1학년 1학기 때까지는 대부분의 학생들이 엄마와 등하교를 함께했다. 이제 막 유치원을 졸업한 아이들에게 학교까지 가는 길이 낯설고 위험했기 때문이었는데, 레오는 항상 혼자였다. 아빠는 사업으로, 엄마는 회사 일로 너무도 바빴다. 레오를 돌볼 시간이 없었다. 눈 뜨면 아무도 없는 휑한 집에서 우유에 시리얼만 말아 먹고 학교로 향했다. 그래도 학교에 가면 좋았다. 혼자가 아니었으니까.

12월에 태어난 레오는 다른 친구들보다 키도 작았고, 왜소했다. 소심한 성격이라 친구들과 잘 어울리지도 못하고, 언제나 혼자 다녔다. 학기 초반엔 그럭저럭 괜찮았다. 너도나도 학교라는 곳에 적응하느라 정신없었으니까. 하지만 곧 사회에 익숙해지면서 장난꾸러기들이 서서히 자신의 모습을 드러내기 시작했다. 수업을 마친 레오는 오늘도 홀로 운동장을 가로지르며 집으로 향하고 있었다. 그런데 누군가 톡, 톡. 그의 가방을 향해 돌멩이를 던졌다.

또…… 다.

"하지 마."

기어들어 가는 목소리로 말리자, 개구쟁이들이 레오의 말투를 따라 하며 그를 놀렸다.

"하지 마아. 할 건데, 더 할 건데?"

그리고 더 큰 돌멩이를 가져와 레오를 향해 던졌다.

"친구한테 그러는 거 아니야."

"우리 너랑 친구 아닌데? 그럼 해도 되겠네?"

1학년 중 가장 덩치가 큰 놈이었다. 살구씨처럼 작은 돌이었지만, 네댓 명이 함께 던지니 슬슬 아프기 시작했다.

"아파. 던지지 마."

"난 안 아프거든?"

"야, 근데 넌 왜 이름이 그따위야? 오레오가 뭐야, 오레오가. 크큭."

"그러게. 너네 집 과자 회사 하냐?"

"내일부터 과자 좀 갖고 와라."

녀석들 중 가장 덩치 큰 놈이 날카로운 돌을 던졌다. 머리에서 축축한 것이 흘렀다. 하지만 녀석들은 그걸 발견하지 못했는지 더 큰 돌을 가져와 던졌다.

"나도 오레오 먹고 싶다."

"안 사 오면 죽는다."

살면서 처음으로 엄마와 아빠를 원망했다.

왜 엄마는 내 이름을 이렇게 지은 걸까? 나는 왜 아빠처럼 키가 크지 않은 걸까? 왜 우리 부모님은 매일 바빠서 날 데리러 오지 않는 걸까?

목구멍에서 뜨거운 기운이 꾸역꾸역 올라왔지만 소리를 지르지 못했다. 친구들이 무서웠다. 저 녀석은 골목 마지막 집에 있는 늑대만 한 개랑 싸워도 이긴다는 소문이 도는 놈이었다. 게다가 그 옆에는 애들이 몇 명 더 있었으니 레오는 그저 맞고만 있을 수밖에.

"내일 과자 사 올 거야, 안 사 올 거야? 대답해."

커다란 돌덩이를 든 덩치의 손에 힘이 잔뜩 들어갔다. 레오는 눈을 꼭 감고 두 팔로 얼굴을 감쌌다. 어제처럼 얼굴에 상처가 나면 안 될 텐데. 그럼 또 엄마한테 뭐라고 핑계를 대나. 그런 걱정을 하고 있을 때, 퍽- 소리와 함께 레오와 녀석들 사이에 무언가가 떨어졌다.

"넌 뭐야?"

고개를 숙이고 벌벌 떨고 있던 레오는 슬그머니 눈을 떴다. 그의 눈에 들어온 건, 웬 여자 캐릭터가 그려진 핑크색 실내화 가방이었다. 그리고 녀석들 앞에 키가 삐쭉 큰 여자아이가 허리춤에 손을 얹고 씩씩거리고 있었다.

"너네! 누가 친구 괴롭히래?"

"감규리잖아?"

"감규리? 흥. 이름 이상한 것들끼리 친구냐?"

"같은 반이면 친구인 거야. 넌 선생님 말씀도 못 들었니?"

"놀구 있네. 친구는 무슨. 너도 맞기 싫으면 꺼져."

"얼굴만 못생긴 줄 알았더니, 마음은 더 엉망이구나?"

당찬 규리의 말에 덩치가 발끈했다. 그리고 손에 들고 있던 커다란 돌을 들고 규리를 향해 달려갔다.

"야아아아!"

"얍!"

커다란 운동장에 고함과 기합 소리가 뒤엉켰다. 그리고 퍽- 소리와 함께 끙끙대며 앓는 소리가 들려왔다.

"하아. 하아…… 으아아앙."

우는 쪽은 규리가 아닌 덩치였다. 녀석은 커다란 덩치에 어울리지 않게 발을 동동거리며 아기같이 울었다. 그날 규리네 아빠는 덩치네 집에 가서 사과를 해야 했고, 그러는 동안 규리는 속으로 노래를 불렀다고 한다.

다음 날. 레오는 수업이 끝나자마자 맨 뒷자리로 갔다. 키가 작은 레오의 자리는 맨 앞줄이었고, 키가 큰 규리의 자리는 맨 뒷줄이었다

"어제…… 미안해. 나 때문에 혼났지?"

"괜찮아."

레오는 어쩔 줄 몰라 했지만, 규리는 대수롭지 않다는 듯 말했다. 규리가 가방에 책을 대충 쑤셔 넣었다. 어제 그 녀석에게 던진 분홍색 실내화 가방과 세트인지 똑같은 캐릭터가 그려져 있었다.

"이거 카드 캡터……."

"어? 너 체리 알아?"

레오는 대답 대신 고개를 끄덕였다.

"남자애들은 로봇만 좋아하던데."

체리는 규리가 제일 좋아하는 만화였다.

"너 돈 있어?"

"어? 어. 조금……."

"그럼 나 떡볶이 좀 사줄래?"

"어……?"

대놓고 사 달라는 애가 돈 걱정 없이 정말 많이도 먹는다. 레오는 살면서 떡볶이를 이렇게 좋아하는 애는 처음 봤다. 벌써 세 접시째다. 규리는 입 안 가득 떡을 집어넣고 물었다.

"근데 나도 궁금했는데, 네 이름은 왜 레오야?"

그러자 레오가 죄지은 사람처럼 고개를 푹 숙였다.

너도 내 이름이 웃기구나…….

어디서든 이름 때문에 놀림을 받았다. 한글도 한자도 아닌 낯선 발음 때문이기도 했지만, 가장 큰 이유는 유명 과자 이름과 똑같아서였다. 어렸을 땐 몰랐다. 유치원에 간 뒤에야 처음으로 이름이 특이하다는 걸 알았다. 친구들이 간식으로 싸 온 과자를 보며 선생님께 외쳤다.

"선생님. 쟤 이름이 여기 쓰여 있어요!"

그 이후로 친구들은 물론 친구들의 엄마들까지 레오의 이름을 듣고 수군댔다.

"이름을 왜 저렇게 성의 없게 지었대?"
"태몽에 과자 먹는 꿈이라도 꿨나 보죠."
"애가 크면 이름 때문에 스트레스 받겠다."

학교에 와서는 놀림이 더 심해졌고, 어제 같은 일이 매일같이 이어졌다.

이름으로 놀리지 않는 친구가 생긴 줄 알았는데. 너도 다른 사람들이랑 똑같구나…….

마음 상한 레오가 가방을 집어 들었을 때, 떡볶이 양념을 잔뜩 묻힌 규리가 말했다.

"이름 짱 멋있어! 완전 캡!"

처음 듣는 말이었다.

"나도 영어 이름 갖고 싶은데."

"넌 내 이름 안 웃겨?"

"그게 왜 웃겨? 멋있는데?"

"정말?"

못 믿겠다는 레오의 눈빛에 규리는 자리에서 벌떡 일어나 두 팔을 양옆으로 펼치고 노래를 부르기 시작했다.

"니얼~ 파! 웨어으어~ 너 이거 몰라?"

시뻘건 양념장을 잔뜩 묻히고, 가사도 모르는 노래는 왜 부르는 건지. 창피해진 레오는 주위를 둘러보며 규리의 손을 잡아끌었다.

"너 갑자기 왜 그래?"

"타이타닉! 그 영화에 나오는 잘생긴 오빠 이름이 너랑 똑같아."

순간 레오는 뒤통수를 맞은 것처럼 머리가 띵하고 울렸다.

"……뭐?"

"영화에 나온 오빠랑 이름이 똑같다고. 완전 멋져."

레오의 비교 대상은 항상 과자였지, 영화 배우가 아니었다. 처음이었다. 늘 놀림거리가 되었던 레오가 멋지다는 이야기를 해준 건, 규리가 처음이었다.

"이름이 뭐야? 그 형?"

레오가 묻자, 규리가 자신 있게 말했다.

"레오다르도!"

"레오다르도…… 레오다르도."

레오는 자신과 이름이 똑같다는 '레오다르도'라는 이름을 한참 동안 곱씹었다.

"그 오빠 진짜 잘생겼어. 춤도 잘 추고, 그림도 잘 그리…… 응?"

"여기 떡볶이 묻었다."

아주 작고 부드러운 손이 규리의 입에 묻은 떡볶이 소스를 닦아 주었다. 그때 규리는 레오가 레오다르도 디카프리오보다 더 잘생겼다고 생각했다.

그해 겨울. 레오가 미국으로 이민 가기 전까지 둘은 매일같이 붙어 다녔고, 레오는 규리의 떡볶이를 책임졌다. 첫사랑의 추억은 짧고도 날카로웠다.

*

"널 만나기 위해 20년을 기다렸어."

거장이라 불리는 영화감독들이, 썼다 하면 대박 내는 스타 작가들이 콜을 해도 꼿꼿하다는 그였다. 그런 그가, 대한민국 여자들의 사랑을 한 몸에 받고 있는 그가 날 찾기 위해 한국에 왔단다.

"나 이제 여덟 살 감규리가 아닌, 스물여덟 살 감규리를 알고 싶은데. 그래도 돼?"

사슴처럼 맑은 레오의 두 눈이 규리에게 마법을 걸고 있는 듯했다. '돼.' 라고 대답하라고.

5. 사랑은 전쟁이다

2박 3일이라는 시간은 쏜살처럼 흘렀고, 촬영하는 내내 규리는 정신없이 바빴다. 선배들 서포트하는 건 기본, 직속 선배 은설의 기분 맞춰야지, 파라도 어르신들 챙겨야지, 거기에 서가을 짐꾼까지!

섬에 도착하자마자 자기 캐리어를 노 룩 패스한 서가을은 촬영이 끝날 때까지 규리를 알차게 부려 먹었다. 그것도 남들 안 보이는 데에서, 몰래.

'망할 년. 성격 좋은 줄 알았더니 아니었어.'

가방에 벽돌을 넣고 다니는지, 아직도 어깨가 다 욱신거렸다. 이제 첫 촬영 끝났는데, 벌써부터 다음 촬영이 걱정됐다. 첫 촬영부터 그렇게 부려 먹었는데 다음 촬영 땐 오죽할까. 체력 좀 길러야겠다.

커튼을 걷자 창문에 서린 뿌연 김이 창밖의 경치를 가리고 있었다. 창문을 닦자 뽀득뽀득 소리가 났다. 꽉 막힌 도로 저편으로 방송국 건물이 보였다. 드디어 서울에 도착한 모양이다.

"후우."

모든 게 다시 9월 9일 밤 9시로 되돌아간 것만 같았다. 촬영하느라 정신이 없어서 고민할 겨를도 없었지만, 방송국 건물을 보자 다시금 그들의 말이 떠올랐다.

"나도 좀 고민해 주면 안 될까?"

담담하지만 진심이 느껴져 듣고 있는 규리의 가슴까지 속절없이 뛰게 했던 명석의 말과.

"나 이제 여덟 살 감규리가 아닌, 스물여덟 살 감규리를 알고 싶은데. 그래도 돼?"

보는 사람 마음을 녹여 버리는 애처로운 눈빛으로 정신을 아득하게 만들어 버린 레오의 말까지. 벌써 며칠이나 지난 일들이었지만, 그때를 떠올리니 가슴이 터질 것만 같았다. 명석에게 그 말을 듣고 대답하려는 찰나 카메라 감독들이 들이닥치는 바람에 아무 대답도 못 했다. 그리고 레오의 말을 듣고 어렴풋하게 초등학생 때가 떠올랐을 땐 시원하게 볼일을 본 조은 작가가 오는 바람에 아무 말도 하지 못했고. 두 사람은 고민을 더 해달라는데, 기회를 달라는데 규리는 어떻게 해야 할지 알 수 없었다. 알았다고 대답하기엔 그들을 희망 고문하는 것 같고, 그렇다고 대뜸 누군가를 고르기에는 남자로서의 그들에 대해 아는 게 없었다. 아니, 그리고 솔직히 둘 중 한 명이라도 비겁하게 굴었으면 '넌 땡! 탈락'이라며 제쳐두기라도 할 텐데, 그것도 아니다.

"조금만 고민해 줘. 나도 레오도."

레오 없는 자리에서 그를 챙기는 계 팀장님이나.

"기회를 줄 순 없을까? 나한테도 감독님한테도."

명석을 챙기는 레오나.

며칠 전 꿈속에 나왔던 개나 과자처럼 서로 치고받고 싸우면서 자기를 선택해 달라고 했으면 차라리 마음 편하게 둘 다 거절했을 거다. 그런데 저렇게 서로를 챙기기까지 하니 마음이 갈 수밖에.

'왜 의리까지 있는 거야…….'

TV에서 보면 여주인공을 사이에 두고 남자 둘이 피 터지게 싸운다. 만났다 하면 으르렁거리고, 못 잡아먹어서 안달에, 어디서는 진짜 죽이려고 함정까지 파던데. 현실에서는 왜 이렇게 사이가 좋은지, 서로 챙기느라 바쁘다.

'……멋있게.'

그래서 마음먹는 게 더 어렵다. 둘 다 좋은 사람이라서, 둘 다 진심으로 날 좋아하고 있어서. 그래서 상처 주기 싫다. 버스는 어느새 회사 앞에 정차했고, 규리는 다시 일상으로 돌아왔다.

*

2박 3일의 촬영에, 바다와 도로 위에서 버린 시간, 거기에 좁은 마을 회관에서 마음 편히 발 뻗고 잠도 제대로 못 잔 스태프들의 체력은 고갈 직전 상태였다. 저분만 빼고.

아직도 힘이 넘치는 건지, 이런 고된 일정에 인이 박인 건지, 명석은 사무실에 모인 스태프들을 모아 놓고 이야기를 전했다.

"촬영하느라 모두 고생 많았습니다. 내일은 하루 쉬고 모레에 보도록 합시다. 모레부터 바로 편집 들어가야 하니까 피디들은 밤샐 준비하고, 차 작가님은 자막 신경 좀 써주세요. 위에서 기대가 많습니다. 무조건 재미있게 뽑혀야 합니다. 재미있게!"

명석은 '재미'라는 말에 힘주어 말했다.

규리는 고개를 끄덕이며 그의 말을 경청했다. 피곤하긴 했지만, 앞으로 방송 작가 생활하면서 피가 되고 살이 될 말이었다. 방송 일을 시작한 지 아직 1년이 채 되진 않았지만, 방송은 할 때마다 매번 처음 하는 일 같았다. 적응할 만하면 개편이나 시청률 문제로 프로그램이 사라진다. 새로운 프로그램에 들어가면 새로운 환경, 새로운 사람들, 새로운 포맷에 적응해야 한다.

여기서 잘 배우면 앞으로 다른 프로그램을 할 때도 도움이 많이 될 거다. 열심히 배워야지.

규리가 두 눈을 반짝이며 명석의 말에 귀를 기울이고 있을 때, 그와 눈이 마주쳤다. 놀란 규리가 시선을 돌리려는 찰나, 명석은 그녀를 똑바로 보며 말했다.

"2박 3일 동안 촬영하느라 수고했습니다!"

모든 스태프들에게 한 말이었겠지만, 어쩐지 자신에게 해주는 말 같아 위로가 됐다. 일이야 그렇다 쳐도 사람 비위 맞추는 게 힘들었던 규리였다. 직속 선배 은설과 은근히 자신을 부려 먹는 가을 때문에 몸도 마음도 지쳐 있는 상태였는데. 수고했다는 말이 왜 이렇게 기분이 좋은 건지.

"수고하셨습니다."

스태프들의 형식적인 인사에 규리는 진심을 담아 소리쳤다.

"수고하셨습니다!"

드디어 모든 일정이 다 끝났다. 2박 3일간 좁디좁은 섬에 규리와 함께 있었지만, 말 한마디 제대로 나누지 못했다. 3일간 촬영에 관련된 모든 결정은 명석의 몫이었기에 그녀를 신경 쓸 겨를이 없었다. 이제 촬영은 끝나고 집으로 돌아갈 시간이다.

……데려다주고 싶다.

촬영이 끝나면 스태프들과 술 한잔하고 들어가 다음 날 늘어질 때까지 자는 게 그의 일상이었고 힐링이었다. 그런데 오늘은 사절하고 싶다.

삐리리리리- 귀에 익은 전화벨이 울렸다. 규리의 것이다. 핸드폰 액정을 본 규리의 눈이 커진다. 받을까 말까 안절부절못하기까지. 순간 어떤 녀석이 머리에 떠올라 명석의 미간에 주름이 잡혔다. 핸드폰을 들고 어쩔 줄 몰라 하던 규리가 밖으로 튀어 나갔다.

"젠장."

명석은 낮게 읊조린 후, 규리를 향해 발걸음을 옮겼다. 촬영 끝났으면 곱게 집에 들어가 잘 것이지, 왜 피곤한 사람한테 전화질인지. 망할 레오 놈. 빠르게 규리의 뒤를 쫓던 그는 곧 카메라 김 감독에게 붙잡혔다.

"계 피디. 한잔해야지?"

"감독님, 저는 일이……."

"무슨 소리야? 다들 지금 사거리 소금구이 집에서 기다리고 있어. 가자고."

"아…… 예……."

능력과 높은 시청률 덕에 팀장의 자리에 올라와 있지만, 명석은 연차 많은 피디는 아니었다. 그리고 카메라 감독들과 사이가 틀어지면 명석만 손해였다. 예쁜 그림을 위해서라면 그들과 좋은 관계 유지는 기본이었으니까. 명석은 어쩔 수 없이 김 감독과 자리를 옮겨야만 했다. 한편. 핸드폰을 들고 밖으로 나온 규리는 사람이 없는 곳을 찾아 헤매다가 결국 계단으로 나와 전화를 받았다.

"여보세요?"

[규리야. 나야 레오.]

"아, 어."

어렴풋하게 초등학생 때가 떠오른 규리는 이제 완전히 그에게 말을 놓았다.

[회사야?]

"응."

[내가 데려다…….]

"아냐, 아냐! 그럴 필요 없어. 회사 앞에서 버스 타면 바로 집인데."

아무리 동창이라고는 하나 그는 톱 배우다. 그런 사람이 집까지 데려다주는 건 좀 부담스러웠다.

[데려다주고 싶은데, 나도 일이 생겨서 회사로 가는 길이야.]

"아……."

순간 얼굴이 후끈 달아올랐다. 데려다줄 사람은 생각도 안 하는데, 조수석에 앉아 벨트 매는 소리나 하고 있다니! 바보, 멍청이, 오버는 왜!

규리는 자신의 머리를 꽁 쥐어박았다.

[인사하려고 전화했어.]

인사라면 아까 촬영 끝나고 한 번, 배에서 내려서 또 한 번, 계속해서 제작진과 인사를 나눴던 레오였다. 그런데 무슨 인사를 또 하려고 전화를 다 했을까. 규리는 수화기 너머로 들려오는 부드러운 그의 음성에 집중했다.

[3일 동안 고생 많았어.]

순간 코끝이 찡해졌다. 사실 촬영 기간 동안 자신이 작가인지 촬영 도우미인지 헷갈릴 정도였다. 그래서 살짝 자존감이 낮아지고 있는 상태였는데, 이렇게 전화까지 주다니. 고마웠다. 팀의 가장 막내이자, 가장 아랫사람인 자신을 챙겨줘서.

"내가 뭐 한 게 있다고."

[네가 한 게 얼마나 많은데. 덕분에 촬영하는 내내 힘이 됐어.]

네 덕에 힘이 됐다는 말이 상대방을 얼마나 기운 넘치게 하는 말인지 레오는 알고 있을까? 피곤했던 몸에 힘이 불끈 솟는 것 같았다.

"고마워. 나도 힘이 나네."

[저기…… 규리야.]

무슨 말을 하려는지, 레오가 말끝을 흐렸다. 혹시나 또다시 기회를 달라는 말인가 싶어 규리는 바짝 긴장했다. 아직 어떻게 해야 할지 고민을 끝내지 못한 상태였기 때문에.

"응? 왜?"

[오늘 혹시 회식해?]

"아니. 왜?"

뜬금없이 웬 회식 얘긴가 싶어 규리는 대수롭지 않게 물었다.

[그럼 집으로 바로 가?]

"응. 며칠 동안 샤워를 못 했더니 온몸에서 냄새가······."

어머, 이놈의 주둥이가 무슨 소리를!

수화기 너머로 낮은 웃음소리가 들려왔다. 규리는 솔직해도 너무 솔직한 자신의 입술을 찰싹 때리며 재빨리 둘러댔다.

"아하하. 그게 아니고 피곤해서 빨리 들어가서 쉬려고. 아, 피곤하다. 하하."

[그래. 어서 들어가서 푹 쉬어.]

"근데 회식 얘기는 왜 물어봤어?

음, 하고 잠시 뜸 들이던 레오가 입을 열었다.

[회식하면 나도 가려고.]

"너도 술자리 좋아하는구나? 나도 그런데."

[응. 피곤할 텐데, 어서 들어가.]

"너도 볼일 잘 보고 들어가. 응. 안녕."

전화를 끊은 규리는 일단 아무 때나 마구 나대는 자신의 입술을 응징했다.

"생각 좀 하고 말을 하라고! 생각 좀!"

이럴 때 뇌도 거치지 않고 아무 말이나 잘하면서, 고민해 달라는 말과 기회를 달라는 말에는 왜 꿀 먹은 벙어리가 되어 버리는 건지.

"어렵다. 후우."

그래도 오늘 수고했다, 고생했다는 두 남자의 말에 지친 규리의 마음에 힐링이 찾아온 것 같았다. 수고했다······ 고생했다······.

"좋은 말이네."

가슴이 따뜻해지는 말. 보상의 대가로 큰 걸 바라는 게 아니다. 그저 수고했다는 진심 어린 말 한마디가, 고생했다는 따뜻한 말이 상대방에게는 큰 위로가된다. 스물여덟 규리는 말 한마디에 황토빛 마음이 핑크빛이 되는 놀라운 경험을 했다.

"이게 뭐라고 기분이 좋네."

사무실로 들어가려는데, 핸드폰이 또 울렸다. 이번엔 강희였다.

"여보세요?"

[규리야. 서울 도착했어?]

"오냐. 이 언니께서 이제 막 집으로 가려던 참이었다."

[아…… 그래?]

어쩐지 강희 목소리에 힘이 없다.

"왜? 뭔 일 있어?"

[아니. 그냥 언제 오나 해서 전화해 봤어.]

"닭꼬치 사갈까? 오랜만에 맥주 어때? 콜?"

[난 됐어. 너 먹고 싶으면 사 오고.]

"웬일이래? 네가 꼬맥을 거절할 때도 있고?"

치킨보다 닭꼬치를 더 좋아하는 강희였다. 그런데 왜 이렇게 거절을 하지?

[그냥. 입맛이 없네.]

"왜? 무슨 일 있어?"

[일은 무슨. 얼른 들어와.]

"알았어. 금방 갈게."

평소와 다른 강희의 말투에 뭔가 이상한 기분이 들었지만, 뭐 때문인지는 알 수 없었다.

"몸이 안 좋은가?"

며칠 사이 하품만 하고 졸려 했던 강희였다. 얼굴에 핏기 하나 없이 피곤한 기색이 역력했는데. 하긴 좀처럼 힘든 내색 안 하던 강희가 요즘 회사에 일이 많다며 힘들다고 말할 정도였으니까.

"아무리 일이 많아도 그렇지. 사람을 정도껏 부려 먹어야지."

"누가 그렇게 부려 먹는데?"

"엄마야! 박 군?"

뒤를 돌아보니 계단에서 승후가 내려오고 있었다.

"왜 거기서 내려와?"

"좀 답답해서 옥상에 올라갔다 왔어."

"아……."

표정을 보아하니 실연의 상처가 아직도 큰 모양이었다. 하긴 고백하고 일주일도 안 지났으니까.

'작가님은 평소랑 똑같으시던데…….'

얼굴이 반쪽이 된 승후는 촬영 내내 표정이 좋지 않았다. 그에 비해 지연은 평소와 똑같았다. 평소처럼 열심히 일했고, 평소처럼 웃고 농담도 했다. 더 좋아하는 사람이 지는 거라더니, 승후는 아마도 작가님을 아주 많이 좋아하고 있는 모양이었다.

'레오랑 팀장님도 그럴까?'

문득 또 두 남자가 떠올랐다. 규리는 그들에게 설렘은 있었지만, 아직까진 남자로서 좋아하는 마음은 없었다.

'아니, 있나? 아니, 없나? 에잇, 몰라!'

규리는 고개를 흔들어 머릿속에 둥둥 떠다니는 두 남자를 물리치고, 승후에게 물었다.

"박 군. 내일 뭐 해?"

어차피 내일은 쉬는 날이고, 평일이다. 강희도 출근할 텐데 하루 종일 집에 처박혀 혼자 있느니, 승후 위로를 좀 해줘야겠다는 생각이 들었다.

"내일? 별일 없어."

"그럼 우리 내일 영화 볼래?"

"영화?"

"영화도 보고, 밥도 먹고, 괜찮으면 맥주도 한잔하면서 그때 못한 할 말도 하고."

"아, 그때……."

승후가 집에 데려다줬던 그날. 그가 자신을 좋아한다고 크나큰 오해를 했던 그날. 승후는 무슨 말이 하고 싶었던 걸까? 지연을 좋아한다는 말을 하려고 했던 걸까? 고민 상담하려고?

그렇다면 지금이라도 들어주고 싶었다. 승후의 마음을 짓누르고 있는 고민의 무게를 조금 덜어 주고 싶었다. 어쨌든 그는 은설 때문에 힘들어하는 규리를 보듬어 주고 위로해 주었던, 회사 내 유일한 친구였으니까.

"그래. 그러자."

"오케이. 콜! 많이 먹어야지. 고무줄 바지 입고 와야지."

규리의 농담 섞인 진담에, 오랜만에 승후의 얼굴에 웃음이 잠시 머물렀다.

*

다 필요 없고 샤워가 제일 땡겼다. 3일 동안 제대로 못 잔 건 물론, 제대로 씻지도 못했다. 떡진 머리는 모자로 가렸지만, 냄새가 폴폴 나는 것 같고 이젠 간지럽기까지 했다.

"빨리 가서 씻자."

재빨리 비밀번호를 누르고 집으로 들어가자, 현관에 웬 남자 운동화가 있었다.

"뭐야. 감규현 왔나?"

여자 둘이 사는 그녀의 집에 마음대로 드나들 수 있는 남자는 규현이뿐이었다.

"이놈 시키. 누나도 없는데 왔어? 감규현! 누님 오셨다."

신발을 벗은 규리는 불투명 중문을 열고 집 안으로 들어갔다.

"응?"

중문을 열자 거실 겸 주방으로 쓰는 좁디좁은 공간에 강희와 규현이 무릎을 꿇고 앉아 있는 게 아닌가? 낯선 광경에 규리의 눈이 휘둥그레졌다.

"야, 니들 왜 그러고 있어?"

강희와 규현은 마치 사또 앞에 앉은 대역 죄인처럼 고개까지 푹 숙이고 있었다.

"이번엔 또 뭐냐? 무슨 장난질을 치려는 게야?"

셋이 하도 친해 서로 놀리고 장난친 세월이 벌써 10년이 넘는다. 규리는 이 번에도 당연히 장난이겠거니 생각했다.

"규, 규리야."

떨리는 강희의 목소리를 듣기 전엔 말이다.

"너희 정말 왜 그래? 무슨 일 있어?"

규리가 걱정스러운 눈으로 두 사람을 살피고 있을 때, 강희가 다시 입을 열었다.

"규리야, 사실은……."

"넌 가만히 있어."

그 찰나, 규현이 강희의 가녀린 손을 잡으며 그녀의 말을 막았다.

"너어? 이놈 시키 봐라. 누나한테 너? 네가 젖병 물고 있을 때, 우린 쮸쮸바 빨았거든? 이게 어디서 너래? 맞을래?"

규리가 이렇게 잔소리를 퍼부으면 꼴랑 4살 차이 가지고 뭘 그렇게 나이 든 척하냐며 대들던 규현이었다. 그런데 어쩐 오늘은 잠잠하다. 그제야 뭔가 싸한 기분이 들었다. 규리를 향해 무릎을 꿇고 있는 모습, '너'라고 부르는데도 가만히 있는 강희하며, 거기에 꼭 잡은 규현과 강희의 손까지.

"너네 그 손 뭐야?"

심상치 않은 분위기가 규리의 기분을 불길하게 만들었다.

"누나. 할 말이 있어."

"왜 그렇게 손을 잡고 있는 거야?"

스치기만 해도 서로 더럽다며 식겁했던 사이다. 강희도 규현에게는 친누나 같은 존재였으니까.

"누나 사실……."

"손은 왜 계속 잡고 있냐고!"

규리가 큰 소리로 외치자, 놀란 강희가 어깨를 움츠렸고 규현은 그런 강희를 자신의 품에 안았다. 그 모습을 본 규리의 머릿속엔 자꾸만, 자꾸만 불길한 생

204   오늘 밤만 재워줘

각이 들었다.

"너 지금 뭐 하는 짓이야?"

규리는 강희를 꼭 껴안고 있는 규현을 향해 소리쳤다. 그러자 규현이 목에 핏대를 세우며 외쳤다.

"누나야말로 뭐 하는 짓이야?"

"너 누나한테……."

"우리 강희 임신했단 말이야!"

"뭐, 뭐?"

눈앞이 캄캄해졌다. 지금 얘가 무슨 소리를 하는 건지, 내가 알고 있는 정강희와 감규현이 맞는지 혼란스러웠다. 규리와 강희는 중학생 때부터 본격적으로 친해졌고, 줄곧 서로의 집에 드나들었다. 성격은 달랐지만, 통하는 부분이 있었다. 다른 멤버지만 같은 그룹의 아이돌을 좋아했고, 같은 작가의 소설을 좋아했으며, 영화 보는 것보다 한강에서 자전거 타는 걸 좋아했다. 그렇게 14년이란 시간을 함께했다. 나란히 같은 중학교를 졸업하고, 같은 여고, 같은 대학교까지 나와 함께 살기 시작한 것도 벌써 몇 년째다.

그런데 그랬던 강희가 자기의 친동생 규현이와 사귄다니. 규리와 강희가 친했던 것만큼 강희와 규현도 그랬다. 친남매나 진배없는 사이였다. 규현은 일요일에 씻지 않고 누워 있는 강희를 경멸의 눈초리로 쳐다봤고, '으이그, 누나 같은 여잘 누가 데리고 갈지 그 남자도 참 불쌍하다.'라는 말도 서슴지 않았다. 강희도 마찬가지였다. 팬티 바람으로 돌아다니는 규현을 보며 혀를 끌끌 찼고, '남의 집 귀한 딸내미 고생시키지 말고 넌 평생 혼자 살아라.'라는 말로 화답했던 강희였다.

그랬던 애들이 어떻게, 친누나인 규리보다 더 현실 남매처럼 지냈던 애들이 그런 사이가 되다니! 아기까지 생겼다니!

단 한 번도, 상상조차도 해보지 않던 일이 눈앞에서 일어나자 규리는 할 말을 잃은 채 한동안 아무 말도 하지 못했다. 불현듯 며칠 전 일이 떠올랐다. 새벽에 걸려온 규현의 전화에, 유달리 피곤해하던 강희까지. 지금 생각해 보니 그게 다 설명이 됐다.

"하아……."

규리의 성격을 누구보다 더 잘 알고 있는 강희는 안쓰럽게 그녀를 쳐다보았다.

"규리야……."

"오늘 만우절이지? 그치? 나 놀리는 거지?"

"미안…… 미안해."

항상 시크한 말투의 강희였다. 저렇게 죄지은 사람처럼 잔뜩 움츠리고 기어들어 가는 말투는 강희와 전혀 어울리지 않았다. 낯선 강희의 모습이 보기 싫었던 규리는 그들이 자신을 놀리고 있다고 믿고 싶었다. 아니! 그래야만 했다.

"내가 널 몰라? 너 연하 싫어하잖아? 쪼그마한 것들이 누나라고 안 부른다고, 아래위도 없다고 그랬잖아."

몇 년 전, 겨우 한 살 어린 연하남을 만날 때도 치를 떨면서 헤어졌던 강희였다. 그런데 규현은 무려 4살이나 어리다.

"그리고 회사에서 무슨 과장이 너한테 관심 있다면서 만나보자고…… 아……."

그 남자가 만나자고 했을 때 강희가 거절했었지.

"그 이유가…… 이 자식 때문이었어?"

규리는 잃어버린 퍼즐을 찾은 듯 허탈한 표정으로 규현을 쳐다보았다. 가는 남자 안 막고, 오는 남자는 더더욱 안 막는 강희였다. 회사에서 꽤 유능하고 외모 또한 훌륭한 과장이 대놓고 들이댄다고 말하기도 했다. 그때 강희는 취향 운운하며 그냥 패스했다. 평소라면 밥이라도 한 끼 먹었을 그녀였는데 말이다. 그런데 그때 이미 규현을 만나고 있었던 거였다니!

"하아."

그제야 규리는 이 상황이 장난이 아니라는 걸 온몸으로 깨달았다. 믿기 싫었지만, 강희와 규현의 사이는 진짜였다. 그것도 아기까지 생긴 꽤 깊은 사이.

다리에 힘이 빠져 버린 규리는 식탁 의자에 주저앉아 버리고 말았다.

"누나!"

"됐어."

규현은 휘청거리는 규리를 잡아 주려고 손을 뻗었지만, 규리는 동생의 손길을 냉정하게 뿌리쳤다. 모자를 벗고 마른세수를 한 규리는 화석처럼 굳어 버린 머릿속을 헤집으며 생각을 정리해 보았다.

어떻게 이럴 수가 있을까. 다른 사람도 아닌 강희와 규현이가?

아무리 생각해도 이해할 수가 없었다. 친남매보다 더 남매 같던 애들이 자신을 향해 무릎을 꿇고 앉아 있다니. 그래. 그럴 수도 있다. 남녀가 만나 사랑할 수도 있다. 솔직히 애들이 불륜도 아니고, 그렇다고 진짜 남매도 아니지 않은가. 그럴 수 있다고 치자. 그럴 수 있다고…….

규리는 그렇게 자신을 설득했다. 이미 아기까지 생긴 마당에 뭘 어쩌겠는가? 저렇게 좋아 죽겠다는데 내가 뭘 어쩌겠는가? 사랑이라는 거, 자기 마음대로 안 되는 거라고 들었다. 그래서 로미오와 줄리엣처럼, 춘향이와 이몽룡처럼 목숨까지 버리는 거라고. 그럴 수 있다. 그럴 수 있어. 백 프로는 아니어도 이해한다. 애들이라고 이러고 싶어 이랬겠는가? 하지만 단 한 가지만은 이해할 수 없었다. 아니, 용서가 되지 않았다.

규리는 끓어오르는 화를 누르기 위해 폐부 가득 공기를 채웠다.

"얼마나 된 거야, 둘이?"

목구멍으로 뜨거운 것이 올라와 규리의 목소리가 쩍쩍 갈라졌다.

"……1년 조금 안 됐어."

메마른 강희의 두 입술 사이로 기운 하나 없는 목소리가 새어 나왔다.

"하아. 1년?"

1년 전이면 강희가 전 남친과 헤어졌을 즈음이었다. 평소 같으면 바로 다른 남자를 만나고도 남을 시간이 흘렀을 때, 규리가 물었다. 다른 남자는 안 만날 거냐고. 그때 강희가 했던 대답을 아직도 기억한다.

"정말 좋은 남자를 만난 것 같아. 근데 위험해."

그땐 그게 무슨 말인지 몰랐는데, 이제 와 생각해 보니 규현을 두고 한 말이었나 보다.

"이건 말이 안 되잖아?"

그래. 정말 백 번 천 번 양보해서 둘이 사귄다고 쳐. 그런데.

"어떻게 나한테 아무 말도 안 할 수가 있어?"

그게 더 충격이었다. 14년을 친자매처럼 지냈다. 규리는 강희에게 비밀 하나 없었다. 아빠가 돌아가셨을 때도 그 누구보다 규리를 안아주었던 강희였다. 엄마보다, 규현이보다 더 많은 위로가 됐던 그녀였다. 그렇게 믿고 의지했던 강희였는데, 28년 인생 살면서 제대로 된 친구 하나는 건졌으니 이번 생은 아쉬울게 없다고 생각했는데.

"어떻게 네가 날 속여! 정강희 네가 날!"

"미안해……."

"네가 나를 어떻게!"

"미안해. 규리야."

울먹이는 강희의 목소리가 규리의 마음을 갈기갈기 찢어 놓았다. 저 목소리는 강희의 것이 아니다. 항상 당당하고 자신감 넘치던 강희가 아니었던가? 그런데 왜 지금 강희는 저런 목소리로, 저런 표정을 짓고 있는 걸까? 평소처럼 당당하면 될 텐데, 평소처럼 자신감 있게 굴어도 될 텐데.

"사랑이 그렇게 좋다?"

낯선 강희의 모습이 보기 싫었던 규리는 마음에도 없는 말을 내뱉고 말았다.

"14년 우정도 버릴 만큼?"

비꼬는 규리의 말에 강희가 움찔했다.

우정을 버리다니! 규현을 사랑한다고 해서 규리와의 우정이 변한다고 생각하지 않았다. 물론 사실대로 말하지 못한 건 미안했다. 규리가 적지 않게 충격 받을 거라고 생각했다. 배신감 느낄 거라는 것도 잘 안다. 하지만 저렇게 쉽게 우정이라는 단어를 운운할 줄은 생각도 못 했다. 감정이 격해진 강희도 지지 않고 마음에도 없는 말을 질러 버렸다.

"그래! 난 사랑이 우정보다 좋아!"

"뭐?"

규리가 움찔하며 의자에서 일어나자, 무릎을 꿇고 앉아 있던 강희도 자리에서 일어나 그녀와 눈높이를 맞췄다.

"너 제대로 된 사랑 한 번 못 해 봤지?"

"그 말이 왜 여기서 나오는데?"

"그래서 넌 몰라. 사랑하면 어떤 기분인지. 얼마나 서로를 애타게 원하는지! 서로 죽고 못 사는 게 사랑이야! 그런데 우정? 그래 친구 마음도 이해 못 해주는 그까짓 우정보다 난 사랑이 백 배 천 배 더 좋아!"

규리는 아랫입술을 꾹 깨물었다. 아무리 화가 나도 저렇게 말할 줄이야. 눈물이 나올 것만 같았다. 애써 두 눈을 더 크게 뜨고 용솟음치는 눈물샘을 꾹꾹 막아 버렸다.

나쁜 년. 매정한 년. 독한 년. 사랑에 눈이 멀어 친구도 안 보이냐?

서로를 노려보고 있는 규리와 강희의 눈빛에 스파크가 크게 일었다. 그냥 두었다가는 싸움이라도 날 것 같았다. 안절부절못하고 있던 규현이 두 사람을 중재하고 나섰다.

"누나 좀 참아, 응?"

"넌 빠져!"

"강희야. 홑몸도 아닌데, 릴렉스 하자."

"조용히 해!"

이럴 땐 '남자'가 아닌 '동생'이 될 수밖에 없는 건가. 호기롭게 나섰던 규현은 깨갱 하고 꼬리를 내리고 말았다.

"14년 우정 우습다."

"누가 할 소리!"

"그래! 나 빼고 니들끼리 잘 먹고 잘 살아봐, 어디!"

규리는 뒤도 돌아보지 않고 제 방으로 들어가 버렸다. 의도치 않게 방문이 쾅! 소리를 내며 닫혔다.

"망할 놈의 문. 바람은 왜 불어서."

규리는 꿈쩍도 하지 않는 방문을 눈이 시큰거릴 때까지 노려봤다. 사랑과 우정을 운운하던 규리와 강희의 싸움은 14살 중학생의 것처럼 그렇게 유치하게 끝이 나 버렸다.

*

가게 입구만 봐도 맛집의 포스가 절로 느껴지는 허름한 소금구이 집. 시간이 벌써 밤 10시가 훌쩍 넘었지만, 가게 안은 수많은 손님들로 떠들썩했다.

"난 첫방 시청률 10프로, 확신한다."

"김 감독님, 내기하실래요?"

"왜? 넌 몇 프로 보는데?"

김 감독의 질문에 잠시 뜸을 들이던 박 감독이 어렵사리 입을 열었다.

"15프로?"

"우와! 하하하. 그렇게 재미있었나?"

"재미도 재미지만 오레오 빨도 있지 않겠어요?"

"하긴. 오레오 팬클럽만 리모컨 붙들고 있어도 시청률 꽤 나올걸?"

"명석아, 너 이번에도 대박 치면 승진하냐?"

김 감독의 질문에 명석은 희미한 미소만 지었다. 예전엔 촬영 끝나고 선후배들과 소주 한잔하는 게 낙이었는데, 오늘은 왜 이렇게 재미가 없는지. 빨리 집에 가고 싶은 생각뿐이었다. 파라도에서 규리에게 자신의 마음을 모두 털어놓은 뒤부터 마음이 조급해졌다. 그녀의 마음을 빨리 확인하고 싶은 건 아니다. 물론 그러면 더 좋겠지만, 생각할 시간을 충분히 줄 참이었다.

하지만 그의 이성과는 달리 그의 몸은 계속 규리를 좇고 있었다. 이렇게 안 보고 있으면 보고 싶어 죽을 것만 같고, 그녀의 목소리가 들리지 않으면 저도 모르게 핸드폰을 만지작거렸다. 몸의 방향이, 눈의 시선이, 그녀만을 향했다. 그러지 말아야지 하면서도 어느 순간 규리를 향하고 있는 자신의 모습을 발견하게 된다. 오늘도 그랬다. 한잔하자는 감독님들의 말은 들리지도, 보이지도 않고 그저 규리만 보였으니까. 데려다주고 싶었다. 그것도 미친 듯이. 규리의 집 앞에 가본 게 고작 두 번뿐이었음에도 왜 이렇게 익숙하고 친근한지. 매일 출퇴근해도 좋을 만큼 정겹기까지 했다.

'하아. 보고 싶다, 감귤.'

작은 소주잔 안에 규리의 얼굴이 동동 떠다니는 환각이 보이고 있을 때, 그의 핸드폰이 울렸다. 핸드폰에 뜬 이름을 확인한 명석은 미간을 잔뜩 찌푸렸다. 밖으로 나온 명석은 담배를 물고 전화를 받았다.

"여보세요."

[감독님, 저예요. 레오.]

"알아. 왜?"

[할 말이 있어요.]

"지금?"

[아뇨. 전화로 할 말은 아니고, 만나고 싶은데. 내일 혹시 시사회 참석하세요?]

내일은 강지혜가 출연한 영화의 VIP 시사회가 있는 날이었다. 같은 소속사인 레오는 당연히 갈 예정이었는데, 명석은 스케줄이 어떻게 되는지 알 수 없어 전화를 걸었던 거다. 지혜에게 직접 초대를 받은 명석은 얼굴만 잠깐 비치고 올 생각이었다.

"가야지."

[그럼 시사회 끝나고 잠깐 만나시죠.]

3일 내내 웃는 얼굴로 촬영하긴 했지만, 서로에게 궁금한 게 많이 쌓여 있는 상태였다. 선발대로 가서 하루 동안 무슨 일이 있었는지! 사람은커녕 카메라도 없는 갯바위에서 단둘이 무슨 일이 있었는지! 명석과 레오는 서로에게 들을 말이 있었다.

"예. 그럼 내일 뵐게요."

전화를 끊은 레오는 운전하고 있는 매니저에게 물었다.

"형. 내일 시사회 몇 시에 끝나요?"

"아마 3시면 다 끝날걸?"

"그 뒤로 일정 없죠?"

"내일은 시사회만 있어."

3시라. 명석을 만나서 이야기 나누고 나면 넉넉하게 6시, 그때 규리에게 연락을 해볼 참이었다. 맛있는 저녁을 함께 먹을까? 아니지. 학교 앞 떡볶이집에 가자고 해야겠다. 규리가 날 기억한다. 그 사실만으로 레오의 마음은 애타기 시작했다. 아직 그때의 모든 걸 기억하지 못하는 그녀에게 이제부터 추억을 만들어줄 생각이었다. 그리고 비리비리한 여덟 살 오레오가 아닌, 스물여덟 살 남자 오레오를 보여 줘야지.

'보고 싶다. 감규리.'

상상만으로 기분이 좋은지 레오의 얼굴에 말간 미소가 피어올랐다.

*

규리가 아침에 일어났을 때 집 안에는 아무도 없었다. 어젯밤 강희와 규현의 작은 대화 소리 이후 대문 여닫히는 소리가 들렸다. 아마도 둘이 함께 집을 나간 모양이었다.

"망할 것들."

서로 좋아 죽을 사이였으면 자신을 설득하든 협박하든 더 매달릴 줄 알았는데, 이렇게 빨리 포기하다니. 둘이 만나는 데 자신의 의견 따위는 필요 없다고 여기는 것 같아 기분이 상해 버렸다. 언질이라도 좀 주든가, 그게 아니면 만나는 남자가 있다고만 했어도 어제처럼 화를 내진 않았을 거다. 규리는 강희가 평생 말 안 하려다가 임신하니까 어쩔 수 없이 말한 것처럼 느껴졌다. 집에 들어오자마자 무릎 꿇고 앉아 있는 둘을 보자마자, 온몸의 혈관이 막히고 피가 굳은 것만 같았다.

솔직히 강희한테 서운했다. 규현이 자식이야 원체 말도 별로 없고, 머릿속에 무슨 생각을 하고 사는지 모르는 애였다. 남매라고 하지만 평소 대화도 많지 않았고. 하지만 강희는 달랐다. 오늘 화장실에 몇 번 갔는지까지 얘기하는 사이였다. 그런데 그렇게 중대한 사항을 일 터지고 나서 말하다니.

"치. 나쁜 년."

그냥 사귀는 것도 아니고, 임신까지 했다. 게다가 자신에게 무릎까지 꿇는 걸 보면 결혼 생각이라는 건데. 누구보다 축하해 주어야 할 사람이 자신이라는 걸 잘 알고 있다. 그리고 강희 또한 누구보다 더 자신에게 축하받고 싶을 거고. 하지만 마음이 움직이지 않았다. 알량한 자존심이 그 둘의 사랑을 인정하지 못했다.

"너 제대로 된 사랑 한 번 못 해 봤지?"

정말 그래서 그런 걸까? 사랑 한 번 제대로 못 해 봐서, 그래서 강희랑 규현이의 마음을 헤아리지 못하는 걸까? 제대로 된 사랑을 해 봤으면 그들의 마음을 조금이라도 이해할 수 있었을까? 모르겠다. 사랑을 못 해 봐서 자신의 마음을 이해 못 한다는 강희의 말이 도대체 무슨 말인지 모르겠다. 이성적으로 생각해 보고 싶은데, 이성적으로는 이해가 되질 않는다.

"흥. 사랑이 그렇게 좋아?"

"왜 혼자 사랑 타령이야?"

누군가 어깨를 톡 두드리자 규리가 고개를 돌렸다. 승후였다. 그는 핸드폰으로 시간을 확인하며 규리 앞에 앉았다.

"일찍 왔네?"

"응. 막힐 것 같아서 일찍 나왔어."

"근데 웬 사랑 타령?"

"별일 아니야."

승후도 속이 말이 아닐 텐데, 괜한 고민을 얹어 주고 싶지 않았다.

"말해 봐. 무슨 일 있어?"

하지만 승후는 흥미가 생겼는지, 끈질기게 물었다. 결국 규리는 굳게 다물었던 입을 열고 말았다.

"사실은 내 친구가 사고를 쳤거든."

사고 쳤다는 말에 승후는 심각한 표정을 지으며 꼬고 있던 긴 다리를 풀었다.

"그것도 내 동생이랑."

승후는 동생이란 말에 눈썹이 움찔거리더니, 상체를 규리 쪽으로 기울이고 진지하게 이야기를 듣기 시작했다.

"나랑 베프거든. 남친 있다는 말도 안 해줘서 서운해 죽겠는데, 내 동생이랑 사고를 쳤대. 왜 하필 걔네 둘이 눈이 맞았는지 모르겠어. 내 친구 말로는 내가 사랑을 안 해봐서 자기 마음을 이해 못 한다는 거야."

어느새 흥분한 규리는 저도 모르게 격하게 고민 상담을 하고 있었다.

"난 이성적으로 생각하고 이해해 보려고도 했거든? 근데 도저히 이해가 안 가. 사랑은 좀 천천히 하면 안 돼? 그렇게 불타올라야만 했냐고! 그리고 꼭 걔랑 해야 돼? 세상에 남자가 내 동생밖에 없냐고."

규리가 열변을 토하고 있을 때, 승후가 낮게 웃었다.

"왜 웃어?"

"바보."

"너도 그렇게 생각해? 내가 사랑을 못 해 봐서 걔네를 이해 못 한다고?"

규리가 잔뜩 서운한 표정을 지으며 묻자, 승후가 고개를 저었다.

"아니. 네가 이해를 못 하는 건 사랑을 못 해 봐서가 아니야."

"그럼?"

"그 상황을 이성적으로 생각하려고 하니까 이해가 안 가는 거야."

규리가 두 눈을 동그랗게 뜨고 머리 위로 물음표를 띄웠다.

"그건 머리가 아니라 마음으로 하는 거거든."

"……!"

머리가 아닌 마음으로 하는 이해라……. 백 퍼센트 알 순 없었지만, 승후가 무슨 말을 하려는 건지 어렴풋하게 알 것 같았다. 꽃 한 송이면 절로 열어줄 문 앞에 무식하게 바주카포 들고 간 기분이랄까?

"임신한 네 친구의 마음이 어떨지, 무릎까지 꿇은 네 동생의 마음이 어떨지. 마음으로 이해하려고 해 봐."

"내가 잘못한 거지? 그런 거지?"

규리가 자신을 책망하며 묻자, 승후가 그녀의 손을 부드럽게 잡았다.

"네 잘못이 아니야."

"난 왜 이렇게 바보 같을까?"

"바보 아니거든."

승후가 맑게 웃으며 규리의 머리를 쓰다듬어 주었다. 위로해 주려고 만났는데 도리어 위로를 받다니. 고맙고 미안했다. 규리가 오늘은 1차부터 자신이 다 쏴야겠다고 생각하고 있을 때, 승후의 눈이 커졌다.

"어?"

"왜?"

뭘 보고 저렇게 놀라나 싶어 승후의 얼굴을 빤히 쳐다보는데 그의 입에서 낯설지 않은 호칭이 튀어나왔다.

"팀장님?"

"뭐?"

"오 배우님?"

"으잉?"

뒤를 돌아보자, 명석과 레오가 승후를 노려보고 있는 게 보였다. 너무 놀란 나머지 규리의 입에서 '끅' 하고 딸꾹질이 나와 버렸다.

＊

영등포에 위치한 한 복합 쇼핑몰. 나중에 시사회 끝나면 잠깐 얼굴만 보려고 했는데, 하늘의 장난인지 신의 농간인지, 원수는 외나무다리에서 만난다는 속담을 현실에서 증명하기라도 하듯 레오와 명석은 문 앞에서 딱 마주쳤다. 서로 눈인사만 하며 그냥 지나치려고 할 때였다.

"어? 오레오다!"

"옆에 계명석 피디도 있는데?"

"프로그램 홍보차 같이 왔나 보다."

그들을 발견한 기자들은 카메라 셔터를 누르며 레오와 명석을 에워쌌다. 레오와 명석은 자연스럽게 포즈를 취하고 카메라를 향해 손을 흔들며, 복화술로 대화했다.

"웃으세요, 감독님."

"지금 얼굴에 경련 나도록 웃고 있거든?"

이런 상황이 익숙한 레오는 아주 자연스럽게 카메라 앞에 섰지만, 명석의 표정은 어색했다. 이게 바로 카메라 앞에 서 본 자와 카메라 뒤에 서 왔던 자의 차이. 카메라 세례를 받으며 쇼핑몰 안으로 들어가자, 포토 존까지 레드 카펫이 깔려 있었다. 그리고 양옆으로 수많은 팬들이 레오를 보며 열광했다. 그는 팬들 한 명 한 명과 눈을 맞추며 레드 카펫 위를 걸었다. 명석의 인기도 만만치 않았다. TV에서 종종 얼굴을 비춰 시청자들에게 뜨거운 관심을 받는 그였다. 하지만 이런 반응이 영 어색한 명석은 쭈뼛거리며 걸었다. 드디어 포토 존에 함께 서자, 기자들의 요구가 쏟아졌다.

"손 하트 좀 만들어주세요."

"서로 바라보며 웃어주세요."

취재진은 남의 속도 모르고 과한 요구를 해왔고, 본의 아니게 프로그램 홍보가 되어 버린 바람에 레오와 명석은 그들의 요구에 고분고분하게 따르게 되었다. 그렇게 손 하트를 시작으로, 팔 근육을 자랑하는 큰 하트 만들기에, 시사회에서 나란히 앉아 영화를 관람하기까지! 웬만하면 서로 마주치고 싶지 않았던 두 사람은 오늘 하루 온종일 붙어 있게 되었던 것이다.

"할 말 있다면서?"

"조용한 데 가서 얘기하시죠."

공식적인 행사를 모두 끝낸 두 사람은 본격적인 대화를 나누기 위해 쇼핑몰 안에 있는 카페로 이동했다. 카페에 사람이 너무 많아 다른 곳으로 옮기려는 찰나.

"박승후?"

"어? 그러네요. 막내 감독님이시네요."

"잠깐! 그 앞에 어디서 많이 본 뒤통수인데."

"어쩐지 느낌이 싸한데요?"

승후를 발견한 지 고작 3초 정도 지났을까? 승후의 희멀건 손이 여자의 머리 위로 올라가더니 쓰담쓰담. 순간 두 남자의 눈에서 불이 화르륵 피어올랐다. 그리고 그들은 누가 먼저랄 것도 없이 승후를 향해 빠르게 걸어갔다. 그들의 속마음을 전혀 모르는 팬들은 레오와 명석이 함께 걷는 장면을 보고 환호했고, 그들을 발견한 승후는 반가워하며 아는 척을 했다.

"팀장님! 오 배우님! 여긴 어쩐 일이세요?"

구겨진 얼굴로 승후 앞에 섰지만, 사실 두 남자는 승후에게 딱히 할 말이 없었다. 오늘은 간만의 휴일이었고, 휴일에 막내 둘이 밖에서 만나는 것 가지고 트집 잡을 수는 없었으니까. 하지만 명석과 레오는 마음에 들지 않았다. 우리도 있는데 굳이 박승후를 만난 것이!

일단 어떻게 해서든 규리와 함께 있을 작정으로 레오와 명석은 그녀를 가운데 두고 양옆에 앉아 버렸다.

"여기 자리 많은데."

승후가 자기 옆자리를 권했지만, 두 남자는 그의 배려를 대차게 거부했다.

"여기가 더 편해."

"전 엉덩이만 살짝 걸치고 있는 걸 좋아해서요."

두 남자는 편할지 몰라도 규리는 불편해 죽을 지경이었다. 갑작스러운 등장만으로도 정신이 아찔한데, 굳이 넓은 자리 놔두고 자신의 옆자리에 껑겨 앉을 건 또 뭔가? 그러니 딸꾹질이 나와, 안 나와?

사실 그들의 고백을 거절하긴 했어도, 그들이 남자로서 매력이 없다거나 눈길이 가지 않는 건 아니었다. 오히려 그 반대다. 너무 눈길이 가서, 보고만 있어도 가슴이 두근거려서, 가능만 하다면 둘 다 갖고 싶어서 문제였지.

"끅. 딸꾹."

쉽사리 딸꾹질이 멈추지 않았다. 규리는 작은 손으로 한쪽 가슴을 세차게 내려쳤다. 이렇게 가슴을 두드려도 딸꾹질이 멈추지 않을 거라는 걸 잘 알고 있는 규리였다. 하지만 두 남자를 본 순간 너무 두근거려서, 이렇게라도 하지 않으면 자신의 마음을 들킬 것만 같아 더 힘차게 가슴을 두드렸다.

"규리야. 이거 마셔."

"고마, 딸꾹, 워. 딸꾹."

물을 마시자 규리의 딸꾹질은 멈췄지만, 두 남자의 불꽃 시선은 멈추지 않았다.

"그런데 두 분은 여기 웬일이세요?"

"VIP 시사회가 있었어. 근데 너희야말로 여긴 웬일이야? 둘이."

명석은 승후를 날카롭게 노려보며 '둘이'라는 말에 힘주어 물었다. 규리가 먼저 말하려고 했지만, 승후가 빛과 같은 속도로 대답하고 말았다.

"영화 보려고요."

"여엉화?"

"단둘이서요?"

"예."

승후의 명쾌한 대답이 끝나자 순간 분위기가 아까보다 더 냉랭해져 버렸다. 그저 둘이 함께 영화를 본다고 대답했을 뿐인데, 왜 두 남자의 눈에서 레이저가 발사되는 건지. 네 사람 중 가장 난감한 건 바로 규리였다. 오랜만에 주어진 휴일이었다. 승후에게 먼저 만나자고 제안한 건 규리 본인이었다. 그런데 이렇게 두 사람이 등장할 줄은 꿈에도 상상 못 했다. 게다가 두 사람의 등장에 너무 놀란 나머지 처음엔 아무것도 몰랐는데, 이제 보니 명석과 레오가 뭔가 단단히 오해하고 있는 듯했다.

자신과 승후 사이를 질투하고 있는 기분이랄까?

승후를 뚫어 버릴 것 같은 이글거리는 눈빛하며, 앙다문 치아, 거기에 꽉 쥔 두 주먹까지. 명석과 레오는 마치 데칼코마니처럼 똑같은 자세, 똑같은 표정을 지으며 승후를 죽일 듯 노려보고 있었다. 그런 두 남자를 향해 규리는 '우린 그저 친구일 뿐이고, 승후는 좋아하는 여자가 따로 있어요!'라고 말해 오해를 풀고 싶었지만, 그럴 상황이 아니었다. 규리를 둘러싼 두 남자와의 관계를 설명할 수도 없었고, 승후는 아직 자신이 좋아하는 여자가 있다는 것을 말하지도 않은 상태였으니까. 승후에게 말할 수는 없었지만, 그는 지금 두 마리의 사나운 맹수 사이에 낀 순진한 어린 양이었다.

"막내 감독님은 막내 작가님이랑 되게 친하신가 봐요? 단둘이 영화도 보고."

영악한 맹수 1번이 천사의 얼굴을 하며 묻자, 순진한 어린 양이 서슴없이 대답했다.

"그럼요. 막내끼리 친해야죠. 저희 가끔 술도 마시고 그래요."

말릴 사이도 없이 튀어나온 어린 양의 말 한마디에 맹수 둘의 미간에 주름이 깊게 패였다.

"술도, 마신다? 술 마시고 집에도 데려다주고 그래?"

영악한 맹수 2번이 험악한 얼굴을 하며 묻자, 순진한 어린 양은 거짓 없이 대답한다.

"아뇨. 그런 적은 없어요."

집에 데려다준 적 없다는 말에 맹수 2번의 표정이 조금 풀어지려는 찰나.

"술 먹고 데려다준 적은 없는데, 전에 한 번 데려다준 적은 있어요."

닥쳐, 박 군! 너 이러다가 죽을지도 몰라!

점점 더 사나워지는 레오와 명석의 분위기에 규리가 눈빛을 쐈지만, 승후는 알아듣지 못하고 계속 말을 이었다.

"너희 빌라 되게 아담하고 예쁘던데."

닥치라고! 너 계속 나불거리다가 레오가 자기 데뷔 작품을 전원일기로 바꿀지도 몰라! 그리고 팀장님은 말도 안 되는 그 말을 믿는 척 너한테 자료 영상을 다시 찾아오라고 할지도 모른단 말이야!

그때, 레오의 반듯한 이마에 빠직 핏줄 서는 소리가 들려왔다.

"막내 작가님 집에 데려다줬다고요?"

"목동 집?"

"막내 작가님 동네를 감독님이 어떻게 아세요?"

승후를 향하던 레오의 경계심이 이번엔 명석을 향했다. 날카로운 레오의 질문에 말문이 턱 막혀 버린 명석은 입을 꽉 다물어 버렸다. 이 험악한 분위기를 바꿀 수 있는 건 규리뿐이었다. 세 남자들 사이에 껴서 안절부절못하던 규리는 핸드폰을 들여다본 뒤 가방을 챙겼다.

"어? 벌써 시간이 이렇게 됐네? 박 군, 영화 시작하겠다. 들어가자."

"표 끊어놨어?"

"오면서 예약해 뒀어."

거짓말이었지만, 빨리 여기서 빠져나가야만 했다. 그렇지 않고서는 두 남자가 무슨 말을 할지 몰랐다. 규리는 벌떡 일어나 명석과 레오를 향해 꾸벅 고개를 숙였다.

"팀장님, 오 배우님. 저희는 영화 보러 그럼 이만."

"내일 회사에서 뵙겠습니다."

규리와 승후가 빠르게 퇴장하자, 레오와 명석은 또 둘만 남게 되었다. 서늘한 침묵이 두 사람의 몸을 휘감았다.

'역시 휴일을 주면 안 되겠군. 딴 놈 만날 싹을 아예 없애 버려야겠어. 내일부터 야근이다.'

'감독님들은 모두 규리네 집을 아는 것 같은데…… 역시 물리적으로 함께 있는 시간이 너무 부족해. 무슨 방법이 없을까?'

두 남자는 각자 골똘히 생각에 잠겨 멀어져 가는 승후를 노려보았다.

"근데 감독님은 규리가 어디서 사는지는 어떻게 아세요?"

"감귤이 알려줬어."

순간 레오의 반듯한 눈썹이 사납게 올라갔다.

"규리가 직접요?"

"직접. 말해줬어. 통화할 때."

틀린 말은 아니었다. 파라도로 답사 가는 날, 규리가 직접 주소를 말해준 건 사실이었으니까. 하지만 명석은 중요한 앞뒤 내용은 굳이 말하지 않았다. 원래 함께 가기로 한 작가가 아파서 갑자기 규리가 투입되어 어쩔 수 없이 데리러 갈 수밖에 없었다는 상황을 구질구질하게 설명하고 싶지 않았다. 규리가 자신에게 주소를 알려줬다는 팩트만 전하고 싶었을 뿐. 그의 말을 듣고 더 화를 낼 것 같던 레오는 애써 화를 죽이고 말했다.

"규리한테 들었어요."

"뭘?"

"다시 고민해 달라고 하셨다면서요? 우리 둘 다."

사실 나 혼자만 고민해 달라고 말하고 싶었지만, 명석의 성격상 그렇게 말할 순 없었다. 겉으로 틱틱거려도 의리는 있는 남자였으니까.

"페어플레이는 못 해도 더티 플레이는 하지 말자며?"

무심하게 말했지만 레오는 그런 명석에게 믿음이 갔다. 비록 지금 이렇게 라이벌 관계로 만나 서로 마주칠 때마다 으르렁대고 있었지만, 규리 일만 아니었다면 그 누구보다 친하게 지내고 있었을 거다. 형 동생 하면서 말이다.

"저희 다시 협상하죠."

레오는 오늘 만나자고 한 용건에 대해 꺼냈다.

"협상? 결렬된 거 아니었나?"

"촬영 때 보니까 막내 감독님이랑 규리 사이가 보통이 아닌 것 같더라고요."

촬영 때 규리와 승후가 유별나게 함께 있거나 대화를 나눈 적은 없었다. 하지만 묘하게 주고받는 눈빛이, 서로를 챙기는 손짓 하나가 모두 거슬렸다. 그건 명석도 다르지 않았다.

"규리에게 각자 어필하되, 다른 남자는 끼어들지 못하도록 하는 건 어떠세요?"

레오가 눈빛을 반짝이며 묻자, 명석이 고개를 끄덕였다. 일단 매일같이 붙어 다니는 승후 놈부터 떨어뜨려 놓고 레오는 그다음으로 미룬다? 나쁘지 않은 제안이었다. 저번과 달리 각자 규리에게 다가갈 수 있다는 점도 마음에 들었고.

"어떠세요?"

"시간 좀 있나?"

"나쁜 제안은 아닌 것 같은데, 생각할 시간이 필요하세요?"

레오가 미간을 찌푸리며 묻자, 명석이 티켓 발권기를 향해 고갯짓을 하며 말했다.

"영화 한 편 더 보지."

레오가 고개를 돌리자, 티켓 발권기의 긴 줄 앞에서 쩔쩔매고 있는 규리가 눈에 들어왔다. 아마도 예매를 해 두었다는 말은 거짓말 같았다.

"배우가 영화를 거부할 리 있나요."

레오는 얼굴에 미소를 띠며 명석에게 악수를 청했다. 두 남자가 커다란 손을 서로 맞잡았다. 극적으로 협상이 타결되자, 명석과 레오는 티켓 발권기를 향해

걸었다. 규리를 향하는 두 남자의 발걸음은 아까 레드 카펫 위를 걸을 때보다
더 힘이 넘쳤다.

*

감규리 인생 중 최악의 영화였다. 재미없었던 건 아니다. 아니, 오히려 영화
는 재미있었다. 다만 함께 있던 비매너 관객들이 문제였지. 팝콘과 콜라를 사
들고 영화관 안으로 들어가자 명석과 레오가 그들 바로 옆자리에 앉아 있는 게
아닌가! 화보 같은 장면을 보고 놀란 것도 잠깐.

"어머! 오레오다!"

워낙 우월한 분들이어서 그런지, 레오를 시작으로 모든 사람들의 시선이 집
중되더니.

"옆에 계명석 피디야. 실물 존잘이다!"

명석이 거들었다. 그런데 문제는 또 있었다. 박승후. 이놈도 우월한 놈이라
는 것이다.

"저 남자는 또 뭐야? 끼리끼리 논다더니 존잘러님들끼리 다니네!"

승후는 굳히기에 들어갔다. 그리고.

"야. 근데 쟨 뭐냐?"

"그러게. 완전 구린 게 왜 저 사이에 껴 있는 거야?"

"설마 저 셋 중 누구 여친인가?"

"미쳤냐? 저 남자들 눈이 발바닥에 달린 것도 아니고."

"얼굴 좀 봐. 완전 촌스러워."

아주 들으라는 듯 대놓고 큰 소리로 말하는 바람에 규리는 이를 악물고, 올
라오는 성격을 꾹 눌러 참아야만 했다. 평소 같았으면 '니들 얼굴은 뭐 얼마나
예뻐서 남의 얼굴 평가질이냐?'라고 소리쳤겠지만, 지금은 그럴 수 있는 때가
아니었다. 좌 명석, 우 레오를 두고 그런 막말은 차마 할 수 없었다. 혹시라도

프로그램에 피해가 갈까 싶어서. 그렇게 화를 참아 내고 있을 때, 레오가 꽤 큰 목소리로 그녀를 불렀다.

"막내 작가님, 콜라 드실래요?"

순간 영화관 내에 있는 모든 사람들의 이목이 규리에게 집중됐다.

"어머. 작가인가 보다."

"어쩐지. 저 비주얼로 저기 낀 게 신기하더라니 작가였네."

비록 얼굴 평가는 계속됐지만, 레오의 말 한마디에 여자들의 적대감은 줄어든 것 같았다. 일부러 말해준 레오에게 고맙다고 해야겠지만, 막상 입이 떨어지지 않았다. 고요했던 그녀의 휴일에 파장을 일으킨 건 바로 저 두 남자였기 때문이다. 오늘은 승후를 만나러 온, 아주 개인적이고 사적인 자리였는데 저 두 남자 때문에 망쳐 버렸다.

은근히 그녀 옆에 앉으려던 명석과 레오의 신경전은 싸늘한 규리의 반응으로 무산돼 버렸고, 결국 명석, 레오, 승후, 규리 순으로 자리 배정을 마쳤다. 영화를 보면서도 가끔씩 자신을 쳐다보는 두 남자의 시선이 느껴졌지만, 규리는 잠깐도 고개를 돌리지 않았다. 눈이라도 마주쳤다간 영화관에 있는 모든 사람들이 자신한테 손가락질을 할 것만 같았다. 다 들리는 가운데서도 거침없이 얼평질을 하는데, 조금이라도 저들 눈에 나는 짓을 하면 신상이라도 털 기세였다. 하긴 지금도 어둠 속에서 몰래 레오와 명석을 동영상으로 찍는 사람도 있었으니, 말 다 했지. 거의 매일 같이 지내다 보니 레오와 명석이 얼마나 대단한 사람인지 잠시 잊었는데, 다시금 일깨워 주는 것 같았다.

영화가 끝난 뒤, 극장에서 빠져나오는 것도 일이었다. 함께 사진 찍자는 사람들, 사인해 달라는 사람들에게 발목이 붙잡힌 레오와 명석은 자리에서 꼼짝도 하지 못했다. 승후와 규리는 그들을 두고 먼저 밖으로 빠져나왔다. 사람들한테 너무 둘러싸여 있어서 그런지, 바깥바람을 쐬니 좀 살 것 같았다.

"여기서 팀장님이랑 오 배우를 만날 줄이야."

"그러게."

"맥주나 한잔할까?"

"좋지."

"어? 잠깐만. 전화 좀. 예. 팀장님. 어디요?"

명석에게 온 전화였다.

"같이 밥이라도 먹자는데, 가자."

"아냐. 난 집에 갈게."

"왜? 같이 가지."

"사실 좀 피곤했거든. 넌 가서 먹어."

오랜만에 승후와 수다를 떨고 싶었던 규리는 계획이 무산되자 집으로 발걸음을 옮겼다. 뭔가 굉장히 성과 없이 피곤하기만 한 하루였다. 승후의 고민은 듣지도 못했고, 난데없이 등장한 레오와 명석의 눈치를 보느라 기만 빨렸다. 거기에 그들과 같이 있다는 이유로 손가락질에 얼굴 평가까지 받다니.

"지들은 뭐 되게 예쁘고 잘생긴 줄 아나?"

이렇게 가슴 답답할 땐, 강희랑 수다 떠는 게 최고인데.

"나쁜 년."

낮게 중얼거리던 규리는 집을 올려다봤다. 강희의 방에 불이 켜져 있었다. 어디서 자고 왔는지, 여태 규현이랑 같이 있었는지, 이제 앞으로 어떻게 할 건지. 묻고 싶은 말은 많았지만 선뜻 마음이 열리지 않았다.

"마음으로 이해하려고 노력해 봐."

승후의 말을 들을 땐 강희를 향해 마음이 활짝 열릴 줄 알았는데, 막상 강희와 마주칠 생각을 하니 마음의 문이 슬금슬금 닫히는 느낌이다. 규리는 절로 굳어 버린 표정을 굳이 풀지 않고 집으로 들어갔다. 강희의 방문은 굳게 닫혀 있었고, 집 안은 조용했다. 현관에 규현의 신발이 없는 걸 보니, 강희 혼자 있는 모양이었다. 집으로 들어선 규리는 강희 방 앞에 섰다. 문고리를 돌리기 위해 움직이지 않는 손을 억지로 내밀었다. '이대로 안 보고 살 사이도 아닌데 이쯤에서 화해하자'라는 마음과 '어떻게 강희가 나한테 그럴 수가 있지?'라는 마음이 격하게 충돌했다. 아직도 마음이 움직이지 않는 모양이었다. 문고리를 잡으려던 규리의 손이 스윽 내려오는 걸 보면.

한참 동안 강희의 **방문**을 **처다**보고 있던 규리가 미련을 거두고 몸을 돌려 자신의 방으로 들어가려는 찰나. 집이 울리는 진동과 함께 쿵— 소리가 울려 퍼졌다. 놀란 규리가 재빨리 강희의 방문을 열어젖히자, 강희가 방 안에 쓰러져 있는 게 보였다!

"강희야! 정강희!"

규리는 강희를 부둥켜안고 **뺨**을 어루만졌지만, 그녀는 좀처럼 눈을 뜨지 못했다.

"강희야! 정신 차려!"

규리는 핸드폰을 찾기 위해 가방 안을 헤집었다. 심장은 나락으로 곤두박질 쳤고, 온몸은 벌벌 떨려서 숨도 제대로 쉴 수 없었다.

어제까지 멀쩡하던 애가 왜 갑자기 쓰러졌을까? 설마 나 때문에? 내가 스트레스 줘서? 어제 얼핏 봤을 때에도 얼굴이 하얗게 질린 것 같았는데. 내가 미쳤지. 미친년이지! 임신한 애한테 소리나 지르고.

"어떡해…… 어떡해……."

우리 강희 어떻게 되는 건 아니지? 설마 우리 조카 어떻게 되는 건 아니겠지? 안 되는데, 그러면 안 되는데. 그럼 나는 어떻게 살아. 강희 없이 나는…….

오늘따라 가방 속에 뭘 이렇게 많이 넣어 놨는지, 아무리 뒤져도 핸드폰이 손에 잡히질 않았다. 가방 제일 밑에 처박혀 있던 핸드폰을 겨우 손에 넣은 규리는 빠르게 패턴을 그려 잠금을 해제했다.

"어디에 전화하지? 규현이? 아니지. 119부터. 아이씨! 119 번호가 뭐야!"

머리가 백지처럼 하얘져 119 번호가 뭔지 떠오르지 않았다.

"우리 강희 아픈데…… 아아. 생각해 내라고. 생각!"

머리를 쥐어짰지만, 아무 번호도 떠오르지 않았다. 두 손이 떨려왔다. 마음이 급해졌다. 가슴이 미칠 듯이 쿵쾅거렸다. 핸드폰을 쥔 손을 덜덜 떨며 키패드를 누르는데, 망할 놈의 눈물이 액정 위에 떨어져 터치가 먹히지 않았다.

"아아. 이건 또 왜 이래……."

손으로 눈물을 닦아 냈지만, 금세 액정 위에 눈물이 후드득 떨어져 버렸다.

"아아아. 안 되는데. 이러면 우리 강희 안 되는데! 으으으윽……."

규리는 가까스로 눈물을 겨우 멈추고, 액정에 묻은 눈물을 티셔츠로 닦아 냈다. 끝까지 119 번호가 뭔지 떠오르지 않아 규현의 번호를 찾고 통화 버튼을 누르려는데, 무언가 그녀의 손목을 잡았다.

"강희야! 정신이 들어?"

"바보야. 119 번호가 119지, 뭐긴 뭐냐?"

"너 괜찮아? 괜찮은 거야?"

눈물범벅이 된 규리가 묻자, 강희가 힘없이 고개를 끄덕였다.

"그래도 혹시 모르니까 119 부를게."

아직도 진정되지 않은 규리가 두 손을 떨며 핸드폰을 두드렸다. 그러자 강희가 핸드폰을 부드럽게 빼앗으며 말했다.

"나 진짜 괜찮아."

"그래도 쓰러졌잖아. 정신을 잃었잖아."

"괜찮아. 정말로."

오히려 자신을 다독이는 강희를 보자, 규리는 눈물이 핑 돌았다.

"난, 난…… 너 죽는 줄 알고……."

"죽긴 내가 왜 죽냐? 빈혈 때문에 잠깐 핑 돈 거지."

"핑 돈 년이 왜 그렇게 오랫동안 정신을 못 차려! 난 정말 네가…… 흐으으으윽."

겨우 참았던 눈물이 다시 흘러내렸다. 또다시 눈앞에서 사랑하는 사람을 잃는 줄 알고, 규리는 그 잠깐 사이 지옥을 스무 번은 다녀온 기분이었다.

"울긴 왜 울어?"

"다 나 때문이야. 나 때문에 네가……."

"뭐가 너 때문인데?"

"내가 막 너한테 뭐라고 해서, 흐흑. 그래서 네가 스트레스 받아서, 흐으윽. 빈혈이 생긴 거야."

눈물 콧물 흘리며 우는 규리를 보자, 강희가 피식 웃으며 말했다.

"멍충아. 임신부들은 거의 다 빈혈 있어."

"그래도, 그래도 내가 더 조심했어야 했는데…… 임신 초기에 조심시키지는 못할망정 소리나 지르고……."

규리가 어찌나 슬피 우는지, 결국 강희의 눈에도 눈물이 맺히고 말았다.

"바보야! 네가 우니까 나도 눈물 나잖아."

강희가 버럭 소리를 치자, 규리가 눈물을 뚝 그쳤다.

"어? 미안, 미안! 내가 잘못했어. 안 울게. 임신부 앞에서 울면 태교에 안 좋지?"

"그럼 좋겠냐? 우리 아가 놀랐겠다."

아가라는 말에 규리는 화들짝 놀라 강희의 배를 바라보며 말했다.

"미안해, 이모가 미안해. 다시는 엄마 안 울릴게. 우리 조카 울지 마, 응?"

울먹거리며 자신의 배에 대고 그렇게 중얼거리는 규리가 어찌나 웃긴지, 찔끔 눈물을 흘리던 강희의 입가에서 웃음이 피어올랐다.

"야. 너 이모 아니고, 고모야."

"응? 그런가?"

"규현이가 네 친동생이거든? 난 네 친구고."

"아, 몰라. 이모든 고모든 무슨 상관이야! 나한테 조카가 생겼다는 게 중요하지."

규리에게 강희는 친자매나 다름없는 존재였다. 조카가 태어나 자신을 이모라고 불러도 이상할 게 하나 없을 정도로 가까운 사이. 그렇게 가까운 사이면서 그렇게 화를 내다니. 규리는 승후의 말처럼 마음으로 강희를 이해해 보기로 했다. 머리가 아닌 마음으로.

"근데 규현이랑은 어떻게 된 거야?"

규리의 질문에 강희가 쑥스러운 듯 얼굴을 붉혔다.

민망하고 부끄러웠다. 자신의 모든 연애사를 알고 있는 친구다. 그런 친구한테 '나 지금 네 동생 만나고 있어.'라는 말을 어떻게 하겠는가? 규리와 달리, 자신은 남자와 만나고 헤어지는 게 신상품 가방 사는 것보다 쉬웠는데 말이다. 강희는 딱딱한 바닥에서 일어나 침대 위에 가 앉았다.

"규현이 마지막 휴가 나왔을 때, 기억해?"

기억한다. 그날 규리는 녹화가 있어 빨리 퇴근하지 못했다. 결국 강희와 규현이 둘이서 하루 종일 맛있는 거 해 먹고, 영화 보며 즐거운 시간을 보냈다고 들었다.

"그날 나더러 사랑한다더라. 처음엔 나도 어처구니가 없었어. 규현이는 사실 나한테도 친동생 같은 놈이었잖아."

'었잖아.' 과거형이다. 이제 강희에게 규현이는 동생 같은 놈이 아니겠지. 동생이 아닌 '남자'일 테니까.

"그 이후로 곰곰이 생각해 봤어. 남자 감규현에 대해서."

강희의 입가에 잔잔한 미소가 그려졌다. 아마도 규현이를 생각하나 보다. 생각만 해도 저렇게 좋은 건가? 절로 미소가 그려질 정도로?

"나도 규현이가 좋더라. 그렇게 남자를 많이 만났는데, 그 녀석보다 좋은 놈을 못 만났어. 만나보니까 생각보다 더 좋더라. 그동안 남자 감규현을 몰랐다는 게 아쉬울 정도로."

말을 끝낸 강희는 민망한 듯 작게 웃었다.

"좋아하지 말아야지, 노력도 해봤어. 사랑하지 말아야지, 눈물도 흘려봤어. 이제 그만 만나자며 독한 말도 뱉었어. 근데 안 되더라. 못 하겠더라. 너한텐 정말 미안하지만, 널 안 보는 한이 있더라도 잡고 싶더라."

강희의 눈동자가 촉촉이 젖었다. 서운할 만한 말이었다. 규리 자신을 안 보는 한이 있더라도 규현이와 헤어질 수 없다는 말이었으니까. 하지만 오늘은 서운하지 않았다. 화나지 않았다. 어제와 달리 강희의 말이 이해가 됐다. 승후가 해 준 충고대로, 그녀의 말을 마음으로 들어서 그런 모양이다.

"미리 말 못 해서 미안해. 정말 미안해."

그녀의 사과에 규리의 얼굴에 잔잔한 미소가 피어올랐다. 언젠가 잡지에서 읽었던 구절이 떠올랐다. 정확하게 기억나진 않지만 "세상엔 아무리 노력해도 안 되는 게 있다. 그건 성적도, 취업도 아닌 사랑이다." 뭐 그런 내용이었던 것 같다. 사랑이라는 감정은 굉장히 얄궂어서 사람 뜻대로, 마음먹은 대로 움직이지 않는다고 했다. '이 사람 사랑해야지.', '이제 그만 좋아해야지.', '마음 접고 헤어져야지.' 그렇게 결심했다고, 또 그 결심대로 노력한다고 쉬이 움직일 수 있는 게 아니라고. 규리는 강희의 말은 들어볼 생각도 하지 않고 소리만 지른 게 오히려 더 미안했다.

"내가 미안해. 너희도 힘들었을 텐데, 다그치기만 해서."

강희가 그녀를 향해 두 팔을 뻗었다. 그러자 규리는 강희의 품에 폭 안겼다.

"나 어제 마음 너무 안 좋았어."

"나도. 너랑 싸우면 하루 종일 기분 안 좋아."

"싸우지 말자, 친구야."

한참 그렇게 서로 껴안고 있다가 강희가 불쑥 물었다.

"근데 넌 어땠어?"

"뭐가?"

"3박 4일 동안 별일 없었냐고."

"별일 없었긴……."

규리가 말끝을 흐리자, 강희는 어서 고하라는 듯 눈동자를 반짝였다. 사실 요즘 강희에게 규리의 연애사는 삶의 활력소였다. 뒤늦게 찾아온 베프의 썸 타는 과정이 뭐 이렇게 스펙터클하고 다이내믹한지, 규리의 이야기를 듣고 있으면 지루할 틈이 없었다. 강희가 기대에 가득 찬 눈으로 쳐다보자, 규리는 촬영 때

두 남자가 해 온 고백과 오늘 영화관에서 있었던 일까지 모두 고해 바쳤다.

"감규리! 너 전생에 이순신이었어? 논개였어? 전생에 나라를 몇 번을 구한 거야?"

강희의 반응은 충분히 이해할 만했다. 직접 들은 규리는 심장이 나대다 못해 멎을 것만 같았으니까.

"근데 나 궁금한 게 있는데. 사랑할 때까지 시간은 얼마나 걸려? 좋아하는 마음 접는 시간은?"

"질문의 의도가 뭔데?"

"계 팀장님은 날 안 지 열흘밖에 안 됐을 때 좋은 마음이 생겼대. 레오는 마음 접는 게 금방이었고. 물론 이건 내 오해였지만. 암튼 그런 마음이 생기고 사라지는 데에는 시간이 좀 걸리는 거 아니야?"

진지한 규리의 질문에 강희는 끌끌 혀를 찼다.

"널 어쩌면 좋니?"

"뭐가?"

"그 두 남자가 불쌍하다. 어쩜 이렇게 답답한 애를 좋아하게 됐는지."

타박하는 말에 연애 고자 규리는 입을 꾹 다물고 눈만 깜빡였다.

"야, 남녀가 눈 맞는데 시간이 웬 말이야?"

"치. 네가 요즘 애들처럼 빨라서 그런 거 아니야? 난 좀 올드하잖아."

"아이고. 답답한 소리 하시네. 사랑에 요즘 옛날이 어딨냐? 그 옛날 로미오와 줄리엣은 첫눈에 반하고 뜨거운 밤을 보냈고, 이몽룡과 성춘향은 만난 지 얼마 되지도 않아서 서로 업고 놀았거든? 요즘 애들 요즘 애들 그러는데, 옛날에도 다 그랬다고요."

강희의 반박에 규리는 입을 꾹 다물었다.

"사랑할 땐 시간이 중요한 게 아니야. 물론 레오가 널 20년 동안이나 좋아한 건 감동이지. 하지만 계 피디가 열흘 만에 너한테 반한 게 이상한 것도 아니야. 사랑에는 공식이 없으니까."

사랑은 공식이 없다라…….

사실 규리의 마음엔 사랑에 대한 자신만의 공식 같은 게 있었다. 처음 좋아하기까지 적어도 3개월 정도는 서로에 대해 알아야 하고, 어느 쪽이든 사귀자고 고백을 해야 하며, 스킨십은 손잡는 것부터 시작해서 시간을 두고 천천히 해야 한다.

나름의 공식이 정해져 있는데, 사랑에 공식이 없다니?

충격적인 강희의 말에 규리의 머리가 멍해져 있을 때, 그녀의 핸드폰이 울렸다.

"여보세요? 아…….."

핸드폰 너머로 남자의 굵직한 음성이 들려왔다.

＊

은은한 음악이 흐르고 있는 고급 일식집. 그곳의 가장 프라이빗한 룸에 명석과 레오가 침묵 속에서 누군가를 간절히 기다리고 있었다. 잠시 후, 명석의 핸드폰이 울렸다. 문자를 확인한 명석은 레오를 향해 눈빛을 보냈다. 그러자 레오가 고개를 끄덕이고는 메뉴를 주문했다.

"감성돔으로 준비해 주세요."

"예. 알겠습니다."

"싱싱한 놈으로 부탁드립니다."

"걱정 마십시오. 바로 올리겠습니다."

촬영장에서 그녀가 큰 소리로 외쳤던 감성돔. 비록 파라도에서 갓 잡아 올린 놈은 아니지만, 이렇게라도 규리에게 싱싱한 회를 선물하고 싶었다. 감성돔을 맛있게 먹을 규리를 생각하자, 두 남자의 얼굴에 미소가 피어올랐다. 시간이 흐르자 명석과 레오는 초조한 듯 계속 문만 쳐다봤다.

"어서 오십시오. 이쪽으로 안내하겠습니다."

저 멀리 직원의 친절한 목소리 뒤로 쿵쿵쿵 다다미 바닥이 낮게 울리는 소리가 들렸다. 그리고 드르륵, 미닫이문이 열리며 누군가 안으로 들어왔다. 문을 향해 고개를 들었던 명석과 레오의 미간에 주름이 깊게 패였다.

"막내 감독님, 왜 혼자 오세요?"

"네? 그럼 누구랑? 아, 규리요? 규리 집에 갔어요."

"뭐? 둘이 같이 있었던 거 아니야?"

"같이 있었는데, 피곤하다고 먼저 들어갔어요."

젠장. 규리 먹이려고 그 비싼 감성돔을 주문했는데, 쓸데없는 박승후만 오다니!

레오와 명석은 누가 먼저랄 것도 없이 동시에 소리쳤다.

"사장님! 여기 감성돔 취소요!"

*

동네 어귀의 한 편의점 앞. 모자를 푹 눌러 쓴 규현의 얼굴에 검은 그림자가 드리워졌다.

"왜 여기로 오래? 어디 들어가 있지."

"그냥 공기가 좋아서."

동생을 한참 흘겨보던 규리는 편의점으로 들어가 맥주를 한 아름 사서 나왔다.

"뭐야. 이걸 누가 다 먹는다고."

"먹어."

규리가 먼저 캔을 따서 벌컥벌컥 맥주를 들이켜자, 규현도 맥주 캔을 땄다. 어쩐지 규현은 힘이 없어 보였다. 하긴, 이렇게 대형 사고를 쳤으니 그럴 만도 했다.

"왜 전화했어?"

"누나가 전화했잖아. 부재중 전화 떠 있던데?"

"아……."

아까 강희가 쓰러졌을 때 통화 버튼을 못 누른 줄 알았는데, 규현에게 전화가 걸렸던 모양이었다.

"강희가 쓰러졌었어."

"뭐?"

그녀의 말이 끝나기 무섭게 규현이 자리에서 일어났고, 규리가 동생을 붙잡았다.

"지금은 괜찮아."

"병원은? 병원은 다녀왔어?"

"아니. 내일 어차피 검진 예약돼 있다고 내일 간대."

"내일은 무슨 내일! 지금 당장……."

"강희 잠들었어. 내일 아침에 같이 가."

"하아."

규현은 깊은 한숨을 토하며 자리에 앉았다. 괜찮다는 규리의 말에도 얼굴에는 근심이 가득했다. 강희가 규현이를 좋아한다고 했을 땐 그래도 덜 어색했는데, 이놈이 강희 때문에 안절부절못하는 모습은 어색해 죽을 지경이다. 강희더러 '누나'라고 부르던 규현이가 갑자기 '강희야!'라고 부르니 그 생경함이 더 크게 느껴진 모양이었다.

"이제 어떻게 할 거야?"

"결혼해야지."

당당한 규현의 태도에 규리는 맥주를 다시 들이켰다.

"학교는 어떡하고? 휴학할 거야?"

"아니. 학교 다니면서 알바 뛸 거야."

"하아. 너넨 어쩌자고 임신부터 덜컥 한 거야? 남들처럼 평범하게 연애하다가 결혼해서 천천히 아기 가지면 되잖아. 뭐가 그렇게 급해서 이런 일을 저질렀냐고."

규리는 차마 강희한테는 하지 못한 말을 동생에게 뱉어냈다. 아기를 품은 강희가 너무 크게 상처받을까 봐, 그래서 아기나 강희한테 안 좋을까 봐.

"너 1년 전에 나한테 뭐라고 했어?"

아빠가 돌아가시고 집안의 실질적인 가장이 된 규리는 규현의 학비를 벌기 위해 원치 않던 회사에 취직했다. 그것으로도 부족해 출근 전후와 주말에 미친 듯이 알바를 뛰었다. 고운 손이 다 부르트도록 불판을 닦았고, 전단지를 뿌렸다. 그런 누나가 안쓰러웠는지, 규현은 제대하자마자 말했다. 내 뒷바라지하지 말고 이제 누나 꿈 찾아 떠나라고. 자기 인생은 스스로 책임지겠다고. 그래서 그 늦은 나이에 방송 일을 시작했던 거다. 규현의 그 말만 믿고.

"이게 네 인생 책임지는 거야? 졸업도 하기 전에 사고 치는 게!"

결국 규리의 입에서 큰소리가 나왔다. 그녀에게 동생의 결혼은 완전한 현실로 다가왔다. 규현이 졸업하려면 앞으로 5학기 등록금을 더 내야 한다. 거기에 결혼식 비용에, 강희 배가 불러오면 회사도 쉬어야 할 거고, 아기는 어떻게 키우며 또 집은 어떻게 구할 건지. 규리의 머릿속이 복잡했다. 흥분한 규리가 씩 씩거리고 있을 때, 규현이 아주 차분한 목소리로 대답했다.

"누나. 난 지금 내 인생에 책임지고 있는 중이야."

"뭐?"

"내가 사랑하는 여자와 내 아기를 책임지고 있는 거잖아."

"하지만 조금만 천천히, 남들처럼 대학 졸업하고, 취직하고 결혼해도……."

"누나. 왜 내가 남들이랑 똑같이 살아야 해?"

"……?"

"난 인생에 공식이 있다고 생각하지 않아."

동생의 말에 규리의 머리가 멍해졌다.

"난 나와 강희 그리고 우리 아기를 위해 조금 다른 순서로, 조금 다른 방식으로 사는 것뿐이야. 그리고 그게 잘못됐다고 생각하지 않고."

머리가 멍하다 못해 띵했다. 규리는 사랑에도 공식이 있듯, 인생에도 공식이 있다고 생각했다. 대학교 졸업하고, 좋은 회사에 취직하고, 좋은 배우자 만나서 행복한 결혼 생활하는 것. 그게 모두가 꿈꾸는 인생이라고 생각했는데, 규현의 말에 그녀의 틀이 와장창 깨져 버린 기분이 들었다.

이 녀석도 꽤 고지식한 스타일이라 자신과 비슷한 생각을 하고 있을 줄 알았는데…… 내가 틀린 건가? 혼자 너무 고루한 생각에 빠져 살고 있었나?

"집은?"

"구해야지."

규리는 아직 충격에서 빠져나오지 못해, 멍한 눈을 하며 물었다.

"집 구할 돈은 있고?"

"나 제대하고 알바해서 모은 돈이랑 강희 적금 깨면 된대."

"그 돈 가지고 되겠어?"

잠시 망설이던 규현이 어렵사리 입을 열었다.

"그래서 말인데, 누나."

"말해."

"강희 보증금 좀 빼줘."

"응. 그래…… 뭐? 뭘 빼달라고?"

어제에 이어 오늘까지, 빵빵 터뜨려 주는 폭탄 세례에 규리는 정신을 차릴 수가 없었다.

"지금 뭐라 그랬어?"

규리와 강희가 살고 있는 작은 집은 보증금 3천에 월세 60만 원짜리인, 지어진 지 얼마 되지 않은 신축 빌라였다. 사실 보증금도 월세도 그녀들에겐 벅찬 금액이었다. 하지만 싼 가격에 혹해서 들어갔던 전 집은 비가 오면 천장에서 물이 샜고, 기온이 떨어지면 동파 때문에 빨래는 물론 샤워도 하지 못했다. 게다가 너무 외진 곳이어서 여자 둘이 살기에 위험하기도 했고. 그래서 그녀들은 조금 비싸더라도 환경이 괜찮은 곳을 택했다. 하지만 명품 좋아하던 강희와 동생 학비 대주던 규리가 돈이 있을 리가 없었다. 강희는 회사에서 2500만 원 대출을 받았고, 규리는 있는 돈 탈탈 털어 500만 원을 보탠 거였다. 관리비와 생활비는 반반이 기본이었고 월세를 규리가 조금 더 내기로 했지만, 규리가 가난

한 달이 많아 결국 강희는 똑같이 월세를 내주고 있었다.

그렇게 강희를 의지하며 살았는데, 갑자기 보증금을 빼달라니. 규리의 눈동자가 방향을 잃은 채 이리저리 움직였다. 규현은 넋을 잃은 누나를 미안하게 바라보며, 아주 어렵게 말을 꺼냈다.

"아무래도 힘들겠지? 그럼…… 내가 들어가서 사는 건 어때?"

"어?"

규리와 강희가 사는 집에 규현이 온다…… 나쁘지 않은 생각이었다. 어차피 규현은 자신의 동생이고, 규리는 불편할 게 없었…… 아니지. 강희와 아무 사이가 아니었을 때라면 몰라도 지금은 불편할 게 있다! 강희는 집에 있을 땐 브래지어를 차지 않고 얇은 민소매 티셔츠에 짧은 바지를 입고 돌아다닌다. 물론 친구로서 단둘이 있을 땐 전혀 상관없다. 그리고 규현은 집에 있을 때 팬티만 입고 다닌다. 오리 팬티만. 이 또한 누나로서 가족끼리 있을 땐 전혀 상관없다. 그런데 그 두 사람이 동시에 그러고 돌아다니면? 아, 상상만 해도 민망해서 얼굴이 빨개졌다.

거기에 두 사람은 신혼부부다. 그럼 밤마다…… 아니지, 신혼부부는 때와 장소를 가리지 않는다고 했는데. 혈기 왕성한 나이이니 장소 불문, 시간 불문, 서로 눈만 마주치면 뜨거운 시선을 주고받다가 파바박!

"아, 안 돼! 같이 사는 건!"

얼굴이 뜨거울 정도로 화끈한 상상을 한 규리는 저도 모르게 소리를 꽥 질러 버렸다.

"깜짝이야! 누난 내가 같이 사는 게 그렇게 싫어?"

섭섭한 건 규리였는데, 정색하는 그녀의 반응에 규현의 기분이 상해 버렸다.

"아니, 그건 아닌데……."

"왜? 집이 좁아서 그래?"

규리는 차마 머릿속에 있는 말을 입으로 꺼낼 수 없었다. 어떻게 동생에게 '도저히 너희 둘의 야한 꽁냥을 볼 용기가 없어.'라고 말할 수 있겠는가!

규리가 어지러운 머릿속을 어렵사리 정리하고 있을 때, 규현이 다시 힘겹게 입을 열었다.

"누나, 우리 조금만 같이 살자. 우리 형편에 그 큰돈을 구할 수도 없잖아."

착한 녀석. 불쌍한 녀석. 남들이 지금 상황만 보면 뒷바라지해 준 누나 뒤통수치는 나쁜 동생 놈이라고 하겠지만, 실은 그렇지 않다. 사실 규리는 대학생 때까지 돈 걱정 없이 살았다. 아빠가 용돈을 넉넉하게 주셨고, 학비 걱정도 없이 지냈다. 명품까지는 아니지만 계절마다 옷이며 화장품도 샀고, 용돈 모아 해외여행도 몇 번 다녀왔다.

하지만 규현은 아니었다. 아빠는 규현이가 고3때 돌아가셨다. 그 바람에 전교에서 1등을 하던 규현은 수능을 포기하려고 했다. 그 어린놈이 엄마, 누나 걱정하면서 말이다. 규리는 고등학교 졸업하자마자 군대 가겠다는 규현이 몰래 대학 원서를 썼고, 다행히도 국립 대학교에 들어가 학비가 남들처럼 많이 들지는 않았다. 하지만 용돈은 항상 부족했고, 전공 서적은 직접 아르바이트를 해서 살 수밖에 없었다. 규리가 아무리 밤낮으로 아르바이트를 해도 학비에 기숙사비, 식비를 대고 나면 돈이 눈 녹듯 사라져 버렸으니까.

나름 뒷바라지를 해 줬다고 하지만, 아빠가 규리 자신에게 해주셨던 것처럼 잘해 줄 수는 없었다. 게다가 저 착한 놈은 고생하는 누나에게 언제나 미안함을 품고 살았을 테니 마음 한 번 편한 날이 없었을 거다.

"내가 방학 때 아르바이트해서······."

"아냐. 규현아."

마음속 정리를 마친 규리는 규현의 손을 잡았다. 누나 몰래 험한 아르바이트라도 한 모양인지, 녀석의 손이 많이 부르터 있었다.

"이제 막 신혼 첫 살림인데, 둘이 살아야지."

"누나, 나 때문에 굳이······."

"너 때문 아니야. 내 친구, 강희의 신혼 방해하고 싶지 않아서 그래."

둘만의 즐거움을 만끽하고 싶을 거다. 지금까지도 규리에게 비밀로 하느라 조마조마했을 텐데, 셋이 한집에서 살면 마음대로 살지도 못할 거 아닌가?

누나의 깊은 뜻을 모르지 않는 규현은 미안한 눈빛으로 그녀를 바라봤다. 그러자 규리가 장난스런 말투로 말했다.

"야! 그리고 나도 양심은 있거든? 아무리 친구래도 내가 엄연히 시누이인데, 결혼하자마자 시집살이를 시켜야겠냐? 넌 인마, 남자 입장에서만 생각하지 말고 여자 입장도 생각하라고!"

씩씩한 누나의 말투에 규현은 괜스레 코끝이 찡해졌다. 아무리 저렇게 웃으며 농담 투로 말하고 있어도 사실은 얼마나 서운할까. 또 얼마나 불안할까. 그 생각을 하니 미안해 죽을 지경이었다.

"누나…… 미안해……."

"난 너 응원해. 네가 말했잖아. 네 삶의 순서와 방식이 있다고."

"누나……."

"얀마! 그리고 너 이제 누나 걱정 그만해."

"……?"

"이제 네가 걱정하고 지킬 사람은 강희랑 네 아기야. 알지?"

규현이 고개를 끄덕이자, 규리가 동생의 머리를 쓰다듬었다. 언제 커서 어른 되나 했더니, 벌써 결혼을 한단다. 다 컸네, 내 동생.

"엄마는? 연락했어?"

"응. 주말에 강희랑 내려갔다 오려고."

"놀라시지 않게 말씀 잘 드리고."

"어. 근데 누나는 이제……."

규현이 또 누나 걱정을 늘어놓으려고 하자, 규리가 그의 말을 잘랐다.

"규현아. 네 말대로 나도 이제 내 삶의 순서와 방식으로 살아볼게. 그러니까 넌 네 삶을 살아."

촉촉하게 젖어 반짝거리는 규리의 눈을 보고 있자니, 규현의 눈가가 시큰해졌다. 규현은 고개를 돌려 깜깜한 하늘을 올려다봤다. 뜨거운 게 두 뺨을 타고 내려 도저히 규리의 얼굴을 마주 볼 수가 없었다. 남매는 꽤 오랫동안, 말없이 밤하늘을 바라보았다.

6. 오늘 밤만 재워줘!

어젯밤 규리는 한숨도 못 잤다. 머릿속에 돈 2500만 원이 둥둥 떠다녀서 말이다. 규현이에게 자신만만하게 보증금 빼주겠다고 말을 하긴 했지만, 막상 닥치고 보니 어떻게 해야 할지 막막하기만 했다. 일단 대출이라도 받아 보려니 은행이 뭘 믿고 돈을 내주나 싶고, 집주인한테 사정사정해 보려니 그 깐깐한 아줌마가 퍽이나 보증금을 빼주겠다 싶다. 그렇다고 빡세게 아르바이트를 하려니, 이 망할 놈의 일은 퇴근 시간이 정해져 있질 않다. 시간이라도 있어야 아르바이트를 할 텐데 말이다. 방법은 하나뿐이었다. 집을 내놓는 것. 2년 계약이라 집주인이 난리를 칠 테지만, 새로운 세입자를 구해놓고 나가면 뭐라고 하지는 않을 거다.

그리고 난…… 다시 고시원으로 들어가야지. 생각하기도 싫은 고시원. 숨 막히는 고시원!

"하아."

고시원을 생각하니 절로 한숨이 나왔다.

"왜 그래? 무슨 일 있어?"

촬영본을 보며 함께 자막 정리를 하던 승후가 물었다.

"아니, 그냥 좀……."

"어제 말한 그 친구 때문에 그래?"

눈치 빠른 승후가 묻자, 규리는 고개를 끄덕였다.

"왜? 친구랑 얘기가 잘 안 됐어?"

"아니. 얘기는 잘됐어. 친구랑도 동생이랑도."

"근데? 뭐가 문제야?"

"그러게. 얘기 잘 끝나고 축하한다고 말하면 모든 게 해피 엔딩일 줄 알았는데, 삶은 거기서 시작이더라."

뜬금없는 말에 승후가 궁금증 가득한 눈으로 그녀를 쳐다봤다.

"사실 걔들이 집을 알아본 모양이야."

"결혼하면 따로 사는 게 낫지."

"응. 그래서 보증금을 빼달래."

"아……."

'아' 하고 대답하는 승후의 말 뒤로 말줄임표가 100개는 붙은 것 같았다. 말하지 않아도 뭘 걱정하는지 알겠다는, 그러면서도 규리를 걱정하는 마음이 담긴 말줄임표가 말이다.

"적은 돈도 아닐 텐데, 갑작스럽겠네."

승후의 말이 정답이었다. 보증금 빼주는 건 당연한 거다. 원래 강희의 돈이고, 강희도 대출을 받은 돈이라 꼬박꼬박 이자를 내고 있었으니까. 규리는 그저 갑작스러운 일이라 어떻게 해야 할지 모를 뿐. 겨우 월세 내며 생활비나 벌고 있는데 하루아침에 2500만 원을 구하려니 머리가 부서질 것만 같았다.

"아무래도 집을 빼야 할 것 같아."

"그럼 넌?"

승후가 걱정스러운 눈으로 묻자, 규리가 씁쓸하게 웃었다.

"고시원이라도 알아봐야지."

"아…… 고시원은 좀……."

예전에 친구 사는 고시원에 가서 충격받은 적이 있는 승후는 고개를 절레절레 저었다.

"어쩌겠어. 방법이 없으니까."

감정적 위로라면 몰라도 돈 관련해서는 승후도 해줄 수 있는 게 별로 없었다. 그도 이제 막 직장 생활을 시작한 사회 초년생이었으니까.

아빠가 살아계실 땐, 가족 모두 서울에 함께 살았다. 그러나 아빠가 돌아가시면서 가족들이 뿔뿔이 흩어졌다. 엄마는 외가가 있는 경기도로, 규리는 서울에, 규현이는 학교 기숙사에 들어갔다. 가족들이 모두 함께 살 땐 그런 생각을 못 했는데, 요즘은 가끔 그런 생각이 든다. 왜 나는 내 몸 하나 누일 작은 공간도 없는 걸까? 화려하진 않아도 추위와 눈비를 피할 수 있는 나만의 공간이 있었으면 좋겠는데, 그거 마련하는 게 왜 이렇게 어려운 일인지 모르겠다.

"아! 감귤!"

무슨 좋은 생각이라도 났는지, 승후가 큰 소리로 규리를 불렀다.

"하우스 메이트 구해보는 건 어때?"

"하우스 메이트?"

"두세 명 모아서 보증금 n분의 1하면 되잖아."

나쁘지 않은 생각이었다. 보증금과 월세를 나눠서 낼 수 있는 사람을 구하면!

"내가 왜 그 생각을 못 했지?"

"포털 사이트에 방 구하는 카페 많아. 거기서 글 올려봐. 그럼 부동산 수수료도 안 낼걸?"

"정말?"

몇십만 원 안 하는 수수료였지만, 규리에게는 그 돈도 큰 금액이었다.

"박 군! 고마워!"

고민이 해결된 건 아니었지만, 돌파구가 생긴 것만으로도 기뻤던 규리는 승후의 손을 잡으며 좋아했다.

"나, 잠깐 카페에 글 좀 올리고 올게."

마음이 급해진 규리가 양해를 구하자, 승후가 흔쾌히 알았다고 대답했다.

"땡큐! 집 문제 잘 해결되면 밥 살게!"

승후는 작가 방을 향해 뛰어가는 규리의 뒷모습을 바라보며 피식 웃었다.

"내가 뭐 한 게 있다고 저렇게 좋아해. 감규리, 귀엽다니까."

중얼거리며 모니터를 향해 시선을 돌리는데, 모니터에 검은 그림자가 자신을 노려보는 게 보였다. 묘한 기분에 뒤를 돌아본 승후는 화들짝 놀라고 말았다.

"헉! 팀장님!"

언제부터 거기 서 있었는지, 명석이 그를 죽일 듯 쏘아보고 있었다.

"박승후."

"예."

"일 안 하고 뭘 그렇게 시시덕거리는 거야?"

"죄송합니다. 규리랑 자막 뽑다가 잠시……."

승후가 얼버무리며 넘어가려고 하자, 명석이 다시 물었다.

"무슨 얘기 중이기에 손까지 잡은 거지?"

명석의 두 눈에서 질투가 이글거렸다. 자신은 매일 피하기 바쁘면서 왜 이 녀석의 손은 덥석덥석 잘도 잡는 건지. 그 이유라도 알아보겠다는 심정으로 명석은 승후 앞에 앉아 버렸다.

"아, 그게……."

승후가 망설이자, 명석이 어서 말하라는 듯 두 눈을 부릅떴다.

"사실 규리한테 일이 좀 생겨서요."

"일?"

되묻는 명석의 표정에 걱정이 가득이었다.

"……그래서 고시원으로 옮길까 고민하더라고요."

고시원이라…… 얇은 판자를 가벽으로 세워둔, 발도 못 뻗을 정도의 작은 방. 그런 곳에서 규리가 지내야 한다고 생각하니 명석의 심장이 광폭하게 뛰었다.

"감귤 지금 어디 있어?"

"지금 카페에 글 올리고 있을 거예요."

"글?"

"예. 제가 하우스 메이트 구해보는 건 어떠냐고 했거든요."

하우스 메이트라는 말에 험악했던 명석의 표정이 조금 풀렸다.

"사실 옆방에 누가 사는지도 모르는 고시원에 사는 것보다 그게 나을 것 같아서요."

자식, 이제야 마음에 드는 소리를 하는군. 명석은 속으로 그렇게 생각하면서 물었다.

"그 카페 이름이 뭐지?"

*

〈팅커벨의 좋은 집 구하기〉.

카페에 접속한 규리는 빠른 속도로 하우스 메이트를 구한다는 글을 적기 시작했다. 다행히 처음 집을 구할 때 찍어둔 사진까지 있는 상태였다.

'……주차 가능하고, 이사는 지금 당장 롸잇 나우, 월세는 협의 가능. 이러면 다 쓴 건가?'

카페에 적은 글을 쭉 훑어보고 있을 때, 빠트린 것이 눈에 들어왔다.

'아, 제일 중요한 걸 표시 안 했네?'

규리는 마우스를 붙잡고 성별 체크 칸에 커서를 올렸다. 하우스 메이트로 원하는 성별은 '여성'을 클릭하려는 순간, 지연이 그녀를 불렀다.

"규리야."

"예. 작가님."

"자막 뽑은 것 좀 보자."

"아, 편집실에 있는데. 제가 가지고 올게요."

"아냐. 같이 가자."

지연이 급하게 움직이는 바람에 규리는 마우스를 대충 클릭하고 그녀를 따라나섰다. 잠시 후. 똑똑똑. 누군가 작가 방에 노크했다.

"작가님들."

그리고 문이 빼꼼 열리더니, 환한 빛과 함께 레오가 등장했다. 그는 방 안에 아무도 없음을 확인하고 얼굴에 번진 웃음을 거두었다.

"다들 어디 가셨지?"

"아무도 없네?"

뒤따라온 매니저와 레오의 두 손에는 간식거리가 가득했다. 매니저는 후반 작업하면서 먹으라고 사 온 간식을 테이블 위에 놓으며 말했다.

"근데 레오 너는 쉬는 날엔 집에 있지 꼭 제작진들 만나러 오더라?"

드라마나 영화를 찍을 때도 그랬다. 레오는 스케줄이 없어도 두 손 가득 간식거리를 사 와서 대본을 함께 맞춰주거나 한참 수다를 떨고 가곤 했다.

"집에 누가 있는 것도 아니고, 그렇다고 내가 어디 가서 마음껏 놀 수 있는 것도 아니고. 심심하잖아요."

쉬는 날에도 직장에 오는 격인데도, 대답하는 레오의 얼굴엔 미소가 걸려 있었다.

"클럽이라도 다녀."

등 떠밀어도 안 갈 걸 알기에 매니저가 편하게 농담을 던진다.

"저 그런 데 관심 없는 거 아시잖아요."

"으이그, 재미없는 놈. 편집실에 있는지 한번 가볼게."

"예. 형."

매니저가 밖으로 나가자, 혼자 남은 레오는 기다렸다는 듯 규리의 자리로 갔다. 규리의 책상엔 아기자기한 필기도구와 몇 권의 책, 포스트잇 등이 깔끔하게 정리되어 있었다.

"여전하네."

그녀의 책상을 보며 씨익 웃던 레오는 준비해 온 간식거리 중, 딱 하나 사 온 오레오 과자를 책상 위에 올려놨다.

"감규리. 날 가져."

낯간지러운 말에 본인이 민망해진 레오는 수줍게 웃으며 얼굴을 붉혔다. 그러다가 푸후 한숨을 내뱉었다.

"과자 받듯 내 마음도 선뜻 받아주면 정말 좋을 텐데."

규리의 마음을 얻기 위해 나아가야 할 길이 아직은 구만리, 첩첩산중이었다. 먼저 그녀와 가장 가까운 승후부터 처치해야 하고, 그다음엔 명석이다. 그런데 규리를 좋아하는 남자들은 왜 이렇게 다들 멋있는 건지. 한국을 대표하는 영화배우 레오는 자신이 멋있다는 생각은 못 하고, 두 남자가 너무 멋있음을 원망했다.

"감독님들 보는 눈은 있으셔."

불만 섞인 목소리로 중얼거리던 레오는 책상에 놓인 노트북을 지나쳤다가, 다시 뒷걸음질 쳤다.

"이게…… 뭐야?"

아예 규리의 자리에 앉은 레오는 노트북에 열려 있는 글을 읽어 내려가기 시작했다. 한 자, 한 자. 글자를 읽어 내려가는 레오의 눈동자가 크게 일렁였다.

*

며칠 뒤.

강희의 이사는 속전속결이었다. 그사이 강희와 규현은 집을 알아 놓았고, 마침 그 집은 비어 있는 상태여서 두 사람은 바로 이사를 할 수 있었다. 옮길 짐도 많지 않아 이삿짐센터를 부르지도 않았다. 문제는 돈이었다. 결국 이사 전까지 규리는 돈도, 하우스 메이트도 구하지 못했다. 카페에 글을 올리고 오매불망 기다렸지만 그 누구에게도 연락은 오지 않았고, 어제 확인해 봤을 때에야 쪽지가 와 있었다. 허겁지겁 집 구경할 날짜와 시간을 정하긴 했지만, 강희의 이사 날짜에 맞춰 보증금을 빼주지는 못했다.

"근데 주인아줌마는 왜 갑자기 빌라를 통으로 팔았대?"

"부동산 사장님이 그러는데, 엄청난 큰손이 나타나서 시세보다 훨씬 비싸게 팔았다던데?"

"오. 엄청난 큰손이면 어떤 사람일까? 계약할 때 봤어?"

"아니. 부동산 통해서만 봤지. 근데 젊은 남자래."

"와. 젊은 나이에 이 빌라를 통으로 샀다고? 부럽다. 젠장."

누군 보증금 2500만 원이 없어서 밤잠을 설치는데, 누군 20억짜리 건물을 척척 사버리다니.

"근데 그 사람은 뭘 믿고 그 큰돈을 나중에 받겠대?"

새로운 빌라 주인은 강희의 딱한 사정을 듣고 보증금을 천천히 받기로 했다고 한다. 강희와 규현은 좋아했지만, 규리는 왠지 모를 찜찜한 기분이 들었다.

"혹시 그 사람 사기꾼 아냐?"

"부동산 껴서 계약서 제대로 썼으니까 걱정 말게나, 친구."

"흐음."

의심스러운 규리는 혼자 좀 더 알아볼 요량으로 계약서를 폰으로 찍어 두었다. 강희의 방에 짐이 모두 빠지자 그제야 이사가 실감이 났다. 이 집 구하고 나서 장마철에 비 안 샌다고 둘이 끌어안고 좋아했는데, 이렇게 빨리 나갈 줄이야. 아빠 돌아가시고 가족들이 뿔뿔이 흩어지면서부터, 그러니까 24살이 되는 해에 규리는 강희와 함께 살았다. 그런 강희와 떨어져 산다고 하니 아까부터 기분이 울적하고 자꾸만 목이 멨다. 규현이 마지막 짐을 들고 나오며 말했다.

"누나. 우리 내일 양평에 다녀올 거야."

"응. 나도 엄마랑 통화했어. 엄마 많이 놀라셨지?"

"처음엔 놀라다가 좋아하시더라."

"다행이다. 조심히 잘 다녀오고."

규리와 강희는 서로 쳐다보며 말을 잇지 못했다. 이제 '잘 가'라는 인사를 해야 할 차례인데, 차마 그 말이 떨어지지 않았다.

"가자. 강희야."

규현이 강희의 손목을 잡아 이끌자, 그제야 그녀들의 이별 인사가 시작됐다.

"크흡. 강희야. 잘 살아. 건강해야 돼. 알았지?"

"너도. 나 없다고 밥 거르지 말고. 밥 좀 잘 챙겨 먹어, 이 기집애야."

규리와 강희의 말투에서 짠 내음이 풍겼다.

"보증금은 하메 구하면 바로 보내줄게."

"아니야. 천천히 줘도 돼."

"강희야…… 쓰러지지 말고. 철분제 잘 챙겨 먹고. 흐흐흑."

"왜 울어. 요 기집애야. 흐엉."

결국 규리와 강희는 눈물을 터뜨리고 말았다. 가족보다 더 많은 시간을 함께했던 친구. 가족보다 더 많은 대화를 나누고, 더 많은 비밀을 공유했던 친구. 근데 그런 친구가 떠난다고 하니 눈물이 앞을 가렸다. 두 여자가 서로를 부둥켜안고 울고 있자, 짐을 옮기던 규현이 그 모습을 보며 혀를 끌끌 찼다.

"나 참. 그만들 좀 할래?"

"넌 좀 닥쳐줄래?"

"그래. 이별식 하는데 감동 파괴 좀 하지 말아줄래?"

규현은 두 여자의 말에 기막혀하며 고개를 저었다.

"바로 아랫집으로 이사 가면서 왜 저 오버들이야?"

그랬다. 강희와 규현이 얻은 집은 다름 아닌, 규리가 살고 있는 집의 바로 아래층이었다. 그러니까 규리가 201호, 강희가 101호에 사는 꼴이었다. 계단만 내려가면 만날 수 있는 거리를 두고 뭘 저렇게 울고 짜고 하는지. 규현은 자신의 친누나와 아내를 도저히 이해할 수가 없었다. 하지만 두 여자에게 고작 스무 개의 계단은 마치 서울과 평양처럼 멀게만 느껴졌다.

방문만 열면 온갖 수다를 떨 수 있었는데, 이젠 계단을 오르락내리락해야 한다니!

"몸조리 잘하고."

"응. 오늘 그 사람들 집 보러 온다고 했지? 같이 있어 줄까?"

강희가 걱정스럽게 말했지만, 규리가 고개를 저었다.

"넌 좀 쉬어. 내일 양평 간다면서."

"그래도……"

"어허. 병원에서도 안정 취하라고 했잖아. 빨리 가서 자."

얼마 전 병원에 다녀온 강희는 담당의한테 실컷 혼나고 왔다. 첫째도 안정, 둘째도 안정이니까 되도록 푹 쉬라고 했다고.

"규현아. 어서 강희 데리고 내려가."

"응. 무슨 일 있으면 나한테 전화해. 바로 올라올 테니까."

"걱정 말고 내려가. 강희야, 잘 자고."

"응. 너도. 내 꿈 꿔."

강희는 규리를 뜨겁게 끌어안은 뒤 계단을 내려갔다. 내려가는 도중에도 계속 뒤를 돌아보는 강희 때문에 규리의 코끝이 자꾸만 찡해졌다. 삐삐삐삐삐— 비밀번호 누르는 소리와 철컥— 문이 열리는 소리, 그리고 쾅— 문이 닫히는 소리까지 들리니 비로소 실감이 났다.

정말 강희가 집을 나갔구나. 강희와 규현이 새로운 살림을 꾸렸구나. 그리고 난…… 혼자구나.

규리는 강희가 없는 텅 빈 집을 바라보았다. 밤이면 저 식탁에 앉아 맥주를 마셨고, 주말엔 TV 앞에 앉아 예능 프로그램 보며 깔깔거리고, 또 잠 안 오는 밤이면 비좁은 침대에 나란히 누워 도란도란 수다도 떨었는데. 별로 넓지도 않은 집인데, 막상 혼자 남으니 갑자기 외로움이 밀려왔다. 연애만 하고 결혼은 안 할 줄 알았던 강희와 결혼은 먼 훗날의 이야기일 줄 알았던 규현이 떠나고 나니 왜 이렇게 마음 한편이 허전하고 휑한지.

"나도…… 사랑하고 싶다."

규리 앞에서 아닌 척은 해도 강희와 규현이 꽁냥거리는 모습을 보니 연애하고 싶은 생각이 들었다. 그것도 미친 듯이. 열렬하게! 그런데 왜 지금 그 두 남자의 얼굴이 떠오르는 건지.

"연애하자. 나랑."
"우리 사귈래?"

그렇게 멋들어진 남자들한테 고백받았는데, 왜 나오는 건 한숨이요, 느는 건 욕뿐인 걸까.

"젠장. 집이나 치워야겠다."

두 남자를 떠올리자 눈치 없는 심장이 쉴 새 없이 나댔다. 규리는 심장을 진정시키며 빗자루를 들었다. 조금 있으면 집 보러 사람들이 올 예정이었다. 집 보러 오기로 한 사람은 두 명. 카페에 핸드폰 번호를 남겼는데도 특이하게 두 사람 모두 쪽지로 연락을 해왔다. 쪽지를 너무 늦게 확인해서 혹시나 이 사람들이 다른 집을 구했으면 어쩌나 안절부절못하며 답장을 보냈는데, 전송 버튼을 누른 지 1분도 채 되지 않아 연락이 왔다. 물론 쪽지로.

"달달한 과자 님이 9시, 까칠한 개 님이 9시 반. 오케이!"

집 보러 오기엔 너무 늦은 시각이었지만, 규리의 입장에서는 가장 빠른 시간이었다. 다행히 두 사람은 흔쾌히 괜찮다고 했고.

"어? 빨래를 안 개켰네?"

고작 세탁기 한 대만 달랑 들어 있는 좁디좁은 베란다에는 온갖 빨래가 널려 있었다. 티셔츠에 청바지, 팬티에 브래지어까지. 규리는 옷걸이에 대충 걸려 있는 빨래를 보며 중얼거렸다.

"그래도 베란다는 본다고 하겠지?"

시간은 벌써 9시를 향해 달려가고 있었고, 빨래 갤 시간 따위는 없었다. 규리는 빨래를 대충 걷어 와 자신의 방, 침대 위에 던졌다.

"설마 내 방도 본다고 하려나?"

혹시 방 바꿔 달라고 할 수도 있을지도 모른다는 생각이 문득 든 규리는 침대에 올려 두었던 빨래를 장롱 속에 마구 구겨 넣었다.

"우씨. 왜 이렇게 안 들어가?"

비집고 튀어나오는 옷가지를 겨우 욱여넣고 만족스러워하고 있을 때, 초인종이 울렸다.

"왔다!"

규리는 문 앞에 있는 거울을 들여다보며 옷매무새를 다듬었다.

"최대한 친절하게! 우리 집에 살고 싶은 기분이 들도록! 잘할 수 있어!"

둘 중에 한 명은 꼭 함께 살아야 한다. 그래야만 강희 보증금 빼주고, 속 편하게 지낼 수 있을 테니까. 규리는 보증금을 향한 자본주의 미소를 가득 장착하고 문을 열었다.

"어서 오세…… 어?"

그녀의 얼굴에 미소가 미처 사라지기도 전, 규리의 눈이 두 배로 커졌다.

"네가 왜 여기에 있어?"

"안녕, 규리야."

그녀 앞에 서 있는 사람은 다름 아닌 레오였다! 규리는 이 상황이 뭔가 싶어 천천히 두 눈을 깜빡였다. 머리를 아무리 이리저리 굴려 봐도 레오가 자신의 집에 온 게 설명되지 않았다.

무엇보다 집은 어떻게 알고 온 거지?

"네가 어떻게 여길…… 아니, 저…… 그보다 미안한데, 집에 손님이 오기로 해서……."

규리는 생각은 이따 하기로 하고, 일단 집 보러 올 사람을 먼저 신경 쓰기로 했다.

"손님이면, 하메?"

레오가 하얀 치아를 드러내며 묻자, 규리의 머리 위로 거대한 물음표가 떴다.

"네가 그걸 어떻게 알았어?"

하우스 메이트 구한다는 말은 승후 외에는 아무한테도 하지 않았다. 그런데 얘가 어떻게 알고 있을까. 그때, 그녀의 머릿속에 말도 안 되는 이상한 생각이 스쳐 지나갔다.

"혹시 네가 달달한 과자 님은…… 아니지?"

설마 하는 마음에 묻자, 레오가 세상 순진한 미소를 지으며 대답했다.

"맞아."

"헐."

내 뒤통수 때려 놓고 그렇게 예쁘게 웃지 말지? 눈웃음도 짓지 말지? 그런 눈빛도 쏘지 말지? 이씨! 눈부셔!

레오가 방긋방긋 웃으며 온갖 매력 발사를 해대는 바람에 규리는 지금 뭘 어떻게 해야 할지 알 수가 없었다. 친구가 왔으니 들여보내서 차라도 한잔 내줘야 할지, 집 보러 왔다니 집 구경을 시켜줘야 할지, 여자 혼자 사는 집에 왔으니 내쫓아야 할지 감이 잡히지 않았다. 그렇게 잘 돌아가지 않는 머리를 굴리고 있을 때, 누군가 저벅저벅 계단을 올라오는 소리가 들려왔다.

규리는 저도 모르게 까치발을 들어 레오의 어깨에 손을 뻗었다. 살짝, 아주 살짝 레오의 부드러운 뺨과 그녀의 손이 닿았지만, 그런 걸 신경 쓸 겨를이 없었다. 규리는 재빨리 레오의 점퍼에 달려 있는 모자를 뒤집어씌웠다. 순진한 얼굴로 자신을 내려다보는 레오에게 잔소리도 빼먹지 않고 말이다.

"넌 어떻게 연예인이 밖에 돌아다니면서 마스크도 안 껴?"

저를 타박하는데, 레오는 뭐가 그렇게 좋은지 헤벌쭉 웃으며 규리를 바라보았다.

"왜 웃어?"

"좋아서."

"뭐가?"

"너랑 이렇게 있는 게."

그리고 보니 모자를 씌워주면서 그와 너무 가까이 닿아 있었다. 그것도 숨 막힐 정도로 가까이.

"아!"

놀란 규리가 뒤로 물러서려고 하자, 레오가 그녀의 손목을 잡았다.

"쉿! 누가 올라온다."

"사람들이 너 알아보면 어쩌려고 그래?"

규리가 목소리를 낮추며 묻자, 레오가 두 눈을 반짝이며 속삭였다.

"모자보다 더 좋은 방법 있는데."

"무슨 방법?"

규리가 묻자, 레오가 그녀의 입술을 지긋이 바라보며 말했다.

"키스."

"뭐?"

놀란 규리가 눈을 동그랗게 뜨며 두 손으로 입술을 가렸다. 밤하늘처럼 까 만 레오의 눈동자를 보고 있자니 숨이 멎을 것만 같았다.

설마, 정말, 레알 키스를 하려는 건 아니겠지? 키스해 본 적 없는데! 이럴 줄 알았으면 빨래 정리할 시간에 양치질을 할걸! 잠깐! 아니지. 내가 왜 키스를 해? 우린 아무 사이도 아닌데! 아, 근데 하고는 싶다. 해보고는 싶어!

키스를 두고 이중인격자처럼 키스 반대파와 찬성파 사이에서 고민을 하고 있자, 레오가 품 웃음을 터뜨렸다.

"뭐야? 왜 웃어?"

난 지금 진지한데, 왜 웃어!

"귀여워서."

"뭐?"

귀엽다는 말에 규리의 볼이 붉게 물들어 버렸다. 달달한 칭찬에 얼떨떨해하 고 있을 때, 그의 등 뒤로 한 남자가 등장했다. 남자와 눈이 마주치자 규리의 입이 떡하고 벌어졌다.

"팀, 팀장님?"

"뭐?"

"이건 또 뭐야?"

팀장님이라는 말에 레오는 뒤를 돌아보았고, 명석은 규리 앞에 서 있는 웬 남자의 뒷모습에 얼굴을 확 구겨 버렸다. 그리고 서로 얼굴을 마주한 두 남자!

"레오, 네가 왜 여기에?"

"그러는 감독님은, 설마?"

순간 두 남자의 머리에 같은 생각이 스쳐 지나갔다.

"너 설마 하우스……."

"……메이트 되려고 오신 거예요?"

그들의 말을 들은 규리는 제 귀를 의심했다. 카페에 하메 구한다는 글을 올리고 나서 달랑 2명에게서 연락이 왔다. 부동산 수수료라도 아낄 수 있다는 생각에 좋아했는데! 둘 중에 한 명은 자신과 함께 살 하메가 될 줄 알았는데! 그런데 그게 레오와 명석일 줄이야!

"레오, 너. 소속사에서 한강 보이는 펜트하우스 구해줬다고 들었는데, 여긴 웬일이지?"

명석이 선방을 날리자, 레오가 차분하게 대답했다.

"보일러가 고장 났어요."

"수리하면 되잖아."

"수리하는 데 좀 오래 걸린다고 해서요."

"오래 걸려 봤자지. 그리고 아직 9월인데, 벌써 보일러를 틀어?"

"수리는 몇 달 걸리고, 제가 찬물로 샤워를 못 하거든요."

명석은 또박또박 말대꾸하는 레오가 못마땅해, 세모눈을 뜨고 그를 노려봤다. 이번엔 레오의 반격이 시작됐다.

"그러는 감독님은 정원 딸린 전원주택에 살고 계시는 걸로 알고 있는데, 여긴 어쩐 일이시죠?"

"집이 오래돼서 그런지 천장에서 비가 새."

"수리하면 되잖아요."

"수리하는 데 아주 오래 걸린다고 해서."

서로 안 지겠다는 듯 으르렁거리는 모습을 본 규리는 어이가 없고 기가 막혔다.

뭐? 한강이 보이는 펜트하우스? 정원 딸린 전원주택? 아니, 그런 데서 사는 사람들이 왜 좁아터진 빌라에 못 들어와 안달인 건지! 얼음으로 샤워해도 좋으니 펜트하우스에서 하룻밤만 잤으면 소원이 없겠고, 하루 종일 비 맞고 잠들어도 상관없으니 며칠이라도 전원주택에서 살아보면 여한이 없겠구만!

"이유가 타당하지 않아. 차라리 호텔에서 자는 건 어때?"

"감독님이야말로 합당한 해명이 아니네요. 그리고 회사 직원 숙직실이 호텔 수준이라고 들었는데."

둘 다 틀린 말은 아니었다. 좁아터진 이 집으로 들어오느니 호텔이 천 배 나았고, 호텔보다는 별로겠지만 이 집에 비하면 방송국 숙직실은 5성급 호텔 수준이었다.

"암튼 레오, 넌 안 돼."

"감독님도 안 되거든요?"

그들이 싸우는 모습을 보자 어이가 없던 규리는 비소를 지으며 조용히 현관문을 닫았다. 그러자 운동신경 뛰어난 두 남자가 긴 팔과 다리로 문을 붙잡았다.

"문은 왜 닫는 거야, 규리야?"

레오가 순진하게 물었고.

"감귤, 이럼 안 되지. 우린 엄연히 너와 약속하고 온 사람들이야."

명석이 압력을 넣었다.

"설마 팀장님이 까칠한 개 님이세요?"

"어!"

어이없어 묻자, 당당하게 대답까지 해주신다. 이제 보니 이 사달이 일어난 건 규리 자신의 잘못이었다. 달달한 과자 이퀄 오레오라는 것과 까칠한 개 이

퀄 계명석이라는 걸 깨닫지 못한 감규리의 잘못! 별명만 봐도 누군지 딱 알 수 있는데, 그걸 몰랐다니! 그걸 모르고 덥석 약속 잡고, 하우스 메이트 구할 거라고 좋아했다니! 순진한 거냐, 멍청한 거냐! 보증금에 눈이 멀어 두 남자가 자신을 호시탐탐 노리고 있다는 것을 잊고 있었다니! 안 돼! 이 남자들을 집으로 들어오게 하면 안 돼! 절대!

아까도 레오의 장난스러운 농담에 온몸이 녹아 버리는 줄 알았는데, 둘이서 합세해서 덤비면 자신은 용광로에 빠진 얇디얇은 철사가 되어 흔적도 없이 사라질지도 모른다. 정신을 바짝 차린 규리가 단호하게 외쳤다.

"두 분 다 집으로 돌아가세요!"

"우리 집 보일러 안 돌아가는데?"

규리의 말에 레오는 장화 신은 고양이 표정을 지었고.

"우리 집은 비가 샌다고."

명석은 나름대로 난처해하는 표정을 지었다. 하지만 여기서 흔들릴 수 없다. 이 남자들에게 휘둘리지 말자. 겉으로는 규리가 그들을 휘두르고 있는 것처럼 보여도, 자세히 들여다보면 그렇지 않았다. 두 남자는 각자의 매력으로 그녀의 마음 구석구석을 흔들어 대고 있었으니까. 단단히 결심한 규리는 독하게 말했다.

"저 남자 하메 안 구하니까, 가세요!"

하지만 그들은 쉽게 물러날 생각이 없었다.

"규리야, 나 정말 집 구하러 왔어. 오늘 당장 잘 데도 없어."

"감귤. 나야말로 길바닥에 나앉은 상태야. 잠깐 얘기 좀 하자고."

"절대, 안 돼요!"

단호한 목소리로 두 남자를 내쫓자, 레오와 명석은 동시에 외쳤다!

"그럼, 오늘 밤만 재워줘!"

"그러면, 오늘 밤만 재워줘!"

문을 사이에 두고 두 남자와 규리의 눈빛이 허공에서 부딪혔다.

허! 오늘 밤만 재워달라니! 프로그램 기획하면서 지금까지 무려 3개월 동안,

섭외하는 내내 입에 달고 살았던 말을 명석과 레오에게 듣게 될 줄이야! 출연자들한테 프로그램 설명할 때도 잔뜩 민망한 표정을 지으며 했던 말을 어쩜 저렇게 눈도 깜짝 안 하고 할 수 있는 건지. 게다가 합은 또 왜 이렇게 딱딱 맞는지. 둘이 짜고 오지도 않았을 텐데, 어떻게 그 순간 같은 말을 뱉을까?

어이없는 두 남자의 말에 기가 찬 규리가 '허!' 하고 낮게 숨을 뱉었다. 불쑥 찾아온 것만으로도 어처구니없어 죽겠는데 재워달라고? 하우스 메이트로 받아 달라고? 이 남자들이 나를 뭐로 보고!

단단히 화가 난 규리는 정확하게 자신의 생각을 전했다.

"전 오늘 밤은 물론 내일 밤도 모레 밤도 아니, 앞으로 영원히 재워 드릴 생각 없으니까 돌아가세요!"

단호하게 말하고 문을 닫으려고 하자, 레오가 길고 하얀 손으로 문을 막았다.

"규리야, 그럼 우린 어디서 자?"

엄마야! 얘 좀 보게? 그걸 왜 나한테 묻냐고! 나는 하루 10시간 넘게 일하고도 최저 시급 비슷하게 받지만, 넌 올 상반기에만 광고를 12개나 찍지 않았니? 라고 따지고 싶었지만, 그럴 기운도 없었다.

"그건 네가 알아서 해야지?"

그렇게 말하고 문을 다시 닫으려고 하니, 이번엔 명석이 긴 다리로 문 닫는 걸 방해한다.

"이봐, 감귤."

"왜요?"

"우린 네가 오라고 해서 온 거야. 네가 오지 말라고 했으면 안 왔을 거라고."

"저도 까칠한 개 님이 팀장님이라는 걸 알았으면 오라고 안 했을 거예요. 레오 너도 마찬가지고!"

규리가 소리치자, 레오는 시무룩한 표정을 지었고 명석은 아랑곳하지 않고 당당하게 따졌다.

"어쨌든 넌 우리한테 오라고 했고, 우린 여기까지 왔어. 그러니까 집에 들어

가게 해줘."

"안 돼요!"

"우리 한가한 사람들 아니야. 없는 시간 쪼개서 집 구하러 온 사람들이라고!"

그걸 모르는 규리가 아니었다. 그들이 바쁜 건 누구보다 규리가 더 잘 알고 있었으니까. 하지만 여기서 물러설 순 없었다. 집 구한다는 명목 뒤에 숨겨둔 그들의 검은 속내를 모르지 않으니까.

"그래도 안 돼요!"

"왜 안 된다는 거지? 그럼 처음부터 거절했어야지!"

"그래. 처음부터 거절했으면 여기까지 오지 않았을 거야. 응?"

명석은 사무적인 표정으로 이성적으로 접근했고, 레오는 잔뜩 귀여운 표정을 지으며 규리의 마음을 흔들었다. 거절할 수 없는 존재 계명석 팀장과 그녀의 마음을 살살 녹이는 오레오가 동시에 합공을 해오니 규리의 정신이 혼미해졌다. 굳게 잡고 있던 문고리를 활짝 열어젖혀야 하나 고민하고 있을 때, 정신이 번뜩 들었다.

'안 돼, 감규리! 정신 차려! 저 남자들한테 넘어가면 안 돼!'

규리는 고개를 잘게 흔들며 정신을 차리고 남자들을 노려봤다. 자신이 사는 집인 걸 알고 의도적으로 왔는지 정말 집을 구하다가 우연히 왔는지는 모르겠지만, 어쨌든 그녀도 두 남자를 거부할 타당한 이유가 있었다. 분명 자신은 '여자' 메이트만 구한다고 글을 올렸다! 남자는 절대 안 되고, 오로지 여자만 구한다고 말이다! 규리는 흥분을 가라앉히고, 아주 이성적이고 정중하게 말했다.

"바쁘신 분들 괜한 발걸음하게 해서 죄송합니다."

그들을 거부할 합당한 이유가 있는 규리는 아주 자신만만하게 말했다.

"하지만 전 쪽지를 보내온 달달한 과자 님과 까칠한 개 님이 남자인 줄은 전혀 몰랐습니다. 당연히 여자인 줄 알고 오늘 방문을 허락한 거였습니다. 전 남자 하메를 구한 적이 없거든요."

그녀의 말을 귀 기울여 경청하던 두 남자가 빠른 속도로 핸드폰을 찾았다.

"제가 올린 글을 꼼꼼히 읽어보셨다면 이런 귀찮은 일도 없었을 텐데."

'아쉽네요'라고 얄밉게 말하려다 입을 닫았다.

"멀리 나가지 않겠습니다. 조심히 들어가시고, 월요일에 회사에서 뵙겠습니다. 전 그럼."

그렇게 말하고 냉정하게 뒤돌아서려는데.

"규리야, 잠깐!"

"감귤. 이것 좀 보지?"

두 남자가 기세등등한 표정으로 그녀 앞에 핸드폰을 내밀었다.

"이게 뭔데요?"

규리는 그들이 내민 핸드폰을 들여다봤다. 그들의 핸드폰에는 집 구하는 카페에 규리가 올린 글이 떠 있었다.

"이게 왜요?"

'이게 뭐 어쨌다고?'라는 표정을 짓는 규리에게.

"자세히 봐봐, 규리야."

레오는 미소를 지었고.

"네가 뭐라고 올렸는지 똑바로 보라고."

명석은 험상궂은 얼굴로 심각하게 말했다. 도대체 뭘 보라는 건지. 아무리 보고 또 봐도 평범한 글이었다. 집의 대략적인 위치와 보증금, 월세, 관리비, 그리고 집에 대한 설명이 적혀 있는 평범한 글!

"뭘 보라는 거예요?"

규리가 따지듯 묻자, 레오와 명석이 긴 손가락으로 핸드폰 구석을 가리켰다.

"여기 봐봐."

"여길 보라고, 여기!"

"그러니까 거기에 도대체 뭐가 있다는…… 헐! 웬 남자? 왜 남자?"

왜 남자로 표시되어 있지? 난 분명 여자로, 그것도 only 여자로 표시했는데! 뭐야, 뭐야? 놀란 규리는 두 남자의 손에서 핸드폰을 빼앗아, 확실히 자신이 올린 글인지 훑어보기 시작했다.

'아니겠지? 설마. 아닐 거야. 내가 설마.'

불안한 마음으로 글을 읽어 내려가는데, 그녀가 올린 집 내부 사진이 떡하니 보이는 게 아닌가!

"미쳤나 봐!"

거기에 '감귤이 외로워!'라는 자신의 별명에, '주말에는 같이 영화도 보고, 날씨 좋으면 도시락 싸서 소풍도 갈 수 있는 마음 맞는 메이트를 구합니다.'라는 구인 글까지!

"미쳤어, 감규리이! 도대체 내가 무슨 짓을 한 거야!"

규리는 절망했지만, 두 남자의 얼굴에는 미소가 걸렸다.

그녀는 며칠 전 카페에 글 올리던 때를 떠올리며 자신이 왜 이런 실수를 했는지 따져봤다.

"박 군한테 카페 얘기 듣고, 글 올리다가 메인 작가님이 불러서 아…… 그때!"

카페에 글을 올리고 있을 때, 지연이 급히 부르는 바람에 서둘러 글을 올렸던 게 떠올랐다. 급하게 나가면서 여자가 아닌 남자를 클릭한 모양이었다. 초롱초롱한 눈으로 자신을 바라보는 레오와 자신만만한 표정으로 자신을 보는 명석. 그러니까 곧이곧대로 저들의 말을 믿어 보자면. 레오는 정말 보일러가 고장 나서 집을 구하다가 잠깐 살 만한 곳을 찾은 거고, 명석은 천장에서 비가 새서이 집을 구한 거다. 그게 다 규리가 카페에 '남자' 하우스 메이트를 구한다고 글을 올려서! 입이 열 개라도 할 말이 없었다.

"자, 그럼 이제 집 좀 볼까?"

"그래. 규리야, 우리 밖에서 이러고 있지 말고 들어가서 얘기하자."

명석과 레오가 집으로 들어오려고 하자, 규리의 머리에서 새빨간 사이렌이 미친 듯이 울려 댔다.

'안 돼! 아무리 내가 글을 잘못 올렸다고 해도 레오와 팀장님을 집에 들여보낼 수는 없잖아? 어떻게 남자를 집에 들여?'

그녀의 집에 들어올 수 있는 남자는 오직 한 명, 감규현뿐이었다. 그런데 규현이 아닌 다른 남자'들'이 그녀의 집에 들어오려고 한다.

"규리야, 잠깐 실례할게."

"감귤. 좀 비켜주지?"

삐뽀삐뽀- 규리의 머릿속에 요란하게 사이렌 소리가 울려 퍼졌다.

'막아야 한다! 저 남자들, 단 한 발자국도 못 들어오게 막아야 해!'

그들을 막을 수 있는 방법은 단 하나!

"실수였어요!"

뻔뻔해지기로 했다.

"살다 보면 실수도 하잖아요?"

규리가 묻자 레오는 고개를 끄덕였고, 명석은 정색했다. '살면서 어떻게 실수를 하지?'라는 표정을 지으면서.

"팀장님 살면서 실수 안 해보셨……군요."

당당한 명석의 표정을 보니 알 것 같았다. 하긴 수능 만점으로 전국 수석을 했고, 방송국도 수석으로 입사했다고 하니까. 어쩐지 재수 없다.

"암튼! 죄송하지만, 남자 하메는 안 구합니다."

단호한 규리의 말에 두 남자가 할 말을 잃은 듯 조용해졌다.

"괜히 시간만 낭비하게 해서 정말 죄송해요. 이젠 정말 돌아가 주세요."

이렇게까지 했으면 저들도 어쩔 수 없을 거다. 실수다, 미안하다, 그만 가달라. 여기서 뭐 더 할 말이 있겠는가? 홀가분한 마음으로 돌아서려는데, 두 남자의 대화가 다시 그녀의 발목을 잡았다.

"지금 당장 어디서 집을 구하지?"

"비도 오는데, 길바닥에서 잘 수도 없고 난감하군."

"부동산도 다 문 닫았겠죠?"

"이 밤에 문 연 데는 아무 데도 없을걸?"

"집이야 내일 구한다고 해도, 오늘 당장 어디서 자지?"

"여기 오지만 않았어도 다른 집 구했을 텐데 말이야."

으. 흔들린다. 흔들려. 부드럽고 달콤한 레오의 목소리에, 까칠하게 나를 탓하는 명석의 타박에.

안 된다. 여기서 흔들리면 안 돼! 현혹되지 말어!

겨우 정신을 차린 규리는 두 사람을 향해 냉정하게 말했다.

"정 갈 곳 없으면 두 분이서 호텔이라도 가요."

"안 돼!"

규리의 말에 명석이 강경하게 대답했다.

"왜요?"

"얘랑 호텔 가면 오해받아."

오해? 무슨 오해?

명석의 알 수 없는 말에 규리는 물론 레오까지 눈을 동그랗게 뜨고 그를 쳐다봤지만, 그는 눈도 깜짝하지 않고 말했다.

"얘 찌라시 돌고 있어."

"헐! 레오야, 정말이야?"

놀란 규리가 레오를 향해 묻자, 금시초문이었던 레오가 명석에게 물었다.

"정말요? 감독님, 저 그런 소문 돌아요?"

"유명 배우 O군. 서른 살을 코앞에 두고 있지만 연애 경험 전무, 클럽 출입도 안 해, 일과 얽힌 여자 외에 다른 여자도 안 만나. 한 커뮤니티에서는 게이 바에서 그를 목격했다는 썰이 돌고 있음."

명석이 찌라시 내용에 대해 줄줄 읊자, 레오는 억울하다는 듯 규리를 향해 격하게 손사래를 쳤다.

"규리야! 나 여자 좋아해! 그것도 많이!"

"어? 아, 어……."

"아니, 그게 아니라……."

레오는 방금 자신이 뱉은 말이 여자를 되게 밝힌다는 뜻 같아서 무슨 변명이라도 하고 싶었지만, 명석이 둘 사이에 끼어들었다.

"어쨌든 난 애랑 호텔 못 가. 그러니까 네가 책임져."

"네? 채, 책임이요?"

내가 뭘 어쨌다고, 뭘 했다고 책임을 지래?

"그럼 들어간다?"

"안 돼요!"

명석이 커다란 몸으로 밀고 들어오자, 규리가 두 팔을 벌려 집을 사수했다. 규리와 명석이 살벌하게 서로를 노려보고 있을 때, 밑에서 누군가가 올라오는 소리가 들렸다.

"여보, 내일 이삿짐센터 몇 시에 온다고 했지?"

"아침 7시. 늦잠 자지 말고, 일찍 일어나서 준비해."

"이 양반이! 내가 언제 늦잠을 잤다고!"

목소리를 듣자마자 규리는 목소리의 주인공이 누군지 단번에 알 수 있었다. 하이 톤의 카랑카랑한 저 목소리는 301호 아줌마! 말 많고, 수다스럽기로 유명한 아줌마였다. 있지도 않은 사실을 날조해서 괜한 소문을 퍼트리기도 하고, 괜한 오해로 싸움을 붙이기도 하는 이 동네 마당발 확성기! 이 집에 강희와 규리 둘만 사는 걸 알고 있던 아줌마는 어느 날 규현이 온 걸 보고 집주인한테 일러바친 일이 있었다. 여자 둘이 살면서 남자들을 불러들인다나 뭐라나.

집주인한테만 말했으면 그나마 다행이었지. 동네방네 온갖 이상한 소문을 내고 다녀서 아주 골치 아팠다. 그런데 이 밤에 시커먼 남자 둘이 집 앞에 떡하니 서 있는 걸 보면, 저 말 많은 아줌마가 또 무슨 소문을 내고 다닐까?

'아, 맞다! 게다가 얘는 그냥 남자가 아니라 오레오지!'

거기까지 머리가 돌아간 규리는 레오의 손을 덥석 잡아 집 안으로 끌어들였다.

"규, 규리야?"

그녀의 손길을 집에 들어와도 좋다는 승낙의 의미로 받아들인 레오는 얼굴에 환한 미소를 지었고, 혼자 밖에 남겨진 명석은 미간에 주름을 잡았다.

"뭐야? 왜 레오만 들여보내? 난?"

"조용히 하세요! 사람들 올라오잖아요!"

"그게 뭐?"

"레오, 연예인이에요. 이러고 있다가 스캔들이라도 터지면 어떡해요?"

규리의 말이 틀리진 않았다. 다른 사람들에게 이런 모습을 보여 괜한 오해를 줄 필요는 없었다. 하지만!

"둘이 있는 게 더 이상해!"

"예?"

"집 안에 너희 둘이 있는 게 더 이상하다고!"

명석의 말도 일리가 있었다. 저벅 저벅 저벅. 발자국 소리가 점점 더 가까워졌다.

"나도 들여보내 줘!"

또각 또각 또각. 301호 아줌마의 구두 소리가 빌라 안을 가득 울렸다.

"셋이 있는 게 덜 의심스럽다고! 어서!"

"에이, 모르겠다."

고민하던 규리는 명석의 다급한 외침에 그의 손을 잡고 안으로 끌어당겼다. 그리고 쾅! 아줌마와 눈이 마주치려는 찰나, 문이 닫혔다.

"휴우."

문에 기대어 선 규리는 안도의 한숨을 길게 내쉬었다. 문밖으로 301호 아줌마의 카랑카랑한 목소리가 들려왔다.

"여보. 방금 여기 웬 남자들 있지 않았어?"

규리의 가슴이 철렁 내려앉았다.

설마 본 건 아니겠지? 들킨 건 아니겠지? 심장이 쿵쿵 뛰었고, 식은땀이 등줄기를 타고 내려갔다.

"이놈의 여편네가 아직도 정신을 못 차렸어? 남의 일에 신경 좀 끄라니까!"

"아니, 언뜻 봤는데 엄청 잘생긴 총각들이 서 있었다니까!"

"그 예쁘장한 아가씨 이사 갔다며?"

"응. 시집간다던데?"

"근데 왜 엄청 잘생긴 총각들이 이 집에 와?"

"아가씨 한 명 더 있잖아."

"그러니까! 어떤 놈이 그 아가씨를 보러 여기까지 오냐고!"

"아하!"

아저씨 말도 기가 막혀 죽겠는데, 그 말을 듣고 수긍을 하다니!

"뭐야! 내가 뭐 어때서? 저 아줌마, 아저씨를 확 그냥!"

예상치도 못한 평가질에 잠시 욱했던 규리는 간신히 성질을 참아 내고, 매서운 눈으로 이 사달의 원인인 두 남자를 올려다봤다. 근데 왜 이렇게 키가 큰 건지. 좁디좁은 현관 앞에 옹기종기 서 있는 두 남자를 올려다보는 게 힘들었던 규리는 목덜미를 잡고 고개를 숙였다.

"거기 계시다가 잠잠해지면 가세요."

"뭐? 그냥 가라고?"

"여기까지 왔는데, 그냥 가?"

명석과 레오가 볼멘소리를 했지만, 규리는 들은 척도 하지 않고 안으로 들어가 중문을 쿵 닫아 버렸다. 불투명한 중문을 사이에 두고 규리와 두 남자의 공간이 나뉘었다. 카페에 글을 잘못 올린 건 규리의 실수이긴 했지만, 그래도 어떻게 여길 올 생각을 했는지 어이가 없었다. 장난으로 온 건지 아니면 정말 여기서 살 생각으로 온 건지 그들의 속마음은 알 수 없었지만, 어느 쪽이든 썩 기분이 좋지는 않았다. 하우스 메이트를 구하는 건 규리에게 아주 절실한 문제였다. 새 삶을 시작하는 강희의 소중한 돈이었으니까. 규리는 불투명한 유리 뒤로 보이는 검은 그림자 둘을 눈이 빠지도록 째려봤다.

"알아서들 가겠지 뭐!"

방에 들어오자 걱정이 물밀듯 밀려왔다. 집 본다고 모두 계약하는 건 아니지만, 그래도 내심 기대했다. 아무리 집주인이 보증금을 천천히 내라고 했어도 사정 봐주는 것도 정도껏일 거다. 집 문제가 해결돼야 강희와 규현이도 아기한테 더 집중할 수 있을 거고. 그런데 저 남자들은 남의 속도 모르고 저렇게 마음대로 쳐들어오다니.

"부동산에 내놔야 하나? 아무래도 그게 낫겠지?"

수수료 몇십만 원 아끼려다 이런 상황까지 왔다.

"내일 당장 부동산에 가봐야겠다."

규리는 그렇게 생각하며 밖을 향해 귀를 기울였다. 이제 슬슬 나가도 될 텐데, 아직까지 문 여닫는 소리가 들리지 않았다.

"뭐야, 왜 안 가? 설마 저기서 버티려는 건 아니겠지?"

거실로 나온 규리는 중문 앞에 섰다. 두 남자는 아직 현관 앞에 있는 건지, 센서등이 켜졌다 꺼지기를 반복하고 있었다. 화가 난 규리는 중문을 벌컥 열고 소리쳤다.

"여태 안 가고 뭐 하시는 거예……."

말을 채 잇기도 전에 명석의 커다란 손이 규리의 입을 막았고, 레오는 눈을 매섭게 뜨고 검지로 입술을 가렸다. 두 남자를 바라보는 규리의 눈이 심하게 흔들렸다!

*

규리가 방으로 들어가자, 비좁은 현관에서 어깨를 맞대고 있던 어깨 깡패 둘이 서로를 노려봤다.

"여긴 도대체 어떻게 알고 온 거야?"

"그러는 감독님은 어떻게 오셨어요? 제가 카페에 올린 글까지 지웠는데."

작가 방에서 규리가 올린 글을 본 레오는 '남자' 하우스 메이트를 구한다는 구절에서 기함했고, 결국 마우스를 움직여 글을 삭제해 버렸다. 물론 글을 올린 규리에게 허락을 구해야 하는 일이라는 건 잘 알고 있었다. 하지만 그녀 성격에 정말로 '남자' 하메를 구하지는 않을 거고, 또 그녀를 좋아하는 입장에서 그런 위험천만한 글을 그냥 올려둘 순 없었다. 요즘 세상이 얼마나 험한데!

그래서 며칠이 지나도록 카페 글을 보고 연락해 온 사람은 달랑 2명. 카페에 글을 올릴 거라는 사실을 미리 알고 있었던 까칠한 개 님과 규리가 글을 올리자마자 글을 읽은 달달한 과자 님뿐이었던 것이다. 글을 보는 즉시 캡처해 놔 증거물이 있긴 했지만, 이젠 소용없는 것이 돼버렸다.

"그만 가야겠지?"

명석이 꽉 닫힌 규리의 방문을 쳐다보며 말했다.

"안 나오겠죠?"

레오가 미동도 하지 않는 규리의 방문을 바라보며 대답했다. 여기까지 찾아온다고 규리가 받아줄 거라고는 생각하지는 않았다. 하지만 혼자 살게 된 규리가 걱정됐다. 무턱대고 오긴 했지만, 이렇게 문전박대당할 줄은 상상도 못 했다. 그래도 잠깐 들어와서 차라도 한잔 마시고 가라고 할 줄 알았는데. 명석과 레오는 굳게 닫힌 규리의 방문을 원망스럽게 쳐다보다가.

"후우."

"휴."

동시에 긴 한숨을 뱉었다.

"가자."

"예."

차마 떨어지지 않는 발걸음을 겨우 움직이며 문을 여는 순간!

"이놈의 여편네가! 미리미리 준비 좀 해놓으라니까!"

"그놈의 여편네 소리 좀 안 할 수 없어?"

아까 그 아줌마, 아저씨의 목소리가 들려왔다. 놀란 명석과 레오는 최대한 소리 나지 않게 현관문을 닫고 밖을 향해 귀를 기울였다.

"이래 가지고 내일 이사하겠어? 밤새도록 옮겨도 못 옮기겠네!"

"힘들어 죽겠는데, 그 입 좀 다물어요!"

"미리미리 차에 옮겨두라니까!"

부부는 서로를 타박하며 계단을 내려갔다. 아마도 이사 전에 미리 옮겨야 할 짐이 있는 모양이었다. 밖을 향해 귀를 쫑긋 세우던 두 남자는 서로를 쳐다보며 속삭였다.

"감귤이 피했던 그 아주머니 아니야?"

"맞아요, 그 아주머니."

저 아줌마 피하느라 레오와 명석을 집으로 들였던 규리였다. 물론 현관까지만 허락했지만.

"이러다가 우리 못 나가는 거 아냐?"

"아무래도 그럴 것 같은데요?"

못 나간다는데 왜 두 남자의 입술이 움찔거리는 건지. 그렇게 숨죽이고 문밖을 향해 귀를 기울이고 있을 때, 중문이 확 열리더니 규리가 등장했다.

"여태 안 가고 뭐 하시는 거예……."

순간 놀란 명석이 커다란 손을 들어 규리의 입술을 감쌌다.

"읍읍!"

답답한 규리가 소리를 내자, 레오가 현관문을 힐끔 쳐다보더니 그녀에게 조용히 하라는 눈빛을 보내며 검지로 입술을 가렸다. 규리가 알았다는 듯 고개를 끄덕이자, 명석이 손을 풀었다.

"왜 이러는 거예요?"

"쉿! 밖에."

조용히 하라는 말에 규리는 일단 소리를 죽이고, 밖을 향해 귀를 기울였다.

"근데 아까 201호 앞에 있던 사람, 분명히 어디서 본 남자였다니까?"

301호 아줌마의 확신에 찬 목소리에 규리의 두 눈이 커졌다.

저 아줌마 집에 들어간 거 아니었어?

"이놈의 여편네야! 남 일에 제발 신경 좀 끄고, 빨리 술병이나 옮겨!"

"으이그! 이놈의 술! 확 버리든가 해야지!"

"버리긴 왜 버려? 내가 얼마나 힘들게 담근 건데!"

아줌마와 아저씨의 목소리가 멀어져 가자, 규리가 남자들을 향해 몸을 돌렸다.

"저 아줌마 때문에 여태 못 나간 거예요?"

규리가 목소리를 낮춰 묻자, 레오와 명석이 고개를 끄덕였다.

"이삿짐센터도 불렀다면서 왜 달밤에 짐을 옮기고 난리야."

301호가 저렇게 계단을 오르내리는 동안은 꼼짝 없이 갇힌 신세다. 엘리베이터라도 있으면 좋으련만, 3층밖에 안 되는 이 빌라는 통로가 계단밖에 없었다. 규리가 문에 달린 도어 뷰로 바깥 상황을 살피자, 301호 아줌마가 의심스러운 눈초리로 규리네 현관문을 노려보는 게 보였다.

"확실해. 이 집에 남자 들어간 게."

와, 촉도 좋네.

"보통 외모가 아니었다니까? 얼굴은 조막만 하고, 눈은 부리부리한 게 꼭 연예인 같았다니까!"

입도 가벼운 아줌마가 왜 저렇게 눈썰미까지 좋은 건지! 아마도 아까 레오의 얼굴을 언뜻 본 모양이었다. 하긴 저 외모가 가린다고 감춰질 외모도 아니고, 스치기만 해도 뇌리에 바로 각인되는 얼굴이었으니.

"연예인이면 뭐 어떡할 건데?"

"아니, 뭐 어쩌겠다는 건 아니고."

"쓸데없는 소리 그만하고 짐이나 옮겨!"

구시렁거리는 아줌마의 소리에 이어, 곧 계단 내려가는 소리가 들려왔다. 젠장. 하늘은 내 편이 아니다. 멀쩡히 잘 살던 301호가 하필 내일 이사를 하다니! 이삿짐센터까지 부른 모양인데, 차에 따로 실어야 하는 귀중품이 저렇게 많을 줄은 또 누가 알았겠는가! 아마도 오늘 밤, 하늘은 이 두 남자의 편인 모양이었다. 규리는 원망 섞인 눈으로 두 남자를 노려본 뒤, 속상한 표정을 지으며 집으로 들어갔다. 그리고 좁은 현관 앞에 서 있는 남자들을 향해 외쳤다.

"뭐 해요, 안 들어오고!"

밤새도록 현관 앞에 있으라고 할 줄 알았는데 들어오란다, 규리가. 예쁜 규리가. 그녀의 눈치만 살피고 있던 두 남자의 입꼬리가 하늘을 향했다.

드디어! 규리의 집 입성이다!

어렵게 허락받은 두 남자는 먼저 안으로 들어가기 위해 재빨리 신발을 벗어 던졌다. 그리고 좁디좁은 중문을 지나치려는 순간, 명석과 레오의 넓은 어깨가 중문 사이에 꽉 껴버리고 말았다.

"제가 조금 빨랐는데요?"

"찬물도 위아래가 있지?"

"사랑에 페어플레이도 없는데, 찬물 더운물 가리게 생겼나요?"

"그 말을 여태 기억하고 있어?"

"어디 잊혀질 말이었어야죠."

"안 어울리게 꽁한 구석이 있군?"

"믿었던 사람한테 당했더니 임팩트가 크더라고요."

레오의 말에 명석이 끄응 하고 낮게 신음했다. 그날 일에 대해서 명석은 할 말이 없었다. 어쨌든 그가 잘못한 일이었으니까. 하지만 후회는 하지 않는다. 다시 그날로 돌아가도 똑같이 행동했을 거다. 선발대로 떠났던 그날, 규리와의 하루는 정말 즐거웠으니까. 잠시 그날을 떠올리고 있을 때.

"으쌰!"

레오가 먼저 규리의 집에 발을 내디뎠다. 기쁜 레오는 고요 속에서 환호를 질렀고, 명석은 분해하며 그를 노려보았다. 먼저 들어가 집을 정리하고 있던 규리가 그들을 거실로 안내했다.

"서 계시지 말고, 앉으세요."

강희랑 둘이 살 땐 집이 이렇게까지 좁은 줄 몰랐는데, 키 큰 남자가 둘씩이나 들어와서 그런지 집이 무척이나 좁아 보였다. 게다가 천장은 왜 또 이렇게 낮아 보이는지. 집 천장이 낮은 건지, 이 남자들 키가 큰 건지 알 수 없었다. 규현이도 작은 키는 아니었는데, 레오와 명석에게 비할 바는 못 되는 모양이다.

"여기. 소파에 앉으세요."

규리가 쿠션을 치우며 소파를 가리키자, 명석과 레오가 엉거주춤하며 소파에 앉기를 망설였다. 핑크색 소파는 마치 신혼부부 전용으로 만들어진 것처럼 아주 작았다. 2인용으로 보이긴 했으나 두 명이 나란히 앉을 수 없을 정도였고, 굳이 2명이 앉으려면 누군가는 먼저 앉아 있는 사람의 무릎 위에 앉아야만 할 것 같았다. 명석은 규리랑 같이 앉으면 몰라도 부부의 금슬을 증폭시키는 저런 의자에 오레오와 앉고 싶지 않았다!

그건 레오 또한 마찬가지였다. 명석은 소파에 앉는 척하더니, 슬그머니 엉덩이를 빼서 바닥에 앉았다. 거실 크기의 3분의 2를 소파가 차지하고 있어서, 그의 앉은 자세는 저절로 다소곳해졌다.

"왜 불편하게 바닥에 앉으세요? 소파에 앉으세요."

규리가 다시 소파를 권했지만, 명석은 확고했다.

너랑 같이 못 앉을 바엔 차라리 다소곳해지겠어!

"아니! 난 여기가 편해."

그러자 레오가 냉큼 소파에 앉아, 옆자리를 톡톡 두드리는 게 아닌가?

"규리야, 너도 앉아."

순간 명석의 눈에서 화르륵 불꽃이 피어올랐다. 규리와 레오가 나란히 앉아 있는 꼴을 보려고 다소곳해진 게 아니다! 어디 감히!

"아, 역시 바닥은 불편하군."

벌떡 일어난 명석은 좁디좁은 소파에 엉덩이를 들이밀며, 레오와 나란히 앉았다.

"감독님, 좁아요."

"참아."

명석이 어깨에 힘을 빡 주며 버티자, 레오가 앓는 소리를 했다.

"좁은데."

"그럼 네가 내려갈래?"

비릿한 미소를 지으며 말하자, 레오는 고개를 저으며 소파를 지켰다. 누군가 한 명이 내려가면 다른 한 명이 규리와 나란히 앉을 거라는 걸 예상한 두 남자는 절대 소파에서 내려오지 않기로 결심했다. 명석과 레오가 불편함을 견디며 작디작은 소파에 자리를 잡자, 규리의 질문 폭격이 시작됐다.

"솔직히 대답하세요. 저희 집인 거 알고 오셨죠? 오레오, 너도 알고 온 거지?"

규리가 눈을 가늘게 뜨고 묻자, 레오는 순순히 고개를 끄덕였고 명석은 먼 산을 바라보았다.

"도대체 어떻게 안 거야?"

무서운 규리의 표정에 레오는 시선을 아래로 깔며 대답했다.

"작가 방에서 네 노트북 봤어."

"뭐? 하아."

이건 명백한 규리의 잘못이었다. 작가 방에 사람이 얼마나 많이 들락거리는데, 노트북 관리 하나 못 해서 이 사달을 만들다니. 아무리 남의 노트북을 봤다고 해도 레오에게 뭐라고 할 순 없었다. 오가는 사람이 많은 걸 알고 있는 규리가 간수를 잘했어야 했다. 자리 비울 때는 꼭 홈키+L.

"팀장님은요?"

규리가 눈을 치켜뜨며 묻자, 명석이 소파에 몸을 기대며 대답했다.

"감귤, 우리 방송인들에게 중요한 철칙이 하나 있어."

하메 구한 거 어떻게 알았냐니까 웬 철칙?

"무슨 일이 있어도 제보자는 보호한다. 고로 난 너한테 말 안 해. 그러니까 묻지 마."

방송인 철칙까지 운운하며 명석이 입을 꾹 다물자, 규리가 허리춤에 손을 올리며 물었다.

"박 군한테 들었죠?"

"어떻게 알…… 아니! 아닌데?"

아니긴! 얼굴에 다 쓰여 있구만!

"저 하메 구하는 거 박 군밖에 모르거든요!"

규리가 사납게 째려보자, 명석의 눈이 정처 없이 허공을 맴돌았다. 승후도 말하고 싶어서 한 게 아닐 거다. 메인 피디와 조연출. 군기가 바짝 잡힌 선후배 사이이기에, 명석이 뭐든 물으면 대답할 수밖에 없는 게 승후의 입장이다.

"내가 누굴 탓하냐."

모든 게 본인 잘못인 것을!

규리는 원망스러운 눈으로 현관문을 노려봤다. 지금도 밖에서 끙끙거리는 소리가 들리는 걸 보면, 아직도 짐을 옮기고 있는 모양이었다.

'설마하니 밤새도록 짐을 옮기지는 않을 거고, 301호만 집에 들어가면 그때 움직이자. 그때까지만 데리고 있으면 되겠지?'

이렇게 된 마당에 방법이 없었다. 301호 부부가 집에 들어가길 기다릴 뿐. 입 싼 301호 아줌마에게 걸리지 않고 두 남자를 내보낼 방법에 대해 골똘히 생각하고 있을 때, 명석이 슬쩍 소파에서 일어섰다. 자리에서 일어난 명석은 마치 집 보러 온 사람처럼 거실을 천천히 둘러봤다. 소파와 24인치 TV 그리고 한쪽 벽면에 놓인 책장이 거실 가구의 전부였다. 거실을 훑어보던 명석의 시선이 책장 어딘가에 꽂혀 움직이지 않았다. 뭘 보는지 불안했던 규리는 그의 시선이 멈춘 곳을 따라갔다. 〈방송 구성의 이해〉 그의 눈은 규리가 구성 작가 아카데미에 다닐 때 봤던 책에 머물러 있었다.

'역시 피디는 피디구나.'

그렇게 생각하며 시선을 거두는데.

"언제부터 예뻤나, 했더니 이때부터 예뻤군."

"예?"

아니, 〈방송 구성의 이해〉를 보면서 뭐가 예쁘다는 거야? 책 표지? 아니면 제목 폰트?

선뜻 이해가 되지 않아 다시 명석의 시선을 따라가 보니, 책 앞에 작은 액자가 하나 놓여 있었다.

"아, 그건……."

규리가 말을 꺼내려는 찰나, 명석이 다시 입을 열었다.

"똘망똘망한 눈이며 고집스러운 입술이 지금이랑 꼭 닮았군."

"아…… 그게……."

규리가 말할까 말까 망설이고 있을 때.

"풉!"

뒤에서 레오가 웃음을 터뜨렸다. 명석이 기분 나쁜 표정을 지으며 물었다.

"뭐지? 왜 웃는 거야?"

"그거 규리 아니에요."

레오가 자신만만하게 말하자, 명석의 얼굴이 구겨졌다.

"아니긴 뭐가 아니야?"

"규리랑 하나도 안 닮았잖아요."

"그럼 내가 감귤 얼굴도 못 알아본다는 거야?"

책장 위에 놓인 사진은 7살 때 찍은 것이었다. 리본이 달린 하얀 블라우스에 졸업 가운을 걸치고, 반듯한 학사모까지 쓰고 있는 걸 보아서 유치원 졸업식 때 찍은 사진 같았다.

"이렇게 꼭 닮았는데, 뭐가 안 닮았다는 거야?"

명석은 아예 사진을 규리 얼굴 옆에 붙이며 말했다. 하지만 레오도 고집을 꺾지 않고, 사진과 규리를 비교 분석했다.

"잘 보세요. 이 사진 속 아이는 눈이 위로 살짝 찢어졌죠? 그리고 코끝도 날카롭고, 입도 큰 편이죠. 하지만 그에 비해서 우리 규리는 눈이 더 동그랗고, 코끝은 살짝 동글동글해요. 그리고 입술은 작고 도톰하고요."

레오의 말에 명석은 규리와 사진을 번갈아 쳐다보며 뭐가 다른지 살폈다.

"그리고 무엇보다 우리 규리가 더 예뻐요. 훨씬."

레오의 말에 규리는 살짝 얼굴을 붉혔고, 명석은 크게 소리쳤다.

"잠깐!"

"왜요?"

"지금 뭐라고 했지?"

"규리가 더 예쁘다고요?"

"아니. 그 전에."

그 전에 무슨 말을 했더라?

레오가 또르륵 눈동자를 굴리며 생각하더니 대답했다.

"우리…… 규리?"

"그래! 언제부터 내 감귤이 네 규리가 된 거지?"

그러자 이번엔 레오가 반듯한 이마에 주름을 잡으며 말했다.

"내 감귤?"

"그래! 내 감귤!"

"그러는 감독님은 언제부터 우리 규리가 내 감귤이 된 거죠?"

아니, 도대체 이 남자들은 고작 사진 하나 봤을 뿐인데, 왜 나더러 '우리 규리', '내 감귤' 하며 싸우는 거야? 앞에 있는 사람 설레게!

"팀장님 그만하세요! 레오야, 너도."

규리가 중재하고 나선 그때. 초인종이 울렸다.

"누구지? 이 시간에?"

시곗바늘은 벌써 11시를 넘어가고 있었고, 이 시간에 집에 찾아올 사람은 없었다. 예상되는 인물은 단 한 명!

"얼마나 시끄러웠으면, 옆집 할머니 오셨나 보다!"

규리는 두 남자를 눈으로 흘기면서 인터폰을 향해 걸었다. 그러자 두 남자가 그녀의 눈치를 살피며 입술을 말았다.

"조용히들 하고 있어요!"

명석과 레오를 입단속시키며 인터폰 화면을 본 순간, 규리의 두 눈이 커지고 말았다.

"허! 얘가 이 시간에 여길 왜 와?"

인터폰 화면을 가득 채운 사람은 다름 아닌, 잔소리 대마왕 감규현이었다!

"어떡해! 어떡해! 어떡해!"

인터폰 앞에 선 규리는 아무 말도 못하고 '어떡해!'만 연달아 내뱉었다.

"규리야, 누군데 그래?"

그녀의 반응에 놀란 명석과 레오가 인터폰 앞으로 달려와 화면에 뜬 사람의 얼굴을 확인했다. 남자다. 그것도 잘생긴 어린놈!

"이놈은 또 누구야? 누군데, 한밤중에 여자 혼자 사는 집에 찾아오는 거지?"

당연히 규현을 모르는 명석은 싸늘한 목소리로 물었고, 레오는 고개를 갸웃대더니 '아!' 하고 감탄사를 내뱉었다.

"규현이 아니야?"

"규현이를 알아?"

"규현이가 누군데?"

"알지, 그럼."

레오가 규현이를 알아보았고 뒤를 이어 규리와 명석이 대답했다. 어렸을 때, 규리네 집에 놀러 가면 같이 놀자고 쫓아다니던 꼬마가 저렇게나 컸다니. 옛 생각에 레오가 희미하게 웃자, 명석은 썩 기분 좋지 않았다. 규리가 첫사랑이라더니 그녀에 대해 은근히 많이 알고 있다. 명석은 좋은 머리를 굴려 인터폰 화면에 보이는 저 어리고 잘생긴 놈이 누군지 추리해 보았다.

'감귤 집에 찾아온 저 놈의 이름은 규현. 규리, 규현. 어? 잠깐. 그럼 혹시?'

"저 남자 이름이 혹시 감규현?"

"예. 규리 동생이에요."

너한테 안 물었다.

"오랜만에 인사나 좀 해야겠……."

반가운 마음에 레오가 인터폰 수화기를 들려고 하자, 규리가 그의 손을 막았다.

"안 돼!"

"왜?"

레오가 순진한 눈으로 묻자, 규리가 속사포로 대답했다.

"이 밤에 여자 혼자 있는 집에 남자가 둘씩이나 있는데, 어떤 남동생이 좋다고 인사를 받아주겠어? 멱살이나 안 잡으면 다행이지!"

아무리 규현이 자신에게 핵미사일급 폭탄을 날렸다 해도 규리는 동생에게 그러고 싶지 않았다. 언제나처럼 바르고 든든한 누나로 남고 싶었으니까. 물론 이 남자들과 자신은 오해받을 짓을 단 하나도 하지 않았지만, 규리는 애초에 오해의 싹을 틔우고 싶지 않았다. 하늘을 우러러 한 점 부끄러움 없는데, 왜 이렇게 초조하고 불안한 건지.

"어디에 숨지? 그래! 강희 방!"

두 남자를 어디에 숨겨야 할까 고민하던 규리는 강희의 방문을 열었다. 먼지 한 톨 없는 횅한 방. 혹시라도 규현이가 이 방문을 연다면 숨을 시도조차 하지 못하고 100% 걸린다.

"여긴 안 돼! 그럼 화장실?"

화장실이라는 말에 명석과 레오의 표정이 구겨졌다. 하긴, 아무리 급하더라도 이 남자들을 화장실에 숨기는 건 좀 아닌 것 같다. 그렇다고 거실에 세워둘 수도 없고.

"그럼 어디?"

발을 동동 구르던 규리는 뭔가 떠오른 듯 명석과 레오의 등을 떠밀었다.

"잠깐만 여기 들어가 있어요."

"왜 그래야 하지? 그냥 집 보러 온 사람이라고 해."

"남자들이 집 보러 왔다고 하면 제 동생이 얼씨구나 좋다고 하겠어요?"

"그럼 회사 사람이라고 솔직하게 말하든가."

"이 시간에 회사 사람이 집에 있는 게 더 이상하거든요?"

딩동- 딩동- 규현이가 계속 초인종을 울렸다.

"어서 들어가요!"

"감독님, 일단 들어가요."

규리와 레오가 명석을 이끌었지만, 거리낄 게 없는 그는 내키지 않았다. 결혼 전 동거하는 커플도 많은 세상에 겨우 집 보러 온 것 가지고 이렇게 숨기까지 해야 하나, 하는 생각이 들었다.

"제발, 제 방에 들어가 계세요. 네?"

규리의 말에 떨떠름했던 명석의 표정이 바뀌었다.

"네…… 방? 여기가 네 방이야?"

"제 동생 보낼 때까지만 여기 잠깐만 들어가 계세요!"

그녀의 방이라는 말에 명석의 발이 움직이기 시작했다.

"그래. 뭐 그렇게 급하다면야."

"아무 소리도 내면 안 돼요! 알았죠?"

두 남자를 방으로 들여보낸 규리는 허겁지겁 매무새를 정리하고 '누구세요!' 하고 소리쳤다.

"누나. 나야."

"어! 나가."

현관으로 나와 문을 열려는 순간! 항공모함처럼 커다란 두 남자의 신발이 보이는 게 아닌가!

"에라이!"

규리는 명석의 스니커즈와 레오의 로퍼를 품에 안고 자신의 방으로 뛰어갔다.

"이거 갖고 있어요!"

그리고 신발을 내동댕이치듯 던지고, 다시 문을 닫았다. 쾅쾅쾅! 문 두드리는 소리가 들렸다. 규리는 거친 숨을 고르고 최대한 피곤한 표정을 지으며 현관문을 열었다.

"하암. 이 밤에 무슨 일이야?"

"왜 이렇게 문을 늦게 열어?"

"자려고 누웠지."

"잔다고 누운 사람이 왜 이렇게 땀을 흘려?"

"어, 어?"

닦는다고 닦았는데, 콧등과 인중에 땀이 맺힌 모양이었다.

"아, 요즘 살찐 것 같아서 누워서 자전거 타기 좀 했거든."

자려고 누웠다는 사람이 땀 뻘뻘 흘리며 운동했다는 말도 안 되는 핑계를 대자, 규현이 의심스러운 눈초리로 그녀를 아래위로 훑어보았다.

"정말이야?"

"저, 정말이지 그럼! 왜? 내가 거짓말이라도 했을까 봐?"

일부러 세게 나갔음에도 규현의 의심 가득한 눈빛은 변하지 않았다.

'눈치챘나? 지금이라도 사실대로 말해? 아이씨. 어떡해!'

규현은 초조해하는 규리에게 스윽 다가와 얼굴을 가까이 댔다.

"왜, 왜 이래?"

"좀 열심히 해. 많이 쪘다."

"이 자식이!"

십 년 감수하긴 했는데…… 그렇게 많이 쪘나?

"근데 안 자고 왜? 내일 아침 일찍 엄마한테 가는 거 아니었어?"

"강희가 라토 두고 왔대서."

대학생 때 규리와 발리 여행 가서 사온 '라텍스'로 만들어진 '토끼' 모양의 베개. 일명 라토. 한국에서 고작 몇만 원이면 살 것을 몇십만 원이나 주고 사 왔지만, 강희는 굴하지 않고 밤마다 라토를 껴안고 잤다. 색이 누렇게 바라고 너덜너덜해진 지 오래지만, 강희는 라토 없이 잠을 못 잔다.

"어, 저기 있네."

규리는 라토가 혹시 자신의 방에 있으면 어떡하나 고민했는데, 다행히도 소파 옆에 처박혀 있었다.

"집 보러 온 사람들은 갔어?"

"어? 그럼! 갔지. 시간이 몇 신데, 아까 갔지."

거짓말을 하려니 가슴이 쿵쿵쿵 뛴다. 아, 미치겠네.

"뭐래? 들어온대?"

규현이가 잔뜩 기대에 찬 눈으로 물었다. 어. 저 사람들은 들어오고 싶어서 난리야. 내가 안 받아주겠지만.

"생각해 보고 연락 준다는데, 안 올 분위기야."

"그래?"

실망한 기색이 역력하다. 하긴. 새 살림 차리려면 돈도 많이 들 테니까.

"누나. 그냥 궁금해서 물어본 거야. 부담 주려는 거 아니야. 알지?"

규현이 미안한 듯 뒤늦게 수습했다.

"알아. 내일 부동산 가보려고."

"부동산은 왜?"

"강희야!"

언제 올라왔는지, 강희가 집으로 들어오며 물었다. 애들은 밤도 늦었는데 왜 여태 안 자고 자꾸 올라오는 거야!

"복비 아낀다고 카페에 올린 거잖아?"

"카페에만 올렸더니 이상한 사람들만 와서!"

규리가 자신의 방문을 노려보며 어금니를 꽉 깨문 채 대답하자, 강희와 규현이 동시에 소리쳤다.

"왜? 아까 이상한 사람들 왔었어?"

"나 부르지! 무슨 일 있었어?"

"놀래라! 흥분들 좀 하지 마. 그냥 좀 까탈스럽더라고."

"아. 난 또."

강희가 안도의 한숨을 내쉬며 소파에 앉았다.

"짐 정리는 했어?"

"대충. 근데 규리야, 네가 없으니까 우리 집 아닌 것 같아."

강희는 규리의 손을 잡아끌며 그녀의 허리를 감싸 안았다.

"왜 이래? 징그럽게?"

"난 여기가 친정 같다."

"여기 네 시월드거든? 난 그 무섭다는 시누이고?"

"몰라. 몰라. 나 여기 좀 누워 있다 갈래."

소파에 앉아 있던 강희는 벌러덩 누워 버렸다.

"규현아, 그래도 되지?"

"그래. 그럼 TV나 좀 볼까? 오늘 축구하는데."

강희와 규현은 그대로 거실에 눌러앉아 버렸고, 규리는 이러지도 저러지도 못하고 양쪽 눈치를 살폈다. 한편, 레오와 명석은 규리의 걱정과는 달리 느긋하게 그녀의 방을 구경하고 있었다. 방은 꽤 협소했지만, 침대와 책상 그리고 화장대에 장롱까지 모두 갖춰져 있었다. 방에서는 보송보송한 파우더 향이 흩날렸고, 따뜻한 빛의 조명이 아늑하고 포근한 느낌을 주었다. 밟는 느낌이 좋은 그레이 색 러그에 깔끔하게 정리된 침구와 책상까지. 단정하면서도 따뜻한 느낌이 꼭 규리와 닮아 있었다.

'여기가 규리 방이구나.'

방을 둘러보던 레오는 자기 키보다 작아 보이는 침대를 물끄러미 바라보았다. 규리의 하루가 시작되고 끝나는 곳. 아침 일찍 알람이 울리면 규리는 조금만 더 자겠다고 징징거리겠지? 알람을 끄고 시간을 다시 맞추는 걸 몇 번이고 반복할지도 몰라. 그러다가 늦었다고 발을 동동거리며 서두를 거야. 가끔은 침대 모서리에 발가락을 찧고 아파할지도 몰라.

'으! 생각만 해도 아프다.'

늦은 밤이 되면 지친 몸을 이끌고 퇴근할 거야. 씻을 힘도 없는 넌 옷도 못 갈아입고 침대에 쓰러질 거고. 근데 규리야. 나…… 왜 침대가 부러운 걸까? 아마 규리는 이 이불을 덮거나 껴안고 자겠지? 이불 너도 부럽다. 씨잉. 침대도 이불도 베개도 다 부럽네! 동방신기 선배님들이 왜 네 방의 침대가 되고 싶다고 했는지 알 것 같다. 격하게 공감돼!

규리의 침대를 보며 한참을 괴로워하고 있을 때, 침대 헤드에 놓인 무언가가 그의 눈에 띄었다. 레오가 발견한 건 다름 아닌 손수건이었다. 어묵집에서 규리에게 고백한 날, 그녀의 입을 닦아 주었던 손수건. 떡볶이 양념이 안 묻어 있는 걸 보니, 아마도 규리가 빨아 놓은 모양이었다. 손수건의 부드러운 감촉과 향긋한 향기가 그를 기분 좋게 만들었다. 그리고 또 한 가지.

'왜 굳이 침대 헤드에 손수건을 둔 거지? 혹시 잘 때…….'

레오의 두 뺨이 붉게 물들었다.

'……내 생각 했나?'

자기 전에 했는지, 아침에 깨서 했는지는 모르겠지만 기분은 좋았다. 어쨌든 규리가 자기 생각을 하긴 하는 것 같아서. 레오가 손수건을 보며 헤벌쭉 웃고 있을 때, 명석은 규리의 책상 앞에 섰다. 의외로 책 보는 취향이 비슷하다. 〈방송의 이해〉, 〈한국 방송의 역사〉, 〈이것만 알면 나도 예능 작가〉.

'나도 다 갖고 있는 책이군.'

방송 필독서는 물론 소설, 시, 역사책에 철학책까지. 어쩜 이렇게 취향이 비슷한지.

'이건 뭐 천생연분이군.'

책장만 보고 한발 앞서 나가는 명석이었다. 규리의 책상을 둘러보던 명석은 작은 박스 하나를 발견했다. 튀는 색깔이거나 독특한 모양인 것도 아니었는데, 왠지 모르게 그의 손이 박스로 향했다. 그리고 박스를 열어본 명석의 얼굴에 미소가 한가득 걸렸다. 핫팩이다. 어묵집 앞에서 고백하기 전, 규리에게 주었던 그 핫팩을 여태 보관하고 있었다. 차갑게 식어 버린 핫팩을. 어쩐지 명석의 마음이 두근거렸다. 자신의 고백을 아주 내쳐 버리지는 않은 것 같아서.

명석과 레오가 각각 핫팩과 손수건을 들고 웃고 있을 때, 밖에서 규리의 목소리가 들려왔다.

"강희야! 내, 내 방은 왜?"

순간 놀란 두 남자는 손에 든 물건을 내려놓고 서로를 쳐다봤다.

"방에 들어오려는 것 같은데, 어떡해요?"

"뭘 어떡해? 숨기라도 하자는 거야?"

"규리가 난처하다잖아요."

"숨다가 걸리면 더 난처해져."

명석과 레오가 의견 조율을 하지 못하고 있을 때, 다시 밖에서 규리의 목소리가 들렸다.

"방에는 왜?"

"이 기집애야, 이리 와봐."

다행히 방문은 사수한 모양인지, 한참 동안 방문이 열리지는 않았다. 대신 강희와 규리의 목소리가 또렷하게 들릴 뿐.

"그래서 너 내일 그 결혼식에 간다고?"

"그럼 어떡해? 김 대리님이 나한테 얼마나 잘해줬는데."

"그 얘길 하는 게 아니잖아! 거기 가면 개태민 그 자식도 올 거 아냐!"

개태민? 그녀들의 대화에 웬 남자 이름이 등장하자, 레오와 명석은 자연스럽게 문 너머의 소리에 귀를 기울였다.

"조용히 해. 규현이 듣겠다."

다행인지 불행인지 축구에 푹 빠져 있는 규현은 못 들었지만, 두 남자는 그녀들의 대화를 똑똑히 듣고 있었다.

"개태민인지 개새끼인지 하는 그놈도 오는 거 맞지?"

강희가 다다닥 몰아붙이는 바람에 규리는 방 안에서 두 남자가 듣고 있을 거라는 생각은 전혀 못 하고, 그녀의 질문에 대답했다.

"오겠지. 같은 회사 사람인데."

"미친 놈. 요즘은 연락 안 와?"

연락이라는 말에 명석과 레오가 귀를 더 바짝 갖다 댔다.

"그때 이후로 안 와. 규현이가 좀 난리쳤냐?"

"누나가 그렇게 당하고 있는데, 그럼 가만히 있어?"

"……."

"밀당 못한다고 지가 뻥 차놓고, 알고 보니 여자가 있어? 그래 놓고 다시 만나자고 사람 잠도 못 자게 전화 걸어, 거기에 집이고 방송국이고 불쑥불쑥 찾아오고! 완전 미친놈이잖아!"

사실 몇 개월 전 그녀들의 이사에는 개태민도 한몫했다. 낡은 집에 사는 것도 힘들었지만, 워낙 외진 동네라 위험했는데 밤늦게 개태민이 찾아오는 바람에 규리가 놀란 적이 한두 번이 아니었다.

"다시 생각해도 열 받네!"

"목소리 낮춰! 규현이 듣겠다."

지금 규현이 걱정할 때가 아니었다. 안에서 그녀들의 이야기를 들은 명석과 레오의 얼굴이 싸늘하게 굳어 버렸으니까.

"암튼 내일 결혼식 가면 개태민이랑 아는 척도 하지 마!"

"알았어."

"눈도 마주치지 마!"

"알았다고."

"또 들이대면 거기를 확 차버리라고!"

"예, 예. 알겠으니 흥분 좀 가라앉히세요. 금동이 어머님."

규리가 아이의 태명을 부르며 말하자, 강희가 배를 쓰다듬으며 입을 다물었다.

"너희 내일 일찍 간다면서?"

"그래. 규현아, 우리 이제 내려가자."

마침 축구가 끝났는지, 규현도 자리에서 일어나고 있었다.

"그럼 우리 내려갈게. 잘 자고."

"응. 내일 조심해서 갔다 오고."

"내 말 명심해."

"뭘?"

"규현이 넌 알 거 없어. 규리야, 잘 자."

"그래. 너희도 잘 자."

규리는 강희와 규현이 내려갔는지 확인하고 서둘러 문을 잠갔다. 그리고 빠르게 자신의 방으로 가 문을 활짝 열어젖혔다. 자신이 초대한 손님은 아니었지만, 그래도 좁디좁은 방에 가둬둔 게 마음에 걸렸다. 저 남자들이 어디 저렇게 좁은 쪽방에 갇혀 있을 사람들인가!

"팀장님! 레오야! 괜찮아요?"

규리가 잔뜩 미안한 표정으로 물었지만, 두 남자는 괜찮지 않은 모양이었다. 평소 무뚝뚝한 명석은 그렇다 쳐도, 웬만한 일에는 방실방실 웃어넘기는 레오까지 저렇게 표정이 굳어 있는 걸 보면.

"죄송해요. 많이 답답하셨죠?"

규리가 물었지만, 두 남자는 싸늘한 표정만 지을 뿐 아무 대답도 하지 않았다.

'아. 어떡해. 되게 화났나 봐.'

아까까지만 해도 규리의 말 한마디에 꼼짝도 못하던 남자들이 저렇게 무서운 표정을 짓고 있으니 규리는 어쩔 줄 몰랐다. 어떻게 사과를 해야 하나 안절부절못하고 있을 때, 명석이 입을 열었다.

"감귤."

"예! 팀장님."

"내일 약속 있어?"

"내일이요? 아, 네. 결혼식이 있어서……."

내일은 공식적으로 쉬는 날이었다. 약속이 있어도 상관없는데, 왜 이렇게 말꺼내는 게 어려운 건지.

"어디서?"

"강남 H 호텔이요."

명석이 너무 무서운 표정으로 묻기에 규리는 저도 모르게 대답했다.

"몇 시에?"

"어? 두, 두 시."

처음 보는 레오의 딱딱한 얼굴에 시간까지 술술 불었다. 시간과 장소를 확인한 두 남자는 각자 자신의 신발을 챙겼다.

"그럼 이만 가지."

"그러시죠, 감독님."

뭐야? 오늘 여기서 잔다고 버틸 줄 알았더니? 301호 아줌마도 짐을 다 옮겼는지, 계단은 조용한 상태였다.

"감귤. 잘 자. 문단속 잘하고."

"규리야, 무슨 일 있으면 바로 연락해."

"전 걱정 마시고, 두 분 조심히 들어가세요."

온갖 핑계를 대며 안 나갈 줄 알았더니, 의외로 쉽게 간다. 거기에 하우스메이트란 말을 다시 꺼내지 않는 걸 보면, 아마도 이 집에 들어오는 건 아예 포기한 모양이었다.

"이제 나도 좀 쉬어야겠다."

두 남자를 보내고 문단속을 끝낸 규리는 마음이 한결 가벼워졌다. 한편, 규리의 집에서 나온 두 남자는 땅거미가 내려앉은 골목길을 걸었다.

"이봐, 오레오. 내일 정장 입어야겠지?"

"그딴 놈을 상대로 우리가 차려입어야 하나요?"

묻는 명석이나, 대답하는 레오나 표정이 심상치 않았다. 나란히 걷는 두 남자의 발걸음에는 거침이 없었다.

7. 같이 살아요, 우리

집에 홀로 남은 규리는 장롱을 열었다. 내일은 전에 다녔던 회사의 김 대리
님 결혼식이 있는 날이다. 청첩장 준다고 몇 번이고 만나자고 한 걸, 늦은 퇴근
때문에 번번이 거절할 수밖에 없었다. 결국 모바일 청첩장으로 초대를 대신했
고, 만약 일요일인 내일도 출근하게 되면 사정을 말하고 점심시간을 이용해서
잠시 다녀올 생각이었다. 김 대리는 규리가 첫 사회생활을 할 때 언니처럼 알뜰
하게 그녀를 챙겨 주었던 사람이었다.

"이거 입을까?"

규리는 대학생 때 입었던 스커트를 꺼내 몸에 대보았다.

"하아. 이건 너무 꾸민 느낌인가?"

오래된 옷이긴 했지만, 유행을 타는 스타일은 아니었다. 다만 치마 끝단에
달린 너풀너풀한 레이스가 눈에 거슬렸다. 개태민 그 자식이 이 옷을 보면 분
명 '나 만날 거 알고 꾸미고 온 거야?'라고 물을 게 뻔했으니까.

"내가 왜 그딴 자식이랑 얽혀서! 으!"

아빠가 돌아가시고 방송 작가의 꿈을 접은 규리는 대학 졸업 한 학기를 남겨

두고 부랴부랴 취업했다. 갑작스러운 아빠의 죽음에 엄마는 식음을 전폐했고, 고3이었던 규현이 할 수 있는 건 아무것도 없었다. 가족들을 먹여 살릴 수 있는 건 자신뿐이라고 생각한 규리는 관심 없던 외식 업체에 취직했다. 최저시급보다 조금 더 받았지만, 그나마 대기업이라 월급은 꼬박꼬박 잘 나왔다. 늦게 끝나면 야근 수당도 받았다. 별 큰일 없이 5년이란 시간을 그 회사에서 보냈다. 그리고 회사를 그만두기 몇 개월 전, 개태민은 규리가 있는 지점으로 옮겨왔다.

"내가 미쳤지. 그 자식이 들러붙었을 때 알아챘어야 하는 건데!"

잘 가지 않던 회식 자리에서 개태민은 규리에게 만나보자고 했고, 단 한 번도 연애 경험이 없던 규리는 순진하게도 그게 사랑 고백인 줄로만 알았다. 며칠간 회사 끝나고 밥 먹고 차 마시는 정도의 데이트를 했다. 하지만 그다지 즐겁지 않았다. 통하는 게 있는 것도 아니었고, 대화를 많이 한 것도 아니었다. 이런 게 연애인가? 하는 의구심이 들 때쯤. 집에 바래다주던 개태민이 집 앞에서 키스를 시도했다. 규리는 거부했고, 다음 날 '넌 밀당을 못해.'라는 이유로 차였다.

"일찍 가서 김 대리님한테 인사만 하고 와야겠다."

식성 좋은 규리는 눈물을 머금고 호텔 스테이크를 포기하고, 개태민을 피하는 쪽을 선택했다. 절대로, 두 번 다시 만나고 싶은 인간이 아니었으니까!

톡. 톡. 톡. 굵은 빗줄기가 창문을 두드렸다. 규리는 창문을 열고 손을 내밀었다.

"우리 규리가 더 예뻐요. 훨씬!"
"언제부터 내 감귤이 네 규리가 된 거지?"

아까 일을 떠올리니 괜히 규리의 가슴이 두근거렸다.
"아, 심장 폭행범들!"
밤새도록 비가 올 모양인지, 빗줄기가 점점 더 굵어졌다.
"잘…… 들어갔겠지?"

규리는 한동안 텅 빈 골목길을 하염없이 바라보았다.

*

아무도 없는 사무실. 불 꺼진 한쪽 구석에서 타닥, 타닥 키보드 두드리는 소리가 들렸다. 잠시 후. 키보드 소리가 멈추더니, 사무실을 밝히던 노트북이 꺼졌다. 지연은 노트북과 자료를 가방에 챙겨 들고 사무실을 빠져나갔다. 또각또각. 지연의 구두 소리가 텅 빈 건물 복도에 울려 퍼졌다. 엘리베이터 버튼을 누르자 곧 문이 열렸다. 엘리베이터에 올라탄 지연은 1층 버튼을 눌렀다. 손목시계를 확인하니 벌써 12시가 훌쩍 넘었다. 늦게 끝날 줄 알았으면 차를 끌고 올걸 그랬다. 정신없이 일하다 보니 시간이 벌써 이렇게 된 줄도 몰랐다. 지하철은 간당간당하고, 편하게 택시 타고 가야겠다. 그렇게 생각하며 문 닫힘 버튼을 누르고 있을 때, 커다란 손이 엘리베이터 문을 잡았다. 지연의 반짝이는 눈동자 속에 승후의 얼굴이 비쳤다.

"이제 퇴근하세요?"

"……."

"저도 지금 퇴근하는데."

지연은 대답 대신 핸드폰을 꺼내 들었다. 명백한 대화 거부. 하지만 승후는 멈추지 않고 말을 걸었다.

"뭐 타고 가세요?"

승후는 빨간 불빛이 들어오는 1층 버튼을 보며 물었다. 지하 주차장으로 내려가는 게 아니라면, 차를 안 가져왔다는 거다.

"버스랑 지하철 다 끊겼을 텐데. 제 차로 모셔다……."

"박승후."

날 선 차가운 목소리가 승후의 귀에 와 꽂혔다. 안다. 저 예쁜 목소리로 무슨 말을 들려줄 건지.

"내가 그때 분명히 말했지?"

"예……."

"그럼 내가 지금 무슨 대답 할지 알겠네?"

"……."

차를 타지 않겠다는 거절의 말을 저렇게 어렵게 한다. 왼손에 든 지연의 노트북 가방이 무거워 보인다.

……들어 주고 싶다. 하지만 그 말을 하면 또 거절당하겠지?

거절당하는 건 상관없다. 그렇지만 그녀를 불편하게 하고 싶진 않았다. 승후는 목 끝까지 올라오는 말을 꾹 눌러 삼키며 제 앞에 서 있는 지연의 뒷모습을 바라보았다.

"좋아해요, 작가님."

승후가 고백했을 때, 지연은 어이없다는 눈으로 한참 동안 그를 쳐다보며 헛웃음을 터뜨렸다. 고백에 대한 아무런 대답 없이 옥상을 빠져나가려던 지연은 발걸음을 멈춰, 몸을 돌려 승후에게 되돌아와 말했다.

"박승후. 지금 네가 한 말, 못 들은 걸로 한다."

그렇게 예쁜 얼굴로 거절하면, 세상 어떤 남자가 마음을 접는다고.

엘리베이터 문이 열렸다. 또각. 또각. 지연의 구두 소리 위로, 저벅저벅 승후의 발걸음 소리가 덮였다. 두 사람은 방송국 로비를 지나쳐 밖으로 나왔다.

"아……."

빠르게 걷던 지연의 발이 갑자기 멈춰 섰다. 그러자 그녀의 뒷모습만 보며 걷던 승후가 부딪칠 정도로 가까이 온 뒤에야 겨우 몸을 멈췄다. 그녀의 시선을 따라갔다. 하늘에서 비가 내린다. 그것도 장대비가. 지연은 손을 뻗었다.

망할 놈의 일기 예보! 아침에 날씨 확인했을 때, 비 온다는 말은 없었는데! 옷이 젖는 건 상관없지만, 노트북은 안 된다. 엘리베이터에서 단호하게 승후를 거절한 게 조금 후회됐다.

'지금이라도 태워달라고 할까?'

잠시 고민하던 지연은 고개를 흔들었다.

'내가 지금 무슨 생각을 하는 거야!'

방송국 바로 앞에 택시 정류장이 있다. 100m 정도? 저기까지 뛰면 된다. 지연은 핸드폰을 가방에 집어넣고, 가방을 들지 않은 손으로 머리를 가렸다. 그대로 뛰어가려는 찰나, 검은 우산이 그녀의 머리 위를 덮었다. 고개를 들어 우산을 든 손을 올려다봤다. 아까 엘리베이터 문을 잡았던 그 손이 지금은 우산 손잡이를 잡고 있었다.

"이거 쓰고 가세요."

"아니, 난……."

대답도 채 끝나기 전, 승후는 지연의 손에 우산을 쥐어 주며 활짝 웃었다.

"박승후! 차 가져왔다면서?"

"오늘 차량 10부제라서 안 갖고 왔어요!"

근데 왜 태워준다고 한 거야?

"그럼 우산이라도 같이 써!"

"부담스러우시잖아요. 작가님 쓰세요."

"너 옷이 다……."

승후는 그녀의 뒷말을 듣지 않고 달리기 시작했다.

"……옷이 다 젖잖아."

지연의 목소리가 빗소리에 묻혔다. 저 멀리 뛰어가는 승후의 넓은 어깨 위로 거칠게 빗방울이 떨어졌다.

"추울 텐데……."

우산 손잡이에 아직 그의 온기가 남아 있었다.

다음 날. H 호텔에 도착한 규리는 핸드폰을 확인했다.

"벌써 오진 않았겠지?"

1시. 개태민과 마주치지 않기 위해 무려 한 시간이나 먼저 왔다!

"장하다, 감규리! 이런 신발을 신고 이렇게 일찍 오다니!"

규리는 부지런한 자신을 셀프 칭찬했다. 어젯밤 장롱 앞에서 이 옷, 저 옷 입어보다 결국은 치마를 선택했다. 결혼식이다. 그것도 무려 H 호텔 결혼식! 이런 곳에 오면서 청바지에 운동화 차림으로 오는 건, 김 대리님에 대한 예의가 아니라는 생각이 들었다. 그래서 집에 있는 것 중 가장 예쁜 옷을 골라 입고 굽이 높은 구두도 신었다. 거기에 고데기로 머리에 힘도 좀 주고, 색조 화장까지 했다. 평소 잘 신지 않는 구두를 신어서 그런지, 발뒤꿈치가 쓸리면서 아려왔다.

"빨리 인사만 하고 가야겠다."

규리는 오늘 신부 대기실에 들러 사진만 찍고 갈 생각이었다. 축의금을 생각하면 당연히 스테이크를 썰고 가야 하지만, 그러다가 개태민과 마주칠까 무서웠다. 쓸데없이 개태민과 얼굴 마주쳐서 괜한 감정 소비하고 싶지 않았다. 오늘은 오랜만에 맞이한 휴일이었고, 오롯이 자신을 위해 쓰고 싶었다. 그런데 개태민을 마주치면 기분 잡칠 게 뻔했다. 김 대리님 만나서 인사하고 집에 돌아가 부동산도 들르고, 밀린 빨래에 청소, 분리수거까지 하려면 벌써부터 마음이 급하다. 볼일이 끝나면 느긋하게 치맥에 영화 한 편 때릴 예정이었다.

"오랜만에 강희랑 치맥을…… 아…….''

아직까지는 강희가 집에 없다는 게 실감나지 않는다. 어서 빨리 하메를 구해야겠다. 외로움 병 돋기 전에.

"신부 대기실이 어디지?"

규리는 두리번거리며 신부 대기실을 찾았다. 평소에도 마당발이었던 김 대리의 결혼식에는 하객이 꽤 많았다. 수많은 사람 사이를 지나쳐 대기실에 도착한 규리는 쩍 하고 입을 벌렸다.

"김 대리님!"

"어머! 규리 씨, 왔어?"

오랜만에 만난 두 사람은 끌어안으며 서로를 반겼다.

"결혼 축하드려요. 진짜 예쁘다."

"고마워. 꾸미고 와서 그런가? 규리 씨도 예쁜데?"

"대리님에 비하면 새 발의 피죠. 꺄! 눈부셔!"

규리는 예쁜 신부를 보며 격하게 칭찬했다.

"그동안 잘 지냈어? 어떻게 얼굴 한번 보기가 이렇게 힘드니?"

"죄송해요. 저도 방송 일이 이렇게 바쁜 줄 몰랐어요."

'오늘도 겨우 왔어요.'라고 말하려던 규리는 말을 삼켰다.

"방송 일은 좀 어때? 해보니까 좋아?"

"재미있긴 한데, 힘들어요."

"힘들어도 매일 연예인 볼 거 아니야? 요즘 무슨 프로그램 해?"

김 대리의 눈이 초롱초롱하다. 그녀는 무슨 프로그램 하고 있느냐고 물었지만, 정작 알고 싶은 건 규리의 프로그램에 누가 출연하는지일 것이다. 방송 작가라고 직업 소개를 하면 열에 열은 묻는 질문이 바로 '연예인 많이 보겠네?', '어떤 연예인이랑 일해 봤어?', '그 사람 성격 어때?'였다. 그리고 마지막엔 남자친구 혹은 여자친구 있느냐는 질문으로 마무리. 실상 녹화 때밖에 못 보는데 말이다. 아, 어젠 집에서 보긴 했구나. 레알 연예인과 연예인급 피디를……

"아직 방송 나간 건 아니고, 새로 들어갈 프로그램 준비하고 있어요."

"누구 나오는데?"

프로그램 내용은 관심 밖이고 오로지 출연하는 연예인만 궁금한 김 대리다.

"서가을이랑."

"으응."

반응을 보니 김 대리님은 걸 그룹을 별로 안 좋아하고.

"송서준이랑."

"오~"

슬슬 반응이 나온다.

"그리고 오레오요."

"뭐? 오레오? 꺄아!!!"

이젠 이런 반응에 익숙하다. 작가들도 첫 미팅 때, 딱 김 대리와 같은 반응이었으니까.

"그럼 오레오 직접 봤어?"

직접 보다 뿐인가요? 걔가 글쎄 저를 좋아한대요. 제가 걔 첫사랑이래요!

"잠깐! 오레오 출연하는 예능이면 계명석 피디가 하는 거잖아!"

예. 예. 계 팀장님이 연출하시죠. 근데 팀장님도 제가 좋대요.

"규리 씨 완전 좋겠다!"

아뇨, 저보다 그 남자들이 절 더 좋아해요.

"그런 남자들하고 일하면 어때?"

종종 병원에 가고 싶답니다. 혹시 순환기 내과에 알고 있는 의사 선생님 없으신가요? 요즘 심장이 안 좋아진 것 같아서요.

"규리 씨, 완전 부럽다!"

"뭘요. 그래 봤자 저는……."

'이제 막 일 시작한 막내 작가일 뿐인걸요.'라고 말하려는 찰나 누군가 그녀의 말을 가로챘다.

"그래 봤자 막내잖아?"

"어? 태민 씨 왔어?"

젠장. 개태민 저 자식이 벌써 오다니!

언제 온 건지, 태민은 자연스럽게 규리 뒤로 가 그녀의 어깨에 손을 얹었다.

"규리 씨, 오랜만이야?"

규리는 슬쩍 자리를 옮기며 그의 손길에서 벗어났다.

"오랜만이네요, 개태…… 아니, 양태민 씨."

"오랜만에 봤는데, 나 안 반가운가 봐?"

너 같으면 너 새끼가 반갑겠니?

규리가 썩은 미소를 짓자, 태민은 더 친한 척 굴었다.

"규리 씨, 우리 회사 그만두고 방송국 들어갔다면서?"

"아니, 글쎄. 규리 씨 요즘, 오레오랑 계명석 피디랑 같이 일한대!"

개태민에게는 절대 알리고 싶지 않았는데, 김 대리가 빠르게 말을 전했다.

"오. 유명한 사람들이랑 일하네?"

어쩐 일로 깔아뭉개지 않는다. 매일 남 무시하는 재미로 사는 사람이?

"근데 같이 일한다고 친하거나 그렇지는 않잖아? 급이 다르니까?"

역시 개태민 이 자식이 그냥 넘어갈 리가 없지.

태민은 오늘 무시할 사람 제대로 물었다는 표정으로 규리를 바라보았다. 남을 깔아뭉개야 자신이 그 위에 있다고 믿는 사람. 그게 바로 개태민이었다.

"오레오는 딱 봐도 인성 쓰레기일 것 같고, 계명석은 뭣도 없이 거만 떨 것처럼 생겼던데. 그런 사람들이 고작 막내 나부랭이한테 관심이나 있겠어?"

무시가 답인 건 잘 알고 있는데, 왜 이렇게 속이 부글부글 끓어오르는지.

"규리 씨는 평생 일해도 그 사람들이랑 같은 급은 안 되잖아? 아냐?"

슬슬 규리의 표정이 굳어졌다. 그렇다고 남의 결혼식에 와서 싸울 수도 없는 노릇. 규리가 애써 그의 말을 그냥 웃어넘기려는데, 정신 나간 개태민이 계속해서 입을 놀렸다.

"그러니까 괜히 방송국 다니면서 허파에 바람 넣지 말고, 나랑 만나자니까."

"어머! 태민 씨, 규리 씨한테 관심 있었어?"

규리와 태민 사이의 일을 모르는 김 대리가 눈을 동그랗게 뜨며 물었다. 그러자 태민은 기다렸다는 듯, 규리의 어깨를 감싸 안으며 대답했다.

"제가 그렇게 신호를 줘도 못 알아듣더라고요."

"어머! 웬일이야!"

김 대리는 기쁜 듯 손뼉까지 쳤지만, 규리의 기분은 최악이었다. 아마 김 대리님은 오늘 날이 날인 만큼 제대로 된 사고를 할 수 없는 모양이었다. 저딴 말을 뱉는 개태민을 보며 손뼉까지 치는 걸 보면. 규리는 그의 손에서 벗어나기 위해 어깨에 힘을 줬지만, 태민은 도리어 손에 힘을 꽉 주었다. 그리고 얼굴을 가까이 대며 규리의 귓가에 속삭였다.

"남의 결혼식에서 소란 피우지 말자고."

이 자식이 일부러!

개태민은 아주 날을 잡고 온 것 같았다. 규리가 남의 결혼식에서 큰 소리 내지 않을 성격이라는 걸 알고 말이다.

"양태민 씨. 이 손 놓고 말씀하시죠."

규리가 눈을 사납게 뜨며 말하자, 태민은 한술 더 떠 그녀의 머리카락을 귀 뒤로 넘기며 말했다.

"양태민 씨가 뭐야. 같은 회사 다니는 것도 아닌데, 이제 편하게 오빠라고 불러."

더는 못 참겠다! 어깨에 손 올리는 것만으로도 충분히 소름 끼치는데, 뭐? 오빠라고 불러? 이 자식이 완전 미쳤나?

결국 머리끝까지 화가 난 규리가 그의 손을 풀어내며 꽥 소리를 지르려는 순간! 꺄아!!! 대기실 밖에서 비명 소리가 들렸다.

"뭐야? 밖에 무슨 일 있나?"

신부의 표정이 사색이 됐다. 하긴 좋은 일 앞두고 난데없이 결혼식장에서 비명 소리가 들렸으니, 놀랄 만도 했다. 그런데 어째 비명 소리가 점점 가까이 들리는 것 같더니, 활짝 열린 신부 대기실 안으로 환한 빛이 들어왔다. 그리고 그와 함께 레오와 명석이 들어오는 게 아닌가?

"티, 팀장님? 오레, 오 배우님?"

갑작스러운 그들의 등장에 규리의 입은 딱 벌어졌고, 깜짝 놀란 태민은 규리를 잡은 손에 힘을 잔뜩 주었다. 두 남자의 눈에서 불꽃이 피어오르는 것도 모른 채.

*

H 호텔 앞에 도착한 명석과 레오는 무표정한 얼굴로 서로를 쳐다봤다. 어젯밤 그딴 놈을 상대로 무슨 슈트씩이나 입느냐고 했던 두 남자는 그 어느 때보다 완벽하게 차려입은 상태였다. 슈트에 구두는 물론 시계까지, 가지고 있는 것 중 가장 비싸고 고급스러운 것으로 온몸을 치장했다. 명석은 오랜만에 입은 슈트가 답답한 모양인지, 타이를 헐렁하게 풀었다. 무심하게 타이에 올린 손등 위로 핏줄이 곤두섰고, 가슴에 딱 달라붙은 셔츠 위로 단단한 근육이 드러났다. 바람에 휘날리는 재킷을 잠그는 레오의 눈빛이 사납게 피어올랐다. 포마드로 깔끔하게 넘긴 헤어에 슬림 핏으로 똑 떨어지는 슈트는 레오의 분위기를 더욱 부드럽게 만들었지만, 그의 눈빛은 마치 맹수처럼 험악했다.

"시간 길게 끌지 말죠."

"원하던 바야."

두 남자가 바람을 가르며 안으로 들어서자, 호텔에 있는 모든 사람들은 죄다 걸음을 멈추고 그들을 향해 시선을 돌렸다. 남녀노소, 단 한 명도 예외는 없었다. 남자의 눈에도, 어린아이의 눈에도 두 남자의 미모는 빛을 발하고 있었으니까. 호텔 로비를 단숨에 영화제 레드 카펫으로 만들어 버린 두 남자는 긴 다리를 움직여 인포메이션 데스크 앞에 섰다. 그러자 데스크를 지키고 있던 여자 직원이 넋이 나간 듯, 입을 벌리고 그들을 쳐다봤다.

"웨딩홀이 몇 층이죠?"

"……."

여자 직원이 아무 대답도 하지 못하자, 남자 직원이 '7층입니다.' 하고 대답했다. 레오와 명석은 정중하게 감사하다는 인사를 한 뒤, 엘리베이터 앞에 섰다.

그리고 잠시 후. 두 남자를 태운 엘리베이터 문이 닫히자, 그제야 사람들은 마법에 풀린 듯 정신을 차리고 함성을 질렀다.

"꺄아악!"

"오레오! 방금 오레오였어!"

"옆에 계명석 맞지? 진짜 멋있다!"

전혀 예상치 못한 레오와 명석의 등장에 웨딩홀에 있던 사람들은 심장이라도 멎은 모양인지 아무 말도 하지 못하고 그들을 쳐다봤다. 두 남자는 남들보다 한 뼘은 더 큰 키로 수월하게 홀을 둘러보았다. 그 어디에도 규리는 보이지 않았다.

"신부 대기실에 있지 않을까요?"

레오의 말에 명석은 고개를 끄덕였고, 곧장 신부 대기실로 향했다. 대기실 근처에서 웬 남자의 목소리가 들려왔다.

"오레오는 딱 봐도 인성 쓰레기일 것 같고."

'이 정도는 뭐 어린애 수준이군.'

몇 년간 배우 생활한 레오는 이 정도의 수준은 욕처럼 들리지도 않았고.

"계명석은 뭣도 없이 거만 떨 것처럼 생겼던데."

'어디서 개가 짖나?'

건방지다는 소리를 자주 들었던 명석은 태민의 말에 아무런 내상도 입지 않았다. 하지만.

"그런 사람들이 고작 막내 나부랭이한테 관심이나 있겠어?"

'우리 규리한테 나부랭이라고 한 거야?'

'어떤 잡동사니가 감히 내 감귤한테!'

규리에 대한 험담을 들은 레오는 두 주먹을 꽉 쥐었고, 명석은 으득 소리가 날 정도로 어금니를 깨물었다.

"그러니까 괜히 방송국 다니면서 허파에 바람 넣지 말고, 나랑 만나자니까."

계속해서 들려오는 개태민의 목소리에 레오와 명석은 점점 이성을 잃었다.

"양태민 씨! 이 손 놓고 말씀하시죠!"

날 선 규리의 목소리에 눈에 뵈는 게 없게 된 두 남자는 신부 대기실로 들어 갔다. 안으로 들어가자, 개태민인지 개새끼인지 하는 놈이 감히 규리의 어깨에 손을 올리고 있는 게 아닌가! 순간 두 남자의 이성이 우지끈 끊어지는 소리가 들렸다.

"어, 어떻게 두 분이 여기에……."

그들을 보고 놀란 규리가 물었지만, 두 사람은 대답 대신 태민의 앞에 섰다. 놀란 건 규리뿐만이 아니었다. 방금 전까지 신나게 그들을 욕했던 태민은 너무 도 놀란 나머지, 두 남자를 보며 '어, 어?'거리며 말을 더듬었다. 사실 태민은 여러모로 레오와 명석의 발뒤꿈치도 못 따라가는 위인이었다. 특히 인성 면에 서. 185cm가 넘는 훤칠한 키를 가진 어깨 깡패 둘이 그를 에워싸자, 태민은 잔 뜩 겁먹은 표정으로 그들을 올려봤다.

"하하. 오레오 씨, 계명석 씨 만나서 반갑습니다."

"저도 반갑습니다."

레오가 악수를 청하자 태민은 규리의 어깨에 올려둔 손을 얼른 풀어 그에게 내밀며 허리를 90도로 숙였다. 강한 자에겐 약하고, 약한 자에겐 강한 전형적 인 찌질이 스타일. 그게 바로 양태민이었다.

"실물로 보니 정말 미남이시네요."

"감사합니다."

"인품도 훌륭해 보이시고요."

"과찬이십니다."

레오는 태민이 내미는 손을 잡았다. 그것도 아주 꽈아악.

"악!"

그의 악력에 놀란 태민이 아픈 듯 소리를 질렀지만, 레오는 얼굴색 하나 바 뀌지 않고 오히려 태연한 표정을 지으며 물었다.

"왜 그러시죠?"

"으윽. 아닙, 아닙니다."

남들 눈을 의식한 태민은 애써 괜찮은 척했지만, 그의 얼굴은 이미 새빨갛게 달아올라 있었다. 레오가 방긋 웃으며 그의 손을 놓자, 이번엔 명석이 태민의 어깨에 손을 올렸다. 마치 아까 태민이 규리의 어깨에 손을 올렸던 것처럼, 빠져나가지 못하게 아귀힘을 잔뜩 주며 말이다.

"크흡."

태민이 갑자기 들어온 공격에 놀라 명석을 올려다보자 그가 빙긋 웃으며 말했다.

"어깨가 탄탄한 게 운동 좀 하셨나 본데요?"

"예? 아, 예."

탄탄한 건 태민의 어깨가 아니라, 명석의 팔뚝이었다. 손에 얼마나 힘을 주었는지, 타이트한 슈트 위로 단단한 근육이 춤을 추고 있었다. 규리의 어깨에 올려져 있던 태민의 손은 손쉽게 치우긴 했지만, 레오와 명석의 분노는 쉽게 사그라지지 않았다. 두 남자가 이글거리는 눈빛으로 태민을 노려보고 있자, 규리가 물었다.

"두 분께서 여긴 어떻게 오신 거예요?"

어제 명석이 뭐 하냐고 물었을 때 아무 생각도 없이 술술 대답했을 뿐인데, 여기까지 올 줄은 꿈에도 몰랐다. 김 대리님 결혼식에 오레오와 계명석의 등장이 웬 말이냔 말이다! 거기에 남의 결혼식에 왜 저렇게 잘 차려입고 온 건지! 두 남자는 등장과 동시에 개태민을 오징어로 만드는 마법을 부렸고, 웨딩 촬영 중인 신랑에게는 천하의 몹쓸 짓을 하고 있었다.

여자가 하객 패션으로 피해야 할 0순위가 순백의 하얀 옷이라면, 남자는 음…… 그냥 저 두 남자를 친구로 두지 않는 게 최선의 방법일 것 같다. 레오와 명석은 패션이 문제가 아니라, 얼굴 자체가 신랑한테 민폐가 될 테니까.

"감규리 작가."

명석이 낮은 음성으로 그녀를 불렀다.

"여태 여기 있으면 어떡하나?"

"예?"

뭘 어떡한다는 거죠? 오늘은 쉬는 날이고, 전 여기 온 지 고작 10분밖에 안 됐는데. 지금 대체 무슨 일이 벌어지고 있으며, 저 두 남자가 왜 여기까지 찾아왔는지 도저히 감이 잡히지 않는 규리는 얼떨떨하게 두 남자를 번갈아 쳐다봤다. 명석이 다시 입을 열었다.

"지금 감규리 작가 때문에 방송국이 난리가 났다고!"

"예에? 저 때문에요?"

일은 어제 다 마치고, 지연에게 허락까지 받고 퇴근했다. 그런데 무슨 난리가 났다는 건지.

"회사에 무슨 일 있나요?"

규리가 걱정스러운 얼굴로 묻자, 명석이 대답했다.

"감규리 작가가 자리를 비우는 바람에 우리 팀 일이 전혀 안 돌아가고 있다고!"

"예에?"

개태민의 말처럼 자신은 고작 막내 작가 나부랭이일 뿐이다. 물론 팀 내에서 아주 많은 일을 하고 있고 또 없어서는 안 될 존재이긴 하지만, 그렇다고 그녀가 없다고 해서 팀이 난리 날 일은 없다! 절대! 하지만 명석은 눈도 깜짝하지 않고 말했다.

"지금 국장님께서 애타게 감 작가만 기다리고 계신다고."

"국장님이요?"

규리는 거의 혼이 나갈 지경이었다. 여태 회사를 다니면서 국장님은 먼발치에서 실루엣만 봤을 뿐 직접 대면한 적은 한 번도 없었다. 그런데 날 기다리고 계신다고? 왜? 뭣 때문에?

"도대체 얼마나 중요한 사람 결혼식이기에 방송국을 이렇게 홀딩시킨 거야?"

그의 말에 김 대리가 '어머!' 하고 낮게 감탄사를 뱉었다. 명석은 규리가 허드렛일만 하는 막내 나부랭이가 아니라는 걸 부각시키면서도, 오늘의 주인공인 김 대리를 치켜세우는 스킬을 구사하고 있었다.

"초대받지 못한 저희가 멋대로 와서 죄송합니다."

레오가 신부를 향해 사과하자 김 대리는 손사래를 치며 괜찮다고 대답했다.

"인사가 늦었습니다. 감규리 작가와 함께 일하고 있는 계명석입니다."

"결혼 축하드립니다. 규리 작가님의 프로그램에 출연 중인 오레오입니다."

명석과 레오가 고개 숙여 인사하자, 김 대리는 어쩔 줄 몰라 했다.

"감 작가 말처럼 정말 미인이십니다."

"어머! 규리 씨, 그런 말까지 했어? 호호호."

"이렇게 좋은 인재를 기꺼이 우리 방송국에 보내주셔서 감사합니다."

"제가 무슨…… 그런데 계명석 피디님이 여기까지 찾아올 정도면 규리 씨가 방송국에서 대단한가 봐요?"

김 대리의 질문이 끝나기 무섭게 명석이 대답했다.

"활약이 얼마나 대단한지, 말로 다 못할 지경입니다."

제가 활약을요? 시키는 일만으로도 벅차 죽을 지경인데.

"이번에 새로 론칭한 프로그램도 모두 감 작가 머리에서 나온 아이디어죠."

회의 시간에 아이디어 좀 내라고 쪼지 않으셨나요?

"저희 팀은 물론 방송국에서 없어서는 안 될 소중한 존재죠. 좀 과장해서 말하자면, 감 작가 없이 방송국이 안 돌아갈 정도입니다."

명석이 태민을 똑바로 쳐다보며 말하자, 그의 눈동자가 크게 일렁거렸다. 조금 전까지 자신의 발아래에서 자근자근 밟히고 있던 규리가 저렇게 인정받고 있었다니. 명석과 레오가 여기까지 찾아온 걸 보면 거짓말은 아닌 것 같고. 규리를 몇 번 가지고 놀려던 태민은 그녀에게 묘한 감정이 생겼다. 자신이 곧 산산이 부서질 거라는 건 상상도 못 한 채 말이다.

"그런데 이 분은 누구신가요?"

레오는 입가에 미소를 띠며 물었지만, 태민을 보는 눈빛은 살벌했다.

"혹시 작가님 남자친구분이신가요?"

"네. 저는 규리 남자친구인……."

태민이 자신만만하게 나서려고 하자, 명석이 단칼에 그의 말을 잘라 버렸다.

"오 배우, 농담이 지나치군."

사람을 무시하는 말투에 기분 상한 태민은 눈썹을 움찔거렸다.

"아! 그렇지. 감규리 작가님도 급이 있는데, 이따위 별 볼 일 없는 남자를 거들떠나 보겠어요?"

레오답지 않은 센 단어 선택이었다. 그러자 태민이 눈에 힘을 주며 레오를 노려봤고, 레오는 얼음장처럼 차가운 눈빛으로 응수했다. 태민은 나름 강단 있게 그를 노려봤지만, 독기 어린 레오의 눈빛에 곧 깨갱 하며 꼬리를 내렸다.

"급 낮은 사람이 감히 올려다볼 수 있는 분인가요. 우리 감규리 작가님이."

"하긴. 감 작가 눈이 보통 높아야 말이지."

"흐흠."

그들의 카리스마에 눌린 태민은 민망한 듯 헛기침만 할 뿐, 아무런 대꾸도 하지 못했다.

"어머, 규리 씨 눈이 그렇게 높았어?"

"예? 아, 아니……."

"도대체 규리 씨 눈이 얼마나 높기에 저렇게 말씀하시는 거야?"

김 대리가 똘망똘망한 눈으로 묻자, 레오가 대신 대답했다.

"제가 알기론 요즘 제일 핫하다는 톱스타가 작가님을 짝사랑하고 있다고 들었어요."

레오의 말에 규리는 물론 명석까지 눈이 커졌다.

"어머! 톱스타요? 대박! 혹시 누군지 아세요?"

김 대리가 호들갑을 떨며 묻자, 레오가 대범하게 말했다.

"누구라고 말씀드릴 순 없지만, 모나지 않은 성격으로 국민 첫사랑이라는 별명을 가진 배우라고 하더라고요."

"국민 첫사랑? 누구지?"

구체적인 레오의 설명에 놀란 규리가 입을 벌리고 있을 때, 명석이 지지 않겠다는 듯 말했다.

"내가 알기론 한 유명 피디도 감규리 작가를 좋아한다고 들었는데."

"유명 피디요?"

"손만 댔다 하면 시청률 1위 찍는, 능력 출중하면서도 외모까지 훌륭한 피디라고 하더군요."

"어머! 규리 씨! 웬일이니?"

아니, 이 남자들이 미쳤나? 그러다가 들키면 어쩌려고 자기 입으로 자기 얘기를 술술 하는 거야? 그것도 눈도 깜짝 안 하고 자기 칭찬을!

하지만 다행인지 불행인지, 아무도 그들이 말하는 배우와 피디가 레오와 명석이라고 생각하지 않았다. 아마도 레오와 명석이 규리를 좋아할 리는 없을 거라고 생각한 모양이었다.

"어쩐지. 5년 동안 왜 연애를 안 하나 했더니, 눈이 높아서 그런 거였구나?"

눈이 높다는 말에 혹시나 개태민이 오해할까 봐 무서웠던 규리는 김 대리의 말을 정정했다.

"아뇨. 계속 눈이 높았던 건 아니에요."

"그럼?"

"예전에 제 눈이 발바닥에 달렸던 적이 있었어요."

발바닥이라는 말에 태민이 움찔댔지만, 규리는 멈추지 않았다.

"근데 어떤 아메바 같은 남자를 만나고 나서 눈이 높아졌지 뭐예요?"

"뭐? 아메바? 풋!"

순간 태민이 살벌한 눈으로 규리를 쏘아봤지만, 명석과 레오가 더 무서운 눈초리로 노려보자 그가 눈에 들어간 힘을 뺐다.

"그 일 이후로 확실한 게 하나 생겼어요."

"뭔데?"

"재활용도 안 되는 쓰레기랑은 애초에 얽히지 말자."

"그래. 남자든 여자든 사람 잘 만나야 한다니까."

예전엔 규리에게 그게 없었다. 사람 보는 눈. 모두 자신처럼 좋은 마음으로 친해지기 위해 다가온다고 생각했다. 하지만 세상엔 나쁜 의도를 가지고 접근하는 사람도 있다는 걸 이제야 깨달았다. 다행히 지금은 남자 보는 눈이 조금은 생긴 것 같다. 저 두 남자 덕분에.

"사진 찍어도 될까요?"

김 대리가 얼굴에 홍조를 띠고 묻자, 레오와 명석이 고개를 끄덕였다. 두 남자가 규리에게서 멀어지자, 태민이 그녀에게 다가와 질척거렸다.

"규리 씨. 이따 결혼식 끝나고 나랑 차라도 한 잔……."

사진을 찍으려다 태민의 움직임을 본 레오와 명석이 나서려고 할 때, 규리의 단호한 목소리가 들렸다.

"양태민 씨. 아까 못 들었나요?"

"……?"

"다시는 쓰레기랑 얽히지 않는다고 했을 텐데요."

확고한 그녀의 말에 태민의 얼굴은 붉으락푸르락해졌고, 레오와 명석은 그녀를 보며 미소를 지었다.

"저기 태민 씨!"

태민이 씁쓸하게 신부 대기실을 나가려고 할 때, 김 대리가 그를 불렀다. 그러자 태민이 기대에 찬 얼굴로 돌아봤고, 김 대리가 세상 천진한 얼굴로 말했다.

"미안한데 나가려면 빨리 나가줄래? 우리 사진 좀 찍게."

*

인사를 마치고 호텔을 빠져나온 규리는 자신을 따라오는 두 남자를 향해 뒤를 돌아봤다.

"그래서! 어제 제가 강희랑 얘기하는 걸 엿듣고 여기까지 왔다는 거예요?"

그녀의 다그침에 명석은 바지 주머니에 손을 넣고 먼 산을 쳐다봤고, 레오는 공손히 두 손을 모은 채 고개를 끄덕였다.

"허! 나 참!"

규리가 화를 냈지만, 그들도 할 말이 없는 건 아니었다. 어느 남자가 좋아하는 여자를 그딴 취급하는 자식을 가만두냐 말이다. 솔직히 결혼식에서 만나서 그렇지, 어디 야산에서 만났으면 양태민인지 개태민인지 하는 그 자식을 얼굴만 내놓은 채 묻어 버렸을지도 모른다.

"감귤! 우리도 몰래 따라올 수밖에 없었다고! 만약 따라온다고 했으면 네가 허락했겠냐고!"

"그래. 규리야. 우린 네가 너무 걱정돼서 따라온 거야. 그러니까 너무 화내지 마……."

"누가 화났대?"

규리의 말에 명석과 레오가 서로를 쳐다봤다.

화난 게 아니면 뭐지? 분위기는 완전 화난 것 같은데.

"아주 고소해 죽겠더라. 크흡."

두 남자 사이에서 쩔쩔매는 양태민의 얼굴을 보자, 규리는 속이 뻥 뚫리는 기분이었다. 같은 회사 다닐 때는 선배라는 이유로, 회사에 소문날까 봐, 혹시 해코지할까 봐 전전긍긍하며 그를 피하기 급급했다. 하지만 이제 더는 그가 무섭지 않았다. 개태민은 강한 사람이 아니다. 약한 자신한테 강한 척했던 찌질이였지.

"제가 오늘 한턱 쏴도 될까요?"

규리가 묻자, 레오와 명석의 얼굴에 환한 미소가 걸렸다.

"당연하지!"

"어디로 갈까?"

"대신 비싼 건 안 돼요!"

그 사실을 가르쳐 준 두 남자에게 작게나마 보답하고 싶었다.

"치맥 어때요? 아니면 소삼?"

"난 소삼!"

"에이, 감독님. 이럴 땐 시원하게 치맥이죠!"

"무슨 소리야! 소주에 삼겹살이 최고지!"

규리는 어린애처럼 다투는 두 남자를 보며 미소를 지었다.

＊

레오와 명석을 알아보는 눈이 너무 많아, 결국 소삼과 치맥을 포기한 세 사람은 편의점 파라솔 아래에 앉아 맥주를 기울였다. 편의점 데크 구석에 마련된 자리는 레오 키만 한 나무 덩굴이 어지럽게 뒤엉켜 있어 그 안에 누가 들어 있는지 전혀 알 수 없었다. 따뜻한 햇살이 그들을 비추었다. 낮술은 밤술보다 더 쉽게 사람을 취하게 만든다. 아무리 술을 마셔도 오늘의 태양은 지지 않을 것만 같고, 내일은 오지 않을 것 같다. 빛은 사람의 마음을 쉽게 열어 버리고, 술은 긴장감으로 중무장한 마음의 빗장을 수월하게 풀어 버린다. 무겁던 입이 열리고, 마음속 깊은 곳에 꽁꽁 숨겨둔 비밀은 세상과 인사한다.

"첫 연애였어요."

규리는 맥주 캔을 톡톡 두드리며 말했다. 그러자 맞은편에 앉아 있던 명석과 레오가 움직임을 멈추고 꽤 심각한 얼굴로 그녀를 바라보았다.

"작년 겨울에 그 자식을 만났어요."

연애 경험 전무했던 그녀가 태민을 받아들인 건, 무지에서 온 섣부른 판단 때문이었다.

'좋은 사람이겠지?'

무턱대고 그렇게 생각했다. 그래도 생판 모르는 사람보다 같은 회사 사람이라면 믿을 수 있을 거라고 판단했다. 설마 같은 회사 다니는 사람한테 나쁘게 대하지는 않겠지, 라고 멍청하게 생각하며. 평소 돌다리도 두드리고 건너는 규리였지만, 그땐 일말의 의심 없이 태민과 사귀기로 했다. 강희한테 연애 상담조차 하지 않고 말이다. 그때 무척 심하게 외로움을 탔던 것도 한몫한 것 같고.

"즐겁지가 않더라고요."

남들은 연애하면 마음이 두근거리고, 심장이 쿵쿵거려서 숨도 제대로 못 쉬고, 데이트할 시간만 애타게 기다린다는데, 규리는 그렇지 않았다. 대화는 통하지 않았고, 데이트는 지루했으며, 은근한 스킨십은 불편했고, 집까지 데려다주는 게 부담스럽기 시작했다. 그러던 어느 날. 그는 집에 데려다주는 길에 은근 슬쩍 손잡으려는 시도를 해왔고, 규리는 춥다는 핑계를 대며 주머니에 손을 집어넣어 버렸다.

집 앞에 도착하자, 그는 할 말이 있다며 규리를 집에 보내주지 않았다. 참으로 음흉한 눈빛을 보내며 말이다. 질질 시간을 끌던 그는 골목길을 지나가는 사람들이 모두 사라지자, 말이 아닌 다른 것을 하기 위해 입을 열었다. 순간 규리는 그의 가슴팍을 확 밀쳐 버렸고, 그대로 집으로 달아났다. 다음 날. 그는 규리에게 이별을 고했다. 이유는 '밀당'을 하지 못한다는 거였다. 키스하려고 할 때 밀기는 아주 잘 밀어줬는데, 당기질 않아서 싫었던 모양이다.

어쨌든 태민의 그럴 듯한 핑계로 규리는 차였다. 남들은 이별하면 가슴이 아프다던데, 규리는 속이 다 시원했다. 이런 게 연애라면 계속 이어가고 싶지 않았다. 다음에 누군가를 사귀게 된다면 상대에 대해 조금, 아니, 많이 신중하게 알아봐야겠다고 생각했다. 그렇게 생각하며 애써 태민의 일을 잊고 있을 때였다.

"레스토랑으로 웬 여자들이 찾아왔어요."

단체 손님만 남아 있는 상태였고, 직원들은 슬슬 마감 준비를 하고 있었다. 음식물 쓰레기를 버리기 위해 밖으로 나가고 있을 때, 자동문이 열리더니 잘 차려 입은 여자 대여섯 명이 들어왔다.

"감규리가 누구야!"

카랑카랑한 여자의 목소리가 레스토랑을 울렸다. 긴 머리카락을 뒤로 쓸어 넘기며 등장한 여자는 향수를 얼마나 뿌렸는지, 옆에 서 있기만 했을 뿐인데 숨이 턱 하고 막혔다.

"제가 감규리인데, 누구시죠?"

규리가 대답하자, 여자는 다짜고짜 규리의 뺨을 갈겼다. 놀라고 당혹스럽고 창피했다. 살면서 누구에게 맞은 적은 한 번도 없었다. 부모님조차 단 한 번도 회초리를 든 적이 없으셨다. 그런데 이유도, 상대가 누군지도 모르는 상태로 맞고 나니 속에서 울화가 치밀어 올랐다.

"누군데, 무슨 이유로 날 때리는 거죠?"

규리는 얼얼한 뺨을 어루만지며 낮은 음성으로 물었다. 아직 손님이 있는 상태라 큰 소리를 낼 수는 없었다.

"허! 무슨 이유?"

하지만 여자가 큰 소리로 외쳤고, 그 바람에 홀에 있던 손님들이 모두 규리를 쳐다봤다.

"남의 남자한테 꼬리 친 년이 어디서 눈을 치켜떠?"

남의 남자라니! 살면서 남자한테 말이라도 걸어봤으면 억울하지도 않지, 무슨 꼬리를 쳤단 말인가? 게다가 임자 있는 남자한테는 더더욱 그런 적이 없었다. 규리는 손님들을 의식하며 말했다.

"안에 손님들 계시니까 나가서 얘기하시죠."

"왜? 남이 보는 건 쪽팔린가 보지?"

"그게 아니라, 손님이……."

짝– 다시 한 번 여자의 거친 손길이 규리의 여린 뺨을 갈겼다.

"어디서 변명질이야!"

손님들이 웅성거렸고, 직원들이 몰려나와 규리를 쳐다봤다. 규리는 그들의 눈을 의식하며 쓰레기봉투를 들고 밖으로 빠져나왔다. 그러자 여자들이 우르르 그녀를 따라 나왔다.

"어딜 도망가?"

밖으로 나오자마자 여자는 규리의 머리끄덩이를 잡았고, 그 바람에 규리의 몸이 휘청거리며 바닥에 무릎을 찧었다.

"악!"

"왜? 아프니? 나도 아파! 너 때문에 내 가슴이 찢어진 듯 아프다고!"

여자는 악다구니를 질렀다.

"도대체 그쪽 남자친구가 누군데 이래요?"

규리가 묻자, 여자가 소리쳤다.

"끝까지 발뺌이네! 아니면 꼬리 친 남자가 한둘이 아닌가 보지?"

"아, 글쎄 누구냐고!"

결국 화가 난 규리가 큰 소리를 내자, 여자가 대답했다.

"양태민!"

전혀 예상치 못한 이름이 튀어나왔다. 순간 온몸에서 힘이 빠져 버렸다. 양태민에게 여자가 있었다니. 그런데 자신에게 만나자고 했다니. 거기에 수없이 스킨십을 시도하기까지. 머리가 쭈뼛 서고 온몸에 소름이 돋았다.

"임자 있는 남자 만나면 어떻게 되는지 제대로 당해봐!"

여자가 규리의 뺨을 때리자, 같이 온 여자들이 우르르 규리를 향해 몰려들었다. 머리를 쥐어뜯고, 발길질을 했으며, 어떤 여자는 규리가 들고 나온 음식물 쓰레기봉투를 그녀에게 던졌다. 퍽 하는 소리와 함께 봉투가 찢어졌고, 냄새가 진동하는 쓰레기가 규리의 머리 위로 쏟아졌다.

"쓰레기 같은 년."

아직도 향수 냄새를 풀풀 풍기는 그 여자가 했던 말이 귓가에 맴도는 것 같다.

"그 뒤로 트라우마 같은 게 생긴 것 같아요. 연애에 대해 좀 많이 조심스러워졌달까?"

예전엔 돌다리를 두들기기만 하고 건넜다면, 지금은 두드리고 흔들어 보고 돌다리 성분 분석까지 하고 나서야 건널 생각을 한달까? 하하, 하고 규리가 멋쩍게 웃었지만 두 남자의 찌푸려진 얼굴은 펴질 줄 몰랐다.

"그래서?"

"뭐가요?"

명석이 묻자, 규리가 입 안에 아몬드를 집어넣으며 물었다.

"당하고만 있었냐고."

"지금도 늦지 않았어. 신고하자."

태연한 규리와 달리, 두 남자의 얼굴은 심각했다. 명석의 두 눈은 새빨갛게
충혈됐고, 레오의 관자놀이에는 핏줄이 서 있었다. 그 당시 양태민의 얼굴에서
는 전혀 찾아볼 수 없는 표정이다. 진지하게 그녀를 걱정해 주는 표정.

"내가 여자친구 없다고 한 적 있나? 안 알아보고 덜컥 사귄 네가 잘못한 거
아냐?"

눈가가 시퍼렇게 멍들어 개태민과 마주했을 때, 그가 했던 말이었다. 여자친
구 있는 걸 속이고 그녀를 사귄 태민 자신도, 자신이 바람피운 걸 눈치채고 앞
뒤 사정 들어보지 않고 폭력부터 휘두른 향수녀도 아닌 규리에게 잘못이 있다
고 했다. 상식이 통하지 않는 놈이었다.

그때 만약 이 두 남자가 곁에 있었으면 어땠을까? 규리는 문득 그런 생각을
하다 피식 웃어 버렸다. 이 남자들이 있었으면 애초에 재활용도 안 되는 쓰레
기를 만나지도 않았겠지.

"대답해. 그냥 당하고만 있었냐고."

"그 여자 연락처 알아? 아니다. 지금 레스토랑으로 가보자."

"그래. 작년 겨울이면 아직 CCTV 자료 남아 있을 거야."

명석과 레오가 당장이라도 튀어나갈 자세로 묻자, 규리가 대답했다.

"저 감규리예요. 당하고는 못 사는 감규리."

규리의 말에 두 남자가 눈을 동그랗게 떴다.

"제가 그때 레스토랑에서 나가자마자 위치 선정을 기가 막히게 했죠."

레스토랑 안에서 이미 두 차례에 걸쳐 뺨을 맞은 규리는 혹시 모를 일을 대비해서 정확히 CCTV 앞에 섰다. 대여섯 명이나 되는 여자들이 손찌검에 발길질하는 모습이 고스란히 CCTV에 찍혔고, 규리는 바로 경찰서로 뛰어갔다. 여자들은 곧바로 현행범으로 끌려갔고, 규리에게 사과했다.

"요즘은 CCTV도 화질 엄청 좋던데요? 뽀루지 난 것도 다 촬영되고."

규리는 농담을 던졌지만, 두 남자는 농담할 기분이 아니었다. 그런 일을 만든 양태민이라는 자식을 아까 박살 내지 않은 게 미치도록 후회될 뿐.

"그래서 어떻게 됐어?"

"합의 없음! 사과만 받고 합의는 안 해줬어요."

"잘했어. 감히……!"

'……내 감귤, 때릴 때가 어디 있다고!'

명석이 화를 누르며 말끝을 흐렸다.

"그럼 벌금형 받은 거야?"

"응. 초범이고 단순 폭행이라고 벌금형 때리더라. 50만 원인가? 확 콩밥을 먹였어야 했는데."

"겨우? 감히……!"

'……우리 규리한테 손찌검을 해놓고 고작 벌금만!'

레오 역시 겨우 화를 눌러 참았다. 그런 그들을 보며 어색한 미소를 짓던 규리는 맥주를 벌컥벌컥 들이켰다. 벌써 몇 개월 전의 일이다. 그때 생긴 얼굴의 멍은 이제 흔적조차 없어졌지만, 마음의 상처는 아직 규리의 가슴에 고스란히 남아 있었다.

"바보 같은 건 아는데, 그때부터 더 모르겠더라고요."

또 그딴 놈 만날까 봐 무서웠다.

"사랑이 뭔지."

연애 세포가 완전 메말라 버린 건 아닐까.

"연애는 어떻게 하는 건지."

레오와 명석은 피식 웃는 규리의 얼굴을 한참 동안 바라보았다.

해가 점점 지기 시작했다. 오지 않을 것 같은 내일이 슬금슬금 다가오고 있었다.

＊

"아줌마. 여기 순댓국 하나요."

지연이 구석진 자리에 앉으며 외치자, 주방에서 '예!' 하는 소리가 들려왔다. 그리고 잠시 후.

"순댓국 하나 추가요."

가게 문이 열리며 굵직한 남자의 목소리가 들려왔다. 대수롭지 않게 핸드폰을 만지작거리고 있는데, 지연의 앞에 누군가가 앉는 기척이 느껴졌다. 승후였다.

"뭐니?"

지연이 신경질적으로 묻자, 승후가 그녀와 눈을 마주치지 않은 채 물을 따르며 대답했다.

"저도 밥 먹으러 왔어요. 오늘 일요일이라 구내식당 닫았더라고요."

"식당이 여기밖에 없니?"

"순댓국이 땡겨서요."

"자리가 여기밖에 없어?"

날카롭게 묻자, 승후가 빙긋 웃으며 말한다.

"그래도 같은 팀에, 얼굴도 뻔히 아는 사람끼리 따로 먹는 것도 웃기잖아요."

말이라도 못하면! 어쩜 저렇게 생글생글 웃으면서 표정 하나 안 바꾸고 말하는 건지!

지연은 졌다는 듯, 입을 꾹 닫아버리고 다시 핸드폰으로 시선을 옮겨 버렸다.

없다고 치자. 혼자 있다고 생각하자. 신경 쓰지 말자. 속으로 몇 번을 그렇게 되뇌고 있을 때, 테이블에 묻은 고춧가루가 눈에 들어왔다. 오늘따라 고춧가루가 왜 이렇게 눈에 거슬리는지. 아줌마께 닦아 달라고 하고 싶지만, 그럼 승후가 또 말을 걸어올 것만 같다. 애써 모른 척하고 있을 때, 하얀 물티슈가 테이블 위를 스쳐 지나간다. 빨갛게 달라붙은 고춧가루가 테이블에서 사라지자 어쩐지 속이 다 시원했다.

'사장님 센스 있으시네.'라고 생각하며 고개를 들자, 승후의 손에 들린 물티슈가 보였다. 참…… 열심히도 문지른다. 테이블이 반짝반짝 윤이 날 정도로. 깨끗하게 테이블을 닦은 승후는 그 위에 냅킨을 깔았다. 냅킨 위로 숟가락이 놓이고, 곧 젓가락도 반듯하게 내려앉는다. 지연은 테이블 위를 바쁘게 움직이는 승후의 커다란 손을 가만히 지켜보았다. 일 참 열심히 하는 후배라고 생각했다. 잘생기고, 서글서글하고, 일 처리 깔끔한 조연출. 그녀에게 승후는 그 이상도 이하도 아니었다. 물론 지금도 마찬가지고. 하지만 번번이 이렇게 부딪혀서 좋을 건 하나도 없다. 자신도, 승후도.

"박승후. 난……."

"순댓국 나왔어요."

그녀가 낮은 음성으로 그를 불렀을 때, 사장님이 펄펄 끓는 뚝배기를 지연과 승후 앞에 놔주었다.

"맛있게들 먹어요."

"예. 잘 먹겠습니다."

승후가 눈웃음을 치며 인사하자, 사장님이 그의 등을 두드린다. 그는 나이와 성별을 불문하고 모든 사람들에게 평판이 좋았다. 아마도 저 능글맞은 눈웃음 때문이겠지. 지연이 그에게 두었던 시선을 거두고 숟가락을 들려고 하자, 승후가 말했다.

"사장님. 청양고추 좀 주세요."

"매운 거 좋아하는구나? 잠깐만."

곧 총총 썬 청양고추가 담긴 종지가 도착했다. 승후는 종지를 지연 앞으로

밀었다. 지연이 고갤 들어 그를 쳐다봤지만, 그는 그녀와 눈도 마주치지 않고 새우젓이며 깍두기를 그녀 앞으로 놔주었다. 청양고추, 새우젓, 깍두기. 순댓국을 먹을 때, 지연이 찾는 것들이었다. 정작 승후는 들깨 가루를 뿌리고 깍두기는 손도 안 대고 김치만 먹는다. 지연은 어쩐지 스스로가 모순되게 행동하고 있다는 생각이 들었다. 승후에게는 고백을 못 들은 걸로 하겠다고 해놓고는, 그의 고백 스무 번은 더 들은 사람처럼 대놓고 거리를 두고 있으니 말이다.

'고백 못 들은 사람처럼, 예전처럼 대하자. 예전처럼.'

지연은 최대한 평소처럼 물었다.

"다들 쉬는데, 왜 나왔어?"

"예고 만들려고요."

"으응."

예전처럼 대했다면, 다른 말을 더 꺼냈을 거다. '재미있게 만들었냐?', '예고 시사는 언제 하기로 했냐?', 그리고 '시사하기 전에 나도 보여줘.' 하지만 마지막 그 말 때문인지, 말이 쉽게 나오지 않았다.

"재미있게 만들어봐."

단지 이 말밖에.

"예."

짧은 승후의 대답 뒤로 순댓국 뒤적거리는 소리만 들렸다. 더는 대화가 이어지지 않았다. 얼마쯤 흘렀을까. 밥을 깨끗이 비운 승후는 물을 벌컥벌컥 마시고 말했다.

"작가님."

"왜?"

"예고 만든 거⋯⋯."

서로 마주 보는 눈빛에 밀당이 오고 갔다.

"사무실 가면 한번 봐주시겠어요?"

"얘는 왜 이렇게 안 와?"

잠깐 화장실 간다던 레오는 아직 올 생각이 없다. 명석은 고개를 빼고 화장실을 힐끔 쳐다보다가 주머니에서 뭔가를 꺼내 규리에게 내밀었다.

"받아."

"이게 뭐예요?"

"반창고."

그가 내민 건 살구색의 평범한 반창고였다. 주머니 속에서 얼마나 만지작거렸는지, 반창고에는 그의 온기가 고스란히 남아 있었다.

"이걸 왜⋯⋯?"

명석은 규리의 발을 힐끔 쳐다보며 말했다.

"까졌더라."

"아⋯⋯."

평소 구두를 잘 신지 않아서 그런지 뒤꿈치가 다 까져 있었다.

"마음 같아선 내가 붙여주고 싶지만, 레오 놈이 보고 난리 칠 것 같아 참는다."

어울리지 않게 부끄러워하며 말하는 모습이 왜 이렇게 귀여워 보이는지, 규리는 저도 모르게 풋 하고 웃어 버렸다.

"흐흠. 나 담배 한 대 피고 올게."

그녀의 웃음에 얼굴이 빨개진 명석은 담배 연기가 오지 않을 만큼 멀찌감치 떨어졌다. 잠시 후, 레오가 다가와 규리의 어깨를 톡톡 두드렸다.

"많이 기다렸지?"

"아니."

"감독님은?"

"저기."

규리가 손으로 가리키자, 레오는 '아⋯⋯.' 하고 뭔가 아쉽다는 듯 말을 줄였다.

"규리야, 이거."

"이게 뭐야?"

그가 내민 건 귀여운 캐릭터가 그려져 있는 반창고였다.

"아까 보니까 너 발, 다 까졌더라."

레오는 먼발치에 있는 명석이 미운지, 그를 흘겨보며 말했다.

"마음 같아서는 확 업어주고 싶은데…… 에잇, 그냥 업어줄까?"

레오가 규리를 향해 등을 내밀자, 명석이 소리치며 달려왔다.

"야! 오레오! 너 이거 반칙이다!"

"귀도 밝으셔. 그걸 어떻게 들으셨대?"

"너 이리 와! 감히 규리를 업으려고 해?"

레오가 도망치자, 명석이 빠르게 그의 뒤를 쫓았다. 잡힐 듯, 말 듯하며 두 남자는 규리의 주변을 빙빙 돌았고, 그들을 바라보는 규리의 얼굴엔 밝은 미소가 머물렀다.

사랑받는 기분이 이런 걸까? 숨을 쉴 수 없을 만큼 가슴이 벅차오른다. 날 걱정해 주는 남자, 괜찮냐고 물어봐 주는 남자, 날 치료해 주는 남자, 내가 아프면 나보다 더 아파하는 남자, 그리고 날 사랑하는 남자. 규리는 양쪽 손에 쥔 반창고 두 개를 가만히 내려다봤다. 그리고 저도 모르게 두 남자에게 물었다.

"팀장님. 레오야. 혹시 집 구했어요?"

술래잡기를 하듯 어린애처럼 뛰어다니던 두 남자는 규리의 말 한마디에 얼음이 되어 버렸다. 명석은 자신이 뭘 잘못 들었나 싶어 미간에 주름을 잡았고, 레오는 토끼처럼 놀란 눈으로 그녀를 쳐다봤다.

"감귤, 지금 뭐라 그랬어?"

"예?"

순간 정신이.

"규리야, 그거 우리한테 한 질문 맞아?"

"어?"

번뜩 들었다.

정신을 차리고 보자, 두 남자가 진지한 표정으로 자신을 쳐다보고 있었다.

'뭐야? 내가 지금 뭐라고 한 거야?'

낮술에 취해, 분위기에 취해, 뇌를 거치지 않은 순도 100퍼센트의 속마음이 입 밖으로 그대로 튀어나와 버렸다. 집을 구했냐니! 그 말은 곧 '우리 집에서 같이 살래요?'랑 같은 말이 아닌가? 그런데 그런 말을 아무 생각 없이 쉽게 막 내뱉다니!

'감규리! 미쳤어! 미쳤어!'

뭐라고 수습하지? 쏟아 놓은 말은 어떻게 주워 담는 거더라?

미친 듯이 머리를 쥐어짜 봤지만, 뱉은 말을 거두는 방법 따위는 세상에 없었다. 슬금슬금 두 남자가 규리를 향해 걸어왔다.

"감귤, 네가 한 질문의 정확한 뜻이 뭐지?"

"그래, 규리야. 그 말 무슨 의미야?"

두 남자의 눈빛이 초롱초롱, 똘망똘망하다. 마치 크리스마스 선물을 뜯기 직전의 아이처럼!

"어? 그, 그게……."

레오와 명석이 기대와 희망을 가득 담은 눈빛으로 그녀를 쳐다보자, 규리의 아무 말 대잔치가 시작됐다.

"그게 그러니까, 어. 아! 어서 빨리 좋은 집 구했으면 좋겠다, 뭐 그런 말이었어요."

그녀의 변명에 두 남자는 의심스러운 눈초리로 물었다. 아니, 일말의 소망을 담은 애절한 눈빛이었나?

"그게 사실이야?"

"그럼요! 사실이죠. 어, 그러니까 일종의 애프터서비스! 우리 집에 방문하셨던 하우스 메이트 후보자였던 두 분께 서비스 차원에서 물어본 거예요."

명석의 물음에 규리가 없는 눈웃음을 치며 대답했다.

"다른 의도가 있었던 건 아니고?"

"에이! 내가 다른 의도가 있을 게 뭐 있어? 순수한 마음으로 걱정돼서 물어 본 거야. 두 분이서는 호텔도 못 간다고 해서."

레오의 질문에도 격하게 손사래까지 치며 대답하자, 두 남자는 바람 빠진 풍선처럼 기운이 쭉 빠졌다. 괜한 희망을 줬다 뺏은 기분에 미안한 마음이 들었지만, 어쩔 수 없었다.

"그럼 비 안 새고, 보일러 빵빵한 집 구하시길 바랍니다! 오늘 정말 감사했어요. 전 이만 가볼게요!"

규리는 두 사람을 향해 고개를 꾸벅 숙이고, 후다닥 집으로 향했다.

"감귤, 같이 가지? 나도 그쪽으로 가는데."

"규리야, 데려다줄게!"

두 남자의 아쉬운 가득한 외침이 들렸지만, 규리는 뒤도 돌아보지 않고 냅다 뛰었다. 평소 신지 않던 구두를 신어서 빨리 걷는 것도 힘든데, 뛰기까지 하니 발이 더 아팠다. 하지만 규리는 멈추지 않고 발을 움직였다. 되도록 저 두 남자에게서 멀어지고 싶었다. 멀리, 아주 멀리.

'위험해. 저 두 남자, 너무 위험해!'

보고 있으면 더 보고 싶고, 같이 있으면 더 같이 있고 싶다. 멈출 수가 없다. 위험한 남자들이다. 아주, 많이. 그렇게 얼마쯤 뛰었을까? 골목 끝에 다다른 규리는 코너를 돌아 멈춰 섰다. 들썩이는 몸을 겨우 진정시키고 건물 벽에 등을 기댔다.

"하아, 하아."

거친 숨소리가 그녀를 책망하듯 귓가를 때렸다. 왜 그런 말을 했을까? 왜 하필 그때 그 말이 툭 튀어나왔을까?

"바보, 멍충이!"

규리는 자신의 머리를 콩콩 쥐어박았다. 이제 보니 한낮의 빛이 사람의 마음을 열고, 낮술이 마음의 빗장을 푼 게 아닌 것 같다. 명석이 그녀의 마음을 열고, 레오가 그녀의 빗장을 풀어 버렸다. 완벽한 무장해제. 두 남자의 치명적인 매력에 규리는 두 손 두 발 다 들어 버렸다.

'설마 나…… 좋아하는 거야?'

쿵쾅쿵쾅 가슴이 뛰었다. 여기까지 달려오느라 가슴이 이렇게 뛰는 건지, 아니면 저 남자들 중 누군가 때문에 그런 건지, 규리는 알 수 없었다. 다만, 가슴 뛰는 이 기분이 너무 좋을 뿐. 하나도 놓치고 싶지 않을 정도로, 한순간도 빠뜨리지 않을 정도로 좋다. 그저 자신의 말을 귀 기울여 들어 주고, 몇 개월간 개태민 때문에 꽉 막혀 있던 가슴을 뻥 뚫어준 것뿐인데, 왜 이렇게 가슴이 두근거리는 건지.

규리의 연애사는 그야말로 시궁창이었다. 빛 한 줄기 안 비치는 더러운 시궁창. 28년간 제대로 된 연애 한 번 못 해봤다. 그러다가 양태민이라는 쓰레기를 만났고, 그의 여자친구가 던진 음식물쓰레기 더미에 파묻혀 살았다. 더럽고, 냄새나고, 벌레 꼬이는 곳에서. 그날 이후, 연애에 대한 두려움이 커졌다. 그런데 지금은 달라졌다.

명석과 레오가 시궁창에 처박혀 있던 그녀를 꺼내 주었다. 깨끗하게 씻어 볕 좋은 곳에 뽀송뽀송하게 말려 주고, 꽃길 위에 그녀를 살포시 얹어 놓았다. 네가 좋아하는 꽃 찾아가라고. 물론 그게 나였으면 좋겠지만, 네 선택에 맡기겠다고. 꼭 그렇게 말하는 것만 같았다. 그래서 저 두 남자 때문에 심장이 남아나질 않는 모양이다. 너무 멋있어서. 너무 고마워서. 지독하게 우울했던 내 연애사를 반짝반짝 빛내 줘서. 나도 충분히 사랑받을 수 있는 여자라는 걸 알려 줘서, 나도 좋은 사람 만나 사랑받을 자격이 있는 여자라는 걸 말해 주는 것 같아서.

연애에 있어서만큼은 자존감이 낮았던 규리였다. 그런데 이제는 아니다. 이젠 자신감이 생겼다. 물론 지금도 서툴고 투박하겠지만, 그래도 이젠 피하지만은 말아야지.

"하아. 정말 좋다."

규리는 두 손을 두근거리는 심장 위에 갖다 댔다. 콩닥콩닥 뛰는 가슴이 꼭 연애 세포의 생사를 알려 주는 것 같아 기분이 좋았다.

"그래도 같이 사는 건 안 되겠지?"

한 명도 아니고 두 명이다. 둘 다 그녀의 하우스 메이트가 되길 원하지만, 그건 상식적으로 안 될 말이다. 아무래도 부동산에 들렀다 가야겠다. 하우스 메이트에 대한 원천 봉쇄가 필요하다. 그들도, 그녀도.

"악!"

발걸음을 옮기려던 규리는 낮은 신음을 뱉으며 신발을 벗었다.

"아…… 되게 아프네."

조금 전에 정신없이 뛰는 바람에 발뒤꿈치 상처가 더 커졌다. 규리는 꼭 쥐고 있던 두 손을 펼쳐 보았다. 명석과 레오가 준 반창고가 양손에 놓여 있다. 어쩜 이렇게 사이좋게 하나씩 줬는지. 반창고를 뜯어 뒤꿈치에 붙였다. 알록달록 캐릭터 반창고와 살구색 밋밋한 반창고를.

"오. 이제 안 아픈데?"

규리는 구두를 신고 씩씩하게 부동산을 향해 걸었다. 상처 위에 찰싹 붙어 있는 반창고가 든든하게 받쳐줘 전혀 아프지 않았다.

"뭐야? 닫혔네?"

일요일이라서 그런지 부동산 문은 굳게 닫혀 있었다. 이러면 곤란하다. 규리는 원천 봉쇄를 위해 조금 더 떨어진 부동산을 향해 걸어갔다.

"뭐야? 여기도 닫혔잖아?"

여기서 무너지면 안 된다. 집이 비어 있다는 핑계로 흔들릴 수 있다.

규리는 더 멀리 떨어진 부동산을 향해 걸어갔다.

"이런 젠장! 뭔 놈의 부동산이 왜 죄다 쉬는 거야?"

이 근처 부동산이란 부동산은 모두 둘러봤지만, 단 한 군데도 문 연 곳이 없었다. 일요일도 문을 열던 곳까지 말이다. 아무래도 오늘은 날이 아닌가 보다.

"그렇다고 흔들려선 안 돼. 집을 구하든 못 구하든. 비를 맞고 자든 찬물로 샤워하든. 절대 흔들리면 안 돼, 감규리!"

규리는 중얼거리며 나부끼는 마음을 다잡았다.

아직 6시밖에 안 됐는데, 슬슬 해가 저물기 시작했다. 날도 꽤 싸늘해지는 걸 보니, 이제 본격적인 가을이 오는 것 같다. 빨리 집에 들어가서 혼술이나 이어서 해야겠다. 규리는 편의점에 들러 맥주를 사들고 집으로 향했다. 빌라가 온통 암흑이다. 늦은 시간도 아닌데 깨어 있는 사람이 아무도 없는 모양인지, 불 켜져 있는 집이 하나도 없었다. 3층을 통으로 쓰고 있던 301호 아줌마네는 아침 일찍 이사 갔고, 규리네 옆집 할머니는 벌써 잠드신 모양이었다. 그리고 102호는 승무원이라 집을 자주 비웠다.

"강희랑 규현이는 아직 안 왔나?"

오늘 하루 종일 정신이 쏙 빠져 있어서 강희한테 전화 한 통 하지 못했다. 엄마와 어떻게 이야기가 오갔는지, 상견례 날짜는 잡았는지, 이것저것 궁금한 게 산더미인데 말이다. 빌라 입구를 향해 걸어 들어가자, 어제부터 깜빡거리며 수명을 다해 가던 전등이 결국은 생을 마감해 버렸다.

"어라?"

거기에 계단 전등까지.

"우씨. 관리비를 걷었으면 이런 건 제때 좀 갈아주지. 폰이 어디 있더라?"

가뜩이나 빌라가 텅텅 비어 있는 것 같은데, 불까지 나가 버리니 왠지 무서웠다. 규리는 가방 속을 뒤적거려 핸드폰을 꺼내 손전등을 켰다. 그리고 빌라 안으로 한 발짝 내딛는 순간!

"꺄아악! 엄마야!"

어둠 속에 웬 남자가 서 있는 게 아닌가! 놀란 규리가 핸드폰으로 자세히 비춰보니, 어디서 본 듯한 실루엣이었다.

"양태민 씨?"

이름을 부르자, 그가 몸을 돌려 씨익 웃으며 규리를 쳐다봤다. 핸드폰 불빛에 비친 그의 얼굴은 공포 영화 속에 등장하는 악마 같았고, 그녀를 향해 입꼬리를 끌어 올리는 표정은 섬뜩했다.

"왜 이렇게 늦었어?"

"여, 여긴 어떻게 알고 왔어요?"

그녀보다 먼저 와 있는 걸 보니, 뒤따라온 건 아닌 것 같았다. 그렇다면 집을 알고 있었다는 뜻인데. 순간 온몸에 소름이 쫙 끼쳤다. 그를 피해 이사까지 했다. 그 이후로 잠잠해져서 이제 안심하고 살아도 되나 보다 싶었는데, 이 집까지 알고 있었다니!

"내가 모를 줄 알았어?"

"언제부터 안 거예요?"

"이쪽 창문으로 보이는 게 네 방이지?"

머리카락이 쭈뼛 섰다. 예전엔 이 정도까지는 아니었는데, 왜 이렇게 더 최악이 됐는지.

"양태민 씨, 잘 들어요!"

무서웠다. 빌라 안에 강희라도 있었으면 아니, 누군가라도 있었으면 이렇게 무섭지는 않았을 거다. 하지만 규리는 두 주먹을 꽉 쥐고 최대한 냉철하게 말했다.

"이거 엄연한 스토킹입니다. 경찰에 신고할 거예요. 하지만 여기서 멈추고 지금이라도 돌아가면……."

태민이 다가오더니 그녀의 손에 들려 있던 핸드폰을 낚아챘다.

"내놔!"

"어허. 남녀 치정 문제에 왜 험악하게 공권력을 투입시키려고 그래?"

태민이 그녀를 향해 더 가까이 다가왔다.

"오늘 예쁘더라?"

"가까이 오지 마!"

규리는 그를 무섭게 노려보며 뒤로 물러섰다.

"그렇게 노려보니까 더 예쁜데?"

그의 속삭임에 온몸의 솜털이 바짝 곤두섰다.

"예전에도 이렇게 입고 다녔으면 좋았을 텐데. 난 바지보다 치마가 더 좋거든."

"더 가까이 오면 소리 지를 거야!"

"후후후. 왜? 그럼 아까처럼 멋진 왕자님들이라도 찾아올까 봐?"

그가 규리의 머리카락을 귀 뒤로 넘겨 주려고 하자, 그녀가 그의 손을 세차게 쳐버렸다.

"내 몸에 손대지 마!"

그녀의 확고한 행동에 태민이 웃었다. 잇새 사이로 징그러운 웃음소리를 뱉어 내며.

"이봐. 감규리. 꿈 깨! 네 옆을 지키는 남자는 아까 그 새끼들이 아니라 바로 나라고!"

그 말에 규리는 눈을 사납게 뜨고 그를 노려봤다.

"그래. 나도 그런 줄 알았어! 내 인생에 너처럼 구질구질하고 찌질한 남자만 있는 줄 알았다고! 근데 착각하지 마. 넌 찬란한 내 앞길에 버려진, 더러운 쓰레기일 뿐이야. 그리고 쓰레기는 버리면 그만이거든!"

규리의 말에 흥분한 태민이 거칠게 팔을 뻗었다. 그러자 규리는 벽과 그의 두 팔 사이에 그대로 갇히게 되었다.

"이 팔 치워!"

"이런, 떨고 있잖아?"

"좋게 말할 때, 팔 치워라!"

규리가 사납게 소리치자, 태민이 이기죽거리며 말했다.

"왜? 더 크게 소리쳐 봐. 혹시 알아? 그 바쁘신 양반들이 이 누추한 곳까지 와주실지도 모르잖…… 커헉!"

퍽 소리와 함께 태민이 괴로워하면서 말을 잇지 못했다. 순간 그의 눈동자는 빨갛게 충혈됐고, 오만상을 다 찌푸렸다.

"크흐헙. 너…… 너!"

태민은 자신의 가랑이 사이를 잡고 주르륵 미끄러져 바닥에 쓰러져 버렸고, 규리는 그런 그를 한심해하는 눈빛으로 노려봤다.

"좋게 말할 때 팔 치우라고 했지?"

예전처럼 도장을 꾸준히 다녔으면 한 입 거리도 안 될 놈이었지만, 몸이 굳은 지금은 도망치는 것조차 버거울 것 같았다. 그런데 마침 그 순간 강희가 한 말이 딱 떠올랐다.

"또 들이대면 거기를 확 차버리라고!"

소싯적 실력을 발휘해 앞차기를 날려 주니, 한 방에 훅 가버린다.

"또 찾아오기만 해봐! 그땐 이렇게 안 끝난다?"

규리는 바닥에서 데굴데굴 구르고 있는 태민에게 눈을 부릅뜨며 말했다.

"아주 그냥 확! 영원히 거기 못 쓰게 만들어줄 테니까!"

협박이 먹혔는지, 아니면 아픔이 상당했는지 태민은 눈물을 찔끔 흘리며 고개를 끄덕였다. 그렇게 그를 처리하고 집으로 올라가려는데.

"감귤!"

"규리야!"

두 남자가 뛰어 들어왔고, 레오는 규리의 어깨를 붙잡고 이리저리 살폈다.

"규리야, 너 괜찮아?"

"두 분이 여긴 어떻게?"

"비명 소리 듣고 왔어. 도대체 무슨 일…… 뭐야, 이 새끼?"

규리를 살피던 그때, 명석의 발에 무언가가 밟혔다.

"악!"

그제야 태민이 있는 걸 확인한 두 남자의 표정이 험상궂게 변했다.

"너 이 새끼! 감귤한테 무슨 짓을 한 거야?"

"규리야! 저놈이 너한테 해코지했어?"

레오는 자신의 등 뒤로 규리를 숨겼고, 명석은 태민의 멱살을 잡고 무섭게 쏘아붙였다. 그들을 본 규리가 피식 웃으며 대답했다.

"저 꼴을 보고도 그런 말이 나오세요?"

그녀의 말에 명석과 레오는 거들떠보지도 않던 태민의 상태를 살폈다. 그곳을 붙잡고 눈물 찔끔 흘리는 모습이 아주 가관이었다.

*

달그락 달그락. 차 끓이는 레오의 손길이 분주하다. 모르는 살림인데 어쩜 저렇게 차분하게 잘 찾아내는지. 레오는 찬장에서 찻잔과 티백을 꺼내 놓더니, 투명한 컵에 뜨거운 물을 부었다. 티백에 담긴 차가 물과 만나자 금세 맛깔스러운 빛깔을 만들어 냈다.

"뜨거우니까 조심해서 마셔."

"내가 끓여줘야 하는데. 손님한테 미안하다."

"허브티 있길래 끓였어. 진정하는 데 좋대."

"고마워."

허브티가 진정하는 데 효과 좋다는 말은 다 거짓말인가 보다. 부드러운 레오의 손길에 아까보다 마음이 더 쿵쾅거리는 걸 보면.

"담요 좀 갖다줄까?"

"아냐, 괜찮아. 근데 팀장님은 어디 가신 거야?"

"오실 때가 됐는데."

그때 마침 문이 열리며 명석이 들어왔다. 레오가 기다렸다는 듯 그에게 다가갔다. 두 남자는 심각한 표정과 낮은 목소리로 대화를 나누었다.

"간 거 확인하셨어요?"

"어. 감귤 근처에 얼씬거렸다간 죽여 버린다니까 허겁지겁 도망가더라."

저 덩치에, 저 인상으로, 저런 말을 했으면 개태민도 알아들었을 거다.

"아주 아작을 냈어야 했는데."

"참아. 네가 나섰다간 일 커지는 거 시간문제야."

"경찰에 신고라도 할걸 그랬어요."

"안 그래도 근처에 지구대 있기에 순찰 좀 자주 돌아달라고 부탁했어."

든든하다. 마치 예전에 아빠가 살아계셨을 때처럼. 보호받는 기분이다. 하지만 내가 약해서가 아니다. 저들이 날 좋아하기에, 날 아끼기 때문에 보호하려는 거다. 그 느낌이 너무 좋아 눈물이 날 것만 같았다. 행복하다. 단지 그들과 함께 있을 뿐인데.

"어떡하지?"

"뭘요?"

"감귤 말이야. 혼자 두고는 못 가겠어."

"저도요. 그 자식이 또 찾아올까 봐 불안해 미치겠어요."

걱정스럽게 자신을 쳐다보는 명석과 레오를 보자, 갑자기 코끝이 찡해졌다. 듬직한 명석의 행동에 다시금 마음이 슬금슬금 열렸고, 섬세한 레오의 보살핌에 스르륵 빗장이 풀려 버렸다. 원천 봉쇄되어 있던 규리의 마음이 무장 해제되자, 저 마음속 깊숙한 곳에 파묻어 놓았던 진심이 들려왔다.

나도 사랑하고 싶다. 연애하고 싶다고! 날 좋아하는 남자가 둘씩이나, 그것도 저렇게 멋있는 남자들이 달려드는데, 난 왜 이러고 있는 거야? 왜 용기 한번 못 내고, 매번 피해 다니기 바쁜 거냐고! 이렇게 바보처럼 구니까 똥파리 같은 놈만 꼬이는 거 아냐! 감규리! 용기를 내! 저 남자들, 내가 걱정돼서 집에 못 가겠다잖아? 게다가 지금 집 구하고 있다잖아! 너 하우스 메이트 빨리 구해서 강희한테 보증금 줘야 할 거 아니야?

아냐! 아냐! 그래도 어떻게 남자랑 살아? 그리고 한 명만 선택한 것도 아니고, 어떻게 남자 둘이랑 같이 사냐고.

이 멍충아! 이러니까 내가 연애 고자라는 소릴 듣는 거야! 요즘 대세 몰라? 누구는 사귀기도 전에 결혼부터 하고, 또 누군 선 임신에 후 연애 하던데, 넌 왜 이렇게 답답하게 구냐고? 내가 저 남자들이랑 손을 잡았어, 입을 맞췄어? 왜 조선시대 마나님들도 촌스럽다고 할, 고지식한 생각을 하느냐고! 그리고 그들에 대해 남자로서 알고 싶다며? 그래야 누구든 선택할 수 있겠다며? 저 남자들도 기회를 달라잖아, 고민해 달라잖아! 얼굴 알려진 유명한 사람들이니 밖에서 마음 편히 만나지도 못할 거고, 시간 질질 끌면서 피해 다니는 것보다 차라리 그 편이 더 나을 거라고!

규리의 마음이 두 개로 나뉘어져 미친 듯이 싸웠다. 그리고 결국, 승리한 마음이 그들을 불렀다.

"저기요!"

두 남자가 동시에 그녀를 쳐다보았다. 규리는 그들과 눈을 마주치며, 두 주먹을 꽉 움켜쥐었다. 이젠 피하지 않을 거다.

"우리 해요!"

도망치지도 않을 거다.

"동거!"

규리는 살면서 처음으로 남자에게 용기를 내어 보았다.

*

알람이 시끄럽게 울려댔다. 규리는 퀭한 눈으로 시간을 확인했다. 아직 꼭 두새벽이다. 하지만 서둘러야 한다. 그 남자 둘이 깨기 전에! 빨리 일어나야 하는데, 어서 나가야 하는데, 차마 저 문 밖으로 나갈 용기가 나질 않는다. 두렵다. 무섭다. 아무래도 술을 너무 많이 마셔서 간이 부은 모양이다. 아니면 내가 미쳤든지. 어제는 도대체 왜 그런 말을 꺼낸 걸까? 낮술은 부모님도 못 알아본다더니, 겨우 맥주 몇 캔 마시고 정신이 살짝 나간 모양이었다. 그게 아니면 개태민의 등장으로 두 남자의 멋짐이 평소보다 더 부각됐든지.

"아니, 그래도 그렇지. 어떻게 동거하자는 말을 해! 어떻게!"

규리는 침대 헤드에 머리를 쿵쿵 박으며 어제 일을 자책했다. 동거하자는 말에 두 남자는 그녀를 의심스러운 눈초리로 쳐다보더니, 거듭 규리의 의사를 확인했다. '취했냐?'라는 명석의 질문을 시작으로 '지금 네가 무슨 소리 하는 건지 알고 있냐?', '정말 우리 셋이 함께 살자는 거냐?', '후회 안 하겠어?'라는 레오의 말까지.

"죽자. 죽어!"

술 먹고 고백받는 바람에 고백남이 누군지 몰라 가슴 졸였던 게 불과 한 달 전이었다. 그런데 또 술 먹고 이런 사고를 치다니!

"접시 물에 코 박고 확 죽어버려야지! 접시 어딨냐!"

침대에서 일어나 밖으로 나가려던 규리는 뒷걸음질을 쳐 거울 앞에 섰다.

"감규리, 미쳤어! 이 꼴로 어딜 나가려고!"

꽃만 달면 미친년 소리 듣기 딱 좋을 만큼 헝클어진 머리카락, 헐렁한 티셔츠에 짧은 반바지, 그리고 누런 눈곱과 입 주변에 허옇게 묻은 침까지. 평소라면 이대로 나갔겠지만, 지금은 상황이 다르다. 동거인이, 그것도 '남자' 동거인이 2명이나 생겼다. 그리고 그 동거인이 무려 오레오와 계명석이다. 그런데 이런 꼴로 나갈 생각을 하다니! 규리는 머리를 질끈 묶고, 눈곱과 침을 닦았다. 그리고 허전한 가슴 위에 브래지어를 착용한 뒤, 다시 거울 앞에 섰다. 아직도 봐줄 만한 꼴은 아니었지만, 지금은 이게 최선이었다.

남들은 동거를 해도 방에 화장실 딸려 있는 곳에서 풀 메이크업하고 만나던데, 이놈의 집은 왜 이렇게 현실적인 건지! 쌩얼로 그들과 마주할 순 없다! 지금 상황에서 최선은 저들보다 먼저 화장실에 가는 거다! 잽싸게!

"얼른 씻고, 화장부터 해야겠다."

아침부터 미션이 생겼다. 레오와 명석이 깨기 전에 빠르게 샤워하고 화장에 옷까지 차려입은 뒤, 완벽한 모습으로 그들과 아침 인사를 하는 것! 단순히 같은 공간에서 사는 거라고만 생각했는데, 지금 와 생각해 보니 마음에 걸리는 게 한두 가지가 아니다. 특히 세수도 하지 않은 천연 그대로의 쌩얼은 절대 보여 주고 싶지 않았다. 절대!

"할 수 있어. 감규리!"

규리는 혹시나 그들이 깰까 싶어 최대한 조용히 문을 열고 밖으로 나왔다. 살금살금 화장실로 걸음을 옮기는데, 뭔가 낯선 느낌이 들었다.

"뭐지?"

어쩐지 집 안이 비현실적으로 깔끔해진 듯한 느낌이 들었다. 소파 위에 굴러다니던 쿠션은 앞으로나란히라도 한 것처럼 가지런히 놓여 있었고, 책장 위에 대충 널브러져 있던 책들은 이제 막 입대한 군인처럼 군기가 바짝 든 채 꽂혀 있었다. 어디 있는지 찾을 수 없던 각종 리모컨들이 키 순서대로 진열장에 놓여 있었으며, 몇 주째 물을 주지 않아 다 시들어 가던 화분은 초록초록 피톤치드를 내뿜고 있었다.

"우리 집 맞아?"

평소 더러운 편은 아니었지만, 그렇다고 이렇게 깔끔하게 하고 살지는 않았다. 낯설고 어색한 게, 정감 안 가는 집이다. 머리카락 한 올 떨어뜨리면 어디선가 윙— 소리를 내며 청소기가 나타날 것만 같았다. 생소할 정도로 깨끗한 집을 둘러보고 있을 때, 낮은 음성이 그녀를 불렀다.

"감귤. 이제 일어났냐?"

소리 나는 쪽으로 고개를 돌리자, 규리의 눈이 커져 버렸다.

"허억. 티, 팀장님!"

냉장고 앞에 명석이 서 있었다. 그것도 시원하게 웃통을 벗은 채로! 그는 이제 막 샤워를 마치고 나온 모양인지 머리카락에는 촉촉하게 물기가 남아 있었고, 구릿빛 근육은 뭐가 그렇게 심기가 불편한지 잔뜩 화가 나 있었다. 그가 그녀를 향해 살짝 몸을 비틀자, 머리카락에 대롱대롱 달려 있던 물방울이 그의 넓은 어깨 위로 또르륵 떨어졌다.

왜 하필 지금 저 물방울이 눈에 들어오는 건지!

규리는 저도 모르게 수직 낙하하는 물방울을 따라 시선을 옮겼다. 물방울은 그의 떡 벌어진 어깨를 지나쳐, 단단한 팔뚝을 따라 내려가더니, 기대고 싶은 가슴을 스쳐, 가슴 중앙의…… 어머나 세상에!

규리가 아슬아슬한 장면을 보며 꼴깍 침을 삼키고 있을 때, 날카로운 목소리가 들려왔다.

"감귤! 지금 뭘 보고 있는 거지?"

"예, 예?"

"그 음흉한 눈빛으로 어딜 보고 있는 거냐고."

누가 피디 아니랄까 봐 눈썰미도 좋다.

"제가 뭘, 어…… 어딜 봤다고 그러세요?"

거짓말하려니 말이 제대로 안 나온다. 규리가 슬그머니 눈동자를 굴리며 잡아떼자, 명석이 한쪽 입술을 말아 올리며 거만한 투로 말했다.

"하긴. 이렇게 완벽한 몸은 머리털 나고 처음 보는 거겠군."

"허!"

아니라고 말하고 싶었지만, 사실이라 차마 반박을 못 했다. 물론! 다비드 조각상과 헷갈릴 정도로 몸매가 뛰어나긴 하지만. 또 물론! 까무잡잡한 피부색 때문에 복근이 초콜릿처럼 보여 살짝 혀를 내밀 뻔했지만! 그래도 저렇게 말할 것까지야. 뭔 자뻑이 그렇게 심하냐고 물으려는 순간, 명석이 먼저 입을 열었다.

"마음껏 봐."

"예?"

"어차피 내 여자 보라고 만든 몸이니까."

"예, 예?"

내 여자를 위해 뭐, 뭘 만들어? 어쩜 눈도 깜빡하지 않고 저런 말을 서슴없이 할 수 있는지. 하지만 민망함은 규리의 몫이었다.

"이봐. 내 여자."

어머머머! 헐벗은 몸을 보는 것만으로도 얼굴이 화끈거려 죽겠는데, 내 여자?

"마음껏 봐."

명석이 그녀를 향해 두 팔을 벌리자, 민망해진 규리는 손을 펼쳐 눈을 가렸다.

"어후. 아침부터 왜 저러셔, 정말."

말은 그렇게 하면서도 왜 자꾸 손가락 사이가 벌어지는 건지. 더 보고 싶은 마음은 굴뚝같았지만, 머리에서 열이 나고 얼굴이 벌겋게 달아오르는 바람에 그대로 있을 수가 없었다.

"흐흠. 흐흐흠!"

규리는 억지로 헛기침을 뱉은 뒤, 갈 곳 잃은 시선을 안전한 곳으로 옮기고 말을 돌렸다.

"혹시 팀장님이 청소하신 거예요?"

"생각보다 집이 지저분하더군."

덥수룩하게 수염을 기르고 있어서 그런지 지저분한 인상이 드는 그였다. 그런데 이렇게 깔끔하다니. 예상외다.

"일주일에 한 번은 청소기 돌리거든요."

"겨우?"

겨우라니! 쉬는 날이나 주면서 그런 말을 하면 좋겠는데!

"나 집 먼지 알레르기 있어."

그래서 뭐? 설마. 나더러 매일 청소하라는 거야? 이럴 줄 알았어! 방송국에서 하듯이 나 부려 먹으려고!

발끈한 규리가 한마디 하려고 할 때, 명석이 먼저 입을 열었다.

"앞으로 청소는 내가 하지."

"예?"

전혀 예상치 못한 말에 규리는 어벙해졌다. 청소를 시키는 게 아니라, 하겠다니?

"방, 거실, 주방, 화장실 청소까지. 모두 내가 맡지."

"예? 아니, 그걸 왜 다 팀장님께서……."

"넌 손가락 하나 움직이지 마. 내가 다 할 거니까 그렇게 알도록."

어색하다. 이런 분위기, 이런 대접. 강희와 살 땐, '네가 해라. 나는 쉬련다.'
며 투덜거리다가 결국 가위바위보로 청소할 사람을 결정하곤 했다. 그런데 청
소를 한다니. 그것도 팀장님께서 직접! 명석이 저렇게 나오니 규리는 어쩐지 불
편했다. 그가 누군가? 팀 내에서 가장 높은 상사인 '팀장'이 아니던가! 그런 사
람이 집 안은 물론 화장실까지 청소하겠다니! 마음이 영 찝찝했다.

"왜? 뭐 불만 있어?"

"예? 아, 아니요!"

"근데 표정이 왜 그러지?"

명석의 헐벗은 몸이 그녀를 향해 다가왔다. 잔뜩 화난 몸이 점점 가까워지
자, 규리는 도망치듯 화장실로 향했다. 그리고 명석을 피해 잽싸게 안으로 들
어가려는 찰나, 문이 벌컥 열리면서 레오가 나왔다.

"어? 규리야. 잘 잤어?"

"허, 헙!"

너도냐? 너도…… 벗은 것이야? 호랑이 피하려다가 사자를 만났다! 아, 근데
이 남자들이 정말! 왜 남의 집에서 이렇게 벗고 다니는 거야?

레오도 이제 막 샤워를 마치고 나오는 모양인지 머리카락이 젖어 있었고, 그
의 하얗고 뽀얀 피부는 반짝반짝 빛을 내뿜고 있었다. 게다가 얘는 또 왜 이렇
게 어깨가 넓은지, 화장실 문을 저 넓은 어깨로 다 막고 있다.

"아직 자고 있는 줄 알았는데."

"어. 방금 일어났어."

원래 상대방의 눈을 보면서 대화하는 스타일인데, 오늘따라 어딜 봐야 할지
모르겠다. 레오의 얼굴을 보려니 너무 눈부시고, 그렇다고 다른 곳으로 눈동자
를 돌리자니 시선이 닿는 곳마다 그의 맨살이다. 얼굴은 이렇게 순둥순둥한데,
몸매는 어쩜 이렇게 짐승인 건지! 이건 반칙이다. 레드카드 받아도 한마디 반박
조차 할 수 없는 반칙!

그의 가슴팍 언저리에 시선이 닿은 규리는 최대한 고개를 젖혔다. 그러자 레

오의 말간 얼굴이 두 눈 가득 들어왔다.

"규리야. 아침 먹어야지."

"아니야. 괜찮아. 나 아침 안 먹어."

"왜?"

규리의 대답에 레오가 미간에 주름을 잡으며 물었다. 엄마와 같이 살 땐 꼬박꼬박 아침을 챙겨 먹긴 했다. 하지만 독립한 후에는 아침보다 잠을 선택했다. 바쁜 아침에 잠을 줄여 가며 식사 준비할 시간도 없었고, 밥을 꽤 오랫동안 꼭꼭 씹어 먹는 스타일인데 아침에 서두르다 보니 체할 때가 많아서였다.

"바빠서."

"바빠도 아침은 챙겨 먹어야지."

"아니, 난 괜찮아."

규리가 거절하려고 하자, 레오가 그녀의 손을 이끌어 식탁 앞에 앉혔다.

"내가 안 괜찮아. 앉아 있어."

"나 늦었는데……."

규리가 자리에서 일어나려고 하자, 이번엔 명석이 그녀의 어깨를 지그시 눌렀다.

"도대체 얼마나 일찍 출근하려고 그러는 거야?"

사실 늦었다는 건 핑계였다. 단지 상체 탈의한 남자들 사이에서 식사를 했다간 밥이 입으로 들어가는지, 코로 들어가는지 모를 것 같아 핑계를 댄 거였는데.

"근데…… 왜 옷은 다 벗고……?"

규리는 참아 왔던 질문을 겨우 꺼냈다. 남자의 상체라고는 밋밋한 규현이의 것만 보다가, 이렇게 잔뜩 화난 상체를 둘씩이나 보고 있으려니 눈을 어디에 둬야 할지 모르겠다.

"난 원래 집에서 아예 안 입어."

아예? 뭐 이렇게 의상에 자유분방해?

규리의 얼굴이 점점 달아올랐다.

"하지만 감귤. 널 배려해서 바지는 입은 거야."

"감독님. 규리 놀라게 왜 그렇게 말씀하세요?"

자유분방한 레오가 자유분방한 명석을 타박하자, 명석이 반박하고 나섰다.

"남 말 하긴. 너도 벗고 지내잖아?"

"혼자 산 지 오래돼서 버릇됐어요. 바지만 입었는데, 어색하네요."

레오까지 그렇게 말하자, 규리는 혼이 나가는 것만 같았다.

그럼 설마, 매일 저렇게 헐벗고 지낼 생각인 건가? 그렇게 생각하자 머리 위로 푸쉬식– 뜨거운 김이 솟아올랐다.

불편하다. 불편해. 매일 이 식탁에 앉아 맥주에 오징어 다리를 뜯어 먹곤 했는데, 오늘따라 이 공간이 왜 이렇게 낯설게 느껴지는지 모르겠다. 아니다. 다시 생각해 보니 식탁만 낯설게 느껴지는 게 아니다. 이 집 전체가 어색했다. 늦은 밤 피곤한 몸을 이끌고 와서 피로를 싹 지우는 곳이었다. 때로는 강희와의 수다로, 때로는 영화 감상으로, 또 때로는 배달 음식 먹부림으로 규리만의 힐링을 했던 곳이다. 그런데 지금은 불편하다. 살짝 삐딴 자세로 앉아 있기도 힘들 정도로, 제대로 숨을 쉴 수 없을 정도로 편하지가 않았다.

내 집인데! 그동안 비와 추위로부터 날 지켜 주었던 내 집인데 말이다.

회사에서 여기저기 깨지고 돌아와 씻지도 않은 몸으로 비비적거려도 불만 없이 받아 줬던 집이다. 너 말고 저 호텔이 더 좋은 것 같다며 잠시 한눈을 팔아도 되돌아오면 아무 말 없이 들여보내 주었던 집이다. 그런데 불편하다. 세상에서 가장 편했던 장소가, 나를 포근하게 품어 주었던 장소가 너무 불편해졌다.

'뭐 때문이지?'

안락했던 집이 하루아침에 불편해진 이유를 찾고 있을 때, 레오가 음식을 가져왔다.

"규리야. 먹어."

"어…… 허억! 이게 다 뭐야?"

고작해야 토스트 정도 해주는 줄 알았는데, 갈비다! 거기에 갈치조림과 전복버터구이 그리고 간장게장까지! 오늘 무슨 명절인가? 아니면 누구 생일?

식탁에 젓가락 놓을 자리도 없을 정도로 음식이 가득 차자, 결국 규리의 입이 쩍 벌어지고 말았다.

"식겠다. 어서 먹어."

"레오야. 무슨 음식을 이렇게 많이 준비했어?"

"많긴."

요리하는 걸 좋아한다고 듣긴 했는데, 아침부터 이렇게 진수성찬을 차릴 줄이야. 게다가 집에 없는 이 많은 재료들은 다 어디서 공수해 온 건지!

"냉장고에 아무것도 없었을 텐데?"

"새벽에 퀵으로 받아서 살살 준비했어."

이게 살살 한 거야? 세게 하면 어떻게 하려고?

"나도 도왔다는 말은 왜 빼?"

명석이 옆에서 한마디 보탰다.

"아, 감독님은 설거지 하셨어. 엄청 깔끔하시더라고. 여자가 피곤할 것 같아."

레오가 은근히 명석을 견제하며 속삭였지만, 명석은 용케 알아듣고 눈을 세모나게 떴다.

"피곤하긴. 복 받은 거지."

"너무 깔끔한 남자 인기 없어요."

"됐어. 쓸데없는 소리 그만하고 밥이나 먹어."

말씨름하던 두 남자는 금세 밥에 집중한다. 다름 아닌, 규리의 밥에.

"자, 게딱지에 밥 비벼 먹어봐."

레오는 알이 꽉 차고, 살이 통통하게 오른 게를 규리의 앞접시에 놔주었다.

"이것도 먹어보든가."

명석한 불퉁한 말투로 중얼대더니, 가장 큰 전복을 골라 규리의 밥그릇에 올려준다.

그것까지는 좋은데…….

"두 분도 드세요."

두 남자는 밥을 먹지 않는다. 그저 턱을 괴고 규리만 바라볼 뿐. 그들의 시선이 부담스러워 체할 것만 같았지만, 그들의 과잉보호는 끝나지 않았다.

"에고, 흘렸다."

밥풀 하나 흘렸더니, 즉각 휴지를 대령해 주는 레오에.

"그러니까 천천히 먹으라니까! 체하면 누구 고생시키려고."

살짝 기침만 했을 뿐인데, 물을 따라 규리 앞에 쓱 밀어 주는 명석까지. 규리는 이제야 알 것 같았다. 세상 편하던 이 집이, 피곤했던 몸을 초고속 충전기처럼 빠르게 힐링해 주었던 이 집이 왜 갑자기 불편해졌는지를!

그건 바로 두 남자의 공주 대접! 하녀처럼 살아오던 그녀가 하루아침에 공주 대접을 받으려니 몸 둘 바를 몰랐던 거였다. 규리에게 집안일이란 강희와 서로 안 하겠다고 미루고 미루다가 입을 옷이 없을 때, 물 따라 마실 컵이 없을 때 하는 것이었다. 그런데 하루 사이에 집이 완벽해졌다. 먼지 하나 없이 청소가 되어 있었고, 맛있는 음식으로 식사가 차려졌다. 규리가 말도 꺼내기 전에 필요한 것을 알아서 대령해 줬고, 손도 까딱하지 못하게 했다. 자신한테 일을 시키면 시켰지, 해줄 위치의 사람이 아닌 그들이 말이다.

"근데 규리야, 세탁기는 어디에 있어? 셔츠를 빨았는데, 안 마르네."

"아. 내 방에 들어가면 세탁실 있어."

"들어가도 돼?"

"어…….."

생각에 빠진 규리는 멍한 정신으로 대답했다.

'그래서 불편한 거였어. 저 남자들의 과한 공주 대접이 나랑 안 맞아서!'

집에 들어오면 편하게 쉬어야 하는데 쌩얼 보이기 싫어서 발 동동거리고 있고, 밖에서 왕처럼 모시던 회사 상사와 출연자가 온갖 집안일을 다 하고 있으니 마음이 편할 리가 없다. 그리고 결정적으로! 눈 둘 바를 모르게 만드는 저

상체! 규현이가 옷 벗고 돌아다닐 땐 웬 밋밋한 종이 인형이 지나다니네 했는데, 저 두 남자의 몸은 볼 수가 없다. 온몸이 후끈 달아올라서! 그녀의 마음도 모르고 저들은 헐벗은 몸으로 잘도 돌아다닌다.

"탈수 돌리고 드라이어로 말리면 입을 수 있겠죠?"

"그래도 이 옷 입고 출근하는 건 좀 그런데? 가다가 옷 좀 사야겠어."

"아, 어제 보니까 요 앞에 제가 광고하는 브랜드 숍 있던데. 거기서 사요."

"우리 프로그램 협찬 들어온 거?"

"예. 광고주께서 감독님도 입으면 좋겠다고 하시던데."

두런두런 들려오는 두 남자의 대화가 규리와는 전혀 딴 세상의 것 같다. 레오가 광고한 브랜드 숍이라니. 거기에 광고주는 명석도 입기를 원한다고? 평생 살아도 규리에게는 없을 일이다. 그런데 저렇게 대단한 남자들이 공주 대답을 해주다니. 그러니 불편하지. 대접받고 챙김받는 건 좋은 일인데, 행복한 일이어야 하는데, 왜 이렇게 불편한 걸까? 앞으로 저 남자들과 같이 살 수 있을까? 이렇게 불편해하며?

"어? 옷장 문이 좀 열렸어요."

"그럼 닫아."

"안 닫혀요."

규리의 방에서 남자들의 목소리가 들려왔지만, 생각에 잠겨 있는 그녀의 귀에 내용이 제대로 들어올 리 없었다.

"규리야, 옷장이 열렸는데 안 닫혀."

"어."

"안 닫아도 돼?"

"그냥 둬. 내가 나중에……."

순간! 엊그제 일이 떠올랐다. 그들이 집 보러 오는 날, 혹시나 세탁실까지 보여 줄지도 모른다는 생각에 옷장 속에 '그것'을 마구 욱여넣었던 것이! 그날 이후, 그 옷장은 열어 보지도 않았는데. 왜 하필 그게!

"그럼 그냥 둘게."

"안 돼!"

규리가 전속력으로 달려가며 외쳤지만, 이미 때는 늦었다. 레오가 옷장 문에서 손을 떼자마자, 쾅 소리와 함께 문이 열려 버렸다! 그리고 그와 함께 옷장 속에 갇혀 있던 '그것'들이 마치 눈처럼 쏟아져 내렸다.

"이게 뭐야?"

"이건……?"

꽃무늬와 땡땡이, 브래지어와 팬티의 향연! 바람결에 떨어지는 여린 벚꽃처럼, 꽃무늬 팬티와 땡땡이 브래지어는 공중에서 나풀나풀 춤을 추더니, 레오와 명석의 머리에 살포시 떨어져 내렸다!

"허억!"

그 끔찍한 장면을 목격한 규리는 차마 아무 말도 잇지 못했고, 두 남자는 격하게 손사래를 쳤다.

"감귤. 우리가 의도해서 그런 게 아니고……."

"옷장이 저절로 열려……."

두 남자가 말을 다 마치지도 못 했을 때, 규리가 소리를 꽥 질러 버렸다!

"이대로는 같이 못 살아!"

규리는 빠른 속도로 그들의 머리를 덮고 있는 꽃무늬와 땡땡이를 걷어, 침대 이불 속에 집어 넣어 버렸다. 창피해서 얼굴을 들 수가 없었다. 동거 하루 만에 속옷 공개라니! 게다가 왜 이렇게 속옷에 돈을 아꼈는지. 브래지어는 후크가 떨어질 정도로 너덜너덜했고, 팬티에는 작은 구멍이 나 있는 게 아닌가! 정말 쥐구멍이라도 있으면 얼굴을 처박고 싶었다.

'미쳤지! 미리 속옷 정리해 둘걸. 아니, 저 남자들이 방에 들어간다고 했을 때 말릴걸. 아니! 애초에 이 남자들과 같이 산다고 말하는 게 아니었는데!'

마음 불편한 것도 싫고, 숨 막히게 완벽한 집도 싫었으며, 조각상 같은 저 몸도 부담스럽다! 예전에 강희와 살 때처럼, 뭐 하나 풀어진 그때처럼 편하게 살고 싶다! 쌩얼도, 노브라도 불편하지 않았던 그때처럼! 부글부글 끓어오른 규리는 결국, 마음속에서 꿈틀대고 있던 말을 입 밖으로 꺼내 버렸다.

"이대로는 같이 못 살아!"

씩씩거리며 소리친 그녀는 하늘을 향해 치켜 올라간 명석의 험상궂은 눈썹을 보고, 뒷말을 덧붙였다.

"……요!"

*

"팀장님, 오 배우님. 식사하러 가시죠."

무슨 얘기를 저렇게 진지하게 하는지, 벌써 2시가 다 돼가도록 팀장과 출연자가 밥 먹자는 소리를 안 한다. 결국 총대를 멘 김 피디가 다가와 식사를 제안했다.

"벌써 시간이 이렇게 됐군."

"대화에 너무 집중했네요."

두 남자가 배고픔도 잊고 열중한 이야기의 주제는 '감 작가가 왜 그럴까.'였다. 하우스 메이트로 들어간 첫날부터 빛이 나도록 청소해 줬고, 뭐 하나 부족함 없이 아침 식사를 차려 줬다. 그런데 규리가 함께 살기를 거부한다. 과연 감규리가 왜 그러는 걸까? 출근해서 지금까지 똑똑한 두 사람이 머리를 맞대고 끙끙거려 봤지만, 해답을 모르겠다. 시계를 확인한 명석과 레오는 끄적거리던 종이와 펜을 정리하고 자리에서 일어났다. 밥 먹으면서 규리의 동태를 좀 살펴야겠다.

"오늘은 구내식당 말고 밖에서 먹을까?"

요즘 구내식당 밥이 맛없어졌다고 했지. 감귤이.

"감독님, 파스타 어떠세요?"

파스타가 땡긴다고 했지. 우리 규리가.

"파스타 좋지."

"방송국 앞에 맛집 있는데, 거기로 가죠."

"그래. 오늘은 내가 쏘지."

오로지 한 명의 팀원을 위한 메뉴가 결정됐다. 며칠째 밤샘 편집을 끝내고 어제 신나게 달렸던 피디들은 해장국 생각이 절실했지만, 명석과 레오가 정한 메뉴에 불평 한마디 할 수 없었다. 느끼한 크림 파스타로 속을 달랠 수밖에.

*

새로 생겼다는 레스토랑은 고급스러운 인테리어에 편안한 분위기를 자아내고 있었다. 이제 막 시작하는 연인들이 데이트하기 딱 좋을 만한 곳이었다.

'이 시커먼 놈들 빼고 감귤이랑 단둘이 오면 좋을 텐데.'

'이런 데서 규리랑 데이트하는 날이 올까?'

메뉴를 고르는 연출 팀을 보며 명석과 레오가 규리를 떠올리고 있을 때, 문이 열리면서 작가들이 우르르 들어왔다. 그러자 레오와 명석의 눈동자가 빠르게 움직였다.

'우리 규리 어디 있지?'

'감귤, 내 옆에 앉았으면 좋겠는데.'

차지연 작가를 필두로 선영과 조은 작가가 따라 들어온다. 명석과 레오는 반갑게 인사하는 그녀들에게 눈길 한 번 주지 않았다. 이제 슬슬 규리가 들어올 차례인데, 신해와 오은설 작가가 들어오면서 문이 닫히는 게 아닌가!

'응? 우리 규리는 왜 안 들어오지?'

'뭐야? 누가 내 감귤한테 점심시간에 일 시킨 거야?'

밥도 안 먹고 규리를 악독하게 부려 먹는 사람은 아마 차지연 작가일 것이다. 지연을 쳐다보는 두 남자의 눈빛이 사나워졌다. 일벌레! 후배 작가 부려 먹는 나쁜 선배!

"오! 팀장님이 쏘는 거야?"

차 선배한테 쏘려고 이 많은 팀원들을 데리고 온 게 아닙니다! 지연을 바라보는 명석의 눈이 세모로 변했다.

"나 비싼 거 시킨다?"

시키지 마세요! 우리 규리 일 시키고 비싼 거 먹지 마세요!

"난 봉골레. 그리고 고르곤졸라 피자랑, 샐러드랑. 아, 우리 토마호크 스테이크도 먹을까?"

지연의 입에서 맛있는 메뉴가 줄줄 나올수록 명석과 레오의 표정은 점점 굳어졌다. 우리 규리 먹이려고, 내 감귤 야윈 것 같아 이 비싼 레스토랑에 온 건데! 애먼 사람들 배나 채워주다니!

"근데 자기는 촬영도 없는데, 왜 맨날 방송국으로 출근해?"

메뉴를 다 고른 지연이 레오에게 물었다. 평소 같았으면 방긋방긋 웃으며 대답했을 레오였지만, 지금은 그럴 기분이 아니었다.

"왜요? 차 작가님은 제가 오는 게 싫으세요?"

'우리 규리 일 시키는 나쁜 작가님!'이라고 말하고 싶은 걸 꾹꾹 참으며 뾰로통하게 대답하자, 지연의 밝은 목소리가 들려왔다.

"싫긴. 작가 방에 자리 하나 마련해 줄까 해서 그렇지."

지연의 말에 레오는 물론 명석까지 눈이 번쩍였다. 작가 방에 자리를 만들어 준다니! 이 말은 곧 하루 온종일 규리의 얼굴을 볼 수 있다는 뜻이다! 명석이 안 된다고 소리치려는 순간, 레오가 말을 가로챘다.

"그럼 저야 감사하죠. 방송국 와도 갈 데가 없어서 뻘쭘했는데."

레오는 그 어느 때보다 예쁜 미소를 지으며 대답했다.

*

집에서 벗어나면 그나마 좀 나아질 줄 알았는데, 회사는 회사대로 불편했다.

가는 곳마다 명석이 있었고, 시선이 닿는 곳마다 레오가 보였다. 망할 방송국! 이놈의 방송국은 스타 피디 없으면 프로그램 못 만들고, 톱 배우 없으면 시청률 떨어지나? 저 남자들은 왜 하루 종일 방송국에 있는 거야! ……라고 원망해 봤자 소용없는 짓이다. 피디와 배우가 방송국에서 일한다는데, 누가 뭐라 하겠느냔 말이다.

"그 레스토랑 파스타 완전 끝내준다던데."

얼마 전에 오픈한 회사 앞 레스토랑을 호시탐탐 노리고 있던 규리는 명석과 레오가 함께 간다는 말에 속이 좋지 않다는 핑계를 대고 슬쩍 빠져 버렸다. 도저히 그들과 함께 밥을 먹을 수 없을 것 같았다. 사실 아침 먹은 게 살짝 체하기도 했고.

"하아. 당장 오늘 밤은 어떻게 하지?"

오늘 집에 들어가면 또 레오가 식탁 다리가 부러지게 저녁을 차려줄 거고, 명석은 온 집 안을 깨끗하게 청소해 놓을 것이며, 두 남자는 규리에게 손도 까딱 못 하게 할 것이다. 거기까지는 그냥 넘길 수 있겠지만! 잔뜩 성난 그들의 몸매를 떠올리자, 규리의 얼굴이 벌겋게 달아올랐다.

"꺅! 또 생각했어!"

도저히 그 몸을 보고 멀쩡한 표정을 지을 수가 없을 것 같았다. 규리는 28년을 살면서 처음 알았다. 자기 안에 음란마귀가 존재한다는 것을. 그리고 그 마귀가 꽤 크다는 것을.

"확 야근해?"

그러기엔 오늘 할 일이 없었다.

"강희네 가서 자?"

그럼 무슨 일 있냐고 꼬치꼬치 캐물을 게 뻔하다. 가능하면 강희한테도 비밀로 하고 싶었다. 들키기 전까지만이라도.

"확 숙직실에서 자?"

고민에 휩싸인 규리는 결국 자신의 머리카락을 헝클어뜨렸다. 스스로가 생각해도 이해가 되지 않았다. 같이 살자고 말한 사람은 규리 자신이었다. 규리가 싫다는데, 그들이 억지로 들어온 게 아니란 말이다. 게다가 자기를 부려 먹거나 집을 더럽히는 것도 아닌데, 뭐가 그렇게 불편하다는 건지! 스스로 생각해도 답답했다.

"그래! 답답할 땐, 박 군이지!"

규리는 차마 강희한테도 말할 수 없는 고민을 털어놓기 위해 승후를 찾아나섰다. 그래도 회사에서 제일 믿음직한 사람은 승후인가 보다. 그가 제일 먼저 떠오르는 걸 보면. 승후는 곧 있을 내부 시사 때문에 예고 편집하느라 정신이 없을 거다. 밥도 안 먹는다고 했으니, 분명 편집실에 있을 거고. 스트레스 쌓일 땐 달달한 커피 한 잔 마시면 피로가 싹 가신다는 승후의 말이 떠오른 규리는 자판기에서 캔 커피 두 개를 뽑아 들고 편집실로 향했다. 편집실 앞에 도착한 규리는 작게 난 창문 사이로 안을 들여다봤다. 커다란 모니터 앞에서 머리를 긁적이는 승후의 뒷모습이 보였다. 편집이 안 되는 모양인지, 그는 머리를 쥐어짜고 있었다. 승후를 본 규리는 싱긋 미소를 짓고 살짝 문을 열었다.

"박 군! 커피 배달 왔…… 헙!"

좁아터진 편집실에 다른 사람이 있는 걸 본 규리의 눈이 커졌다.

"티, 팀장님. 오 배우님?"

그들은 승후가 만든 예고를 함께 보고 있는 중이었다. 편집실을 방문한 밝은 목소리의 주인공이 규리임을 확인하자, 레오와 명석의 눈썹이 꿈틀거렸다. 규리와 승후가 질투 날 정도로 친하게 지내고 있는 건 이미 알고 있으니, 패스. 우리와 대화할 땐 베이스 톤의 목소리가 박승후 만나러 오니 소프라노가 된 것도 어찌저찌, 패스. 저깟 설탕과 카페인 덩어리가 든 싸구려 커피는 줘도 안 마시니, 패스. 하지만 단 하나만큼은 도저히 못 참겠다!

아침에 '이대로는 같이 못 살아……요!'를 외치고 도망치듯 출근해 버린 규리는 하루 온종일 그들을 피해 다녔다. 일부러 규리 먹이려고 만든 점심 식사 자리에서도 그녀는 얼굴을 비추지 않았다. 그런데 박승후 이 자식을 친히 찾아와? 그것도 커피까지 사들고! 레오와 명석의 관자놀이에 빠직, 하고 핏대가 불끈 솟았다.

"어? 규리 왔어?"

아무것도 모르는 어린 양이 규리를 보고 환하게 인사한다.

"커피 나 주려고 사온 거야?"

어린 양은 오늘도 눈치가 없다.

"나 편집할 때 그 커피 마시는 건 또 어떻게 알고."

아마도 어린 양은 오늘 밤새도록 예고를 수정할 생각인가 보다.

"잘 됐다. 마침 목말랐는데."

승후가 그녀를 향해 손을 내밀자, 규리가 그의 손을 피해 한 걸음 뒤로 물러섰다.

"왜 그래?"

"이거 너 주려고 산 거 아니야."

사색이 된 규리가 두 남자의 눈치를 보고 격하게 고개를 흔들며 말했다.

"너 방금 커피 배달 왔다고……."

에이, 젠장!

규리는 승후의 안전과 예고 무사 편집을 위해, 이 한 몸 희생하기로 마음먹었다. 들고 있던 커피 캔을 따고 벌컥벌컥! 커피 두 캔을 마시면서도 일일 권장량을 초과하는 설탕과 카페인이 걱정스러웠지만, 자신 때문에 저 어린 양을 다치게 할 순 없었다.

"캬합."

규리가 거친 숨을 내쉬며 헉헉거리자, 승후가 눈을 동그랗게 뜨고 그녀를 쳐다봤다.

"규리야, 너 왜 그걸 다……?"

"두 개 다 나 마시려고 사온 거야."

"커피 두 캔을 다?"

"어. 나 캔 커피 완전 좋아하거든. 하하하."

수상한 그녀의 행동에 명석과 레오는 눈을 가늘게 뜨고 규리를 쳐다봤다.

"바쁜 것 같은데 난 이만 가볼게. 수고. 팀장님이랑 오 배우님도 수고하세요!"

규리는 명석과 레오를 향해 고개를 꾸벅 숙이고 헐레벌떡 편집실에서 나와 버렸다. 편집실에서 꽤 멀리 떨어진 규리는 가쁜 숨을 몰아쉬었다.

"아씨. 왜들 거기에 있는 거야?"

밥 먹고 오는 데 오래 걸릴 줄 알았는데, 벌써 사무실에 와 있었다니! 그것도 하필 승후의 편집실에! 이놈의 방송국. 건물은 더럽게 크면서 어떻게 가는 곳 마다 명석이 있고, 눈만 돌렸다 하면 레오와 눈이 마주치는 건지 모르겠다. 아침에 그렇게 나와 버린 뒤 얘기 좀 하자는 레오의 말을 못 들은 척하고, 그녀의 앞을 막아서는 명석도 못 본 척하며 피해 다녔는데 거기서 딱 마주친 것이었다.

안다. 지금 자신이 얼마나 바보 같은지! 또, 얼마나 답답한 짓을 하고 있는 지! 하지만 피하는 것 말고, 뭘 해야 할지 모르겠다. 그 두 남자 얼굴만 보면, 얼굴은 빨개지고, 머리는 열이 들끓듯 뜨거워지고, 가슴은 미친 듯이 쿵쾅거린 다. 이런 기분이 처음이라서, 이럴 땐 어떡해야 좋을지 몰라서 불편하다. 왜 이 러는지도 모르겠고, 어색하고, 낯설어 미칠 것만 같다.

그렇다고 이제 와서 같이 살자고 한 말을 무를 수도 없고. 그야말로 진퇴양 난이다. 방으로 돌아가야겠다. 그나마 작가 방에 있으면 얼굴 마주칠 일은 거 의 없으니까. 그렇게 생각하며 작가 방을 향해 걷고 있을 때, 검은 그림자가 그 녀의 앞길을 막았다. 뭔가 싶어 고개를 들자, 웬 남자가 자신 앞에 떡하니 버티 고 있었다. 이 남자는 왜 이렇게 키가 큰지, 올려다보고 또 올려다봐도 얼굴이 안 보인……

"티, 팀장님!"

언제 쫓아왔는지, 명석이 그녀 앞에 서 있었다.

"언제까지 도망 다닐 거야?"

명석이 조금씩 그녀에게 다가오며 말했다. 까칠한 그의 말투에 흠칫 놀란 규리는 그대로 뒤를 돌아 잰걸음으로 자리에서 벗어났다.

"감귤!"

자신을 부르는 소리도 못 들은 척하며, 복도 끝 코너를 휙 돌자.

"악!"

무언가 단단한 것에 부딪히고 말았다. 이번엔 레오다! 정말 이놈의 방송국! 명석 피하면 레오가 있고, 레오한테 도망가면 명석이 있다.

"레, 레오야."

"규리야."

떨리는 눈으로 그를 올려다보자, 그가 낮은 음성으로 그녀의 이름을 불렀다.

"왜 피하는 거야?"

걱정스럽게 자신을 바라보는 레오에게 할 말이 없었다. 무슨 말을 해야, 어떤 말을 해야 그가 납득할 수 있을지 모르겠다. 규리는 그대로 자리를 피해 버렸다.

"규리야!"

"감귤!"

레오와 명석의 목소리가 들렸지만, 멈출 수가 없었다. 비겁하다, 감규리. 못났다, 못났어!

여자 화장실에 들어간 규리는 거울 속에 비치는 자신의 모습을 보며 한심해했다. 피하지 않을 거라고, 이젠 용기 내볼 거라고, 그렇게 어려운 결정을 내리고 함께 살아보자고 말했다. 그런데 고작 공주 대접이 불편하다는 이유로, 헐벗은 남자들의 몸이 민망하다는 핑계로 하루 종일 그들을 피하고 있는 꼴이라니! 규리는 거울 속 자신의 모습을 자세히 들여다봤다. 맑은 눈동자가 사정없이 흔들렸다.

"……거짓말."

마음속 깊은 곳에서 진심이 튀어나왔다. 더, 더, 더 깊은 곳에서 더욱더 진실한 마음이 튀어나오려고 한다.

"……좋아."

공주 대접이 불편해 봐야 얼마나 불편하고, 남자들 벗은 게 불편하면 옷 입으라고 하면 그만이다. 실상은 그게 아니다. 사실은…….

"……너무 좋아."

그게 문제였다. 그래서 하루 종일 그들을 피해 다녔던 거였고, 그들의 눈을 마주 볼 수 없었던 거다. 좋다. 두 남자가, 다. 규리는 그런 자신의 마음을 알아챈 거다. 조금씩, 조금씩. 자신의 마음이 두 남자에게 물들어 가고 있다는 것을.

*

대충 마음을 추스른 규리는 빼꼼 고개를 내밀어 좌우를 살폈다. 화장실 주변엔 아무도 없다. 저 멀리 복도에도 개미 한 마리 안 보인다. 재빨리 뛰어 작가 방에 쏙 들어가 버리면, 오늘 회사에서 그들과 직접 마주칠 일은 없을 거다. 집에서는 피곤하다고 먼저 자버리면 그만이고.

"지금이다!"

기막힌 타이밍임을 직감한 규리는 후다닥 걷기 시작했다. 마치 경보 선수처럼 양팔을 잘게 흔들며 걸어가고 있을 때, 복도 끝에서 누군가가 그녀의 앞길을 막아섰다. 명석이었다. 깜짝 놀란 규리가 아까처럼 몸을 돌려 도망치려고 하자, 누군가와 부딪치고 말았다.

'뭐지? 데자뷔 같은 이 상황은?'

그녀 앞에 서 있는 사람은 레오였다. 앞 레오, 뒤 명석. 규리는 두 남자 사이에 껴서 앞으로도 뒤로도 빠져나갈 수 없는 상태가 되어 버리고 말았다. 두 남자의 표정이 심상치 않다. 하루 종일 그들을 피해 다녔으니 화날 만했다. 하지만 규리도 어쩔 수 없었다. 도망가는 것 외에 다른 방법은 몰랐으니.

"하하. 이제 곧 부장님과 함께하는 내부 시사 시간입니다."

규리가 방긋 웃으며 빠져나갈 궁리를 하자, 명석이 칼같이 잘라 냈다.

"시사, 한 시간 딜레이 됐어."

"아…… 저런."

금방 빠져나갈 수 있을 거라고 생각했는데, 두 남자는 마음을 단단히 먹고 온 모양이었다. 그들은 규리를 순순히 놔줄 생각이 없어 보였다.

"하하. 전 급한 일이 있어서. 그럼 이만."

이럴 땐 튀는 게 최고다!

규리가 어색한 미소를 흘리며 그들 사이를 빠져나가려고 하자, 두 남자가 조금씩 그녀를 향해 다가왔다.

"왜, 왜 이러시는지요?"

완벽히 코너에 몰리자, 가슴이 미친 듯이 쿵쾅거렸다. 이쪽을 보면 레오가, 저쪽을 보면 명석이 웃음기 하나 없는 얼굴로 그녀를 내려다보고 있었다.

"규리야. 우리한테 뭐 화났어?"

규리는 고개를 들어 레오를 올려다봤다. 맑고 커다란 그의 눈동자에 규리, 자신의 모습이 비쳤다. 여덟 살 꼬마 감규리가 아닌, 스물여덟 살의 감규리가 알고 싶다던 레오의 눈동자에 자신의 얼굴이 가득했다. 저 예쁜 눈동자 안에 내가 들어가 있다니. 가슴이 쿵- 하고 뛴다.

'레오…… 때문인가?'

그 때문에 가슴이 뛰는 걸까?

"감귤. 피하지만 말고 얘기 좀 하지? 왜 갑자기 같이 못 살겠다는 거야?"

명석이 부르는 바람에 그녀의 시선이 레오에게 벗어나 그에게 꽂혔다.

유난히 검은 눈동자 안에 자신의 모습이 가득 들어 있다. 마치 파라도에서 자신을 고민해 달라고 말했던 그때처럼. 술에 취한 채로 고백받았던 그날에 그가 줬던 핫팩처럼 따뜻하다. 기대고 싶을 정도로. 그를 보고 있자니, 가슴이 쾅- 하고 뛴다.

'팀장님 때문……인가?'

모르겠다. 도대체 누구 때문에 가슴이 뛰는 건지! 혼란스럽다. 이 두근거림이 누굴 향한 마음인지 알 수 없어 미안하고 죄스럽다.

"죄, 죄송해요. 가볼게요."

도저히 그들과 함께 있을 수 없던 규리가 걸음을 옮기려고 하자, 레오와 명석이 동시에 팔을 뻗었다. 벽과 두 남자의 단단한 가슴 사이에 완전히 갇힌 규리는 떨리는 눈으로 그들을 바라보았다.

"못 가. 가고 싶으면 대답해."

확고한 명석의 말에 이어.

"나도 들어야겠어. 이대로는 못 보내."

오늘따라 레오까지 단호하다. 그들을 바라보는 규리의 눈동자가 심하게 흔들렸다. 지금까지 살면서 누구 하나 가르쳐 준 사람이 없었다. 사랑은 어떻게 하는 것이며, 연애는 또 어떻게 하는 건지.

초등학교부터 대학교까지 학교라는 곳을 16년이나 다녔고, 각 과목별로 수많은 선생님들을 만나왔다. 그분들께 많은 지식을 배웠으며, 그래서 지금 이렇게 사회생활을 하고 있다. 하지만 단 한 명의 선생님도 사랑하는 법에 대해 가르쳐 주지 않았다. 수많은 시험지의 오지선다 중 정답 고르는 방법은 알려 줬지만, 남자 두 명이 동시에 날 좋아할 때 누구를 골라야 할지 알려 주지는 않았다. 수학 문제 하나 틀리는 것과 두 남자 중 한 명을 고르는 것 중, 내 인생에서 어떤 게 더 큰 문제일까?

어렵다. 고백받은 건 처음인데, 남자를 보고 떨린 것도 처음인데, 그래서 그것만으로도 벅차 죽겠는데, 그런데…… 둘 다 좋다니!

누군가 규리의 귀에 크게 외치는 것 같다.

'감규리! 정답은 하나야!'

알아.

'답은 하나만 골라야 해!'

나도 안다고! 하지만 레오를 봐도 가슴이 떨리고, 팀장님을 봐도 가슴이 뛰는데, 나더러 어쩌라고? 알려줘! 레오야, 팀장님이야?

규리의 질문에 하나만 고르라던 목소리가 점점 사그라졌다. 답은 네가 찾으라는 듯……. 규리는 고개를 들어 두 남자의 얼굴을 쳐다봤다. 그들을 보는 규리의 눈동자가 잘게 떨렸다.

가슴이 미친 듯이 뛴다. 이게…… 좋아하는 감정인가? 그렇다면 나한테 너무한 거 아니야? 연애 고자 감규리한테 오레오와 계명석 중 한 명을 선택하라니! 처음부터 난도 최상의 문제를 내는 건 반칙이잖아! 이제 색연필 쥐는 방법을 배운 유치원생한테 미적분 풀어오라는 꼴이라니!

보는 순간 마음을 홀려 버린 보기 1번과 보면 볼수록 가슴을 뜨겁게 달구는 보기 2번 중에 뭐가 정답일지. 연애 무식자 규리는…… 정말, 모르겠다. 두 남자에게 둘러싸인 규리가 안절부절못하고 있을 때, 누군가 그들을 불렀다.

"팀장님!"

승후였다! 그가 가까이 다가오자, 그제야 규리를 가두고 있던 명석과 레오의 팔이 풀렸다.

"부장님께서 지금 시사하자고 하십니다."

"뭐? 왜 갑자기?"

"국장님께서 지금 보자고 하신 모양입니다."

국장이 시간이 없다고 해서, 그를 빼고 부장과 내부 시사를 하기로 했다. 그런데 하필 지금 시사를 하자니. 명석은 규리를 보며 꿀꺽 침을 삼켰다. 마치 맹수가 '너 운 좋은 줄 알아!'라고 말하는 것만 같다.

"가자."

"예. 아참, 오 배우님도 참석하실 거죠? 국장님께서 찾으셔서."

승후가 묻자, 레오는 규리에게 눈을 떼지 않고 대답했다.

"예. 그래야죠……."

마치 도살장에 끌려가는 송아지 눈빛이다. 명석과 레오가 사무실을 향해 돌아서자, 승후가 규리를 쳐다봤다.

"괜찮아?"

"어? 어. 그럼 괜찮지."

규리가 어색한 미소를 지으며 대답하자, 승후가 앞서 걷는 두 남자를 미심쩍은 눈으로 쳐다봤다.

*

신태용 예능 국장을 비롯해 몇몇 높으신 분들과 제작진, 그리고 레오가 참석한 내부 시사가 시작되었다. 대회의실 불이 꺼지자 소곤거리던 말소리가 점차 잦아들었다. 검은 화면이 밝게 빛나며 파라도의 아름다운 정경이 눈앞에 펼쳐졌다. 첫 장면은 배를 탄 출연자들이 파라도로 향하는 모습이었다. 송서준과 서가을, 그 사이에 레오가 보인다. 레오의 반짝이는 머리카락이 바닷바람에 휘날린다. 선착장에 도착하자, 무언가를 보고 환한 미소를 짓는 레오.

카메라 바깥에는 너를 향해 손을 흔드는 내가 있었지. 나도 널 보고 웃고 있었는데. 어? 저긴? 우리 둘만 남았던 갯바위다!

아직도 레오의 말이 귓가에 맴도는 것 같다.

"나 이제 여덟 살 감규리가 아닌, 스물여덟 살 감규리를 알고 싶은데. 그래도 돼?"

아직도 대답하지 못한 질문. 너는 아직도 내 대답을 기다리고 있을까? 혹시 내가 널 부를 때마다 가슴 졸이는 건 아니지? 오늘은 말해 줄까, 혹시 거절하는 건 아닐까 애태우면서. 기다림이 조바심이 된 건 아닐까. 내가 널 너무 기다리게 한 건 아닐까?

대답을 기다리고 있을 레오를 생각하니, 미안함에 가슴이 아려왔다. 바다에서 산으로 화면이 바뀌었다. 포근하게 숙소를 감싸는 노을과 함께 카메라가 안으로 들어온다.

저긴…… 오디오 테스트를 핑계 삼아, 명석이 고민해 달라고 부탁했던 그곳이다.

"저녁 메뉴도 그렇게 고민하는데, 나도 좀 고민해 주면 안 될까?"

촬영 전에는 짧은 거리도 운전하지 않던 사람이 피곤함도 잊은 채 다섯 시간을 달렸다. 단지, 나와 단둘이 있고 싶어서. 내게 고민 좀 해달라는 그 말을 하고 싶어서. 이제 규리에게 파라도는 단순한 촬영 장소가 아니었다. 그들의 진심과 마주했던, 두 남자와 함께한 추억의 장소가 되었다. 그런데 이렇게 피하기만 해도 되는 걸까?

규리는 고개를 돌려 나란히 앉아 있는 레오와 명석을 바라보았다. 그들은 진심을 다해 마음을 표현했는데, 나는 한 번이라도 그들을 제대로 고민해 본 적이 있었나? 연애 무식자라는 핑계로, 사랑 따위 배워본 적 없다는 변명 뒤에 숨기만 했다.

'감규리! 언제까지 도망만 칠 거야? 언제까지 비겁하게 피하기만 할 거냐고!'

깊은 생각에 잠겨 스스로를 채찍질하고 있을 때, 영상이 끝나고 회의실에 불이 켜졌다. 신 국장을 비롯해 윗분들이 만족스러운 웃음을 지었다.

"좋아. 재미있어. 아주 잘 만들었군."

그의 반응에 제작진들이 안도의 한숨을 내쉬었다. 첫 시사에서, 그것도 신 국장과 함께하는 시사에서 이런 칭찬은 매우 드문 일이었다. 깐깐하기로 유명한 신 국장과의 시사는 보통 이렇다. 영상이 끝남과 동시에 한숨을 푹 내쉬며, '그 제작비에, 그 출연자들 데리고 이렇게밖에 못 찍나? 다시 편집해!'는 기본, 최악의 상황에서는 '편성 미루고 추가 촬영해!'라는 말까지 나오곤 했다.

그런 사람 입에서 칭찬이 나오다니! 역시 계명석 피디와 차지연 작가, 거기에 오레오의 조합은 신 국장도 춤추게 만드는 모양이었다.

"다음 촬영은 언제지?"

"바로 다음 주입니다."

"그래. 내 계 피디한테 기대하는 바가 커."

신 국장이 싱글벙글하며 칭찬을 아끼지 않았다.

"언제나 그랬듯 국장님 기대, 120퍼센트 채워 드리죠."

명석이 거만하게 대답했지만, 신 국장은 오히려 그런 당당한 모습이 마음에 드는지 허허 웃었다.

"아! 내가 영상 보면서 떠오른 아이디어인데, 한번 들어보게."

신 국장이 눈을 반짝이며 말하자, 제작진들이 '또 시작이야?'라는 표정을 지었다. 한때 잘나가는 예능 피디였던 신 국장은 회의 시간에 후배들 앞에서 번뜩이는 아이디어를 내는 걸 참 좋아했다. 물론 후배들은 그의 아이디어를 케케묵은 유물쯤으로 생각하지만 말이다.

"호스트들끼리 룰을 만드는 건 어떤가?"

이제 겨우 한마디 했을 뿐인데, 명석은 심드렁했고, 지연은 이야기가 길어질 걸 예상하고 노트를 접었다.

"예를 들어 송서준하고 레오가 낚시를 해서 잡은 생선으로 음식 준비를 해. 게스트가 그걸 먹고, 한 명을 선택해서 우승자에게 배지를 주는 거지! 캬, 어떤가? 신선하지? 응?"

어느 방송국에서 방영하고 있는 프로그램 몇 개를 짜깁기한 신 국장은 스스로의 아이디어에 심취해 자화자찬했다. 모든 제작진이 지루해하며 먼 산을 바라보고 있을 때, 규리는 홀로 무릎을 탁 쳤다!

'그래! 내가 왜 그 생각을 못 했지?'

신 국장이 말한 '룰'이라는 단어가 그녀의 머릿속을 가득 채웠다.

'룰을 정하는 거야!'

'룰'이라는 단어에 꽂힌 규리의 눈동자가 좌우로 빠르게 움직였다. 어차피 두 남자와 같이 살기로 한 이상 이제 와서 그 말을 무를 수는 없다. 그리고 규리도 그럴 생각은 없었고. 아침에 극진한 공주 대접과 속옷 사건 때문에 마음이 격해져서 같이 못 살겠다는 말을 꺼내긴 했지만, 진심은 아니었다. 그저 불편하고 민망했을 뿐이다. 그리고 그런 것들은 하나씩 바꿔 가면 되는 거다. 서로 조금씩 양보하면서.

'모든 일에 룰을 정하는 거야.'

아까는 세상 무너진 듯 한숨만 푹푹 내쉬었는데, 이젠 머리가 잘도 돌아간다. 펜을 쥐고 있는 규리의 손이 빠르게 움직였다. 노트 중앙에 '룰'이라는 글자를 크게 쓰고, 그 옆에 청소, 빨래, 설거지 등의 단어들을 적었다. 그리고 두 눈을 부릅뜨고 꾹꾹 눌러 쓴 마지막 룰!

'웃통 벗기 금지! 이건 하늘이 반쪽 나도 꼭 지켜야 돼!'

오늘 아침. 그러니까 저 두 남자의 성난 근육을 본 규리는 28년 만에 처음으로 깨달았다. 자신의 마음속에도 음란 마귀가 살고 있다는 것을! 개태민과 살짝 손이 스칠 때에는 아무런 느낌도 없었다. 아니, 싫다는 표현이 더 맞을 거다. 그래서 규리는 혹시 자신이 불감증에 걸린 게 아닌가 하고 고민도 했었다. 그런데 두 남자의 웃통 벗은 몸을 보는 순간, 어쩜 그렇게 큰 음란 마귀가 튀어나오는지! 그때 깨달았다. 음란 마귀도 사람 보는 눈이 있다는 걸. 개태민과 있을 땐 단 한 번도 안 튀어나오더니. 규리는 '웃통 벗기 금지' 옆에 별 5개를 그렸다.

'흥! 두 눈 뜨고 마음껏 볼 수 있기를 해, 만져볼 수 있기를…… 엄마야!'

규리는 자신의 생각에 화들짝 놀랐다.

'내가 지금 무슨 생각을 하는 거야?'

그저 오늘 아침에 본, 잔뜩 화가 났던 그들의 벗은 몸을 상상했을 뿐인데. 저도 모르게 음란 마귀가 불쑥불쑥 튀어나온다. 세상 조신하던 감규리가! 남자 몸이라고는 종이 쪼가리 같은 감규현 몸밖에 모르던 감규리가, 응? 이제 외간 남자 몸을 상상하며, 어? 음란 마귀를 소환해?

'미쳤어, 미쳤어!'

규리는 두 남자가 자신을 쳐다보는 것도 모른 채, 붉게 달아오른 얼굴에 부채질을 해댔다.

'음란 마귀 소환 금지령을 내려야겠어!'

규리가 두 남자의 벗은 몸을 떠올리며 집 안에서의 룰에 대해 고민을 하고 있을 때, 신 국장이 명석에게 물었다.

"어떤가? 내 아이디어가?"

"별로입니다."

명석이 규리에게 시선을 고정한 채 대답했고.

"아, 그런가? 레오, 자네 생각은 어때?"

"제작은 그냥 감독님께 맡기시는 게 좋을 것 같습니다."

레오는 뚫어지게 규리를 쳐다보며 대답했다.

"흐음."

두 놈 다 눈도 안 마주치고 자신의 의견을 묵살하자, 민망해진 신 국장이 말을 돌렸다.

"근데 이건 뭔가?"

그의 눈에 들어온 건, 테이블 위에 놓인 비타민이었다.

"아, 그거 PPL로 들어온 제품이에요."

지연의 대답에 신 국장이 박스를 자세히 들여다봤다.

"오. 청봉 제약 협찬이 들어왔어? 나도 몰랐네?"

"그게 갑자기 들어온 거라. 국장님, 민 작가 아시죠?"

"민예리 작가? 암. 알지."

대한민국 최고 기업인 청봉 그룹의 대표 이사를 한 방에 사로잡은 여자, 민예리. 그녀가 바로 규리네 옆 팀에서 일하고 있었다.

"예. 예리 통해서 들어온 거래요."

"역시 민 작가. 똑순이처럼 일 잘하더니, 연애도 잘해, 시집도 잘 가."

"그러게요. 선배, 선배 하면서 쫓아다니며 일 배우던 게 엊그제 같은데, 청봉 그룹 사모님이 될 줄이야 누가 알았겠어요."

신 국장의 칭찬에 지연이 웃으며 대답했다.

"차 작가도 배워."

"예?"

뜬금없는 신 국장의 말에 먼 산을 보고 있던 제작진들의 시선이 동시에 그에게 쏠렸다. 특히 승후의 눈빛이 살벌하게 빛났다. 하지만 그들의 시선을 느끼지 못한 신 국장은 열심히 떠들어 댔다.

"딱 봐서 괜찮은 남자다, 싶으면 확 낚아채라고."

결혼 적령기 딸이 있다더니, 남한테 웬 오지랖이신지. 지연은 잔소리이거니 하며 넘기려는데, 점점 도를 넘어선다.

"차 작가 올해로 마흔이지? 여자 나이 마흔이면 퇴물이에요, 퇴물."

갑자기 분위기가 싸해지며, 회의실에 있는 모든 이의 시선이 지연에게 향했다. 하지만 이런 말을 워낙 자주 들은 지연의 태도는 차분했다. 오히려 한쪽 구석에 앉은 승후의 표정이 썩었을 뿐.

"여자들 돈 많은 남자 좋아하지? 차 작가는 어때?"

이제 슬슬 신 국장에게 한마디 쏘아붙일 때가 된 모양이다. 입에서 쓰레기 같은 말이 계속 나오는 걸 보면.

"여자들 돈 많은 남자보면 환장하잖아? 차 작가도 그래?"

"국장니임!"

지연이 신 국장을 노려보며 한마디 내뱉으려는 순간, 왜 하필 승후와 눈이 마주치는지! 그리고 왜 이때 그런 생각이 드는지 모르겠다. 힐끔 승후를 본 지연은 애써 웃으며 신 국장의 말에 호응했다.

"그럼요. 다른 여자들은 몰라도 저는 돈 많은 남자 좋아해요. 완전!"

그녀의 말에 승후의 표정이 점점 굳어졌다.

"역시 차 작가 통이 커! 돈 많으면 어느 정도? 내가 소개시켜 줄게."

"이왕이면 재벌이 좋지 않겠어요?"

"이야! 큰 프로그램 끌고 가는 사람이라 역시 다르군."

"돈 싫어하는 사람이 어디 있겠어요?"

그녀의 말에 승후의 시선이 점점 바닥으로 떨어졌다. 지연이라고 기분 좋은 건 아니었다. 지금 신 국장의 말에 가장 기분 더러운 건, 자신이었으니까. 하지만 차라리 잘됐다 싶었다. 어차피 안 될 사이. 시간 끌지 말고 처음부터 싹을 밟아 버리는 게 낫다. 괜한 미련 갖지 않게. 신 국장의 말에 분위기가 이상하게 흘러가고 있을 때, 규리는 자신만의 생각에 빠져 룰에 대한 대략적인 가이드라인을 만들었다.

'그래! 이 정도면 되겠지? 역시 국장님! 아이디어 짱!'

빼곡하게 적은 노트를 본 규리는 만족스러운 듯 고개를 끄덕였다.

"차 작가 말고 소개팅 나가고 싶은 사람 없어? 이참에 내가 단체로 소개팅 주선해 줄까?"

다들 관심 없다는 듯 그와 눈을 마주치지 않자, 신 국장이 작가들을 향해 다시 물었다.

"어때, 내 생각이?"

그의 질문에 구석에 있던 누군가가 큰 소리로 외쳤다.

"좋습니다, 국장님!"

순간 모두의 시선이 회의실 구석으로 쏠렸고, 목소리의 주인공을 확인한 레오와 명석이 눈이 사정없이 커졌다. 좋다고 대답한 사람은 바로, 여태 혼자만의 생각에 잠겨 있던 규리였던 거다!

*

시사를 끝내고 옥상에 올라온 명석과 레오는 깊은 한숨을 내쉬었다. 널 좋아한다. 우리 둘을 두고 재도 좋다. 시간은 충분히 줄 테니, 보고 싶은 만큼 간을 봐도 좋다. 그러니 제발 고민 한 번만 해달라. 그렇게 사정했다. 협박에, 몰아붙이고, 매달리기까지 했다. 하지만 규리는 꿈쩍도 하지 않았다. 그런데 그이유가 따로 있었다니!

"감귤. 그렇게 안 봤는데, 재벌을 좋아했어?"

"그래서 우리가 그렇게 말해도 눈도 깜짝 안 했나 봐요."

"민예리랑 친하게 지내더니, 물들었어."

"청봉 그룹 주식 팔아버릴래요."

후우, 긴 한숨 끝에 명석이 담배를 꺼내 물자, 레오가 그를 향해 손을 내밀었다.

"뭐야?"

"저도 한 대 주세요."

"너 안 피우잖아?"

"피워야겠어요."

"됐어. 피우지 마."

명석이 등을 돌리고 담배에 불을 붙이려고 하자, 레오가 그의 입에 문 담배를 빼앗았다. 레오가 찢어지는 마음으로 담배에 불을 붙이려고 하자, 명석이 휙 낚아채 버린다.

"왜 이러세요?"

"피우지 마. 안 배우는 게 정신 건강에 좋아!"

레오가 힘없이 벤치에 앉자, 명석도 그 옆에 앉았다. 오늘따라 날씨는 왜 이렇게 좋은지. 하늘은 푸르고, 공기는 맑고 깨끗하다. 내 기분은 이렇게 더러운데. 두 남자의 입에서 동시에 후우, 하고 한숨이 새어 나왔다.

"감독님."

"왜?"

"감독님, 벌어놓은 돈 많으세요?"

"왜? 재벌만큼 벌었나, 확인하게?"

"전 작은 건물 하나 사놓은 게 다인데, 규리 성에 안 찰까요?"

"나도 건물 하나 있는 게 다다. 후우."

산 넘어 산이고, 바다 건너 바다다. 감규리. 어려운 여자 같으니라고. 오늘 아침 속옷 사건에 이어, 하루 종일 피해 다닌 것도 마음에 걸려 죽겠는데, 그녀의 어메이징한 남자 취향까지 알아 버리다니!

레오는 결심했다. 금수저 쥐고 태어나진 않았지만, 규리를 위해서라면 재벌처럼 벌면 된다. 오늘부터 들어온 대본 다 확인하고, 영화고 드라마고 가리지 않고 찍어야지! 명석 또한 머리를 굴렸다. 저번에 스카웃 제의가 왔던 방송국에서 얼마를 준다고 했더라? 시청률 3프로 오를 때마다 인센티브를 준다고 했지, 아마?

그렇게 두 남자가 돈 벌 궁리를 하고 있을 때, 어디선가 격분에 찬 울부짖음이 들려왔다.

"으아아아악!"

분명 옥상에서 들리는 소리였다. 놀란 레오와 명석이 소리 나는 쪽으로 달려가자, 웬 남자가 떡 벌어진 가슴을 들썩거리며 씩씩거리는 게 보였다.

"뭐야, 저거. 박승후 아니야?"

"그렇죠? 막내 감독님 맞죠?"

"쟤는 또 왜 저러는…… 설마?"

"그럼 역시?"

명석과 레오는 눈빛을 주고받고 또다시 한숨을 푹 내쉬었다.

"우리 감이 틀리지 않았네요."

"역시 저 자식도 감귤을 좋아하고 있었어."

'승후가 규리를 좋아하는 게 아닐까?' 하며 추측만 하고 있었는데, 이로써 확실해졌다. 박승후도 감규리를 좋아한다.

"이런 젠장."

"하아. 제길."

"너, 욕도 하냐?"

"규리는 왜 인기까지 많은 걸까요?"

한탄의 목소리가 끊이지 않고 있을 때, 딩동- 두 남자의 핸드폰이 동시에 울렸다.

"어? 규리다!"

"할 말 있으니 일찍 들어오세요?"

문자를 확인한 두 남자의 얼굴이 심하게 일그러졌다. 아침에 같이 못 살겠다고 선포한 그녀였다. 그런데 할 말이 있다니?

"무슨 말을 하려는 걸까요?"

"뭔지는 몰라도 좋은 말은 아닐 것 같다."

"그럼 혹시 우리……."

레오가 차마 말을 잇지 못하자, 명석이 대신했다.

"쫓겨날 것 같다."

＊

엘리베이터 안이 마치 초상집 분위기다. 남들은 퇴근으로 룰루랄라 즐거워하고 있는데, 명석과 레오가 서 있는 곳은 마치 암흑의 기운이 맴돌기라도 하듯 어두침침했다. 엘리베이터 문이 열리고, 홍보 팀 김 대리가 들어왔다.

"계 피디님. 어? 마침 오레오 씨도 계셨네요."

"어. 김 대리."

"시사도 잘 끝났다면서, 표정이 왜 그래요?"

어려서부터 또랑또랑한 눈동자가 트레이드마크인 명석이었는데, 지금은 동태가 형님 하자며 어깨동무라도 할 것 같다.

"아냐. 뭐 할 말 있어?"

"아, 별건 아니고. 아까 회의 때 깜빡했는데, 제작 발표회 때 피디님도 협찬 의상 입으셔야 해요."

"나도?"

명석이 흐리멍덩한 눈을 들어 인상을 쓰며 김 대리를 쳐다봤다. 웬만하면 점퍼에 진 정도의 편한 옷을 고수하는 명석이었다. 그런데 지금 협찬이 들어온 옷은 남친룩이라고 광고하는 댄디한 스타일의 옷이었다. 명석은 제작 발표회에 가면서 남친룩 따위 입고 싶지 않았다.

"그냥 대충 입고……."

"안 됩니다."

김 대리는 확고했다.

"깔끔하게 입고 가면 되잖……."

명석이 한마디 하려고 하자, 김 대리가 냉정한 목소리로 그의 말을 잘랐다.

"피디님이 원하는 대로 폐가 인테리어 싹 다시 하셨죠? 원하는 최고급 장비 넣어드렸고, 최고라고 자부하는 스태프들로 팀 구성하셨고요. 그렇게 원하시는 오레오 씨도 섭외했고요!"

그들의 대화에 난데없이 소환된 레오가 놀란 눈으로 김 대리를 쳐다봤다.

"오레오 씨 출연료 감당할 수 있었던 게, 다 이 브랜드 협찬 덕이에요."

그의 말에 명석은 물론 레오까지 죄지은 사람처럼 조용히 입을 다물었다.

"그러니까 잔말 말고 입으세요!"

김 대리…… 협찬 따느라 힘들었나 보다. 명석에 대한 공격이 끝나자, 이번엔 레오가 타깃이 되었다.

"레오 씨는 가을 씨랑 커플룩 준비한 거 알고 있으시죠?"

"예? 커플룩이요?"

김 대리의 말에 레오의 얼굴이 사정없이 구겨졌다. 제작 발표회면 당연히 규리도 참석할 것이다. 그런데 규리 앞에서 다른 여자와 커플룩을 입으라니! 이 또한 일이라는 건 잘 알고 있다. 드라마나 영화에서는 더한 일(?)도 했으니까. 하지만 지금은 싫다. 다른 여자와 같이 있는 영상도 보여 주기 싫은데, 바로 눈 앞에서 다른 여자랑 커플룩을 입어야 한다니!

"협찬사에서 요구한 건가요?"

레오가 미간에 주름을 잡으며 묻자, 김 대리가 고개를 끄덕였다.

"예. 가을 씨 회사에서도 오케이한 거예요. 회사에서 얘기 안 하던가요?"

김 대리의 말에 레오는 한숨을 푹 내쉬었고, 명석은 음흉한 미소를 지었다. 레오와 가을이 커플룩을 입는다니! 그것도 감귤 앞에서. 아주 봐 줄 만하겠군.

"표정이 왜 그래? 프로그램 홍보하려면 그 정도는 일도 아니지. 가을이랑 잘 어울리겠네."

명석이 동태 동생과 의절한 듯 눈을 반짝이며 말했다. 레오가 욱해 뭐라고 하려는 순간 엘리베이터 문이 열렸고, 김 대리가 내리면서 명석에게 한마디 던졌다.

"아, 근데 팀장님이랑 셋이 커플룩이에요."

"뭐?"

삽시간에 명석의 얼굴이 사색이 되었다.

"아니, 입히려면 서준 선배한테 입히지 왜 나야? 내가 출연자야?"

남자 출연자가 버젓이 둘이나 있는데, 왜 굳이 자신한테 협찬사 옷을 못 입혀 안달인지 모르겠다.

"송서준 씨는 따로 협찬받는 옷이 있대요. 그럼 안녕히들 가세요."

"이봐! 김 대리!"

명석이 애타게 그를 불렀지만, 엘리베이터 문은 야속하게도 닫혀 버렸다.

"나 참. 나더러 무슨 커플룩을 입으래?"

어이가 없다. 출연자도 아닌 피디한테까지 커플룩을 입히려고 하다니!

"그리고 셋이 입는 게 무슨 커플룩이야? 커플룩의 진정한 의미를 모르냐고!"

명석이 신경질적으로 소리치자, 레오가 품 하고 웃음을 터뜨렸다.

"웃지 마!"

"에이. 메인 피디님이 프로그램 홍보를 위해 그 정도도 못 하세요?"

방금 명석이 레오에게 했던 말이다. 뭐라 할 말은 없고, 명석의 잇새 사이로 '끄응' 하고 낮은 신음만 새어 나갔다. 가을과 커플룩을 입는다는 사실에 서로가 고소해하던 것도 잠시. 두 남자의 입에서 땅이 꺼질 듯한 한숨이 나왔다. 커플룩 입고 싶은 여자는 따로 있는데, 이게 뭐 하는 짓인지. 오늘은 정말 최악의 하루다.

삐빅— 명쾌한 소리와 함께 명석의 자동차 문이 열렸다. 그리고 그의 차에 먼저 올라탄 건, 명석이 아닌 레오였다.

"뭐지?"

"뭐가요?"

"왜 내 귀한 차에 누추한 네 몸이 올라타는 거지?"

명석이 불만 섞인 목소리로 물었지만, 레오는 아랑곳하지 않으며 안전벨트를 맸다.

"매니저 형이 먼저 갔어요."

"아, 그러고 보니 너 회사에는 뭐라고 한 거야?"

보통 연예인이 아니다. 무려 오레오다. 회사에서 최고급 빌라 펜트하우스를 척척 내줄 정도로 대단한 스타란 말이다. 그런데 이렇게 막 돌아다녀도 되나 싶을 정도로 자유분방하다.

"HB 엔터는 연기자 관리 안 하나? 아니면 너 요즘 한물갔어?"

"제가 어디 한물갈 인물인가요?"

레오의 말에 명석이 그를 낯설다는 듯 쳐다봤다.

"왜 그렇게 보세요?"

"너, 요즘 말투가 나 닮아간다?"

"설마요. 어서 타기나 하세요."

주객전도도 이런 경우가 없다.

"남의 차에서 주인 행세는."

"안전 운전하시고요. 아시다시피 제가 보통 인물이 아니라서요."

얘가 오늘따라 왜 이러는지. 명석은 곱지 않게 레오를 노려본 뒤, 운전을 시작했다.

"근데 정말 회사에는 뭐라고 한 거야?"

아이돌처럼 사생활 관리까지는 아니어도, 어느 정도 관리를 할 터였다. 그런데 어떻게 집에서 빠져나와 매니저도 없이 돌아다니는지 궁금해졌다. 명석의 질문에 레오가 해맑은 미소를 지으며 말했다.

"감독님이랑 같이 산다고요."

끼이익! 주차장을 나서던 명석의 차가 급정거했다.

"뭐라고?"

"틀린 말은 아니잖아요."

"나랑 상의도 없이 그렇게 말하면 어떡해? 최소한 입이라도 맞췄어야지."

"그렇다고 규리랑 같이 산다고 할 순 없잖아요."

이 어이없는 녀석 좀 보게? 웃는 얼굴에 침을 '퉤에에에웱!' 하고 뱉고 싶은 심정이다.

"빨리 출발해요. 우리 규리 기다리겠네."

"내 감귤이거든?"

주차장을 나서는 명석의 운전이 거칠다.

"그래서 장 대표가 그 말을 믿어?"

"HBS 방송국 접수하고 오라던데요?"

"흥! 장 대표도 감 다 죽었군."

어쨌든 그 말을 믿는다니 다행이다 싶기도 했다. 괜한 의심으로 난처해지는 건, 명석 자신도 레오도 아닌 규리일 테니까.

"근데 감독님. 우리 오늘 정말 쫓겨나는 걸까요?"

살면서 거짓말이라고는 안 해본 레오가 회사에 거짓말을 다 했다. 규리 얼굴 한번 보겠다고, 마음 한번 얻어보겠다고 말이다. 그런데 단 하루 만에 쫓겨날까 싶어 얼굴에 먹구름이 한가득이다.

"글쎄다."

"우리가 뭘 잘못한 걸까요?"

"너도 모르는데, 내가 그걸 어떻게 알겠냐."

"전국 수석 별거 없네. 그런 것도 모르고."

"그러는 넌, 로코의 왕자라는 별명이 아깝다."

잘해 주고 싶은 마음에 이것저것 챙겨 줬을 뿐인데, 이 꼴이라니. 우리는 잘못한 게 없다. 잘못한 게 있다면, 망할 옷장 문을 닫으려고 했던 것뿐이다.

"이유라도 말해주면 좋을 텐데."

레오가 창문을 열자, 바람이 불어와 그의 얼굴에 부딪친다.

"그러게. 그럼 마음이라도 편할 텐데."

명석이 창문 밖으로 팔을 뻗자, 시원한 바람이 그의 손가락 사이사이를 스치고 지나간다. 노을 지는 붉은 하늘 위에 하얀 구름이 띄엄띄엄 놓여 있다. 거, 쫓겨나기 딱 좋은 날씨다. 차창에 기대어 고뇌에 빠진 꽃미남과 미간에 주름을 잡으며 고민하는 까칠남의 모습이 마치 누아르 영화의 한 장면 같았다.

"소주나 몇 병 사갈까?"

"깡소주 마시고 못 나간다고 확 드러눕게요?"

"이럴 땐 이심전심이다."

"근데 규리는 정말 왜 화가 났을까요?"

온종일 머리를 쥐어짜도 밝혀내지 못한 미스터리. 이유라도 알면 사과라도 할 텐데, 입 꽉 다물고 도망만 다니니 답답할 따름이었다. 하지만 그들이 규리의 마음을 모르는 건 당연한 일이었다. 연애 고자 감규리를 좋아하는 오레오는 연애를 대본으로 배운 모태솔로였으며, 계명석은 감규리를 만나기 전까지 여자라는 생명체에 1도 관심 없던 남자였으니까. 그러니까 사실 그들도 연애의 '연'자도 모르는 연애 입문자들이다. 음. 그러니까, 이 두 남자는 규리와 다를 바없는 수준인 것이다. 이제 막 색연필 쥐고 선 긋기 하는 수준.

*

말 한마디 잘못했다가 이게 무슨 꼴인지. 시사 후, 다음 촬영 내용에 대해

의논하기 위해 남았던 지연은 벌써 한 시간가량이나 신 국장에게 붙잡혀 있었다. 주제는 지연의 결혼과 맞선에 관한 거였다.

"요즘 젊은 사람들 문제야. 왜 결혼을 안 해?"

도돌이표 되어 돌아온 질문. 제 인생에 남자가 없다니까요! 어서 빨리 답답한 이 방에서 나가고 싶은 지연은 그렇게 말하는 대신 영혼 없는 미소를 지었다.

"이게 다 눈이 높아서 그래. 눈만 조금 낮추면 좋은 사람 얼마든지 있는데 말이야."

아, 그런 분이 사윗감 고르는 데에는 그렇게 깐깐하시다면서요? 이 또한 입 밖으로 뱉지 않았다. 차라리 야근을 하면 그러려니 할 테지만, 이 저녁에 왜 상사한테 불려와 부모님도 포기한 결혼 잔소리를 들어야 하는지.

"빨리 결혼해서 자리 잡고 애 낳는 거. 그게 효도야."

예. 그 효도는 국장님 따님께 받으시고요.

"근데 차 작가가 재벌한테 관심이 있을 줄이야. 안 그래도 아는 후배 녀석이 아직도 결혼 못 하고 있었는데 말이야."

"저어 그게……."

'이깐 제가 실언을 했습니다. 전 결혼 생각도, 맞선 따위 볼 생각도 없습니다. 국장님.'이라고 말하려는 순간, 신 국장의 핸드폰이 울렸다.

"예. 사장님."

신 국장이 지연에게 잠시 기다리라고 손짓했다. 빨리 집에 가고 싶다. 피곤하다. 박승후 때문에 이게 도대체 무슨 짓인지. 돈 많은 남자한테 요만큼의 관심도 없다. 그런데 재벌? 흥. 떵떵거릴 만큼은 아니지만, 그래도 풍족하게 살 만큼은 혼자서도 충분히 잘 벌고 있다. 인생 피곤해지는 거 싫다. 결혼 따위는 하고 싶지도 않고. 신 국장의 통화가 끝나면 맞선 따위 볼 생각 없다고 확실하게 말해야지. 그렇게 생각하고 있는데, 신 국장이 전화를 끊지 않은 채 주섬주섬 자리에서 일어난다. 급한 일이 생긴 모양이었다. 지연은 가방을 챙겨 그의 뒤를 따라나섰다.

"예, 예. 사장님. 시사는 아주 좋았습니다. 기대하셔도 좋을 것 같습니다."

신 국장의 뒤에 선 지연은 후, 하고 낮은 한숨을 내쉬었다. 무거운 마음을 허공중에 내뿜고 있을 때, 엘리베이터 문이 열렸다.

"타지."

마침 전화를 끊은 신 국장이 말했고, 지연은 그를 따라 엘리베이터 안으로 들어갔다. 1층 버튼을 누른 그는 아까 미처 끝내지 못한, 지연에게 소개해 줄 남자에 대한 이야기를 다시 꺼냈다.

"그 친구 그거 아주 대단한 친구야. 두바이에 건물 몇 개를 세웠는데……."

"저 국장님, 말씀 중에 죄송하지만……."

아까 한 말에 대한 사과와 정중한 거절을 입 밖으로 꺼내려는 순간, 엘리베이터 문이 열렸다. 그리고 보이는 승후의 얼굴. 그의 얼굴을 본 지연은 아랫입술을 질근 깨물었다. 왜 하필 여기서 박승후가 튀어나오는 건지. 타이밍 정말 ……! 신 국장을 향해 꾸벅 고개를 숙인 승후는 엘리베이터 안으로 들어와 지연의 앞에 섰다.

"그 친구가 지금 마흔넷인데, 일만 하느라 연애도 못 했다고. 아주 일벌레야."

불편하다. 이런 이야기를 나누는 것만으로도 거북한데, 그걸 승후가 다 듣고 있다니.

'아니지. 내가 왜 쟤를 신경 써? 그날은 잊자! 고백 따위 받은 적 없다. 없어!'

지연이 그렇게 스스로를 세뇌하고 있을 때, 승후가 곁눈질로 힐끔 자신을 보는 게 느껴졌다. 그의 시선을 의식한 지연은 표정을 싹 바꾸고 얼굴에 미소를 머금었다.

"저 연상 좋아하는 건 어떻게 아시고."

마음에도 없는 소리가 입 밖으로 줄줄 잘도 나온다.

"그럼! 연하보다는 연상이 낫지! 남자가 든든한 맛이 있어야지. 연하는 별로야, 안 그래?"

사람이 음식인가. 맛은 무슨. 하지만 지연은 싱긋 웃으며 대답했다.

"그렇죠. 연상이 좋죠. 이해심도 많고."

"게다가 네 살 차이면 궁합도 안 보겠군. 천생연분이야."

나이 차이만 가지고 천생연분 운운하는 게 우스웠지만, 지연은 더 밀어붙였다.

"국장님. 이왕 이렇게 된 거 약속 빨리 잡아주세요."

이렇게까지 상처 줄 생각은 아니었는데, 승후의 표정이 너무 어둡다.

"역시, 차 작가. 아주 시원시원하군. 내 연락하고 바로 알려줄게."

"예. 그러세요."

"촬영 가기 전에 약속 잡을 테니, 그렇게 알고. 그럼."

1층에서 신 국장이 내리자, 엘리베이터 안이 조용해졌다. 어색한 침묵이 지연의 몸을 짓누르는 것 같았다. 빨리 차가 주차되어 있는 곳에 날 내려줬으면 좋겠는데, 오늘따라 이놈의 엘리베이터가 엉금엉금 기어 내려간다.

"정말 나가실 거예요?"

두 사람 사이의 어색한 침묵을 깬 건 승후였다. 살짝 떨리는 그의 목소리에 질투가 서려 있었다. 하지만 지연은 애써 아무렇지 않게 대답했다.

"가야지, 그럼. 국장님께서 어렵게 마련해 주신 자린데."

말은 그렇게 해도 마음은 좋지 않았다. 지연도 저 나이 때쯤 사랑이라는 걸 해봤다. 열렬히 사랑했고, 뜨겁게 불타올랐으며, 또 삽시간에 버림받았다. 평생 함께할 줄 알았던 남자에게 버림받은 후, 사랑 따위 믿지 않는다. 저렇게 확 불타오르는 사랑은 특히. 지하 3층에 엘리베이터가 멈춰 섰다. 지연이 밖으로 나가려는 순간, 승후가 외쳤다.

"다른 남자 만나지 마세요!"

평소와 달리 확고한 목소리다. 선배인 지연에게는 단 한 번도 보이지 않았던, 남자다운 목소리. 지연은 그의 말을 무시하고 차를 세워둔 곳을 향해 걸음을 옮겼다.

"나가지 마시라고요!"

텅 빈 주차장을 승후의 목소리가 가득 채웠다. 마음을 거절당하는 것만큼 힘든 일이 또 있다. 마음을 거절하는 것. 그 또한 거절당하는 것만큼 힘들고 아픈 일이다. 지연은 두 주먹을 꽉 쥐고 승후를 향해 뒤돌았다.

"네가 뭔데?"

"……!"

꾀꼬리처럼 예쁜 그녀의 목소리가 날카로운 송곳이 되어 승후의 가슴을 후벼 팠다.

"박승후 피디. 내 사생활에 신경 끄고, 촬영 준비나 잘해."

우린 남자와 여자가 아닌, 선후배일 뿐이라고 말한다. 저 예쁜 목소리로. 승후를 태운 엘리베이터 문이 서서히 닫혔다. 좁은 문틈 사이로 그와 눈이 마주쳤지만, 지연은 가차 없이 돌아섰다. 우린 안 돼. 난 잴 게 너무 많은 마흔 살이고, 넌 사랑 앞에 물불 안 가리는 스물여덟이니까.

또각또각또각. 차가운 지연의 구두 소리가 텅 빈 주차장을 가득 메웠다.

＊

빌라 앞에 도착한 명석과 레오는 불 켜진 집을 올려다보며 한숨을 푹 내쉬었다. 도대체 규리는 우리에게 무슨 말을 하려고 일찍 들어오라고 한 것일까? 두 남자는 서로 눈빛을 교환하고, 안으로 들어갔다. 아직 비밀번호도 모르는 집. 이대로 쫓겨나도 찾아갈 집도 없다. 레오가 초인종을 누르자, 잠시 후 문이 열리면서 규리의 얼굴이 보였다. 예쁜 우리 규리가, 귀여운 나의 감귤이 오늘따라 왜 이렇게 무서워 보이는지.

"들어오세요."

그녀의 싸늘한 말투에 두 남자가 쭈뼛거리며 안으로 들어갔다. 집으로 들어오자 규리는 레오와 명석에게 A4 용지를 한 장씩 건넸다.

"이게 뭐야?"

레오가 묻자, 규리는 두 눈을 부릅뜨고 대답했다.

"이대로는 같이 못 살 것 같아서요!"

결국 쫓겨나는 거구나……. 애처롭게 눈을 뜬 두 남자는 꿀꺽 침을 삼켰다. 오늘 밤만 재워달라며 말도 안 되는 생떼를 썼던 날에도 저렇게까지 눈을 무섭게 뜨지는 않았는데.

'무섭다, 감귤.'

'우리 규리 화낼 줄도 아는구나.'

두 남자는 차마 규리와 눈을 마주치지 못하고 고개를 돌렸다. 꿀꺽, 침을 삼키며 쫓겨날 것만 기다리고 있던 명석과 레오는 갑자기 억울해졌다.

'아니, 도대체 내가 뭘 잘못했는데? 망할 옷장이 저절로 열린 거였잖아?'

'이대로 쫓겨나는 건 좀 억울해. 옷장 하나 사줄까?'

쫓겨나기 싫은 마음에 어떻게든 발버둥 치려는 그때, 규리의 차가운 목소리가 귓가에 와 닿았다.

"그래서 제가 룰을 만들어봤어요."

"싫어! 우리가 뭘 그렇게 잘못했……."

"규리야, 다시 한번 생각해 줘……."

명석과 레오는 동시에 말을 입 밖으로 뱉었다가 재빨리 입을 막아 버렸다. 순간 두 남자의 눈빛이 허공중에서 부딪혔다.

'쫓아낸다는 거 아니야?'

'아닌 것 같아요.'

눈빛으로 대화를 마친 두 남자는 규리의 의중을 파악하기 위해 그녀를 살폈다. 강아지 같은 예쁜 눈망울에, 화낼 줄 모르는 착한 입꼬리까지. 평소와 똑같은 규리를 무섭게 화를 내고 있다고 오해했다니.

"근데 뭐가 싫고, 뭘 다시 생각해 달라는 거예요?"

규리가 묻자, 두 남자는 재빨리 화제를 돌린다.

"제작 발표회 준비를 해야 하는데!"

"자기 전에 저랑 마사지 팩이라도 하실래요?"

"오! 그거 좋군. 굿 아이디어!"

"근데 규리야. 방금 뭐라고 그랬어?"

충무로에서 연기력을 인정받은 천하의 오레오가 이런 발연기를 선보이다니! 놀라긴 많이 놀란 모양이었다. 하지만 규리는 전혀 눈치채지 못하고, '룰'에 대한 이야기를 꺼냈다.

"아, 다른 게 아니라 집에서 지켜야 할 룰을 몇 가지 정해봤다고."

그제야 그들의 시선이 규리가 손에 들고 있는 종이를 향했다. 종이에는 〈감귤 하우스의 규칙〉이라는 제목으로 몇 가지 규칙들이 나열되어 있었다.

"그러니까 이 얘기 하려고 일찍 오라고 한 거였어?"

"예!"

대답하는 규리의 얼굴이 방긋방긋이다. 누군 쫓겨날까 무서워 오늘 하루 온종일 지옥을 왔다 갔다 했는데, 왜 저렇게 해맑은 건지! 하지만 그녀를 향한 원망은 아주 잠시뿐, 오래 지속되지는 못했다.

'으. 예뻐. 저 작은 어깨를 꼭 껴안고 싶다!'

'아. 귀여워! 볼을 꽉 깨물어 주고 싶어!'

명석과 레오가 그녀를 향한 욕망을 가라앉히기 위해 두 주먹을 불끈 쥐고 부들부들 떨자, 규리가 선명하게 핏줄이 선 그들의 팔뚝을 보고 놀라 물었다.

"왜 그러세요? 뭐 마음에 안 드는 거라도 있으세요?"

고민 많이 하고 쓴 규칙들인데, 뭐가 저렇게 마음에 안 드는지 둘 다 부들부들이다. 그렇게 화날 만한 걸 쓰진 않았는데 말이다.

"아냐. 앞으로 이것만 지키면 된다는 거지? 오케이! 다 지킬게!"

"그래주시면 저야 좋죠."

"난 규리 네가 원하는 거면 뭐든 할게."

"뭐든 할 것까진 없고. 일단 이것만 지켜줘."

규리가 종이를 살랑살랑 흔들며 말하자, 두 남자가 격하게 고개를 끄덕였다. 다행이다. 싫다고 하면 어쩌나 고민했는데 말이다. 규리는 집주인의 마음으로,

하우스 메이트들에게 집에서 지켜야 할 규칙에 대해 설명했다.

"이제 집안일은 세 명이 똑같이 나눠서 했으면 좋겠어요. 아, 빨래는 각자 알아서 해결하고요."

그러자 방금 전까지 규칙을 지키겠다던 두 남자의 눈썹이 움찔댔다.

"왜 그래야 하지? 각자 잘하는 걸 하면 되지."

"그래. 내가 요리하고, 감독님이 청소하면 되잖아."

그러면 몸은 편하겠지만, 마음은 불편할 거다. 아무래도 공주 대접 그거, 아무나 받는 게 아닌 것 같았다.

"됐어. 내가 다 할 테니까, 넌 손도 까딱하지 마."

"그래, 규리야. 밥은 내가 차려줄 테니까, 넌 그냥 맛있게만 먹어줘."

두 남자의 말에 규리가 눈을 부릅뜨며 손을 허리춤에 올렸다.

"다 지킨다면서요? 뭐든 하겠다며?"

규리가 도끼눈을 뜨고 그들을 노려보자, 두 남자는 입을 꾹 다물어 버렸다. 모태솔로와 연애 무감각자는 규리가 왜 저러는지 알 수 없었다. 다른 여자들은 레오가 해 준 요리를 먹고 싶어 난리였고, 명석이 청소해 준다면 두 팔 벌려 환영하던데. 우리 규리는, 내 감귤은 정말 어려운 여자다.

"사실 불편해서 그래요."

그들의 표정을 살피던 규리가 솔직하게 말했다. 사실 공주 대접받는 거, 좋다. 날 생각하는 마음에, 날 위하는 마음에 그렇게 해준다는데, 싫을 게 뭐가 있느냐 말이다. 다만, 내가 좋아하는 남자한테, 남자친구한테, 연인에게 받고 싶었다. 지금 두 남자와 규리는 아무 사이도 아니다. 그저 한집을 함께 쓰는 하우스 메이트일 뿐. 그런데 그런 두 남자에게 그런 대접을 받는 건, 도리가 아닌 것 같았다.

"누군 일하고, 누군 쉬고 있는 거 불편해서 싫어요. 우리 다 같이 해요, 네?"

두 남자는 그녀의 마음을 대충 눈치라도 챈 듯, 더 이상 말을 꺼내지 않았다. 다만 언젠가는 규리가 침대에 누워 늦잠을 자고 있을 때, 집안일을 싹 마친 후 그녀가 좋아하는 음식으로 아침을 차려 놓고, 모닝 키스로 깨워야지, 하고 결심만 할 뿐.

"이건 또 뭐지? 상의 탈의 금지?"

종이를 내려다본 명석이 눈썹을 꿈틀대며 물었다.

"앞으로 이 집에서 상의 탈의는 금지합니다!"

방금 전 집안일에 관해서는 말랑말랑하게 말하던 규리가 이번엔 아주 단호하게 말했다. 그러자 명석이 매우 불만 섞인 표정을 지으며 관자놀이에 핏대를 세웠지만, 선뜻 불평을 내뱉지는 않았다.

"오늘 아침에는 하나뿐인 셔츠를 세탁한 상태라서 어쩔 수 없었지만, 앞으로 이 집에 계실 땐 단정한 복장을 착용해 주시길 바랍니다. 위아래 모두!"

다시금 명석의 눈썹이 꿈틀거린다. 마음에 안 든다. 하지만 괜히 잘못 말했다가 쫓겨날지도 모른다. 불만 있어도 그냥 넘기자. 감귤이 원하는 대로 단정하게 위아래 모두 입고…… 에잇. 못 참아!

"도대체 왜 집에서까지 단정한 옷을 입어야 하는데?"

"아, 제 표현이 너무 딱딱했네요. 단정하지 않아도 됩니다. 뭐든 좋으니 옷만 입어주세요."

규리가 한 발 물러서자, 명석이 열 발 나아갔다.

"난 32년 동안 살면서 집이라는 공간에서 단 한 번도 옷을 입지 않았어!"

꽤 강력하게 항의했지만, 규리는 조금도 물러설 마음이 없었다. 그들의 벗은 몸을 보고 자신의 마음속에 음란 마귀가 있다는 걸 28년 만에 처음 알았다. 그리고 그 마귀가 시도 때도 가리지 않고 불쑥불쑥 튀어나오는 바람에 얼마나 식겁했는지 모른다. 음란 마귀 따위 못 튀어나오게 애초에 싹을 잘라 버려야지!

"저는 28년간 살면서 장소 막론하고 외간 남자 벗은 몸은 오늘 처음 봤거든요!"

규리가 씩씩거리며 대답하자, 명석의 고집이 한풀 꺾인 듯 조용해졌다.

"정말이야?"

"예! 그래요!"

명석의 입꼬리가 씰룩쌜룩 하늘을 향한다.

"그래서. 어땠는데?"

"예?"

왜 그런 말을 하면서, 또 왜 그런 표정을 지으면서, 왜 자꾸 가까이 다가오는 건지! 섹시한 표정을 지으며 다가오는 그를 보자, 아침에 본 명석의 초콜릿 복근과 레오의 떡 벌어진 어깨가 지금의 두 사람과 오버랩되었다.

"이제야 알겠어. 감귤이 왜 옷을 입으라고 하는지."

규리의 볼이 새빨갛게 물들자, 명석이 한쪽 입꼬리를 들어 올리며 음흉한 미소를 지었다.

"그랬군. 그래서 그랬던 거였어."

"뭐, 뭐, 뭐가 그래서 그래요?"

"오케이. 접수했어."

저 웃음. 어쩐지 불안하다. 되도록 남자친구가 생기기 전까지, 아니 결혼하기 전까지는 음란 마귀와 마주하고 싶지 않았던 규리는 조마조마한 마음으로 물었다.

"옷! 입고 다니실 거죠?"

"그럼 당연하지. 감귤 네가 그렇게 원하는데, 입어야지."

뇌쇄적인 눈빛으로 그렇게 단호하게 대답하지 마세요!

"진짜죠? 진짜로 입을 거죠?"

"입는다니까. 하늘이 반쪽 나도 입을 테니까 걱정 마."

으. 저 음흉한 미소. 실실 웃으며 대답하는 게 어쩐지 불안했지만, 저렇게 호언장담하는데 더 물고 늘어질 수도 없었다. 규리가 불안해하자, 레오가 나섰다.

"감독님. 우리 규리 놀라니까 그만하세요."

"너 우리 규리라고 부르지 말라고 했……."

레오는 명석의 말을 깔끔하게 무시하고, 규리를 안심시켰다.

"규리야. 걱정 마. 옷 벗고는 방에서 절대 못 나가게 할 테니까."

"정말이지?"

"응. 나만 믿어."

레오의 부드러운 음성과 침착한 말투는 규리의 마음을 진정시키기에 충분했다. 명석 때문에 놀란 가슴을 레오 덕에 진정시킨 규리는 그들을 향해 고개를 숙였다.

"그럼 앞으로 3개월 동안 잘 부탁드려요."

"규리야, 잠깐!"

"웬 3개월?"

"아. 그 얘길 깜빡했구나."

처음 듣는 기한에 두 남자가 신경을 곤두세우며 그녀에게 물었다.

"사실 무작정 같이 살 수는 없고, 두 분이 여기 온 이유가 있잖아요."

이유? 이유는 많다. 남 눈치 안 보고 규리 얼굴 보고 싶어서. 감귤과 함께 있고 싶어서. 규리 마음 얻으려고. 저 자식 떼어 놓고 나 혼자 감귤 차지하고 싶어서. 규리 너랑 사귀고 싶어서. 감귤 마음을 얻으면 네 손도 잡고. 규리 네 입술에 입 맞추고. 그리고, 그리고 또……

두 남자가 전혀 모르겠다는 표정을 짓자, 규리가 대신 말했다.

"집수리요!"

집수리? 웬 집수리? 뭔 집수리? 그녀의 말이 금시초문이라는 듯, 두 남자가 눈을 동그랗게 떴다.

"팀장님 집 천장에서 비 새고, 레오 너희 집 보일러 고장 났다면서?"

그들은 그제야 이 집에 와서 집 구한다는 핑계로 주절거렸던 말들이 떠올랐다.

"아…… 그거."

"아, 맞다. 그랬지. 우리 집 천장에 구멍이 뚫렸지."

어쩐지 두 남자가 말끝을 흐렸지만, 보일러 고장으로 냉골에서 자고, 천장에서 비가 새서 집안 살림이 모두 젖은 적이 있던 규리는 대수롭지 않게 넘겼다.

"집수리 끝날 때까지만 같이 지내요. 넉넉하게 3개월이면 충분하겠죠?"

1년, 아니 2년, 아니, 아예 평생 걸리는 대공사라고 말하고 싶었지만, 더 이상의 거짓말은 먹히지 않을 것 같았다.

"12월에 각자 집으로 돌아가는 걸로 하죠."

그녀의 제안에 두 남자는 고개를 끄덕였다. 이 집에서 살 수 있는 기간은 3개월뿐. 3개월. 많지도 않지만 그렇다고 적지도 않은 시간이다. 그때까지 옆에 서 있는 강력한 라이벌을 제치고, 규리의 마음을 얻어야 한다. 두 남자가 경계심 가득 찬 눈빛으로 서로를 쳐다봤다. 지금이 10월이니, 3개월 꽉꽉 채우면 12월 말이 된다. 크리스마스가 있는 12월. 〈오늘 밤만 재워줘〉 시즌 1이 끝나는 12월. 그리고 우리가 이 집에서 나가야 하는 12월. 올해 마지막 달에는 모든 것이 결정될 것이다. 둘 중 누가 규리의 마음을 얻을 것인지가 말이다.

"근데 규리야."

그녀를 부르는 레오의 음성에 진지함이 묻어 있었다.

"응?"

"나도 제안 하나 해도 돼?"

"제안?"

그러고 보니, 너무 규리 본인의 의견만 낸 것 같았다.

"아, 미안. 내가 너무 내 얘기만 했지? 말해 봐."

규리가 얼굴에 미소를 띠며 말하자, 레오가 부드럽지만 단호한 음성으로 말했다.

"일주일에 한 번. 나랑 같이 밥 먹자. 우리 둘이서만."

거절할 수 없는 음성이 규리의 귀를 강타했다. 규칙에 대한 제안인 줄 알았는데, 밥을 먹자니. 그것도 단둘이서. '나랑'이라는 말 뒤에 '같이'라는 말이 붙으니 어쩐지 듣기 좋았다. 나랑 같이, 나랑 같이, 레오랑 같이? 레오와 같이 밥 먹을 생각하니 벌써부터 두근거렸다. 그와 함께라면 학교 앞 분식집도 근사한 레스토랑처럼 느껴질 것 같고, 순대를 스테이크로 착각하며 먹을 수 있을 것만 같았다. 단지 같이 밥 먹자고만 말했을 뿐인데, 규리는 꼭 데이트 신청을 받은 듯 기분이 들떴다.

"어. 나 밥 좋아."

모양 빠지게 대답했는데도, 레오는 봄날의 애플민트처럼 싱그러운 미소를 지었다. 갑자기 거실에 웬 꽃잎이 날리는 것 같고, 핑크빛 기류가 맴도는 것만 같았다. 이 남자만 빼면.

"좋긴 개뿔! 단둘이 밥을 왜 먹어? 이건 반칙이야!"

조금 전까지 자신과 함께 예능을 찍던 감귤이 왜 갑자기 오레오 놈과 로맨스 드라마를 찍고 있는 건지! 갑작스러운 장르 변화에 명석이 버럭 소리를 질렀다.

"규리는 좋다는데요?"

"좋긴!"

매일 먹는 밥 한 끼 같이 먹자고 했을 뿐인데, 왜 감귤 눈에서 하트가 쏟아지는 건지! 날 볼 때 그렇게 보란 말이야!

"감귤. 정신 차려! 정신!"

명석이 규리 눈앞에서 손가락을 몇 번 튕기니, 그제야 정신을 차린다.

"이것 봐. 얘 지금 정상적인 사고가 불가능해. 단둘이 밥 먹는 거 취소."

"그럼 감독님도 방송국에서 규리랑 밥 먹지 마세요."

"뭐?"

3개월이라는 시간제한이 주어지자, 레오는 마음이 급해졌다. 이제 앞뒤 잴 여유는 없다. 이대로 그녀에게 직진만 남았다. 무슨 수를 써서라도 그녀의 마음을 얻을 것이다. 20년을 기다렸던 여자다. 지금의 자신을, 배우 오레오를 만든 그녀다. 규리가 없으면 자신은 그저 빈껍데기에 지나지 않을 거다. 놓치지 않을 거다. 절대로.

"감독님은 방송국에서 하루 종일 규리와 같이 있잖아요. 같이 일하고, 같이 밥 먹고. 불공평하지 않아요?"

요즘 아무리 레오 자신이 방송국에 출근하다시피 하고 있어도, 매일 그렇게 하지는 못할 거다. 다음 주에 있을 〈오늘 밤만 재워줘〉 촬영 이후부터, 화보와

CF 촬영, 거기에 각종 인터뷰까지 빡빡하게 잡혀 있는 상태였다. 그땐 방송국은 물론 규리의 집에도 못 올 가능성이 크다. 그런데 고작 일주일에 한 번 같이 밥 먹는 것을 거부해? 레오가 날카로운 눈으로 쏘아보자, 그의 속내를 파악한 명석이 천천히 입을 열었다.

"그럼 나도 제안 하나 하지."

좋아했던 시간이 짧다고 그녀를 향한 마음이 깊지 않은 건 아니다. 명석 또한 규리의 사랑이 고프다. 오늘 하루, 그녀의 집에서 쫓겨날까 전전긍긍하면서 깨달았다.

'난 생각보다 훨씬 더 감귤을 좋아하고 있구나.'라는 걸. 뺏기지 않을 거다. 놓치지 않을 거다. 절대!

"매주 나랑 사진 한 장씩 찍어."

예상치 못한 명석의 제안에 레오가 미간에 주름을 잡았다. 뜬금없이 웬 사진이란 말인가?

"너희한테는 같이 공유한 추억이라는 게 있잖아."

내가 모르는 여덟 살의 감귤. 그때 그녀의 얼굴, 그때 그녀의 목소리, 그때 그녀의 웃음까지. 억만금을 줘도 그는 결코 함께할 수 없는 1년이라는 시간을, 레오와 규리는 공유하고 있었다.

"나도 만들고 싶어. 너랑. 추억이라는 거."

일주일에 한 번, 같이 밥 먹자는 레오와 함께 사진을 찍자는 명석. 그 남자들 사이에 선 규리는 떨리는 눈동자로 두 남자를 바라보았다. 그리고 천천히, 아주 천천히 그녀의 입술이 떨어졌다.

"두 분…… 집에서 지킬 룰 정하자니까, 지금 무슨 소리들 하고 있는 거예요!"

흥분에 찬 규리의 눈빛이 번뜩이자, 두 남자가 깨갱 하고 몸을 낮췄다.

*

큰 방이라고 해봤자 명석의 침대보다 조금 더 컸고, 레오의 집에 비하면 화장실만 한 크기였다. 두 남자는 서로가 꼴 보기 싫어 최대한 떨어져서 잘 수 있도록 각자 이불을 폈다. 뭐 그래 봤자 한 뼘 정도 벌어졌을 뿐이지만.

"룸메가 마음에 안 드는군."

"저는 뭐 감독님이 마음에 드는 줄 아세요?"

"아무래도 방을 바꿔달라고 해야겠어."

"이 집에 방 2개뿐이거든요?"

"오. 그거 잘 됐네. 감귤이랑 같은 방 쓰면 딱 좋겠어."

"감독님!"

결국 참지 못한 레오가 자리에서 벌떡 일어나자, 명석이 흥 하고 콧방귀를 뀌며 고개를 돌려 버렸다.

"어제 보니 코를 골더군."

"저 코 안 골아요."

"본인은 자신이 코를 고는지 안 고는지 모르지."

"전 피곤해도 쌔근쌔근 얌전히 잔다고 했어요."

"누가?"

"누나들이요."

누나'들'이라는 표현에 명석이 자리에서 벌떡 일어났다.

"누나? 누나가 있었어?"

"예. 미국에 있어요."

"근데 '들'이라면 몇 명?"

"네 명이요."

레오의 대답에 명석이 갑자기 큭큭거렸다.

"왜 그렇게 기분 나쁘게 웃으세요?"

"여자들 누나 많은 거 싫어한다고. 근데 한 명도 아니고 네 명? 크크크."

명석이 웃는 게 어찌나 얄미운지!

"우리 누나들 어렸을 때부터 미국에서 살아서 시집살이 안 시킬 거거든요?"

"시집살이를 왜 네가 걱정해? 내가 해야지."

"감독님이 그 걱정을 왜 해요. 아참! 그리고 보니 감독님은 종손이시라면서요?"

레오의 말에 명석의 웃음이 뚝 끊겼다. 시누이 셋과 일 년에 12번 제사를 지내야 하는 종갓집 종손. 누가 더 나은 건지, 레오와 명석은 알 수 없었다. 그저 한숨만 푹 내쉴 뿐.

"휴우. 저리 좀 가."

"감독님이야말로 붙지 마세요."

"에잇. 정말 방을 바꾸든가 해야지."

"저도 감독님이랑 자는 거 싫거든요!"

"거실에서 자든가 해야겠군!"

*

밤이 늦었는데도 아까 두 남자가 하도 시끄럽게 떠들기에, 규리는 혹시 둘이 싸우기라도 하나 싶어 걱정스러운 마음에 방문을 살짝 열어 보았다.

"뭐야?"

투덕거리며 서로 같이 못 자겠다던 두 남자는 내일 제작 발표회를 위해 나란히 마스크 팩을 붙이고, 서로를 꼭 끌어안고 자고 있었다.

"둘이 진짜 친하다니까."

이런 오해를 불러일으킬 만큼 꼬옥.

8. 둘 중에 뭘 골라야 할까?

아침 일찍 일어난 규리는 두 남자가 깨기 전에 재빨리 샤워부터 마쳤다. 그리고 평소처럼 청바지와 하얀색 티셔츠를 챙겨 입고 주방으로 향했다. 본격적인 동거 첫날의 아침 식사는 그녀가 준비하기로 했다. 그래 봐야 토스트에 우유가 전부였지만.

"좋은 아침이야."

아, 저 목소리. 심장 곳곳을 마구 울리는 낮고 부드러운 저 음성을 아침부터 듣게 될 줄이야! 감규리! 너 전생에 나라를 구한 거냐? 아니면 외계인들을 상대로 지구를 지킨 거야? 달걀 프라이를 만들던 규리가 미소를 지으며 뒤돌아보자, 레오의 반짝이는 눈과 마주쳤다. 봐도 봐도 적응이 안 되는 얼굴이다.

"레오야. 잘 잤어?"

"응. 오랜만에 꿀잠 잤어."

정말 꿀잠을 자기라도 한 건지, 그는 꿀이 뚝뚝 떨어지는 눈을 하고 그녀에게 다가왔다.

"침대가 없어서 많이 불편했지?"

"조금. 안 그래도 시간 날 때 매트리스 토퍼라도 좀 사오려고."

"네가? 직접?"

"응. 내가 가야지."

레오가 백화점에 뜨는 즉시 그 백화점은 그날 하루 장사를 접어야 할지도 모른다. 사람들이 몰려들어 물건 구경이나 할 수 있겠느냐 말이다.

"그러지 말고 인터넷으로 구매해. 아니다. 마음에 드는 거 있으면 골라봐. 내가 사올게."

차라리 그게 더 나을 것 같아서 그렇게 말하자, 레오가 사랑스러운 눈으로 그녀를 내려다봤다. 반짝이는 그의 눈이 빤히 자신을 바라보자, 규리는 어쩐지 부끄러워졌다.

"왜? 왜 그렇게 쳐다봐?"

"예뻐서."

헙. 심장아, 나 죽는다. 뛰어, 뛰라고!

아침부터 예쁘다는 소리를, 그것도 레오에게 들으니 심장이 남아날 리가 없었다. 규리는 자신이 만약 제 명에 살지 못하고 죽는다면 사인은 심쿵사일 거라고 확신했다.

"규리야. 그러지 말고 우리 같이 갈까?"

"어?"

내가 레오랑 쇼핑을……? 그것도 토퍼를 사려면 이불 코너에 가야 하잖아? 어머머! 어쩐지 신혼부부 같잖아! 규리가 상상의 나래를 원 없이 펼치고 있을 때, 굵고 투박한 목소리가 그녀의 망상을 와장창 깨버렸다.

"감귤은 시간 없어."

이제 막 샤워를 마쳤는지, 명석이 수건으로 머리카락의 물기를 닦으며 말했다. 어제 규칙을 지키겠다는 약속 때문인지 다행히 그는 반바지에 하얀색 티셔츠를 입고 있었다.

"규리가 시간 있는지 없는지, 감독님이 어떻게 아세요?"

갑자기 나타난 방해꾼이 마음에 들지 않은 레오가 눈에 힘을 주며 묻자, 명석이 한쪽 입꼬리를 올리며 대답했다.

"백화점 오픈 전에 출근해서 야근에 주말까지, 쉬지 않고 근무할 예정이거든."

"감독님!"

"그리고 감귤이 시간이 있다고 한들, 너희 둘이 백화점에 갈 수나 있겠어?"

하긴 그렇긴 했다. 오레오가 웬 여자와 함께 백화점에서 쇼핑을, 그것도 매트리스 토퍼를 사고 있다는 게 알려지면 그땐 포털 사이트 실검 순위 1위를 찍는 건 물론, 각종 신문에서 대서특필할 게 뻔했다. 사실 레오는 상관없었다. 그렇게 돼서 섭외가 안 되더라도, 최악의 상황에 아무도 그를 써주지 않더라도 그는 아무런 상관이 없었다. 다만 규리가 걱정될 뿐이었다. 연예인인 자신과 규리는 다르다. 게다가 규리는 아직 마음의 결정도 하지 않았으니까.

"규리야. 그냥 내가 인터넷으로 살게. 백화점 가는 건 힘들 것 같아."

"아무래도 그렇겠지?"

아주 잠깐이나마 백화점 데이트를 꿈꿨던 레오다. 백화점 여기저기 돌아다니며 쇼핑도 하고, 예쁜 커플룩도 맞춰 입고, 맛있는 점심도 사 먹고……. 남들처럼 평범한 데이트를 생각했는데, 아직은 무리인 것 같았다.

"아주 방법이 없는 건 아닌데."

명석의 말에 레오가 그를 쳐다보며 물었다.

"그게 무슨 말이에요? 규리랑 백화점에 갈 방법이 있다는 거예요?"

"있지."

"말해주세요. 방법이 뭐예요?"

레오가 간절한 눈빛으로 재촉하자, 명석이 진지하게 대답했다.

"셋이 가면 돼."

"셋이요? 아! 매니저 형이랑 셋이? 근데 형한테도 비밀인데. 어떡하지?"

레오가 혼자 중얼거리자, 명석이 불쑥 끼어들었다.

"뭘 멀리서 찾아? 가까이서 찾으라고."

"가까이요?"

가까이라면 누가 있을까, 하고 주변을 두리번거리자, 명석이 팔짱을 끼고 씨익 웃는 게 아닌가.

"설마……?"

"그래. 네가 생각하는 그거 맞아."

"싫어요."

"왜 싫지? 그게 제일 확실한 방법인데."

그렇다. 명석의 말은 레오와 규리, 그리고 명석 자신과 셋이 가자는 뜻이었다.

"우리 셋이 가면 절대 의심 받을 리가 없다고. 넌 출연자, 앤 작가, 난 피디. 백화점에 소품 살 일이 있어서 왔다, 그렇게 둘러대면 누가 뭐라고 하겠냐고."

규리는 진즉부터 그들의 대화에 관심을 끄고 아침 준비에 한창이었고, 실낱 같은 기대를 걸고 있던 레오는 셋이라는 말에 등을 돌려 버렸다.

"왜? 내 아이디어가 별로야?"

"네. 완전 별로예요."

"뭐가? 어디가? 어떻게?"

진지하게 따지는 명석에게 레오는 요목조목 자세히 설명해 주었다.

"사람들한테 의심은 안 받겠죠. 하지만 감독님이랑 같이 가면 데이트 분위기가 살겠어요? 그러려면 그냥 인터넷으로 주문하고 말지!"

"오레오, 너! 규리랑 데이트할 생각이었어? 난 순수하게 토퍼나 사 올 생각이었는데. 아주 속이 응큼하군."

명석이 정색하며 따지자, 레오가 대답했다.

"순수하게 토퍼만 사실 생각이면 저랑 공구나 하세요."

"안 돼!"

"왜요?"

"난 직접 만져보고 사는 타입이라."

"쳇. 까다로우시긴."

"어쩔 수 없군. 감귤과 내가 백화점 가서 사 오지. 네 것도 사다 주지."

백화점에 같이 가자고 말한 건, 레오 자신이었는데, 어쩐지 죽 쒀서 개 준 기분이 들었다.

"그럼 저도 가요!"

"나랑 셋이서는 안 간다면서?"

"아뇨. 갈래요."

"한번 한 말은 못 바꿔. 퉤퉤퉤."

"유치하게 정말 이럴 거예요? 저도 같이 가요!"

"안 돼! 나랑 감귤만 갈 거야!"

"그렇게는 안 돼요! 절대!"

두 남자의 말싸움이 끝나지 않을 것 같자, 규리가 꽥 소리쳤다.

"그만!"

어쩜 덩치는 산만 한 남자들이 저렇게들 유치한지. 누가 보면 유치원생 둘이 싸우는 줄 알 거다. 상대성 오징어 이론의 끝판왕이라 웬만하면 다가가기도 힘든 오레오와, 카리스마로 똘똘 뭉쳐져 규리 자신조차도 무서워서 피해 다녔던 계명석이 이렇게 귀여운 남자였다니. 정말 예상 밖이다.

"그럼 셋이 다 같이 가요."

"정말?"

"그럴까, 규리야?"

어린아이처럼 들뜬 두 남자의 표정을 본 규리는 풉- 하고 낮게 웃음을 터뜨렸다. 그 모습이 어찌나 귀여운지, '남자는 다 애야, 애!'라고 말하던 엄마의 말이 떠올랐다. 대충 상황 정리가 되자, 아침 식사가 시작됐다.

"그럼 오늘 제작 발표회 끝나고 바로 쇼핑할까요?"

오늘 늦은 오후에 제작 발표회가 잡혀 있었다. 제작진들은 발표회 끝나고 곧장 퇴근이었고, 또 발표회는 복합 쇼핑몰에서 예정되어 있었다. 굳이 다른 곳으로 장소 이동할 필요 없이 바로 움직일 수 있다는 생각에 규리가 묻자, 두 남자

가 동의했다

"그거 좋은 생각이다."

"그렇군. 레오 넌 숍에 들렀다 가나?"

"예. 메이크업하고 가야죠."

"그럼 감귤이랑 같이 출근하면 되겠군."

순간 우유 컵을 잡으려던 레오의 손이 움찔거렸다. 아차, 그 생각을 못 했다. 방송국으로 출근하는 사람들이니, 명석의 차로 함께 이동하면 된다는 것을. 레오는 잽싸게 행선지를 수정했다.

"아, 저도 방송국으로 가야겠네요."

"왜? 숍으로 바로 간다며?"

계명석 인생 최초로 좋아하는 여자랑 출근 좀 해보겠다는데, 망할 레오 놈이 그의 앞길을 막는다.

"생각해 보니 방송국에서 매니저 형을 만나기로 해서요."

"박 실장한테 물어봐?"

"물어보시든가요."

아침부터 두 남자가 으르렁대며 신경전을 펼쳤지만, 정작 신경전의 주인공은 그들에게 관심이 없었다.

"전 버스 타고 갈 거니까, 두 분이 같이 오세요."

"왜! 같이 출근해!"

"버스 불편하지 않아?"

"아냐. 방송국 앞에서 바로 내리는데, 뭘. 그리고 남들 눈에 띄는 것도 싫고."

아무래도 오늘도 명석과 레오가 한차 타고 출근해야 할 모양이다. 둘이 아주 오붓하게.

"그나저나 오늘 첫 방이네요!"

오늘 밤 10시에 드디어 〈오늘 밤만 재워줘〉 첫 방이 방영된다.

"스크롤 올라갈 때 사진 찍어야지."

두 남자가 서로를 노려보며 으르렁대고 있을 때, 규리는 첫 방송의 설렘으로 들떠 있었다. 토스트를 오물거리며 해맑게 웃는 규리를 보자, 두 남자의 얼굴에도 슬그머니 미소가 걸렸다. 드라마나 영화 스크롤에 가장 먼저 이름을 올리는 레오나, 프로그램 가장 마지막에 따로 이름을 거는 명석에게 지금 규리의 모습은 파릇파릇한 새싹처럼 보였다. 지금은 작고 힘없지만, 언젠가는 수많은 열매를 주렁주렁 맺을 새싹. 처음 배우와 연출자가 되어 열정 가득했던 그때를 생각하니, 규리의 떨리는 마음이 십분 이해가 됐다. 그렇다면 오늘은 규리를 위해 잠시 휴전을 해야겠다. 서로 눈빛 교환을 마친 두 남자는 규리에게 말했다.

"감귤, 그럼 오늘 방송 다 같이 볼까?"

"규리야, 우리 환영 파티 겸, 치맥 어때?"

안 그래도 강희와 규현이도 없어서 첫 방을 함께 볼 사람도 없었는데!

"좋아요! 전 정말 좋아요! 치킨 세 마리 시켜도 돼요? 일인 일닭 어때요?"

오늘 먹부림의 정수를 보여줘야겠다.

*

숍에서 메이크업을 마친 가을은 검은색 차량에 올라탔다. 차에 탑승한 그녀는 뭔가를 찾는 듯, 핸드폰에서 눈을 떼지 않았다.

"출발한다."

"응."

매니저의 말에 대충 대답한 가을은 핸드폰으로 뭔가를 검색했다. 그녀가 포털 사이트에서 찾아본 검색어는 '오레오'. 특히 그의 출신 학교에 대해 집중적으로 검색했지만, 어렸을 때 이민을 가서 그런지 별다른 정보가 나오지 않았다.

"오빠. 전에 내가 부탁한 거 알아봤어?"

"뭐? 가방? 신발?"

명품이라면 종류를 가리지 않는 가을은 항상 신상이 나올 때면, 다른 연예인의 구입 여부부터 체크하곤 했다. 다른 연예인이 착용한 디자인은 빼고 사려고.

"아니. 레오 오빠 말이야."

"아, 그거."

명품 이야기인 줄 알았던 매니저는 룸미러를 통해 가을의 얼굴을 슬쩍 쳐다봤다.

"제작진 중에 91년생이랑 92년생은 7명 있더라고."

"누구?"

명품 보는 눈이 있는 가을은 레오의 첫사랑이 누군지 알아내는 데에 혈안이 되어 있었다. 라디오에서 레오가 말한 첫사랑에 대한 정보는 두 개뿐이었다. 〈오늘 밤만 재워줘〉 제작진이라는 것과 그와 동창이라는 것. 하지만 아무리 뒤져도 그의 출신 학교에 대해서는 전혀 찾아볼 수 없었다. 아무리 어렸을 때 이민을 갔다고 해도, 저 정도로 뜬 연예인이면 너도 나도 앞다투어 사진을 올릴 텐데. 단 한 장도 없다.

"연출 팀에 하경진 피디, VJ 중에 박해나, 김영은, 신수현, 민경아. 그리고 작가 팀에 신해연, 감규리 작가. 그렇게 일곱 명이 91년생, 빠른 92년생이래."

매니저의 말에 가을은 머릿속에서 그녀들의 얼굴을 떠올려 보았다. 대충 생긴 사람은 패스. 하경진 피디는 피디들 중 사귀는 사람이 있다고 했으니까 패스. 그리고.

"감규리 작가가 막내, 걔지?"

"어. 근데 가을아. 그래도 너보다 일곱 살이나 많은데, 웬만하면 언니라고 불러라."

"싫어. 그래 봤자 이 바닥에서는 나보다 후배잖아."

"흐유. 난 네 후배로 안 태어나서 다행이다."

"다행인 줄 알아. 안 그랬으면 더 알차게 부려 먹었을 테니까."

가을이 애교를 떨며 얄밉게 말하자, 매니저가 피식 웃으며 입조심을 시킨다.

"암튼 말조심해. 괜히 남들 입방아에 오르내리지 않게."

"예. 예. 알겠습니다."

대충, 성의 없게 대답한 가을은 규리까지 패스했다.

'레오 오빠가 그 구린 막내 작가를 좋아할 리는 없고.'

외모로 보나, 패션 센스로 보나, 가장 유력한 인물은 신해연 작가였다.

'나도 못 구한 에르메스 가방 들고 있던데.'

그 정도 인물은 돼야 콧대 높은 오레오가 관심을 가질 거라고, 가을은 단단히 오해하고 말았다.

*

제작 발표회 때 무대에 올라갈 사람은 따로 있는데, 왜 규리가 바쁜 건지. 출근과 동시에 홍보 팀과 작가 방 그리고 피디들 자리를 들락거리던 규리는 이제야 겨우 휴게실 소파에 엉덩이를 붙였다. 점심도 못 먹고 하루 종일 이리 뛰고 저리 뛰어 다니느라 온몸에서 땀이 흘렀다. 게다가 오늘따라 왜 흰색 티셔츠를 입고 온 건지. 여기저기 얼룩이 묻어 있기까지 했다.

"에이, 뭐 어때. 무대에 올라갈 것도 아니고. 나중에 집에 가서 옷 갈아입으면 되지."

그렇게 중얼거리고 있을 때, 휴게실 문이 열리고 승후가 들어왔다.

"우와! 박 군!"

오늘 어디라도 가는 모양인지, 승후는 머리부터 발끝까지 완벽하게 꾸미고 온 상태였다. 곱슬곱슬한 머리는 포마드 스타일로 단정하게 빗어 넘겼고, 고급스러운 슈트에, 번쩍거리는 구두를 신은 데다가 시계까지 차고 있었다.

"오늘 어디 가? 왜 이렇게 쫙 빼입고 왔어?"

"나 어때?"

"어떻긴? 완전 멋있어. 박승후 슈트빨 장난 아니구나?"

그녀의 말에 승후가 긴 한숨을 내쉬었다.

"왜 그래? 무슨 일 있어?"

"누구도 날 좀 그렇게 봤으면 좋겠다."

"누구?"

눈치 없이 묻던 규리는 아차 하며 입술을 말았다.

"아. 차지연 작가님……?"

규리가 묻자, 승후는 눈을 동그랗게 뜨고 그녀를 쳐다봤다.

"어떻게 알았어?"

"그게 사실……."

규리는 옥상에서 그가 지연에게 고백하는 장면을 봤다고 솔직하게 털어놓았다. 그러자 승후는 오히려 잘됐다는 듯, 편안한 표정을 지었다.

"미안."

"아냐. 안 그래도 너한테 털어놓고 싶었어."

역시. 그때 고민 상담하려던 거였군.

"차지연 작가님한테 잘 보이고 싶어서 그렇게 빼입고 온 거야?"

"사실……."

꽤 오래 망설이던 승후가 어렵게 입을 열었다.

"차 작가님, 오늘 선 본대."

"뭐? 선?"

오늘 제작 발표회가 열리는 복합 쇼핑몰 안에 위치한 호텔에서, 지연이 선을 본단다. 굳이 약속 장소를 그곳으로 잡은 건, 승후에게 보이기 위함일 것이다. 나 선 본다. 그것도 나와 비슷한 나이의 남자와. 그러니 넌 포기해라. 이런 의미를 내포하고 있는 거다. 그렇다면 나도 보여줘야지. 난 그래도 상관없다. 좋은데 나이 차이가 무슨 상관이냐. 그러니 난 포기 안 한다. 이런 의미로 승후는 오늘 한껏 꾸미고 나온 것이었다. 그때 누군가 휴게실에 들어오며 규리를 불렀다.

"감규리 씨."

싸늘한 목소리. 그리고 〈오늘 밤만 재워줘〉 팀에서 유일하게 규리를 '감규리

씨'라고 부르는 사람, 오은설 작가뿐이었다.

"예. 선배."

"메인 작가님이 찾아요."

은설은 그렇게 말을 전하고 휙 돌아서 가버렸다.

"으. 저 싸가지."

"은설 작가는 여전하구나?"

"사람 쉽게 안 변하더라. 이따 봐."

규리는 승후에게 손을 흔들고, 곧장 작가 방으로 향했다. 방에는 지연과 은설, 둘뿐이었다. 오늘 선을 본다더니, 지연은 평소보다 훨씬 더 예뻤다. 규리가 안으로 들어가며 꾸벅 고개를 숙이자 지연이 앉으라고 손짓했다. 어쩐지 분위기가 싸했다.

"이번에 써 오라고 했던 보도 자료."

보도 자료라는 말에 은설이 긴장한 듯, 침을 꼴깍 삼켰다.

"규리가 쓴 걸로 배포했어."

순간 은설이 아랫입술을 꽉 깨물었고, 규리는 그녀의 눈치를 살폈다.

'이런 불편한 얘기를 굳이 둘 다 불러서 하시다니!'

촬영을 다녀온 후, 지연은 은설과 규리에게 각 신문사에 배포할 보도 자료를 써 오라고 했다. 은설이 쓴 게 배포될 예정이었고, 규리에게는 연습 삼아 쓰라고 시킨 거였다. 그런데 뭐가 마음에 안 드는지, 은설의 것은 퇴짜 맞고 규리의 것이 배포된다는 것이다.

"오은설."

"예?"

"일 좀 똑바로 하자."

"……예."

지연의 꾸지람에 은설은 고개를 숙였고.

"규리, 잘했어."

지연의 칭찬에 규리도 고개를 숙여야만 했다. 불편하다. 직속 선배와의 비교에서 혼자 칭찬받는 기분이란, 드럽게 불편한 일이구나.

"다음 보도 자료도 둘 다 써 와."

지연의 싸늘한 눈빛이 은설에게 향한다.

'차 작가님! 제발 제 앞에서 은설 선배 혼내지 마세요! 제발!'

규리의 절규에도 불구하고, 지연의 입에서 따끔한 질책이 튀어나왔다.

"오은설 작가. 다음엔 후배한테 안 밀리게 잘 써 와."

은설은 아주 작은 목소리로 대답했고, 규리는 좌절했다. 앞으로 은설의 괴롭힘이 얼마나 더 강력해질까. 벌써부터 무섭다. 무서워.

"근데 규리 너 옷이 왜 그래?"

지연이 규리를 아래위로 쳐다보며 물었다. 아마 옷이 더러워진 것을 두고 그런가 싶어 대답하려는데.

"발표회 마지막에 제작진 전원 올라가서 인사한다고 옷 좀 챙겨 입고 오라고 했잖아."

그러고 보니 오늘따라 작가들은 물론 피디들까지 차려입고 온 것 같다.

"은설이, 규리한테 얘기 안 해줬니? 내가 규리한테도 전해주라고 했잖아."

전혀 못 들었다. 옷을 챙겨 입고 오라고 한 것은 물론, 제작 발표회 마지막에 무대에 올라간다는 말도 못 들었다.

"아뇨. 얘기했는데. 규리 씨가 깜빡했나 보네요."

순간 규리와 은설의 눈이 마주쳤다. 그러자 은설은 콧방귀를 뀌며 고개를 휙 돌려 버렸고, 규리는 어이없다는 듯 그녀를 쳐다봤다. 곧이어 지연의 꾸지람이 시작됐다.

"감규리. 넌 선배가 얘기한 걸 깜빡하니?"

"……"

"아무리 은설이가 나이가 어리다고 해도 선배는 선배야."

"아우, 아니에요. 작가님. 원래 규리 씨가 잘하는데, 오늘 왜 이러는지."

때리는 시어머니보다 말리는 시누이 입을 꿰매고 싶을 정도로 얄밉다더니, 딱 그 짝이었다.

"······죄송합니다."

졸지에 선배 말 무시하는 나쁜 후배가 되어 버렸다.

"다음부턴 그러지 마."

"예······."

"은설이 너도 나이 어리다고 후배한테 할 말 못 하지 말고."

"예."

대답하는 은설의 목소리가 꽤 밝다. 잠시 후. 지연이 방에서 나가고 작가 방에는 은설과 규리, 단둘만 남게 되었다. 은설은 조금의 표정 변화도 없이 노트북에 시선을 고정한 채 키보드를 두드리고 있었다. 그 모습이 어찌나 가증스러워 보이는지. 아무리 자신과 사이가 안 좋았어도, 그래서 옷 챙겨 입고 오라는 말을 해주기 싫었어도, 지연 앞에서 어떻게 눈 하나 꿈쩍도 안 하고 그런 거짓말을 할 수 있는 건지 모르겠다.

규리는 은설이 '전해주는 걸 깜빡했어요.' 정도의 말로 얼버무릴 줄 알았다. 그런데 말을 해줬다고? 나 참 어이가 없어서. 참고 있자니 속에서 부글부글 끓고, 그렇다고 들이받자니 상대가 직속 선배. 규리와 가장 많은 시간을 함께 보내는 망할 직속 선배!

〈오늘 밤만 재워줘〉 팀에 먼저 합류한 건 규리였다. 팀에 가장 마지막에 합류한 은설이 어색해할까 봐 먼저 다가가 손을 내밀었고, 회의 자료며 진행 상황들을 알려주기도 했다. 다섯 살이나 어리지만 극존칭까지 써가며 대우해 줬고, 깍듯하게 '선배'라고 불렀으며, 매사에 친절하게 대했다. 또 그녀가 시키는 일은 밤을 새서라도 먼저 해놨고, 은설이 꺼려하는 일은 규리가 나서서 해놓기도 했다. 그런데 뭐가 그렇게 불만인지, 항상 이런 식으로 사람을 괴롭힌다. 지난 3개월간 가슴속에 참을 인 자를 오만 번은 더 쓴 것 같다.

'참자. 참아. 여기서 들이받으면 일이 더 커질지도 몰라. 참자······.'

규리는 심호흡을 하며 부글부글 끓어오르는 속을 안정……시키기는 개뿔!

못 참아!

"저기요, 선배!"

규리는 은설 앞으로 다가가며 그녀를 불렀지만, 은설은 여전히 노트북에 시선을 고정한 채 눈도 꿈쩍하지 않았다.

"왜요?"

"저하고 얘기 좀 해요."

"하세요."

아놔. 얘가 사람 성질 돋우네.

"얼굴을 봐야 얘길 하죠."

규리는 최대한 인내심을 발휘하며 말했지만, 은설은 그녀에게 더 많은 인내심을 요구했다.

"제가 좀 바빠서요. 그냥 말해요."

인터넷 쇼핑몰이나 뒤지고 있으면서 뭐가 그렇게 바쁘다는 건지. 규리는 후우- 하고 숨을 길게 내쉰 후, 천천히 입을 열었다.

"왜 얘기 안 해줬어요?"

"뭘요?"

은설은 딱 봐도 한껏 꾸미고 온 상태였다. 평소보다 진한 화장에 세팅이 잔뜩 들어간 긴 머리카락, 화려한 옷에 가방까지.

'너는 잔뜩 꾸미고 왔으면서 왜 나한테는 얘기 안 했냐?'라고 묻고 싶었지만, 최대한 말을 순화했다.

"오늘 사진 촬영하는 거요. 그래서 옷 차려입고 오라고 했다는 거요."

따지듯 묻자, 그제야 은설이 노트북 화면에서 눈을 떼며 삐딱하게 규리를 쳐다봤다.

"난 말했는데?"

"허!"

"감규리 씨가 깜빡한 거 아니에요?"

"언제 얘길 했다는 거죠? 전 요 며칠 사이 선배랑 대화 자체를 한 적이 없는데?"

"잘 생각해 봐요. 난 분명 말했으니까."

우기는 데 장사 없다더니. 은설은 우기기로 마음 굳게 먹은 모양이었다. 하지만 규리도 이렇게 된 마당에 끝까지 물고 늘어져 보기로 했다.

"그러니까 언제요?"

"내가 그런 것까지 기억해 놔야 해요?"

"최근에 한 말이면 기억하고 있을 거 아니에요?"

"기억 안 나요."

"나한테 말한 적이 없으니까 기억 안 나는 건 아니고요?"

규리가 따지자, 은설이 들고 있던 마우스를 퍽 소리 나게 내동댕이치며 자리에서 일어났다.

"감규리 씨! 지금 나하고 뭐 하자는 거예요?"

"진실을 가리자는 거예요."

"뭐라고요?"

은설과 규리가 서로 노려보며 살벌하게 말다툼하고 있을 때, 문이 열렸다. 작가 방에 볼일이 있던 명석은 안으로 들어오려다가, 규리와 은설을 보고 발걸음을 멈췄다.

"감규리 씨! 본인이 깜빡하고, 그따위로 입고 와놓고 선배한테 따지는 거예요?"

잔뜩 화가 난 은설 작가가 감귤을 쏘아붙인다.

"전 정말 들은 적이 없어요!"

감귤도 굴하지 않고 대답한다.

"그럼 내가 거짓말이라도 했다는 거예요?"

순간 감귤이 입을 꾹 다물었다.

'둘이 왜 싸우는 거지? 평소 오 작가랑 감귤 사이가 안 좋았나?'

명석은 아무 대답도 못 하고 밀리고 있는 규리를 보고 잠시 고민했다. '나서서 말려야 하나? 내가 시시비비를 가려줘야 하나?' 라고 말이다.

규리가 거짓말을 할 리는 없다. 물론 은설 작가가 거짓말을 하고 있는지, 사실을 말하는 건지는 모른다. 다만 명석은 규리를 믿을 뿐이다. 그런데 규리가 선배한테 저렇게 당하고 있는 것을 보고만 있자니 가슴이 찢어질 듯 아팠다.

"말해 봐요. 말해보라고요!"

은설이 손가락으로 규리의 이마를 밀치며 그녀를 몰아붙였다. 순간 욱한 명석은 저도 모르게 튀어나가려다, 규리의 눈을 보고 가까스로 멈췄다. 옥상에서 자신을 두고 '개싸가지, 개싸이코, 개또라이, 개진상!'이라고 소리쳤던 그때와 같은 눈빛을!

명석은 야무지게 다문 규리의 입에서 무슨 말이 튀어나올지 궁금했지만, 조용히 문을 닫고 밖으로 나왔다. 굳이 자신이 나서지 않아도 현명하게 대처할 거다.

"믿는다. 감귤."

나의 감귤은 그런 여자라고, 명석은 믿어 의심치 않으니까.

"내가 거짓말하고 있는 거냐고!"

은설의 하이 톤 목소리가 방 안을 쩌렁쩌렁하게 울렸다. 저렇게 철면피처럼 뻔뻔하게 나오면 답이 없다. 괜한 말싸움만 길어지고, 서로 못 볼 꼴만 보게 될 뿐. 하지만 증거가 없다. 말을 전해 줬다는 증거도, 전해 주지 않았다는 증거도.

"대답해 봐! 내가 거짓말했냐고!"

은설이 다시 손가락을 들어 규리의 이마를 밀치며 다그쳤다. 아무리 선배라지만 다섯 살이나 어린 은설에게 이런 모욕을 당하고 있자니, 기분이 썩 좋지 않았다. 규리는 손아귀에 약간의 힘을 주어 은설의 손가락을 휘어잡았다.

"악! 아파!"

그러자 은설이 손을 붙잡고 앓는 소리를 했다.

"오은설 선배."

"아, 아파."

"아무리 선배라도 얼굴 위로 손 올리는 건 못 참아요. 알았죠?"

"아, 알았어……요."

규리가 매섭게 말하고 손을 놓자, 은설이 자신의 손가락을 붙잡고 그녀를 잡아먹을 듯 노려봤다. 뭐가 그렇게 분한 건지, 거짓말한 은설의 입에서 씩씩거리는 소리가 거칠게 새어 나왔다.

"그리고 선배."

"……?"

"그건 선배가 더 잘 알 거예요."

"?"

"거짓말을 했는지, 안 했는지. 선배 양심이 더 잘 알겠죠."

차분하면서도 차가운 규리의 눈빛이 은설의 눈과 정통으로 마주쳤다. 은설은 자신을 짓누르는 진실의 무게를 견디지 못하고 규리의 눈을 피해 버렸다. 잠시 후. 규리가 방에서 나가 버리자, 온몸에 긴장이 풀린 은설은 쓰러지듯 의자에 앉았다.

"마음에 안 들어."

까뜩, 손톱을 물어뜯는 은설의 얼굴이 심하게 일그러졌다.

*

그날 오후. 제작 발표회가 열릴 복합 쇼핑몰. 대기실에 나란히 앉은 명석과 레오는 깊은 한숨을 내쉬었다. 아마도 김 대리가 미친 모양이다. 아니지. 이따위 옷을 입으라고 갖다준 협찬사가 미친 거지. 명석과 레오는 커플룩이라고 해 봤자, 액세서리나 문양이 비슷한 시밀러룩 정도를 입을 거라고 생각했다. 하지만 협찬사에서 제공한 옷은 판박이처럼 똑같은 빨간색 체크무늬였다. 이렇게 튀는 옷을 혼자 입는 것도 창피해서 얼굴을 못 들 지경인데, 옆에 있는 이 남자와 함께 입으라니!

"이게 정말 올 FW를 휩쓸었다는 그 디자이너 작품 맞아?"

"예술의 세계를 머리로 이해하려고 하지 마세요."

하지만 그렇게 말하는 레오도 이해 안 되는 건 마찬가지였다. 잠시 후, 노크 소리와 함께 김 대리가 얼굴을 내밀었다.

"와우! 두 분 정말…… 잘 어울리시네요. 아, 옷이요. 옷."

"놀리는 거지?"

"에이. 놀리다뇨. 정말 멋있으세요."

말은 그렇게 하면서 왜 입은 씰룩쌜룩 춤을 추는지.

"나 이거 말고 다른 거 입……."

"놉! 안 돼요!"

김 대리는 명석의 말을 단호하게 잘라냈고.

"저 그럼 감독님과 다른 옷으로 바꾸면……."

"안 됩니다. 레오 씨."

레오의 부탁을 그대로 튕겨냈다.

"두 분 명심하시길 바랍니다. 〈오늘 밤만 재워줘〉의 제작비 절반은 HB 패션에서 지원해 준 거고, HB 패션은 레오 씨 본인이 광고하고 있는 회사라는 걸."

김 대리의 설명에 두 남자는 떨떠름한 표정을 지었다.

"그런 표정 지어도 소용없어요. 옷이 찢어지거나, 지울 수 없는 얼룩이 묻기 전에는 죽었다 깨어나도 그 옷을 입어야 하니까요."

시무룩하게 고개를 숙이고 있던 레오와 명석은 김 대리의 말에서 희망을 찾은 듯 눈을 반짝였다.

*

대기실에 도착한 가을은 오늘 입을 협찬사 옷을 천천히 훑어보았다. 완벽한 디자인하며 색상, 국내에서는 아직 아무도 입지 않았다는 희소성, 거기에 오레오 그리고 계명석과 함께 입는 커플룩이라니! 어느 하나 마음에 안 드는 구석이 단 한 군데도 없었다.

"예뻐. 예뻐. 완벽해."

"그렇게 좋아?"

"그럼. 디자인도 좋고, 같이 입는 사람들은 더 좋고."

"근데 무슨 커플룩을 셋이서 입으라고 하냐?"

매니저가 가을의 짐을 테이블 위에 내려놓으며 말했다.

"왜? 그래서 난 더 좋은데?"

"셋이 커플룩 입는 게 더 좋다고?"

"생각해 봐, 오빠. 우 오레오, 좌 계명석. 양쪽에 두 남자 팔짱을 딱 끼고 무대에 올라서면 세상 다 얻은 기분 들 것 같은데?"

가을은 상상만 해도 기분이 좋은지, 그 어느 때보다 예쁜 미소를 머금었다.

"하긴. 그렇긴 하겠다. 오레오와 계명석이라니. 서가을 오늘 완전 계 탔다."

"치. 웃겨. 그 남자들이 계 탄 거지. 아니, 전생에 나라를 구했나?"

가을이 턱을 치켜들고 도도한 표정을 짓고 있을 때, 똑똑 노크 소리가 들려왔다.

"예. 들어오세요."

문이 열리면서 은설과 규리가 순서대로 들어왔고, 매니저는 전화를 받기 위해 핸드폰을 들고 밖으로 나갔다.

"은설 언니!"

"가을아, 잘 지냈어?"

〈오늘 밤만 재워줘〉 전에 같은 프로그램에서 만난 적이 있던 두 사람은 촬영 전부터 꽤 돈독해 보였다. 은설은 3개월간 매일같이 함께 밥 먹고 밤을 새웠던 규리에게는 까칠해도 가을에게는 친절했고. 가을은 촬영 내내 자신의 짐을 들고 다닌 규리는 본척만척해도 은설은 알뜰하게 챙겼다.

"안 본 사이 더 예뻐졌네, 우리 가을이?"

"치. 언니야말로 더 날씬해졌는데?"

"야, 누가 보면 너 시술이라도 한 줄 알겠다."

"언니도 피부 너무 좋아졌어."

얼씨구. 둘이 아주 북 치고 장구 치고, 성형외과 개업하겠네.

멀찌감치 떨어져 인터뷰지를 정리하던 규리는 서로 입에 발린 소리를 하며 까르르대는 은설과 가을을 보며 혀를 찼다. 어차피 저들과 친해질 생각은 없다. 그녀들과는 나이를 떠나 절대 좁힐 수 없는 간극이 있다고 여겼다.

"어머! 이게 오늘 입을 옷이야?"

"응응. 예쁘지?"

은설은 쪼르르 달려가 협찬 의상을 이리저리 살펴보았다.

"와. 정말 예쁘다. 가을이 너한테 진짜 잘 어울릴 것 같아."

오은설의 모습은 낯선 것을 떠나 아예 딴 사람 같았다. 조금 전까지 손가락으로 규리의 머리를 밀어 대던 오은설 선배님은 어디 가시고, 아주 그냥 착하디착한 가을바라기님이 와 계셨다.

"이게 오늘 입을 커플룩이야?"

"예쁘겠지?"

"응. 진짜 좋겠다."

"내가 좋나? 그 남자들이 좋은 거지."

"입어 봐."

"그럴까?"

새침한 얼굴로 말하던 가을이 갑자기 대기실 안을 휘 둘러봤다.

"근데 여긴 어떻게 물도 하나 안 갖다놔?"

"어머. 그러네. 내가 가서 사 올게."

은설이 일어나려고 하자, 가을이 그녀를 말리며 규리를 향해 턱짓했다. 규리는 그런 줄도 모르고 인터뷰지 정리에 정신을 쏟고 있었고, 은설은 미소를 머금고 고개를 끄덕였다.

"막내 작가님."

하이 톤의 가을의 목소리가 규리를 불렀다.

"예. 가을 씨."

가을은 검지와 중지 사이에 카드를 끼고 규리를 향해 흔들었다.

"나 목이 말라서요. 커피 좀 사다 줘."

가을은 반말과 존댓말을 애매하게 섞어 쓰며 얄밉게 웃었다. 규리는 자신의 눈앞에서 살랑살랑 흔들리는 카드를 잠시 내려다보다가, 금세 표정을 바꾸고 미소를 지었다. 막내 작가 생활 약 1년. 커피 심부름쯤이야 자존심에 스크래치 생길 일도 아니다.

"뭐 드시겠어요?"

"난 카푸치노 아이스로. 휘핑크림이랑 시나몬 파우더 가득 뿌려서. 언니는?"

"난 캐러멜 마키아토. 바닐라 시럽 듬뿍."

은설이 무거운 속눈썹을 들어 올리며, 도도하게 규리를 쳐다보며 주문했다. 저 얄미운 계집애. 화장은 잘 먹었네.

"들었죠? 그리고 생수 두 병이랑, 쿠키랑, 프레즐이랑, 막내 작가님 먹고 싶은 거 사 와."

가을은 반말을 찍 내뱉더니 카드를 내밀었다. 저 예쁜 입술로 말도 예쁘게 하면 참 좋을 텐데! 규리는 걸크러시 뽐뽐 뽐내며 그녀가 내미는 카드를 확 구겨 버리고 싶었지만, 그러기엔 기운이 달렸다.

'참자, 참아. 하루에 두 번 싸우는 건 너무 기 빨려. 아침에 은설과 한 판 뜨지만 않았어도 확……'

규리는 가식 가득한 비즈니스 미소를 지으며 가을의 손에서 카드를 빼 들고 밖으로 나왔다.

"아, 먹고 살기 드럽게 힘드네."

나중에 잘나가는 작가 되면 후배들한테 커피 심부름 안 시켜야지! 나이가 적든 많든 후배들한테 무조건 존댓말 써야지! 절대 남 무시하지 말아야지, 절대!

규리는 그렇게 중얼거리며 카페로 향했다. 그런데 뭔 놈의 카페가 이렇게 멀고, 사람은 또 왜 이렇게 많은지. 꽤 오랜 시간을 줄 서서 기다린 끝에 주문한 것들을 손에 넣을 수 있었다. 커피와 쿠키 봉투를 양손에 든 규리는 대기실 앞에 섰다. 그리고 막 문을 열려는 찰나, 쿠키보다 더 달콤한 음성이 규리를 불러 세웠다.

"규리야."

"어? 레오야."

빨간색 체크무늬의 바지와 재킷. 레오는 가을이 무대에서 입을 협찬 의상과 똑같은 디자인의 옷을 입고 있었다. 규리는 그제야 은설과 가을이 했던 말이 떠올랐다.

"이게 커플룩이야? 좋겠다."

"내가 좋나? 그 남자들이 좋은 거지."

커플룩이라는 게, 레오와 함께 입는 걸 말한 모양이었다.

'둘이 같이 서 있으면 예쁘겠네.'

규리가 가을과 나란히 서 있을 레오를 멍하니 상상하고 있을 때, 레오는 그녀의 두 손에 들려 있는 짐을 쳐다봤다. 아마도 가을의 심부름을 하는 것 같았다. 저런 것쯤은 매니저에게 부탁하면 될 것을, 왜 굳이 규리한테 시키는 건지.

"커피 사 왔구나?"

"어? 응. 대기 시간이 좀 길어서 입이 심심한가 봐."

그렇게 대답하는 규리의 콧등에 송골송골 땀이 맺혀 있었다. 추위를 많이 타는 애라 이 날씨에 웬만하면 땀은 안 흘렸을 텐데. 어지간히도 서두른 모양이었다. 레오는 어쩐지 평생 없던 마음속 데스노트를 하나 마련하고 싶은 생각이 들었다.

"레오야, 나 바빠서 먼저 들어갈게."

"어? 잠깐. 문 열어줄게."

"고마워."

레오는 가을의 대기실 문을 열어 주고, 안으로 들어가는 규리의 뒷모습을 안쓰럽게 쳐다보았다. 살짝 열린 문틈 사이로 가을과 은설의 목소리가 새어 나왔다.

"미친 거 아니야? 아무리 지가 나이가 많아도 선밴데, 따졌다고?"

"그랬다니까. 내가 어이가 없어서."

문을 닫으려던 레오는 안에서 들리는 날카로운 가을의 목소리에 멈칫했다.

"뭐예요? 시나몬 파우더를 뿌려 오면 어떡해?"

"예? 아까 뿌려 오라고……."

"무슨 소리야? 나 시나몬 알레르기 있는데."

"아니, 아까 분명 가을 씨가 휘핑크림이랑 시나몬 파우더 뿌려 오라고 했거든요."

"와, 끝까지 사과 안 하네."

"예? 아니……."

규리는 그들의 대화를 모두 들었던 은설에게 도움의 눈빛을 보냈지만, 그녀는 피식 웃으며 시선을 돌려 버렸다. 순간 규리는 자신이 없는 사이 가을과 은설이 무슨 대화를 나눴는지 대충 파악할 수 있었다. 학창 시절에도 안 당해 본 왕따를 직장에서 당할 줄이야, 규리는 아랫입술을 꾹 깨물며 마음을 진정시키고 말했다.

"미안해요, 가을 씨. 내가 잘못 들었나 봐요. 다시 사올게요."

"됐고. 이거나 갖다 버려."

밖에서 그녀들의 대화를 듣고 있던 레오의 관자놀이에 핏줄이 솟았다. 두 주먹을 꽉 쥐는 바람에 손톱이 손바닥을 파고 들어갔다. 지금 당장 들어가서 뭐 하는 짓이냐고 넌 아래위도 없냐고 가을을 혼내고 싶었지만, 꾹 참았다. 자신이 나서면 규리의 꼴이 우스워질 것이다. 그렇게 복도 끝에 서서 부들부들 떨고 있을 때, 명석의 목소리가 들려왔다.

"거기서 뭐 해? 매니저가 찾던데?"

하지만 레오에게 그는 안중에도 없었다.

"안 먹으니까 갖다 버리라고!"

신경질적인 가을의 목소리에 이어 뭔가 퍽 하는 소리가 들려왔다. 놀란 레오와 명석이 대기실 문을 활짝 열자, 문 앞에 선 규리가 눈에 들어왔다. 가을이 던진 커피에 정통으로 맞은 규리의 옷은 다 젖어 버렸고, 그녀의 머리에선 하얀 휘핑크림이 뚝뚝 떨어졌다. 오늘 아침 규리는 예쁘지는 않아도 깨끗하고 단정한 옷을 꺼내 입었다. 또 화려하진 않아도 나름 신경 써서 화장도 했고, 머리 손질도 했다.

집에 새로운 사람들이 들어왔으니까. 그 사람들이 다름 아닌 레오와 명석이었으니까. 그들에게 예쁘게 보이기 위해서는 아니었다. 세계적으로 내로라하는 여배우와, 대한민국 최고의 여자 아이돌과 일하는 레오와 명석이었다. 그런 그들 앞에서 양심상 예쁘게 보이고 싶다는 생각은 차마 하지 못했다. 다만 이런 꼴은 보여 주고 싶지 않았다. ……이렇게 초라한 꼴은.

커피 정도야 실수로 쏟을 수도 있다. 살다 보면 휘핑크림 뒤집어쓰는 날도 있겠지. 하지만 그게 누군가의 괴롭힘 때문이라면 얘기가 달라진다. 아이스커피를 뒤집어썼는데, 왜 이렇게 얼굴이 뜨겁게 달아오르는지 모르겠다. 창피했다. 얼굴을 들 수 없을 정도로 쪽팔리고 수치스러워 고개를 들 수가 없었다. 규리는 레오와 명석의 눈을 피해 고개를 숙였다.

"아……."

왜 오늘따라 하얀색 옷을 입고 와서……. 티셔츠는 커피를 고스란히 먹고, 티셔츠 안에 뭘 입었는지 적나라하게 보여 주고 있었다. 규리는 속옷이 비치는 가슴을 가려야 할지, 벌겋게 달아오른 얼굴을 가려야 할지 망설이다가 후다닥 밖으로 뛰쳐나가 버렸다. 사건의 핵심이자 두 남자가 이곳에 달려온 이유가 나가 버리자, 네 사람 사이에 싸한 분위기가 흘렀다. 아니, 사실 갑작스러운 레오와 명석의 등장에 가을과 은설의 얼굴은 사색이 되었다. 혹시 아까 규리한테 소리친 걸 들은 건 아닌가, 슬며시 걱정됐다. 아무리 방송 판에서는 자신들이 선배라지만, 한참 나이 많은 규리에게 반말을 하며 쥐 잡듯 잡았으니 걱정이 될 만도 했다.

가을은 슬며시 레오와 명석의 표정을 살폈다. 그들은 그녀가 가장 잘 보이고 싶은 두 사람이다. 한 명은 여자로서, 또 한 명은 연예인으로서. 그런데 하필 이 두 사람이 이런 타이밍에 등장하다니. 뛰쳐나간 규리의 뒷모습을 보는 레오와 명석의 표정이 그다지 좋지 않다. 같은 팀 막내가 저런 꼴이니 걱정을 하는 모양이다.

하지만 그래 봤자 막내 작가. 〈오늘 밤만 재워줘〉 팀 내 포지션으로 봐도, 개인적으로 봐도, 또 여자로서 봐도 가을 자신보다 한참 떨어지는 애다. 가을은 설마하니 자신이 반말하는 걸 들었나 싶어, 그리고 들었으면 어떠냐 하는 배 째라는 마음에 방금 상황을 대충 둘러댔다.

"손이 미끄러져서 커피가 쏟아졌지 뭐예요. 다 흘렸네."

그녀의 말에 레오의 얼굴이 매섭게 변했다. 분명 조금 전, 규리에게 신경질적으로 소리친 가을이었다. 비록 대기실 안에서 벌어진 장면을 직접 보진 못했지만, 그녀들의 대화를 통해 무슨 일이 있었는지 유추가 가능했다. 그런데 손이 미끄러졌다고?

"아, 그러게. 규리 씨는 왜 하필 거기 서 있어서…… 앉아서 좀 쉬라니까."

떨리는 은설의 목소리만으로도 명석은 그녀가 거짓말을 하고 있다는 걸 눈치챘다. 게다가 아까 방송국에서 규리와 크게 다투지 않았나? 그런데 앉아서 쉬라고 했다고? 그녀들의 다툼이 쉽사리 해결될 일이 아니라는 느낌을 받았던 명석은 세 여자들 사이에 분명 무슨 일이 벌어지고 있다는 것을 알아차렸다. 다만 규리가 일방적으로 당하고 있는 건지, 아니면 가을의 말처럼 실수로 커피를 쏟는 사고가 벌어진 건지는 확실히 알 수 없었다. 자기 일 아니라는 듯 딴청 피우고 있는 가을과 불안한 듯 눈동자만 굴리는 은설의 모습에 두 남자는 뭔가 찜찜한 기분이 들었다.

"놀라셨죠?"

가을이 과즙미 터지는 상큼한 목소리로 물었다.

"단순 사고예요."

이 상황에서도 발랄하고.

"신경 쓰실 것 없어요."

싸가지도 없다.

눈치가 없는 건지 아니면 남의 눈치를 안 보고 살아서 저런 건지. 가을은 그 어느 때보다 차가운 표정을 짓고 있는 두 남자를 보며 참 순수한 미소를 지었다. 그들이 막내 작가 따위한테 별로 관심이 없을 거라고 넘겨짚었기에 가능한 일이었다.

"어머! 두 분 다 그 옷 입고 계시네요?"

가을은 레오와 명석이 입고 있는 빨간 체크무늬 옷을 가리키며 말했다.

"저도 방금 갈아입었는데."

그녀는 두 남자의 칭찬을 갈구하듯 제자리에서 빙글 돌았다.

"어때요?"

두 남자는 보기 민망할 정도로 싸늘한 표정을 짓고 있었다. 가을은 21년을 살면서, 특히 걸 그룹으로 연예계에 데뷔하면서부터는 더욱더 이렇게 냉랭한 반응을 받는 건 처음이었다. 특히 남자에게서. 어쩜 목석도 아니고 둘 다 똑같이 저런 표정을 짓고 있는지. 무심하다 못해 싸늘한 그들의 반응에 뾰로통해진 가을은 툴툴거리는 말투로 은설에게 말했다.

"언니. 막내 작가한테 갈아입을 거라도 갖다줘야 하는 거 아니야?"

순간 레오와 명석의 눈빛이 번쩍였다. 아무리 막내 작가라고 해도, 자신보다 나이가 많으면 보통 '막내 작가님'이라고 부른다. 그건 최소한의 예의였다. 그런데 얼마나 '막내 작가'라는 말이 입에 붙었으면, 다른 사람들 있는 데서 저렇게 아무렇지 않게 부를까 싶다.

"그런가? 가을아. 너 혹시 빌려줄 옷 있니?"

은설이 벽 한쪽에 걸려 있는 가을의 옷을 보며 묻자, 그녀가 눈을 가늘게 뜨며 소리쳤다.

"미쳤어? 내 옷을 왜 개한테……!"

순간 은설은 가을의 팔을 툭 쳤고, 그제야 아차 싶었던 가을은 입술을 감쳐 물며 두 남자의 눈치를 살폈다.

"오늘따라 명품만 갖고 와서…… 아니, 그게 아니라. 비싼 옷이라 뭐 묻으면 안 되거든요. 막내 작가 월급으로 감당할 수 없는 옷들이라."

어쩐지 말을 하면 할수록, 땅을 파는 느낌이 든다. 대충 흘러가는 분위기 파악을 마친 명석과 레오는 가을과 은설을 싸늘한 표정으로 쳐다봤다. 그리고 곧, 두 남자는 아무 말도 없이 대기실을 빠져나갔다. 은설은 몸을 돌리는 두 남자의 얼굴에 경멸이 스치는 걸 놓치지 않았다.

"아이 씨. 뭐야? 왜 하필 그때 들어와서 난리야. 짜증 나!"

"가을아. 분위기 안 좋은 것 같아. 어떡하지?"

무섭도록 날카로운 두 남자의 눈빛을 본 은설이 쩔쩔매자, 가을이 시큰둥한 표정을 지으며 말했다.

"괜찮아. 그래 봤자 막내 작가야. 누가 신경 쓴다고."

'신해연 작가라면 모를까.'

가을은 신경 쓸 일 아니라는 듯 그냥 넘겨 버렸지만, 은설은 어쩐지 불안함이 더욱 커져만 갔다.

*

뚜벅. 뚜벅. 뚜벅. 뚜벅.

사나운 구두 소리가 복도를 크게 울렸다. 복도를 걷는 두 남자는 아무런 말도 없었다. 다만 레오는 거칠게 넥타이를 풀어 헤쳤고, 명석은 손목에 달려 있는 단추를 사납게 뜯어 버렸을 뿐. HB 패션은 〈오늘 밤만 재워줘〉를 위해 많은 돈을 협찬해 준 회사다. 그걸 아는 두 사람이기에 이 따위 말도 안 되는 옷을 입으려고 했다. 그런데 이 기분으로는 도저히 협찬 의상을 입을 수가 없다. 가을과 함께라면 더욱더. 명석과 함께 복도를 걷던 레오는 자신의 대기실로 들어갔다. 떠들썩했던 아까와는 달리 텅 비어 있었다. 거울 앞에 선 레오는 풀어 헤친 넥타이를 획 던져 버렸다. 커피를 뒤집어쓴 규리의 모습이 머릿속을 스쳐 지나간다. 안아 주고 싶은 마음이 간절했다. 재킷이라도 벗어 주고 싶었다. 하지만 그럴 수가 없었다.

레오는 배우라는 직업을 가진 걸 처음으로 후회했다. 남들에게 주목받는 게, 남의 눈치를 살펴야 하는 게 이토록 싫은 건 처음이었다. 그때가 되면, 규리의 마음이 결정이 되면, 망설임 없이 안아 주리라. 레오는 핏줄이 잔뜩 올라온 손으로 셔츠의 첫 번째 단추를 풀었다. 예쁜 옷을 입고 자신의 앞에서 빙글빙글 돌던 가을의 모습이 지나가고. 두 번째 단추를 풀었다. 휘핑크림이 뚝뚝 떨어지는 사이, 처연하리만치 슬퍼 보이는 규리의 눈빛이 스치고. 세 번째 단추를 풀자, 옷을 빌려 줄 수 없다는 가을의 말이 귓가에 맴돌았다. 규리와 가을의 모습이 머릿속에 뒤엉키자, 레오는 셔츠를 붙잡은 뒤 양손에 힘을 주어 당겨 버렸다. 그와 함께 뜯어진 단추가 바닥으로 후드득 떨어졌다.

"하아. 하아."

겨우 참았던 분노가 머리끝까지 차올랐다. 레오는 화장대 위에 놓인 핸드폰으로 어디론가 전화를 걸었다. 평소의 오레오에게서는 절대 찾아볼 수 없는 무서운 표정을 지으며.

"형. 옷이 좀 필요해요. 제 옷이요. 협찬 의상이 찢어져서요."

그의 매니저였다.

"전에 화보 찍었던 그 옷 어떨까요? HB 패션에 확인 좀 해주세요."

레오는 거울 속에 비치는 자신의 모습을 들여다보았다. 오늘 아침, 규리는 자신에게 이렇게 말했다.

"오! 원래도 멋지지만, 오늘은 더 멋진데."

나도 너에게 그렇게 해주고 싶다. 원래도 예쁘지만, 오늘은 더 예쁘게.

"형. 그때 여자 모델이 입었던 그 옷도 한 벌 부탁해요. 예. 커플룩이요."

통화를 마친 레오의 눈빛이 사납게 번쩍였다.

*

화장실에 들어간 규리는 거울에 비치는 자신의 꼴을 바라보며 투덜거렸다.

"망할 검은색 브래지어! 젠장할 흰색 티셔츠!"

왜 하필 흰색 티셔츠에 검은색 브래지어를 하고 왔을까. 왜!

티셔츠는 속옷이 비치지 않는 정도의 두께였는데, 액체를 흡수하고 나서는 속옷을 완전히 오픈해 버렸다.

"검정색 후드 티 입을걸."

어쩐지 아침부터 그게 그렇게 아른거리더니만!

규리는 세면대에 머리를 박고 끈적하게 늘어지는 휘핑크림을 닦아 냈다. 다행인지 불행인지, 가을의 커피에는 시럽을 넣지 않았다. 시럽까지 넣었으면 온 동네 개미들이 친구 하자며 달려들었을 텐데. 휘핑크림을 대충 닦아 낸 규리는 핸드 드라이어 밑에 머리카락을 대고 손으로 살짝 비벼 주었다.

"선배님들께서 이렇게 격하게 나오신다?"

커피를 사서 대기실에 도착했을 때, 가을과 은설은 자신에 대한 이야기를 하고 있었다. 규리가 도착한 걸 뻔히 봤음에도 그들은 대화를 멈추지 않고, 목소리를 낮춰 킥킥댔다. 그리고 규리가 커피를 건네자 가을은 난데없이 시나몬 알레르기가 있다고 했고, 다시 사 온다고 하니 갑자기 신경질을 부리며 커피를 던진 거였다. 뭐든 잘하고 싶었다. 처음 명석에게 혼났을 때 들었던 말처럼 '밥만 축내는 사람'이 되고 싶지 않았다. 이를 악물고 섭외 전화를 돌렸고, 밤을 새워

가며 프리뷰를 했다. 각종 기사 스크랩해 가면서 인터뷰지를 작성하고, 선배들 서포트에 연예인들 비위도 맞췄다. 나이가 어려도 선배는 선배다. 그래서 더 깍듯하게 대했고, 뭐든 더 챙겨 줬더니.

"호의가 계속되니 권리인 줄 알지?"

과격하신 선배님들을 어떻게 손을 봐드릴까? 규리의 머릿속에 몇 가지 방법이 맴돌았지만, 일단 오늘은 패스하기로 했다. 곧 있으면 제작 발표회가 시작될 테니까.

"오은설, 서가을. 내가 너희 가만 안 둔다. 감히 나한테 모욕감을 줘?"

규리는 그녀들을 떠올리며 어금니를 으득 깨물었다. 사실 은설과 가을이 꽤 씸하긴 했지만, 그녀들끼리 있었을 때 그러고 말았으면 그냥 넘어갔을지도 모른다. 하지만 그 순간 레오와 명석이 들어왔다. 하필 바보처럼 당하고 있을 때 말이다. 드라마 속 비련의 여주인공이 된 기분이었다. 악녀들한테 당하고 있을 때 왕자님들이 짜잔 등장했으니 울어야 하나, 쟤들이 그랬다고 고자질을 해야 하나, 살짝 고민을 하기도 했다. 내 인생의 장르는 슬픈 멜로가 아닌, 상큼 발랄한 청춘 드라마였으면 좋겠는데 말이다. 그래서 규리는 아무렇지 않게 그들을 대하고 싶었다. 비록 커피를 뒤집어썼지만 말이다. 그런데 젠장맞을 속옷이 훤히 비치는 바람에 후다닥 대기실에서 나와야만 했다.

"하! 어떡하지?"

핸드 드라이어로 옷을 대충 말려서 속옷이 비치는 사태를 막긴 했지만, 커피 얼룩은 지워지지 않고 그대로 남아 있었다. 아까 방송국에서 이리저리 돌아다닐 때 묻은 얼룩에, 커피 얼룩까지 더해지니 검댕이가 언니 하자며 덤빌 것 같았다.

"안 되겠다. 아무래도 집에 가야겠어."

머리에 커피를 뒤집어쓰면서 옆에 벗어 두었던 점퍼까지 함께 젖었고, 집에 가서 옷 갈아입고 다시 올 시간은 되지 않을 것 같았다. 지연에게 칠칠맞지 못하다고 혼은 나겠지만 그렇다고 '가을이 던진 커피에 맞았다'는 말을 하고 싶지는 않았다.

"존심 상하게."

저녁에 두 남자와 쇼핑하기로 한 약속을 취소해야 하는 게 미안했지만, 이대로 조퇴를 하는 게 좋을 것 같았다.

"쇼핑은 나 빼고, 둘이 하라고 해야겠다."

그렇게 중얼거리며 화장실 밖으로 나오자, 누군가가 그녀의 손목을 낚아챘다. 거센 힘에 이끌려 몸이 살짝 갸우뚱하자, 단단한 무언가가 그녀의 허리를 감싸 안았다.

"팀장님?"

규리는 저도 모르게 그의 단단한 가슴에 안긴 꼴이 되었다. 어딜 그렇게 급하게 다녀왔는지, 그의 가슴이 아래위로 크게 움직이고 있었다. 까만 그의 눈동자 안에 놀란 규리의 얼굴이 비쳤다.

"난 오레오랑 단둘이 쇼핑할 생각 없는데?"

명석이 내뱉는 숨결이 규리의 귓가를 간지럽혔다. 두근대던 심장이 더 크게 뛰었다.

"같이 가. 쇼핑."

"그건 좀……."

규리가 슬며시 그의 품에서 벗어나며 대답하자, 명석이 그녀를 잡은 손에 힘을 주었다.

"같이 간다고 대답해. 그럼 놔줄게."

"보시다시피 제가 꼴이 이래서요."

규리가 한숨을 푹 내쉬고 자신의 옷을 내려다보며 말했다. 이 꼴을 보면 명석도 함께 가자고 우기지는 못할 거다. 그렇게 생각하고 있을 때, 명석이 불쑥 무언가를 내밀었다.

"이게 뭐예요?"

"저쪽 대기실 비었어."

"이게 뭔데요?"

"갈아입어. 그리고 같이 가. 쇼핑."

명석은 규리의 손에 쇼핑백을 쥐여 주고 복도 저편으로 뚜벅뚜벅 걸어갔다. 규리는 그가 준 쇼핑백 안을 들여다봤다. 쇼핑백에는 그녀가 평생 입어 보지 못했던 예쁜 옷이 담겨 있었다.

*

명석이 말한 대기실에는 정말 아무도 없었다. 규리는 컴컴한 대기실의 불을 켜고 안으로 들어갔다. 연예인들이 메이크업하고, 머리 손질하는 곳에 혼자 들어오니 이상한 기분이 들었다. 그녀는 항상 대기실에서 대본 리딩과 그들의 심부름을 했는데 말이다. 규리는 명석이 준 옷을 조심스럽게 꺼내 보았다. 딱 봐도 고급스러워 보이는 옷이다.

"예쁜 널 앞에 두고 할 말은 아닌데, 내가 널 입어도 되겠니?"

규리가 옷에게 질문을 던지고 있을 때, 똑똑 노크 소리가 들려왔다.

"예? 예?"

놀란 규리가 대답하자, 문이 열리고 웬 여자가 빼꼼 고개를 내밀었다.

"혹시 감규리 작가님이세요?"

"예. 그런데 누구세요?"

"아, 여기 계셨구나."

여자는 자신이 누구라고 밝히지 않고 다시 밖으로 나갔다. 그리고 잠시 후. 방금 그 여자와 또 다른 여자가 들어왔다. 한 명은 커다란 화장품 케이스를 들고 있었고, 그 뒤로 또 한 명은 옷이 걸려 있는 행거를 끌고 오고 있었다.

"잠깐만요. 이게 다 뭐예요? 아니, 그보다 누구세요?"

영문을 모르는 규리가 묻자, 아까 규리의 이름을 묻던 여자가 대답했다.

"저희 레오 오빠 코디들이에요."

"아, 안녕하세요. 처음 뵙네요."

레오는 촬영할 때 코디를 따로 데리고 오지 않아 얼굴을 알아보지 못했다.

"그런데 여긴 어떻게……?"

"레오 오빠가 작가님께 커피 쏟았다면서요?"

"예?"

"미안하다고 손 좀 봐달라고 해서요."

"아……."

괜한 오해를 살까 봐 레오가 그렇게 둘러댄 모양이었다.

"옷 먼저 갈아입고 오시면 메이크업이랑 헤어 해드릴게요."

그녀가 말하자, 행거를 끌고 온 코디가 대기실 안에 있는 피팅 룸으로 규리를 안내했다. 쇼핑백을 그대로 든 상태로 엉겁결에 피팅 룸 안으로 들어간 규리는 이게 무슨 상황인지 천천히 생각해 보았다. 자신을 위해 직접 옷을 사 온 명석과 직접 움직이지 못하니 코디를 보낸 레오. 그들의 배려를 받고 있는 것이었다. 눈물 나게 고마운 이 상황에서 규리는 고민이 하나 생겼다.

"둘 중에 뭘 입어야 해?"

*

코디들이 대기실 안으로 들어가는 걸 확인한 레오는 안도의 한숨을 내쉬었다. 그래도 규리가 자신의 호의를 거부하지는 않은 모양이었다. 사실 매니저에게 옷을 구해달라고 하고, 코디들에게 규리의 치장을 부탁했지만, 살짝 고민했다. 혹시 규리가 거부하는 게 아닐까, 하고.

"아, 나도 옷 좀 갈아입어야겠구나."

규리 옷을 해결하느라 정작 엉망인 자신은 돌볼 겨를이 없었다. 옷을 갈아입기 위해 대기실로 들어가려는 찰나, 이쪽으로 걸어오는 명석과 눈이 마주쳤다. 아까 가을의 대기실에서 나오고 난 뒤, 어딘가 다녀오는 모양이었다.

"그건 뭐예요?"

레오가 명석의 손에 들린 쇼핑백을 보며 물었다.

"내 옷."

역시나 그의 옷도 꼴이 말이 아니었다. 옷한테 화풀이를 얼마나 했는지 단추는 여기저기 다 뜯어져 있었고, 밖으로 삐져나온 셔츠는 찢어지기까지 했다. 하긴 규리가 그렇게 당한 걸 봤는데, 가을과 커플룩 입고 싶은 생각은 싹 사라졌을 거다.

"HB 패션에서 협찬 빼는 거 아니에요?"

레오가 우스갯소리를 던졌지만, 명석은 표정의 변화 없이 대꾸했다.

"규리 옷도 사다줬어."

"……!"

"나랑 커플룩으로."

순간 레오의 표정이 종잇장처럼 구겨지며, 명석을 노려봤다.

"오레오!"

자신을 부르는 명석의 목소리에 왠지 모를 힘이 들어 있었다. 레오는 본능적으로 느꼈다. 명석이 뒤이어 할 말에는 위험이 도사리고 있다는 것을. 그도 알고 있다. 한 여자를 사이에 둔 두 남자가 언제까지 이렇게 사이좋을 순 없다는 걸. 여자의 마음을 차지하거나, 포기하거나.

그 전까지 평화는 있을 수 없다. 그런데 특이하게도 셋은 지금까지 원만한 관계를 유지하고 있었다. 까칠한 척하지만 마음 넓은 명석의 배려 덕에, 둥글둥글한 레오의 성격 덕에, 연애에 대해서 아무것도 모르는 어리바리한 규리 덕에, 세 사람은 평온한 관계를 유지할 수 있었다. 하지만 오늘 그 평화가 깨졌다. 가을과 은설이 무심코 던진 돌에 세 사람이 유지하고 있던 위태위태한 관계가 와장창 깨지고 만 것이다.

그전에는 몰랐다. 규리의 마음만 정해지면, 그걸로 만족할 수 있을 거라고 생각했다. 그런데 오늘 좋아하는 여자가 당하는 꼴을 보고만 있자니, 온몸의 피가 거꾸로 솟는 것 같았다. 나서고 싶었다. 너희들이 뭔데, 감히 규리를 이딴 취급하냐고 따져 묻고 싶었다. 하지만 자격이 없었다. 레오도, 명석도.

"감귤."

명석이 굳게 다물었던 입을 천천히 뗐다.

"내 여자로 만들 거다."

"!!!"

명석이 전쟁을 선포했다. 두 명이서는 동시에 규리를 위해 나서지 못한다. 두 명이서는 규리를 완전히 보호할 수도 없다. 두 명이서는 한 여자를…… 사랑할 수 없다. 그게 사회의 상식이고 통념이다. 둘 중 누군가는 포기해야 한다.

"감귤은 내가 지킨다."

방송국에서, 규리가 은설과 다투는 걸 봤다. 그런데 여기서 가을한테 당하기까지. 하지만 〈오늘 밤만 재워줘〉 계명석 팀장으로서 그녀를 도울 방법은 뚜렷하게 없었다. 선배가 후배를 혼낼 수도 있는 거였고, 가을이 정말 실수로 커피를 쏟은 것일 수도 있었다. 하지만 자신이 규리의 남자가 되면 말은 달라진다. 제일 먼저 사람들의 태도가 달라질 거다. 막내 작가라고 아래로 보던 눈길이, 무시하던 행동들이 싹 사라질 거다.

물론 명석도 그런 식으로 변화하는 걸 원하진 않지만, 그렇게 해서라도 규리가 다치지 않았으면 했다. 사랑하는 여자가 그런 꼴을 당하는 걸, 지켜보기만 해야 하는 남자의 마음은 미칠 듯이 괴로우니까. 명석이 레오를 뚫어지게 쳐다보자, 그의 입에서 훗 하고 웃음이 새어 나왔다.

"왜 웃지?"

"이 상황이 웃겨서요."

"무슨 상황?"

"저도 규리한테 옷을 줬거든요. 커플룩이요."

"……!"

"그리고 저도 규리를 지킬 겁니다. 제 여자로서."

"!!!"

두 남자의 눈빛이 허공에서 부딪히며 불꽃을 만들어 냈다. 그렇다면 규리는 지금 두 벌의 옷을 두고 뭘 입을지 고민하고 있다는 뜻이다. 레오가 준 옷과 명석이 준 옷 중에서. 옥상에서 그들을 거절한 후, 다시금 규리에게 선택의 시간이 온 것이다.

＊

"둘 중에 뭘 입어야 해?"

예쁜 옷이 많으면 마냥 좋을 줄만 알았는데, 뭘 입을지 이렇게 고민이 되다니. 게다가 이건 명석과 레오가 자신을 위해 구해온 옷이었다. 그들이 어떤 마음으로 이 옷을 가져왔을까 생각하니, 좀처럼 손이 움직이지 않았다.

"하아. 어떡하지?"

그렇게 고민하고 있을 때, 밖에서 자신을 부르는 소리가 들려왔다.

"작가님."

"예, 예?"

"아직 멀었어요? 시간 얼마 없어요."

"네네. 다 입었어요. 조금만요."

코디의 재촉에 두 벌의 옷을 번갈아 쳐다보던 규리는 한쪽 옷을 덥석 잡았다. 잠시 후. 규리가 옷을 갈아입고 피팅 룸 밖으로 나가자, 코디들의 눈이 휘둥그레졌다. 아까 더럽고 꼬질꼬질한 옷을 입고 있어서 몰랐는데, 생각보다 예쁜 여자였다.

"우와. 오늘 서가을 밀리겠는데요?"

코디의 말에 규리가 눈을 동그랗게 뜨며 손사래를 쳤다.

"에이, 말도 안 돼요!"

옷이 예쁜 건 인정한다. 옷을 본 순간 마음에 쏙 들었으니까. 하지만 서가을이 밀린다는 말은 인정할 수 없었다. 그룹 헤라에서도 비주얼을 담당하고 있는 가을인데, 그렇게 이목구비가 또렷해서 인형인지 사람인지 분간 안 되는 애가 자신에게 밀린다니? 아무리 자신을 칭찬하는 말이라도, 그 말을 그대로 듣고 있을 순 없었다.

'이 언니들. 일하면서 순 립 서비스만 늘었구나?'

규리가 그렇게 생각하며 피식 웃고 있을 때, 코디들이 커다란 화장품 케이스를 열어젖혔다. 그러자 색색별로 예쁜 화장품들이 눈을 어지럽혔고, 부드러운 파우더 향이 대기실을 가득 메웠다.

"물론 지금은 가을이보다 딸리죠. 그것도 한참."

'이 언니가 비행기를 태웠다가, 낙하산도 안 주고 밀어버리네?'

아무리 립 서비스인 걸 알았어도 기분은 좋았는데.

"하지만 제 손길을 거치면 가을이가 딸릴걸요?"

"……!"

"그것도 한참."

아, 잊고 있었다. HB 엔터에는 상당한 메이크업 실력을 가진 금손 코디가 있다고 했다. 그녀의 손길을 거치면 마치 새로 태어난 기분이 들게 된다는, 마법의 코디네이터! 그 코디가 바로 이분이셨다니!

규리가 존경심 가득한 눈으로 코디를 올려다보자, 그녀가 카리스마 넘치는 목소리로 말했다.

"눈 감아요. 쌍꺼풀 만들게."

눈 주변으로 뭔가 슥삭슥삭. 두 뺨 위로 뭔가 톡톡톡. 입술 위로 뭔가 스윽스윽. 한참 동안 뭔가가 그렇게 지나가고 나서 메이크업이 끝났다.

"자. 다 됐습니다."

코디의 말에 눈을 뜬 규리는 쩍 벌어진 입을 다물 수가 없었다. 거울 속에 웬 다른 여자가 앉아 있었다. 정말 서가을을 밀어 버릴 만큼 아름다운 여자가!

*

자신의 대기실에서 나온 명석은 초조하게 규리를 기다렸다. 감귤은 과연 누가 준 옷을 입었을까? 레오? 아니면 나? 후자였으면 좋겠다. 나였으면 좋겠어. 물론 내가 준 옷을 입는다는 게 날 선택한다는 의미는 아니겠지만, 그래도, 그래도……. 내가 사 온 옷을 입어줬으면 좋겠어. 감귤, 네가.

"하아."

아까 레오한테 한 말이 있어서 그런지, 손에서 땀이 나고 입술이 바짝바짝 타들어 갔다. 규리가 나오는 모습을 제일 먼저 보고 싶은데. 그래야 하는데, 갈증이 너무 심했다. 명석은 타들어 가는 가슴을 부여잡고, 복도 끝에 놓인 자판기를 향했다. 그사이. 레오의 대기실 문이 열렸다. 머리부터 발끝까지 완벽하게 차려입은 레오는 규리가 들어간 대기실 앞에 섰다. 잠시 후면 제작 발표회가 열린다. 그래서 수많은 기자들 앞에 서게 될 텐데, 날카로운 질문을 받게 될 텐데, 전혀 떨리지 않는다. 오히려 그를 떨리게 하는 건 따로 있었다. 규리는 누가 준 옷을 입고, 이 문을 열고 나올까? 레오는 떨림 반, 기대 반으로 대기실 문이 열리길 고대하고 있었다. 뚜벅. 뚜벅. 복도 끝에서 이쪽으로 다가오는 명석의 구두 소리가 들려왔다. 두근. 두근. 그와 함께 레오의 맥박은 불규칙적으로 뛰는 것 같았다. 지구의 중력이 사라져 온몸의 피가 거꾸로 흐르는 것만 같고, 곧 숨이 멎을 것 같다.

잠시 후. 대기실 문이 열리면서 레오의 코디들이 나왔다. 규리를 찾는 레오의 눈동자가, 명석의 발걸음이 빨라졌다. 레오는 아직 모습을 드러내지 않은 규리를 찾기 위해 대기실 안에 시선을 고정했고. 명석은 어서 빨리 규리의 모습을 보기 위해 빠르게 걸어오고 있었다. 그리고 드디어. 규리가 모습을 드러냈다. 그녀의 모습을 본 레오의 얼굴 가득 기쁨이 차올랐다.

'예쁘다, 우리 규리. 역시 잘 어울릴 줄 알았어.'

그녀는 자신이 선물한 옷을 입고 있었고, 함께 화보를 찍은 모델보다 훨씬 더 아름다웠다. 가슴이 벅차올랐다. 자신이 준 옷을 입고 나오길 바라고 또 바랐는데, 그 옷을 선택해 주다니. 마치 규리의 선택을 받은 것 같아, 그녀의 남자가 된 것 같은 기분까지 들었다.

'하지만 너무 좋아하는 티는 내지 말아야지. 거절당한 감독님 상처받을 테니까.'

레오는 그렇게 생각하며 얼굴에서 애써 미소를 지웠다. 뭐, 물론 규리만 보면 미소가 자동 발사였지만. 규리가 어색한 듯 입술을 감쳐물고 조심스럽게 대기실에서 나왔다. 살면서 이렇게 비싸고 예쁜 옷을 입어본 건 처음이었다. 치마가 살짝 짧기도 했고.

그녀가 멋쩍게 웃으며 대기실 밖으로 완전히 나오자, 이쪽으로 다가오고 있던 명석의 시야에 그녀가 가득 들어왔다. 규리의 모습을 확인한 명석의 입꼬리가 조금씩 하늘을 향했다.

'사람이야? 왜 저렇게 예뻐? 젠장. 반했는데 또 반해도 되는 건가?'

살면서 여자한테 처음 준 선물이었다. 분위기 없이 화장실 앞에서 투박하게 내민 선물을 저렇게 완벽하게 소화해 주다니. 옷도 예뻤지만, 옷걸이가 너무 예쁘다. 지금 당장 달려가 확 끌어안고 싶을 만큼. 명석은 입에서 피식피식 웃음이 나면서도, 짐짓 아닌 척 표정 관리를 했다. 아, 근데 그게 잘 안 된다. 결국 커다란 두 손을 들어 자신의 뺨을 찰싹찰싹 때렸다.

'정신 차려, 인마! 버림받은 레오도 생각해야지.'

나름 상처받을 레오를 걱정하면서 말이다.

"규리야!"

"감귤!"

두 남자가 규리를 부르며 다가섰다.

"예쁘다. 정말 예뻐."

"고마워. 레오야. 네 코디 인니들이 화장까지 해주셨어. 정말 고마워."

규리가 레오에게 감사의 인사를 하고 있을 때, 명석이 헛기침을 뱉으며 다가갔다.

"흐흠! 감귤. 옷이 날개라더니. 뭐, 봐 줄 만은 하네."

"감사해요, 팀장님."

규리는 직접 옷을 사다준 명석에게도 감사의 인사를 전했다. 한동안 그녀에게서 눈을 떼지 못하던 두 남자는 선택 받지 못한 상대를 위로하기 위해 고개를 돌렸다. 그리고 막 위로의 한마디를 던지려고 입을 떼려는 순간, 서로의 의상을 본 두 남자의 눈이 휘둥그레졌다.

"뭐, 뭐야. 너?"

"감독님이 왜 그 옷을?"

믿을 수 없다는 듯, 두 남자가 서로를 쳐다봤다. 분명 아까 그 옷을 갈기갈기 찢어 버리고, 새로운 옷을 입고 왔는데.

"우리가 왜 또……."

"……똑같은 옷을 입고 있는 거죠?"

그렇다. 커플룩이었다. 아까 커피를 뒤집어쓴 규리를 본 두 남자는 그녀를 위해 각자 옷을 구해 왔다. 레오는 매니저에게 부탁했고, 명석은 직접 가서 사 왔다. 그런데 애석하게도 둘은 똑같은 옷을 선택해 왔고, 그래서 두 남자는 서로와 완벽하게 똑같은 옷을 입고 있었던 것이다. 검은색 슈트는 물론, 왼쪽 가슴에 꽂혀 있는 행커치프에 가죽 벨트, 거기에 규리의 재킷과 패턴이 똑같은 넥타이까지! 한마디로 머리끝부터 발끝까지! 완벽하게 똑같았다! 규리가 아닌 레오와 명석이!

"하아. 젠장."

"이런 제기랄."

즉, 두 남자가 자신과 커플룩이라며 규리에게 준 옷도 같은 디자인의 옷이었다. 그러니까 규리가 저 옷을 입었다고 좋아할 상황이 아니었던 것이다. 떡 줄 사람은 생각도 안 했는데, 김칫국을 대야로 퍼마신 기분이란!

"역시 두 분!"

이 상황에 해맑은 사람은 규리뿐이었다.

"어쩜 취향까지 그렇게 똑같아요?"

'하아. 그래서 똑같이 널 좋아하잖니?' 두 남자는 그렇게 말하고 싶은 걸, 목구멍 안으로 꾹꾹 눌러 담아 버렸다.

*

두 남자는 먼저 행사장으로 갔고, 잠깐 화장실에 들른 규리는 거울 앞에 섰다. 고작 몇십 분 전에는 온몸에 커피를 뒤집어쓴 꼬질꼬질한 감규리가 이 앞에 서 있었는데. 그들 덕에 완전 딴사람이 되어 있었다. 보고 또 봐도 자신의 모습이 익숙하지가 않았다. 화장 조금 하고 옷만 갈아입었을 뿐인데, 완전 딴사람이 되어 버리다니.

"역시 화장빨, 옷빨 무시 못 하는구나! 하아. 근데 정말 이걸 입고 가도 되나?"

머리부터 발끝까지 똑같은 커플룩은 아니라도, 눈썰미 좋은 사람은 충분히 알아볼 수 있는 시밀러룩이었다.

지금 당장에야 방청석에 조용히 앉아 있으면 그만이지만, 이따 무대에 올라가 사진 찍을 때 들키기라도 하면 어쩌지? 그렇다고 커피 뒤집어쓴 옷으로 다시 갈아입을 수도 없는 노릇이고, 그냥 입고 나가자니 마음에 걸리고.

"팀장님 말대로 그냥 그렇게 둘러대?"

규리가 고민에 빠져 있을 때, 발발 상큼한 구두 소리와 함께 가을이 화장실 안으로 들어왔다. 처음 규리를 못 알아보고 안으로 들어가던 가을은 갑자기 걸음을 멈추더니 고개를 좌우로 갸웃댔다. 그리고 뒷걸음쳐 그녀에게 다가왔다.

"막내 작가……님?"

"네. 가을 씨."

"허어!"

아래위로 규리의 모습을 훑어본 그녀는 작게 탄성을 뱉었다. 뭐, 기분 좋은 소리는 아니었지만.

"옷 갈아입었네……요?"

얘는 평소처럼 하지, 왜 갑자기 존댓말인지.

"예. 옷이 하도 더러워서 차마 입고 있을 수가 없어서요."

규리가 사실 그대로 말하자, 가을이 얄밉게 그녀를 노려봤다. 안 가고 규리 앞에서 알짱거리고 있는 걸 보니, 뭔가 궁금한 모양이었다.

"근데 메이크업, 했네……요?"

"옷 갈아입는 김에 메이크업도 했어요."

규리가 빠르게 눈을 깜빡여 속눈썹을 팔랑거리며 대답하자, 가을이 새침하게 고개를 휙 돌리며 말했다.

"이 언니가 왜 이래?"

그러더니 볼일도 안 보고 그냥 밖으로 나가 버리는 게 아닌가. 역시 HB 코디네이터의 메이크업 실력이 남다르긴 한 모양이다. 가을이 저렇게 뚫어지게 쳐다보는 걸 보면.

"오케이! 한번 가보자!"

두 남자 믿고 일단 고!

*

제작 발표회가 본격적으로 시작하기 전. 명석과 레오는 무대 뒤 대기실에 나란히 앉아 있었다. 세상에 태어나 옷깃만 스쳐도 인연이라는데, 같은 여자를 좋아하는 이 남자와는 도대체 어떤 인연인 걸까? 그 여자한테 같은 날, 거의 동 시간대에 고백할 확률은? 그리고 그 여자한테 똑같은 옷을 선물할 확률은? 그리고 또 한 여자 좋아하는 남자 둘이서 커플룩 입을 확률은? 그것도 하루에 두 번씩이나?

"이런 제기랄."

"후우. 젠장."

상황이 이 지경까지 오니, 명석과 레오는 확신했다. 이 세상에 신이 있다면 우리 셋을 두고 농간을 부리고 있다는 게 틀림없다고. 그렇지 않고서야 어떻게 이런 일이 있을 수 있냐냔 말이다. 동시에 두 남자의 입에서 한숨이 새어 나왔다. 그리고 슬며시 고개를 드는 또 다른 궁금증. 명석은 쇼핑백에 든 옷을 규리에 게 직접 주었고, 레오는 코디를 통해 옷을 전달했다. 레오와 명석이 선물한 옷은 모든 게 똑같았다. 디자인도 색상도 사이즈까지도. 단 하나. 선물한 사람만 달랐을 뿐. 그럼 규리는 둘 중 누가 준 옷을 입은 걸까? 분명 둘 중 누군가가 준 옷을 '선택'해서 입고 왔다. 그게 누구일까?

두 남자가 심각하게 생각에 빠져 있는 그때.

"레오 오빠! 감독님! 그 옷 뭐예요?"

생각에 잠겨 있던 명석과 레오가 힘없이 고개를 드니, 가을이 믿을 수 없다 는 눈으로 자신들을 바라보고 있었다. 그러고 보니 가을은 아직 그 옷을 입고 있었다. 예술 세계를 전혀 이해할 수 없던 새빨간 체크무늬 커플룩을. 두 남자 는 관심 없다는 듯, 그녀에게서 고개를 돌려 다시 생각에 잠겼다.

"왜 의상이 바뀌었냐니까요?"

가을이 묻자, 명석이 영혼 없는 말투로 대답했다.

"옷이 찢어졌어. 그것도 갈기갈기."

"옷이 왜요? 멀쩡하던 옷이 왜 갑자기 찢어져요?"

그녀가 믿을 수 없다는 듯 묻자, 명석이 멍하니 고개를 들며 말했다.

"옷이 나한테 입히기 싫었나 봐."

"예?"

"아니면, 커플룩이라는 게 마음에 안 들었나?"

여전히 영혼 없는 말투였지만, 왠지 모르게 눈빛은 매섭게 느껴졌다. 살짝 겁먹은 가을이 이번엔 타깃을 바꿔 레오에게 물으려는 칠나, 대기실 안으로 서 준이 들어왔다.

"푸하하하하! 야, 너희들 그 꼴이 뭐냐?"

서준은 데칼코마니처럼 똑같이 입고 있는 명석과 레오를 보고 웃음을 빵 터뜨렸다.

"하하하. 가을이까지 셋이 커플룩 입는다면서, 왜 너희 둘만 입은 거야?"

서준의 말에 가을이 뾰로통해졌다. 프로그램 협찬사에서 마련해 준 의상이라면서 제발 한 번만 입어 달라고 통사정하는 바람에 입었더니, 이제 와서 딴 옷을 입어? 가을은 이때다 싶었는지, 서준에게 은근히 다가가 억울함을 호소했다.

"선배니임. 아니 글쎄, 감독님 협찬 의상이 찢어졌대요."

"뭐? 그래서 우리 가을이 혼자 이 옷 입고 있는 거야?"

역시 아재는 애교에 약해. 가을은 속으로 그렇게 생각하며 콧소리를 냈다.

"네. 저 혼자 입기 싫은데."

"계 감독은 그렇다 치고, 레오는?"

"그래요. 레오 오빠는요?"

그들이 묻자, 입을 다물고 있던 레오가 고개를 들며 대답했다.

"커피를 쏟았어."

평소와 달리 부드러운 목소리가 아니었지만, 서준을 등에 업은 가을은 좀 더 강하게 그를 밀어붙였다.

"에이, 커피를 얼마나 쏟았기에 협찬 의상을 마음대로 바꿔요? 그리고 커피 좀 묻었으면 코디한테 지워달라고 하면 되잖아요."

가을이 투덜대자, 레오가 매서운 눈으로 그녀를 바라보았다. 순간 그와 눈이 마주친 가을은 저도 모르게 두 손으로 입을 막아 버렸다. 그를 직접적으로 알게 된 건 얼마 되지 않았지만, 여태까지 저런 표정은 본 적 없었다. 언제나 해맑은 미소를 짓고, 느릿한 말투로 조곤조곤 말했던 레오였다. 그런데 왜 저런 눈으로 자신을 쳐다보는 건지.

'내가 뭐 잘못했나?'

잔뜩 겁먹은 가을이 서준의 뒤에 슬쩍 몸을 감춰 그의 눈길을 피했다.

"커피를 얼마나 쏟았길래?"

다행히 서준이 나섰다.

"커피를 완전히 뒤집어썼거든요."

"……."

"휘핑크림까지 싹 다."

"……!"

그의 말을 듣고 있던 가을의 눈이 커졌다. 그녀의 머릿속에 휘핑크림을 뚝뚝 흘리며 고개를 푹 숙이고 있던 막내 작가의 모습이 스쳤다. 왜 하필 지금 그 모습이 떠오르는 건지!

"에이. 그럼 못 입지. 근데 왜 또 커플룩이야? 풉."

서준이 여전히 웃음을 멈추지 못하고 묻자, 레오의 표정이 조금 풀리는 듯했다.

"매니저 형이 옷을 가져다줬는데, 감독님이랑 똑같은 옷이더라고요."

"난 그냥 매장에서 샀어. 얘가 이 옷 입고 있는 줄은 몰랐어."

서준이 양손 엄지와 검지를 이용해 사각형을 만들어, 두 남자를 앵글 안에 넣었다.

"오! 잘 어울리는데?"

그 말 한마디에 명석과 레오의 표정이 썩어 가는 줄도 모르고, 서준의 놀림은 멈추지 않았다.

"오늘 기사 타이틀 이렇게 나가는 거 아니야?"

점잖은 목소리로 호들갑 떠는 서준을, 커플룩 지옥에 빠진 두 남자가 쳐다봤다.

"〈오늘 밤만 재워줘〉 커플 탄생! 오레오와 서가을……!"

자신의 이름이 튀어나오자 가을이 서준을 쳐다봤다. 그러자 서준이 장난스러운 미소를 지으며 말을 이었다.

"……이 아니라, 오레오와 계명석!"

대답할 힘도 없는 명석과 레오는 차라리 그에게서 관심을 거두는 방법을 택했다.

"크크큭. 가을아, 웃기지?"

웃기긴. 흥. 가을은 못마땅하다는 듯, 제 팔짱을 끼며 고개를 홱 돌려 버렸다. 조금 일찍 일러 주기만 했어도 혼자 이 옷을 덜렁 입고 오진 않았을 거다. 쪽팔리게! 도저히 자존심 상해서 안 되겠다 싶었던 가을은 지금이라도 옷을 갈아입기 위해 핸드폰을 꺼내 들었다. 신경질적인 손놀림으로 코디 번호를 찾아 통화 버튼을 누르려는 순간, 승후가 들어왔다.

"곧 무대 올라갑니다! 준비하세요!"

그의 외침에 남자들이 슬슬 이동하기 시작했고, 가을은 불만을 토해냈다.

"짜증 나. 아까부터 타이밍 구리네."

혼자서 커플룩 입고 나가는 건 죽기보다 싫었지만, 다른 방법이 없었다. 여기서 가장 막내인 자신이 옷 갈아입는다고 선배들 기다리게 하며 행사 시간을 늦출 수는 없었으니까. 그런데 레오는 왜 저렇게 표정이 안 좋은 건지. 은근히 마음에 걸렸던 가을은 제일 마지막으로 나가는 레오의 옷자락을 슬그머니 잡았다.

"저기. 오빠."

"……."

"아까 한 말이요."

"……."

"커피 쏟았다는 말."

"……."

가을은 계속 대화를 시도했지만, 레오는 침묵으로 일관했다.

"그거 혹시 저 들으라고 한 말 아니죠? 오빠?"

내심 찔렸던 가을이 나름 애교를 부리며 물었다. 그러자 레오는 대답 없이 가을이 잡은 옷을 쳐다봤다. 그의 맑은 눈이 '이거 놔!'라고 말하는 것만 같아 가을은 손에 힘을 빼버렸다.

"왜 그런 말을 하지?"

가을을 보는 그의 눈동자에 화르륵 노염이 차올랐다.

저 예쁜 눈망울에 분노도 담을 수 있었나?

"예? 아, 아니 그냥."

가을은 당황했다. 하긴 레오가 커피를 쏟았다는데, 저한테 들으라고 그 말을 했을 리는 없을 테니까. 입이 방정이다, 입이!

"아니에요. 먼저 나가세요. 오빠."

가을이 살짝 고개를 숙이며 말하자, 레오가 온몸에서 냉기를 뿜어내며 앞을 향했다. 어쩜 저 남자는 싸늘해도 저렇게 멋있는지. 그동안 그의 성격 때문에 온미남이라고만 생각했는데, 저런 차가운 매력이 있었을 줄이야! 가을이 정신 못 차리고 레오의 매력에서 허우적대고 있을 때, 그가 그녀를 향해 몸을 휙 돌리며 말했다.

"아! 내가 곰곰이 생각해 봤는데."

"네? 뭘요, 오빠?"

"그 오빠라는 호칭은 안 쓰는 게 좋겠어."

"네? 그럼 뭐라고……."

가을은 시무룩해졌다. 서가을 애교에서 '오빠' 빼면 시체인데.

"앞으로 '선배님'이라고 불러줬음 좋겠어. 가을 후배."

레오는 '선배님'이라는 단어를 힘주어 발음하고, 정확하게 선을 그어 버렸다.

"오빠, 아니…… 선배……니임."

가을이 서둘러 레오를 불렀지만, 그는 이미 대기실을 나가 버린 상태였다.

"아이씨! 왜 저래? 아까 다 들었나?"

그렇지 않고서야 갑자기 저렇게 변할 리가 없었다. 근데 아무리 생각해도 이해가 안 됐다. 규리에게 화내는 장면을 직접 봤더라도, 자신한테 이렇게까지 화낼 필요는 없지 않은가 말이다. 고작 막내 작가, 걔가 뭐라고.

"그냥 나한테 좀 실망한 거겠지? 하긴 내가 워낙 바르고 착한 이미지였으니까."

가을은 다음 촬영 땐 이미지 관리 좀 해야겠다고 생각하며 걸음을 옮겼다.

"잠깐! 근데 저 옷……."

그런데 그 순간, 뭔가가 떠올랐다. 명석과 레오가 똑같이 매고 있던 넥타이. 그 넥타이 패턴과 똑같은 무늬를 분명 어디선가 봤다.

"언제 봤더라……? 아!"

순간 아까 화장실에서 만났던 규리의 모습이 떠올랐다. 머리부터 발끝까지 완벽했던 그 모습이!

*

"어후. 뭐가 이렇게 깜깜해?"

행사장 안으로 들어온 규리는 핸드폰 조명에 의지한 채, 더듬더듬 자리를 찾고 있었다. 늦게 온 제 잘못도 있었지만, 왜 벌써부터 불을 죄다 꺼놓은 건지. 그 와중에 긴 머리카락을 곱게 세팅한 얄미운 은설의 뒤통수가 보였다. 겨우 작가들이 모여 있는 자리를 찾은 규리는 잽싸게 빈자리에 가 앉았다. 그러자 옆자리에 앉은 조은 작가가 그녀를 힐끔 보며 말했다.

"감귤, 왜 이렇게 늦었어?"

"아, 그게……."

'가을이가 제 옷에 커피를 쏟았지 뭐예요. 그래서 옷 좀 갈아입고 오느라 늦었어요.'라고 말하고 싶은 걸 꾹꾹 누르고 있자, 조은이 다시 입을 열었다.

"어머! 너 옷 장난 아니다?"

언제나 질문을 던지지만, 대답은 듣지 않는 그녀는 규리를 아래위로 훑어보며 호들갑을 떨었다.

"잠깐. 너 화장도 했니?"

눈을 깜빡거릴 때마다 나풀거리는 규리의 속눈썹을 본 조은은, 핸드폰 조명으로 그녀를 비추기까지 했다.

"오. 감귤. 사진 찍는다고 좀 꾸몄는데?"

조은 작가의 칭찬이 계속되자, 앞에 앉아 있던 은설이 뒤를 돌아보고 저도 모르게 '우와' 하고 낮은 탄성을 질렀다. 분명 아까까지는 꼬질꼬질한 상태였는데 언제 저렇게 예쁘게 꾸미고 온 건지. 규리는 어두운 곳에서도 홀로 빛나고 있었다. 거기다 저 옷은 이번 HB 패션 신상이다. 워낙 고가에 인기가 많아서 쉽게 구할 수 없다고 들었는데.

'저걸 어떻게 감규리, 쟤가?'

놀랄 일은 옷뿐만이 아니었다. 평소 빗자루 머리를 질끈 묶고 다녔는데, 지금은 예쁘게 올림머리를 하고 있었다. 게다가 하얀 피부를 드러내며 한 듯 안 한 듯 자연스럽고 세련된 메이크업까지. 옷부터 화장, 헤어스타일까지. 은설이 죽기 전에 한 번쯤은 꼭 해보고 싶은 스타일이었다. 그런데 그걸 규리가 고스란히 재현해 내고 있다니. 그것도 완벽하게! 갑자기 배알이 꼴렸다. 어떻게 저런 고가의 옷을 걸치고, 예쁘게 꾸몄는지는 모르지만, 고까웠다.

'흥! 감규리 씨는 커피 얼룩 묻어 있는 옷이 더 잘 어울려!'

은설은 눈으로 그렇게 말하고, 몸을 홱 돌려 버렸다. 은설의 표정을 통해 그녀의 마음의 소리를 들은 규리는 주먹으로 머리를 콩 쥐어박고 싶은 걸 겨우 참았다.

"쉿. 조용. 시작한다."

지연의 낮은 음성에 모두의 시선이 무대를 향했다. 발표회는 벌써 시작됐고, 포토 타임이 이어지고 있었다.

"제가 수많은 제작 발표회를 돌아다니면서 예능 프로그램에서 이분을 만나게 될 줄은 꿈에도 상상을 못 했습니다. 천만 배우, 오레오!"

레오가 환한 미소와 함께 무대에 올라서자 플래시가 끊이지 않고 터졌다. 그가 웃을 때는 물론, 머리카락을 살짝 뒤로 넘길 때도, 콧등을 살짝 만질 때도, 그의 작은 움직임 하나에도 플래시는 폭발적으로 터졌다. 저 멀리 어둠 속에서 그를 지켜보던 규리는 새삼 레오가 대단한 사람이라는 걸 깨달았다. 요즘 매일

같이 얼굴을 보고, 같은 집에서 지내면서, 조금은 그를 편하게 생각하고 있었다. 마음 편해지는 해맑은 미소를 짓고, 가끔씩 어릴 적 추억을 눈앞에 펼치듯 이야기해 주는 것도 그렇고. 그래서 요즘 레오를 꽤 편하게 느끼고 있었는데. 이제 보니 여전히 그와 자신은 너무도 다른 세계의 사람이었다. 그는 수많은 사람들의 관심을 한 몸에 받고 있는 톱스타 오레오였고, 자신은 선배들의 괴롭힘이나 받는 막내 작가 감규리고.

규리는 입고 있는 옷을 가만히 내려다보았다. 정말 예쁜 옷인데, 지금 보니 자신과 어울리지 않는 것 같다는 생각이 들었다. 어울리지 않는 옷에 억지로 몸을 욱여넣은 기분이랄까. 고급스러운 옷도 아무나 입는 게 아닌 모양이다. 젠장. 입안이 쓰다.

"제가 듣기로는 서가을 씨와 오레오 씨가 커플룩을 입는 걸로 알고 있었거든요?"

MC의 입에서 커플룩 이야기가 나오자, 가을의 표정이 사정없이 구겨졌다.

"그런데 어떻게 피디님과 레오 씨가 커플룩을 입고 있는 거죠?"

가을에 비해 두 남자의 표정은 자연스러웠다.

"원래는 이렇게 셋이 커플룩을 입으려고 했는데, 아무리 봐도 가을이한테 민폐인 거예요."

레오는 미안한 표정을 잔뜩 지으며, 은근히 가을을 띄워 준다.

"그래서 우리가 도저히 못 입겠다! 가을이한테 미안하다! 그랬더니 우리한테 이 옷을 입힌 거 아닙니까?"

"저희도 여기 와서 알았어요."

명석과 레오는 죽이 척척 맞았다.

"그런데 이런 말씀 어떨지 모르겠지만, 두 분 참 잘 어울리십니다."

MC의 농담에 하하 호호, 행사장이 웃음바다다. 명석과 레오가 나란히 앉아 웃자, 아까보다 더 많은 플래시가 터졌다. 기자들 머릿속에 재미있는 타이틀이 떠오르는 투샷인가 보다. 포토 타임이 끝나고, 본격적인 인터뷰가 시작됐다. 명석이 먼저 마이크를 들었다. 〈오늘 밤만 재워줘〉 프로그램 설명과, 많은 사랑

부탁드린다는 당부의 말이 이어졌다. 레오와 서준, 그리고 가을에 대한 인터뷰가 계속됐다.

두 시간 넘게 계속되던 제작 발표회가 화기애애한 분위기로 끝을 향해 달려가고 있었다. 이제 행사가 마무리되면 집에 가서 편안하게 첫 방을 보면 된다. 모두들 그렇게 들뜬 마음으로 자리를 지키고 있을 때, 기자 한 명이 자리에서 일어났다.

"미래 일보, 신동우 기잡니다."

기자의 이름을 듣자, 명석을 비롯해 모든 출연자들의 표정이 미세하게 굳어졌다.

"결국엔 왔군."

조은이 중얼거리자, 규리가 물었다.

"아는 분이세요?"

"응. 이쪽 바닥에서 유명해."

"누군데요?"

"톱스타 킬러."

"킬러요?"

"뭐 하나 물었다 하면 절대 안 놓치기로 유명하지."

규리가 아, 하며 고개를 끄덕였다. 그래 봤자 여긴 제작 발표회 자리니 취재나 하러 온 거겠지, 하고 생각하고 있을 때. 조은이 부가 설명을 덧붙였다.

"매해 연말에 톱스타 열애설 뜨는 거 알지?"

몇 년 전부터 12월 31일에는 어김없이 톱스타의 열애설이 불거지곤 했다. 이제 대중들은 연말이 되면 올해는 누구의 열애설이 터질지 기대를 할 정도였다.

"그게 바로 저 인간 작품이야."

어떤 배우 커플은 결혼으로 이어져 잘 살고 있는가 하면, 어떤 가수 커플은 헤어지기 직전 기사가 터져 버려 구설수에 오르기도 했다.

"요즘 왜 잠잠하나 했다."

"예? 그게 무슨……?"

규리가 설마 하는 눈으로 조은을 쳐다봤다.

"조금 있으면 연말이잖아?"

"……."

"올해 연말에 불꽃놀이처럼 화려하게 터져줄 톱스타가 필요하겠지."

"……!"

그녀의 말에 규리의 가슴이 덜컥 내려앉았다.

"셋 중 누구려나?"

조은이 무대에 앉아 있는 세 명의 연예인을 보며 중얼거렸지만, 신 기자가 누굴 노리고 온 건지는 모두 알고 있었다. 조은 작가도, 규리도.

"오레오 씨!"

신 기자의 외침에 규리는 저도 모르게 가슴이 조여 오는 느낌이 들었다. 무슨 말을 하려는 걸까? 혹시 벌써 우리 관계를 알고 있는 건 아닐까? 우리…… 셋의 관계를?

규리의 가슴이 미친 듯이 뛰기 시작했다.

"네. 신동우 기자님."

차분한 레오의 목소리가 들려왔다.

"얼마 전, 라디오 프로그램에 출연해서 〈오늘 밤만 재워줘〉 제작진 중에 첫사랑이 있다고 공개하셨죠?"

그의 질문에 사람들은 웅성거렸고, 무대에 같이 올라가 있는 명석은 마른세수를 했다. 하지만 레오는 아주 침착하고 태연하게 반응했다.

"예. 그랬죠."

"지금까지 연예계 생활을 하면서 단 한 번의 스캔들도 없었고요?"

묻는 태도가 흡사 취조를 하는 듯했다.

"예. 그렇습니다."

"자, 그럼 한 가지만 묻겠습니다."

먼발치에 앉아 있는 규리는 긴장돼 죽겠는데, 레오는 그런 기색 하나 없었다. 신동우 기자는 검지와 엄지를 이용해 안경테를 올리더니 질문을 던졌다.

"그 첫사랑. 이 자리에 있습니까?"

신 기자의 질문에 규리의 숨이 잠시 멎어 버렸다. 온몸에 소름이 돋고, 머리카락이 쭈뼛 섰다. 규리는 차갑게 식어 버린 두 손을 서로 맞잡으며 놀란 마음을 진정시켰다. 레오의 첫사랑이 규리라는 것은 당사자들과 명석, 그리고 강희만이 알고 있는 사실이다. 그 외에는 그들의 관계를 아무도 모른다. 그걸 알고 있는데, 잘 알고 있는데, 왜 이렇게 떨리는 건지. 규리는 심장이 뛰는 소리가 혹시 옆에 들리지는 않을까 싶어, 두 손으로 가슴을 지그시 누르며 레오를 바라보았다. 그녀는 놀라서 속이 다 울렁거릴 지경인데, 막상 질문을 받은 레오는 침착한 표정이었다. 마치 이런 일이 있을 거라는 걸 예상이라도 한 듯, 예전부터 준비라도 해왔다는 듯. 굳게 다물고 있던 레오의 입술이 천천히 벌어졌다. 규리는 두 손을 모아 주문을 외듯 속으로 중얼거렸다.

'없다고 하겠지? 여기 없다고 할 거야. 그치? 그렇게 대답할 거지, 레오야?'

그때, 침착하고도 부드러운 레오의 목소리가 홀 안에 가득 울려 퍼졌다.

"예. 여기 있습니다."

순간 규리의 입에서 '하!' 하고 작은 탄식이 터져 나왔다. 겁이 났다. 무서웠다. 두려웠다. 이 자리에 있는 수많은 사람들이 자신을 쳐다보고 있는 것만 같고, 수십 대의 카메라가 일제히 방향을 돌려 자신을 향해 셔터를 누를 것만 같았다.

"지금 그걸 밝힌 데에는 어떤 의미가 있는 겁니까?"

"첫사랑이라고 하셨는데, 현재 감정은 어떻습니까?"

신 기자의 질문은 '오레오 스캔들'의 물꼬를 터주었고, 옆에서 지켜보고 있던 기자들은 봇물 터지듯 질문을 쏟아냈다.

"그분은 본인이 오레오 씨의 첫사랑이라는 것을 알고 있습니까?"

"제작진이라고 하셨는데, 어떤 직종입니까?"

"그분을 진지하게 만날 생각이 있으십니까?"

〈오늘 밤만 재워줘〉 제작 발표회는 순간 '오레오의 첫사랑' 발표로 돌변했고, 기자들은 특종을 잡기 위해 하이에나처럼 달려들었다. 레오의 스캔들은 그 어떤 기사보다 특종이 되어줄 테니까.

물론 단순히 초등학생 때의 첫사랑이냐, 아니면 연인 관계로 발전했느냐에 따라 특종 여부가 갈리긴 할 테지만 말이다.

"이곳에 있다는 그 첫사랑!"

신동우 기자가 목소리를 높였다 그러자 웅성거리던 기자들이 소리를 낮췄고, 모두의 이목이 그에게 쏠렸다.

"지금 어디 앉아 있습니까?"

그의 말 한마디가 삽시간에 커다란 공간의 소음을 모조리 삼켜 버렸다. 홀 안은 이곳에 수백 명이 있다는 사실을 잊을 만큼 조용해졌다. 수많은 사람들의 시선이 레오에게 향했고, 그는 가만히 손을 들었다.

'너 설마?'

규리는 떨리는 눈으로 레오를 바라보았다. 여전히 그는 알 듯 모를 듯한 표정을 짓고 있었고, 규리의 불안감은 더 커져만 갔다. 그녀는 고개를 돌려 레오 옆에 앉아 있는 명석을 바라보았다. 그런데 그의 얼굴에 희미한 미소가 스치는 게 아닌가?

'뭐지?'

의미를 알 수 없는 명석의 표정에 당황하고 있을 때, 레오의 손가락이 방청석을 가리켰다. 그와 함께 카메라는 방향을 돌려 방청석을 찍기 시작했다. 하지만 무대 조명만 밝혀 놓은 상태라 방청석은 어두운 상태였다.

"방청석에 불 켜!"

누군가 소리쳤다. 어둠 속에 몸을 숨기고 있던 규리의 심장이 미친 듯이 뛰었다. 스위치를 향해 달려가는 발소리가 들려왔다. 눈 뜨고는 도저히 이 상황을 마주할 용기가 없었던 규리는 두 눈을 꼬옥 감아 버렸다. 달칵 소리와 함께 밝아진 느낌이 들었고, 규리는 마치 자신의 머리 위에 핀 조명이 켜진 듯한 기분이 들었다. 이젠 어떻게 되는 걸까? 나는. 레오는. 그리고 팀장님은?

규리가 차마 상황을 마주 보지 못하고 있을 때, 어디선가 "뭐야?" 하고 맥빠진 소리가 들려왔다. 그리고 김빠진 듯 웅성대는 소리까지.

"에이, 괜히 기대했잖아."

"그럼 그렇지. 좋다 말았네."

여기저기서 들려오는 허탈한 탄성에 규리는 슬그머니 눈을 떠 주변을 둘러보았다. 많다. 사람들이 엄청나게 많아. 고작 작가와 피디들만 앉아 있는 줄 알았던 방청석에 어림잡아 이백여 명 정도 돼 보이는 사람들이 빼곡하게 앉아 있는 게 아닌가!

방청석에는 행사가 시작되기 전부터 불이 꺼져 있어서, 사람이 이렇게 많은 줄 전혀 몰랐던 것이다. 신동우 기자를 비롯해 수많은 기자들이 이게 무슨 상황이냐는 듯 레오를 쳐다보자 그가 미소를 띠며 대답했다.

"저기 앉아 계신 분들 중, 제 첫사랑이 있습니다."

"저기서 어떻게 찾으라고. 무슨 제작진이 저렇게 많아?"

한 기자가 불만을 터뜨리자, 명석이 정색하며 대답했다.

"프로그램에 참여하는 모든 분들이 제작진입니다."

틀린 말은 아니었지만, 기자들의 얼굴엔 실망한 기색이 역력했다. 방청석에는 규리도 모르는 얼굴들이 가득했다. 촬영 때 간간이 얼굴을 봤던 외부 VJ, 조명 팀, 오디오 팀은 물론 CG 팀과 소품 팀, 홍보 팀에 경영지원 팀까지. 곱게 차려입고 온 그녀들은 오로지 오레오 실물 한번 보겠다고 여기까지 달려온 것이었다. 그리고 이 모든 건, 이런 상황이 벌어질 거라는 걸 예상한 레오와 명석의 합작품이었고. 특종 잡았다고 자신만만해하던 신동우 기자의 얼굴이 종잇장처럼 구겨지든 말든 레오와 명석은 장난스러운 미소를 지었다.

*

제작 발표회가 모두 끝나고 기자들이 하나둘씩 행사장을 빠져나갔다. 제일 먼저 갔으면 하는 신동우 기자만 빼고. 그는 무대 인사를 마치고, 물을 마시고 있는 레오에게 다가왔다. 깡마른 몸에 깐깐한 얼굴을 가진 신 기자는 마치 오랫동안 굶주린 하이에나의 눈빛으로 레오를 쳐다봤다.

"이번엔 오레오 특종 좀 잡는가 했더니, 내가 오 배우를 너무 쉽게 봤나?"

무명 시절의 레오는 기자들의 관심 밖이었다. 그땐 기사 한 줄 써달라고 통사정을 해도 대놓고 급이 안 된다며 거절당했다. 바로 눈앞에 있는 신동우 기자한테 말이다. 그때 신 기자가 뭐라고 했더라? 아마 그때 이렇게 말했지?

"내 손이 워낙 고급이라, 급 안 되는 애들 기사는 못 쓰겠더라고. 손이 안 움직여서."

아직도 생생하게 떠오르는 모욕적인 말. 레오는 머리를 어지럽히는 과거의 기억을 미소로 지우며 말했다.

"신 기자님께서 제작 발표회 취재까지 직접 와주시고, 영광인데요?"

자리가 사람을 만든다는 말은 어느 정도 맞는 말이었다. 그땐 신 기자 얼굴만 봐도 표정 관리가 안 됐는데, 톱스타가 된 지금은 대수롭지 않게 넘길 수 있는 걸 보면.

"오 배우가 나오는 프로그램인데, 내가 직접 와야지."

캐려는 자와 감추려는 자 사이에 묘한 눈빛이 오고 갔다.

"근데 첫사랑 얘기를 괜히 했을 리는 없고……."

신 기자가 슬슬 낚싯대에 먹이를 꿰었다.

"마음 있지? 그 첫사랑한테?"

미끼를 던진 신 기자는 레오의 표정을 살폈다. 미세한 표정 변화도 놓치지 않으려는 듯, 그의 눈동자가 좌우로 빠르게 움직였다. 아무런 미동도 보이지 않던 레오가 피식 웃으며 대답했다.

"에이. 애송이도 아니고."

"······?"

"특종을 어떻게 급도 안 되는 기자님께 드려요?"

"뭐?"

순간 신 기자의 눈썹이 크게 꿈틀댔다.

"특종을 잡고 싶으면 직접 발로 뛰셔야죠."

"······."

"요즘 후배들 기사 날로 드신다는 소문이 돌던데. 기자가 기동력이 있어야죠."

"!"

신 기자의 눈이 매섭게 번뜩였지만, 레오의 기세도 전혀 밀리지 않았다. 지금은 배우 오레오가 아닌, 한 여자를 지키려는 남자 오레오로 그에 맞서고 있는 거였으니까.

"오 배우님! 사진 촬영 들어가셔야 합니다!"

스태프 중 한 명이 레오를 부르자, 그는 들고 있던 생수병을 신 기자의 손에 쥐어 주며 말했다.

"제가 급이 많이 올랐어요. 다 신 기자님 덕분입니다."

그리고 툭툭, 신 기자의 어깨를 두드린 레오는 스태프에게 향했다.

"건방진 새끼."

신 기자는 늠름하게 걸어가는 레오의 뒷모습을 보고 으득, 이를 깨물었다. 커도 너무 컸다. 신 기자가 아무리 달려도 닿을 수 없을 정도로. 영원히 같은 선상에 설 수 없을 정도로.

"내가 네 급으로 올라가진 못해도, 네 급을 낮출 수는 있지."

신 기자는 레오가 준 생수병을 사정없이 구겨 버렸다.

*

기자들을 비롯해 외부 사람들은 모두 돌아갔고, 이제 출연자와 제작진들만 남았다. 오늘 찍을 사진은 〈오늘 밤만 재워줘〉의 마지막 화 엔딩 크레디트에 쓸 예정이었다. 하나의 프로그램을 만들기 위해 보이지 않는 곳에서 애쓰는 사람들. 대부분의 시청자들은 이렇게 많은 사람들이 프로그램 제작에 참여하는 걸 잘 모르고 있었다. 그들의 숨은 노고에 보답하기 위해 명석은 항상 이렇게 온 스태프들과 기념 촬영을 하곤 했다. 신 기자와 대화를 마친 레오가 사진을 찍기 위해 무대 위로 올라왔다 서준과 가을 그리고 명석과 지연이 가운데에 자리를 잡고 있었다.

　"오레오, 이리 와!"

　서준이 손짓했지만, 레오는 슬그머니 몸을 뒤로 뺐다.

　"전, 제 담당 작가님이랑 찍을래요."

　그의 말에 여러 사람의 표정이 뒤엉켰다. 그에게 손짓했던 서준은 그러거나 말거나 무관심했고, 레오의 담당 작가 옆에 누가 서 있는지 알고 있는 명석의 눈빛은 사나워졌으며, 담당 작가인 조은의 얼굴엔 화색이 돌았다. 규리에게 향하는 레오의 발걸음에는 거침이 없었다. 아까 명석의 도발로 인해 휴전 상태였던 그들의 전쟁에는 다시 불이 붙었고, 레오는 결심했다. 절대 망설이지 않겠다고. 그 어떤 사람의 눈치도 보지 않겠다고. 자신이 눈치 볼 사람은 오직 한 명, 감규리뿐이라고.

　성큼성큼 걸어간 레오는 조은과 규리 사이를 가르고 그녀들 사이에 섰다. 규리는 어쩐지 레오가 평소와 좀 달라졌다는 생각이 들었다. 뭐랄까? 행동이 좀 대담해졌다고 해야 하나? 지금까지 레오는 뭐든 그녀의 마음부터 생각하고, 또 세심하게 배려했다. 뭐가 좋은지 싫은지 그녀의 의사를 먼저 물었고, 괜찮다고 하면 그 뒤에 행동했다. 그러니까 선 질문 후 행동의 패턴을 보였는데, 오늘은 어째 뭐든 행동이 먼저였다. 아까 코디네이터에게 옷과 화장을 부탁한 것도 그렇고, 기자들 앞에서 첫사랑이 여기 있다고 밝힌 것도 그렇고, 또 지금도 그렇고. 뭐 때문인지 모르겠지만, 지금 레오는 자신을 향한 로켓이라도 단 것 같았다. 멈추지 않는 터보를 달고 무조건 직진만 하는 느낌. 제 옆에 레오가 서자 조은 작가는 헤벌쭉 웃으며 그를 올려다봤고, 규리는 혹시나 아까 그 기자가 있는 건 아닌가 싶어 그와 거리를 두었다. 게다가 지금은 시밀러룩을 입고 있는 상태였다. 따로 있으면 눈치 못 챌 수도 있지만, 이렇게 붙어 있다가는 눈썰미 좋은 사람한테 들킬 수도 있었다.

"자, 찍습니다!"

카메라 스태프의 외침이 들려오자, 모두의 시선이 카메라로 향했다.

"하나, 둘, 셋!"

규리가 매무새를 다듬고 살짝 미소를 짓고 있을 때, 무언가가 자신의 허리를 끌어당겼다. 놀란 규리가 자신의 허리춤에 닿은 힘의 정체를 알아채고 고개를 들었다. 하지만 레오는 모른 척 시치미를 떼고 사진 찍는 데에 집중하고 있었다.

"레…… 레오야?"

규리가 작게 속삭였지만, 그는 손을 놓지 않았다. 아니, 오히려 손에 더 힘을 주어 그녀를 자신의 옆으로 바짝 끌어당겼다. 전혀 예측 못한 그의 행동에 규리는 눈을 동그랗게 떴고, 그사이 사진이 찍혔다. 첫 번째 촬영이 끝나자, 사람들이 조금씩 움직였다. 불안한 명석과 다시 한번 규리의 옷을 확인하고 싶었던 가을은 그들을 향해 고개를 돌렸고, 규리는 슬그머니 레오의 품에서 벗어나려고 했다. 하지만 그때 카메라 스태프가 외쳤다.

"움직이지 마세요!"

지금 이 순간 신은 레오의 편인 모양이었다.

"하나!"

규리는 레오를 올려다봤다. 하얀 피부에, 긴 속눈썹, 반짝이는 눈동자는 예전의 레오 그대로였다. 하지만 뭔가 결심한 눈빛, 굳게 다문 입술, 그리고 놓치지 않겠다는 듯 자신의 허리를 꼭 감싸 안고 있는 손길은 평소 그의 것이 아니었다. 규리는 궁금했다. 뭐가 갑자기 레오를 이렇게 변하게 한 건지.

"둘!"

레오가 살짝 고개를 돌려 그녀를 바라보았다. 둘의 눈이 마주쳤다. 평소라면 예쁘게 웃음 지었을 레오가 어쩐 일로 오늘은 두 눈에 힘을 팍 주고 있었다. 레오의 얼굴이 그녀에게 조금 가까이 다가왔다. 곧이어 달콤한 그의 목소리가 규리의 귓가를 부드럽게 정복해 나갔다.

"예뻐."

"어?"

"여기에 있는 그 누구보다 네가 제일 예뻐."

그는 마치 규리의 생각을 읽기라도 한 듯, 그렇게 말했다. 아까는 어울리지 않는 옷에 몸을 욱여넣은 기분이 들었는데, 레오의 말을 듣고 나니 세상 그 어떤 여자보다 아름다워진 기분이 들었다. 그의 말에 강력한 마법이 걸려 있기라도 한 듯. 주문을 외는 듯한 그의 음성에 규리는 금방이라도 빨려 들어갈 것만 같았다.

"걱정 마. 넌 내가 지킬 테니까."

순간 위축됐던 마음이, 두려웠던 순간이 그의 말 한마디에 싹 사라지는 것 같았다. 지켜 준다는 그 말이 왜 이렇게 의지가 되는 건지. 규리는 먹구름이 끼어 있던 얼굴에 미소를 지으며 고개를 끄덕였다.

"셋!"

플래시가 터지며 사진이 찍혔다. 수많은 제작진들 속에 방긋 웃고 있는 레오와 규리가.

＊

모든 행사를 마친 가을은 냉큼 옷을 갈아입고 화장실로 향했다. 진즉부터 옷을 갈아입고 싶었지만, 보는 눈이 너무 많아 차마 멋대로 굴 수 없었다. 망할 오레오와 계명석! 자기한테 한마디 상의도 없이 이딴 식으로 엿을 먹이다니! 게

다가 저쪽에서 먼저 해 온 요청이 아니던가! 뭐 물론 워낙 유명 브랜드라 좀 재는 척하다가 오케이를 외치긴 했지만, 분하고 억울해서 미칠 지경이었다.

"아후, 짜증 나!"

손을 닦은 가을이 화장실을 막 나서려고 할 때, 누군가 그녀를 불렀다.

"뭐가 그렇게 짜증이 났어, 가을 씨?"

그녀의 뒤에는 신해연 작가가 서 있었다. 연예인 앞에서도 전혀 위축되지 않는 얼굴과 몸매, 시원시원한 성격, 그리고 몸에 두르고 다니는 저 엄청난 명품! 해연 앞에 서자 오히려 걸 그룹인 가을 자신이 밀리는 기분이 들었다.

"아. 작가님 안에 계셨네요."

"뭐 안 좋은 일 있어요?"

나도 못 구한 가방에. 어쭈, 신발까지? 머리부터 발끝까지 해연을 쭉 스캔한 가을은 대수롭지 않게 대답했다.

"아니에요. 별일."

"그럼 다행이고. 촬영 날 봐요."

해연이 도도한 발걸음으로 밖으로 나가려고 할 때, 매니저의 말이 떠올랐다.

"작가 팀에 신해연, 감규리 작가가 레오랑 동갑이래."

오레오의 첫사랑으로 가장 유력한 후보, 신해연. 가을은 기회는 이때다 싶어 해연을 떠보았다.

"근데 작가님은 외국에서 살다 오셨나 봐요?"

"그게 티가 나요?"

"뭐랄까? 발음이 약간 세련됐달까?"

가을이 사근사근 웃으며 묻자, 해연이 붉은 입술을 움직이며 대답했다.

"중학생 때까지 영국에 살았거든요."

'중학생?'

레오의 첫사랑은 분명 초등학생 때라고 했다. 그런데 해연이 중학생 때까지 영국에서 학교를 다녔다면, 레오의 첫사랑이 아니라는 말인데. 가을은 확실히 알아보기 위해 조금 더 구체적으로 물었다.

"그럼 초등학교도 영국에서 나온 거예요?"

"네. 5살 때 영국 갔다가 15살에 한국에 왔으니까요."

그녀는 레오의 첫사랑은 신해연이 분명하다고 생각했다. 일단 저만한 외모를 가진 제작진도 드물었고, 누구한테도 안 꿀리는 성격에, 몸을 휘감은 명품까지. 게다가 아주 대단한 집안의 딸이라는 소문까지 돌고 있었다. 그래서 당연히 신해연이 레오의 첫사랑이자, 지금 마음을 둔 여자라고 생각했는데.

'신 작가님이 아니면, 대체 누구라는 거야?'

근데 왜 하필 지금, 아까 그 모습이 떠오르는 건지! 아까 가을은 똑똑히 봤다. 레오와 규리가 커플룩을 입고 있던 것을. 하지만 이상한 건, 명석까지 셋이 같은 옷을 입고 있다는 거였다. 가을이 눈을 가늘게 뜨며 규리를 의심하고 있을 때, 해연이 물었다.

"근데 가을 씨가 나한테 관심이 많네?"

"그럼요. 제가 우리 팀 작가님들한테 얼마나 관심이 많은데요."

"그런 줄은 몰랐네?"

"그래서 말인데, 작가님 저랑 같이 저녁 드실래요?"

'감규리라는 막내 작가에 대해 이것저것 캘 게 좀 있거든요.' 가을은 뒷말을 삼키며, 살갑게 해연에게 팔짱을 꼈다.

*

고급스러운 레스토랑. 햇살이 비추는 창가에 자리 잡은 가을과 해연은 이른 저녁을 함께하고 있었다. 시간이 애매해 식사를 즐기는 사람은 얼마 되지 않았지만, 그들의 시선은 두 여자에게 꽂혀 있었다. 가을은 레스토랑에 들어서자마자 '어머, 인형 같아!'라는 말을 듣긴 했지만, 기분이 썩 좋진 않았다. 뒤따라오는 해연에게 '배우 같다.', '글래머러스하다.', '세련됐다.' 등등의 칭찬이 쏟아졌기 때문이다. 어떻게 아이돌인 자신보다 칭찬을 더 많이 듣는지.

"맛있는 거 드시지, 왜 샐러드만 시키셨어요?"

가을이 스테이크를 오물거리며 묻자, 해연이 싱긋 웃으며 답했다.

"요즘 배가 좀 나와서요."

"에이. 작가님 배가 어디 나왔다고요?"

정말이지 그건 립 서비스가 아니었다. 해연은 허리 라인이 드러나는 니트 원피스를 입고 있었는데, 누가 봐도 군살 하나 없는 매끈한 몸매를 가지고 있었다.

"가을 씨는 관리 좀 해야겠던데?"

느닷없는 몸매 공격에 가을이 눈을 동그랗게 뜨며 해연을 쳐다봤지만, 그녀는 아랑곳하지 않고 말을 이었다.

"편집할 때 보니까 얼굴 좀 크게 나오더라."

네 얼굴은 얼마나 작기에 내 얼굴 지적질이냐며 들이박고 싶었지만, 조막만한 해연의 얼굴을 보자 말이 쏙 들어가 버렸다.

"다 걱정해서 하는 말인 거, 알죠?"

대충은 짐작했지만 보통 여자가 아니다. 웬만한 사람들은 잘나가는 아이돌인 가을에게 기가 눌려 말도 제대로 못 했다. 그런데 살쪘다는 말을 아무렇지도 않게 하다니. 가을은 기분이 상했지만, 이 자리를 마련한 이유를 떠올리며 표정 관리를 했다.

"근데 작가님 나이가……."

가을이 말을 다 잇기도 전에 해연이 그녀의 말을 자르며 입을 열었다.

"레오 씨 물어보려고 그러는구나? 첫사랑?"

말을 꺼내기도 전에 훅 들어와 놀라긴 했지만, 그래도 긴말하지 않아도 될 듯싶었다.

"왜 다들 나랑 레오 씨를 엮나 몰라? 나 관심 있는 사람 따로 있어요."

"그럼, 누굴까요? 레오 오빠 첫사랑?"

가을이 은근히 해연을 떠보았다. 은설은 유력한 후보로 해연을 꼽았지만, 해연이 어렸을 때 한국에 없었던 것만 봐도 그녀는 레오의 첫사랑이 아닌 게 틀림없었다. 지금 가을이 궁금한 건, 절대 아니라고 확신하며 처음부터 가위표를 그었던 감규리 작가에 관한 것들이었다. 왜 갑자기 레오가 자신에게 화를 냈으며, 또 그 비싼 옷을 어떻게 규리가 입고 있었는지 말이다.

"글쎄? 그건 나도 모르죠."

"에이. 그래도 의심 가는 사람 없어요?"

"정 궁금하면 레오 씨한테 직접 물어봐요."

해연은 남의 속도 모르고 쿨하게 대답했다. 은설에게 들은 대로 해연은 거리끼는 것도, 숨기는 것도 없는 쿨녀였다. 별 소득 없이 돌아가겠구나 싶어 실망하고 있을 때, 해연이 뜬금없는 말을 꺼냈다.

"아, 근데 그건 궁금하던데."

"뭐가요?"

"예전에 레오 씨가 작가들한테 초콜릿 선물을 한 적이 있어요."

스태프들 잘 챙기는 걸로 유명한 레오라 해연도 별 의미 없이 지나치려고 했지만, 그건 지금도 신경이 쓰였다.

"다른 작가들한텐 고급 초콜릿을 선물했는데, 딱 한 명한테만 오레오 과자를 주더라고요."

순간 가을의 촉이 발동했다. 오레오가 오레오 과자를 선물했다면 그게 무슨 뜻이겠는가!

"그게 누군데요?"

해연의 입술을 바라보는 가을의 눈이 반짝였다.

"규리 씨요. 우리 팀 막내 작가."

그녀의 대답을 듣는 순간, 가을은 뒤통수를 제대로 얻어맞은 기분이 들었다.

9. 저울질할게요!

모든 행사가 끝나자, 규리는 출연자들 대기실을 쭉 돌기 시작했다. 건물 청소를 해주시는 분들이 따로 계시긴 하지만, 혹시 외부로 유출되면 안 되는 자료가 나돌아다닐까 싶어 뒷정리하는 것이었다. 물론 다른 팀은 막내와 바로 위 선배 두 명이 함께 대기실을 돌곤 했지만, 규리의 바로 위 선배는 뭐가 그렇게 바쁘신지 행사 후 어디론가 바로 내빼 버렸다.

"내가 기대를 말아야지."

그녀가 가장 먼저 당도한 곳은 작가들의 대기실이었다. 모든 자료가 나오는 근원지인 만큼, 규리는 대기실 안을 꼼꼼하게 살폈다.

"없고. 여기도 없고. 오케이."

화장대 서랍에 피팅 룸까지 모두 살펴본 뒤, 출연자 대기실로 향했다. 서준의 대기실에는 커피 잔만 몇 개 뒹굴고 있을 뿐 자료는 없었고, 레오의 대기실은 누가 청소라도 하고 갔는지 아주 깨끗했다.

"역시 레오! 깔끔하네."

가을의 대기실 문을 열자, 달콤한 향이 훅 풍겨 왔다.

"와. 이건 좀 너무한 거 아닌가?"

아까 규리에게 던졌던 커피를 치우지도 않고 그냥 가버린 것이었다. 하는 짓도 얄밉더니, 남기고 간 자리는 어쩜 더 얄미운지! 치울까 고민하던 규리는 화장대 위에 널브러져 있는 **인터뷰지만** 챙겨 들고 밖으로 나왔다. 아까 당한 것도 분한데, 스스로 궁상떨 **필요는 없었으니까.** 밖으로 나온 규리는 마지막으로 자신이 썼던 대기실 문을 열어 보았다. 아무도 없는 텅 빈 대기실을 보고 있자니, 아까 있었던 일들이 모두 꿈처럼 느껴졌다. 커피 자국으로 얼룩졌던 옷을 벗고, 휘핑크림으로 떡이 된 머리를 예쁘게 단장하고, 연예인 메이크업까지 했다. 그 덕에 무사히 사진 촬영을 마칠 수 있었다. 모두 레오와 명석이 도와주었기에 가능했던 일. 불과 몇 시간 전 이 대기실에서 벌어진 일들이었다.

창문이 없는 실내는 꽤 어두웠다. 규리는 복도 불빛에 의지한 채, 대기실 안 거울 앞까지 걸어갔다. 달칵, 화장대에 달린 스위치를 켜자 화려한 조명이 반짝이며 빛을 냈다. 거울 앞에는 몹시도 아름다운 여자가 서 있었다.

"나 맞아?"

머리부터 발끝까지 완벽하다. 낯설도록 예쁘다. 정말, 너무도 예뻤다. 살면서 단 한 번도 이성에게 사랑받아 본 적 없어서, 몰랐다. 넘사벽인 그들이 왜 자신을 좋아하는지, 왜 그렇게 매달리는지, 이유를 들었음에도 납득이 가지 않았다. 그런데 이제 보니 알겠다.

"이 정도로 예쁘면 그 남자들이 반할 만도 했네."

대학생 때는 나름 꾸미고 다니긴 했다. 로드 숍 세일 날짜를 손꼽아 기다리고 있다가 옷과 화장품을 한껏 사기도 했고, 두어 달에 한 번쯤은 엄마를 졸라 미용실에 가서 비싼 펌도 했다. 하지만 아빠가 돌아가시고, 가장이 된 후로는 그럴 여유가 사라졌다. 옷은 해질 때까지 입어야 했고, 운동화는 밑창이 닳아 구멍 뚫릴 때까지 신어야만 했다. 얼굴에 바르는 거라고는 스킨과 로션 그리고 BB크림이 전부였고, 머리카락에게 해줄 수 있는 거라고는 커팅뿐이었다. 28년을 살면서 매일 아침 거울을 들여다봤는데도, 몰랐다. 자신이 이렇게 예뻤다는 걸.

"감규리 되게 예쁘네."

거울 속 자신을 보고 있자니, 규리는 어쩐지 코끝이 찡해졌다. 강희의 말로는 자기 자신을 사랑할 줄 알아야지 남도 사랑할 수 있다고 했다. 자기 자신을 사랑하는 것, 그게 바로 사랑의 첫째 조건이라고.

"나도 날 사랑하지 않는데, 내가 나를 못났다고 여기는데, 누가 날 사랑해 주냐?"

강희는 스스로를 못나게 생각하면, 절대 누군가를 사랑할 수도, 누군가의 사랑을 받을 수도 없다고 말했다.

"넌 충분히 예쁘고 사랑스러워. 사랑하고 사랑받을 자격이 충분하다고!"

그렇게 말할 때마다 아니라며 고개를 저었는데, 이젠 조금 알 것 같았다. 자신은 누군가에게 사랑받아도 될 만큼 충분히 매력적인 여자라는 걸, 규리는 살면서 처음으로 깨달았다.

"나는 준비가 된 걸까? 사랑할 준비⋯⋯?"

거울을 보며 중얼거리고 있을 때, 누군가 대기실 안으로 들어왔다.

"여기 있었네?"

"레오야."

"한참 찾았어. 왜 전화 안 받아."

"그랬어? 진동으로 해놔서 몰랐네."

규리는 그렇게 말하며 물끄러미 레오를 올려다봤다. 아까 그가 했던 말이 떠올랐다.

"여기에 있는 그 누구보다 네가 제일 예뻐."

그의 말 덕에 자신감이 생긴 것 같았다. 마법 가루를 뿌린 그 말이 자신의 귓가에 닿아, 나를 사랑할 수 있고 또 누군가를 사랑할 수 있는 자신감을 불어넣은 것만 같다.

"고마워, 레오야."

불쑥 감사의 말을 전하자, 레오가 무슨 말이냐는 듯 눈썹을 위로 올렸다.

"그런 게 있어."

레오는 메이크업까지 신경 써줘서 고맙다는 뜻으로 알아듣고 대수롭지 않게 넘겼다.

"갈까?"

"아, 잠깐만."

규리는 피팅 룸으로 들어가 쇼핑백을 들고 나왔다.

"짐 챙길 게 있어서."

"아, 그랬구나?"

레오는 가만히 그녀의 손에 들린 쇼핑백 두 개를 바라보았다. 하나는 그녀가 원래 입고 있던 옷이 들어 있는 쇼핑백. 또 다른 하나에는 누가 선물한 건지 알 수 없는, 지금 그녀가 입고 있는 옷과 똑같은 옷이 들어 있는 쇼핑백이었다. 다시금 궁금증이 슬쩍 고개를 들었다.

'규리는 누가 준 옷을 입었을까?'

궁금증을 참지 못한 레오가 막 입을 열려는 찰나.

"여기들 있었군."

명석의 목소리가 들려왔다. 질문 타이밍을 놓친 레오는 목구멍까지 올라왔던 질문을 꾹 눌러 삼켜 버렸다.

"감귤. 왜 이렇게 전활 안 받아?"

"그게 진동……."

"진동으로 해났대요."

불청객의 등장으로 뾰로통해진 레오가 그들의 대화를 차단했다.

"왜 여기 있는 거야? 한참 찾았잖아."

"옷을……."

"챙겨갈 짐이 있었대요."

그제야 명석이 눈을 가늘게 뜨며 레오를 노려봤다.

"난 감귤과 대화하고 싶은데?"

"저도 규리랑 대화하고 싶어요."

만나자마자 두 남자 사이에 묘한 신경전이 펼쳐졌다. 정작 신경전의 원인인 규리는 관심이 없었지만 말이다.

"저어……."

"어, 말해."

"무슨 할 말 있어? 규리야?"

두 남자가 묻자, 규리가 어렵게 입을 열었다.

"근데 쇼핑은 안 가는 게 좋을 것 같아요."

아침부터 쇼핑 간다고 들떠 있던 남자들에게 할 소리는 아니었지만, 쇼핑은 피하는 게 좋을 것 같았다.

"왜?"

"네 팬들이랑 사람들 눈도 있고, 또 아까 그 기자도 마음에 걸리고……."

오늘 이곳에서 제작 발표회가 있다는 걸 알고 있는 레오의 팬들은 그의 얼굴 한번 보겠다고 쇼핑몰 어디엔가 남아 있을 거다. 그리고 팬들은 제작진 중에 레오의 첫사랑이 있다는 걸 다 알고 있을 거였고. 아무리 명석과 셋이 움직인다고 해도 의심을 불러일으킬 거다. 만약 팬들이 규리가 몇 년생인지만 알아도 그녀가 레오의 첫사랑이라는 사실은 금방 들통날 게 뻔했으니까. 그런 상황에서 쇼핑은 무리였다. 신동우 기자 때문에 새삼 자신의 상황을 뒤늦게 깨달은 규리는 조심스럽게 말했다.

"필요한 물건은 인터넷으로 주문하고, 오늘은 그냥 집으로 가요."

그러자 명석이 단호하게 말했다.

"집 말고 다른 곳으로 가."

무슨 소린가 싶어 레오와 규리가 그를 쳐다보자, 명석이 긴 한숨을 내쉬었다.

"나 회의 잡혔어."

"갑자기요?"

규리가 묻자, 명석이 한껏 아쉬운 표정으로 그녀를 바라보았다.

"응. 빨리 방송국에 들어가 봐야 해."

명석이 가기 싫다는 표정을 지었지만, 레오의 얼굴에는 세상 행복한 미소가 걸렸다.

"넌 스케줄도 없냐?"

왜 이렇게 이 자식이 얄미운지. 명석은 규리에게 말할 때와 180도 다른 말투로 물었다.

"전 오늘은 완전 프리네요."

멱살이라도 끌어다가 떨어뜨려 놓고 싶지만, 사장님을 포함한 긴급 회의라 빠질 수가 없었다.

"그럼 어쩔 수 없이 저희 둘이 집에……."

"안 돼!"

명석이 버럭 소리쳤다. 저 자식과 나의 감귤이, 단둘이서만 쇼핑하는 건 꼴도 보기 싫었다. 하지만 저 새끼와 나의 사랑스러운 감귤이, 단둘이 집에 있는 건 더더욱 상상조차 하고 싶지 않았다!

놀란 규리가 두 눈을 동그랗게 뜨고 명석을 쳐다보자, 그의 횡설수설이 시작됐다.

"원래 안 되는 거야! 남녀 단둘이 집에 있는 건, 부부 빼고는 안 되는 거라고!"

그게 무슨 소리냐는 듯 규리가 눈에 힘을 주고 쳐다보자 그의 횡설수설은 더 심해진다.

"그게, 그러니까. 아! 얼마 전에 법으로 금지됐다는 기사 못 봤어? 이름이 뭐라더라, 남녀 실내 금지법! 몰라? 에이, 설마 그걸 몰라?"

당연히 모르는 규리와 레오가 눈을 가늘게 뜨자, 명석은 목에 핏대까지 세운다.

"그 법이 국회에 통과하고. 어? 사람들이 얼마나 좋아했는데, 어? 나 참! 이 사람들이 사회에 이렇게 관심이 없어서야……."

명석이 열을 내며 존재하지도 않는 법에 대해 설명하고 있을 때, 규리의 입에서 피식 웃음소리가 새어 나왔다.

"팀장님."

"어?"

"저희 집에 안 갈 테니까, 빨리 회의 들어가세요."

그제야 민망해진 명석이 규리를 보며 멋쩍게 웃었다.

"첫 방은 같이 볼 수 있는 거예요?"

규리가 묻자, 명석이 호언장담했다.

"그럼. 같이 봐야지. 일인 일닭 하기로 했잖아?"

첫 방 하기 전까지 회의를 안 끝내면 사표라도 쓸 기세다.

"둘이 밥 먹지 말고 기다려! 내가 맥주 사 갈 테니까."

"네. 걱정 마시고, 어서 회의 가세요."

규리가 그를 안심시키며 해맑게 웃자, 가슴 졸이던 명석의 마음에 묵직한 돌 덩이가 내려앉는 기분이 들었다. 네 웃음 한 번에 내 마음이 이렇게 녹아내리는 걸.

"……먹고 싶은 거 있으면 문자해."

넌 알기나 할까?

"……전화하면 더 좋고."

"네, 그럴게요."

예쁘다, 감귤. 원래도 예쁜데, 예쁜 옷 입어서 더 예쁘고, 화장까지 해서 더 더 예쁘고, 이렇게 웃으니까 더더더 예쁘다.

"어? 저 전화 좀 받고 올게요."

규리가 핸드폰을 들고 총총총 복도로 뛰어나갔다. 그 모습을 보고 있자니 왜 이렇게 가슴 한편이 아려오는 건지…….

명석은 알 수 없는 기분에 사로잡혔다. 레오와 둘만 둬야 하는 게 불안한 건지, 두려운 건지 정확히 알 수는 없었지만, 쉬이 그 감정을 떨칠 수 없었다.

"그럼 이따 집에서 봬요."

레오가 규리를 따라 밖으로 나가려고 하자, 명석이 그의 앞을 막아섰다.

"오레오."

"……?"

지금 그의 근심을 떨칠 수 있는 방법은 아이러니하게도.

"믿는다. 너."

적군을 믿는 방법뿐. 꽤 가까운 거리에서 명석과 레오의 눈빛이 오고 갔다. 그리고 곧, 레오의 대답이 명석의 귓가에 울렸다.

"믿지 마세요. 이제."

레오는 그 말만 남기고 대기실을 빠져나갔다.

*

VIP 전용 엘리베이터를 타고, 아무도 없는 VIP 전용 주차장까지 왔음에도 불구하고 규리의 경계심은 풀리지 않았다. 규리는 몸을 낮춰 이동하면서 주변을 두리번거렸다.

"아깐 누구랑 통화한 거야?"

레오는 오히려 이렇게 아무렇지도 않은데 말이다.

"강희."

"아래층 사는 친구?"

"응."

어찌나 삼엄하게 주위를 살피는지, 대답은 건성건성이었다.

"왜?"

"내일 집에 온다고."

"한동안 안 보이던데, 어디 갔던 거였어?"

"엄마한테."

레오는 아, 하고 고개를 끄덕이며 차 문을 열었다. 차 문이 열리자, 규리의 눈이 크게 떠졌다.

"우와. 이게 네 차야?"

그녀 앞에는 할리우드 영화에서 볼 법한 로봇 같은 자동차가 놓여 있었다.

"응. 타."

레오가 조수석 문을 열자, 날개라도 달린 듯 차 문이 하늘을 향해 솟아올랐다.

"우와. 신기하다."

하지만 그것도 잠시. 규리는 다시 몸을 낮추고 주변을 둘러봤다.

"이 차, 밖에서는 안 보이지?"

"응. 선팅해서 안 보여."

"다행이다."

말은 다행이라고 했지만, 규리는 여전히 고개를 숙인 채 두리번거리고 있었다.

"근데 규리야. 그렇게 불안해?"

"불안하기도 하지만, 조심해서 나쁠 거 없잖아."

틀린 말은 아니었지만, 레오는 이 시간이 아까웠다. 어떻게 얻은 단둘만의 시간인데, 불안함으로 소중한 시간을 허비하고 싶지 않았다.

"잠깐! 저 사람!"

"어? 왜?"

"그 기자 아니야? 비슷하게 생겼는데?"

규리가 창밖을 보며 떨리는 목소리로 묻자, 레오의 몸이 그녀를 향해 점점 가까이 다가왔다.

"레, 레오야?"

놀란 그녀가 눈을 동그랗게 뜨며 레오를 쳐다보자, 그가 검지로 입술을 가리며 말했다.

"쉿! 그 기자 맞아."

그리고 덜컹, 시트가 뒤로 젖히며 그의 몸이 그녀의 몸을 덮쳐 왔다. 처음엔 레오의 숨결이 규리의 뺨에. 그다음엔 그의 손목 어딘가가 그녀의 허리에. 그리고 이젠 그의 단단한 가슴이 규리의 어깨에 닿아 버렸다. 몸은 반쯤 밀착된 상태. 꽤 쌀쌀한 날씨에 아직 히터도 틀지 않았지만, 차 안은 두 사람의 숨결만으로 훈훈한 기운이 맴돌았다. 규리의 숨결이 점점 거칠어졌다. 안 그래도 신 기자와 비슷한 실루엣을 보고 가슴 졸이고 있었는데, 레오의 몸까지 덮쳐 오니 그녀의 심장이 미친 듯이 뛰기 시작했다. 불안함이 설렘으로 바뀌는 오묘하고도 미묘한 상황이었다.

'나대지 마, 심장아! 제발, 좀!'

심장을 협박해 보기도 하고 달래도 봤지만, 그녀의 바람과는 달리 심장은 무척이나 나댔다. 아마 그녀의 몸속에서 춤이라도 추는 모양이었다. 이대로 있다가는 망할 심장 소리가 그의 귀에 닿을 것만 같았다. 이 야릇한 자세가, 뺨에 닿는 그의 숨결이, 숨을 내쉬고 들이마실 때마다 들썩이는 그의 가슴이, 미치도록 그녀를 자극했다. 뭐든, 무슨 말이든 해야만 했다. 그렇지 않으면 차 안에서 그대로 녹아 버릴지도 모르니까.

"하아."

입을 열자 왜 이런 야릇한 소리가 튀어나오는 건지.

규리는 입술을 감쳐물고 입안의 공기를 충분히 뺀 후, 말했다.

"저기, 레오야?"

"응?"

그녀의 부름에 창밖을 내다보고 있던 레오가 규리를 향해 고개를 돌렸다.

아, 이런…… 여우 피하려다 호랑이를 만났구나. 어흥!

레오의 얼굴은 생각보다 무척 가까이에 있었다. 조금만 움직이면 입술이 닿을 정도로……

"어, 그게 그러니까 밖에, 아직도, 있어?"

규리가 떠듬거리며 묻자, 레오가 슬쩍 얼굴을 움직인다.

'어? 닿는다, 닿아!'

그의 입술이 그녀의 입술에 닿을 듯 아주 가까이 와 있는 그때! 규리는 잽싸게 고개를 돌렸다.

후우, 닿을 뻔했다! 안도의 한숨을 내쉬고 있을 때, 귓가에 뜨거운 바람이 들어왔다.

"아직 있어."

방금 전까지 제 입술 위를 서성거리던 레오의 입술이 이젠 제 귓가를 간질이고 있는 게 아닌가!

"왜 안 가고 저러고 있지?"

"허업!"

이번엔 심장이 아니라 귀가 나대기 시작했다.

그의 눈망울에는 걱정이 그득 들어차 있는데, 이놈의 달팽이관은 뭘 그렇게 느끼는 건지!

다급한 그의 숨소리가 규리의 귓가에 고스란히 느껴졌고, 그때마다 그녀의 몸에 난 작은 솜털이 쭈뼛 서는 기분이 들었다. 규리는 정직한 자신의 신체 반응이 원망스러웠다. 신 기자가 옆에 있느냐 없느냐 하는 급박한 상황에서, 레오는 온몸을 던져 자신을 지켜 주고 있는데, 왜 홀로 느끼고 있느냐 말이다!

'엄마! 왜 나를 이렇게 낳은 거야? 아주 조금 스치기만 해도 온몸이 민감하게 반응하다니! 28년간 몰랐는데, 나…… 온몸이 성감대인가 봐!'

연애에 있어서 실전은 물론 이론까지도 빈약한, 연애 고자 규리는 그렇게 생각할 수밖에. 규리는 빨리 신 기자가 갔으면 좋겠다고 생각했다. 그리고 지금 자신이 느끼고 있는 걸 레오가 절대 모르면 좋겠다고 생각했다. 죽을 때까지,

평생.

"뭐지?"

"왜?"

망할 신 기자! 안 가고 또 뭐?

"이리 오는 것 같아."

"뭐?"

불현듯 조은 작가의 말이 떠올랐다.

"톱스타 킬러야. 올해 연말에 불꽃놀이처럼 화려하게 터져 줄 톱스타가 필요하겠지."

신 기자는 레오를 노린 게 틀림없었다. 첫사랑 운운하며 그 자리에 있냐고 묻기까지 했다. 그렇게 기자들이 많이 모여 있는 자리에서!

'조금 더 조심하는 건데, 따로 움직였어야 했는데!'

규리의 불안감이 눈덩이처럼 커졌다.

'들키면 어떡하지? 나 때문에 레오 활동에 지장이라도 생기면? 인기도 떨어지고, 섭외도 안 되면?'

물론 레오가 고작 스캔들 한 번에 휘청댈 급의 배우는 아니었지만, 규리는 지금 이성적인 판단을 할 여력이 없었다.

'이대로 있다간 들킬 게 뻔한데…….'

창밖을 내다보는 레오의 동공이 점점 커졌다. 신 기자가 이쪽을 향해 가까이 다가오는 모양이었다. 규리의 심장이 쿵쿵 뛰었다. 아까 설렘으로 두근거리던 느낌이 아니었다. 어느새 그녀의 마음은 신 기자에게 들킬지도 모른다는 두려움으로 가득 찼다.

"아……."

이러지도 저러지도 못하는 레오의 입에서 작은 탄성이 새어 나왔다. 몸을 좀 더 낮추면 밖에서 보지 못할 텐데, 그러면 자신과 너무 밀착돼 차마 그러지는 못하는 모양이었다.

"레오야."

"응?"

규리는 두려움으로 가득 찼던 마음에 용기를 불어넣었다.

"잠깐 실례할게."

레오가 대답할 틈도 주지 않고, 그의 목덜미에 팔을 두르고 자신의 품을 향해 확 끌어당겼다.

"헉!"

"조용. 저 사람 갈 때까지만……."

"어? 어……."

규리의 몸 위에 완전히 밀착돼 버린 레오는 수줍게 대답했다. 그의 팔에 뭉클한 느낌이 닿았고, 그의 목덜미 어딘가에 불규칙적인 그녀의 숨결이 닿았다. 레오는 이 미묘하고도 야릇한 자세가 너무도…… 좋았다. 따뜻한 그녀의 품이, 코끝을 사로잡는 그녀의 체향이, 손등에 닿는 그녀의 살갗의 촉감이 너무도 좋아서.

"아직도 있어?"

불안한 목소리로 묻는 그녀의 질문에.

"어. 아직 있어."

저도 모르게 거짓말을 하고 말았다. 규리는 아마 평생 모를 거다. 주차장에는 아까부터 개미 새끼 한 마리도 없었다는 걸. 그리고 이 차는 선팅이 아주 잘되어 있어서 밖에서 누가 들여다봐도 절대 볼 수 없다는 걸. 이 모든 사실을 다 알고 있는 레오는 모른 척하기로 하며, 그녀의 품 안으로 더 파고들었다. 불안해하는 그녀를 위해 조심해서 나쁠 건 없으니까.

*

방송국 대회의실. HBS 사장을 비롯해 예능 국장과 부장 앞에서 한 직원이 오늘 있었던 제작 발표회에 관한 내용을 브리핑하고 있었다.

"레오의 첫 예능 출연에 대한 반응이 뜨겁습니다. 제작 발표회 기사가 뜨자마자 실시간 검색어 1위를 차지하고, 벌써부터 각종 기업에서 후반 광고 문의가 끊이질 않고 있습니다. 그리고 또⋯⋯."

홍보 팀 직원의 말이 명석의 오른쪽 귀로 들어왔다가 왼쪽 귀로 그대로 통과해 버린다. 레오의 첫 예능 출연은 시청자들에게 기대감을 불러일으켰고, 내로라하는 광고주들로부터 러브콜을 받고 있는 모양이었다. 그렇다면 나의 감귤에게는 어떤 영향을 끼쳤을까?

명석은 시간을 되돌릴 수만 있다면, 섭외 리스트 0순위에 레오를 올렸던 그날로 돌아가 자신의 손목을 꺾어 버리고 싶었다. 왜 하필 그 자식한테 꽂혀서 섭외하려고 안달을 냈을까? 처음부터 그 자식만 섭외하지 않았어도 이런 일은 벌어지지 않았을 텐데. 아니다. 문제는 그때가 아니었다. 레오와의 첫 미팅 때, 그때라도 눈치를 챘어야 했다. 명석과 지연 그리고 레오와 HB 엔터 장 대표가 첫 미팅을 하던 날.

레오는 절대 예능 출연은 하지 않겠다, 죄송하다, 얼굴 뵙고 거절하는 게 예의인 것 같아서 자리에 나왔다, 며 아주 정중하게 출연 거부 의사를 밝혔다. 아쉬움에 차나 한잔 마시고 일어서려는 찰나, 갑자기 레오의 눈빛이 돌변했다. 그러더니 그는 생각이 바뀌었다며 프로그램에 출연하고 싶다는 의지를 밝혔다. 그땐 정말 몰랐다. 무슨 바람이 불어 레오가 마음을 바꿨는지. 사실 그 이유는 별로 궁금하지도 않았다. 그저 섭외됐다는 것만으로도 기뻤으니까. 지금 와 생각해 보니 그가 출연을 결심한 이유는 따로 있었다. 자신이 잠깐 자리를 비운 사이, 지연의 심부름으로 규리가 잠깐 다녀갔다는 말을 어렴풋하게 들었다. 지연에게 누구냐고 묻기까지 했다고.

'그 자식, 처음부터 감귤을 노리고 섭외에 응한 거였어!'

머릿속이 복잡했다. 회의 내용은 머리에 들어오지 않았고, 오로지 규리 생각뿐이었다. 아무리 별일 없을 거라고 스스로를 안심시키려고 해도 뜻대로 되지 않았다. 자꾸만…… 불길한 생각이 머릿속을 잠식시킬 뿐.

"믿는다. 너."
"믿지 마세요. 이제."

제작 발표회 이후, 레오의 눈빛이 완전히 변했다. 물론 자신이 그를 자극하기도 했지만, 이런 상황이 올 줄은 예상하지 못했다. 같은 집에서 지낸다고 레오로부터 규리를 온전히 지켜낼 수 있는 건 아니었는데, 바보처럼 너무 섣불리 그를 자극한 모양이었다. 명석은 손에 들고 있던 종이컵을 거칠게 구겨 버렸다.

*

어느 골목 어귀에 차를 주차한 레오는 운전석에서 빠르게 내려 조수석 문을 열어 주었다.
"내가 열어도 되는데."
이런 친절이 익숙하지 않은 규리가 어색하게 웃으며 차에서 내렸다.
"근데 막 돌아다녀도 되는 거야?"
"괜찮다니까."
그는 괜찮다며 규리를 안심시켰지만, 규리는 불안했다. 아까 쇼핑몰 주차장에서도 자신의 임기응변으로 겨우 위기를 모면했는데도, 레오는 불안해하는 기색 하나 없었다. 그 야릇한 자세로 한참을 있는 바람에 규리의 심장이 너덜너덜해진 것도 모르고 말이다. 그녀가 계속 불안해하자, 레오가 핸드폰을 꺼내 규리 앞에 내밀었다.
ㅡ신 기자 방금 신문사 도착 확인! 다른 기자들도 다 흩어짐!

─차에 모자랑 마스크, 선글라스 있으니까 꼭 쓰고 다녀!

"방금 매니저 형한테 온 문자야."

"신문사 들어갔으면 여긴 없겠네?"

규리가 당연한 말을 묻자, 레오가 그녀의 머리를 쓰다듬었다.

"그러니까 불안해하지 말라고. 가자."

"잠깐!"

레오가 막 걸음을 떼려고 하자, 규리가 그를 불러 세웠다.

"왜?"

"요즘 기자들보다 무서운 게 뭔 줄 알아?"

"응?"

"핸드폰이야! SNS가 그렇게 잘 돼 있는데, 기자 한 명 신문사 들어갔다고 안심하다니. 쯧쯧. 가만 있어봐."

규리는 레오를 향해 혀를 차더니, 차 안에서 모자와 마스크, 선글라스를 꺼내 그의 얼굴을 가려 주었다.

"와. 어떻게 이렇게 가려도 잘생겼냐?"

가려도 빛이 난다는 말은 분명 얘를 두고 한 말일 거다. 모자, 마스크, 선글라스를 뒤집어쓰고 있어 보이는 거라고는 고작 관자놀이 정도뿐인데도 얼굴에서 번쩍번쩍 빛이 난다! 가끔 파파라치 사진을 보며 '저렇게 꽁꽁 싸맸는데, 어떻게 알고 사진을 찍나?' 의아해하곤 했는데, 이제야 이해가 갔다. 게다가 얘는 다른 연예인보다 더했다. 저놈의 미모는 아무리 가려도 가려지지 않는 모양이다.

"안 되겠다. 우리 그냥 차에 있자."

규리가 다시 차에 타려고 하자, 레오가 그녀의 손을 낚아챘다. 그녀의 손목을 잡은 레오의 손에 힘이 꽤 들어가 있었다. 역시. 그녀의 생각이 틀리지 않았다. 확실히 그는 뭔가가 달라져 있었다. 전과 달리 거침없었고, 남의 눈치도 보지 않았으며, 행동에 망설임이 없었다. 마치 남들에게 들켜도 크게 상관없는 사람처럼 굴었다.

"여기 내가 꼭 가보고 싶었던 데야. 잠깐만 들렀다 가자."

거절할 수 없는 눈빛이었다. 규리는 고개를 끄덕이며 알겠다고 대답했다.

*

그들이 찾은 곳은 초등학교 앞에 있는 작은 분식집이었다. 하교 시간은 지났고, 내일부터 징검다리 연휴가 껴서 그런지 다행히 학교 앞은 한산했다.

"정말 아직도 있네?"

레오가 분식집 간판을 올려다보며 중얼거렸다. 초등학교 1학년일 때, 규리와 함께 매일같이 왔던 곳. 그녀의 입술에 묻은 떡볶이 양념을 닦아 주었던 곳이 바로 여기였다.

"여기가 그렇게 오고 싶었어?"

"너랑. 꼭."

분식집 문을 열자 식욕을 자극하는 튀김과 떡볶이 냄새가 코끝을 스쳤다. 듬성듬성 놓인 테이블과 키 작은 의자, 큼지막하게 적혀 있는 메뉴판까지. 딱 초등학교 앞에 있을 법한 평범한 분식집이었다. 매일 비싸고 좋은 음식을 먹는 애가 왜 여길 오자고 했는지, 규리는 잘 이해가 가질 않았다.

"어서 와요."

"어머! 사장님 그대로시네요. 안녕하세요."

규리는 너무도 익숙한 얼굴에 저도 모르게 고개를 숙였다.

"여기 졸업생이구만?"

"어떻게 아셨어요?"

8살, 그러니까 20년 전에 중년 여성이었던 사장님의 머리카락에는 어느새 하얀 눈이 내려앉아 있었다.

"나한테 인사하는 사람들 다 여기 졸업생이야. 애기 엄마 돼서도 오고, 자기 아들딸이 후배 됐다면서 찾아오고 그래."

백발이 성성한 사장님은 다행히도 레오를 알아보지는 못한 모양이었다.

"앉아. 뭐 줄까?"

"떡볶이요. 튀김이랑 같이."

규리가 주문하는 동안, 레오는 자리에 앉지 않고 분식집 안을 둘러보고 있었다. 꼭 와보고 싶은 곳이라더니, 옛 기억을 떠올리는 모양이었다.

"뭘 그렇게 열심히 찾아?"

천장이 하도 낮아 반쯤 허리를 굽히고 있는데도, 레오는 뭔가를 열심히 찾고 있었다.

"뭐 찾는 거 있어?"

"여기 있다!"

"뭔데?"

"규리야. 이리 와봐."

레오가 손짓하자, 궁금증이 인 규리가 그의 곁에 가 섰다. 분식집 안 가장 끄트머리. 벽에는 이런저런 낙서들이 어지럽게 적혀 있었다. '우리 우정 변치 말자', '4학년 3반 파이팅', '선생님 건강하세요', '누구야 사랑해'까지.

"여기."

레오는 누군가의 안녕을 염원하며 쓰인 수많은 메시지 중, 하나를 가리켰다.

─우리 커서 꼭 결혼하자!

"어린 것들이 발랑 까져서는. 누가 이런 걸 써놓은 거야?"

규리가 귀엽다는 듯 웃으며 묻자, 레오가 그 옆에 있는 글자를 가리켰다.

─귤♥레오다르도

순간 규리의 얼굴이 빨갛게 달아올랐다. 귤이라면 어려서부터 그녀의 별명이었고, '레오다르도'는 규리가 레오나르도 디카프리오를 잘못 발음한 것이었다.

"설마 이거 네가 쓴 거야?"

규리가 묻자, 레오가 고개를 저었다. 그리고 그녀의 얼굴에 닿는 레오의 은근한 눈빛.

"허! 말도 안 돼!"

그녀의 반응에 레오가 해맑게 웃는다.

"진짜? 이걸 내가 썼다고?"

그녀가 묻자, 레오가 고개를 끄덕거렸다.

"정말? 내가?"

"응."

"이걸?"

"응!"

규리의 질문에 레오가 귀여운 미소를 지으며 대답했다. 씨이! 믿기 싫은데, 미소가 너무 해맑잖다.

"거짓말. 말도 안 돼."

"진짜야."

"에이. 그럴 리가 없어."

규리가 고개를 흔들며 부정하고 있을 때, 할머니가 떡볶이 접시를 들고 그들에게 다가왔다.

"맛있게 들어."

"네. 감사합니다."

"근데 이 총각은 어디서 본 것 같은데?"

할머니가 눈을 가늘게 뜨고 레오를 쳐다보자, 규리는 덜컹 겁이 났다. 못 알아봐서 안심하고 있었는데.

"그, 그럴 리가요."

규리가 허둥지둥하며 레오의 턱에 걸려 있는 마스크를 씌우려는 찰나, 할머니가 박수를 쳤다.

"맞네! 맞아! 이거 썼던 그놈이구만."

"예?"

규리가 눈을 동그랗게 뜨자, 할머니가 레오를 보며 허허 웃으셨다.

"잘 컸네, 잘 컸어. 그때도 얼굴에서 빛이 나더니, 커서도 잘생겼어."

"감사합니다."

"언제 오나 기다리고 있었다고."

"늦어서 죄송해요."

주고받는 대화를 가만히 들어 보니, 할머니는 톱스타 오레오가 아닌 분식집 앞 초등학교 출신 오레오를 알고 계신 모양이었다. 이게 무슨 상황인가 싶어 멀뚱멀뚱 쳐다보자, 할머니의 시선이 규리에게 닿았다.

"아이고. 이 아가씨야?"

"예. 얘예요."

"옛날에. 그러니까 10년도 더 넘었지? 10년이 뭐야. 20년은 됐지, 아마?"

할머니가 레오를 보자, 그가 대답 없이 고개를 끄덕였다. 그러자 할머니는 이야기보따리를 풀어놓듯 슬며시 입을 열었다.

"먹성 좋은 여자애랑 꼭 같이 오던 남자애가 있었어. 남자애는 뭐 먹지도 않고, 여자애 먹는 것만 그렇게 보고 있더라고."

설마 먹성 좋은 애가 나?

그때 일이 전혀 떠오르지 않는 규리는 잠자코 할머니의 말씀에 귀를 기울였다.

"남자애가 곱상하니, 엄청나게 잘생겨서 기억이 나."

난 기억 못 하시던데, 쳇.

"눈이 펑펑 쏟아지던 날이었지? 방학 때라 애들도 없었는데, 웬 남자애가 함박눈 같은 눈물을 뚝뚝 흘리면서 들어오는 거야."

규리가 시선을 돌려 레오를 바라보자, 그는 그때를 떠올리기라도 하듯 부끄러운 미소를 지었다.

"들어와서 하는 말이 일주일 뒤에 미국으로 이사를 가는데, 여기 이거 지우지 말라는 거야."

할머니의 손이 '우리 커서 꼭 결혼하자!', '귤♥레오다르도'라고 적혀 있는 벽을 가리켰다. 규리는 만감이 교차하는 눈으로 레오를 바라보았다.

"그러면서 어찌나 펑펑 우는지."

전혀 몰랐다.

"우리 귤이랑 결혼하기로 약속했다며."

이런 낙서를 적은 것도.

"떡볶이집 이사 가지도 말고, 이거 지우지도 말라고. 남자애가 어찌나 애처롭게 우는지."

자신을 향한 레오의 마음이 그렇게 컸는지도, 전혀 예상조차 못 했다.

"그렇게 일주일 내내 찾아와서 울었다니까?"

할머니의 목소리가 웅웅거리면서 점점 멀어졌다. 귤이는 자신이 레오의 첫사랑이라는 말을 들었을 때, 설레고 기분은 좋았지만 딱히 와닿지는 않았다. 혹시 사람 잘못 본 건 아닌가, 왜 저런 톱스타가 날 좋아하지? 좋기보다는 묘하고도 부담스러운 게 더 컸다. 그래서 알아보려고 하지 않았다. 레오가 어떤 마음으로 날 생각하고 있는지. 그 어리고 여린 마음에 어떻게 날 담았는지. 어떻게 20년이란 시간이 흐르는 동안에도 날 향한 마음이 변하지 않았는지. 모른 척하고 있었다. 그가 그렇게도 가고 싶다던 학교 앞 작은 분식집. 지금에서야 비로소 '톱스타 오레오'가 아닌, '남자 오레오'와 마주 앉은 기분이 들었다.

*

포크로 콕 찍은 떡볶이가 귤이의 입 안으로 들어갔다. 떡볶이를 씹는 그녀의 작은 입술이 무척이나 탐스러워. 레오는 도저히 음식에 집중을 할 수가 없었다.

"미국 생활은 어땠어?"

"별로 안 좋았어."

"아…… 내가 괜한 질문을 했나?"

귤이가 미안한지, 입술을 감쳐물었다. 그녀의 입술에 정신이 팔려 있던 레오가 정신이 퍼뜩 들어 손사래를 쳤다.

"아냐. 지금은 괜찮아. 고등학교 가서부터는 괜찮았어."

"그 전에는 안 괜찮았고?"

"나 한국에서 학교 다닐 때도 왕따였잖아. 거기서도 다르지 않았어."

아니, 더하면 더했지. 레오는 규리가 걱정할까 싶어 뒷말은 삼켰다. 작고 왜소했다. 거기에 피부색도 다르고 말까지 안 통했으니, 따돌림은 당연한 거였다. 자신을 보며 뭐라고 말하는 그들 앞에서 더 위축됐고, 더 소심해졌다. 누나들은 모두 기숙사 학교에 있었고, 부모님은 여전히 바빴다. 완전히 혼자였다. 어쩌면 다행이었는지도 모른다. 괴롭힘의 흔적을 가족들에게 숨길 수 있어서.

매일 밤 한국으로 돌아가는 꿈을 꾸었다. 다시 한국에 돌아가니 괴롭히던 친구들도 그를 반겨주었다. 수업을 마치고 같이 축구도 했다. 친구들과 실컷 놀고, 규리를 만나기 위해 분식집으로 향했다. 낡은 분식집 문을 열자, 눈부시도록 환한 빛이 그의 시야를 가렸다. 저 안에 규리가 있다. 이제 들어가기만 하면 된다. 들어가서 규리와 반갑게 인사를 하면 된다. 그러면 되는데…….

항상 거기서 꿈을 깨곤 했다. 그렇게 보고 싶은 규리의 얼굴 한 번 못 보고 말이다.

"괜찮아?"

떡볶이 양념을 잔뜩 묻힌 입술이 물었다. 레오는 자연스럽게 손수건을 꺼냈다. 그녀의 입을 닦아 주려던 그의 손이 잠시 주춤거린다. 오늘은 어쩐지…… 다른 걸로 닦아 주고 싶다. 사장님을 힐끔 쳐다본 레오는 엉큼한 욕심을 꾹꾹 눌러 담고 손수건으로 그녀의 입가를 닦아 주었다.

"고등학생 때부턴 괜찮았어. 그땐 학생회장도 했었어."

"와. 어떻게?"

소심했던 아이가 갑자기 활발해졌을 리도 없고.

"예전에 우리 타이타닉 보면서 했던 말, 생각…… 안 나겠지?"

규리가 대답 대신 미안해하는 표정을 지었다.

"그때 내가 레오나르도 디카프리오 같은 배우가 되겠다고 했거든."

과자 오레오로 놀림을 받던 그를 레오나르도 디카프리오로 봐줬던 유일한 사람. 그녀 덕에 레오는 꿈이 생겼다. 타이타닉에 나오는 그 형처럼 되는 것. 중학교 졸업할 때부터 키가 크기 시작했다. 운동을 했고, 연극부에 들어갔다. 덩치가 커지니 남자아이들은 그를 건드리지 않았고, 여자아이들은 그에게 접근했다. 씁쓸한 얘기지만 외모는 사람들에게 꽤 큰 영향을 미쳤다. 괴롭히는 사람이 없어지자, 레오는 차근차근 한국에 돌아갈 준비를 하기 시작했다. 규리를 만날 준비를 말이다.

"그때 넌 뭐라고 했는지 알아?"

"……?"

"내가 출연하는 프로그램의 작가가 되겠다고 했어."

그의 말을 듣는 순간, 규리는 머리가 띵하고 울리는 것 같았다. 어렸을 때부터 작가가 되는 게 꿈이었다. 이유는 규리 자신도 몰랐다. 천부적인 재능이 있는 것도, 그렇다고 어려서부터 글 쓰는 재주가 뛰어난 것도 아니었다. 그냥 그게 꿈이었다. 그냥……. 그런데 레오의 말을 들어 보니 알 것 같았다. 그와의 약속이 각인이 되어 그녀의 마음에 남아 있었던 모양이다.

"〈오늘 밤만 재워줘〉 출연 제의가 왔을 때, 거절하려고 미팅 장소에 나갔어."

그리고 아주 예의 바르고 깍듯하게 거절했다.

"그런데 네가 보이더라."

스치듯 그녀를 보았다. 메인 작가에게 자료를 건네며 허리를 굽혀 인사하던 규리를, 레오는 단번에 알아봤다. 혈관의 피가 거꾸로 도는 듯 짜릿한 기분이었다. 20년을 기다렸던 여자를, 출연 제의 거절 자리에서 만나게 되다니. 규리가 돌아가고 레오는 출연 의사를 번복했다. 그녀의 꿈을 이뤄줄 수 있는 좋은 기회를 놓칠 수는 없었다.

"네 꿈은 내가 출연하는 프로그램의 작가가 되는 거라고 했어."

그게 바로 레오가 절대 싫다던 예능 프로그램에 출연한 진짜 이유였다. 그를 바라보는 규리의 입술이 오늘따라 유난히도 탐스러웠다.

*

분식집에서 대충 배를 채운 규리와 레오는 집에서 먹을 떡볶이까지 포장한 뒤 사장님께 인사했다.

"떡볶이 맛있게 먹었어요. 감사합니다."

"정말 감사합니다, 사장님."

"감사하면 다음에 또 와."

"정말 꼭 다시 올게요."

레오가 진심으로 말하자, 사장님이 은근히 그에게만 속삭였다.

"그땐 둘이 오면 안 돼!"

"예?"

레오가 순진한 얼굴로 되묻자, 사장님이 엉큼한 미소를 지으며 그의 팔을 툭 쳤다.

"모른 척하기는."

"저희 아직 그런 사이가 아닌데……."

그런 사이가 아닌데, 왜 상상만 해도 미소가 절로 나오는 건지. 그 잠깐 사이 레오는 아장아장 걷는, 규리를 닮은 예쁜 딸을 상상했다. 그러자 곧바로 헤, 하고 해맑은 넘치는 미소가 발사됐다. 레오가 헤벌쭉 웃기만 하자, 사장님이 단호한 목소리로 말했다.

"다음엔 셋이 와. 안 그러면 떡볶이 안 줄 거야!"

"예. 노력해 볼게요."

"노력은 밤에 하고."

할머니의 농담에 레오의 얼굴이 붉어졌다.

"그런 말씀을……."

"좋아하기는. 알지? 마음을 확 낚아채라고, 확!"

사장님이 주먹을 꽉 쥐며 말하자, 레오가 두 주먹을 불끈 쥐었다.

"알지? 사랑은 쟁취하는 거야!"

"예! 알겠습니다!"

두 사람이 무슨 대화를 나누는지 모르는 규리는 어리둥절한 표정으로 레오를 쳐다볼 뿐이었다.

＊

분식집에서 나온 레오와 규리는 바로 앞에 있는 초등학교로 향했다.

"나 빼고 사장님이랑 무슨 얘기 했어?"

"좋은 얘기? 미래에 도움 되는 얘기."

"치. 좋은 얘길 왜 난 빼고 하냐?"

규리가 밉지 않게 눈을 흘기자, 레오가 사랑스럽다는 표정으로 그녀를 바라보았다.

"말해줘?"

"응. 말해줘."

"알면 다칠 텐데."

"쳇. 얼마나 대단한 얘기라고. 치사해서 안 듣는다."

규리가 토라진 척 휙 몸을 돌리자, 레오가 그녀에게 찰싹 달라붙어 물었다.

"얘기해 줘? 해줄까?"

"됐거든요. 안 들어도 되거든요."

"삐쳤어?"

"아니거든요. 안 삐쳤거든요."

"삐친 것 같은데."

표정을 보나, 댓 발 나온 입을 보나, 팔짱을 끼고 있는 손을 보나 완전 삐쳤다.

"너 그거 알아? 셋이 있을 때, 한 명 따돌리고 귓속말하는 거만큼 서러운 거 없다?"

삐쳤네. 그것도 완전.

"다섯이 있을 때 그러면 말도 안 해. 근데 셋이 있을 때 그러면 서럽고 눈물 나는 거라고. 너 정말 그러는 거 아니야……."

규리가 말을 더 이으려는 찰나, 레오가 그녀 앞에서 불쑥 다가와 말했다.

"다음엔 셋이 오래."

"셋? 누구랑?"

셋이라고 하니 규리의 머리에 자연스럽게 명석이 떠올랐다. 하지만 분식집 사장님이 명석을 알 리도 없고…….

"셋이라니 누굴 말하는 거야?"

규리가 다시 묻자, 레오가 머뭇대더니 어렵게 입을 열었다.

"너랑 나랑…… 아기랑."

"아기? 무슨 아기?"

갑자기 웬 아기? 뭔 아기?

"뜬금없이 무슨 아기를 데려와…… 헙!"

분식집 사장님이 엉뚱하게 웬 아기 얘기를 하셨나 싶다가, 뭔가 떠오른 규리는 두 손으로 자신의 입을 막아 버렸다. 20년 전에 '결혼하자'라는 과감한 낙서를 남긴 꼬마 둘이 분식집에 찾아왔다. 그 말은 즉 둘이 잘되고 있다는 뜻? 추억을 떠올리며 프러포즈라도 하려고? 그럼 다음엔 셋이 오도록! 아마도 분식집 사장님의 의식은 이렇게 흐르지 않았을까? 괜히 민망해진 규리는 얼굴을 붉히며 툴툴거렸다.

"아니, 잘 알지도 못하시면서 무슨 그런 말씀을 하신대?"

"왜? 난 좋은데?"

"좋긴! 누구 혼삿길 막을 일 있어?"

"내가 있는데, 막히긴 왜 막혀?"

레오는 그녀 앞에 불쑥 얼굴을 들이밀며, 규리의 손을 잡았다.

"이리 와봐. 가고 싶은 데 있어."

혼삿길 얘기에 손잡기까지. 레오의 심쿵 콤보에, 규리는 정신을 차리지 못한 채 그를 따랐다.

*

평소 명석은 자신을 완벽하리만치 멋있는 남자라고 생각했다. 명석한 두뇌, 차디찬 이성, 그리고 연예인 버금가는 하드웨어까지. 자랑 같아 말은 안 하려고 했지만, 날고 긴다는 여자 연예인에게 대시받는 게 한두 번도 아니었다. 그런데 지금은…….

"망할 오레오."

레오의 망령이 눈앞에 어른거려, 무슨 회의를 했는지 기억도 나지 않았다. 회의를 마친 명석이 서둘러 집으로 향하려고 할 때, 신 국장이 그를 불러 세웠다.

"저녁이나 같이 하지?"

"죄송합니다. 약속이 있습니다."

신 국장이 마음에 안 든다는 표정으로 그를 쳐다봤다. 언제나 '예' 하고 순순히 따라주는 적이 없는, 얄미운 부하 직원이다. 그렇다고 뭐라 할 수 없는 능력 좋은 녀석이기도 했고.

"사장님께서 직접 일식당 예약해 놓으셨어."

"그럼 미리 말씀해 주셨어야죠. 전 아주 중요한 선약이 있습니다."

사장님 찬스를 썼는데도 딱딱한 이놈에게는 먹히지 않는다.

"그럼 전 먼저 들어가겠습니다."

"흐음."

불편한 기색이 역력한 신 국장의 헛기침이 들려왔지만, 명석은 아랑곳하지 않고 뒤돌았다. 무슨 내용의 회의를 했는지 기억이 나지도 않았다. 어서 빨리 집에 가야 한다는 생각뿐. 명석은 규리의 위치를 확인하기 위해 핸드폰을 꺼냈다. 긴 통화음 끝에 '전화를 받지 않아 음성 사서함으로 이동'한다는 여자의 목소리가 들려왔다. 도대체 이 시간에 뭘 하기에 전화를 안 받는 건지!

별별 생각이 다 든다. 시내가 한눈에 내려다보이는 고급스러운 레스토랑. 잔잔한 음악이 흐르면 먹음직한 음식이 연이어 나오고, 그런 곳에 가보지 않은 감귤은 신기해서 눈이 휘둥그레지겠지. 그럼 얍삽한 레오는 미리 준비해 온 목걸이를 꺼낼 거야. 세속에 찌든 레오는 값비싼 보석으로 감귤의 마음을 사로잡을 수 있을 거라고 생각한 거지.

흥! 내 감귤은 그런 여자가 아닌데 말이야! 상자에서 반짝이는 다이아 목걸이를 꺼낸 레오는 야비한 웃음을 지으며 감귤에게 접근하겠지. 그리고 그녀 뒤로 다가가 직접 목걸이를…….

"안 돼!"

이 자식이 내 감귤한테 무슨 수작을! 감히 네가 나를 따돌리고 감귤과 단둘만의 시간을 보내? 그렇다면……! 이대로 넘어갈 수는 없다. 이에는 이, 눈에는 눈! 명석은 신 국장을 향해 몸을 돌렸다.

"국장님."

"어. 간다면서 안 갔나?"

"저녁 식사, 함께 해도 되겠습니까?"

명석의 말에 구겨져 있던 신 국장의 얼굴이 활짝 폈다.

"암. 되지. 왜 안 되겠는가?"

썩은 얼굴로 자신을 노려볼 레오를 상상하자, 명석의 입가에 절로 미소가 걸렸다.

*

삐그덕. 삐그덕. 그네가 앞뒤로 흔들리면서 약한 쇳소리를 냈다. 그네에 나란히 앉은 레오와 규리는 텅 빈 학교 운동장을 바라보았다. 옛날엔 학교가 엄청 커 보였는데, 지금 보니까 완전 미니어처 같다.

"기억나, 여기?"

레오가 묻자, 그네 위에서 대롱거리던 규리의 발이 바닥에 닿으며 그네를 멈췄다. 기억이야 왜 안 나겠는가? 6년을 다녔던 학교다. 지금은 미니어처처럼 작게 느껴지지만, 그땐 이곳이 세상의 전부인 것처럼 뛰어다녔다. 이곳에서 피구도 했고, 줄넘기도 했으며, 운동회도 하고, 조회도 했었다. 하지만 레오와 함께했던 기억은 나지 않았다.

"여기서 애들한테 당하고 있을 때, 네가 나 도와줬잖아."

해맑은 그의 얼굴을 보고 있자니, 미안함이 쓰나미처럼 밀려온다.

"실내화 가방을 던지고 나타나는데, 그 모습이 왜 그렇게 멋있어 보였는지."

"미안해……."

"뭐가?"

빙긋 웃던 레오가 눈을 동그랗게 뜨며 물었다.

"기억 못 해서."

"아……."

"넌 나랑 있었던 일 하나하나 다 기억하는데, 나는 하나도 기억 못 해서……."

유난히 기억력이 나쁜 것도 아니었다. 그렇다고 드라마에서처럼 규리가 무슨 큰 충격을 받았거나 사고 같은 게 일어난 것도 아니었다. 그냥 기억이 나지 않을 뿐이었다. 매일같이 붙어 다녔다고 하는데, 원더 우먼처럼 나타나 그를 구해 줬다고 하는데, 그렇게 좋아하는 떡볶이를 매일 사줬다고 하는데. 그녀는 그를 기억하지 못했다. 그래서 함께 나눌 추억도, 공유할 기억도 없었다. 또 그래서 미안했다. 그는 기억하고 추억하는데, 그녀는 아무것도 추억하지 못해서.

"넌 나랑 같이 갔던 떡볶이집도 기억하고, 눈사람 만든 것도 기억하고, 우리 집에서 논 것도 기억하는데……."

규리는 뭐가 그렇게 미안한지 고개를 푹 숙이고 주절거리는데, 레오의 귀에는 아무것도 들리지 않았다. 지금 그의 귀는 파업 상태다. 오로지 반짝이는 두 눈만 열심히 일하고 있을 뿐. 오늘따라 탐스럽던 규리의 입술이 이젠 탐스러움을 넘어 요망해 보였다. 오므렸다가 펼쳐지는 그녀의 입술에 주름이 생겼다가 사라진다. 작은 혀가 나타나 바짝 마른 입술을 핥기도 하고, 윗니로 아랫입술을 살짝 깨물기도 하며, 입술을 감쳐물어 입 안에 입술을 집어넣기도 한다. 규리가 자꾸 입술을 움찔거릴 때마다 레오는 오직 한 가지 생각만 들었다. 나도 …… 하고 싶다. 너처럼 입술을 핥고, 아랫입술을 깨물고, 입술을 입 안에 넣고 싶다. 네…… 입술을.

사실 레오는 오늘 하루 종일 꽤 큰 욕망에 사로잡혀 있었다. 아니, 정확히 말하자면 주차장에서 그 일이 있고부터 그의 욕망은 아주, 아주 많이 커져 버렸다. 해맑고 순수한 그와 어울리지 않는, 키스하고 싶다는 욕망이 말이다.

"……그래서 정말 미안해."

고해성사 같은 규리의 사과가 끝이 났다. 도리어 레오가 더 미안해졌다. 그녀의 입술에 빠져 있느라, 뭣 때문에 미안해하는지 전혀 듣지 못했으니까.

"괜찮……아?"

규리가 묻자, 레오가 허둥지둥 대답했다.

"어? 아, 그럼. 괜찮지. 괜찮아. 신경 쓰지 않아도 돼."

"정말?"

"어. 정말."

규리는 단단히 오해했다. 괜찮다고 대답을 하긴 했지만, 자신의 눈을 똑바로 쳐다보지 못하는 걸 보니 실은 서운해하고 있는 거라고 말이다. 서운한 마음을 어떻게 풀어 주어야 할까? 생각에 잠긴 규리는 입술을 동그랗게 말았다. 그 모습을 본 레오의 눈동자에 지진이 온 것처럼 흔들렸다. 규리가 다시금 입술을 삐죽 내밀고 손가락으로 톡톡 쳤다. 그러자 레오의 눈동자에 현미경이라도 달린 듯, 그녀의 입술만 확대되어 보인다. 이대로 있으면 안 될 것 같다. 뭐라도 해야 한다. 뭐라도. 레오는 오늘따라 1.5, 1.5가 되어 버린 자신의 시력을 원망하며, 속으로 이야깃거리를 찾았다.

'무슨 얘길 꺼내야 규리가 입술을 매만지지 않을까? 무슨 얘길…… 아!'

불현듯 규리의 옷이 눈에 띄었다.

"규리야."

"어?"

규리가 레오를 향해 고개를 돌리며, 입술에서 손가락을 떼어 냈다. 손가락이 사라지니 그나마 입술이 덜 부각되는 것 같았다. 다행히도 그의 욕망이 조금 사그라들었다.

"아까부터 궁금했는데, 그 옷……."

"아……."

그의 질문이 채 끝나지도 않았지만, 규리는 레오가 뭘 물을지 짐작하고 있었다.

"누가 준, 옷을 입은 거야?"

차라리 다른 옷을 주었더라면, 규리의 취향이겠거니 하며 넘겼을지도 모른다. 하지만 같은 시각, 똑같은 옷을 주었다. 두 남자가 똑같이. 그래서 더 궁금했다. 누가 준 옷을 입은 건지.

"음. 그게……."

규리가 대답하기 위해 살짝 입술을 열었다.

"사실……."

그가 궁금했던 질문을 시원하게 대답하려는 찰나.

"팀장……."

레오는 규리가 앉아 있는 그네 줄을 잡아당겼다. 그러자 두 사람의 반짝이는 눈빛이 잠시 허공에서 부딪혔다. 그리고 곧장, 레오는 자신의 입으로 그녀의 입술을 막아 버렸다. 나뭇잎 사이로 바람이 스쳐 지나가는 소리가 어색한 정적을 채웠다. 그가 갑자기 그녀에게 입을 맞춘 건…… 대답을 들을 용기가 없어서가 아니었다. 단지 그녀의 입술이 유난히도 탐스럽게 빛났기 때문이다. 명석이 준 옷을 입었다는 그 대답을 듣는 게 무서워서가 아니다. 절대. 오늘따라 요망한 그 입술 때문이지.

*

차 안에 묘한 긴장감이 맴돌았다. 집으로 돌아오는 내내 규리는 아무런 말
도 하지 않았다. 그저 창밖을 내다보거나, 핸드폰을 만지작거렸을 뿐. 빌라 주
차장에 차를 세운 레오가 조수석 문을 열어 주기 위해 빠르게 움직였지만, 규
리는 벌써 차에서 내린 상태였다. 비켜 주려는 레오와 안으로 들어가려는 규리
의 발걸음이 서로 엇박자로 놀았다. 결국 레오가 걸음을 멈췄고, 규리가 먼저
올라갔다.

"올라가자."

"……어."

고작 2층을 올라가는 건데, 왜 이렇게 집이 멀게만 느껴지는 건지. 레오는
앞서 걷는 규리의 뒷모습을 바라보며, 충동적인 자신의 행동을 후회했다. 어린
아이 같은 입맞춤이었다. 만나면 반갑다고 나누는 정도의 아주 가벼운 입맞춤.
하지만 규리에겐 갑작스러웠을 거다. 놀라서 동그랗게 뜬 그녀의 두 눈은 감길
줄 몰랐고, 심장 박동이 그에게 느껴질 정도였다. 그러니 줄곧 이렇게 아무 말
이 없는 게 당연한 일인지도 모른다. 비밀번호 누르는 소리가 들렸고, 곧 문이
열렸다. 명석은 아직 오지 않았는지 불은 꺼져 있었다. 안으로 들어간 규리는
불을 켜고 포장해 온 떡볶이를 식탁에 올려 두었다. 그리고 레오를 향해 뒤를
돌았다.

"저……."

아랫입술을 깨물고 있는 그녀는 머뭇거리고 있었다. 뭔가 말하고 싶은데, 입
이 떨어지지 않는 모양이었다.

"말해. 규리야."

레오가 부드러운 음성으로 말하자, 규리가 딱딱하게 굳은 얼굴 근육을 움직

이며 말했다.

"나…… 화난 거 아니야."

"어?"

여태 한마디도 없고, 얼굴도 굳어 있기에 단단히 화가 난 줄 알았다.

"그냥, 처음이라서, 그래서 당황한 거야."

아, 그랬구나. 그런 거였구나. 그런 네 마음도 모르고 나도 참 바보다.

"너무 갑작스러워서……."

그랬지. 갑작스러웠어. 내가 너무 갑자기 입술을 들이댔지. 이제 보니 네 입술이 아니라, 내 입술이 요망했네. 잘못했어. 내 입술이.

"다음부턴…… 그러지 마."

"어. 그래야지! 당연히 그래야지!"

레오가 배시시 웃으며 대답했다.

"나 옷 좀 갈아입고 나올게."

규리가 쇼핑백을 들고 방으로 들어가자, 레오는 놀랐던 마음을 쓸어내렸다. 허락 없는 입맞춤에 화가 난 줄 알았는데, 그게 아니었다니. 아직도 그의 입술에 부드러운 촉감이 남아 있었다. 세상 그 어떤 음식을 가져와도 비교할 수 없을 정도로 달콤한 그 입술의 향이 지금도 그의 코끝을 감도는 것 같다. 레오는 입가에 미소를 띤 채, 자신의 입술을 매만지며 몸을 돌렸다. 그때. 그의 시야에 무언가가 흐릿하게 닿았다.

"감독님!"

언제 와 있었는지, 명석이 현관 앞에 서 있었다. 그들의 대화 내용을 들었는지, 명석의 표정은 굳어 있었고 눈빛에는 날이 서 있었다.

"오셨어요?"

"……."

두 남자 사이에 싸늘한 공기가 맴돌았다. 오고 가는 눈빛과 내뿜는 기운에 결코 물러섬이 없었다. 순간 누군가의 핸드폰 벨이 울렸다.

"네. 대표님."

레오의 전화였다. 전화를 받는 그의 표정이 점점 어두워졌다.

"……지금요?"

레오의 눈동자가 다급하게 움직인다. 반면 명석은 차가울 정도로 냉정했다. 마치 이런 일을 예상이라도 한 듯.

"지금은 못 갑니다. ……대표님! ……예. 곧 가겠습니다."

긴 한숨 끝에 레오는 전화를 끊었다.

"급한 약속이 생긴 모양이군."

싸늘한 명석의 음성이 레오의 귓가를 스쳐 지나갔다.

"이 약속, 누가 만든 겁니까?"

"너도 알잖아."

"……!"

"장 대표가 만들었네."

"감독님!"

레오의 목소리가 커지자, 명석이 곧장 규리의 방문을 쳐다봤다.

"내가 무슨 말 할지는 알고 있지?"

"……?"

"믿지 마. 나."

명석을 노려보는 레오의 눈동자가 크게 일렁거렸다.

*

방으로 들어온 규리는 미끄러지듯 자리에 주저앉아 버렸다. 아까부터 두 다리가 후들거리고, 손이 떨려 미칠 것만 같았다. 키스는 아닌데, 단순한 입맞춤일 뿐인데, 왜 이렇게 떨리는 건지. 진짜 키스라도 했으면 아마 온몸이 녹아내렸을지도 모른다. 규리는 떨리는 손을 들어 입술을 매만졌다. 보드랍고 포근한 그의 입술이 지금도 입가에 맴도는 것 같았다.

"아……."

오늘 규리는 레오 때문에 정신을 차릴 수가 없었다. 커피를 뒤집어쓴 자신을 챙겨준 것부터 시작해, 기자들 앞에서 첫사랑 공개에, 입맞춤까지. 하루가 어떻게 흘렀는지 알 수가 없었다. 막장 드라마를 찍었다가 스릴러로 흘렀다가 로맨스로 끝을 맺는 동안, 규리의 머릿속에 자꾸만 누군가가 떠올랐다. 규리는 바닥에 놓인 쇼핑백을 끌고 와, 안에 있는 옷을 꺼내 보았다. 하나는 입었고, 또 다른 하나는 쇼핑백 안에 그대로다.

아까 레오가 누가 준 옷을 입었느냐는 질문을 던졌을 때, 규리의 심장은 저 깊고 어두운 곳으로 툭 떨어지는 기분이 들었다. 자기가 어떤 옷을 입을지 고민했듯이 그들도 궁금해하겠구나. 그건 미처 생각하지 못했다. 단순한 하우스 메이트가 아니다. 나를 좋아하는 남자들과 살고 있다. 그러니 더 조심해야 했다. 확신이 설 때까지. 조급증이 그녀의 목을 조여 오는 것만 같았다.

똑똑똑! 밖에서 문 두드리는 소리가 들려왔다. 규리는 자신에게 주어진 시간이 얼마 남지 않았음을 온몸으로 느꼈다.

"감귤! 뭐 해? 빨리 나와."

명석이었다.

"예. 잠시만요."

규리는 입고 있던 옷을 벗어 차곡차곡 개켰다. 그리고 입었던 옷은 옷장에, 쇼핑백에 넣어둔 옷은 옷장 앞에 두고 밖으로 나갔다. 언제 왔는지, 명석은 싱크대에 뭔가를 주섬주섬 꺼내고 있었다.

"언제 오셨어요?"

"조금 전에."

"회의는 잘 끝내셨어요?"

"난 뭐든 완벽해. 그러니 회의는 잘 끝냈지."

'치. 맨날 잘난 척이셔.' 작게 투덜대는 규리의 목소리를 들은 명석의 얼굴에 미소가 걸렸다. 그냥 옆에서 종알거리기만 한 건데, 왜 이렇게 기분이 좋아지는 건지.

사실 그는 아까 규리와 레오의 대화를 들었다. 엿들으려고 했던 것은 아니었다. 그가 집에 도착했을 때, 현관문이 조금 열려 있었고 그 틈 사이로 그들의 대화가 새어 나왔다. 경계심 없는 그들의 행동에 놀란 명석이 서둘러 집 안으로 들어가자, 레오의 어깨 너머로 규리의 얼굴이 보였다. 머뭇거리는 규리의 입술이 살며시 벌어지며 말했다.

"다음부턴…… 그러지 마."
"어, 그래야지! 당연히 그래야지!"

아까부터 명석의 머릿속엔 그 생각뿐이었다. 규리는 뭘 그러지 말라고 한 거고, 레오는 뭘 그렇게 하겠다고 대답한 걸까? 도대체 자신이 없는 사이, 두 사람은 어디서 뭘 한 걸까?

셋이 있을 땐 이렇게까지 기분이 더럽지는 않았다. 하지만 혼자 남게 된 후로는 기분이 점점 더러워졌다. 그 누구 때문도 아니었다. 망상과 의심에 사로잡힌 자신 때문에 기분이 더러워졌던 것뿐. 하긴, 아까 믿지 말라며 자신을 도발하는 레오의 말에 더 조바심이 났는지도 모른다. 명석은 어서 이 비정상적인 관계를 끝내고 싶었다. 그렇다고 규리에게 부담을 주고 싶진 않았다. 싫다고 거절한 애한테 매달리고 고민해 달라고 고집 부린 건, 레오와 명석 자신이었다. 그리고 지금 가장 심적 부담을 느끼고 있는 건 규리일 테고. 그는 규리가 고민할 시간을 최대한 많이 주고 싶다. 이런 고민은 이제 평생 없을 테니, 네 연애의 종지부는 내가 찍을 테니, 어차피 넌 계명석을 선택할 수밖에 없을 테니. 마음껏 고민하고, 부담 없이 선택할 수 있게 해주고 싶다. 그런데 자꾸 불안함이 밀려온다.

"근데 레오는요?"

자신이 옆에 있는데도 그 자식을 찾는 규리의 물음에 불쾌함이 스멀스멀 기어 올라왔다.

"급한 약속이 생겼다고 나갔어."

"아······."

말끝을 흐리는 그녀의 목소리에 아쉬움이 담겨 있는 것만 같아, 명석은 마음이 저렸다.

"그럼 방송은 같이 못 보는 건가?"

"왜? 아쉬워?"

"같이 보기로 했으니까요."

그래서 아쉽다고? 그렇게 물으려던 명석은 속 좁은 남자처럼 보일 것 같아 뒷말을 꾹 삼켜 버렸다.

"근데 이게 다 뭐예요?"

규리는 줄곧 싱크대 앞에 서 있는 명석에게 다가가 물었다.

"어? 닭이네요?"

"이따 방송 보면서 먹으려고."

"치킨 시켜 먹기로 했잖아요."

규리가 고개를 들어 명석을 올려다보며 물었다. 그러자 명석은 홱 고개를 돌리며 대답했다.

"치킨만 먹으면 물리잖아."

"뭐 하시려고요?"

"닭볶음탕."

"맛있겠다. 근데 이 많은 걸 사 오셨어요? 혼자?"

"그럼 혼자 사지 누구랑 사?"

"저랑 같이 가면 되잖아요."

"전화도 안 받았으면서."

아까 제작 발표회가 끝나고 난 뒤, 강희랑 잠깐 통화하고 소리로 바꿔 놓는다는 걸 그대로 둔 모양이었다. 레오와 있는 사이 전화를 했나 보다.

"아. 핸드폰을 진동으로 해둬서……."

그리고 보니 식탁 주변에 비닐봉지가 몇 개씩 놓여 있었다. 당근과 양파, 그리고 감자까지. 이 많은 걸 혼자 사 왔다니……. 미안한 마음이 들 때, 명석의 입에서 전혀 예상치 못한 말이 튀어나왔다.

"외로웠어."

"예, 예?"

규리가 눈을 땡그랗게 뜨며 물었다.

"뭐, 뭐 했다고요?"

그의 입에서 나올 수 있는 단어가 아니라고 생각했기에, 더 놀랄 수밖에 없었다. 강철 같은 사람이다. 바늘로 찔러도 피 한 방울 안 날 만큼 빈틈이 없는 사람이란 말이다. 그런데 외로웠다니! 왜?

"나 두고 어디 가지 마."

이 또한 예상치 못한 말이었다. 그는 어린애처럼 투정 부리듯, 떼를 쓰듯 말했다. 거기에 말투까지 새초롬한 게, 그녀가 알고 있는 계명석 같지가 않았다.

"약속해."

"……."

"나 혼자 두고……."

"……?"

"둘이 어디 가지 마."

그제야 규리는 그가 왜 그런 말을 했는지 알 것 같았다.

"너 그거 알아? 셋이 있을 때, 한 명 따돌리고 귓속말하는 거만큼 서러운 거 없다?"

아까 낮에 분식집 사장님과 레오가 귓속말한 것을 두고 토라졌던 자신이었다. 그런데 좋아하는 여자가 그 여자를 좋아하는 다른 남자와 단둘이 시간을 보냈으니, 그의 마음이 오죽했을까. 그런데 참 이상한 게, 미안한 마음이 생겨야 하는데, 전혀 미안하지가 않았다. 그리고 알 수 없는 묘한 감정이, 그녀의 마음 곳곳을 채워 나갔다. 규리는 그 감정의 정체를 알아내지 못했지만, 토라진 이 남자를 달래줄 필요는 있었다.

"그럴게요."

"약속한 거지?"

"네."

엉겁결에 약속은 했는데 아차 싶긴 했다. 현실적으로 셋이 매일 붙어 다닐 수도 없는 노릇이고, 또 오늘처럼 셋이 있다가 누군가에게 갑자기 일이 생길 수도 있으니까.

"근데 오늘같이 일이 생기면요? 그럼 어떡해요?"

규리가 묻자, 잠시 고민하던 명석이 단호하게 대답했다.

"도망쳐."

"예?"

"레오한테서 도망치라고."

"……."

"그리고 혼자 있어. 내가 올 때까지."

그는 그녀가 알고 있는 사람 중 가장 이성적인 사람이었다. 그런데 뭐, 이런 어처구니없는 방법을 말하다니. 규리의 입에서 품 하고 웃음이 새어 나가고 말았다. 하지만 그의 얼굴은 '웃지 마. 나 지금 궁서체야.'라고 말하는 것 같아서 금방 웃음을 멈춰 버렸다.

"그럼 공평하게 저 지금 도망쳐야 해요? 레오 올 때까지?"

규리가 몸을 돌려 도망치는 액션을 취하자, 명석이 그녀의 목덜미를 덥석 잡아 버렸다.

"아니."

"왜요? 그래야 공평한 거잖아요."

"아까 너희 둘만 있었잖아."

"……?"

"그러니까 지금은 나랑 둘이 있어야 해. 그게 공평한 거야."

그렇게 말하는 명석의 말투는 단호했고, 그의 눈빛은 여전히 궁서체였다.

"대답해. 지금은 나랑 둘이 있겠다고."

"아…… 예."

어차피 이 밤에 갈 곳도 없고, 닭볶음탕도 먹어야 하고, 첫 방도 봐야 하니까. 규리는 그러겠다고 대답했다. 그러자 명석의 표정이 슬그머니 풀렸다.

"그런데 팀장님."

"왜?"

"저한테 뭐 화나셨어요?"

"아니? 왜?"

"아까부터 제 눈을 안 마주치시길래요."

아아. 그건 화가 나서가 아니야. 네 눈을 보면 진심을 볼 것 같아서…… 겁이 나.

"다음부턴…… 그러지 마."

"어. 그래야지! 당연히 그래야지!"

레오에게 뭘 그러지 말라고 한 걸까? 손이라도 잡았을까? 널 안기라도 한 거야? 그게 아니면, 그게 아니면……. 이런 생각 하는 내가 싫어. 그런데 네 맑은 눈동자를 보면 옹졸한 나와 마주할 것 같아서…… 그래서 겁이 나.

"아냐. 화난 거."

"에이. 화나셨으면서. 왜 화나셨어요? 말씀해 보세요."

명석은 이런 분위기가 너무 좋았다. 싱크대 앞에서 알콩달콩, 꽁냥꽁냥. 꼭 신혼부부 같다. 오레오 자식. 오늘 확 외박이나 해라!

명석은 레오 외박을 염원하며 규리에게 뭔가를 툭 던졌다. 앞치마였다.

"응? 이거 어디서 나셨어요?"

어디서 나긴. 샀지. 너랑 나랑, 우리 둘만 하려고 딱 두 개만 샀지. 커플로.

"넌 팀장님 일하시는데, 노냐?"

"아뇨. 아뇨. 저도 해야죠."

규리가 소매를 걷으며 앞치마를 걸치려고 하자, 명석이 헛기침을 했다.

"흐음. 왜 이렇게 물이 튀지?"

최대한 노력한다고 노력한 건데, 어째 말투가 꼭 로봇 같다.

"물 좀 약하게 틀까요?"

규리가 수도꼭지를 조절하며 물었다.

"됐어요?"

"아니. 그래도 튀는데."

명석은 튀지 않는 물을 애써 튕기며 대답했다.

"왜 그러지? 그럼 제가 할까요?"

아니! 아니! 널 시키려고 이러는 게 아닌데!

명석은 눈동자를 또르르 굴리더니 다시 발연기를 시전했다.

"아차! 앞치마를 하나 더 사 왔는데, 깜빡했군."

"아! 그럼 앞치마 매실래요?"

주섬주섬 비닐봉투 안을 헤집던 규리가 앞치마를 꺼내 들었다.

"여기 있다! 팀장님, 여기요."

눈치 없는 규리가 명석에게 불쑥 앞치마를 내밀었다. 하지만 명석은 제 손으로 앞치마를 맬 생각이 전혀 없었다. 참기름 냄새 풍기는 신혼부부들이 즐비한 마트에서 어떤 마음으로 혼자 장을 봤는데! 그가 사 온 소품들은 각기 저마다 의미가 내포되어 있었다. 저 앞치마를 살 때 명석은 다짐했다. 절대 제 손으로 앞치마를 매지 않겠다고.

"닭을 들고 있어서 내가 매긴 힘들겠는데."

"아, 그럼 제가 해드릴게요."

규리가 냉큼 앞치마를 들고 와 그 앞에 섰다. 그러자 명석의 입꼬리가 씰룩쌜룩 춤을 췄지만, 그는 최대한 아닌 척 시치미를 뗐다.

"어…… 키가 너무……."

그의 목에 앞치마를 걸어 줘야 하는데, 키가 너무 크다. 낑낑거리던 규리가 그의 팔을 살며시 잡아당겼다. 그러자 긴 그의 몸이 반으로 접힌다. 명석은 규리가 앞치마를 매주기 편하도록 허리를 굽혔다.

그래. 그래. 이런 그림을 원했다. 〈우리 결혼할까요?〉에서 흔히 볼 수 있는 이런 그림. 알콩달콩. 꽁냥꽁냥. 이 시간이 계속됐으면 좋겠다. 오레오 자식이 못 들어오게 현관 비밀번호를 확 바꿔 버릴까? 감귤 생일, 내 생일로. 그들이 완전히 이 집에 머물기로 한 날, 현관 비밀번호를 새로 설정했다. 세 사람의 생일로. 연장자 순으로 명석, 규리, 레오 순으로 말이다. 아, 물론 규리와 레오는 동갑이었지만 생일은 규리가 조금 더 빨랐다.

현관문을 열 때마다, 레오의 생일을 누르고 있는 자신을 보며 소름 돋았는데. 규리가 자길 선택하면 비밀번호부터 바꿔야겠다.

"다 됐어요."

생각에 잠겨 있는 동안 그의 몸에 앞치마가 둘러졌다. 똑같은 앞치마. 모든 소품에는 의도가 있는 법이지. 우린 지금 똑같은 앞치마를 매고 있다. 커플 되기를 간절히 염원한다는 뜻이지.

"전 뭐 할까요? 감자 깎을까요?"

"됐어."

"음. 그럼 당근 썰까요?"

"아니."

"그럼 양파라도 깔까요?"

"싫어."

"그럼 전 뭐 해요?"

규리가 뾰로통하게 물었다. 언제는 팀장님 일하시는데 아무것도 안 한다고 타박하더니, 일하려고 소매까지 걷고 나서니까 하려는 것마다 못 하게 한다.

"넌 그냥 앉아 있어."

"예?"

"의자 갖고 와서 여기…… 앉아 있어."

명석은 싱크대 앞, 바로 자기 옆자리를 가리키며 말했다.

"그게 나 도와주는 거야."

잠시 고민하던 규리는 그의 말에 따랐다. 어쩐지 그냥…… 그렇게 하고 싶어졌다. 의자에 앉은 규리는 요리하는 명석을 올려다봤고, 명석은 비로소 마음의 평안함을 찾을 수 있었다. 행복한 시간이었다.

*

"옥상이요?"

"3층에 사람 없다면서?"

"예."

규리는 눈을 또르르 굴리며 대답했다. 3층, 말 많은 아줌마가 이사 간 뒤로 다른 집이 들어오지 않았다. 그래서 명석이 오늘 첫 방을 옥상에서 보자고 제안한 것이었다.

"날씨도 좋고, 많이 춥지도 않아."

말은 그렇게 하면서 그는 규리를 위해 두툼한 담요를 준비해 놓았다. 레오가 없는 사이 그녀와 분위기를 내고 싶었다. 까만 밤을 수놓은 꼬마전구 아래에서 가볍게 맥주 한잔하고, 나란히 앉아 너와 내가 만든, 우리들의 첫 번째 방송을 보는 것. 그게 오늘 명석이 레오를 따돌리고 짜놓은 스케줄이었다.

"잠깐 써도 되지 않나?"

"상관없을 거예요. 열쇠 가지고 올게요."

규리가 옥상 열쇠를 찾기 위해 방으로 들어갔다.

"그럼 나 짐 좀 옮기고 있을게."

"네. 먼저 올라가세요. 금방 따라갈게요."

옮길 짐이 한두 가지가 아니다. 규리를 위해 만든 닭볶음탕에, 맥주는 물론 테이블과 캠핑 의자. 거기에 빔 프로젝터에 스크린까지 설치하려면 시간이 촉박하다. 명석은 일단 짐부터 옥상 앞으로 옮겼다. 꽤 무거운 짐들이었지만, 전혀 무겁게 느껴지지 않았다. 제발 레오가 늦게 와야 할 텐데. 방송 다 끝나고 왔으면 좋겠다. 아니, 오늘 정말 안 들어왔으면 좋겠다.

계단을 오르내리며 명석은 스스로가 참 유치하다는 생각을 했다. 여자에 목매는 친구들을 보면서 한심하다고 생각했는데, 사랑이라는 거 직접 해보니까 …… 목맬 만하다. 마지막으로 담요를 들고 가려는데, 규리가 나왔다.

"열쇠 찾았어?"

"네."

규리가 열쇠를 흔들며 대답하자, 명석이 그녀의 옷을 보며 물었다.

"그렇게 입고 가려고?"

"밖에 안 춥다면서요?"

"나한테나 안 춥지. 추위도 많이 타는 게."

명석은 손을 휘휘 저으며 두꺼운 옷을 입고 오라고 했다. 규리는 옷을 갈아입고 나오며 문득 궁금해졌다. 레오야 어렸을 때 함께 지내면서 자신이 추위를 많이 타는 걸 알았다지만, 명석은 어떻게 안 걸까?

"가자."

"예."

전에 고백한 날 핫팩을 준 것도 그렇고. 그땐 고작 9월밖에 되지 않아서 웬만한 사람들은 핫팩을 들고 다닐 때도 아니었다. 옥상 열쇠를 넣고 돌리자, 달그락 소리와 함께 문이 열렸다.

'팀장님은 내가 추위 많이 타는 걸 어떻게 알았지?'

생각에 잠겨 발걸음을 옮기는 그때.

"꺄악!"

"어어어!"

문틀에 그만 규리의 발이 걸리고 말았다.

"아야."

맨바닥에 넘어지긴 했는데, 생각만큼 아프지는 않았다.

"하아…… 괜찮아?"

명석의 목소리가 아래에서 들려왔다.

음…… 잠깐. 아래? 이상함을 느낀 규리가 아래를 쳐다보자, 명석의 눈과 그대로 마주쳐 버렸다.

"엄마야!"

명석의 몸 위에 그녀가 완전히 포개져 있었다.

"죄송해요, 팀장님."

놀라고, 민망하고, 미안한 마음에 규리가 빠르게 상체를 일으켰다. 나머지 몸도 일으키려는 찰나, 명석이 그녀의 손을 잡았다.

"……?"

그는 규리를 잡은 손에 힘을 주어, 그녀를 자신의 품에 가두었다.

"티, 팀장님?"

"잠깐만…… 잠깐만 이대로 있자."

늦은 밤. 사방은 조용했고, 콩닥거리는 두 사람의 심장 소리만 들려왔다. 폭 안긴 그녀의 가슴께에서 두근두근 심장 뛰는 떨림이 고스란히 느껴졌다.

"티, 팀장님?"

규리가 일어나려고 하자, 명석이 그녀를 잡은 손에 힘을 주었다.

"아파."

"예?"

"네가 움직이면 아파."

"아…… 어떡해."

뒤로 넘어지면서 다친 모양이었다. 하긴 제 몸은 거의 멀쩡하다시피 했으니.

"병원 가야 하는 거 아니에요?"

규리가 안절부절못하자, 명석이 그녀의 등을 지그시 누르며 말했다.

"잠깐만. 잠깐만 이대로 있자."

"하지만 크게 다쳤으면……."

"지금 움직이면 더 아플 것 같아."

"아……."

더 아플 것 같다는 말에 규리는 더 이상 아무 말도 하지 못했다. 그저 꼼짝없이 이러고 있을 수밖에. 명석은 그녀를 안고 싶은 마음에 핑계를 대긴 했지만, 아프다는 게 아예 거짓말은 아니었다. 넘어지는 그녀를 보호하느라 그의 몸이 충격을 고스란히 받아 버린 탓에 어깨와 등이 욱신거렸다. 하지만 아픔보다는 환희가 더 컸다.

손끝부터 느껴지는 짜릿함이 피를 타고 온몸으로 퍼졌다. 그녀의 몸과 닿고 있는 모든 부분이 따뜻해졌다. 옥상에서 '개명석, 개자식아!'를 외쳤을 때는 뭐 저렇게 당돌한 게 다 있나 싶었는데, 생각보다 그녀의 몸은 작고 가벼웠다. 솜털같이 가볍다. 매일 업을 수도, 안아줄 수도 있을 만큼. 자신의 가슴에 손을 얹은 규리의 손이 꼼지락댄다. 불편하겠지. 어색할 거다. 걱정도 될 거고. 하지만 난 널 쉽사리 놓아줄 생각이 없어. 되도록 길게, 아주 오래 이렇게 널 끌어안고 있을 테니까. 어느새 명석의 입가에 미소가 번졌다. 오늘 밤은 참…… 길었으면 좋겠다.

*

고급 일식집. 잔잔한 음악과 함께 술잔이 오고 갔다. 뭐가 그리도 좋은지 사람들의 입에서는 웃음소리가 끊임없이 들려왔다. 레오는 이런 자리가 불편했다. 장 대표는 꼭 할 말이 있다며 그를 불러냈지만, 정작 그와는 단 한마디도 나누지 못했다. 눈치를 봐서는 명석이 자리를 만들어 놓고 쏙 빠진 모양이었다.

"내년 여름 꽤 스케일 있는 드라마를 기획하고 있어요. 장 대표님이 도움을 주셨으면 좋겠는데."

HBS 사장이 레오를 힐끔 쳐다보며 말하자, 장 대표가 금방 고개를 숙였다.

"제가 도움이 될 수만 있다면 뭐든 해드려야죠. 저희 연기자들 잘 부탁드립니다."

장 대표는 레오를 위해 이 자리에 나온 게 아니었다. 레오를 통해 자신이 키우고 있는 연기자들을 드라마에 넣고 싶은 것일 뿐. 이런 일이 익숙했던 레오는 술자리 자체가 불편하지는 않았다. 배우가 연기만 하고 살 수는 없다는 건, 데뷔할 때부터 알고 있었다. 그리고 이렇게 점잖은 자리는 그도 거리낄 게 없었다. 다만 타이밍이 안 좋다. 레오의 머릿속에는 규리와 명석이 뭘 하고 있을까, 오직 그 생각뿐이었으니까.

"잠깐 실례합니다."

"예. 다녀오십시오."

방송국 사장이 핸드폰을 들고 밖으로 나갔다. 장 대표와 레오만 남자, 방 안은 정적에 잠겼다. 결국 장 대표가 침묵을 가르며 입을 열었다.

"요즘 다른 데서 지낸다면서?"

"예."

매니저 형이 말한 모양이다. 하긴 그게 매니저의 일이었으니.

"어디서 지내는지…… 안 묻는 게 좋겠지?"

"예."

칼 같은 레오의 대답에 장 대표는 입을 꾹 다물었다. 아무리 소속사 대표라고 해도 그는 레오에게 할 수 있는 말이 별반 없었다.

"계약서에 네 사생활 터치 안 한다고 사인은 했지만, 그래도 조심해."

장 대표는 그동안 별 탈 없이 지내준 것만으로도 레오에게 감사했다.

"그래야죠."

"신 기자가 벼르고 있다더라."

그가 스타 반열에 오르고 나서 신 기자는 줄곧 그를 쫓아다녔다. 어떻게든 그의 스캔들 하나 잡아서 특종 터뜨릴 요량으로 말이다. 하지만 고3 수험생같이 집, 촬영장, 회사밖에 모르던 레오에게 얻을 건 하나도 없었다. 그런데 게이 설이 돌 정도로 만나던 여자 한 명 없던 레오가 먼저 입을 연 것이었다. 그러니 그가 접근해 오는 건 당연한 일이었다.

"그 여자…… 찾은 거야?"

장 대표가 힐끔 레오의 눈치를 살피며 물었다. 무표정한 레오는 천천히 고개를 끄덕였다.

"하아."

장 대표의 입에서 작은 탄식이 터졌다. 레오 덕에 회사는 더 크게 성장할 수 있었다. 레오 덕에 돈을 벌었고, 레오 덕에 더 많은 연기자들을 모을 수 있었다. 장 대표에게 레오는 절대 놓치고 싶지 않은 배우였다. 모든 면에서.

"어쩔 생각이야?"

장 대표가 담담한 목소리로 물었다.

"계획한 대로 할 겁니다."

단호한 레오의 대답에 장 대표는 고개를 주억거렸다. 생각보다 때가 이르긴 해도 나쁘진 않을 거다. 국민 남자친구에서 국민 남편으로 이미지 변신을 시켜주는 게. 다만 그 과정에서 소음이 좀 있겠지만, 그건 거쳐야 할 일이다. 이제 슬슬 장 대표도 몸을 움직여야 했다.

"그래도 우리 쪽에서 밝히기 전까지는 몸조심해. 특히 신 기자."

"예."

레오는 고개를 끄덕이며 대답했다.

*

"저…… 이건 좀……."

물기를 머금은 규리의 목소리가 밤공기에 퍼져 나갔다.

"아무도 없잖아."

규리가 그의 손길을 거부했지만, 명석은 아무도 없다는 핑계로 움직임을 멈추지 않았다.

"그래도 이건……."

익숙하지 않은 느낌에 규리가 불안한 표정을 지었고, 명석은 끈적한 눈으로 그녀를 바라보았다.

"가만히 있어 봐."

"답답해요."

"좀 참아."

"하아."

규리의 입에서 촉촉하게 젖은 한숨이 새어 나왔다. 그러자 명석이 농염한 미소를 지으며 그녀의 목에 팔을 둘렀다.

"정말 이렇게까지 해야 해요?"

"응. 그러니까 긴장 풀어."

그의 몸이 규리에게 점점 더 가까이 다가가자, 그녀의 표정이 조금 일그러졌다.

"아아."

"많이 조여?"

명석이 움직임을 멈추고 묻자, 규리가 꽥 소리를 질렀다.

"저 진짜 안 춥다니까요!"

"안 돼! 감기 걸려!"

다시금 명석의 손이 빠르게 움직였다. 이렇게. 요렇게. 저렇게. 명석은 집에서 들고 온 담요라는 담요는 모두 규리의 몸에 덮어 주고, 목에 칭칭 감아 꽁꽁 묶어 주었다. 우리 감귤 추위 많이 타니까. 지금 규리는 꼭 누더기 옷을 덕지덕지 껴입은 눈사람 같았다. 움직임은 물론 숨 쉬는 것조차 불편했다.

"저 땀 나는 거 안 보이세요?"

규리가 버럭 화를 내며 따지자, 명석은 그녀의 목을 죄고 있던 담요 하나를 풀어 주었다.

"말을 하지."

"몇 번을 말했는데요! 이거 다 풀어주세요!"

"안 돼. 감기 걸려."

"답답해 죽을 것 같다고요!"

결국 두 사람은 담요 2개로 타협했다. 하나는 망토처럼 어깨에 걸쳤고, 또 하나는 무릎을 덮었다. 명석은 따뜻한 커피를 타와 규리에게 내밀었다.

"잘 먹겠습니다."

방송이 시작하기까지 30분 정도 남아 있었다. 그들 앞에 걸린 스크린에는 그 전 프로그램이 막바지를 향해 달려가고 있었다.

"근데 정말 병원 안 가봐도 되겠어요?"

규리가 걱정스럽게 물었다. 충격이 얼마나 컸는지, 명석은 꽤 오랫동안 일어서지 못했다. 그 바람에 규리는 그의 품에 안겨 있어야 했다. 어색하고 두근거리는 시간이 한참 지난 뒤에야 두 사람은 떨어질 수 있었다.

"내가 똑똑하기만 할 거라는 편견은 집어넣어."

뜬금없는 말에 규리가 두 눈을 깜빡였다.

"난 똑똑하기도 하지만, 건강하기도 해. 만져 봐."

그는 마치 자신의 튼튼한 몸을 어필이라도 하려는 듯, 규리에게 제 팔뚝을 내밀었다. 규리가 만져야 하나 말아야 하나 고민하는 표정을 짓자, 명석이 눈짓으로 그녀를 재촉했다. 그러자 규리가 손가락으로 쿡, 그의 팔뚝을 찔렀다.

"어때?"

"아, 뭐 단단하네요."

규리가 마지못해 대답하자, 명석이 아이같이 해맑은 미소를 지었다. 자신의 건강함을 그녀가 알아줬다는 것에 대한 뿌듯함이 만들어 낸 미소 같았다. 뇌섹남 이미지도 좋지만, 규리만은 알아줬으면 좋겠다. 몸도 머리 못지않게 섹시하다는 걸. 그래서 기회만 되면 자꾸만 어필하고 싶었다. 자신의 건강함을.

"근데 아래층에 동생 산다고 하지 않았나?"

"예. 살아요."

"통 안 보이던데?"

"아. 엄마 만나러 갔어요. 양평에."

"이렇게 오래?"

"오랜만에 엄마 만나서 할 말이 많을 거예요."

"왜 넌 안 가고?"

처음 이 집에 왔을 때, 규현이라는 남자를 단번에 알아보는 레오를 보고 명석은 묘한 기분에 휩싸였다. 레오는 그녀의 가족을 알고 있었다. 명석은 모르는 그녀의 과거를, 사소한 습관을, 어렸을 때의 모습까지. 명석도 알고 싶었다. 가장 알고 싶은 건 물론 감귤 자체였지만, 아래층에 동생이 산다는 말을 듣고 그를 자신의 편으로 만들고 싶었다.

"전 회사 가야죠."

"동생은? 회사 안 다녀? 학생?"

호로록. 커피를 마시던 규리가 눈을 가늘게 뜨는 명석을 쳐다봤다.

"근데 왜 이렇게 제 동생한테 관심이 많으세요?"

의심 가득한 눈으로 묻자, 명석은 익숙하게 둘러댔다.

"네가 그랬잖아. 우리가 여기 있는 거 동생한테 안 들켰으면 좋겠다고."

"예. 그랬죠."

"그럼 동생에 대해 대충은 알아야 하지 않나? 몇 시쯤 출퇴근하는지, 누구랑 사는지……"

……또 내 편이 되어줄지.

명석은 규리의 남동생을 등에 업으면 레오 따위를 한 방에 무찌를 수 있을 것만 같았다. 아, 사랑하면 유치해진다더니 천하의 계명석이 이렇게 될 줄이야. 하지만 이런 유치함이 너무도 좋다.

"아직 학생이에요. 아! 팀장님 후배구나?"

"어? 후배?"

세상에서 제일 싫은 게 학연, 혈연, 지연이었는데. 지금 이 순간만큼은 학연이 제일 좋다. 후배라는 단어가 이렇게 친근감 느껴질 줄이야. 후배가 처남 되고, 뭐 그런 거 아니겠는가?

"대학 후배?"

"예. 아직 학생이에요."

명석은 무슨 과에 몇 학번인지 꼬치꼬치 캐물으며 희미하게 미소를 지었다. 아주 알뜰하게 이용할 수 있는 제 편이 생긴 듯 든든했다.

"근데 친구도 아래층에 산다고 하지 않았어?"

그 질문에 규리가 음, 하고 말을 아꼈다. 주변 사람들 얘길 미주알고주알 다 해야 하나 싶다가도 혹시나 강희 지나가는 길에 명석이 담배를 피울까 염려가 돼서 입을 열었다.

"제 친구랑 규현이랑 결혼할 거예요."

"그럼 감귤이 시누이 되는 거야?"

"네. 암튼 강희 앞에서 담배 피우면 안 돼요!"

규리가 눈에 힘을 주며 말했다. 그녀의 눈동자에 친구와 아기 걱정이 그득했다.

"응. 그럴게."

"이왕이면 아예 끊어버리면 좋은데."

친구와 아기 걱정이 그득했던 규리의 눈동자에 자신을 걱정하는 마음이 담긴다.

"그건 힘드실 테니까, 조금씩이라도 줄이면 좋을 것 같아요."

종알거리던 규리가 아차 싶었는지, 제 입을 막았다.

"아, 제가 너무 건방졌죠?"

눈도 못 마주치던 팀장님의 기호 식품까지 참견을 하다니. 규리가 주제넘은 제 입을 두드리고 있을 때, 명석의 목소리가 들려왔다.

"끊을게."

"예?"

전혀 예상 못 했던 말이었다. 명석은 꽤 자주 담배를 피웠다. 평소에도 흡연실에 있는 그를 종종 봤다. 회의 전후로 흡연실에 다녀왔고, 편집하는 날에는 담배를 입에 달고 살았다. 그런데 이렇게 갑자기 끊겠다니? 왜?

"왜, 왜요?"

"네가 원하잖아."

"제가 원한다고 담배를 끊어요?"

규리가 어리벙벙한 표정으로 묻자, 명석이 그게 뭐 대수냐는 듯 말했다.

"네가 원하면 난 뭐든 해."

그 말에 규리의 심장이 쿵 저 밑까지 떨어졌다. 진지한 그의 눈빛을 보니 농담은 아니었다. 게다가 명석은 주머니에서 담배와 라이터를 꺼내 쓰레기를 모아 놓은 봉투에 버리기까지 했다.

"담배 끊는 거 어려운 거 아니에요?"

규리의 질문에 명석은 음, 하고 생각에 잠겼다 대답했다.

"학생들이 스마트폰 끊고, 아줌마들이 아침 드라마 끊고, 감규리가 맥주 끊는 것만큼 힘든 일이지."

아…… 되게 힘든 일이구나.

"그런데 이렇게 갑자기 끊어도 돼요?"

그는 꽤 오래 대답이 없었다. 마음이 바뀐 건가? 하고 생각하고 있을 때, 그의 입이 천천히 열렸다.

"예전엔 안 그랬는데, 요즘 하고 싶은 게 많아졌어."

응? 하고 싶은 거? 그중 금연도 있는 건가?

"그러려면 건강해져야지."

명석의 말뜻을 정확하게 알 수는 없었지만, 규리는 흡연자를 비흡연자의 길로 인도했다는 생각에 은근히 뿌듯해졌다.

"며칠 있음 또 촬영 가네."

그땐 초겨울이다. 날이 쌀쌀해지자, 규리 걱정이 앞선다.

"옷 잘 챙겨가."

"예."

"멀미약……은 챙기지 말고."

농담 같은 진담에 규리가 고개를 돌려 명석을 바라보았다. 선착장에서 자신의 귀 밑에 멀미약을 붙여 주던 그가 떠올라 얼굴에 홍조가 그려졌다.

"그 멀미약, 아직 갖고 계세요?"

"응."

"저 좀 주시라니까."

"싫어."

"치. 그거 효과 짱이던데. 진짜 저 주시면 안 돼요?"

"응. 안 돼."

쳇, 하고 토라지는 규리의 모습이 무척이나 사랑스럽다. 넌 아마 모를 거다. 멀미약을 붙여줄 때, 내 심장이 얼마나 두근거렸는지. 그 두근거림을 또 느끼고 싶은 내 마음을, 넌 아마 모를 거야.

"감귤. 우리 사진 찍자."

가만히 규리를 바라보던 명석이 제안했다.

"사진이요?"

뜬금없이, 이 밤에 웬 사진?

"담배 끊은 기념사진."

"아하! 찍어요. 저 금연 전도사 된 기념으로!"

"저기 서 봐."

그에게는 규리와 함께한 추억이 없다. 그만큼 함께한 시간이 적었던 거다.

그래서 공유할 추억도, 공감할 이야기도 없다. 하지만 이제부터 만들면 된다. 둘만 공유할 추억을 만들고, 둘만 속삭일 이야기를 만들어 내면 된다. 그리고 먼 훗날. '예전에 내가 담배를 엄청 피웠지. 그런데 이날 끊었어. 네 덕에.'라며 너와 함께 앨범을 꺼내 볼 거다.

"타이머 맞춘다?"

"어! 잠시만요."

규리가 매무새를 다듬었다.

"네. 찍으세요."

타이머를 맞춘 명석은 '브이' 자를 만들며 해맑게 웃는 규리 옆에 섰다. 명석은 잠시 고민했다. 규리와 정다운 포즈를 취하고 있는 사진을 남기고 싶었다. 어깨에 손을 얹는다든가, 허리를 감싸 안는다든가, 아니면 이마에 콕 입을 맞추는 그런 사진. 하지만 명석은 참기로 했다. 아직은 우린 아무 사이가 아니니까. 그녀가 완전히 마음의 결정을 내릴 때까지, 참아 보기로 했다. 그리고 소심하게 그녀 머리 위로 손가락 하트를 만들었다. 반짝! 플래시가 터지며 사진이 찍혔다.

"잘 찍혔네."

"저도 보여주세요."

규리가 쪼르르 달려가 카메라를 들여다봤다.

"에? 팀장님만 잘 나왔어요. 저 표정 이상해요."

"왜? 예쁜데."

"이상해요. 지워요."

"싫어."

"지워요!"

규리가 사진을 지우려고 하자, 명석이 카메라를 위로 번쩍 들었다. 그러자 키가 닿지 않는 규리가 카메라를 뺏기 위해 제자리에서 뛰었다.

"지워요…… 어?"

언제 왔는지, 레오가 명석의 손에 들려 있던 카메라를 낚아챘다.

"레오야?"

카메라를 빼앗은 레오와 카메라를 빼앗긴 명석. 두 사람은 규리를 사이에 두고 서로를 날카롭게 노려보았다.

"레오야, 언제 왔어?"

규리의 질문에 레오는 대답 없이 옥상을 훑어보았다. 예쁘게 놓인 테이블 위에 먹음직스러워 보이는 음식이 그의 심기를 불편하게 만들었으며, 검은 밤을 수놓는 반짝이는 꼬마전구가 그의 기분을 어지럽혔다.

'나 없는 사이에 이걸 다 준비한 거야? 둘이?'

함께 음식을 만들고 옥상을 꾸몄을 규리와 명석을 상상하자, 레오의 가슴에 뜨거운 불이 솟구쳐 올랐다. 그리고 그의 손에 들려 있는 카메라 속에 찍힌 두 사람의 사진. 그 어느 때보다 예쁘고 맑은 미소를 짓고 있는 규리의 모습이 그의 마음에 휑한 구멍을 만들었다.

나를 볼 때에도 규리는 이렇게 예쁘게 웃는지, 나와 함께 있을 때에도 이토록 즐거운지, 나보다 감독님과 함께 있는 걸 더 좋아하는 건 아닌지……. 이러면 안 되는데, 가슴속에서 기분 나쁜 기운이 자꾸만 울컥울컥 치솟았다.

"급한 약속 생겼다더니, 빨리 왔네?"

"어. 같이 첫 방 보기로 했으니까."

규리가 묻자, 레오가 억지 미소를 만들며 겨우 대답했다.

"늦지 않게 딱 맞춰서 왔어. 이제 곧 시작할 거야. 앉아."

규리가 의자를 끌어와 레오에게 자리를 마련해 주었다.

"저녁은? 우리 안 먹고 너 기다리고 있었는데."

테이블에는 닭볶음탕과 아까 분식집에서 사 온 떡볶이가 놓여 있었다. 아마 저 닭볶음탕은 명석과 규리가 함께 만들었겠지. 그 시간을 벌기 위해 명석은 굳이 가지 않아도 되는 자리를 만들어 자신의 등을 떠밀었고 말이다. 닭볶음탕이 담긴 냄비를 노려보는 레오의 눈빛이 무섭도록 차가웠다. 차갑게 내려앉은 공기 위에 불꽃을 던진 건, 명석이었다.

"줘. 카메라."

그는 조금 전 규리와 장난을 칠 때와는 180도 다른 분위기를 내뿜으며 레오에게 손을 내밀었다. 냉랭한 레오의 눈빛이 날카롭게 명석을 보더니, 곧 사진으로 시선을 돌렸다.

"사진 지우고요."

레오가 삭제 버튼을 누르려고 하자, 명석이 카메라를 낚아챘다.

"네가 뭔데 내 사진을 지운다 만다 하는 거야?"

이글이글 타오르는 명석의 눈빛이 싸늘하게 식은 레오의 눈빛과 맞부딪혔다. 만약 정글에서 굶주린 사자와 호랑이가 마주친다면 딱 지금 같은 분위기일 것만 같다.

"감독님 사진이기도 하지만, 규리의 사진이기도 하니까요."

"그러니까. 나랑 감귤이 찍힌, 우리 사진을 네가 뭔데 지운다는 거야?"

'우리'라는 단어에 레오의 얼굴이 사정없이 구겨졌다. 하지만 여기서 물러서고 싶지 않았다.

"규리가 원하잖아요."

"……?"

"감독님과 찍은 사진을 삭제하기를."

"뭐?"

규리가 단순히 사진이 마음에 들지 않아 삭제하기를 원했다는 건 명석도 알고 있었다. 그런데 그걸 '명석과 찍은 사진'이라고 표현하니, 묘하게 기분이 상했다. 하지만 명석은 나쁜 기분을 툴툴 털어 버렸다. 배배 꼬인 레오 놈의 입에서 튀어나온 말로 기분 상할 필요는 없다는 생각에 이르렀으니까.

나도 몇 시간 전까지 저놈과 같은 심정이었으니까! 두 남자는 이런 기분으로 저녁을 맞이하게 될 줄은 상상하지 못했다. 지금쯤 셋이 나란히 앉아 사이좋게 첫 방을 보고 있겠거니, 그렇게 생각했다.

물론 규리와 단둘이면 좋겠지만, 그녀가 마음의 결정을 내리기 전까진 서로 유치한 싸움 따위 하지 않겠다고 다짐했다. 하지만 오늘 일련의 사건들을 겪고 나니 레오와 명석은 참을 수가 없었다. 좋아하는 여자를 당당하게 지켜 주지 못한 스스로에게 깊은 실망감을 느꼈고, 그녀와 단둘이 데이트를 즐긴 상대방에게 참을 수 없는 질투를 느꼈다.

'어린애처럼 질투나 하는 이 자식보다는 내가 낫지!'

'내가 못한 게 뭐야? 영악한 감독님보다는 내가 훨씬 낫지!'

그런 유치한 생각이 두 남자의 머릿속을 유영하기 시작했다. 명석과 레오는 대치한 상태로 서로를 뚫어지게 노려보았다. 직접적으로 눈에 보이는 외모부터, 직업, 스타일, 성격, 하다못해 잠버릇까지!

어느 한구석이라도 상대방보다 못난 것이 없다. 아직까지 규리가 선택을 하지 못한 건, 그녀가 지독한 연애 무식자에 선택 장애를 앓고 있어서다. 두 남자는 누가 먼저랄 것도 없이 그렇게 결론지어 버렸다. 규리의 선택 장애가 호전이 되면, 분명 '나'를 선택할 거라고 말이다. 서로를 노려보며 질투와 비웃음이 묘하게 뒤섞이고 있는 그때, 규리의 목소리가 들려왔다.

"어? 한다!"

두 남자의 싸움은 안중에도 없는 듯, 그녀의 목소리는 맑고 순수했다. 규리의 말에 으르렁대던 두 남자가 순간 이빨을 숨기며 그녀가 손가락으로 가리키는 곳을 바라보았다. 하얀 스크린 위로 파라도의 푸르름이 펼쳐졌고, 그 뒤로 사이좋게 웃는 레오와 명석이 화면을 가득 메웠다. 아주 절묘한 타이밍에 첫 방이 시작된 것이다.

"우리 방송 봐요!"

규리가 잔뜩 들뜬 얼굴로 두 사람을 향해 말하며 의자를 끌어다 자리에 앉았다. 편집하는 내내 자막을 뽑으면서 지겹게 본 영상일 텐데, 방송을 보는 규리의 눈은 반짝반짝 빛나고 있었다. 그런 그녀 앞에서 더는 싸울 수 없었던 두 남자는 흐흠, 헛기침을 하며 싸움을 강제 종료해 버렸다. 레오와 명석은 서로를 노려보며 각자 의자를 갖고 와 규리의 양옆에 앉았다.

"옥상에서 보니까 분위기 완전 최고예요!"

규리의 미소가 명석을 향하자, 명석의 얼굴에 절로 미소가 걸렸다. 역시 유난을 떨며 옥상까지 올라온 보람이 있었다. 엘리베이터도 없는 건물에서 여기까지 끙끙거리며 온갖 짐을 들고 오는 것도 만만치 않았고, 빔 프로젝트 설치하는 것도 일이었는데, 감귤이 이렇게까지 좋아하다니. 명석의 어깨에 뽕이라도 들어간 것처럼 과하게 힘이 들어갔다. 누가 보면 UFC 선수인 줄. 그는 보란 듯 다리를 꼬며 의자에 삐뚤게 몸을 기대었다.

뭔가 싸한 기분이 들어 고개를 돌리니, 규리의 등 뒤에서 자신을 노려보고 있는 레오의 눈과 딱 마주친 게 아닌가! 명석은 규리의 칭찬을 충분히 즐기고 싶었지만, 레오의 따가운 시선을 받는 것도 나쁘지 않았다.

'그래. 오레오, 너 이 자식. 마음껏 질투해라! 마음껏 배 아파하라고! 감독님께 난 새 발의 피였구나, 하며 내 앞에 무릎 꿇게 될 날이 머지않았으니까.'

명석이 자신 앞에서 빌고 있는 레오를 상상하며 미소를 짓고 있을 때, 규리의 눈이 초롱초롱해졌다. 알 수 없는 불안감을 느낀 명석은 그녀의 입술을 뚫어지게 쳐다봤다. 그러자 규리의 입술이 살짝 벌어지며 고운 목소리가 튀어나왔다.

"와! 여기서 레오, 너 완전 멋졌는데!"

순간 명석의 미간에 주름이 잡혔고, 레오의 몸에 잔뜩 힘이 들어갔다. 커다란 스크린 위로 동네 어르신들의 난제를 척척 해결하는 레오의 모습이 보였다. 저 일들을 할 땐 참 힘들었는데, 한 보람이 있었다.

"저 할머니 그동안 형광등을 못 갈아서 며칠 동안 깜깜하게 지냈다고 하셨잖아."

지금은 명석의 얼굴에 형광등이 꺼진 것처럼 깜깜하다.

"네가 저거 갈아드리니까 엄청 좋아하셨지."

규리의 말에 화면 속 할머니보다 레오의 얼굴에 더 환한 미소가 걸렸다. 칭찬은 고래도 춤추게 한다더니, 어쩐지 못 추는 춤이라도 추고 싶다. 어깨를 들썩이며 그녀의 칭찬을 즐기고 있을 때, 규리의 등 뒤로 명석의 살벌한 눈빛이 느껴졌다. 명석의 눈빛이 살벌해지면 살벌해질수록 레오의 입꼬리는 점점 하늘을 향했다. 재수 없게! 두 남자의 표정이 롤러코스터를 타고 있을 때, 스크린을 보는 규리의 눈빛이 다시금 반짝반짝 초롱초롱해진다. 레오는 불안해서, 명석은 기대에 가득 차서 그녀의 입술을 바라보았다. 그러자 서서히 규리의 입술이 열렸다.

"와! 승후도 화면빨 잘 받네요."

슬쩍 지나가다 찍힌 승후는 잘도 찾아낸다. 아주 매의 눈이다. 난데없는 박승후 소환에 두 남자의 미간에 주름이 잡혀 버렸다. 이 좋은 날, 셋이 도란도란 모여 앉아 첫 방을 보고 있는 마당에 굳이 박승후 이름을 꺼내는 이유를 모르겠다.

김이 팍 새어 버린 명석과 레오는 누가 먼저랄 것도 없이 테이블에 놓인 캔 맥주를 따 벌컥벌컥 마셨다. 맥주의 탄산이 목구멍을 타고 내려가면서 따끔한 고통을 주었지만, 두 남자는 아랑곳하지 않고 단숨에 캔을 비워 버렸다. 아무리 봐도, 저 무감각한 여자의 연애 세포가 스스로 깨어나길 기다리는 건 바보 같은 짓인 것 같다. 아쉬운 사람이 우물을 파듯, 그녀의 사랑을 갈구하는 쪽이 매력 어필을 할 수밖에. 빈 맥주 캔이 두 남자의 커다란 손에서 종이처럼 구겨졌다.

*

"와. 다시 봐도 재미있다."

뭐가 저렇게 재미있는지, 규리는 제 돈으로 다시 보기 소장권이라도 사 둘 모양이었다. 방송이 끝나자, 자리는 본격적인 식사 겸 술자리로 이어졌다. 이미 맥주 몇 캔을 비운 두 남자는 소주를 꺼냈다. 두 손으로 예의 바르게 명석의 잔에 술을 따르던 레오가 불쑥 물었다.

"그런데 감독님, 차례상에는 소주 올리는 거 아니죠?"

뜬금없는 질문에 규리가 눈을 동그랗게 떴고, 명석은 얼굴을 구겼다.

"차례? 웬 차례?"

"아. 우리 집은 차례를 안 지내거든. 감독님은 아실 것 같아서."

레오를 노려보는 명석의 눈빛은 살벌하다 못해 무서울 지경이었다.

"팀장님 댁은 제사 지내세요?"

규리가 말똥말똥한 눈으로 묻자, 명석은 차마 대답은 못 하고 애먼 소주만 벌컥 들이켰다.

"아, 규리 넌 몰랐구나."

"뭘?"

제발 레오 저 자식이 입을 다물어 주었으면 좋겠는데, 그럴 생각은 없는 모양이다.

"감독님 종갓집 종손이시잖아."

"아······."

순간 옥상에 침묵이 찾아왔다. 말끝을 흐리는 규리의 말줄임표 속에 수많은 생각과 고민이 스쳐 지나가는 것 같고, 명석의 등에는 식은땀이 흘렀다. 명석은 차마 규리의 얼굴을 보지 못해 소주병을 들어 잔을 채웠다.

"일 년에 제사가 열두 번이면, 매달 제사를 지내는 거죠?"

"열두 번?"

"응. 열두 번."

망할 레오 놈이 잘도 입을 나불거린다. 오늘따라 발음까지 좋다. 열두 번이라는 숫자가 아주 귀에 쏙쏙 들어온다!

"그럼 명절 때는 차례에 제사까지 두 번씩 지내는 건가?"

은근히 먹이는 레오의 말투에 명석의 속이 부글부글 끓었지만, 그가 할 수 있는 건 소주를 들이붓는 것뿐이었다.

"팀장님 어머니 많이 힘드시겠어요."

규리가 반쯤 처진 눈으로 묻자, 명석의 가슴에 묵직한 돌이라도 얹은 듯 속이 답답해졌다. 하지만 레오 놈이 무슨 쓸데없는 소리를 또 할까 싶어 명석은 어렵게 입을 열었다.

"어…… 그래도 요즘은 많이 간소화해서……."

"아……."

간소화했다는데도 규리의 얼굴은 펴질 줄 모른다. 하긴 아무리 간소화했다고 해도 일 년 열두 번은 변치 않았으니.

"어…… 난 결혼하면 제사 안 지낼 거야."

뭐라도 해야 한다는 강박관념에, 명석이 전혀 계획도 없는 말을 꺼내 버렸다.

"예?"

규리가 놀라 물었고, 레오는 피식 웃었다.

"집안의 큰일을 감독님 마음대로 불쑥 정하셔도 되나요? 어르신들이 계실 텐데."

"그러게요. 그런 건 집안 어른분들과 의논하셔야죠."

규리가 어색한 미소를 지으며 말했다. 그녀의 표정을 확인한 명석은 뭔가를 더 덧붙이고 싶었다. 예를 들어 나는 집에서 내놓은 자식이다, 집안에서 그렇게 원하시는 판검사가 되지 않은 후로 아버지는 나를 거들떠보지도 않으신다. 그래서 집안 제사를 내게 맡기실 생각이 없으시다, 지금도 집안 행사를 하나도 안 챙긴다, 그러니 당연히 규리 너도 제사는 신경 쓰지 않아도 된다. 그저 우리 둘이 알콩달콩, 꽁냥꽁냥 살기만 하면 된다. 아까처럼 커플 앞치마 걸치고 꽁냥꽁냥.

그녀의 마음을 사로잡을 공약이 머릿속을 맴돌았지만, 입 밖으로 나오지는 않았다. 차마 양심상 거짓말은 할 수 없었기 때문에……. 명석은 목구멍까지 차오른 거짓 공약을 꾹꾹 눌러 내리며, 레오를 쳐다봤다. 미소를 지으며 느긋하게 술을 홀짝이는 레오가 어쩜 저렇게도 얄미운지, 마음 같아서는 한 대 치고 싶다.

'좋았어. 네가 그 말을 꺼낸 건, 너도 당할 준비가 됐다는 뜻이지? 난 나만 안 죽어.'

명석이 살벌한 표정을 지으며 목을 양옆으로 꺾자, 우두둑 소리가 났다.

"근데 레오야."

살벌한 표정과는 달리 레오를 부르는 목소리가 어째 다정하다. 사람 찜찜하게.

"누님'들'은 잘 지내고 계셔?"

명석은 '들'이라는 말에 힘을 주어 말했다. 그러자 레오의 눈에서 파바박 스파크가 일었다. 씨익 웃는 명석의 입을 보자, 본격적인 전쟁의 신호탄이 터졌다는 걸 본능적으로 느낄 수 있었다.

"누나들? 레오 너 누나 있었어?"

"어? 어……."

아버지를 아버지라 부르지 못한 홍길동의 마음이 왜 이렇게 이해가 되는지. 레오는 멀쩡하게 잘 있는 누나들을 차마 규리 앞에서 떳떳하게 말할 수가 없었다.

"근데 누나들이면 누나가 많은가 봐? 몇 명인데?"

규리가 묻자, 레오는 더듬더듬 먼 산을 바라보며 차마 대답을 하지 못했다. 그러자 명석이 사악한 미소를 지으며 대신 입을 열었다.

"세 분이라고 하셨던가?"

"세 분이요?"

되묻는 규리의 목소리가 살짝 떨리는 건 기분 탓일까? 하지만 여기서 끝이 아니라는 사실에 레오는 쓴 소주를 삼켰다. 그러자 명석의 얼굴이 아주 악독하게 변하며 '아차차!' 하고 어울리지 않는 감탄사를 뱉었다.

"세 분이 아니라……."

꿀꺽. 레오의 목울대가 제발 여기서 멈춰 달라는 듯 애타게 울렁거렸다. 그러자 명석이 입꼬리를 올리며 말을 이었다. 너도 한번 당해보라는 듯.

"세 분이 아니라 네 분이라고 했지?"

레오는 봤다. 그 순간 규리의 입이 살짝 벌어지는 것을. 하아. 살면서 사람 입을 찢어 놓고 싶은 기분이 들 거라고는 생각하지 못했는데. 명석은 그의 마음을 아는지 모르는지, 계속 나불거렸다.

"누나가 네 분이나 계시면 피곤하겠군."

그 말에 불끈한 레오가 반박했다.

"아뇨. 전혀 피곤하지 않아요."

"너 말고, 네 아내 될 사람이."

"저희 누나들 다 착하고 좋으신 분들이세요."

"응. 너한테는 그렇겠지."

"쿨해서 시집살이 같은 거 안 시키실 분들이거든요?"

"응. 그건 네 생각."

씩씩거리던 레오는 안 되겠다 싶었는지, 방어에서 공격으로 태세를 전환했다.

"근데 감독님 제사 때 전을 엄청 부치시나 봐요?"

"뭐?"

명석이 불안한 눈빛으로 규리의 눈치를 보며 레오에게 입 다물라고 손짓했지만, 그는 멈추지 않았다.

"꼬치에 동태전은 물론 고추전에 깻잎전, 육전에 버섯전까지 다 부치는 것 같던데."

"아, 아냐! 요즘 고추전은…… 안 부쳐."

"네. 아주 많이 줄어서 덜 힘드시겠어요."

비꼬는 레오의 말에 명석의 눈이 세모로 변했다. 다시금 두 남자가 입을 열려는 찰나, 규리가 자리에서 일어났다.

"규리야, 왜?"

"감귤, 어디가?"

"술 떨어져서요. 갖고 올라올게요."

규리의 모습이 사라지자, 두 남자는 입을 꾹 다물고 술만 마셨다. 아웅다웅

하긴 했어도 아직 화가 풀린 건 아니었다. 상대방이 규리와 둘만의 시간에 뭘 했는지, 그것에 대한 불안감이 자꾸만 그들을 덮쳐 왔다. 앞으로 둘만 있는 상황을 만들지 말자고 말하고 싶은데, 그러기엔 너무도 달콤했다. 그녀와 단둘이 있던 시간이. 그래서 차마 그런 말은 못 하고, 유치한 말만 뱉는다.

"제가 더 사랑해요."

"웃기지 마. 내가 더 사랑해."

"착각하지 마세요. 제가 더 사랑해요."

"흥! 내 마음 들어가 봤어? 내가 더 사랑한다고!"

누가 보면 둘이 서로 사랑한다는, 위험한 오해를 불러오는 그림을 자아내고 있었다.

*

"왜들 저래?"

규리는 두 남자가 왜 그런 말을 꺼내는 건지 도통 알 수가 없었다. 남의 집 제사며 누나들 이야기가 뭐가 재미있다고, 그 얘길 계속하느냔 말이다. 아까 본 방송이나 촬영 이야기를 했으면 좋겠는데. 잘나가는 피디와 배우한테 배울 게 산더미인데, 왜 궁금하지도 않은 집안 이야기를 하는 건지 모르겠다.

"그래도 가족들 많으면 좋겠다."

아빠가 돌아가시고 나서 집이 텅 빈 것 같았다. 그래서 가족이 많은 사람들이 부러웠는데. 레오와 명석, 두 집 모두 가족이 많다는 말에 조금 안심이 되었다.

"어머! 내가 지금 뭔 생각을 하고 있는 거야!"

규리는 복숭아처럼 붉어진 얼굴을 캔 맥주로 식히며 옥상으로 올라갔다.

*

규리가 없는 옥상은 싸늘 그 자체였다. 침묵 속에 소주 따르는 소리만 쉴 새 없이 들려왔다. 테이블 위에 빈 소주병이 벌써 다섯 병이나 쌓여 있었고, 두 남자의 얼굴은 불콰하게 달아올랐다. 하지만 두 남자는 마치 경쟁이라도 하는 듯, 소주를 붓고 마시기를 멈추지 않았다. 레오가 테이블 위에 소주잔을 거칠게 내려놓으며 꼬부라진 혀를 열심히 굴렸다.

"솔직히! 감독님 뭐 볼 게 있다고."

도발적인 레오의 말에 명석이 눈을 게슴츠레 뜨고 그를 노려봤다.

"뭐? 너 지금 뭐라고 했냐?"

"감독님보다 제가 낫다고요!"

이건 뭐 '내가 더 사랑해'의 업그레이드 버전인지, 레오는 '너보다 내가 더 나아!'를 시전하며 명석에게 시비를 걸었다.

"허! 얘 봐라? 그래. 말이 나왔으니 말해봐. 내가 너보다 못한 게 뭔데?"

자신감 빼면 시체인 명석이 묻자, 레오가 기다렸다는 듯 입을 열었다.

"제가 더 잘생겼어요!"

맞는 말이라 반박할 수가 없다. 취한 와중에도 저놈 시키 잘생긴 건 알겠다. 하지만 인정은 하기 싫어, 배배 꼬며 말했다.

"얼굴이 뭐 밥 먹여줘?"

"전 밥 먹여줍니다."

허. 이 또한 반박할 수 없는 말. 저 얼굴로 영화도 찍고, 드라마도 찍고, 광고도 찍으니까!

"흥! 나도 어디 가서 꿀리는 얼굴은 아니라서."

명석의 말이 틀린 건 아니었지만, 레오는 여기서 물러설 순 없었다. 레오는 명석의 얼굴을 유심히 쳐다보더니, 손가락으로 그의 수염을 가리켰다.

"그 수염 구립니다!"

"뭐어?"

충격이었다. 명석은 자신의 수염이 남성미가 넘치며 섹시하다고 자부하고 있었다. 매일 아침 샤워 후 가위로 조금씩 다듬는 수고를 아끼지 않고 관리해 왔는데, 구리다니! 자신의 매력 포인트로 수염을 꼽던 그에겐 너무 쇼킹한 말이었다.

"부러우면 부럽다고 해! 말도 안 되는 억지 부리지 말고."

"완전 구려요."

"여자들이 엄청 좋아하거든!"

"댓글도 못 보셨어요?"

"대, 댓글?"

댓글에는 시청자 의견만 있는 줄 알았지, 자신의 수염에 대해 언급되어 있는 건 전혀 몰랐다.

"그 수염! 비호감이래요!"

헐. 야성미가 넘치는 게 아니라?

"뇌섹남 이미지랑 안 맞고 웃기대요!"

우, 웃겨? 내 남성미가, 내 매력 포인트가 웃기다고?

"10살은 더 늙어 보인대요! 이방 수염 같대요!"

"허. 허. 허허허허허."

수염에 대한 애착이 강했던 명석은 레오의 말에 충격을 받고 얼빠진 사람처럼 웃었다. 그리고 소주를 벌컥벌컥, 병째 들이켰다. 방송 생활하면서, 바쁘다는 핑계로 수염을 안 깎기 시작했다. 그러다 문득 거울을 봤을 때, 꽤 괜찮다는 생각이 들어 기르기 시작했는데. 그렇게 5년 넘게 길러 온 수염을 감히 지적했다고? 비호감에 웃기고 늙어 보이며, 뭐? 이방 수염 같아? 허! 내 그놈의 댓글들을 모조리 지워 버려야지!

댓글 이야기에 부르르 떨던 명석은 정신을 차리고 레오를 노려봤다.

"그러는 넌? 뭐 다 완벽한 줄 알아?"

"제가 뭐요?"

"너, 우리 팀에서 쪼잔하다고 소문났어!"

레오는 '쪼잔'이라는 단어에 얼굴이 심하게 구겨졌다. 쪼잔이라니? 자신이 어디 쪼잔이라는 좀스럽고 졸렬한 단어와 어울릴 사람이란 말인가! 드라마를 찍어도 재벌 아니면 왕세자, 영화 배역을 맡아도 냉혈한 특수 요원을 맡았던 그가 쪼잔이라니?

"감독님만의 생각 아닌가요?"

"너, 여자 밝힌다는 소문도 돌아."

"네에?"

쪼잔한 데다 여자까지 밝힌다니! 레오가 그제야 눈을 가늘게 뜨며 명석을 의심스럽게 쳐다봤다. 얼마 전에는 그에게 게이라는 소문이 돌아서 함께 호텔에 못 가겠다고 말해 놓고, 이제는 또 여자 밝힌다는 소문이 돌고 있다니! 그의 말에 신뢰가 가지 않았다.

"누가 그래요? 감독님 피셜이죠?"

레오가 못 믿겠다는 투로 묻자, 명석이 피식 웃으며 답했다.

"너 작가들한테만 선물 사주고, 작가들 방에만 간식 넣어주고, 작가들만 데리고 고급 레스토랑 간 적도 있었다며?"

그러긴 했다. 아, 물론 레오가 그 모든 걸 해주고 싶었던 사람은 오직 한 사람이었지만.

"그래서 피디들 사이에서 너 말 많아. 여자들한테만 쏘는 쪼잔한 놈이라고!"

"그렇다고 피디님들께 안 쏜 건 아닌데요?"

순진한 레오가 쩔쩔매며 변명했지만, 그러거나 말거나. 명석에게 팩트는 중요하지 않았다. 작게는 자기 수염을 폄하한 레오에게 앙갚음을 하고 싶었고, 크게는 결국 너보다 내가 더 낫다는 것을 피력하고 싶었을 뿐!

명석은 때는 이때다 싶어 계속 밀어붙였다.

"그리고 배우 그거 언제까지 해 먹을 수 있는 줄 알아? 인기 떨어지면 끝이야, 끝! 자고로 직업은 4대 보험 되고, 안정적인 게 최고라고!"

앞길 불안한 비정규직 직업 공격이었지만, 레오에게는 그저 가소롭게만 들렸다.

"감독님."

"왜?"

"제 얼굴 매일 보니까 제가 그저 그런 배우로 보이시나 봐요?"

평소 겸손 그 자체였던 레오가 거들먹거리는 걸 보니 취하긴 취한 모양이었다.

"아냐. 새끼, 재수 없어."

"저 레오예요, 오레오."

"누가 너 오레오인 거 몰라?"

흥, 칫, 뿡이다. 명석의 입에서 유치한 콧소리가 연달아 튀어나왔다. 말은 그렇게 했어도 명석은 누구보다 잘 알고 있다. 레오 이놈이 얼마나 대단한 놈인지. 돈은 이미 평생을 놀고먹어도 될 만큼 벌어 놓고도 남았고, 줄 서서 기다리는 광고가 수십 개이며, 그에게 콜을 보내는 감독이 한국을 넘어 할리우드에도 수두룩 **빽빽**하다는 걸 잘 알고 있었다.

그러니 가라! 너의 미래를 위해, 전 세계 영화 산업 발전을 위해 할리우드로 가! 혼자 가버리라고! 감귤은 내가 책임질 테니!

"제가 더 행복하게 해줄 수 있어요."

레오가 마치 명석의 눈빛을 읽기라도 한 듯 말했다.

"흥. 말도 안 되는 소리. 감귤은 결국 날 선택하게 될 거야."

명석의 말이 마치 무슨 신호탄이라도 된 듯, 두 남자는 다시금 잔에 술을 붓고 마시기를 경쟁처럼 이어나갔다.

"제가 더 사랑해요."

"감귤 옆엔 내가 있는 게 더 나아."

"제가 더 행복하게 해줄 수 있어요."

"어림도 없는 소리."

이글이글. 두 남자가 불타오르는 눈빛 대결을 펼치고 있을 때, 옥상 문을 열고 규리가 나타났다.

"제가 좀 늦었죠? 화장실 좀 다녀…… 헐!"

규리는 테이블 위에 쌓여 있는 소주병을 세어 보더니 입이 떡 벌어졌다. 빈 소주병이 자그마치 스무 병 가까이 쌓여 있었다.

"아니, 무슨 대학 신입생 환영회도 아니고, 술을 이렇게 많이 마셨어요?"

놀란 규리가 그들에게 다가가자, 두 남자의 이글거리는 눈빛이 동시에 그녀를 향했다.

"자기들 간이 아직도 파릇파릇 스무 살인 줄 아나 봐?"

규리의 타박에 두 남자가 동시에 그녀를 불렀다.

"감규유울."

"규우리야아."

"완전히 꼬였네. 혀 꼬였어."

옥상 올라올 때 보니 둘이 대화하는 소리가 들렸는데, 이렇게 혀 꼬인 발음으로 서로 말귀는 알아들었는지 의심스러울 지경이었다.

"내에가 더 타당해."

"뭐? 뭐가 타당해?"

레오의 말도 못 알아듣겠고.

"내카 햄보케 해주께."

"햄보? 햄봄아요?"

명석의 말은 더 못 알아듣겠다.

"아, 도대체 뭐라는 거야."

혀는 꼬부라질 대로 꼬부라지고 몸은 사정없이 비틀거리면서도, 레오가 잔을 비우면 명석도 잔을 비우고 명석이 잔을 비우면 레오가 잔을 비웠다.

"둘이 무슨 술 대결해요? 술에 원수졌어? 그만 마셔요."

규리가 테이블에 놓인 소주병을 낚아채자, 두 남자가 눈을 껌뻑이며 그녀를 올려다봤다.

"그으래. 얘한테 무더보면 되게네에."

"오케. 오케. 여억시 전국 수석. 또또케, 또또케."

"뭐라는 거야? 둘은 대화가 되는 거야? 나만 못 알아듣는 거야?"

규리가 신기해하며 두 남자를 바라보고 있자, 명석과 레오가 그녀를 빤히 쳐다보며 물었다.

"규율 너어. 내가 됴아 아니며언……."

"내가 됴아?"

순간 규리의 숨이 턱 하고 막혀 버렸다. 끝내, 마주하고 싶지 않았던 질문과 맞닥뜨렸다. 최대한 피하고 싶었던, 확실해지면 말하고 싶었던, 하지만 아직 답을 결정하지 못한 질문과 마주하자 규리는 저도 모르게 입을 꾹 다물어 버렸다. 촉촉하게 젖은 두 남자의 눈동자는 그녀의 입술을 뚫어지게 바라보고 있었다. 제발 그녀의 입술이 자신의 이름을 불러 주길 애타게 기다리면서. 하지만 꽤 오랜 시간이 흘렀음에도 꽉 다문 규리의 입술은 떨어질 줄 몰랐다.

"하아. 대답 모 타네."

명석의 입에서 긴 한숨이 술 내음과 함께 섞여 나왔다.

"됴금이라도, 어느 한쪽으로 마음이 기우렀을 줄 아랐는데."

뒤이어 레오의 기운 없는 음성이 들려왔다. 아까는 하나도 알아듣지 못했던 그들의 말들이 어쩜 이렇게 귀에 쏙쏙 박혀 들어오는지. 미안해진 규리는 두 남자 앞에서 죄인처럼 서 있었다. 초가을에 들은 고백은 초겨울이 될 때까지도 아직 답을 하지 못했다.

그들이 지금 얼마나 답답해할지, 얼마나 초조해할지, 모르지 않는다. 하지만 …… 지금 이 마음으로는 그들에게 아무런 대답도 할 수 없다. 이 마음은…… 절대 말할 수 없다. 자신을 바라보고 있는 두 남자의 눈동자가 어찌나 애처로 운지, 규리는 저도 모르게 왈칵 눈물을 쏟을 뻔했다. 아무 말도 못하는 내 입이, 아직도 결정 내리지 못한 내 마음이, 그러면서도 둘 다 붙들고 있는 내 욕심이 너무 미안해 눈물이 왈칵…….

"요띰쟁이!"

"감규울 넌 어떠케 마음이 둘로 쪼개지냐?"

눈물이 왈칵 쏟아지려고 했으나…….

"레오야. 쟤 때무니야. 쟤 때무네 내 마으미 아파."

"개 감똑니마. 아푸지 마요."

아까는 서로 죽일 듯 노려보고 째려보며 쏘아보던 두 남자가 어느새 한편이 되어 규리 탓을 시작하니…… 왈칵 쏟아지려는 눈물이 쏙 들어가 버렸다.

"빨리 마를 해달라고. 이 요띰쟁이야!"

"그대! 도데채 언데까디 마들 안 해줄 거냐고!"

"니가 제일 나빠! 내 마음 훔쳐가쓰며언 도로 내놓튼가, 바다주든가 해야지!"

"그래! 우디가 뭐 진짜 지비 업써서 여기까지 왔게써?"

죄인처럼 입 다물고 그들을 말을 듣고만 있던 규리의 관자놀이에 빠직 힘줄이 섰다.

"레오, 너희 집 보일러 고장 났다며?"

"너 바보야? 그거를 믿게?"

"헤헤헤. 감귤 바보래요, 바보래요."

뭐지? 가슴 깊숙한 곳에서부터 들리는 빡치는 소리는?

"그럼 팀장님 집 천장에 구멍 났다는 것도 거짓말이에요?"

"그덤! 우디 집이 어떤 딥인데! 천장도 대리석이야!"

아, 진짜 대리석 모서리로 확 때리고 싶은 말만 하시네?

"우디가 딘짜 무슨 하우쓰 메이트하려오 온 줄 알아?"

"그래! 우리 잘 데 마나! 만타고!"

취중진담이라더니. 진심 가득한 두 남자의 술주정을 듣고 있노라니, 규리의 가슴이 화로 끓어 넘치기 시작했다.

"허! 난 또 서로 그렇게 쿨하게 말하기에 마음이 태평양인 줄 알았네!"

싫다는 사람 어르고 달래고 꼬신 사람들이 술 마시고 이렇게 딴소리를 할 줄은 몰랐다. 그럼 애초부터 시간 주겠다는 말을 하질 말든가! 제발 좀 고민해 달라고 매달리질 말든가! 이 집에 쳐들어오질 말든가!

"갈 데 없다고 하도 징징거리기에 받아줬더니, 뭐? 잘 데가 많아?"

규리는 두 남자의 말을 곧이곧대로 믿은 자신의 순진무구함을 원망했다. 명석은 이렇게 말했다. 제발 고민 좀 해달라고. 나와 레오 모두. 레오는 또 이렇게 말했다. 기회를 달라고. 나와 감독님 모두에게! 그리고 두 남자 모두 입을 모아 말했다. 시간은 얼마든지 줄 테니, 부담 갖지 말고 네 마음이 정해지면 그때 천천히 말해달라고 말이다. 그 말만 찰떡같이 믿고, 조급하게 생각하지 않고 정말 신중하게 고민하고 있었다. 자신에게는 이게 아마 처음이자 마지막 사랑이 될 것 같아서! 연애도 하고, 사랑도 하고, 결혼도 할 것 같아서!

평생 같이 살 사람을 선택하는 일이니, 정말 신중하게 생각하기로 마음먹었다. 남겨질 한 사람에겐 미안하지만, 이기적으로 나만 생각하기로 말이다. 그런데 믿는 도끼에 발등이 찍혀도 유분수지! 두 남자가 저런 생각을 하고 있을 줄은 꿈에도 생각 못 했다. 생각하면 생각할수록 열이 끓어오른 규리는 손에 들고 있던 맥주 캔을 따고 벌컥벌컥 들이켰다.

"오케이!"

규리가 크게 소리치자, 몸을 비틀대던 두 남자가 감기려는 눈을 겨우 치켜뜨며 그녀를 쳐다봤다.

"저 이제 두 사람을 단순히 하우스 메이트로 대하지 않을게요!"

"그러엄?"

레오가 묻자, 규리가 두 사람을 가리키며 말했다.

"두 사람 사이에 두고 저울질할 거예요!"

규리의 갑작스러운 말에 두 남자의 눈이 커졌다.

"누가 더 나한테 잘해주는지, 누가 나랑 더 맞는지 잴 거라고요."

꿈뻑.

"그리고 어느 쪽이 더 달콤한지 간도 볼 거예요."

꿈뻑.

두 남자는 아무 말도 못하고 규리가 하는 말을 들을 뿐이었다. 그러자 규리가 못을 확실하게 박았다.

"나 지금 대놓고 말하는 거예요. 둘 사이에서 잴 거라고. 저울질도 하고 간도 실컷 볼 거라고!"

호감만으로는 남자를 절대 못 만나는 등신 같은 성격. 좋아한다는 확신이 들어야만 시작할 수 있는 답답한 성격! 규리 스스로도 자신의 그런 성격이 고구마 백 개는 먹은 듯 답답하고 싫었다. 그런데 어차피 이렇게 된 마당에 속 시원하게 말하고 비교하는 게 낫겠다 싶다. 처음이자 마지막이 될 남자니까. 신중하게 고민해야지.

"그리고 조만간 마음 정해서 말씀드릴게요."

"조만간?"

"예. 빠른 시일 안에 말씀드릴게요."

"빠른 시일?"

"어. 이번 촬영 다녀오고 나서."

순간 두 남자의 눈이 반짝였다. 며칠 후면 촬영이 시작된다. 그리고 2박 3일이면 촬영은 끝나고. 그럼 정말 얼마 남지 않았다는 것이다. 규리의 대답을 들을 수 있는 날이!

"정말?"

"진짜지?"

"그러니까 싫으면 지금 그만둬요! 팀장님, 싫어요?"

"아니, 아니. 난 좋아."

"레오 넌?"

"좋아. 완전 좋아."

어느새 술이 깼는지, 발음도 제대로 돌아왔다. 그들에게 확답을 받은 규리는 다시 한번 다짐을 받아 냈다.

"나 확실히 말했어요. 나중에 속물이네, 마음이 어떻게 반쪽이냐, 이딴 소리 하기 없기예요?"

규리는 남은 맥주를 들이켰다.

*

"일어나요, 좀! 팀장님."

불과 조금 전까진 멀쩡했던 것 같은데.

"레오야. 정신 좀 차려 봐!"

왜 동시에 떡실신을 하는 건지. 조금 전까지 '저울질 파이팅!', '촬영아, 빨리 끝나라!'를 외치며 또다시 술을 마시던 명석과 레오는 나란히 테이블 위에 쓰러져 꿈쩍도 하지 않았다.

"내려가야 하는데."

이 남자들은 일어나지도 않는데, 설상가상으로 날씨는 더 추워졌다. 시간이 흐르면서 몸이 오들오들 떨릴 만큼 기온이 확 내려가 버린 것이다.

"안 일어나면 나 혼자 갑니다?"

협박을 해도.

"춥지? 집은 엄청 따뜻할 텐데, 내려가서 잘까?"

구슬려 봐도. 두 남자는 절대 눈을 뜨질 않았다.

"아, 몰라! 그러니까 누가 몸도 못 가눌 만큼 술을 마시래?"

한참을 깨워도 일어날 기색이 없자, 규리는 두 남자를 두고 집으로 향했다. 옥상 문을 빠져나와 계단을 막 밟으려는데, 어디선가 바람이 휙 불어왔다.

"으. 추워."

뒤를 돌아보니 두 남자도 추운 모양인지, 양팔로 몸을 감싸 안고 오들오들 떨고 있었다.

"내가 미쳐, 정말."

크게 한숨을 내쉰 규리는 다시 옥상으로 올라가 쓰러진 두 남자 앞에 섰다.

"환장하겠네."

그리고 두 남자를 앞에 두고 번갈아 손가락질을 하며 노래를 부르기 시작했다.

"누굴 먼저 업을까요, 알아맞혀 보세요. 딩동댕, 척척 박사님! 하아. 오레오."

규리는 축 처진 레오를 제 어깨에 둘러메고, 끄응 하고 힘을 주었다. 그러자 길고 긴 레오의 몸이 규리의 여린 등짝에 찰싹 달라붙었다.

"아. 내가 왕년에 유도만 안 했어도 넌 여기서 얼어 죽었다. 끄응."

얘는 왜 이렇게 다리가 긴지, 내려갈 때마다 발이 계단이 턱턱 걸린다. 옥상에서 3층으로, 3층에서 2층까지 겨우 도착한 규리는 헉헉거리는 소리와 함께 현관문을 열었다. 그리고 집에 들어서자마자 레오를 패대기치듯 눕혔다.

"하아. 하아. 하아. 내일 일어나기만 해애. 하아. 가만 안 둘 거야."

규리는 현관에 레오를 겨우 눕혀 놓고, 허리를 펼 새도 없이 다시 옥상으로 향했다.

"팀장님. 일어나 봐요!"

혹시나 하는 마음에 명석을 흔들어 깨워 봤지만, 일어날 기미가 보이지 않았다. 규리는 어깨와 허리 그리고 다리 순으로 몸을 풀고, 명석을 들쳐 업었다.

"하아. 하아. 업보다, 업보. 내 업보다."

처음도 힘들었지만, 두 번째는 더 힘들다.

"하아. 업보는. 무슨. 하아. 내가. 둘 다. 하아. 그냥 죽여 버릴 거야. 하아."

숨소리는 물론 말도 점점 거칠어졌다. 욕심쟁이니, 마음이 반쪽이니 하며 자신의 뒷담화를 늘어놓더니 이런 식으로 사람을 골탕 먹일 줄이야!

"으쌰!"

겨우 집에 도착한 규리는 현관 앞에 누워 있는 레오 옆에 명석을 눕혀 버리고, 그대로 쓰러졌다.

"하아. 하아. 죽이기 전에 내가 죽겠네."

일어나 방으로 들어가야 하는데. 그 전에 세수하고, 양치도 해야 하는데……. 일어날…… 힘이 없다. 이쪽으로 고개를 돌리니 레오가 있고, 저쪽으로 고개를 돌리니 명석이 있는데. 빨리 일어나 방으로 가야 하는데, 왜 이렇게 눈꺼풀이 무거운지.

규리는 그만 스르륵 눈을 감아 버렸다.

〈2권으로 계속〉